© Jerry Bauer

Penelope Williamson hat Geschichte und Journalismus studiert und danach einige Jahre in einer PR-Agentur gearbeitet, bis sie 1987 ihr erstes Buch veröffentlichte. Sie lebt heute mit ihrer Familie in Kalifornien.

Über den Wolken. Die zwanzigjährige Cassie Jones lebt mit ihrem Onkel, einem eigenbrötlerischen Flugzeugkonstrukteur, in Kingly, einer Kleinstadt in Virginia, wo die beiden ihren Lebensunterhalt mit Flugvorführungen bestreiten. Als eine der ersten Pilotinnen in Amerika muß sich die impulsive Cassie ständig gegen die Vorurteile in der Gesellschaft zur Wehr setzen. Außerdem engagiert sie sich vehement für die Gleichberechtigung und das Wahlrecht der Frauen. Eingedenk der unglücklichen Ehe ihrer Mutter ist Cassie entschlossen, sich niemals einem Mann zu unterwerfen.

Auf einem Übungsflug lernt sie den attraktiven Piloten Linc Cameron kennen, ein Flieger-As des Ersten Weltkriegs. Er ist zu Besuch bei seinem ehemaligen Staffelkameraden Edward Farrell, einem Jugendfreund Cassies. In seiner Rolle in der Öffentlichkeit als bejubelter Fliegerheld fühlt sich Linc Cameron spürbar unwohl.

Vom ersten Augenblick an sind Linc und Cassie voneinander fasziniert, aber beide sind stolz und verletzbar.

Als Cassie von einem Flugwettbewerb quer durch die USA hört, dessen Gewinner 50 000 $ erhalten soll, beschließt sie, mit ihrem Onkel Quigly daran teilzunehmen. Die beiden brauchen dringend Geld, um einen Flugzeugmotor, den Quigly entwickelt hat, bauen zu lassen. Auch Linc und Edward wollen sich – als Konkurrenten – an dem Wettfliegen beteiligen. Es kommt zu einem halsbrecherischen Wettflug in diesen stoffbespannten Ein- und Doppeldeckern quer über den amerikanischen Kontinent.

Von Penelope Williamson erschien im Wolfgang Krüger Verlag der große Erfolgsroman ›Westwärts‹.

Penelope Williamson

Über den Wolken

Roman

Aus dem Amerikanischen
von Brigitte Gruss

Fischer Taschenbuch Verlag

Deutsche Erstausgabe
Veröffentlicht im Fischer Taschenbuch Verlag GmbH,
Frankfurt am Main, Juni 1996

Die amerikanische Erstausgabe erschien unter dem Titel
›Wings of Desire‹ (Pseudonym: Elisabeth Lambert) bei Avon Books,
A Division of The Hearst Corporation, New York 1989

Gesamtherstellung: Clausen & Bosse, Leck
Printed in Germany
ISBN 3-596-13120-0

Gedruckt auf chlor- und säurefreiem Papier

Kapitel 1

Kingly, Virginia, Februar 1919

Sie saß in ihrem Pilotensitz, aller Fesseln ledig, die sie auf der Erde einengten, sie fühlte sich frei. Hoch und immer höher stieg sie, der Sonne entgegen, hinein in den Äther. Laut lachte sie auf. Dafür lebte sie, dafür riskierte sie zu sterben. Den Himmel zu berühren … und fliegen zu können.

Der Steuerknüppel in ihrer Hand vibrierte, der Takt des Motors und ihr Pulsschlag schienen eins zu werden. Das Flugzeug war nicht länger ein Gebilde aus Holz, Draht und Stoff; es war zu einem Teil von ihr geworden. Cassandra Jones hatte ihre Flügel ausgebreitet.

Sie brachte die Maschine ein wenig in Schräglage und beugte sich hinaus, um auf die Erde sehen zu können, die sie unter sich gelassen hatte. Ein kalter Luftstrom blies ihr ins Gesicht und machte ihre Wangen gefühllos. Erneut lachte sie auf.

Tausend Meter unter ihr wand sich ein Fluß, der breite James River, der aus dieser Höhe wie ein blaßblaues Stoffband wirkte, durch die Tabakfelder, vorbei an Pfirsichhainen und den ausgedehnten grünen Rasenflächen der Plantage der Farrells. Das Wasserband schimmerte in der ungewöhnlich hellen Februarsonne, als wäre es lebendig. Aber das Land, ein Flickenteppich aus Wintergrün und Grau, wirkte eigenartig verlassen.

So ist die Welt am schönsten, dachte Cassie; man sollte sie immer nur von hier oben betrachten.

Cassie bemerkte einen dunklen Schatten, wie von einem riesigen Vogel mit doppelten Schwingen, der unter ihr über die Erde zog. Sie begriff nicht sofort, daß es sich nicht um den Schatten ihres eigenen Flugzeugs handelte, sondern um den einer anderen Maschine, die etwas tiefer rechts von ihr flog. Ihre stille, gehobene Stimmung war im Nu verschwunden.

Sie nahm Tempo weg und ging tiefer, um den Eindringling besser sehen zu können. Es handelte sich um eine zweisitzige de Havilland, einen Doppeldecker britischer Bauart. Im offenen Cockpit konnte Cassie zwei Köpfe hintereinander erkennen. Auf den olivefarbenen Stoff am Rumpf war mit frischer schwarzer Farbe der Name *Betsy* gepinselt worden. Was für ein alberner Name für ein Flugzeug, dachte Cassie verächtlich. Sie hatte ihr Flugzeug *Pegasus* getauft, nach dem geflügelten Pferd in der griechischen Sage. Betsy war vermutlich der Name des Pilotenfrauchens im Flugzeug.

Der Pilot mußte Cassie entdeckt haben, denn er wackelte ihr mit den Tragflächen den traditionellen Fliegergruß zu. Cassie erwiderte die Geste nicht.

»Verdammt noch mal!« schrie sie. Das war nicht fair! Ihr Onkel Quigly und sie mußten sich das nötige Geld für den Treibstoff und die Wartung ihres kostspieligen Fluggeräts durch Kunstflugvorstellungen und Passagierrundflüge verdienen, und das war in letzter Zeit schwer genug gewesen. Während des Sommers führten sie deshalb eine Art Zigeunerleben und zogen mit dem Flugzeug an der Ostküste von einem Ort zum anderen; die Wintermonate verbrachten sie hier in Kingly. Bis jetzt gab es so gut wie keine anderen Flugzeuge in Virginia außer ihrem. Es hatte nie an Neugierigen und Erlebnishungrigen gemangelt, die bereit waren, Eintrittsgeld zu bezahlen, wenn eine Pilotin mit ihrer fliegenden Kiste die unglaublichsten Kunststücke vorführte. Einige Zuschauer besaßen sogar genügend Mut und getrauten sich mitzufliegen. Es gab nur einen kleinen Kreis von Männern und ganz wenigen Frauen, die es wagten, die neueste, ja geradezu sensationellste Erfindung der Menschheit selbst zu steuern; und diese Männer und Frauen nannten ihre mutigen Fluggäste »Hopper«. Cassie betrachtete Kingly und Umgebung als ihr Revier; es waren ihre Hopper. Sie wollte sich ihren Kundenstamm von niemandem streitig machen lassen.

Cassie warf einen bösen, frustrierten Blick auf die andere Maschine. Plötzlich kam ihr ein Einfall, und sie mußte lächeln. Sie würde sich so verhalten, wie sich jedes Tier verhielt, dessen Revier bedroht wurde. Sie würde dem Eindringling Angst einjagen und ihn vertreiben.

Wie ein Habicht stieß Cassie aus dem hellen Winterhimmel in die Tiefe.

Erst knapp über der anderen Maschine fing sie den Sturzflug ab und zog in einer Kurve steil nach oben, so daß die äußerste Spitze ihrer unteren linken Tragfläche den sich drehenden anderen Propeller nur um Zentimeter verfehlte. Cassie erhaschte einen kurzen Blick auf das bleiche Gesicht einer Frau, deren Mund zum Schrei geöffnet war, danach sah sie nichts als den weiten, wolkenlosen Himmel. Cassie blickte sich noch einmal kurz um: Das andere Flugzeug schaukelte wild im Luftwirbel ihres Propellers.

Plötzlich spürte sie Schweiß an ihren Händen in den fliesgefütterten Handschuhen, und sie mußte sich mit der Zunge über die trockenen Lippen fahren. Um Himmels willen! Mit ihrem gefährlichen Flugmanöver hätte sie beinahe zwei Menschen getötet und womöglich auch sich selbst. Wenn das den Behörden zu Ohren kam, bedeutete das vermutlich Flugverbot für den Rest ihres Lebens. Die Strafe hätte sie aber auch verdient.

Ihre Fingerspitzen kribbelten, weil sie den Steuerknüppel so fest umklammert gehalten hatte, daß die Hände gefühllos geworden waren. Cassie bewegte die Finger und holte tief Luft.

Sie flog eine große Schleife und ging langsam tiefer. Dabei konzentrierte sie sich ganz auf den mechanischen Ablauf ihrer Bewegungen und die vertraute Umgebung unter ihr. Aus der Tabakfabrik und dem Textilwerk, den beiden wichtigsten Industrieanlagen in Kingly, stieg heller Rauch auf. Ein Zug, der wie eine Spielzeugeisenbahn wirkte, schob sich über winzige, silbrig glänzende Schienen in Richtung Lynchburg, der nächstgrößeren Stadt. In der Ferne erhob sich der mächtige blauschimmernde Gebirgsrücken der Blue Ridge Mountains.

Die schrägen Schatten des späten Nachmittags fielen über das brachliegende Weideland, das sie und ihr Onkel als Landebahn benutzten. Sie flog im Tiefflug über die Weide. Wie befürchtet, war das andere Flugzeug vor ihr gelandet. Der Pilot, ein großer, schlanker Mann in Cordhose, kniehohen Stiefeln und einer braunen Lederjacke, stand mit auf die Hüften gestemmten Fäusten da und schaute nach oben. Sie konnte die Wut des Mannes geradezu körperlich spüren.

Eine Frau in einem grell orangefarbenen Mantel stand vornübergebeugt am Rand des Feldes und schien in das wuchernde Unkraut im Graben zu starren. Ein kleiner braun-weißer Hund sprang um sie herum. Sogar aus dieser Entfernung kam Cassie die Frau bekannt vor. Cassie überlegte, was an dem Graben so interessant sein mochte, daß sich die Frau so aufmerksam dafür interessierte, und dann mußte Cassie plötzlich lachen. Das konnte nur die verwöhnte Melodie Farrell sein, die Tochter der reichen Plantagenbesitzer, die sich so erschreckt hatte, daß sie ihr Mittagessen von sich geben mußte!

Als Cassie zur letzten Kurve vor dem Anflug auf die Piste ansetzte, schaltete sie den Motor ab. Sie stellte die Maschine etwas schräg, um den Boden sehen zu können. Danach richtete sie die Nase wieder hoch, der Boden entschwand ihrem Blick, und sie ließ langsam das Höhenruder nach. Die Räder setzten sanft auf, und sie kam am entgegengesetzten Ende des Feldes zum Stehen, so weit wie möglich von dem anderen Flugzeug entfernt. Zumindest hatte sie sich nicht durch eine verpatzte Landung noch einmal lächerlich gemacht.

Cassie nahm ihre Schutzbrille ab und ließ sie um den Hals baumeln. Dann zerrte sie mit den Zähnen die Handschuhe von den Fingern. Argwöhnisch beobachtete sie den fremden Piloten, der auf sie zukam; jeder Schritt zeugte davon, wie zornig der Mann war. Cassie schluckte, schwang sich aus dem Cockpit und sprang auf den Boden. Sie wischte die schweißnassen Hände am Hinterteil des ölverschmierten Overalls ab und drehte sich genau in dem Augenblick um, als der Mann vor ihr stehenblieb.

»Sie sind wohl von allen guten Geistern verlassen!« brüllte er – und verpaßte ihr einen Kinnhaken.

Jemand zog ihr behutsam die Lederkappe vom Kopf und strich ihr die Haare aus der Stirn. Etwas Rauhes, Feuchtes fuhr ihr über die Wange, dann erklang schrilles Hundegekläff.

»Meine Güte, Patches!« sagte eine männliche Stimme mit unterdrücktem Lachen. »Glaubst du nicht, daß wir schon genügend Unheil angerichtet haben? Mußt du sie noch vollsabbern und bellen, daß ihr das Trommelfell platzt?«

Cassie öffnete die Augen und blickte verwirrt in das über sie gebeugte Gesicht. Ein äußerst attraktiver Anblick: ausgeprägte

Wangenknochen, blitzblaue Augen, glatte gebräunte Haut und ein breiter Mund mit vollen Lippen. Aber im Gegensatz zum Mund wirkten die Augen traurig. Aus ihnen sprachen Schmerz und bittere Enttäuschung. Eigenartigerweise verspürte Cassie das Bedürfnis, den Mann zu trösten, und strich ihm lächelnd zart über die Wange.

Er erwiderte ihr Lächeln und strahlte über das ganze Gesicht.

»Hallo«, grüßte er.

Ein Schatten fiel zwischen sie. »Das kann nur Cassie Jones sein«, ließ sich Melodie Farrell mit ihrem gedehnten Südstaatenakzent vernehmen. »Schämen Sie sich, Linc Cameron! Eine Frau schlägt man nicht!«

Cassies Hand lag immer noch auf der Wange des Fremden, aber als sie sich wieder daran erinnerte, was geschehen war, zog sie sie zurück. Erst jetzt spürte sie den stechenden Schmerz in der linken Gesichtshälfte.

Sie überwand ihre Benommenheit und wollte sich aufsetzen. Der Pilot faßte sie am Arm und versuchte ihr aufzuhelfen, aber Cassie schüttelte ihn sofort ab. »Ich brauche Ihre Hilfe nicht.«

»Wie Sie wollen.« Er hatte neben ihr gekniet, erhob sich aber jetzt mit einem Ruck und ließ sie am Boden liegen.

Cassie hob den Kopf und funkelte ihn böse an. Der Schmerz hinter den Augen ließ sie zusammenzucken. Trotzdem fielen ihr die in der Nachmittagssonne aufschimmernden Strähnen in seinen braunen Haaren auf. »Sind Sie wahnsinnig? Sie haben mir beinahe den Kopf abgeschlagen!«

Sein Blick verdüsterte sich. »Die Wahnsinnige sind wohl Sie! Wir wären um ein Haar kollidiert!«

Cassie erhob sich schwankend. Er sah ihr finster dabei zu, machte aber keine Anstalten, ihr zu helfen.

»Sie waren nie in Gefahr.« Cassie gab sich Mühe, ihre Lüge glaubhaft klingen zu lassen. »Es war ein simpler Sturzflug, und ich hatte die Maschine die ganze Zeit unter Kontrolle.«

»Einen Teufel hatten Sie! Sie haben sie viel zu spät wieder abgefangen.«

Er sprach keineswegs zornig, sondern gab nüchtern seine Beobachtung wieder, und das ärgerte Cassie, denn sie wußte, daß er recht hatte. Sie war den Tränen nahe, und das ärgerte sie noch mehr.

Sie bückte sich nach der Kappe, damit sie den Fremden nicht ansehen mußte. »Deshalb haben Sie noch lange nicht das Recht, mich zu schlagen. Oder ist das so Ihre Art, auf wehrlose Frauen einzuschlagen?«

»Ich wußte nicht, daß Sie es waren. Ich meine, ich wußte nicht, daß ... ach verdammt!« Er biß die Zähne zusammen und preßte hervor: »Außerdem machen Sie gar nicht so einen wehrlosen Eindruck, wie Sie vorgeben.«

Sehr zu Cassies Mißfallen, hatte Melodie Farrell den Fremden bewundernd angesehen und kicherte plötzlich: »Wenn du dich nicht wie ein Junge benehmen würdest, dann würde man dich auch nicht so behandeln, Cassie.«

Cassie drehte sich zu ihr um. »Daß man in dir natürlich immer nur ein anlehnungsbedürftiges, hilfloses Weibchen sehen kann, das ist klar, Melodie Farrell.«

Cassie dachte verächtlich daran, wie sehr Melodie ihre Weiblichkeit durch modische, teure Extravaganzen zu betonen pflegte, aber unwillkürlich beneidete sie sie auch ein wenig. Heute trug Melodie einen weiten Mantel aus orangefarbener Wolle mit Pelzbesatz. Er ging ihr, wie es der neuesten Mode entsprach, bis zehn Zentimeter über die Knöchel, so daß man die geknöpften Stiefeletten aus marineblauem Wildleder sehen konnte. Wie lächerlich mußte sie selbst in ihrem schmutzigen, geflickten Overall und der viel zu großen Tweedjacke in den Augen des Fremden aussehen!

Melodie spürte Cassies Unbehagen und lächelte zuckersüß. »Männer lieben es nun einmal, wenn Frauen hübsch aussehen. Auf diese Idee bist du wahrscheinlich noch nicht gekommen, denn ich habe nicht den Eindruck, daß bei dir die Männer Schlange stehen.«

»Ha! Zumindest bin ich nicht einundzwanzig und noch immer unverheiratet!«

Melodie blies die Wangen auf und wurde rot. »Es ist gemein, wenn du so etwas sagst! Dabei weißt du doch genau, daß Monte und ich heiraten wollten, ehe er im Krieg fiel. Nur weil du erst neunzehn bist, übrigens auch schon fast zwanzig, ist damit noch lange nicht gesagt, daß du jemals ... «

»Daß ich je heiraten werde«, beendete Cassie den Satz mit unverhohlenem Spott. »Nein, denn ich werde mich auf keinen Fall jemandem unterordnen, der ... «

»Das reicht!« Die beiden Mädchen erschraken; Cassie sah den Piloten böse an, während Melodie schmollte. »Ich habe den Eindruck, daß ihr euch nicht das erste Mal über dieses Thema streitet, und offen gestanden, ich finde das Ganze ziemlich langweilig.«

Der arrogante, überhebliche Gesichtsausdruck des Fremden war aufreizender als seine Worte. Cassie war derart empört, daß ihr der Zorn förmlich aus den Ohren rauchte. Er war offenbar einer jener Männer, für die Frauen nichts weiter als ein dämlich lächelnder Aufputz waren, deren einzige Daseinsberechtigung darin bestand, am Arm eines Mannes zu erscheinen, ihn zu bewundern und hübsch zu sein, um ihm so »zur Ehre zu gereichen«. Der Gedanke machte sie so wütend, daß sie am liebsten losgebrüllt hätte.

Statt dessen schlug sie die Augen auf und klimperte mit den Wimpern. »Verzeihen Sie, daß wir Sie gelangweilt haben, Mister ...«

»Linc Cameron. Und der Köter heißt Patches«, stellte der Fremde sich und den kleinen Hund zu seinen Füßen vor, der Cassie mit heraushängender Zunge anblickte.

Während Cassie noch nach einer passenden Replik suchte, grinste der Fremde sie breit an.

»Wir freuen uns, Ihre Bekanntschaft zu machen, Miss ... Jones, nicht wahr?«

Er hatte wirklich ein wunderbares Lächeln, dachte sie – wenn er nicht gerade auf diese überhebliche, spöttische Art grinste. Vermutlich wußte er genau, wie sein Lächeln auf Frauen wirkte. Nun, er würde sehr bald herausfinden, daß es auf sie keinen Eindruck machte.

Mit süffisantem Grinsen antwortete sie: »Um Ihnen die Langeweile zu vertreiben, Mr. Cameron, schlage ich vor, daß Sie und Miss Farrell von hier verschwinden. Sie befinden sich auf Privatbesitz, und ich gebe Ihnen genau eine Stunde, dann sind Sie und Ihre Schrottkiste« – sie deutete auf die *Betsy* – »von meinem Flugfeld verschwunden.«

Cassie stapfte davon, überzeugt, daß ihm seine Selbstzufriedenheit damit vergangen war.

Unglücklicherweise verdarb ihr der dämliche Hund den Abgang. Patches jagte hinter ihr her, sauste voraus, pflanzte sich direkt vor ihr auf und bellte sie aufgeregt an.

»Verschwinde«, flüsterte sie.

Der Hund sah flehentlich zu ihr auf, legte den Kopf schief, und Cassie wäre beinahe schwach geworden. Er war ein so häßliches, kleines Ding, daß er schon fast wieder süß war, mit seinem Mopsgesicht und dem dunkelbraunen Fleck über dem einen Auge, wie ein einäugiger Pirat. Der Name paßte zu ihm, denn sein stämmiger Körper war mit diesen braunen Flecken übersät.

»Komm zurück, Köter!« rief der Fremde lachend. »Ich glaube, die Dame schätzt deine Gesellschaft nicht.«

Der Hund zögerte einen Augenblick, winselte leise und gehorchte schließlich seinem Herrn. Cassie mußte sich zwingen, sich nicht nach ihm umzudrehen.

Aber Linc Cameron ließ Cassie nicht aus den Augen, als sie auf den baufälligen Schuppen am Rande des Flugfeldes zuging. Der unförmige Overall konnte zwar den weiblichen Schwung ihrer Hüften nicht ganz verbergen, aber sie sah darin trotzdem aus wie ein Zirkusclown. Die runden grauen Augen waren viel zu groß für das spitze Koboldgesicht. Ihr Haar war lang und lockig, eine wirre Mähne, doch von einem so warmen Goldton, wie er ihn noch nie zuvor gesehen hatte.

Allerdings war sie ungefähr so umgänglich wie eine Sumpfnatter.

»Was ist denn los mit ihr?« fragte Linc.

»Ach, zerbrechen Sie sich nicht den Kopf; so ist Cassie Jones eben.« Melodie Farrell schob ihren Arm unter den seinen und lehnte sich an ihn. »In Kingly halten sie alle für verrückt. Sie beteiligt sich an diesen dummen Protestmärschen, bei denen die Frauen das Wahlrecht fordern. Als ob es für uns Frauen nichts Wichtigeres gäbe! Sie war deswegen sogar schon einmal im Gefängnis. Und dann die Fliegerei! Warum müht sich ein Mädchen mit diesen schmutzigen Maschinenungeheuern ab? Einmal habe ich sie gesehen, Sie werden es nicht glauben, Linc, aber sie war von Kopf bis Fuß mit Öl verschmiert, als hätte sie sich darin gewälzt. Wie ein Schwein in der Suhle!«

Melodie lachte, aber Linc konnte nicht einmal lächeln. Melodies Lachen erstarb sehr schnell, und sie bat fröstelnd: »Fahren wir doch zurück ins Haus, Linc, mir ist kalt bis auf die Knochen.«

Endlich wandte Linc den Blick von Cassie und widmete sich wieder Melodie. »In Ordnung. Ich muß nur noch die *Betsy* vertäuen.«

An der Frontseite des Schuppens, der Cassie als Hangar für das Flugzeug und ihrem Onkel Quigly als Werkstätte diente, hing ein ramponiertes Transparent mit der verblichenen roten Aufschrift AEROPLANFLÜGE. Eine mit Blech gedeckte Holzhütte lehnte an der Seite des Schuppens, als wäre sie schon zu alt und zu müde, um allein stehen zu können.

Cassie stieg die ausgetretene Treppe an der Vorderseite des Hauses hoch, blieb aber an der Tür stehen und drehte sich gegen ihren Willen noch einmal um. Der Fremde begleitete Melodie zu dem teilweise chromglänzenden grünen Sportwagen der Farrells, der am Rand des Schotterweges zum Flugfeld geparkt war. Der Pilot hatte den Arm um Melodies Taille gelegt; sie lehnte sich an ihn, legte den Kopf in den Nacken und lachte über etwas, das er sagte.

Cassie strich sich die Haare aus den Augen und sah ihnen nach. Sie redete sich ein, daß sie um nichts in der Welt mit Melodie Farrell tauschen wollte. Melodies Bruder mochte der größte Tabakpflanzer der Gegend sein, aber Melodie hatte nicht gelernt, auf eigenen Beinen zu stehen. Sie hatte nichts anderes im Kopf, als sich einen Mann einzufangen, irgendeinen Mann. Jahr um Jahr verging, und die Suche nach einem Mann wurde immer verzweifelter. Aber vielleicht hatte der Fremde, dieser Linc Cameron, nichts dagegen, sich einfangen zu lassen.

Cameron half Melodie in den Beifahrersitz des Sportwagens und behandelte sie dabei so vorsichtig wie ein rohes Ei. Dann schwang er sich mit einem betont sportlichen Satz hinter das Steuer. Cassie schnaubte verächtlich und höchst undamenhaft. Sie war froh, daß sie ihm gesagt hatte, er solle mit seiner Maschine vom Flugfeld verschwinden. Da die hilflose kleine Melodie nicht Auto fahren konnte, mußte er sie nach Hause auf die Plantage fahren und danach zu Fuß zum Flugzeug zurückkommen. Etwas umständlich, aber es geschah ihm recht.

Cassie wartete darauf, daß er das Auto rasant auf die Straße lenkte, daß die Steine nur so hochsprangen, statt dessen wandte er den Kopf in ihre Richtung und pfiff. Sie wunderte sich einen Augenblick, ob das Pfeifen ihr galt, aber dann bemerkte sie, daß Patches, der Hund, auf halbem Weg zwischen dem Auto und dem Haus mitten auf der Erde saß und sich unsicher nach Cassie umsah. Als sein Herrchen pfiff, wanderte sein Blick zwischen den beiden hin und her. Dann sauste er auf den Sportwagen zu und sprang auf den Notsitz.

»Blöder Hund«, murmelte Cassie, drehte sich um und ging ins Haus.

Sie zog ihre schwere Jacke aus und hängte sie zusammen mit der Lederkappe und der Schutzbrille an einen Haken neben der Küchentür. In der Küche war es kalt, und sie legte ein paar Stücke Kohle in den Kanonenofen. Danach nahm sie die abgeschlagene emaillierte Kaffeekanne vom Herd und füllte sie an der altmodischen Handpumpe neben dem Spülbecken mit Wasser. Dabei fiel ihr Blick auf ihr Spiegelbild im Fenster. Auf der Nase saß ein schmutziger Ölfleck, und sie wischte ihn verärgert ab. Wahrscheinlich war der Fleck schon die ganze Zeit da gewesen, auch als sie den Piloten vom Flugfeld gewiesen hatte. Er und Melodie lachten sich vermutlich krumm darüber.

Cassie füllte zwei Eimer mit Wasser und leerte sie in die Blechwanne hinter dem Papierwandschirm in einer Ecke der Küche. Dann ging sie zum Spülbecken zurück und füllte die Eimer aufs neue.

Viermal mußte sie noch gehen, dann war die Wanne halbvoll. Sie zog den Overall aus, schlüpfte aus dem abgetragenen Flanellhemd, das sie darunter trug, und schob beides mit dem Fuß beiseite. Was machte es aus, wenn sie in ihren Kleidern lächerlich aussah; beim Fliegen war sie gern warm und bequem angezogen. Wenn Linc Cameron tatsächlich der gute Pilot war, für den er sich hielt, dann müßte er wissen, daß es nicht sehr praktisch war, wenn man beim Fliegen angezogen war, als wäre man soeben einem Modejournal entstiegen.

Cassie lächelte, als sie daran dachte, wie sich Melodie im Gebüsch übergeben hatte – sehr undamenhaft. Das hatte bestimmt keinen guten Eindruck auf den Mann gemacht. Und was das gute Aussehen anging: Jemand sollte Melodie wohlmeinend darauf aufmerksam machen, wie dick sie in dem unförmigen orangefarbenen Mantel aussah. Bei dieser Gelegenheit könnte man ihr gleich sagen, daß ihr Geschmack ganz allgemein manchmal zu wünschen übrigließ. Plötzlich wunderte sich Cassie, warum sie auf einmal ihre Zeit mit Gedanken an Melodie Farrell verschwendete.

Weil du eifersüchtig bist, stichelte eine innere Stimme.

»Bin ich nicht!« verteidigte sie sich.

Cassie zog das Baumwollmieder und die Unterhose aus und stieg in die Wanne. Sie setzte sich und verzog das Gesicht, als das kalte Wasser den Bauch berührte. Die Wanne war so klein, daß sie die Beine bis an das Kinn ziehen mußte.

»Linc Cameron.« Sie sprach den Namen laut aus. Wie gut er Melodie Farrell wohl kennen mochte?

Hoffentlich erzählte er nicht in ganz Kingly groß herum, wie sie ihn mit der Spitze der Tragfläche beinahe gestreift hatte. Quigly erfuhr besser nichts davon, daß sie durch ihre Unvorsichtigkeit um ein Haar einen Zusammenstoß verursacht hätte. Quigly würde nicht böse sein – er wurde nie böse. Aber er wäre sehr enttäuscht darüber, daß sie absichtlich ein anderes Flugzeug gefährdet hatte. Fliegen war auch ohne unnötige Risiken gefährlich genug. Quigly machte ihr ständig Vorhaltungen, daß sie zu impulsiv reagierte, sobald sie die Hände am Steuerknüppel hatte.

Was machte Linc Cameron überhaupt hier in Kingly? Cassie dachte angestrengt darüber nach. In einem kleinen Ort wie Kingly gab es nicht genügend Fluggäste für zwei Flugzeuge. Andererseits war Ward Farrell, Melodies Bruder, im Krieg Kampfflieger gewesen; vielleicht hatten sich die beiden Männer in Frankreich kennengelernt? Vielleicht war Linc Cameron zu Besuch bei Ward? Vielleicht war er gekommen, um Melodie den Hof zu machen?

Bei dem Gedanken daran verfinsterte sich Cassies Miene unwillkürlich.

Plötzlich fröstelte sie in der Badewanne. Sie wusch sich rasch im kalten Wasser und stieg triefend naß aus der Wanne. Mit einem dünnen Handtuch trocknete sie sich ab und wickelte es danach um die nassen Haare. Noch nackt tappte sie über den Linoleumboden in ihr Zimmer. Als sie am Tag nach dem Tod ihrer Mutter vor der Tür ihres Onkels erschienen war, hatte es in diesem Haus nur zwei Zimmer gegeben. Nach einiger Zeit waren sie und Quigly übereingekommen, daß Cassie bleiben würde; damals hatte Quigly ein drittes Zimmer angebaut, damit sie einen eigenen Raum hatte.

Cassie griff gerade nach einem Hausmantel, als jemand energisch an der Haustür klopfte. Sie nahm an, daß es Wilhelmina Wright war, die Eier zu verkaufen hatte. Wilhelmina war die Frau eines Pächters, der in der Nähe ein Stück Land der Farrells bewirtschaftete; Wilhelmina hielt Hühner und trug damit auch etwas zum mageren Einkommen ihres Mannes bei.

Cassie schlüpfte in den Morgenmantel und band den Gürtel um die Taille. Sie ging zum Fenster und öffnete es einen Spalt. Vom Fenster aus konnte sie nicht zur Veranda hinübersehen, aber wenn sie laut genug rief, dann mußte Wilhelmina sie hören.

»Komm herein, Willie! Ich bin gleich soweit!« schrie sie. Gleich darauf quietschte die Haustür, und Cassie schloß das Fenster.

»Auf dem Ofen steht Kaffee«, sagte Cassie laut, damit man sie auch im Nebenzimmer noch verstand. »Bediene dich!« Sie riß sich das Handtuch vom Kopf und fuhr sich mit den Fingern durch die Haare. Es gab keinen Grund für Cassie, sich weiter anzukleiden; Willie würde das nicht stören.

»Hast du dir Kaffee genommen, Willie? Du wirst staunen, wenn ich dir von dem großartigen Mann erzähle, den ich heute kennengelernt habe ...«

Cassie blieb wie angewurzelt in der Tür stehen. Sie war so beschämt, daß ihr die Luft wegblieb. Der Fremde lehnte an der Spüle und hielt eine Tasse mit dampfendem Kaffee in der Hand. Der gefleckte Hund lag zusammengerollt auf dem Teppich vor dem Ofen und fühlte sich offenbar wie zu Hause.

»Guten Tag, Miss Jones«, grüßte Linc Cameron und lächelte sie strahlend an.

Cassie stemmte die Hände auf die Hüften und ging wütend auf Linc zu, der sie belustigt beobachtete. Der dünne Hausmantel klaffte von der Taille abwärts auseinander und enthüllte ihre wohlgeformten Beine. Am Oberkörper schmiegte sich der Stoff eng an die feuchte Haut, und der tiefe Ausschnitt gewährte einen vielversprechenden Einblick. Im Overall und mit der dicken Jacke hatte Cassie ziemlich dürr gewirkt. Aber jetzt mußte Linc feststellen, daß sie dort, wo es darauf ankam, keineswegs knochig war.

Es schien sie auch nicht aus der Fassung zu bringen, daß sie, nur mit einem dünnen Baumwollmantel bekleidet, einem Fremden in ihrer Küche gegenüberstand. Sie blieb vor ihm stehen, so nahe, daß er sie hätte berühren können. Er verkniff sich ein Lächeln und konzentrierte sich auf ihr Gesicht. Sie wirkte keineswegs erfreut.

»Kommen Sie immer ungeladen in fremde Häuser und nehmen sich Kaffee?« fragte sie wütend.

»Aber ich wurde doch hereingebeten! Ich habe deutlich gehört, daß Sie sagten, ich möge hereinkommen.«

»Ich sagte: Willie! Heißen Sie Willie?«

»Man verwechselt mich oft mit Willie. Wir gleichen einander wie ein Ei dem anderen. Wir sind wie zwei Pflaumen vom selben Baum. Wir sind wie …«

»Wie Zwillinge? Nur ist Willies Hautfarbe zufällig kohlrabenschwarz, und sie wiegt keine fünfzig Kilogramm.«

Linc lachte herzlich, und Cassie legte die Hand auf den Mund, um ein Kichern zu unterdrücken. Es war eine kindliche Geste, die ihm vor Augen führte, wie jung sie war. Dann fuhr sie kurz und bündig fort: »Was wollen Sie hier?« Der Ton ihrer Stimme machte ihm unmißverständlich klar, daß es ihr, trotz ihrer Jugend, nicht an dem Mut und der Entschlossenheit mangelte, die man zum Fliegen brauchte.

»Ich muß innerhalb einer Stunde mit meiner Maschine von hier fort sein, erinnern Sie sich?«

Cassie sah sich mit übertriebenem Erstaunen in der Küche um. »Ich sehe sie nirgends.«

Er lächelte und strich zart über Cassies geschwollene Kinnbacke, die sich bereits verfärbte. »Ich wollte nur wissen, was aus Ihrem Gesicht geworden ist.«

Cassie zitterte am ganzen Körper, als er sie berührte, aber sie wehrte sich nicht. »Was glauben Sie wohl, was mit meinem Gesicht ist? Es tut weh.«

»Sie müssen mir glauben, Miss Jones, ich war zwar wütend, aber ich hätte Sie nie geschlagen, hätte ich gewußt …«

»Daß ich eine Frau bin und kein Mann, wie Sie glaubten.«

»So ähnlich, ja. Obwohl Ihr Manöver ziemlich dumm war …«

»Wer sind Sie?«

Linc wollte antworten, aber noch ehe er etwas sagen konnte, fuhr sie unvermittelt fort: »Ich meine, woher kommen Sie? Was machen Sie in Kingly?«

»Woher ich komme, tut nichts zur Sache. Ich bin nach Kingly gekommen, weil morgen der Grundstein für ein Ehrenmal für einen gefallenen Fliegerkameraden, mit dem ich im Krieg in

Frankreich im Einsatz war, gelegt wird. Vielleicht kannten Sie ihn, sein Name war Monte Lane?«

»In Kingly kennt jeder jeden.«

»Natürlich … morgen wird also der Grundstein für das Denkmal gelegt. Reden werden gehalten, eine Kapelle soll spielen, und ich weiß nicht, was noch alles. Für Monte ändert das nichts; er ist tot. Aber ich wurde eingeladen, um herumzustehen und mich als Kriegsheld bewundern zu lassen. Dieses Heldengetue geht jetzt schon seit zwei Jahren. Dabei würde ich viel lieber nie mehr …« Er brach ab, weil ihm die Bitterkeit in seiner Stimme unangenehm war.

Cassie tat so, als hätte sie den bitteren Ton gar nicht bemerkt. Aus irgendeinem Grund war sie über seine Antwort erleichtert. »Haben Sie es schon gesehen?« fragte sie lächelnd.

Sie hatte ein entzückendes Lächeln, stellte Linc insgeheim fest. »Was gesehen?« fragte er.

»Das Modell für das Denkmal.« In ihren Augenwinkeln bildeten sich kleine Falten, als würde sie sich über etwas lustig machen. »Es wird eines von diesen spitzen ägyptischen Dingen. Ausgesprochen häßlich.«

Linc lachte. »Ein Obelisk? Der hätte Monte vermutlich gefallen. Kommen Sie auch zu der Feier?«

Sie lächelte wieder. »Ich werde dort sein.«

Sie schwiegen beide eine Weile. Cassie hatte den Blick abgewandt, mußte Linc aber schließlich wieder ansehen.

Linc betrachtete hingerissen das durchdringende Graublau ihrer Augen. »Cassie …« flüsterte er tonlos.

Sie zuckte zusammen und wandte sich ruckartig von ihm ab. Sie hob einen Arm und fuhr sich mit den Fingern durch die Haare. Dabei schob sich der weite Ärmel des Hausmantels nach oben, und der dünne Stoff spannte sich über ihrer Brust.

»Wollen Sie noch etwas Kaffee?« fragte sie unvermittelt.

Linc atmete geräuschvoll aus und warf einen Blick auf seine noch immer volle Tasse. Ohne es zu wollen, verzog er den Mund. »Äh … nein, vielen Dank.«

Ihr Lachen überraschte ihn. »Sie müssen nicht höflich sein. Ich mache den schlechtesten Kaffee von ganz Virginia. Quigly meint, ich könnte ihn als Unkrautvernichter verkaufen und damit ein Vermögen verdienen.«

»Wer ist Quigly?«

Cassie antwortete nicht. Statt dessen trat sie näher zu ihm, nahm die Tasse aus seiner Hand und goß den Kaffee in die Spüle. Dabei streiften ihre Finger einen Augenblick lang seine.

Du lieber Himmel, schoß es Linc durch den Kopf, das ist doch verrückt. Man verliebt sich doch nicht von einer Sekunde auf die andere.

Cassie stand so nahe vor Linc, daß er den Duft des Seifenparfüms auf ihrer Haut wahrnahm. Er betrachtete ihr Profil. Sie hatte markante Backenknochen, eine kleine Nase und einen vollen Mund mit einer etwas vorstehenden Oberlippe. Ihr Mund zeugte von einer Verletzlichkeit, die nicht zu ihrem herben Auftreten paßte. Sie würde wahrscheinlich nie zugeben, daß sie jemanden brauchte oder daß ihr etwas fehlte, aber ihr Mund verriet ihm etwas anderes.

Eine blonde feuchte Lockensträhne klebte an Cassies Stirn, und ohne nachzudenken, streckte Linc die Hand aus und schob ihr die Haare mit den Fingerspitzen hinter das Ohr. Cassie schien nicht überrascht zu sein, sondern wandte Linc langsam ihr Gesicht zu, als wäre das, was kommen sollte, unvermeidlich. Sie öffnete die Lippen, und er beugte sich über sie.

Cassie erwiderte den Kuß mit bezaubernder Unbeholfenheit und machte ihre Unsicherheit durch die Bereitschaft, rasch zu lernen, wett. Linc preßte den Mund an ihren, und sie erwiderte den Druck mit einem tiefen Seufzer. Linc war so von ihren Lippen verzaubert, daß er gar nicht bemerkte, wie stocksteif sie anfangs vor ihm stand und wie sie sich erst allmählich entspannte. Cassie seufzte noch einmal und schmiegte sich an ihn; Linc schob den dünnen Stoff des Morgenmantels zur Seite und ließ seine Hand über ihre Haut gleiten.

Cassie hielt hörbar den Atem an und entwand sich seinen Armen. Linc wartete auf die unvermeidliche Ohrfeige – die hätte er seiner Meinung nach verdient. Nachdem er aus Frankreich zurückgekehrt war, hatte er feststellen müssen, daß sich die amerikanischen Mädchen um einiges gelöster und freizügiger verhielten als vor dem Krieg. Aber dieser Kuß, das wußte er, war zu schnell gewesen und zu weit gegangen, auch für eine moderne amerikanische junge Frau.

Doch die Ohrfeige blieb aus. Cassie zog nur den Hausmantel fester zusammen, trat zurück und ging um den Küchentisch herum, so daß der Tisch trennend zwischen ihr und Linc stand.

»Du liebe Zeit ...« Zitternd legte sie eine Hand auf den Mund.

»Cassie.«

»Du liebe Zeit ...« sagte sie noch einmal. »Bitte keine ... gehen Sie einfach. Bitte.«

Er wollte nicht gehen, nicht so. Nicht ohne Erklärung für den Kuß, und nicht ohne die Gewißheit, sie wiederzusehen.

»Hören Sie mir zu«, bat er leise, »Sie dürfen nicht glauben ... ich möchte ... Ach zum Teufel! Ich mache alles falsch!« Linc holte tief Luft. »Ich weiß, was Sie jetzt von mir denken, Miss Jones. Zuerst schlage ich Sie, dann platze ich ungebeten hier herein und versuche ... versuche Sie zu küssen.« Er lächelte zaghaft.

Cassie schwieg und sah ihn mit ihren großen grauen Augen verschreckt an.

»Cassie ... Ich werde morgen bei der Feier nach Ihnen Ausschau halten. Vielleicht können wir nachher eine Tasse Kaffee trinken?«

»Nein! Ich meine, nein danke. Ich kann nicht.«

Linc zuckte mit den Achseln. Er schnippte mit den Fingern nach Patches, der sein Herrchen vorwurfsvoll ansah, bevor er sich langsam erhob und zur Tür kam. Linc hatte die Hand bereits am Türknauf, als er noch einmal innehielt und sich umdrehte. Cassie stand noch genauso da wie zuvor.

»Es tut mir leid«, versuchte er es erneut.

Cassie hob schnell den Kopf. »Also gut! Es tut Ihnen leid. Aber jetzt gehen Sie endlich!«

Leise fiel die Tür hinter Linc ins Schloß. Cassie hörte das Poltern seiner Stiefel auf der Treppe und das Knirschen der Kieselsteine auf der Auffahrt. Minutenlang stand sie still; nichts war zu hören. Dann sprang zögernd ein Motor an.

Cassie lief zur Tür, riß sie auf und stürzte hinaus auf die Treppe. »Warten Sie! Kommen Sie zurück! Ich habe es nicht so gemeint!« rief sie, während das Flugzeug immer rascher über die Wiese rollte. »Ich habe es nicht so gemeint!«

Kapitel 2

Linc Cameron, ehemaliger Kapitän im Lafayette Fliegercorps, lehnte sich gegen das mit rot-weiß-blauen Flaggen geschmückte Geländer der Tribüne. Er kam sich wie eine Zirkusattraktion vor. Er trug die Galauniform der Flieger, rote Hose und blaue Jacke, und fühlte sich äußerst unbehaglich. Die Aufmerksamkeit, die man ihm zollte, steigerte sein Unbehagen; überhaupt war ihm die ganze Veranstaltung äußerst zuwider.

Es herrschte auch nicht gerade ideales Wetter, um im Freien herumzustehen und sich alle möglichen Reden anzuhören. Dutzende kleine amerikanische Fähnchen zierten die Tribüne und knatterten im kalten Wind; der Fahnenstoff, der das Tribünengerüst verkleidete, blähte sich und verfing sich im groben Holz. Eine Kapelle stimmte ihre Instrumente, und die Männer hauchten sich in die Hände, um diese warm zu halten. Das Gras im Stadtpark von Kingly war braun und verwelkt, und an manchen Stellen war der Boden kahl.

Linc zog die Schultern hoch, steckte die Hände in die Taschen und fluchte leise vor sich hin.

»He, Alter!« erklang eine sarkastisch klingende Stimme. »Mit deiner finsteren Miene verscheuchst du ja alle hübschen Mädchen!«

Linc drehte sich zu Edward Farrell um. Farrell war groß und schlank und trug die gleiche Uniform wie Linc. Sie waren gemeinsam in Frankreich gewesen und hatten gemeinsam gekämpft; in vieler Hinsicht standen sie einander so nahe wie Brüder.

Linc verzog das Gesicht. »Du weißt, wie sehr ich diesen Unfug hasse, Ward.«

Ward Farrell lächelte, und seine braunen Augen wurden schmal dabei. »Du gewöhnst dich besser daran. Der Krieg ist zwar vorüber, aber jetzt wird gefeiert. Und du bist der Ehrengast!«

Jemand betrat neben ihnen die Tribüne und zog das weiße Tuch vom Tonmodell des Denkmals. Kritisch betrachteten die beiden Männer das angekündigte Meisterwerk des Bildhauers. Es war eigentlich kein Obelisk: Die Basis war dick, das obere Ende abgerundet. Zwei Jahre in der mit Zoten geladenen Atmosphäre auf den Militärflugplätzen Frankreichs hatten Linc und Ward geprägt.Die Freunde tauschten belustigte Blicke. Ward lachte als erster laut heraus. »Du lieber Himmel, Linc, was haben sich denn die Stadtväter dabei gedacht? Es sieht aus wie ...«

»Ja, ja, ich weiß.« Linc mußte jetzt ebenfalls lachen. Dann sah er sich im Park um. Es war nur ein kleines Geviert mit einem alten, von Ulmen umstandenen Pavillon. Hier hatte die Kapelle Aufstellung genommen und begann soeben eine wehmütige Melodie zu spielen. Neben dem Pavillon hatte man ein rot-weiß gestreiftes Zelt errichtet, in dem Erfrischungen angeboten wurden: glasierte Kuchen und Kekse, widerlich rosaroter Punsch, Kaffee und Tee in silbernen Kannen.

Linc beobachtete zwei Knaben in Matrosenanzügen und mit Strohhüten, die rund um die Zeltstangen Fangen spielten, und mußte lächeln. Er war schon in unzähligen Städten wie Kingly gewesen – friedliche Gemeinden, traditionsbewußt und still in sich ruhend; der gleichförmige Lebensrhythmus dieser Städtchen hatte immer beruhigend auf ihn gewirkt. Hier würde ich mich gern niederlassen, dachte Linc. Seßhaft werden, heiraten und eine Familie gründen.

Der Krieg war endlich vorüber – er war vor drei Monaten zu Ende gegangen –, und Linc Cameron sehnte sich aus ganzem Herzen nach einem normalen Leben, damit er den Tod – und das Töten – vergessen konnte.

Linc betrachtete die versammelten Menschen. Der Anlaß war zwar ernst, dennoch schienen die Leute guter Laune zu sein und sich über die Gelegenheit zu freuen, Freunde und Nachbarn zu treffen. Außer einigen jungen Männern, die immer noch die khakifarbenen Infantrieuniformen trugen, waren alle Festgäste in Sonntagskleidung gekommen. Aber Februar war keine gute Zeit für eine Feierstunde im Freien, und die Frauen mußten ihre hübschen Kleider unter dicken Wintermänteln verbergen; nur die Broschen an den Spitzenkrägen oder hier und da eine hervorblitzende kunstvolle Ärmelmanschette ließen vermuten, was sich unter den Mänteln verbarg.

Erst jetzt wurde sich Linc bewußt, daß er ein bestimmtes Gesicht in der Menge suchte, und das ärgerte ihn. Nach dem gestrigen Kuß war er bestimmt der letzte Mensch, den sie sehen wollte. Außerdem sollte ein Mann wie er, der sich nach Ruhe und einem normalen Leben sehnte, so vernünftig sein und sich aus dem Staub machen, sobald ihm ein Mädchen wie Cassie Jones über den Weg lief.

In diesem Augenblick erspähte er eine schlanke Gestalt mit blonden Haaren, und trotz seiner guten Vorsätze schlug sein Herz schneller. Aber als sich die Frau umdrehte, war ihm ihr Gesicht unbekannt.

Die Fremde schien ihn jedoch zu kennen, denn sie hob die Hand und winkte. »Hallo, Mr. Cameron!« rief sie und kam zielstrebig auf ihn zu.

»Oho! Nimm dich besser in acht, Linc, alter Knabe!« warnte Ward und grinste dabei.

»Warum?«

»Weil sich gleich das mannstollste weibliche Wesen von ganz Kingly auf dich stürzen wird. Eine Zeitlang hatte sie es auch auf Monte abgesehen, bevor meine Schwester ihn ihr vor der Nase wegschnappte.« Linc stöhnte auf, und Ward lachte und weidete sich sichtlich an der Verlegenheit des Freundes. »Sieh einer an! Ihrem Blick nach zu schließen, hält sie dich für erstklassige Beute!«

Die junge Frau war noch zu weit entfernt, als daß Linc ihre Augen sehen konnte, aber er befürchtete das Schlimmste. Weibliche Wesen auf Männerfang machten ihn immer nervös. Dann bemerkte er zu seiner Erleichterung, daß die Frau von zwei älteren Damen mit Sammelbüchsen aufgehalten worden war – vermutlich wollte man noch bis zur letzten Minute Geld für das Kriegerdenkmal auftreiben. Seine Verehrerin warf Linc einen flehenden Blick zu, aber er kehrte ihr den Rücken zu.

»Ich bin keine Beute«, erklärte er Ward. »Weder eine erstklassige noch sonst eine.«

»Klar bist du das. Du bist jetzt berühmt, ob es dir paßt oder nicht. Du warst ein As als Kampfpilot, und an deiner Brust baumeln jede Menge Orden; das gefällt den Frauen. Sie umschwärmen dich doch wie die Bienen einen Honigtopf.«

Linc schüttelte den Kopf und grinste. »Hinter dir sind sie genauso her, Ward.«

Ward lächelte geringschätzig. »Nicht mit meinen kümmerlichen drei Abschüssen.« Er zuckte mit den Achseln. »He, alter Knabe, du solltest dich nicht beklagen. Ruhm und Ehre machen dich zu einem reichen Mann.«

Linc runzelte die Stirn. Ward hatte recht, ob er es wollte oder nicht, er war jetzt berühmt. Nur ein einziger Amerikaner, Eddie Rickenbacker, hatte mehr Flugzeuge abgeschossen als Linc. Aber die Lobhudelei und die ihm entgegengebrachte Aufmerksamkeit machten Linc nicht glücklich. Er schämte sich innerlich dafür, daß er fähig war, kaltblütig und gezielt zu töten, und wollte auf keinen Fall dafür belohnt werden, daß er den Tod von Männern verursacht hatte, die nur ihre Pflicht getan hatten, genau wie er.

Melodie Farrell näherte sich in Begleitung einer großen, überschlanken Frau. Beide Frauen waren ganz in Schwarz gekleidet, aber Linc hatte den Eindruck, daß die unbekannte Frau, im Gegensatz zu Melodie, ihre Trauerkleider nicht nur zum Schein trug.

»Ihr beide seid ja doch die attraktivsten Männer weit und breit!« rief Melodie. Sie küßte Ward auf die Wange und sah Linc an, als hätte sie ihn auch gern geküßt.

»Melodie, was …« begann ihr Bruder, aber Melodie unterbrach ihn mit einem entzückten Aufschrei.

»Sieh an, wie viele Leute gekommen sind! Monte hätte sich sehr darüber gefreut, das weiß ich.« Sie faßte die Frau am Arm und zog sie näher heran. »Linc? Das ist Janet, Montes Schwester. Sie möchte sich unbedingt mit Ihnen unterhalten, nicht wahr, Janet? Weil Sie doch zusammen mit ihrem Bruder in Frankreich waren, und so weiter! Du liebe Zeit«, rief Melodie und winkte jemandem zu, der sie gegrüßt hatte. »Ich muß mir meine Anweisungen holen. Ich soll nachher Kaffee eingießen. Wenn das nur keine Katastrophe gibt! Womöglich schütte ich Kaffee auf die Frau des Bürgermeisters!«

Melodie lief lachend davon und ließ ihre Begleiterin stehen.

»Es tut mir leid, Janet«, entschuldigte sich Ward Farrell. »Normalerweise ist Melodie nicht so unsensibel. Sie ist nervös, und wenn sie nervös ist, plappert sie und …«

Die Frau legte Ward ihre schmale Hand im schwarzen Spitzenhandschuh auf den Arm. »Ich verstehe, Ward.«

Er nickte und seufzte. »Janet, das ist Linc. Linc Cameron.«

Ein dünner schwarzer Schleier verdeckte das Gesicht der Frau. Linc konnte ihren Gesichtsausdruck nicht erkennen. »Ich freue mich, Sie kennenzulernen, Miss Lane«, begrüßte Linc sie ernst.

Ein eisiger Windstoß fuhr plötzlich durch die nackten Zweige der Ulmen und wirbelte Staub durch die Luft. Die Frau zog den Mantelkragen enger um den Hals zusammen, und Linc entdeckte an ihrer Hand unter der dünnen schwarzen Spitze einen schmalen goldenen Ring.

Die Frau bemerkte seinen Blick. »Ich habe in Frankreich nicht nur meinen Bruder, sondern auch meinen Mann verloren.«

»Das tut mir leid.« Linc wußte, wie unzulänglich die Worte waren.

Janet senkte den Kopf. »Danke. Und vielen Dank, daß Sie heute gekommen sind.« Sie sah Linc an und lächelte zaghaft; sie mußte einmal ein bezauberndes Lächeln gehabt haben, bevor es in Trauer erstarrt war. »Die Briefe, die mein Bruder nach Hause schrieb, waren voll mit bewundernden Schilderungen von Ihren verwegenen Heldentaten, Mr. Cameron. Ich möchte, daß Sie wissen, wie sehr er Sie schätzte. Sie waren sein bester Freund.«

Linc spürte, wie Ward neben ihm zusammenzuckte. Ward Farrell und Monte Lane waren seit vielen Jahren Freunde gewesen – dicke Freunde –, bis Linc aufgetaucht war und ein Freundestrio daraus geworden war. Erst nach Montes Tod war Linc der Verdacht gekommen, daß er womöglich einen Keil zwischen die alten Freunde getrieben hatte. »Wir standen einander sehr nahe, alle drei«, bestätigte er.

Janet lächelte ihm und Ward zu. »Ja, natürlich.« Sie holte tief Luft, als ob sie sich auf etwas Unerfreuliches vorbereitete. »Soviel ich weiß, waren Sie dabei, Mr. Cameron, als ... als mein Bruder starb. Ich wollte Sie fragen, können Sie mir sagen, ob er ... ob er litt ...«

Linc hatte plötzlich den Geruch von verbranntem Fleisch in der Nase. Die Erinnerung war so intensiv, daß sie ihm einen Augenblick lang den Atem nahm. Er mußte die Zähne fest aufeinanderbeißen, damit sie nicht klapperten. Um Janet Lanes willen hoffte er, daß sein Gesichtsausdruck nichts von seinen Gefühlen widerspiegelte.

»Er hat nicht gelitten. Er war sofort tot«, unterbrach Linc schließlich die lastende Stille. »Er konnte keine Schmerzen gehabt haben.« Die Erleichterung auf Janets Gesicht bestätigte ihm, daß er mit seiner Lüge Erfolg gehabt hatte.

In diesem Augenblick kam ein korpulenter Mann auf sie zu; er rang nach Atem und schwitzte, trotz der Kälte. Der Bürgermeister von Kingly, dem Linc bereits vorgestellt worden war.

»Wenn Sie sich bitte alle auf die Tribüne begeben«, bat der Bürgermeister. »Wir beginnen jetzt mit der Feier.«

Linc half Janet auf die Tribüne und geleitete sie zu einem Stuhl neben dem Modell für das Denkmal. Er und Ward nahmen ihre Plätze links und rechts von Janet ein. Die Leute aus der Stadt beeilten sich und setzten sich auf die hölzernen Klappstühle, die gegenüber der Tribüne aufgereiht standen. Sie saßen stocksteif und gaben sich Mühe, nicht vor Kälte zu zittern, während sie höflich auf den Beginn der Zeremonie warteten. Erst jetzt bemerkte Linc, daß manche Leute weiße Gazemasken trugen, um sich gegen die äußerst ansteckende Grippe zu schützen, an der bereits Tausende im ganzen Land gestorben waren. Es war ein makabrer Anblick.

Linc kam sich wie ein Ausstellungsobjekt vor und fühlte sich sehr unbehaglich. Er wäre gern woanders gewesen. Wenn es so etwas wie einen Himmel gab, dann würde Monte vermutlich von dort herunterschauen – das Modell für das Denkmal, die Musikkapelle, er und Ward in ihren etwas operettenhaften Galauniformen – Monte würde lachen, wenn er sie sehen könnte. Doch Monte hatte solche dramatischen Inszenierungen immer geliebt. Diese Vorliebe hatte schließlich auch zu seinem Tod geführt.

Plötzlich glaubte Linc, Montes verkohltes Gesicht über der Menge zu sehen, und er kniff die Augen zusammen. Die Kapelle begann einen Marsch zu spielen, und die Zuhörer applaudierten.

Kaum war die Musik verklungen, nahm der Bürgermeister seinen Platz auf dem Sprecherpodium ein; wieder applaudierte die Menge. »Wir haben uns heute zu Ehren dieser tapferen jungen Männer versammelt«, begann der Bürgermeister. Linc lächelte bitter. Er hielt sich nicht für tapfer und fühlte sich keineswegs mehr jung.

An seinem dreiundzwanzigsten Geburtstag war er Kampfpilot geworden; mehr als zwei Jahre voller Blut und Tränen waren seither vergangen. Amerika war damals noch nicht in den Krieg eingetreten. Aber als eine französische Fliegerstaffel aus amerikanischen Freiwilligen gebildet werden sollte, das sogenannte Lafayette Fliegercorps, hatte er sich sofort gemeldet. In Frankreich hatte er dann Monte Lane und Edward Farrell kennengelernt, zwei Freunde aus derselben Stadt in Virginia. Monte und Ward waren all das, was er nicht war: Sie waren reich, während er jeden Pfennig zusammenkratzen mußte. Sie waren auf der Universität gewesen, er hatte sich alles selbst aneignen müssen; sie waren geradezu überschwenglich freundliche Menschen, er war ein Einzelgänger. Dennoch war Linc von Monte und Edward als Kamerad und Freund akzeptiert worden, und die drei wurden unzertrennlich. Doch nein, das stimmte nicht ganz. Der Tod hatte sie getrennt, als aus dem gleißenden Licht der Sonne ein Leuchtspurgeschoß aufblitzte.

Ein Tumult am anderen Ende des Parks riß Linc aus der Erinnerung an Montes Tod. Eine kleine Gruppe von Suffragetten war aufgetaucht und marschierte mitten auf der Hauptstraße auf den Park zu. Es wurde gehupt, Polizisten bliesen in ihre Trillerpfeifen, und ein Maultier, das einen Gemüsekarren zog, scheute, so daß Tomaten und Salat in den Rinnstein rollten.

Dem Bürgermeister versagte allmählich die Stimme. »Männer … die so viel geopfert haben … so viel, für äh, die Demokratie«, er begann zu stottern, als sich die Zuhörer umdrehten, um das ganze Durcheinander zu beobachten. Linc und Ward grinsten einander an; das versprach interessant zu werden.

Mit Tambourinen und zwei Trommeln machten die Frauen ihre eigene Musik. Quer über die Brust trugen sie Schärpen, auf denen stand: WAHLRECHT FÜR FRAUEN, und in den Händen hielten sie Blumenbouquets aus gelbem Papier. Die Anführerin war eine schlanke Blonde mit einem breitkrempigen Hut mit einer langen gelben Schleife. Linc erschrak. Das mußte Cassie Jones sein, dachte er. In einer kleinen Stadt wie Kingly konnte es unmöglich zwei blonde Unruhestifterinnen geben.

Die Suffragetten waren am Parkzaun angekommen. Linc fragte sich gerade, ob die Frauen wohl über den Zaun klettern würden, als eine von ihnen das eine Ende einer schweren Eisenkette um einen Pfosten und das andere Ende um ihre Taille schlang.

Ein Polizist lief auf die Frau zu. Er schrie sie an, sie schrie zurück, und dann versuchte er, die Kette abzuwickeln. Die Frau traktierte seine Brust mit Fäusten und trat ihm gegen die Schienbeine. Der Mann stöhnte so laut auf, daß es bis zu Linc herauf zu hören war. Cassie Jones kam der Frau zu Hilfe. Sie packte den Polizisten am Handgelenk und versuchte, seine Finger von der Kette zu lösen. Auch als er die Kette so unvermittelt losließ, daß Cassie das Gleichgewicht verlor, hielt sie seine Hand immer noch fest.

Ein zweiter Polizist eilte herbei. Er packte Cassie an den Schultern und versuchte, ihre fuchtelnden Arme festzuhalten, aber ohne viel Erfolg. Sie wehrte sich und warf den Kopf zurück. Dabei rutschte ihr Hut vom Kopf, und ihre üppigen blonden Locken fielen ihr über den Rücken, verfingen sich in der Mütze des Polizisten, wodurch seine Augen verdeckt wurden. Cassie umklammerte immer noch hartnäckig das Handgelenk des anderen Polizisten. Der riß verzweifelt die Hand zurück, um sich endlich aus Cassies Umklammerung zu lösen. Cassie ließ los, die Faust des Polizisten schnellte hoch und traf Cassie, ohne daß der Mann es beabsichtigt hatte, mitten auf die Backe.

»Cassie!« rief Linc und sprang vor.

Doch genau in diesem Augenblick war der Bürgermeister vor Linc getreten, weil er besser sehen wollte, was vor sich ging, so daß die beiden Männer zusammenstießen. Der Bürgermeister schwankte auf den Fußballen an der Kante der Tribüne. Nach Halt suchend, packte er Linc am Kragenaufschlag der Uniformjacke, aber es nützte nichts. Er stürzte von der Tribüne und riß Linc mit sich.

Der Bürgermeister ließ Lincs Jacke los und versuchte verzweifelt, mit einer Hand die Flaggendrapierung an der Tribüne zu erwischen. Tatsächlich gelang es ihm, das dünne Material zu fassen zu bekommen, aber da es nur mit Reißzwecken am Holz befestigt war, löste es sich sofort. Die zwei Männer hatten sich Halt suchend aneinander geklammert und landeten auf dem Boden. Linc kam zuoberst zu liegen und preßte mit seinem Gewicht dem Bürgermeister die Luft aus den Lungen; es gab ein Geräusch, als hätte man ein Ventil an einem Schlauch geöffnet.

Die Flaggendrapierung hatte sich wie ein Leichentuch um den korpulenten Leib des Bürgermeisters gewickelt; Linc mußte nur ein Bein befreien. Er riß sich fluchend los und kam auf die Knie. Die meisten Zuschauer waren aufgesprungen, und ein paar Frauen kreischten. Neben ihm keuchte der Bürgermeister und schnappte nach Luft; es klang, als wäre er am Ersticken. Aber Linc hatte nur Augen für das blonde Mädchen, das dem wütenden Polizisten ohnmächtig in die Arme gesunken war.

»Lassen Sie sie los, Sie Scheißkerl!« schrie Linc, als er endlich wieder auf den Beinen war und mit zornig geballten Fäusten über die Wiese lief.

Cassie öffnete die Augen und blickte in ein vertrautes Gesicht, das irgendwie zu dem pochenden Schmerz in ihrem Kopf dazuzugehören schien.

»Schon wieder Sie!« rief sie und unterdrückte einen Aufschrei, als sie den stechenden Schmerz an der Kinnbacke verspürte. Vorsichtig betastete sie die neue, rasch anschwellende Beule und sah Linc dabei böse an.

Linc Cameron lächelte. »Na, diesmal bin ich unschuldig. Ich war nur zufällig in der Nähe.«

Cassie sah sich um und bewegte dabei den schmerzenden Kopf so wenig wie möglich. Sie blickte in die Hinterhöfe einer Häuserzeile, auf zwei stinkende Aborte und Wäsche, die auf der Leine im Wind flatterte. Linc hockte auf einem Haufen Abfallholz und alter Ziegel, mitten in einem mit Unrat übersäten Gäßchen. Sie selbst lag halb auf dem Abfallhaufen, halb auf ihm – ihr Kopf ruhte in seinem Schoß.

Cassie setzte sich mit einem Ruck auf; die Folge war, daß sich alles um sie herum drehte, wie auf einem außer Kontrolle geratenen Karussell. Linc faßte sie an den Schultern und zog sie an seine Brust, um sie zu stützen. Sie schmiegte die Wange an den groben Stoff seines Uniformrocks. Es wirkte sehr beruhigend auf sie, seine Arme um ihre Schultern zu spüren und dem gleichmäßigen Schlag seines Herzens zu lauschen.

»Verdammt, Sie Scheusal, Sie!« murmelte sie. »Sie müssen sich überall einmengen! Sie haben alles ruiniert.«

»Sie sind undankbar. Ich konnte verhindern, daß man Sie ins Gefängnis steckte. Dafür werde ich wahrscheinlich dort landen, weil ich einem Polizisten in die … in eine empfindliche Stelle getreten und einem anderen einen Schlag auf die Nase verpaßt habe. Davor hatte ich den Bürgermeister von Kingly von der Tribüne gestürzt.«

Cassie hatte keine Ahnung, wovon er sprach, aber es war ihr gleichgültig. Sie hatte ihre eigenen Probleme, wenn sie sich auch nur mit Mühe daran erinnerte, während er sanft ihre Schulter und den Nackenansatz massierte.

Schließlich machte sich Cassie los. Unsicher schwankend stand sie auf. Das einzige Kostüm, das sie besaß, hatte einen Riß, und jemand hatte die obersten drei Knöpfe aufgemacht. Sie funkelte Linc wütend an und versuchte dabei, mit einer Hand die Jacke zuzuknöpfen.

»Sie Narr! Ich wollte doch ins Gefängnis!«

»Tatsächlich?« Er wollte ihr mit den Knöpfen helfen.

Cassie dachte mit Grauen an den schrecklichen Monat, den sie bereits einmal im Gefängnis verbracht hatte, und verbesserte sich: »Nein … eigentlich nicht. Aber wie sonst können wir wirksam auf die mißliche Situation der Frauen in diesem Land aufmerksam machen? Die ganze Sache ist allein Ihre Schuld.«

»Was ist meine Schuld?« Er raffte ihre Haare zusammen und schob sie ihr aus dem Gesicht. »Bei mir haben sich die Frauen bisher noch nie über ihre mißliche Lage beklagt.«

»Sie sind ein Mann, und ich erwarte daher nicht, daß Sie das verstehen.« Sie überging seine Bemerkung über seine Frauen, deren Zahl wahrscheinlich in die Tausende ging. »Sie haben für die Demokratie gekämpft, Monte Lane starb dafür, und trotzdem ist es Ihnen gleichgültig, daß in den so großartig demokratischen Vereinigten Staaten von Amerika Kriminelle, Verrückte und Frauen nicht wählen dürfen.«

»Damit befindet ihr euch doch in guter Gesellschaft.« Linc grinste.

Beinahe hätte sie auch gelacht. »Das war nicht witzig.«

»Ich dachte doch.«

»Sie sind vermutlich dagegen, daß Frauen das Wahlrecht bekommen.«

Linc zuckte die Achseln und stand auf. »Der Zustand, in dem sich die Welt derzeit befindet, ist schlimm genug; die Frauen könnten es nicht mehr schlimmer machen, als es ohnehin bereits ist.«

»Das ist eine typisch männliche Einstellung!« Cassie stemmte die Fäuste auf die Hüften und reckte das Kinn in die Höhe. »Sie gehören vermutlich zu jenen Idioten, die den Frauen am liebsten auch das Fliegen verbieten würden. Sie glauben wahrscheinlich, daß wir viel zu emotional sind, um ein Flugzeug zu fliegen, und beim ersten Anzeichen von Schwierigkeiten den Kopf verlieren.«

Er umfaßte ihr hochgerecktes Kinn mit den Fingern. »Ihre Vermutungen sind nicht fair. Wenn eine Frau fliegen will, soll sie fliegen. Ich habe nur Bedenken, wenn sie so verantwortungslos oder unvorsichtig ist, daß sie mit ihrem Flugzeug meines beinahe zum Absturz bringt.«

Cassie wurde rot. Warum mußte er immer recht behalten? Und warum fing sie immer gleich zu zittern an, sobald er sie berührte?

Linc hatte es so geschickt eingerichtet, daß Cassie mit dem Rücken gegen den Holzstoß lehnte und er vor ihr stand; sie konnte also nicht davonlaufen. Er hatte ihr Kinn losgelassen und streichelte zart über ihren Nacken. Seinen anderen Arm hatte er um ihre Taille gelegt, und mit seinem Handballen drückte er auf ihre Hüfte.

Cassie konnte ihren Blick einfach nicht abwenden. Noch nie hatte sie in so strahlend blaue Augen gesehen, die gleichzeitig so unendlich traurig wirkten. Sie hatte das Gefühl, daß diese Augen viel Schlimmes gesehen hatten und ihnen keine bittere Erfahrung erspart geblieben war.

»Es tut mir leid«, flüsterte sie, ohne genau zu wissen, was ihr leid tat, oder ob er sie überhaupt gehört hatte. Dann beobachtete sie wie hypnotisiert, wie er die Lider senkte und sich seine Lippen langsam den ihren näherten.

Sie drehte den Kopf fort. »Nicht«, bat sie, plötzlich atemlos.

»Nicht was?«

»Nicht küssen«, bat sie etwas lauter.

»Das wollte ich aber gerade machen«, entgegnete er.

Cassie schob ihn fort. »Nein, hören Sie auf. Ich meine es ernst.«

Linc hob den Kopf, ohne jedoch die Hand von ihrer Taille zu nehmen. »Ich habe geglaubt, Sie mögen mich.«

»Ha! Wie kommen Sie denn auf diese dämliche Idee?«

»Ach ...« Er lächelte sie unschuldig an und sah dabei wie ein kleiner Junge aus, aber Cassie ließ sich keinen Augenblick täuschen. »Eine Bemerkung von Ihnen.«

»Von mir? Was habe ich gesagt? Wann?«

»Sie sagten, ich wäre unglaublich toll!«

Cassie riß die Augen auf und konnte sogar überzeugend lachen. »Sie dachten, daß ich über Sie gesprochen habe? Ganz zufällig waren Sie nicht der einzige Mann, den ich gestern kennengelernt habe.«

»Sie haben an einem Tag gleich zwei unglaublich tolle Männer kennengelernt? Was für ein Glückspilz Sie sind!«

Ohne es zu wollen, brach sie in Gelächter aus. Linc zog sie an sich. »Ach, Cassie«, flüsterte er, bog ihren Kopf nach hinten und ließ seine Finger durch ihre Haare gleiten.

Als er ihre Lippen berührte, zuckte sie wie unter einem elektrischen Schlag zusammen und lag zitternd in seinen Armen. Sie wehrte sich nicht mehr. Sein Mund glitt über ihren, als wollte er sie verschlingen. Cassie war früher schon geküßt worden und hatte es immer angenehm gefunden, aber das war ... das übertraf alle ihre Vorstellungen. Es war wie ein Rausch.

Lincs Kuß wurde intensiver. Cassie öffnete sich ihm wie eine Blume. Das Gefühl war überwältigend. Sie wünschte, er würde sie in alle Ewigkeit küssen.

Schließlich ließ er von ihrem Mund ab und ließ seine Lippen zart über ihren Nacken spielen, daß Cassies Haut wie von Feuermalen brannte. Sie schmiegte sich zitternd an ihn.

»Linc«, flüsterte sie an seiner Schulter. »Ich möchte ...«

Er legte die Lippen an ihr Ohr. »Was möchtest du, Miss Cassandra Jones?«

Sie stieß ihn von sich und machte einen Schritt von im weg. Das war sehr seltsam, was hier geschah! Sie schien plötzlich den Verstand verloren zu haben.

»Ich möchte, daß Sie mich in Frieden lassen!« Cassies Stimme klang unsicher, obwohl sie sich bemühte, überzeugend zu wirken.

Linc betrachtete sie aufmerksam. »Sind Sie sicher, daß Sie das wollen?«

»Ja.«

Er legte die Hand kurz an seine Uniformmütze. »Dann guten Tag, Miss Jones!« Damit drehte er sich unvermittelt um, lief durch das Gäßchen davon und verschwand um die Ecke.

»Verdammt!« Cassie trat gegen eine verrostete Milchkanne und stieß sich dabei die Zehe an. »Verdammt, Linc Cameron, das war es gar nicht, was ich wollte!«

Kapitel 3

Cassie öffnete die Tür zur Scheune und schlüpfte hinein. Sie blieb kurz stehen und sog den vertrauten Geruch ein – es stank nach Kastoröl, Schmiermittel und dem hochentzündlichen Lack, mit dem die Stoffteile des Flugzeugs imprägniert wurden, um eine steife, widerstandsfähige Oberfläche zu erzielen.

Quigly stand über die Werkbank gebeugt und suchte in seinen Werkzeugen herum. Bei seinem Anblick mußte Cassie lächeln; sie hatte ihn gern. Quigly war klein und schmächtig. Er hatte dunkelgraue, gelockte Haare und einen grauen, borstigen Schnurrbart. Cassie wußte nicht genau, wie alt er war; sie hielt ihn für ungefähr sechzig. Auf alle Fälle war er bereits ein junger Mann gewesen, als seine Schwester Sara, Cassies Mutter, zur Welt gekommen war. Er hatte Sara dann auch großgezogen, nachdem ihre Eltern bei einem Bootsunglück ums Leben gekommen waren.

Auf einer großen Drehscheibe aus Holz lag die Maschine, an der Quigly gerade arbeitete. Die Leute hielten Quigly Jones für exzentrisch, weil er in einem Schuppen lebte und seine ganze Zeit und all sein Geld für die Erfindung seltsamer Dinge, wie motorisierte Fahrräder, elektrische Automobile und Flugzeuge, aufwandte. Aber Cassie bewunderte ihn.

Beim Eintreten war Cassie mit dem Fuß an einen Stein gestoßen, und Quigly sah flüchtig über seine Brillenränder hinweg zu ihr auf. Ihm entging weder ihr unordentlicher Aufzug, noch ihr aufgeschürftes Kinn.

»Was ist passiert, Kind? Du siehst aus, als hättest du dich mit einem Bären angelegt.«

Cassie lachte und küßte ihn auf seine stachelige Wange. »Den Bären solltest du einmal sehen!«

Das zurückhaltende, aber freundliche Lächeln, mit dem Quigly Cassie jetzt bedachte, war das äußerste, dessen er fähig war, seiner Erheiterung Ausdruck zu verleihen.

»Hast du den Kredit bekommen?« fragte Cassie.

Quigly antwortete nicht sofort. Er betrachtete den Motor mit einer Bewunderung, wie die meisten Männer sie nur für Frauen übrig hatten. Die Pioniere der Luftfahrt suchten die Grenzen ihrer Maschinen zu testen und wollten immer größere Entfernungen zurücklegen. Es wurden daher ständig stärkere Motoren benötigt, damit die mit Treibstoff schwer beladenen Maschinen vom Boden abheben konnten. Quigly Jones war überzeugt, daß der Motor, den er baute, dieses Problem lösen konnte. Vergangene Woche war er in Richmond gewesen und hatte sich um die dringend notwendige Finanzierung für seine Erfindung bemüht.

»Quigly«, begann Cassie neuerlich geduldig; sie war an die geistesabwesende Verträumtheit ihres Onkels gewöhnt. »Hast du den Kredit bekommen?«

Er sah auf und schüttelte den Kopf.

»Ach, zu dumm!« rief Cassie aus. Sie brauchten das Geld dringend. Wenn sie nicht bald welches auftrieben, konnten sie den Plan, mit dem Motor eine kleine Serienproduktion zu beginnen, aufgeben. Cassie schätzte, daß sie ungefähr zehntausend Dollar für den Anlauf der Produktion von Quiglys Motor benötigten; zusammen besaßen sie ungefähr zehn Dollar. »Diese Narren in Richmond würden nicht einmal dann eine vielversprechende Idee erkennen, wenn sie sie anspringt und in den ...«

»... in die Nase beißt«, ergänzte Quigly, wohlwissend, welches Wort sie andernfalls gebraucht hätte.

»Was machen wir jetzt, Quigly?«

Er zuckte die Achseln und strich sich über den Schnurrbart. »Es wird sich bestimmt etwas ergeben. Irgendwie löst sich immer alles.«

Plötzlich schnippte er mit den Fingern, zog eine zusammengerollte Zeitung aus der hinteren Hosentasche und entfaltete sie. Er reichte sie Cassie und zeigte mit ölverschmierten Fingern auf eine Schlagzeile. »Das könnten wir vielleicht versuchen.«

Aber Cassie beachtete die gedruckten Worte gar nicht. Ein Foto hatte ihre ganze Aufmerksamkeit in Anspruch genommen: ein Bild von Linc Cameron. Im Untertitel dazu stand fett gedruckt sein Name und darunter in etwas kleineren Buchstaben: Fünfundzwanzig Abschüsse. Cassie brauchte nur sein lachendes Gesicht anzusehen, und schon vollführte ihr Herz die seltsamsten Sprünge.

»Der Wettbewerb findet erst Anfang Mai statt«, überlegte Quigly. »Wir hätten für die Vorbereitungen mehr als zwei Monate Zeit. Die Teilnahme an einem Wettfliegen über diese Distanz kostet verdammt viel Geld, und wir müßten die Kosten selbst tragen. Falls wir verlieren, ist das ganze Geld dahin. Cassie?«

»Äh? Ja?«

Er griff nach der Zeitung. »Ist bei dir alles in Ordnung? Vielleicht sollten wir später darüber reden.«

»Nein!« Cassie holte sich die Zeitung wieder zurück. »Mir geht es gut, und wenn ich nicht ständig von unbeherrschten Kerlen Kinnhaken bekäme, ginge es mir noch besser.«

Sie überflog rasch den Artikel. Leroy Irving Bean, der mit einem Sodagetränk, genannt Bean's Cola, ein Vermögen verdient hatte, sponserte einen Fliegerwettbewerb quer über den Kontinent. Er war für einmotorige Flugzeuge mit einer zweiköpfigen Besatzung ausgeschrieben. Die Gesamtdistanz war in sechs Teilstrecken unterteilt. Start war in Santa Monica, Kalifornien, Ziel auf Long Island im Staat New York. In fünf anderen Städten an der Strecke waren Kontrollstationen vorgesehen. Für jede Teilstrecke wurde eine Zwischenzeit genommen, und der Teilnehmer mit der geringsten Gesamtzeit war der Gewinner. Als Preis –

»Fünfzigtausend Dollar!« rief Cassie und starrte Quigly an.

Er setzte sein scheues Lächeln auf und nickte. »Das würde uns ein wenig über die Runden helfen.«

Das würde uns nicht nur über die Runden helfen, dachte Cassie. Mit fünfzigtausend Dollar könnten sie einen Prototyp des Motors bauen und ihn vorführen – vielleicht in England. Cassie war mit den Gedanken schon weit voraus und gab das Preisgeld bereits aus. Europa war Amerika auf dem Gebiet der Luftfahrt in der technischen Entwicklung überlegen. Die Vorführung würde andere Investoren ermutigen. Cassie stellte sich bereits den riesigen Hangar vor, in dem eine Heerschar von Arbeitern Quiglys Motoren bauten.

Sie strahlte ihren Onkel an. »Ach, Quigly! Fünfzigtausend Dollar!«

»Davor müssen wir nur eine Kleinigkeit erledigen: Wir müssen den Wettbewerb gewinnen.«

Cassie lachte und zuckte die Achseln, als handelte es sich dabei tatsächlich um eine Kleinigkeit. Sie breitete die Zeitung auf der Werkbank aus, um den Artikel über den Wettbewerb genauer zu lesen.

Mehrere berühmte Flieger hatten ihre Teilnahme an dem Wettfliegen bereits zugesagt, auch – und diesen Absatz las Cassie langsam und genau – Linc Cameron, der amerikanische Kampfflieger. In einer Kunstflugvorführung vor dem eigentlichen Start würden Cameron und andere Piloten todesmutige Bravourstücke vorführen.

Cassie rümpfte die Nase, als sie das las. Es überraschte sie nicht, denn in ihren Augen war er der Typ Mann, der nicht widerstehen konnte, wenn sich eine Gelegenheit bot, seine Fähigkeiten zur Schau zu stellen. Wie todesmutig konnten seine Kunststücke schon sein, wenn er gestern so hysterisch darauf reagiert hatte, als sie beinahe zusammengestoßen wären. Dabei hatte sie ihn doch um fast zwanzig Zentimeter verfehlt! Was den Wettflug anging, so irrte er sich, wenn er glaubte, er könnte mit den fünfzigtausend Dollar davonfliegen; da kannte er seine Mitbewerber schlecht. Cassie Jones wollte sich mit Linc Cameron unter gleichen Bedingungen messen – und ihn schlagen.

Quigly beugte sich wieder über seinen Motor und arbeitete am Vergaser. Cassie nahm die Petroleumlampe von der Werkbank und hielt sie über Quiglys Kopf, damit er besseres Licht hatte. Die Scheune hatte keine Fenster, und es war daher fast immer dunkel hier.

»Quigly«, begann Cassie aufs neue. Er brummte, was sie als Aufforderung nahm, fortzufahren. »Warst du je verliebt?«

Die Antwort ließ so lange auf sich warten, daß Cassie schon glaubte, Quigly hätte sie nicht gehört. Doch er überlegte sich ganz genau, was er sagen wollte.

»Ich glaube ja, einmal. Vor sehr, sehr langer Zeit.« Er hob resignierend die Schultern. »Es ist nichts daraus geworden. Verliebtheit ist eine Krankheit, die einen meist nur in der Jugend befällt.«

»Wie weiß man, daß man die Krankheit hat? Wie weiß man, daß man verliebt ist?«

»Nun ja, zuerst einmal muß man ständig an die betreffende Person denken. Man plant ständig, was man bei der nächsten Begegnung tun und sagen wird. Das ist reine Zeitverschwendung, denn wenn man den Menschen dann wiedersieht, benimmt man sich trotzdem wie ein Narr.«

Cassie nickte wissend. »Im Bauch scheinen Flöhe zu hüpfen, wenn der Mensch in der Nähe ist, und der Mund wird trocken. Man hat keine Spucke und bringt kein Wort heraus. Dabei ist man wütend auf den Menschen, weil er an diesem Zustand Schuld trägt, und man sagt häßliche, dumme Sachen, die einem später leid tun. Ist es das?«

Quigly richtete sich auf und sah sie über den Rand seiner Brille eindringlich an. »Ich glaube, dich hat es ganz arg erwischt, mein Kind.«

»Wie recht du hast, Quigly. Es hat mich plötzlich überfallen. Wie wird man es wieder los?«

Noch ehe Quigly antworten konnte, erklang das Motorengeräusch eines Autos, und Steine knirschten unter den Reifen. Cassie erschrak und wurde rot.

»Wer das wohl sein mag?« fragte Quigly.

Cassie blickte in panischem Entsetzen auf das Scheunentor. »Ich ...«

»Sieh besser nach, wer es ist. Vielleicht ist es jemand Wichtiges.«

»Ich ...«

Quigly nahm ihr die Lampe aus der Hand und versetzte ihr einen zarten Stoß. »Geh, Kind. Für deine Krankheit gibt es keine Heilung. Entweder hat es dich so arg erwischt, daß du es gar nicht loswerden willst, oder du kommst ganz von allein darüber hinweg, nachdem du mit der betreffenden Person ausreichend oft und ausreichend lang zusammen warst. Es ist so ähnlich wie Windpocken. Vielleicht bleiben ein paar Narben zurück, aber du überlebst die Geschichte.«

Cassie nickte und schluckte. Sie drehte sich um und ging zum Tor. Quigly lächelte.

Edward Farrell sprang aus dem grünen Sportwagen; sein weißer Seidenschal flatterte im Wind. Er hatte eine getupfte Fliege umgebunden, trug ein Tweedjackett, eine Flanellhose, Wildlederhandschuhe und auf dem Kopf eine braune Melone. Er grinste über das ganze Gesicht. Cassie begrüßte ihn mit einem strahlenden Lächeln und redete sich ein, daß der alte Freund, den sie schon seit ihrer Kindheit kannte, genau der Mensch war, den sie jetzt sehen wollte.

»Ward! Ich habe dich seit Wochen nicht gesehen.« Sie schob ihren Arm durch seinen, als er sich zu ihr hinunterbeugte und ihr einen zarten Kuß auf die Wange drückte. »Du hast mir gefehlt. Wo bist du gewesen?«

Er sah sie erstaunt an, lachte und schüttelte den Kopf. »Du überraschst mich, Cassie! Wirklich!«

»Warum? Wie meinst du das?«

»Als ich das letzte Mal hier war, bat ich dich auf Knien, mich zu heiraten. Du hast mich abgewiesen. Ist es dir nicht in den Sinn gekommen, daß es mir peinlich gewesen wäre, früher zu kommen? Ein solcher Masochist bin ich nicht.«

Cassie fühlte sich schuldig, und es tat ihr leid. Ward Farrell war der letzte Mensch, dem sie Kummer bereiten wollte. Sie waren zusammen aufgewachsen, und Ward war immer nett zu ihr gewesen. Es hatte Zeiten gegeben, da hatte sie geglaubt, die ganze Welt hätte sich gegen sie verschworen, nur Ward hatte immer zu ihr gehalten. Aber als er sie zu Weihnachten gebeten hatte, ihn zu heiraten, war sie entsetzt gewesen. Cassie hatte nie in Erwägung gezogen, daß sich ihre Freundschaft – eine Freundschaft aus kindlichen Geheimnissen und geflüsterten Träumen – in Liebe verwandeln könnte. Zumindest nicht in die Liebe, wie sie für Mann und Frau typisch ist.

Sie bemühte sich, Worte zu finden, die seinen Schmerz linderten. »Wir könnten doch gar nicht heiraten, Ward«, tröstete sie. »Es ist vermutlich illegitim. Cousin und Cousine ersten Grades können nicht heiraten.«

Er schüttelte den Kopf. »Cassie, Cassie … jeder in Kingly weiß, daß wir nicht blutsverwandt sind. Wir könnten, so wie wir sind, in die Stadt fahren und das Aufgebot bestellen; keiner würde mit der Wimper zucken.«

Cassie wandte den Blick ab; seine Logik war unwiderlegbar. Der Mann ihrer verstorbenen Mutter, Lawrence Kingly, war zu den Farrell-Kindern wohl ein Onkel mütterlicherseits, aber die ganze Stadt wußte, daß Cassie Jones nicht das Kind von Lawrence Kingly war.

Sie seufzte. »Ach Ward, ich dachte, wir hätten das zu Weihnachten alles geklärt. Es hat nichts mit meinen Gefühlen für dich zu tun, daß ich dir einen Korb gegeben habe. Ich habe dich gern, Ward …«

»Wirklich?«

»Natürlich. Und wenn ich je heiraten sollte, dann würde ich bestimmt dich zum Mann nehmen. Aber du weißt, wie ich darüber denke. Ich werde nie heiraten, Ward. Niemals.«

Er seufzte trotzdem. »Ich weiß, wie du darüber denkst … und ich verstehe es ja auch.« Sie bogen in die Straße entlang dem Feld ein. »Aber du solltest die Ehe nicht nach den Erfahrungen deiner Mutter beurteilen. Die Ehe kann doch nicht so schlecht sein, wenn die Menschen seit Tausenden von Jahren Ehen führen.«

»Das hat nur deshalb funktioniert, weil der Mann in der Ehe nicht nur eine Gefährtin findet, sondern gleichzeitig eine unbezahlte Köchin und Wäscherin, Dienstmagd, Näherin und Mutter seiner Kinder. Die Frauen gewinnen durch die Ehe nur einen Herrn. Warum sollte ich einem Mann das Recht einräumen, mir zu sagen, wann ich was tun soll?«

»Gar nicht davon zu reden, wie du es tun sollst, warum und mit wem.«

Cassie lachte. Sie waren bei einem alten, verwitterten Baum stehengeblieben. Edward ließ seinen Arm sinken und lehnte sich gegen den knorrigen Baumstamm. »Solange ich dich zum Lachen bringe, kann ich immer noch hoffen. Ich werde nie aufgeben, Cassie. Ich habe dich nicht bloß gern, ich liebe dich.«

Er beugte sich vor und küßte sie. Sie ließ es zu; sie wehrte sich auch nicht, als er die Arme um ihre Taille legte und sie an sich zog. Sie hatten sich früher schon geküßt, aber Cassie hatte diesen harmlosen Küssen nie eine besondere Bedeutung beigemessen – bis heute. Sie wollte vergleichen, was sie bei Wards Küssen empfand und was sie empfunden hatte, als Linc Cameron sie heute vormittag in die Arme genommen hatte.

Es waren zwei verschiedene Dinge.

Cassie entzog sich ihm, und sie sahen einander in die Augen. »Es tut mir leid, Ward«, flüsterte Cassie, als sie seinen enttäuschten Gesichtsausdruck bemerkte.

»Ja, es tut mir auch leid. Mir tun viele Dinge leid.« Er wandte den Blick ab, nahm seinen Hut vom Kopf und fuhr sich mit den

Fingern durch die zusammengedrückten Haare. »Weißt du, daß ich wahrscheinlich einen weiteren Kredit aufnehmen muß, damit ich die Setzlinge für nächstes Jahr pflanzen kann? Alle sind wild auf Zigaretten, und die Nachfrage nach Tabak ist heute so groß wie seit hundert Jahren nicht. Ich habe Berge von Tabak gelagert und schaffe es trotzdem nicht, daß die Plantage sich selbst trägt.«

»Das ist doch nicht dein Fehler, Ward«, protestierte Cassie. Sie wußte, wieviel Ward die Plantage bedeutete. Er war in dem Glauben erzogen worden, das stolze Vermögen der Familie Farrell retten zu müssen. Cassie hatte Ward immer bedauert, weil ihm so jung eine solche Bürde aufgeladen worden war. Sie versuchte, ihm ein Lächeln zu entlocken. »Du hast mir doch erzählt, daß die Plantage der Farrells ein Verlustgeschäft ist, seit sich die Familie seinerzeit im Bürgerkrieg auf die falsche Seite gestellt hatte.«

»Das schon. Aber ich fürchte, daß ich nach dem Tod meines Vaters noch mehr Unheil angerichtet habe. Egal, was ich unternehme, wir verschulden uns immer mehr.«

»Dann solltest du besser einem Mädchen mit einem reichen Vater einen Heiratsantrag machen, nicht mir.«

Er lächelte traurig. »Vielleicht hast du recht.«

»Du kannst immer noch am Bean's Cola-Wettbewerb teilnehmen«, schlug Cassie vor.

Er sah sie verständnislos an. »Was für ein Wettbewerb?«

Sie erzählte ihm von dem transkontinentalen Wettfliegen und dem Preisgeld von fünfzigtausend Dollar. »Quigly und ich wollen daran teilnehmen. In dem Artikel steht außerdem, daß dein Freund, Mr. Cameron, auch mitfliegen wird.«

Wards anfängliche Begeisterung über den Bewerb verflog schnell wieder, und er zuckte lachend die Achseln. Cassie kannte ihn gut genug, um zu wissen, daß es ein gezwungenes Lachen war. »In dem Fall brauche ich gar nicht teilzunehmen. Linc steckt jeden Piloten, den ich kenne, in die Tasche.« Er tippte ihr an die Nasenspitze. »Du bist vielleicht die einzige Ausnahme«, fügte er hinzu.

Cassie lächelte über sein Kompliment; sie fielen in ein vertrautes Schweigen. Cassie wollte Ward über Linc Cameron ausfragen. Sie wußte, daß er bei den Farrells wohnte und daß er und Ward in Fankreich gemeinsam Kampfeinsätze geflogen waren. Die ganze Stadt redete davon, was für ein tolles Flieger-As Linc Cameron im

Krieg gewesen war. Cassie wollte von Ward wissen, wie der Mann wirklich war. Woher kam er? Wie lange wollte er in Kingly bleiben? Hatte er irgendwo eine Freundin? …

»Was bedeutet dir Linc Cameron eigentlich?« fragte Edward unvermittelt, und Cassie erschrak, weil er ihre Gedanken so geschickt erraten hatte.

»Äh … nichts. Ich habe ihn erst gestern kennengelernt.« Sie zwang sich zu lächeln. »Melodie hat dir vermutlich erzählt, was passiert ist. Das Zusammentreffen stand unter keinem besonders glücklichen Stern. Warum fragst du?«

Edward betrachtete sie eingehend, und Cassie fürchtete bereits, daß er ihre Gefühle ebenfalls erraten würde.

»Du mußt ihm etwas bedeuten«, antwortete Ward. »Linc ist stolz auf seine Selbstkontrolle, und ich habe noch nie erlebt, daß er die Beherrschung verlor. Aber als er sah, wie dich der Polizist schlug, rastete er aus. Wenn man bedenkt, daß ihr euch erst gestern kennengelernt habt, war seine Reaktion schon ungewöhnlich heftig.«

Cassie trat nach einem Grasbüschel. »Merk dir eines, Ward Farrell: Ich kann Linc Cameron nicht ausstehen und werde ihn nie ausstehen können. Er ist dein Freund, und er ist ein Held und was sonst noch, aber ich finde ihn hochmütig, anmaßend, unerträglich. Ich habe mich noch nie derart über einen Mann geärgert wie über ihn. Von mir aus kannst du ihm das auch sagen.«

Edward hob die Hände vor sein Gesicht und lachte. »He! Ich liebe dich, vergiß das nicht! Linc wird von mehr als genug Frauen verehrt. Von mir aus kannst du Linc Cameron bis an das Ende der Welt ablehnen.«

Cassies Blick wanderte über die Wiese hinüber zur *Pegasus*, die unweit der Scheune vertäut war. Edward erzählte ihr, was er gegen den drohenden Bankrott der Tabakplantage zu unternehmen gedachte, aber sie hörte nicht zu; der Text eines dummen Liedes ging ihr im Kopf herum: Wann wird wohl meine Hochzeit sein … o Hochzeit sein. Wann wird wohl meine Hochzeit sein …

Sie hatte Ward nicht wirklich angelogen. Sie hatte ihn gern. Aber gern haben und lieben waren nicht dasselbe. Man konnte jemanden sogar hassen und ihn trotzdem lieben. Das waren die zwei Seiten ein und derselben Sache. Was ihr aber an der Liebe wirklich Angst einjagte, war die Tatsache, daß die Liebe meistens zur Ehe führte. Dann dauerte es nicht lang, und die Liebe verlor ihren Glanz, wie Silber, das schwarz wurde; was blieb, war die Ehe – zwei Menschen, die gemeinsam in einer Falle saßen, die einander bekämpften und einander haßten.

Wann wird wohl meine Hochzeit sein … o Hochzeit sein …

Sie würde nie heiraten. Es war ihr gleichgültig, ob man sie eines Tages als alte Jungfer bedauern würde. Unwillkürlich hob Cassie stolz das Kinn in die Höhe. Deshalb war sie als Frau nicht weniger wert, nur weil sie es vorzog, nicht rechtmäßig den Namen – und den Ring – eines Mannes zu tragen und von seinem Geld zu leben. Wenn die Liebe unweigerlich zur Ehe führte, dann wollte sie mit der Liebe nichts zu tun haben, denn sie hatte erlebt, wie es war, wenn einst strahlende Liebe dunkel und bitter wurde. Sie hatte gesehen, wie das Leben ihrer Mutter zur Hölle auf Erden geworden war, alles nur wegen der Liebe und der Ehe. Davon wollte sie nichts wissen.

Liebe und Ehe – sie waren der Fluch im Leben einer Frau.

»Gut, daß der Bürgermeister und Ward alte Freunde sind«, lachte Melodie; wenn sie lachte, zeigten sich Grübchen auf ihren Wangen. »Sonst könnten Sie heute abend bei Brot und Wasser dasitzen, Linc, statt diese köstliche Ente zu essen, die unsere Köchin für uns gebraten hat.«

Linc griff nach dem Whiskyglas, prostete Edward Farrell belustigt zu und lächelte. Sie saßen in einem kleinen, gemütlichen Salon im weitläufigen, eleganten Haus der Farrells und genossen die neueste Modeerscheinung im Land – Cocktails vor dem Dinner.

Ward erwiderte Lincs Zutrunk. Er ließ Linc in dem Glauben, daß es ihm, Ward, zu verdanken war, wenn der Bürgermeister ein Auge zugedrückt und Lincs Angriff auf einen Polizisten von Kingly nicht weiter verfolgen lassen wollte. In Wahrheit wollte jedoch niemand einen Mann verhaften, dem Präsident Wilson persönlich erst unlängst eine Tapferkeitsmedaille an die Brust geheftet hatte.

Nicht, daß Ward Linc den Ruhm neidete, den ihm sein Mut eingebracht hatte. Er hätte nur gern gehabt, daß ein bißchen davon auch auf ihn abfärbte. Er dachte dabei daran, was er Cassie am Nachmittag erzählt hatte, nämlich daß er neuerlich einen Kredit aufnehmen mußte, um im nächsten Jahr über die Runden zu kommen. Das Problem dabei war nur, daß die Plantage schon schwer mit Hypotheken belastet war und es nicht leicht sein würde, einen neuen Kredit aufzutreiben. Bei einem berühmten Kriegshelden, wie Linc Cameron einer war, würden sich die Banken gegenseitig überbieten, um ihm Geld zu borgen. Das erinnerte Ward an etwas ...

Er stand auf und ging zum Schreibtisch in der Ecke des kleinen Salons, griff nach der Ausgabe der *Richmond News* vom Vortag, entfaltete sie und brachte sie Linc und seiner Schwester, die nebeneinander auf dem Sofa saßen. Linc erzählte Melodie von Paris, und sie hörte ihm mit verträumtem Gesicht zu. Ward registrierte ihren mondsüchtigen Blick mit leichtem Widerwillen.

Er hielt seinem Freund die Zeitung unter die Nase. »Warum hast du mir nichts davon erzählt?«

Melodie beugte sich über Lincs Schulter, und alle drei starrten auf Lincs Foto und den Artikel über den Flugwettbewerb von Bean's Cola.

»Fünfzigtausend Dollar!« rief Melodie aus. »Hast du das gesehen Ward? Das Preisgeld beträgt fünfzigtausend Dollar!«

»Linc wollte die Neuigkeit offenbar für sich behalten. Vielleicht hofft er, daß er den Wettbewerb um so eher gewinnt, je weniger Konkurrenten daran teilnehmen.« Ward gab sich keine Mühe, seine Erbitterung zu verbergen.

Linc sah den Freund an. »Es ist mir nie in den Sinn gekommen, daß du dich dafür interessieren könntest, Ward. Du hast immer gesagt, daß du nie mehr in eine Pilotenkanzel kriechen willst, sobald der Krieg einmal vorüber ist.« Er zuckte mit den Schultern. »Um ehrlich zu sein, die Leute von Bean's Cola sprachen mich erst vor ein paar Tagen darauf an, ob ich nicht an dem Wettfliegen teilnehmen wollte. Wenn ich nicht vollkommen abgebrannt wäre und das Geld dringend brauchte ...«

Ward winkte ab und verschüttete dabei seinen Cocktail. »Glaubst du, ich könnte es nicht brauchen? Hast du eine Ahnung, wieviel es kostet, einen Besitz von dieser Größe zu erhalten? Zum Teufel! Ich wollte wirklich nie wieder fliegen. Aber wer kann sich die Chance entgehen lassen, fünfzigtausend Dollar zu gewinnen?«

Er lächelte Linc plötzlich an. »In dem Artikel steht, daß ein Team aus zwei Personen bestehen muß. Du brauchst einen Kopiloten; warum bilden wir nicht ein Team?« Er lachte. »Es wird wie in alten Tagen sein, als du, Monte und ich im Krieg waren. Wir teilen uns die Kosten und das Preisgeld, jeder die Hälfte. Was hältst du davon?«

Linc schwieg einen Augenblick, dann seufzte er. »Es tut mir leid, Ward ... ich habe bereits Pete Striker gebeten, mein Kopilot zu sein.«

»Ach so ...« Ward gab sich Mühe, seine Enttäuschung nicht zu zeigen. »Es war nur eine Idee. Aber du hast recht, nach zwei Jahren hängt mir die Fliegerei ohnehin zum Hals heraus.« Er zwang sich zu einem Lächeln. »Außerdem habe ich einen reichen Onkel, der wahrscheinlich bald ins Gras beißen wird. Ich war immer schon der Meinung, daß man durch eine Erbschaft am einfachsten zu Geld kommt.«

Melodie seufzte hörbar. »Ich hoffe, du fängst nicht wieder davon an, Ward. Du weißt doch, Mama hat es immer für unhöflich gehalten, vor Gästen über so banale Dinge wie Geld oder Erbschaften zu sprechen.«

»Vor mir kann Ward ruhig auf Förmlichkeiten verzichten, Miss Farrell.« Linc lächelte Ward so warm und aufrichtig an, daß dessen Zorn und Schmerz im Nu vergessen waren.

Melodie lachte anmutig. »In diesem Fall sollten Sie auch mir gegenüber die Förmlichkeiten weglassen.« Sie sah ihren Bruder schmollend an. »Ward, mein Lieber, gestatte doch Linc, mich Melodie zu nennen. Wenn er mich ›Miss Farrell‹ ruft, komme ich mir wie eine alte Jungfer vor.«

Ward entgegnete neckend: »Ich glaube, Linc muß sich erst daran gewöhnen, wieviel sich hier zu Hause während unserer Abwesenheit verändert hat. Ihr modernen jungen Damen macht ja den armen Linc richtig kopfscheu.«

»Sie dürfen mich nicht mißverstehen, Linc«, verteidigte sich Melodie, »ich bin nicht wirklich modern. Auf keinen Fall bin ich eine aufrührerische Suffragette wie Cassie Jones.«

Ward entging es nicht, wie bei der Erwähnung von Cassies Namen plötzlich Lincs Interesse erwachte. »Ist sie eigentlich immer so gewesen?« fragte Linc.

»Wie?« Ward gab vor, nicht zu wissen, was er meinte.

»Nun ja, ich weiß nicht ...« Linc zuckte die Achseln. »So wild.«

Ward betrachtete eingehend sein Glas mit dem Whisky-Soda. »Wild ist eine sehr passende Beschreibung für Cassie. Um bei dem Thema zu bleiben, welche Absichten hast du ihr gegenüber?«

Linc hob überrascht den Kopf. »Ich kenne sie noch nicht lang genug, um irgendwelche Absichten zu haben. Warum? Bist du ...«

»Nicht was du glaubst«, beeilte sich Ward zu sagen. Linc sollte auf keinen Fall erfahren, daß er um Cassies Hand angehalten – und daß sie ihn abgewiesen hatte. »Von ihrem verrückten Onkel abgesehen, bin ich ihr nächster Verwandter und fühle mich in gewisser Weise verantwortlich für sie. Cassie ist ... sie ist einfach nicht wie andere Mädchen. Sie ist leicht verletzbar.«

»Erstens wußte ich nicht, daß ihr beide verwandt seid«, entgegnete Linc steif. »Außerdem ...«

»Ach bitte, Ward!« mischte sich Melodie ein. »Was willst du damit erreichen? Linc bekommt einen vollkommen falschen Eindruck. Cassie ist nicht mit uns verwandt. Formal gesehen kann man sie als unsere Cousine bezeichnen, aber in Wirklichkeit sind wir nicht verwandt. Unser Onkel Lawrence war mit ihrer Mutter verheiratet, aber ganz Kingly weiß es, Cassie ist ein ... nun, ich soll das Wort nicht verwenden, aber ...«

»Ein illegitimes Kind«, erklärte Ward. »Und die ganze Stadt sorgt dafür, daß sie es nicht vergißt. Damit hast du schon einen Gutteil der Erklärung dafür, warum Cassie so ist, wie sie ist.« Im Haus läutete eine Glocke. Ward stand auf und leerte sein Glas; er war froh, das Thema Cassie Jones beenden zu können. »Das Essen ist fertig.«

Linc erhob sich und bot Melodie seinen Arm. Sie strahlte ihn lächelnd mit ihren hellbraunen Augen an. Ward folgte ihnen ins Speisezimmer.

Wie alle unverheirateten jungen Frauen in Kingly, fand seine Schwester Linc offenbar äußerst attraktiv. Ward wußte nicht, ob das Interesse auf Gegenseitigkeit beruhte. Trotz aller Freundschaft hatte er immer mit Linc Cameron konkurriert, aber sie hatten so viel zusammen erlebt, daß sie einander nahestanden wie Brüder. Unter normalen Umständen hätte er nichts dagegen gehabt, Linc Cameron zum Schwager zu bekommen. Aber Linc hatte zugegeben, daß er keinen Pfennig besaß. Er hatte nur selten von seiner Familie gesprochen, aber Ward bezweifelte, daß die Camerons, wer sie auch sein mochten, finanziell gut gestellt waren. Nein, so gern Ward Linc auch hatte, es kam nicht in Frage, daß er in die Familie Farrell einheiratete.

Es sei denn, Linc gewann tatsächlich die fünfzigtausend Dollar …

Linc Cameron schaltete das Licht im Gästezimmer ein und schloß die Tür. Patches lag ausgestreckt vor dem Kaminfeuer, öffnete ein Auge, wedelte faul mit dem Schwanz und schlief wieder ein.

Linc zog das Jackett des Abendanzugs aus und warf ihn auf das Bett. Dann lockerte er die Krawatte und knöpfte erleichtert den hohen, gestärkten Kragen auf. Normalerweise hätte er die Gesellschaft der Farrells genossen. Ward brachte ihn immer zum Lachen, und es war ein Vergnügen, Melodie anzusehen. Aber er hatte sich während des Essens nur danach gesehnt, allein zu sein.

Unruhig ging er im Zimmer auf und ab, blieb neben dem Beistelltischchen mit den dünnen Beinen stehen und goß sich aus einer Kristallkaraffe einen kräftigen Schluck Whisky ein. Der Staat Virginia hatte zwar bereits vor dem Krieg gesetzlich die Prohibition eingeführt, aber die Farrells standen anscheinend über dem Gesetz, denn hier im Haus mangelte es nicht an erstklassigen Spirituosen.

Linc genoß den Whisky und ließ ihn lange im Mund, ehe er ihn hinunterschluckte. Dabei dachte er über die beiden kurzen Begegnungen mit Miss Cassandra Jones nach. Sie war ihm den ganzen Tag nicht aus dem Kopf gegangen.

So wie er Cassie kennengelernt hatte, schien sie ihm ein faszinierendes Gemisch aus Rauhbeinigkeit und süßer Unschuld zu sein. Sie hatte ihn geküßt und sich wie eine schnurrende Katze an ihn geschmiegt, und im nächsten Augenblick schon hatte sie ihn mit ihren großen grauen Augen angesehen, als hätte er versucht, sie zu … Ach, zum Teufel! Er zuckte die Achseln. Die Frauen spielten doch alle ihre Spielchen mit der Liebe. Vielleicht war Cassie Jones bei diesem Spiel nur viel geschickter als die meisten anderen.

Linc legte sich auf das Bett und stellte das Whiskyglas auf seinem Bauch ab. Aber er hielt es nicht lange aus und ging schon bald wieder auf und ab. Er öffnete das bis zum Boden gehende Fenster und trat auf die Veranda, die rund um das Obergeschoß des Hauses lief. Unter ihm dehnte sich die Rasenfläche bis zum Flußufer hinunter, wo die Zweige der Platanen im Wind raschelten. Da er nur ein dünnes Hemd trug, fröstelte ihn bald in der frischen Winterluft.

Heute abend war er rastlos und auf merkwürdige Weise innerlich erregt. Und daran waren nur diese verdammten grauen Augen schuld! Wenn er eine Spur von Vernunft besäße – was vermutlich nicht der Fall war –, würde er so weit wie möglich vor diesen Augen fliehen. Cassie war genau der Typ Frau, mit dem er letztlich nicht auskam, der ihn aber unweigerlich anzog. Aus den Jahren mit Ria hatte er zumindest die eine Lehre gezogen, daß eine Frau wie Miss Cassandra Jones nur Probleme brachte.

Es raschelte, und Linc schreckte aus seinen Überlegungen auf. Er sah sich um. Die weißen Korbmöbel leuchteten gespenstisch im Mondschein. Eine helle Gestalt löste sich plötzlich von einem der Stühle.

»Melodie!« rief er heftiger als beabsichtigt. »Was machen Sie hier draußen?«

»Das gleiche wie Sie. Ich hörte ein Kratzen und dachte, es ist vielleicht ein Waschbär. Diese kleinen Tiere kommen manchmal ins Haus und suchen sich etwas zu fressen.«

»Es war kein Waschbär, sondern ich. Ich mußte noch etwas frische Luft schnappen.«

Melodie zitterte und hielt die Arme fest vor dem Oberkörper verschränkt. Ihre schwarzen Haare glänzten im Licht des Mondes, und ihre Augen funkelten. »Es ist kalt hier draußen.«

Linc holte eine kleine Decke von einem Stuhl neben der offenen Tür, legte sie Melodie um die Schultern und zog die Enden fürsorglich unter ihrem Kinn zusammen. Sie hob ihm das Gesicht entgegen und erwartete seinen Kuß. Er beugte den Kopf, um ihre Erwartungen zu erfüllen, hielt dann aber inne. Er ließ die Enden der Decke los und drehte sich um.

»Linc?« rief sie mit leise flehendem Ton. »Ist es wegen Monte?« Sie legte ihm die Hand auf den Arm. »Ich kann mir vorstellen, was Sie denken, Linc. Weil Monte und ich verlobt waren, glauben Sie, daß ich ihm gehöre. Sie sind ein sehr loyaler Mensch. Aber Monte ist tot. Er ist tot, und wir leben. Es würde ihn glücklich machen, wenn er wüßte, daß wir einander trösten. Glauben Sie nicht, daß er glücklich wäre?«

Linc sah in ihr wunderschönes Gesicht und spürte, wie ihn die vertraute Schwäche überkam. »Nein, Miss Farrell. Ich glaube nicht, daß er glücklich darüber wäre.«

Melodie umklammerte seinen Arm fester und zwang ihn, sie anzusehen. »Sie reisen morgen wieder ab, nicht wahr?«

»Ja.«

Melodie seufzte leise und zeichnete mit den Fingern seine Lippen nach. »Ich kann es kaum glauben, daß ein tapferer Flieger wie Sie vor mir davonläuft, wo ich doch nur eine kleine, schwache Frau bin.«

»Sie mögen klein und schwach sein, aber Sie haben mich zu Tode erschreckt.« Es war eine Lüge. In Wahrheit lief er nicht vor Melodie Farrell davon, sondern vor zwei grauen Augen.

Kapitel 4

Der alte, verstaubte Ford hielt vor dem schmiedeeisernen Friedhofstor. »Ich brauche nicht lange«, rief Cassie, als sie auf der Beifahrerseite ausstieg.

Quigly blinzelte kurzsichtig in die Nachmittagssonne. »Laß dir Zeit. Ich fahre in der Zwischenzeit zur Bahnstation und sehe mich um, wie es mit dem Verladen steht. Wenn diese Idioten auch nur eine einzige Kiste fallen lassen ...«

Cassie lachte, beugte sich zu ihm und strich ihm über sein schütteres Haar. »Das würden sie nicht wagen. Nicht nachdem du ihnen gedroht hast, sie in Rizinusöl zu kochen, wenn die *Pegasus* auch nur einen Kratzer abbekommt.«

Es war endlich Frühling geworden. Quigly und Cassie hatten die *Pegasus* zerlegt und für den Bahntransport nach Kalifornien in Kisten verpackt; dort sollte der von Bean's Cola veranstaltete Flugwettbewerb quer durch die Vereinigten Staaten bald beginnen. Cassie und Quigly planten, die *Pegasus* am nächsten Morgen im Güterwagen des Zuges zu begleiten.

Cassie winkte Quigly nach, als dieser den Gang einlegte und das alte Auto wieder anfuhr. Ihre Hand lag bereits auf der Klinke des Friedhoftors, als Räder über den Kies knirschten. Sie drehte sich nochmals um. Eine altmodische Limousine kam auf Cassie zu und fuhr so knapp an ihr vorbei, daß sie zurücktreten mußte. Hinter der gelblichen Scheibe aus Hausenblase erkannte Cassie im Inneren des Wagens die dunklen Augen des alten Mannes. Sein Gesicht verfinsterte sich, als er sie sah. Cassie erwiderte seinen Blick, ohne mit der Wimper zu zucken.

Der Mann zog mit seiner blassen, gepflegten Hand den Vorhang am Fenster zu. Die Limousine fuhr durch eine mit Steinsäulen markierte Einfahrt neben dem Friedhof und verschwand auf der gewundenen Auffahrt.

Cassie starrte dem Wagen lange nach. Der Haß, den sie für den Mann in der Limousine empfand, stand ihr deutlich im Gesicht geschrieben.

Dann betrat sie den Friedhof und ging auf dem kiesbestreuten Pfad zu einer Grabstelle, die wie ein Miniaturtempel im griechischen Stil ausgeführt war, mit rundlichen Engelsstatuen und gerieften Säulen, um die sich Weinreben aus Marmor rankten. Auf der blinden Tür des Tempelchens standen die Worte:

SARA, DIE GELIEBTE FRAU VON
LAWRENCE KINGLY
1880 – 1913

Cassie kniete nieder und legte einen Strauß Maßliebchen auf das Grab, um die sie ein gelbes Band geschlungen hatte. Maßliebchen waren die Lieblingsblumen ihrer Mutter gewesen – Maßliebchen und Butterblumen. Jemand anders mußte vor kurzem am Grab der Mutter gewesen sein, denn auf dem Dach des Tempels stand eine große Milchglasvase mit einem Strauß teurer Treibhausrosen.

Zuerst war Cassie verwundert; wer außer ihr besuchte noch das Grab ihrer Mutter? Dann begriff sie und wurde zornig. Wie konnte er es wagen! Wie konnte er es wagen, jetzt Trauer um ihre Mutter zu mimen, während er sie zu ihren Lebzeiten so schändlich behandelt hatte!

Cassie sprang auf und starrte hinüber zu dem großen, alten Haus, das hinter den Ranken von Wildem Wein und Ailanthus-Bäumen undeutlich zu sehen war. Von hier aus konnte man eigentlich nur einen Giebelturm mit grauem Schieferdach und einem einzigen Fenster, in dem sich das Sonnenlicht spiegelte, erkennen. Aber Cassie wußte, daß Lawrence Kingly sie von dort aus beobachten konnte und wahrscheinlich gerade da stand. Cassie zitterte vor Haß.

In Wirklichkeit war es Edward Farrell, der in diesem Augenblick aus dem Turmfenster auf den benachbarten Friedhof blickte. In dem Augenblick, da Cassie Jones aufstand, sich umdrehte und in seine Richtung sah, machte er automatisch einen Schritt zurück, als hätte er ein schlechtes Gewissen. Dann mußte er über sich selbst lachen. Sie konnte ihn von dort unten unmöglich sehen, und es würde auch keine Rolle spielen, falls sie ihn tatsächlich bemerkte.

Die Tür hinter ihm ging auf, und Edward trat vom Fenster zurück. Schwer auf seinen Stock gestützt, betrat Lawrence Kingly den Raum. Seine ergrauten Haare lagen in dünnen Strähnen über dem runden Schädel, und die blasse Haut spannte sich straff über die ausgezehrten Backenknochen. Seine schwarzen Augen saßen tief in den Augenhöhlen und funkelten; sie waren das einzige an ihm, das noch lebendig wirkte.

»Wie geht es dir, Onkel?« fragte Edward und streckte die Hand zum Gruß aus.

»Was zum Teufel willst du hier?« brummte Kingly und übersah die ausgestreckte Hand. Er hob den Schoß seines altmodischen Gehrocks und setzte sich steif hinter einen raumbeherrschenden, schönen alten Schreibtisch aus Kirschholz.

»Ich wollte sehen, wie es dir geht.«

»Du meinst wohl, du wolltest sehen, um wieviel näher ich dem Tod bin.«

»Du weißt, daß das nicht stimmt.«

Kingly warf ihm einen ironischen Blick zu. »Alles unverändert. Ich sterbe langsam.« Er stieß ein bellendes Lachen aus, dann stöhnte er vor Schmerz. »Gieß mir einen Whisky ein.«

Edward trat zu einem Teewagen, auf dem unzählige geschmuggelte Schnapsflaschen standen, die meisten davon leer. Er goß einen kräftigen Schluck in ein schweres Whiskyglas, das er Kingly in dessen zitternde Hand drückte. »Ich verstehe nicht, warum ich dich nicht einfach nur besuchen kann.«

»Ach zum Teufel! Du wartest nur darauf, daß ich sterbe, damit du mein Geld in deine schmutzigen Hände bekommst. Ich rieche förmlich deine Geldgier; sie verpestet das Zimmer! Aber laß dir Zeit, mein Junge. Sei nicht unhöflich. Ich habe noch höchstens sechs Monate, sagt der Arzt. Du bekommst also meine Millionen früh genug.« Er hielt inne und lächelte wölfisch. »Vielleicht hinterlasse ich dir alles. Vielleicht. Wenn du dich hübsch bescheiden beträgst.«

Edward konnte die hochmütige Entgegnung, die er auf der Zunge hatte, gerade noch unterdrücken und drehte sich wieder zum Fenster um. Als einziger Sohn von Kinglys einziger Schwester war er der einzige Erbe des Vermögens seines Onkels. Sonst gab es niemanden. Natürlich war da noch Melodie, aber der alte Mann hatte seine Nichte immer für eine »hohle« Nuß gehalten. Und dann gab es noch Cassie …

Edward kehrte sich wieder seinem Onkel zu, der finster in das mittlerweile geleerte Whiskyglas starrte. Nein, dachte Ward und schüttelte den Kopf. Nein, Lawrence Kingly würde sein Geld lieber einem Tierheim für Hunde überlassen als Cassie. Oder vielleicht doch nicht?

Edwards Blick schweifte finster über den Friedhof hinunter. Cassie schritt mit hocherhobenem Kopf auf das Friedhofstor zu.

»Ist sie immer noch unten?« fragte Kingly barsch.

Edward drehte sich langsam um und sah seinen Onkel nachdenklich an. »Es stört dich, daß Cassie das Grab ihrer Mutter besucht?«

Es war nicht klar zu erkennen, was Kingly dabei empfand, als er antwortete: »Es ist mir vollkommen gleichgültig, was der Bastard meiner Frau tut, solange sie mir vom Leib bleibt.«

»Tut sie das? Ich meine, hält sie sich von dir fern?«

Lawrence Kingly verzog den Mund und entblößte dabei seine gelben Zähne. »Sie haßt mich. Sie hat mich immer gehaßt.«

»Und was empfindest du für sie, Onkel Lawrence? Für das Kind deiner Sara? Bedauerst du vielleicht jetzt, wo der Tod vor der Tür steht, daß …«

»Halt den Mund! Ich will darüber nicht reden, und über sie auch nicht.« Der alte Mann blinzelte heftig, dann faßte er Edward starr ins Auge und lachte krächzend. »Ich könnte immer noch alles Cassie hinterlassen! Ist es das, was du denkst, Junge? Ich wette, du machst dir in die Hosen vor Sorge, ob ich am Ende doch noch bereue und alles diesem Hurenkind meiner Frau hinterlasse anstatt dir.«

Edward gab sich Mühe, seine Gefühle nicht zu zeigen. Er wollte sich von der leeren Drohung seines Onkels nicht angst machen lassen. Denn es war eine leere Drohung; es mußte so sein!

»Wie es dir beliebt, Onkel Lawrence«, antwortete Ward. »Schließlich ist es dein Geld.«

Lawrence Kingly lachte wieder. »Wahrlich, da hast du recht. Du tust gut daran, das nicht zu vergessen. Warum hörst du nicht endlich mit dem Herumgerede auf und sagst mir, wieviel du diesmal willst?«

Edward wandte sich ab; er konnte dem durchdringenden Blick seines Onkels nicht standhalten.

»Glaub ja nicht, daß ich nicht weiß, warum du wirklich gekommen bist. Du brauchst wieder Geld«, sagte Kingly spöttisch. »Wieviel?«

Edward fuhr sich mit der Zunge über die Lippen und begann mit seiner vorbereiteten Rede. »Demnächst soll ein Flugwettbewerb quer durch Amerika stattfinden. Das Preisgeld beträgt fünfzigtausend Dollar. Ich könnte daran teilnehmen, aber ich brauche dafür ...«

»Schon gut.« Kingly zog eine Schreibtischlade auf und nahm ein ledergebundenes Scheckheft heraus. »Wieviel?«

»Ich dachte an ... zweitausend?«

Die Feder kratzte über das Papier; Kingly füllte den Scheck aus. Er trocknete die Tinte und schwenkte den Scheck vor Edwards Nase herum. »Jetzt nimm das verdammte Ding und geh mir aus den Augen.«

Edward nahm seinem Onkel den Scheck aus der Hand und ging rückwärts zur Tür; dabei bedankte er sich murmelnd, aber Kingly winkte ihn unwillig hinaus.

Die Tür schloß sich hinter seinem Neffen. Lawrence Kingly saß, allein geblieben, an seinem großen Schreibtisch. Es herrschte lastende Stille im Raum. Vor zweihundert Jahren war der erste Kingly als zwangsverpflichteter Bediensteter aus einem Londoner Gefängnis in dieses Land gekommen. Er hatte sich seine Freiheit erarbeitet und schließlich diese Stadt gegründet. Generationen von Kinglys waren hinter diesem Schreibtisch gesessen, sein Vater und vor ihm sein Großvater. Aber er selbst hatte keinen Sohn, der ungeduldig hinter ihm stand, so wie er einst ungeduldig darauf gewartet hatte, den Platz seines Vaters einzunehmen. Nur sein Neffe, sein habgieriger, liederlicher Neffe, wartete darauf, alles zu erben.

Die Leute in der Stadt – das heißt, die wichtigen Leute in der Textilfabrik, der Tabakfabrik und im Steinbruch, sahen in seinem Neffen selbstverständlich den Erben. Lawrence Kingly konnte bei dem Gedanken daran nur lachen. Die Beziehungen zwischen ihm und der Stadt waren nie besonders freundschaftlich gewesen, warum also sollte er einen Gedanken daran verschwenden, was nach seinem Tod mit der Stadt geschah? Wenn er wirklich alles an Edward Farrell vererbte, dann würde der Stadt zweifellos recht geschehen.

Kingly zog eine goldene Jagduhr aus der Westentasche, öffnete sie aber nicht, um nach der Zeit zu sehen. Er tastete vielmehr nach dem Schlüssel am Ende der Uhrkette und steckte ihn in das Schloß der obersten Schreibtischlade. Er zog die Lade auf; sie war leer, bis auf eine einzige Fotografie.

Er legte das Foto auf den Tisch. Eine junge dunkelhaarige Frau mit sanften Augen blickte ihm entgegen. Er empfand genau das gleiche, wie damals vor zwanzig Jahren – Zorn, Bitterkeit, tiefe Enttäuschung.

»Hure«, sagte er laut. Das voll Haß ausgesprochene Wort hallte durch den Raum.

Sie war ein Niemand gewesen, ein kleines Nichts aus dem Armenviertel am anderen Flußufer. Er hatte sie aus der Hütte geholt, die sie mit ihrem halbverrückten Bruder bewohnte, und sie in sein Haus gebracht, hatte ihr Pelze und Schmuck gekauft und sie geheiratet. Sie hatte es ihm vergolten , indem sie für den erstbesten Mann, der ihr zublinzelte, die Beine breitgemacht hatte. Vor der ganzen Stadt hatte sie ihn zum Narren gemacht. Die selbstgerechten Bewohner von Kingly hatten sich hinter vorgehaltener Hand kichernd erzählt, daß der große, mächtige Lawrence Kingly seine junge, hübsche Frau schon nach kaum einem Jahr Ehe nicht mehr befriedigen konnte. Er hätte Sara am liebsten umgebracht, als er davon erfahren hatte; um ein Haar hätte er sie auch tatsächlich getötet.

Er lachte leise und verbittert. Aber zu guter Letzt hatte seine Frau, seine Hure, den Sieg davongetragen. Sie hatte die volle Wucht seines Zorns zu fühlen bekommen, hatte ihn jedoch am Ende besiegt, als sie das Kind ihrer Hurerei zur Welt gebracht hatte. Das blonde Haar und die grauen Augen ihrer Tochter standen ihm immer als lebendiger Beweis vor Augen, daß Sara ihn betrogen hatte. Er hatte sie verehrt und vergöttert, doch sie hatte ihn nie geliebt, nie!

Er fuhr mit den Fingern über das Gesicht auf dem Foto, als

könnte er das spöttische Lachen, das er in den sanften, dunklen Augen zu sehen glaubte, fortwischen.

»Warum?« flüsterte er. »Ach Sara, Sara ... warum hast du das getan?«

Zwei Wochen später und fast fünftausend Kilometer weit entfernt fand in dem noblen Ferienort Santa Monica an der kalifornischen Pazifikküste die größte Luftfahrtschau seit dem Ersten Weltkrieg statt. Der Flugplatz lag auf den flachen Wiesen nahe am Strand. Leroy Irving Bean hatte ihn für das für zwei Wochen anberaumte Fest der Luftfahrt in Beschlag genommen; Bean's Cola war dabei natürlich nicht zu übersehen.

Die Haupttribüne war mit Fahnen, Wimpeln und riesigen Transparenten in Form von Colaflaschen geschmückt, auf denen das bekannte blau-gelbe Logo von Bean's Cola aufgedruckt war. Ein Mann in rot-weiß gestreifter Jacke mit einem Megaphon in der Hand versuchte Stimmung zu machen, indem er mit dramatischen Worten die zu erwartenden Kunstflugvorführungen beschrieb.

Cassie und Quigly standen innerhalb der Einzäunung für die Piloten und beobachteten Linc Camerons vortrefflich ausgeführte Rollen, hochgezogene Kehrtkurven und sein Trudeln. Er hatte soeben fünf Loopings hintereinander vollführt – »Eine beachtliche Leistung!« brüllte der Mann in der gestreiften Jacke.

So beachtlich auch wieder nicht, dachte Cassie, mußte aber zugeben, daß sie noch nie schönere Loopings gesehen hatte. Sie legte den Kopf in den Nacken und beobachtete gebannt, wie Linc zuerst in einen leichten Sturzflug ging und die Maschine danach mit voller Kraft hochzog, bis er schließlich im Rückenflug flog. Anstatt den Motor am Wendepunkt des Kreises zu drosseln, in einen Sturzflug überzugehen und so neuerlich ein Looping zu vollenden, flog er mit voller Kraft weiter, rollte eine halbe Umdrehung nach links und flog –nun wieder in normaler Lage – weiter: ein perfekter Immelmann-Turn.

Ein Mann, der neben Cassie und Quigly stand, stieß einen begeisterten Schrei aus. »Große Klasse! Haben Sie das gesehen?«

Cassie und ihr Onkel sahen den Mann an.

Quigly lächelte höflich. »Der Kerl versteht etwas vom Fliegen!«

Cassie rümpfte die Nase. »Ach komm! Ich habe schon bessere

Immelmanns gesehen.« Sie verschwieg dabei, daß sie das Manöver ein einziges Mal versucht hatte, dabei war ihr die Maschine abgeschmiert, und sie war zu Tode erschrocken.

Der Fremde neben ihnen grinste, sein Blick glitt prüfend über Cassie, ihren Overall und das Männerhemd aus Flanell.

Plötzlich mußte er lächeln. »Ich finde, Miss, daß der Junge dort oben nicht nur einfach ein Flugzeug fliegt, sondern er paßt in sein Flugzeug wie ein Gentleman in seinen maßgeschneiderten Anzug.«

»Dann kennen Sie also Mr. Cameron?« fragte Cassie gleichgültig.

»Wir flogen zusammen bei der Lafayette-Staffel.« Er hatte sich mit seiner Antwort an Quigly gewandt, als könnte nur ein Mann das starke Band der Kameradschaft verstehen, das der Krieg schmiedete. »Und nachdem ich dann das hier bekam«, er klopfte mit den Fingern an seinen Unterschenkel, und es klang hohl und hölzern, »wurde ich sein Chefmechaniker. Der Junge hatte immer mehr Mut als Verstand. Er flog damals eine Spad, und wenn er die Maschine zurückbrachte, sah sie aus wie eine Ente voll mit Schrot, so zerlöchert war sie.«

Quigly war beeindruckt; Cassie gab sich völlig gleichgültig.

Der Mann nahm die Mütze vom Kopf, fuhr sich mit den Fingern durch den dünnen, rotblonden Haarschopf und setzte die Mütze wieder auf, daß sie ihm auf den Ohren saß. Mit der linken Hand nahm er die Zigarette aus dem Mund und streckte Quigly die rechte Hand entgegen. »Mein Name ist Pete Striker.«

Quigly stellte sich und Cassie vor, und danach unterhielten sich die Männer über den Wettbewerb. Auf der Tribüne hinter ihnen schnappten die Zuschauer lautstark nach Luft, als Linc Cameron in einer langen, kontrollierten Spirale abwärts flog. Cassie vermutete, daß Pete Striker Lincs Kopilot im Rennen sein würde. Es war bestimmt ein Nachteil, einen Kopiloten mit nur einem Bein zu haben; etwas übertrieben, eine Freundschaft so weit zu treiben. Dann mußte sie lachen. Die meisten Leute hielten es vermutlich für einen noch größeren Nachteil, mit einem weiblichen Kopiloten zu fliegen.

Linc trudelte zu lange. Die beiden Männer neben Cassie hatten aufgehört zu reden. Cassie grub die Fingernägel in die Handflächen, um ihre Unruhe nicht zu zeigen.

»Er trudelt zu lange«, ließ sich Quigly jetzt vernehmen und sprach damit genau Cassies Befürchtung aus.

Der rotblonde Mann sah nicht einmal auf, als könnte er dem Manöver die Gefährlichkeit nehmen, indem er sie einfach nicht zur Kenntnis nahm. »Er trudelt immer bis zur allerletzten Sekunde.«

Aber Linc trudelte immer noch, und es blieben ihm nur noch ganz wenige Sekunden! Er brauchte zumindest siebzig Meter Höhe über dem Boden, um die Maschine wieder abfangen zu können. Das Flugzeug war jetzt bereits so tief, daß Cassie Lincs Kopf sehen konnte; sie konnte bereits deutlich die braune Lederkappe von dem blassen Oval seines Gesichts unterscheiden. Das laute Dröhnen des Motors schmerzte in den Ohren.

Hör auf, rief sie ihm im stillen zu und preßte die Augen zusammen, da sie nicht mehr länger hinsehen konnte. Lieber Gott, laß ihn aufhören, bitte, jetzt ... Linc, bitte!

Plötzlich änderte sich die Tonlage des Motorengeräusches. Quigly stieß einen erleichterten Seufzer aus, und Cassie öffnete die Augen. Die Nase der *Betsy* zeigte himmelwärts, während die Tragflächen durch das lange Gras auf dem Flugfeld zu kämmen schienen.

Cassie wandte sich zu Pete Striker um. Sie war so erschrocken, daß sie nicht wußte, ob sie schreien oder weinen sollte. »Das war ... das war einfach dumm von ihm! Er hätte sich umbringen können!«

Striker sah blaß aus, und sein Lächeln war nicht ganz echt. »In Frankreich hat er es auf mindestens ein halbes Dutzend Bruchlandungen gebracht. Dabei hat er nie viel mehr als einen Kratzer abbekommen. Mit der Gefahr wird es mit der Zeit wie mit einem Gewürz, entweder man gewöhnt sich daran, oder man kann nicht mehr ohne sie leben, vielleicht ist es auch beides.«

»Ich für meinen Teil kann sehr gut ohne diese Würze leben!« Cassie war zornig und ging davon; aber Quigly war der verdächtige Glanz in ihren Augen nicht entgangen, als sie die Tränen zurückhielt.

Striker fragte ihn etwas über die *Pegasus*, aber Quigly hörte nicht richtig hin. Bisher war er der Meinung gewesen, daß Edward Farrell der Grund für das Gespräch gewesen war, das er und Cassie damals im Februar über das Thema Liebe geführt hatten. Jetzt war er nicht mehr so überzeugt davon. Quigly war immer sehr darauf bedacht gewesen, Cassie ihre Unabhängigkeit und ihr Privatleben zu lassen, und er wollte sich auch jetzt nicht einmischen. Aber es konnte nicht schaden, diesen Linc Cameron kennenzulernen und sich selbst ein Urteil zu bilden.

Der Mann mit der rot-weiß gestreiften Jacke hatte wieder zum Megaphon gegriffen und wandte sich jetzt erneut an die Zuschauer auf der Tribüne. »Meine Damen und Herren, als nächstes werden Sie jetzt Miss Cassandra Jones sehen, Amerikas hübscheste Pilotin. Die Kunststücke, die sie vorführen wird, sind so wagemutig, daß Sie Ihren Augen nicht trauen werden. Miss Jones wird sich über die Schwerkraft hinwegsetzen und aufrecht auf der oberen Tragfläche des Flugzeugs stehen, während ihr Pilot ein Looping nach dem anderen dreht. Kein sichtbares Hilfsmittel wird sie mit dem Flugzeug verbinden.

»He! Sind damit nicht Sie gemeint?« fragte Pete Striker.

»Was? Ach ja, ich gehe jetzt besser.« Quigly schüttelte Pete Striker die Hand. »Ich würde später am Nachmittag gern ein Bier mit Ihnen und Mr. Cameron trinken; glauben Sie, daß das möglich sein wird?«

Pete entzündete auf der Sitzfläche seiner Hose ein Streichholz und steckte sich eine neue Zigarette zwischen die Zähne. »Das machen wir gern! Danke.« Er grinste Quigly an.

Quigly fand Cassie bei der *Pegasus,* wo sie auf und ab ging und auf ihn wartete. Er studierte eingehend ihr Gesicht, entdeckte aber keine Spur mehr von der heftigen Erregung von vorhin. Er begann routinehaft mit der Inspektion des Flugzeugs, obwohl Cassie das gleiche schon getan hatte. Als er nach oben griff und die Spannung der Drähte kontrollierte, wurde ihm plötzlich schwindlig, als hätte er den Kopf unter Wasser. Quigly wurde schwarz vor den Augen, es wurde ihm übel, und er fiel auf die Knie.

Jemand packte ihn an den Schultern. »Quigly!« Er sah auf und blickte in Cassies verschwommenes Gesicht. »Was ist los?« fragte sie besorgt.

»Nichts. Ich habe mich nur zu schnell aufgerichtet«, log er. »Ich hatte eine plötzliche Blutleere im Kopf und wurde schwindlig.«

»Vielleicht sollten wir nicht fliegen?«

»Nein, nein. Ich bin schon in Ordnung.«

Quigly stand vorsichtig auf und zwang sich zu einem Lächeln; es überraschte ihn, daß es ihm gelang. Er mußte die Zähne zusammenbeißen, damit sie nicht klapperten, und der kalte Schweiß rann ihm über den Rücken. Er hatte schon öfter unter Luftkrankheit gelitten, aber das war das erste Mal, daß ihm übel wurde, bevor er noch in der Luft war. Er sah Cassies besorgtes Gesicht und dachte daran, wie wichtig dieser Flugwettbewerb für sie und ihre gemeinsame Zukunft war; es hing soviel davon ab. Quigly hoffte nur, daß er die Nerven behielt.

Die *Pegasus* rollte über die Startbahn, und Cassie schloß den Kinnriemen ihres Lederhelms. Sie saß im vorderen Cockpit, Quigly im hinteren. Quigly flog die Maschine, während sie das wagemutige Kunststück vollführte.

Der Steuerknüppel bewegte sich zwischen ihren Beinen, als Quigly ihn zurückzog und die Maschine sanft vom Boden abhob. Sie flogen im Tiefflug über die Zuschauer auf der Tribüne hinweg. Es war ein bunter Anblick, der sich ihnen von oben bot – die Fahnen und Wimpel und das Meer der nach oben gewandten Gesichter vermengten sich zu einem fröhlichwirkenden Farbgemisch.

Quigly brachte die Maschine in Schräglage, setzte eine Kurve an und ging dabei in Steigflug; Cassie entdeckte eine vertraute Gestalt in einer braunen Lederjacke, die neben der Tribüne mit einem kleineren Mann sprach. Als die *Pegasus* über ihren Köpfen flog, sahen beide Männer auf. Cassie winkte spontan; der kleinere Mann winkte zurück, aber der größere mit der braunen Lederjacke nicht.

Cassie stellte sich sein finsteres Gesicht vor und mußte lächeln. Sie würde Linc Cameron zeigen, wie man der Menge Gänsehaut bereitete.

In ungefähr dreihundert Meter Höhe beendete Quigly den Steigflug, und der Motor lief ruhig und gleichmäßig. Als sie die für die Öffentlichkeit gesperrten Hangars überflogen, drehte sich Cassie um und gab Quigly das Signal mit den nach oben gekehrten Daumen. Er nickte bestätigend. Das Motorgeräusch war so laut, daß sich ihre Verständigung auf Handzeichen und Einfühlungsvermögen beschränken mußte. Außerdem hatten sie das Manöver schon unzählige Male gemeinsam gemacht.

Cassie stand langsam auf und kletterte aus dem Cockpit auf die Tragfläche. Durch die Ledersohlen ihrer Schuhe spürte sie auf dem gespannten Segeltuch der Tragfläche das Vibrieren des Motors. Wie jedesmal empfand sie eisiges Entsetzen. Für einen Augenblick schloß sie die Augen, holte tief Luft und atmete langsam wieder aus. Jetzt verließ sie das Cockpit und trat hinaus auf die Tragfläche.

Quigly hielt die *Pegasus* vollkommen ruhig. Cassie stand mit gespreizten Beinen in der Mitte der Tragfläche, und allmählich schwand ihre Angst; eine unheimliche Ruhe kam über sie. Rechts von ihr waren in der Ferne die Berge zu erkennen. Links von ihr dehnte sich der graue Ozean. Über ihr dehnte sich der leere, endlose Himmel.

Cassie sah Quigly an und lächelte über das ganze Gesicht. Sie kniete kurz nieder und zog zwei Kabel unter der dicken Wolljacke hervor. Die Kabel waren an einem Sicherheitsgurt unter Cassies Jacke befestigt, und Cassie hakte die Metallseile in zwei Ösen am Ansatz der Tragflächenverstrebung ein. Auch an den Fußgelenken befestigte sie Bänder und schnallte diese an der Tragfläche fest. Danach richtete sich Cassie wieder auf und winkte Quigly zu, zum Zeichen, daß sie fertig war. Er flog eine weite Kurve und näherte sich wieder der Tribüne. Als er die gewünschte Höhe erreicht hatte, sah Quigly fragend zu Cassie hinüber. Sie nickte.

Die *Pegasus* ging in Sturzflug.

Ihr war, als ob ihr Magen in die Beine sauste. Der Wind brauste ihr entgegen und preßte ihren Mund in ein maskenhaftes Grinsen. Der Himmel glitt blau verschwommen an ihr vorüber; das Blut rauschte Cassie im Kopf. Als Quigly mit der *Pegasus* eine größere Kurve zog, spannten sich die Riemen des Sicherheitsgurts. Die Erde drehte sich, und der Horizont tauchte vor ihren Augen auf.

Sie wußte genau, daß sich die Menge mittlerweile unter Stöhnen den Kopf darüber zerbrach, wie sie aufrecht auf der Tragfläche stehen konnte, während das Flugzeug verkehrt herum dahinsauste. Sie spürte natürlich, wie sich die Manschetten in ihre Fußgelenke gruben, wenn die Schwerkraft unerbittlich nach unten zog.

Die *Pegasus* stieg wie ein Pfeil steil in den Himmel, schien einen Augenblick lang stillzustehen, stürzte in die Tiefe und drehte ein Looping. Cassie lachte laut auf; sie fühlte sich frei wie ein Vogel, der durch die Lüfte segelte.

Nach der Landung bemerkte Cassie, wie blaß Quigly war; Schweißperlen standen auf seinem Gesicht, und sie schickte ihn zurück in den großen Hangar, damit er sich hinlegte. Er widersprach nicht, und das war für Cassie der beste Beweis, daß er sich wirklich krank fühlte.

Besorgt an der Unterlippe kauend, ging Cassie um die *Pegasus* herum und blieb wie angewurzelt stehen.

Linc Cameron lehnte lässig an der Verstrebung und hielt einen Sicherheitsgurt und ein Drahtseil in der Hand. Im Schatten des Flugzeugs lag Patches, die Nase zwischen den Vorderpfoten vergraben. Zur Begrüßung schlug er mit dem Schwanz auf den Boden.

Linc hatte seine Lederjacke ausgezogen, und das dünne Baumwollhemd legte sich im Wind eng an die muskulöse Brust. Eine Haarsträhne war ihm quer über die Stirn gefallen. Als Cassie in seine blauen Augen blickte, geschah etwas Seltsames mit ihren Beinen: Sie begannen zu zittern, und die Knie fühlten sich an wie Pudding.

Cassie und Linc sahen einander an, und die Spannung zwischen ihnen war förmlich mit Händen greifbar.

Cassie ertrug es kaum. Als Patches angelaufen kam, nützte sie die Gelegenheit und kniete neben ihm nieder. Vor zwei Monaten war Linc Cameron im wahrsten Sinn des Wortes in ihr Leben geflogen, hatte sie zweimal geküßt und war wieder verschwunden. Sie hatte sich zwar – beinahe mit Erfolg – eingeredet, daß er ihr gleichgültig war, dennoch war etwas zurückgeblieben – wie eine leere Stelle. Vielleicht hatte ihr jene körperliche Anziehung gefehlt, die bei jedem ihrer Zusammentreffen sofort zu spüren war und der sie sich jedesmal sehnsuchtsvoll hingegegeben hatte.

Das Gras raschelte, und sein Schatten fiel über sie, aber Cassie hielt den Kopf gesenkt, auch als Linc bereits dicht vor ihr stand.

Während der vergangenen drei Monate hatte sie sich oft überlegt, was sie sagen würde, wenn sie einander hier in Kalifornien wieder begegneten. Es waren ihr mehrere bissige Bemerkungen eingefallen. Jetzt, da sie ihm Auge in Auge gegenüberstand, war alles wie ausradiert.

Er schwang die Kabelrolle vor ihrer Nase herum. »Ist das nicht Betrug?«

Zornig sprang Cassie auf. »Der Mann hat von sichtbaren Halterungen gesprochen. Das hier«, und damit riß sie ihm das Kabel und den Gurt aus der Hand und warf beides ins Cockpit der Maschine, »ist vom Boden her nicht sichtbar. Sie glauben doch nicht im Ernst, daß ich das Manöver ohne Sicherung machen würde!« Sie sah ihn abschätzig an. »Im Gegensatz zu anderen Leuten, habe ich nicht das unbedingte Bedürfnis, unnötige Risiken einzugehen. Der arme Patches wäre heute fast zum Waisen geworden.«

Patches winselte mitleiderregend.

Linc warf ihm einen finsteren Blick zu. »Wer hat denn dich um deine Meinung gefragt?«

»Lassen Sie Ihre schlechte Laune nicht an dem armen Hund aus. Nur weil Sie ein ...«

»Ich will keineswegs sterben!« Lincs Anwort kam so schnell, daß Cassie vermutete, Pete Striker hatte Linc ähnliche Vorhaltungen gemacht, während sie und Quigly in der Luft waren.

»Ach zum Teufel!« schrie sie ihn an. »Nur Sekunden fehlten, und Sie wären vor allen Leuten auf das Flugfeld geknallt, vor Leuten, die Sie gern haben, wie Ihr Freund Pete. Leuten wie ...« Sie brach gerade noch rechtzeitig ab.

Linc holte tief Luft. Sie sahen einander zornig an.

Dann lächelte er ironisch und lachte schließlich sogar lauthals. »Eines muß man Ihnen lassen, Cassie Jones. Sie sind von herzerfrischender Offenheit.« Sein Lächeln war gleich wieder verschwunden. »Manchmal zu offen.« Mit seinen Fingern berührte er sie zart am Kinn. »Vielleicht ist es an der Zeit, daß ich genauso offen bin. Vielleicht sollte ich Ihnen sagen, was ich gern mit Ihnen machen möchte ...« Er beugte den Kopf näher. Seine Stimme war nur noch ein heiseres Flüstern. »Vielleicht sollte ich es Ihnen gar nicht sagen. Vielleicht sollte ich es einfach tun ...«

Cassie glaubte, er würde sie küssen und öffnete in atemloser Erwartung leicht den Mund.

Aber Linc wandte sich ab. Doch plötzlich drehte er sich blitzschnell wieder um und packte sie so fest am Oberarm, daß sich seine Finger tief in ihre Muskeln gruben. »Ich hätte wissen sollen, daß Sie hier auftauchen werden. Was, zum Teufel, bezwecken Sie? Außer, daß Sie Probleme machen und mir den ... und für mich die Dinge verkomplizieren?«

Cassie starrte auf seine Hand, bis Linc sie schließlich losließ. »Sie haben ja eine sehr hohe Meinung von sich, wenn Sie glauben, daß Quigly und ich den weiten Weg nach Kalifornien gekommen sind, nur um zu sehen, wie Sie die Leute hier mit Ihren todesmutigen Flugmanövern in Erstaunen versetzen. Zufällig haben wir die Absicht ...«

»Nein, sagen Sie es nicht!« Er lächelte so verächtlich, daß Cassie ihn am liebsten geohrfeigt hätte. »Sie und Ihr verrückter Onkel werden am Wettfliegen teilnehmen. Du lieber Himmel! Sie haben keine Vorstellung, wie schwierig es werden wird. Wie es derzeit aussieht, wird keiner von uns bis zum Ende durchhalten.«

»Quigly und ich schon. Wir werden die ersten in New York sein.«

»Tatsächlich?« Linc warf einen Blick auf die *Pegasus* und verzog verächtlich den Mund. »Dazu müssen Sie erst mich und meine *Betsy* über den Haufen fliegen.« Noch ehe ihm Cassie ihre Meinung über ihn und seine blöde *Betsy* sagen konnte, trollte er sich.

Linc Cameron konnte einen wirklich wütend machen, so wütend, wie es bisher noch kein Mann bei Cassie geschafft hatte. Sie hatte außerdem den Eindruck, daß ihre Begegnung diesmal etwas anders verlaufen war als alle bisherigen. Plötzlich wußte sie, was es war.

Diesmal hatte er das Gespräch nicht mit einem Kuß beendet.

Im Hangar war es ungemein laut. Motoren liefen dröhnend im Leerlauf, die Bogenlichtlampen zischten, und Männer lachten. Es roch nach frischen Sägespänen und Kaffee. Cassie saß auf einem leeren Ölfaß und goß Benzin durch einen Lederlappen, um Unreinheiten herauszufiltern.

»Das hier ist unsere schärfste Konkurrenz«, sagte jemand hinter ihr.

Cassie drehte sich überrascht um und hätte dabei beinahe den Kanister umgeworfen. »Ward! Was machst du hier?« Voller Erstaunen bemerkte sie, wie er angezogen war: maßgeschneiderter Flanelloverall, Stulpenstiefel, Lederjacke mit Fuchsfellfutter. »Du siehst ... toll aus.«

Edward Farrell streckte die Arme seitlich weg. »Gefällt es dir? Ich möchte wie ein Luftfahrtheld aussehen, wenn ich in New York meinen Preis in Empfang nehme. Du hast doch nicht geglaubt, daß ich widerstehen kann, wenn fünfzigtausend Dollar auf dem Spiel stehen?« Er deutete auf den jungen Mann neben ihm. »Ich möchte dich mit Gregory Pearce bekanntmachen. Er wird mein Kopilot sein. Greg, das ist Cassie Jones. Sie ist fähiger als jeder andere Flieger, den ich kenne.«

Cassie lächelte dem Mann zu, der sie nur abschätzig von oben bis unten musterte; damit schien sie für ihn erledigt zu sein. Er war sehr schlank, hatte große, abstehende Ohren und einen auffallend großen Adamsapfel, der wie der Schwimmer einer Angel auf- und abhüpfte.

»Aber was machst du hier?« fragte Cassie Ward nochmals. »Du hast immer felsenfest behauptet, daß du nicht die Absicht hättest, an dem Wettbewerb teilzunehmen.«

Er lachte. »Darf man nicht seine Meinung ändern?«

»Aber warum hast du mir nichts davon erzählt, bevor wir Virginia verließen?«

»Es war wirklich eine Entscheidung in allerletzter Minute, und ich war nicht sicher, ob ich es schaffe. Ich mußte ein Flugzeug beschaffen und danach Greg überreden, als Kopilot mitzukommen.« Ward sah sich im Hangar um. »Eine Menge Leute, was? Wo ist dein Onkel?«

»Er hat sich hingelegt. Er fühlt sich nicht gut, das sagt er zumindest. Aber ich glaube, er wollte einfach ein Schläfchen machen.« Cassie lachte, um ihre Besorgnis zu verbergen. Sie hatte bereits den ganzen Nachmittag versucht, Quigly dazu zu überreden, zum Arzt zu gehen, aber er behauptete steif und fest, daß er nur müde wäre.

»Dein Freund, Mr. Cameron, ist auch hier«, erzählte Cassie mürrisch.

Ward grinste sie an. »Ich weiß. Ich bin ihm bereits über den Weg gelaufen.«

»Ist … Melodie auch mitgekommen?« Cassie hatte Angst vor der Antwort. Sie wußte nicht genau, warum es ihr so wichtig war, aber das war es eben.

Ward sah sich neuerlich im Hangar um. »Ja, sie ist mitgekommen. Im Augenblick scheint sie allerdings verlorengegangen zu sein.«

Als Melodies Name fiel, spitzte Gregory Pearce die Ohren wie ein Hund, der einen Fasan witterte. »Sie wissen nicht zufällig, wo sie sein könnte?« fragte er Cassie.

Cassie schüttelte den Kopf und gab sich Mühe, ihre hinterhältigen Gefühle nicht zu verraten. Sie hätte ihren Anteil am Preisgeld darauf gewettet, daß sie genau wußte, wo sich Melodie Farrell aufhielt; und es paßte ihr nicht im geringsten, sie dort zu vermuten.

Pete Striker und Patches hatten bereits eine ganze Weile zugesehen, wie sich die in rosarote Seide gekleidete junge Frau vorsichtig einen Weg durch den Hangar bahnte. Schließlich dämmerte es Pete, daß sie auf die *Betsy* zusteuerte. Patches schien der gleichen Meinung zu sein, denn er knurrte warnend.

»Äh, Linc ...« begann Pete, da Linc ihm den Rücken zukehrte. Linc stand auf einer kleinen Leiter über den Motor gebeugt und tauschte einen defekten Zylinder aus.

Der Schraubenschlüssel fiel Linc aus der Hand, und er schürfte sich die Hand an der Kurbelwelle auf. Genau in dem Augenblick, als das Mädchen auf sie zu kam, fluchte Linc lautstark und ordinär, doch zum Glück auf französisch. Strikers ohnehin schon gerötetes Gesicht wurde noch eine Spur röter.

»He, Linc ...« begann Pete noch einmal.

»Was ist, zum Teufel?« fuhr Linc ihn diesmal auf englisch an. Er drehte sich um, richtete sich auf und hätte sich beinahe den Kopf an der Motorabdeckung angeschlagen. Als er Melodie erblickte, verfinsterte sich seine Miene noch mehr. »Was machen denn Sie hier, Miss Farrell?«

Melodie schmollte und klimperte mit den Wimpern. »Ach du liebe Zeit! Und ich habe geglaubt, Sie würden sich freuen, mich zu sehen.« Patches kam näher und beschnupperte Melodies Rock. Sie verscheuchte ihn und meinte dann kichernd: »Ward hat sich doch noch entschlossen, am Wettfliegen teilzunehmen, und ich werde ihn auf dem Boden unterstützen. Ist das nicht schrecklich aufregend?«

Pete beobachtete mit vielsagend hochgezogenen Brauen, wie Linc elegant von der Leiter sprang. Einige Teams schickten eine sogenannte Vorhut voraus, die an verschiedenen Punkten der Strecke mit zusätzlichen Öl- und Benzinvorräten sowie Ersatzteilen im Fall von Defekten warten sollten. Pete war jedoch der Meinung, daß Melodie Farrell eher ein Ballast als eine Hilfe sein würde, falls sie sich beteiligte.

Die Quasten, die von Melodies Netzumhang baumelten, faszinierten Patches. Er schnappte nach einer, bekam sie mit den Zähnen zu fassen, und Melodie kreischte auf. Pete, der sich soeben eine Zigarette anzündete, erschrak und ließ das brennende Streichholz auf den mit Sägespänen bedeckten Boden fallen. Rasch trat er mit seinem künstlichen Fuß darauf. Linc hatte ihm schon oft Vorwürfe gemacht; es war sehr gefährlich, in der Nähe des Flugzeugs zu rauchen. Bei der schlechten Laune, die Linc in letzter Zeit an den Tag legte, hätte er Pete bestimmt den Kopf abgerissen, wenn er gesehen hätte, wie Pete das Streichholz fallen ließ.

»Sieh doch mal, Linc!« jammerte Melodie so laut, daß Pete zusammenzuckte, »dein schrecklicher Hund frißt mein Kleid auf!«

»Hör auf, Patches!« befahl Linc.

»Ach verdammt!« rief Melodie wieder. »Nun sieh dir das an! Ich habe einen riesigen Fettfleck auf meinem neuen Kleid. So kann ich doch nicht unter Leute gehen! Ich muß ins Hotel zurück und mich umziehen.« Sie lächelte Linc an und strich ihm mit den Fingerspitzen zart über die Wange. »Dieser Mann von Bean's Cola hat gesagt, am Freitag abend vor dem Beginn des Wettfliegens findet eine große Party statt. Wenn Sie besonders nett zu mir sind, Linc, dann reserviere ich Ihnen einen Tanz.«

Linc lächelte. »Es wird mir eine Ehre sein, Miss Farrell.«

»Melodie, bitte. Sie haben versprochen, mich Melodie zu nennen.«

Er lächelte wieder. »Melodie.«

Bereits im Gehen begriffen, schenkte sie Linc noch ein strahlendes Lächeln. Dann bahnte sie sich einen Weg zwischen Flugzeugen, Werkzeugkisten und Bergen von Ausrüstungsgegenständen. Hinter ihr blieb allen Männern der Mund offenstehen, und jeder wandte den Kopf nach ihr.

Pete sah ihr nach, wie sie hinter der Tragfläche einer Avro verschwand. »Vergiß sie, Linc«, meinte er. »Frauen wie sie taugen nichts. Du solltest dich lieber für eine Frau wie diese Cassie Jones interessieren. Cassie hat mehr Grips in ihrem kleinen Finger als ...«

Linc wischte sich gerade die Hände an einem Lappen sauber und hob zornig den Kopf. »Wer hat dich gefragt?«

Pete zuckte die Achseln. »Patches mag das dämliche Fräulein auch nicht.«

»So? Ich bin aber durchaus fähig, mir meine Frauen selbst auszusuchen. Ich brauche weder dich noch Patches dafür. Und mit Cassie Jones brauchst du mich schon gar nicht zu verkuppeln. Sie macht nichts als Probleme. Das letzte, was ich in meinem Leben im Augenblick brauche, sind Probleme.«

Kapitel 5

Der scharfe Knall einer Explosion erschütterte den Zeltbau des Hangars. Jemand schrie entsetzt auf, als flackernde Schatten über die Wände tanzten und im Freien Feuerschein aufflammte. Es knallte noch ein paarmal, was auf weitere kleine Explosionen hinwies. Penetranter Gestank nach brennendem Kastoröl erfüllte die Luft.

Cassie war schlagartig hellwach und sprang von ihrem Feldbett. Da sie den Overall beim Schlafen anbehalten hatte, war sie eine der ersten im Freien. Fünfzig Meter vom Zelt entfernt stand ein Flugzeug in Flammen; die brennenden Umrisse zeichneten sich scharf gegen den Nachthimmel ab, und es sah aus wie der sagenhafte Phönix. Nur daß sich dieser Vogel, im Unterschied zum Phönix, nie mehr aus seiner Asche erheben würde.

Linc Cameron stand davor, den Kopf im Nacken, die Hände neben dem Körper zu Fäusten geballt. Er hatte nur eine Hose an und war barfuß. Cassie erriet aus seinem Gesichtsausdruck, daß es die *Betsy* war, die brannte.

Sie und er waren zunächst die einzigen, die, starr vor Entsetzen, zusahen. Schließlich stolperten die anderen aus dem Zelt, stellten Fragen und schrien erschrocken durcheinander.

Linc drehte sich halb zu Cassie um. Das Feuer flackerte kurz hell auf, und in Lincs dunklen Pupillen spiegelte sich der helle Schein. Aus seinen Augen sprach eine unerträgliche Traurigkeit, so daß Cassie, einer plötzlichen Regung folgend, zu ihm hinüberging.

»Linc«, begann sie, aber noch ehe sie weitersprechen konnte, tauchte Pete Striker aus der Dunkelheit auf und schwankte unsicher hinkend auf sie zu. Sein Gesicht war rußverschmiert; Haare und Augenbrauen waren versengt.

Er stolperte über ein Grasbüschel, und Linc fing ihn mit seinem ausgestreckten Arm auf. »Du lieber Himmel, Pete! Was ist geschehen?«

Pete fuhr sich mit dem Handrücken über den Mund. Im Schein der ersterbenden Flammen bemerkte Cassie, daß seine Hand zitterte. Pete warf Cassie einen flüchtigen Blick zu, dann wandte er sich an Linc.

»Ich habe nachgedacht ...« Eine Rauchschwade zog vom brennenden Flugzeug herüber, und jeder mußte husten. Pete holte tief Luft. »Du weißt, daß ich manchmal nicht schlafen kann. Wenn die Schmerzen in meinem Bein zu arg sind, nicht wahr? Mir ist also eingefallen, daß es nicht schaden könnte, wenn ich die Ventile und Kolbenringe putze, da sie in letzter Zeit etwas schwer gingen. Ich habe die *Betsy* ins Freie gerollt, weil ich hier arbeiten konnte, ohne jemanden zu stören. Dann holte ich aus dem Zelt eine Laterne und Werkzeug ...«

Linc schüttelte Pete heftig am Arm. »Das weiß ich, ich habe dich gehört. Du hast mich aufgeweckt. Was um Himmels willen ist passiert, Pete?«

Pete sah hinüber zur *Betsy*, die nur mehr ein glosender Haufen aus verbogenen Wrackteilen war. »Als ich auf dem Rückweg zur Maschine war, flog sie einfach in die Luft. Sie explodierte wie ... ich weiß es nicht, Linc. Alles ging so schnell ...«

»Du hast geraucht, nicht wahr?« fragte Linc scharf, bemüht, seinen Zorn zu unterdrücken. »Zum Kuckuck, Pete! Hast du geraucht?«

Pete schob die Schultern vor und sah zu Boden. »Nein. Ich schwöre es dir, Linc.«

Linc sagte nichts mehr. Er kehrte den Überresten der *Betsy* den Rücken zu und wollte sich entfernen.

Cassie trat ihm in den Weg. »Es tut mir leid, Mr. Cameron.«

Er blieb stehen und sah mit schmalen Augen auf sie hinunter. »Warum sollte es Ihnen leid tun? Jetzt gibt es ein Flugzeug weniger, das sich zwischen Sie und fünfzigtausend Dollar stellt.«

»Es wird nicht das gleiche sein! Ich wollte Sie fair und ehrlich schlagen, und nicht so.«

Er holte tief Luft, und seine Brust hob und senkte sich dabei. Durch die Hitze, die das brennende Flugzeug ausstrahlte, war seine Haut mit einer glänzenden Schweißschicht bedeckt, die die straffen Muskeln, die sich bis zur Taille und den Hüften hinunterzogen, betonte. Über seinen flachen Bauch verlief ein schmaler Haarstreifen nach unten.

Cassie hob ruckartig den Kopf und sah ihm in die Augen. Sein Zorn war verschwunden, und der Blick seiner Augen raubte ihr den Atem und trieb ihr das Blut in die Wangen.

Doch dann preßte er die Kiefer aufeinander und drehte sich ein letztes Mal zur brennenden *Betsy* um.

»Ach, Linc ...« seufzte Cassie. »Das heißt ja nicht ... Sie könnten sich doch ein anderes Flugzeug beschaffen.«

»Womit? Ich mußte jeden Pfennig, den ich hatte, zusammenkratzen, um mit der Kiste hierher zu kommen. Zum Teufel! Was sehen Sie mich so an. Was kann es Ihnen ausmachen, wenn ...«

»Miss Jones!« Ein Mann lief auf sie zu; seine langen Hemdschöße flatterten um seine nackten, dünnen Beine. Es war Gregory Pearce, Edwards Kopilot.

»Miss Jones! Ihr Onkel! Ich fand ihn bewußtlos auf dem Boden. Nach der Explosion hat er vermutlich versucht aufzustehen und ist ohnmächtig geworden. Einer der Männer ruft bereits einen Arzt an.« Zu Linc gewandt, fuhr er fort: »Und die Polizei auch. Ich weiß nicht recht, aber wir dachten, es wäre besser. War es ein Unfall?«

Linc überhörte die Frage. »Warten Sie, Cassie, ich gehe mit Ihnen.« Aber sie hatte sich bereits umgedreht und lief zurück zum Zelt.

Jemand hatte Quigly aufgehoben und ihn auf sein Feldbett gelegt. Sein Gesicht war blaß und schweißnaß. Er warf den Kopf von einer Seite auf die andere. Als Cassie neben der Pritsche niederkniete und nach seiner Hand griff, riß er die Augen auf, sah Cassie ausdruckslos an und schloß die Augen gleich wieder.

In der Ferne war das Heulen einer Sirene zu hören. Jemand faßte Cassie an der Schulter. »Cassie, ich fahre mit Ihnen ins Krankenhaus«, schlug Linc vor.

Quigly wimmerte laut, und Cassie schnürte es vor Entsetzen die Kehle zusammen, so daß sie kaum sprechen konnte. »Nein ... allein. Ich fahre allein mit ihm.«

»Aber Sie brauchen ...«

»Nein. Lassen Sie mich in Frieden. Ich brauche Sie nicht!«

Linc nahm seine Hand von ihrer Schulter. Cassie drehte sich um und wollte ihre letzten Worte zurücknehmen. Aber just in diesem Augenblick bahnten sich zwei Männer mit einer Bahre einen Weg durch die Menge.

Cassie fuhr mit Quigly im Sanitätswagen ins Krankenhaus. Sie hatte Angst und fühlte sich sehr allein. Wie gern hätte sie die häßlichen Worte, die sie Linc zugerufen hatte, ungesagt gemacht, aber es war zu spät. Nichts wäre ihr lieber gewesen, als Linc Cameron zu gefallen, aber ihr bisheriges Verhalten hatte stets dazu geführt, daß er sich wütend von ihr abwandte. Jetzt war das alles gleichgültig; Quigly war ernsthaft krank. Sie hatte sonst niemanden auf dieser Welt außer ihm, und dieser Mensch schwebte jetzt womöglich in tödlicher Gefahr.

Cassie umklammerte Quiglys Hand und drückte sie. Nicht sterben, Quigly. Alles ist durcheinandergeraten. Du mußt mir helfen, bitte, bitte, hilf mir! Du darfst nicht sterben!

Im Krankenhaus verschwand die Bahre mit Quigly rasch hinter einer Flügeltür. Cassie mußte im Korridor warten, wo es nach Desinfektionsmitteln roch. Auf den Holzstühlen entlang der Wand des Korridors warteten noch andere Leute. Niemand sprach, keiner sah Cassie an. Eine unheilvolle Stille lastete über dem Raum, nur hinter der Flügeltür waren Geräusche zu hören – das Klappern von Flaschen auf einem Tablett, eine Stimme, die murmelnd Befehle erteilte. Cassie war noch nie in einem Krankenhaus gewesen, und sie schwor sich, wenn sie es verhindern konnte, nie wieder eines zu betreten.

Stunden schienen vergangen zu sein, als endlich ein Arzt im weißen Kittel durch die Schwingtür trat und eilig auf Cassie zukam. Seine Augen blickten freundlich, aber er schien müde zu sein.

»Sind Sie die junge Dame, die Mr. Jones einlieferte?«

Cassie nickte; sie brachte kein Wort heraus.

»Ihr Vater?«

Sie räusperte sich. »Onkel. Mein Onkel.«

»Er hat Grippe, und durch eine Lungenentzündung traten Komplikationen ein. Wir tun, was wir können, aber …« Er machte eine Pause und betrachtete Cassie prüfend. »Sein Herz gefällt mir nicht. Normalerweise haben Besucher nachts keinen Zutritt zu den Krankenzimmern, aber ich werde der Schwester sagen, daß Sie bei ihm bleiben können.«

In dem Zimmer, in das man Quigly gebracht hatte, standen so viele Betten, daß sich Cassie gar nicht zurechtfand. Eine Nonne in gestärkter weißer Tracht trat leise auf sie zu und half ihr, einen Stuhl neben Quiglys Bett zu stellen, und legte danach warnend einen Finger auf den Mund.

Cassie betrachtete ihren Onkel, der friedlich zu schlafen schien. Abgesehen von seiner Blässe, wirkte er nicht einmal krank. Cassie hätte gern Quiglys Hand gehalten, aber seine beiden Hände steckten unter den Bettlaken.

Nicht sterben, rief sie ihm in Gedanken wieder und wieder zu. Nicht sterben! Sie fühlte sich entsetzlich allein.

Der Morgen dämmerte bereits, als Quigly einmal die Augen öffnete und sie ansah. »Jetzt bin ich nicht mehr dazu gekommen, mit deinem Linc Cameron ein Bier zu trinken.« Quigly sprach klar und deutlich.

Das waren seine einzigen Worte, bevor er starb.

Cassie saß auf den Felsen und sah zu, wie die Schaumkronen der Wellen den Strand umspülten und Seetang und Muschelschalen abluden, ehe sie wieder in den Ozean zurückliefen. Schon seit einiger Zeit hatte sie den Mann und den Hund bemerkt, die über den feuchten Sand näher kamen, aber sie sah nicht hin. Es war sicher nicht leicht für ihn gewesen, sie zu finden, und es freute sie, daß er sich die Mühe gemacht hatte.

Der Hund war als erster bei ihr und preßte seine Schnauze an ihre zu Fäusten geballten Hände. Sie kraulte ihn hinter den Ohren, nahm aber noch immer keine Notiz von dem Mann.

Er blieb vor ihr stehen, die Hände tief in den Taschen seiner Lederjacke vergraben. »Ich habe vom Tod Ihres Onkels gehört. Es tut mir leid.«

Cassie sah Patches nach, der am Strand Möwen jagte. Sie wollte Linc für sein Mitgefühl danken, brachte aber kein Wort heraus. Seit Quiglys Tod saß ihr ein Kloß im Hals.

Linc ließ sich neben ihr auf den Felsen nieder, beugte den Oberkörper vor und stützte die Ellbogen auf den Oberschenkeln auf. Ein Gefühl von Kraft und Stärke ging von ihm aus, und Cassie sehnte sich plötzlich danach, sich an ihn lehnen zu können.

»Er war ein großartiger Pilot«, begann Linc aufs neue.

Cassies Haltung wurde ganz steif. »Wieso wollen Sie das wissen? Sie haben ihn nicht zu seinen besten Zeiten gekannt.«

»Er muß gut gewesen sein; Sie sind doch seine Schülerin.«

Cassie schluchzte auf und vergrub ihr Gesicht auf den Knien. Linc nahm sie in die Arme und hielt sie fest. Sie drückte ihr Gesicht an seine Lederjacke und brach in Tränen aus.

Er hielt sie noch lange in den Armen, auch nachdem sie aufgehört hatte zu weinen. Plötzlich wurde ihr bewußt, wo sie war und was sie tat, und sie richtete sich auf. Linc ließ sie los, holte aus seiner Hosentasche ein Taschentuch und reichte es ihr.

Cassie nahm es und lächelte schüchtern. »Ihre Jacke ist ganz naß.«

Er strich ihr sanft über die tränennassen Wangen. »Sie ist nicht das erste Mal naß geworden. Erzählen Sie mir von Ihrem Onkel. Wie sind Sie beide zur Fliegerei gekommen?«

Cassie schüttelte den Kopf; eigentlich war sie davon überzeugt, daß sie nicht über Quigly sprechen konnte, aber die Worte sprudelten hervor, ohne daß sie es wollte. Sie erzählte, wie es dazu gekommen war, daß sie nach dem Tod ihrer Mutter bei ihrem Onkel lebte. Bisher war es ihr noch nie möglich gewesen, mit jemandem über Lawrence Kingly und die schreckliche Ehe ihrer Mutter zu sprechen, nicht einmal mit Ihrem Onkel. Auch jetzt überging sie diesen Teil ihres Lebens. Dafür erzählte sie Linc, wie sie das erste Mal mit Quigly in seiner selbstgebauten Flugmaschine geflogen war. Sie hatte vor ihm im Cockpit gesessen, und ihre kleinen Hände lagen auf seinen großen erfahrenen Männerhänden. Zum ersten Mal in ihrem Leben hatte sie Glück und Zufriedenheit verspürt.

»Am liebsten wäre ich für immer oben geblieben.« Sie lachte bei der Erinnerung daran. Obwohl ihr Herz vor Trauer schwer war, linderte es den Schmerz ein wenig, daß sie sich erinnern und lachen konnte. »Quigly mußte mich nach der Landung förmlich mit der Brechstange aus dem Flugzeug entfernen«, beendete sie lächelnd ihre Erzählung.

Auch Linc lächelte. »Ich habe bei meinem ersten Flug das Flugzeug eigentlich gestohlen.«

»Das haben Sie jetzt erfunden!«

Er schüttelte den Kopf. »Ich war auf der Durchreise in Hammondsport, New York. Auf einem Feld stand ein Flugzeug, niemand war in der Nähe. Da wollte ich es ausprobieren.«

»Sie sind das erste Mal geflogen, ohne daß Ihnen jemand zeigte, wie es ging? Das glaube ich einfach nicht!«

»Ich war damals erst siebzehn. In diesem Alter glaubt man doch, daß man einfach alles kann. Aber ich muß zugeben, daß meine Landung einiges zu wünschen übrig ließ. Der Mann, dem das Flugzeug gehörte, Glenn Curtiss ...«

»Sie meinen *der* Glenn Curtiss? Glenn Curtiss, der Flugzeuge herstellt?«

»Genau der. Er wartete bereits auf mich, als ich landete. Nachdem er mich ordentlich ausgeschimpft und mir mit einer Verhaftung gedroht hatte, erklärte er, ich wäre ein Naturtalent und engagierte mich vom Fleck weg. Ich sollte für ihn Kunstflüge fliegen. Er hat mir nicht gesagt, daß die Lebenserwartung eines Kunstfliegers damals höchstens ein Monat war. Die meisten Zuschauer kamen nicht, um uns fliegen, sondern um uns sterben zu sehen. Ein Haufen Schaulustiger hätte mich einmal beinahe gelyncht, weil ich mich geweigert hatte, während eines Gewitters zu starten. Sie hielten es für unmöglich, in einer Maschine, die schwerer war als Luft, zu fliegen, und hielten mich daher für einen Schwindler.«

Cassie nickte verständnisvoll. »Aber als Kunstflieger konnte man auch vor dem Krieg bereits recht gut verdienen.«

Linc zuckte die Achseln. »Das schon. Sofern man überlebte.«

»Vergangenes Jahr habe ich versucht, bei der Curtiss-Flugschau einen Job zu bekommen. Ich habe mir gedacht, daß sie jetzt nach dem Krieg auch Pilotinnen brauchen würden. Aber sie lachten mich aus und rieten mir, nach Hause zu fahren und stricken zu lernen.«

Linc lachte.

»Lachen Sie nicht auch noch. Ihr Männer seid doch alle gleich!«

Er griff nach ihrer Hand und strich mit dem Daumen zart über ihren Handrücken. »Entschuldigen Sie. Aber ich mußte lachen, weil ich Sie mir beim Stricken vorstellte.«

Cassie dachte kurz nach, beschloß dann jedoch, ihm zu vergeben. »Vielleicht bin ich in dieser Hinsicht besonders empfindlich«, meinte sie, und Lincs Mundwinkel zuckten. »Aber seit dem ersten Tag, an dem ich in ein Cockpit gestiegen bin, wurden mir nichts als Knüppel zwischen die Beine geworfen. Ich mußte zehn perfekte Achterschleifen fliegen, bevor ich meine Fluglizenz bekam.«

Cassie ärgerte sich immer noch über die ungerechte Behandlung. Normalerweise mußte ein Pilot für seine Fluglizenz nur zwei Achterschleifen um zwei Masten fliegen. Plötzlich fiel ihr wieder ein, wie Quigly damals neben ihr gestanden hatte und vor den Männern, die den Test abnahmen, darauf beharrte, daß ihr Geschlecht nichts mit ihrer Befähigung zu fliegen zu tun hatte. Er war nicht nur vor anderen für sie eingetreten, sondern hatte sie in dem Glauben bestärkt, daß sie alles erreichen konnte, wenn sie es nur wirklich wollte.

Aber jetzt war er tot, und ein Teil ihres Selbstvertrauens war mit ihm gestorben; Cassie fühlte sich verlassen und hatte Angst.

Linc schien ihre Gedanken zu erraten. Er legte seinen Arm um sie und drückte ihren Kopf an seine Brust. »Ihr Onkel muß sehr stolz auf Sie gewesen sein.«

Cassie schluckte. »Wir ... Quigly und ich ... wir wollten mit dem Preisgeld die Produktion des Motors finanzieren, den Quigly erfunden hat. Vermutlich könnte ich den Motor immer noch für ihn produzieren, weil ich die Patente und Zeichnungen habe. Aber ich werde die Finanzierung nie schaffen, weil mir keine Bank Geld borgen wird. Auch an dem Wettfliegen kann ich jetzt nicht teilnehmen. Keine der wenigen weiblichen Piloten ist interessiert, und kein Mann wird mit mir fliegen wollen.«

»Ich glaube nicht, daß Quigly wollte, daß Sie aufgeben.«

Sie löste sich von ihm. »Sie sind der Richtige, über Aufgeben zu sprechen, Linc Cameron. Was haben Sie gestern abend gemacht, nachdem die *Betsy* in die Luft geflogen war?«

»Das ist etwas ...«

»Was ist daran anders? Wenn Sie aufgeben können, kann ich es auch.«

Er sah sie einen Augenblick lang finster an, dann stieß er einen wütenden Seufzer aus. »Also gut, verdammt noch mal! Ich fliege mit Ihnen!« Er lachte über ihren betroffenen, mißtrauischen Gesichtsausdruck. »Warum nicht? Sie brauchen einen Piloten, ich brauche eine Maschine. Ich bin ein Pilot, und Sie haben eine Maschine. Warum sollen wir nicht unsere Kräfte und Mittel vereinen?«

»Was erwarten Sie sich davon?«

»Die Hälfte der fünfzigtausend Dollar. Falls wir gewinnen!«

Cassie studierte eingehend sein Gesicht. Er versuchte arglos auszusehen, aber in seinen Augen lag ein schelmisches Glitzern. »Sonst haben Sie keine Absichten?«

»Sind fünfundzwanzigtausend Dollar nicht genug?«

»Ich weiß nicht ... Ich traue Ihnen nicht. Wenn ich ja sage, dann teilen wir sechzig zu vierzig.«

»Nein, das geht nicht.Fünfzig zu fünfzig oder gar nicht.«

»Es ist meine Maschine.«

»Die ohne Kopilot nirgendwohin fliegt.«

Cassie war wütend. Er konnte einen wirklich in Wut versetzen wie kein anderer Mann ...

»Verdammt! Sie haben gewonnen«, gab sie schließlich nach. »Ich fliege mit Ihnen. Aber nur, weil Quigly es so gewollt hätte.«

»Fünfzig zu fünfzig«, beharrte Linc unnachgiebig.

Sie sah ihn finster an, nickte aber zustimmend.

»Dann ist es abgemacht.« Er streckte ihr die Hand hin, und sie schlug ein.

»Warten Sie«, diesmal hatte Cassie ein teuflisches Glitzern in den Augen. »Es muß alles seine Richtigkeit haben!«

Sie zog die Hand zurück und spuckte auf ihre Handfläche. Linc lachte und spuckte auf seine Handfläche, dann preßten sie ihre Hände aneinander. »Abgemacht«, sagte Cassie, und sie lächelten einander zaghaft zu.

Zwei Tage später erhielt Cassie eine Vorladung vom Veranstaltungskomitee des Flugwettbewerbs. Der Brief war auf schwerem weißem Papier geschrieben, mit einem Siegel versehen und sah schrecklich offiziell und einschüchternd aus; vermutlich sollte er auch so wirken.

Cassie zog ihr bestes Kleid an: ein Kostüm aus blauem Serge, das sie erst vor etwas mehr als einem Jahr gekauft hatte. Es bestand aus einem schmalen Faltenrock und einer einfach geschnittenen Jacke, die bis über ihre zierlichen Hüften reichte. Kragen und Manschetten der Jacke waren militärisch geschnitten und mit schwarzen Borten besetzt. Um ihre winzige Taille trug Cassie einen passenden schwarzen Gürtel. Sie steckte die Haare hoch und setzte den Strohhut mit dem gelben Band auf den Kopf. Dann machte sie sich auf die Suche nach Linc.

Sie fand ihn über einen Atlas gebeugt, den er auf einem improvisierten Tisch aus alten Packkisten aufgeschlagen hatte. Das Veranstaltungskomitee hatte die offizielle Liste mit den fünf Kontrollpunkten, die die einzelnen Teilabschnitte des Bewerbs markierten, erst an diesem Morgen veröffentlicht, obwohl die Zeitungen die Liste schon vor Wochen gebracht hatten. Linc bereitete offensichtlich bereits ihre Route vor. Pete Striker hatte sich bereit erklärt, in ihrem Team die Vorhut zu bilden, und beriet jetzt Linc, indem er mit seinem nikotingelben Finger auf verschiedene Punkte auf der Karte zeigte.

Cassie war dabeigewesen, als Linc Pete Striker über die neue Konstellation informierte. Sie hatte Angst gehabt, daß der ältere Mann zornig oder verletzt darauf reagieren könnte, aber er schien erleichtert zu sein.

»Soll mir recht sein«, meinte er. »Das verdammte Bein hat mir in letzter Zeit arg zu schaffen gemacht. Die Aussicht, stundenlang zusammengekrümmt im Cockpit zu sitzen, hat mich nicht gerade begeistert.« Er stupste Linc mit dem Ellbogen in die Rippen. »Du schlauer alter Fuchs!«

»Es ist nicht so, wie du denkst«, antwortete Linc abweisend.

»Ich weiß!« Pete blinzelte ihm zu.

Seit damals hatte Cassie oft bemerkt, wie Pete sie mit seltsamem Stolz betrachtete.

Patches kündigte Cassies Eintreffen mit freudigem Bellen an und lief ihr entgegen, um sich streicheln zu lassen. Linc hob den Kopf und lächelte, als er sie sah.

»Sie sehen hübsch aus.«

»Das kann man wohl sagen!« pflichtete Pete Striker ihm bei und kicherte.

Linc preßte den Mund fest zusammen und warf Pete einen finsteren Blick zu. Dann wandte er sich wieder an Cassie. »Was gibt es?« fragte er.

Sie reichte ihm die Vorladung des Komitees. Linc las das Schreiben genau.

»Sie wollen nicht, daß ich an dem Wettbewerb teilnehme«, behauptete Cassie.

»Das können Sie nicht wissen.«

»Sie werden sagen, daß es für eine Frau zu gefährlich sei. Oder daß es sich nicht gehört und undamenhaft sei. Vielleicht ist auch ein neues Gesetz erlassen worden, demzufolge Frauen nicht an transkontinentalen Wettflügen teilnehmen dürfen, es sei denn, sie haben eine Genehmigung vom Präsidenten der Vereinigten Staaten und eine Generalabsolution vom Papst.«

Linc lachte und legte seine Hand auf ihre Schulter. Cassie war zwar mit den Gedanken ganz bei dem Flugwettbewerb, aber sie zuckte trotzdem sogar bei dieser belanglosen Berührung zusammen. Seit Quiglys Tod hatte sie sich so unendlich einsam und unglücklich gefühlt, daß man sie nur mitleidig ansehen mußte, und schon war sie den Tränen nahe. Sowohl Linc als auch Pete waren sehr nett zu ihr gewesen, hatten ihren Wunsch, allein zu trauern, respektiert, aber gespürt, wenn sie das Bedürfnis nach Gesellschaft hatte.

Andererseits hatte Linc eine unsichtbare Barriere zwischen ihnen errichtet. Es gab keine leidenschaftlichen Küsse mehr wie seinerzeit in Virginia, und er vermied es, sie zu berühren; nur manchmal vergaß er es noch, so wie eben jetzt. Cassie redete sich ein, daß sie es so wollte – ihr Verhältnis sollte rein beruflich und freundschaftlich sein.

»Ich werde mit ihnen reden«, beschloß Linc. »Sie können Ihre Teilnahme nicht einfach verbieten. Wir sind Partner, und ich brauche Sie.«

Sie hätte gern erwidert, daß sie ihre Probleme allein ausfechten konnte, wußte aber, daß das in diesem Fall nicht stimmte. Bean's Cola hatte Linc eingeladen, am Rennen teilzunehmen, weil er ein berühmter Flieger war und seine Teilnahme für die Veranstaltung zusätzliche Werbung bedeutete. Sein Name wurde bereits mit dem Produkt der Firma in Verbindung gebracht: Im ganzen Land tranken Jungen, die gern Piloten wie Linc Cameron werden wollten, literweise Bean's Cola. Wenn Linc darauf beharrte, entweder mit Cassie Jones zu fliegen oder gar nicht, mußten sie nachgeben. Wenn er nicht auf ihre Partnerschaft bestand, könnte man Cassie disqualifizieren, und ihr Einspruch würde nichts nützen.

Ein altes, elegantes Hotel in Santa Monica diente dem Veranstaltungskomitee als Hauptquartier. Die Komiteemitglieder hatten es sich in einem Salon im Erdgeschoß bequem gemacht, durch dessen Verandatüren man einen schönen Blick auf das Meer hatte.

Fünf Männer saßen hinter einem langen Tisch. Über ihren Köpfen drehte sich langsam ein Ventilator, und der Luftzug wirbelte die Papiere auf dem Tisch vor ihnen durcheinander. Die Szene erinnerte Cassie an die Fotografie von einem Deserteur vor dem Kriegsgericht, die sie einmal gesehen hatte, und der Vergleich trug keineswegs zur Beruhigung ihrer angespannten Nerven bei.

Einer der Männer wies auf einen Stuhl auf der anderen Seite des Tisches und bat sie, Platz zu nehmen. Er stellte sich als Phineas Barlow vor, der Sekretär von Leroy Bean. Er zeigte sich nicht überrascht, daß Linc mitgekommen war, obwohl kein zweiter Stuhl bereitgestellt war.

Leroy Irving Bean war nicht anwesend, aber das hatte Cassie gar nicht erwartet. Bean war einmal Drogist in Dayton, Ohio, gewesen. Die Erfindung eines Soda-Getränks mit Zimtgeschmack hatte ihm ein Vermögen und einige Berühmtheit eingebracht. Leroy Bean hatte eine Leidenschaft: Geschwindigkeit und Motoren, und sein Geld ermöglichte ihm, seiner Leidenschaft zu frönen. Zuerst hatte er Automobile gesammelt, später Flugzeuge. Er war bereits öfter als Sponsor von Flugzeug- und Automobilrennen aufgetreten, hatte aber noch nie versucht, eine seiner Erwerbungen selbst zu fliegen oder zu fahren. Er war nicht einmal mitgefahren oder mitgeflogen. Er bewohnte ein abgeschiedenes, palastartiges Haus, und wenn er sich entschloß, sein Domizil zu verlassen, was selten genug geschah, benutzte er Pferd und Wagen. Zur Abwicklung seiner Geschäfte mit der Außenwelt schickte er Phineas Barlow als seinen persönlichen Bevollmächtigten.

Barlow war eine beeindruckende Erscheinung, Ende Vierzig, mit dichtem, eisengrauem Haar, das er glatt nach hinten gekämmt trug, ohne seine Geheimratsecken zu verbergen. Der Haarschopf in der Mitte der Stirn zeigte wie eine Pfeilspitze auf die lange, gebogene Nase, was ihn wie einen wilden Adler aussehen ließ. Barlow betrachtete Cassie finster, als wollte er sie zum Widerspruch herausfordern.

»Sie sind zu klein und zu jung, um ein Flugzeug zu steuern«, begann er, und die anderen Männer nickten zustimmend.

»Ich fliege seit meinem vierzehnten Lebensjahr und habe noch nie einen ernsthaften Unfall gehabt.«

»Darüber hinaus«, fuhr Barlow fort, ohne Cassies Entgegnung zu beachten, »sind Frauen erwiesenermaßen vom Temperament her ungeeignet zum Fliegen. Sie ...«

Cassie sprang auf. »Wie wollen Sie wissen, welches Temperament ich habe? Wer sind Sie ...«

Linc drückte sie an der Schulter auf den Stuhl zurück. Die Komiteemitglieder tauschten Blicke, als wollten sie damit sagen, daß Miss Jones soeben Barlows Behauptung bestätigt hatte.

»Gibt es mit der Qualifikation meiner Kopilotin irgendwelche Probleme, meine Herren?« fragte Linc höflich. »Sie besitzt eine Fluglizenz und hat an zumindest einem offiziell gesponserten Flugwettbewerb teilgenommen. Abgesehen von der Nenngebühr, waren das meines Wissens die einzigen Auflagen ...«

Cassie warf den Männern einen wütenden Blick zu. »Weil ich eine Frau bin ...« begann sie, aber Linc faßte sie warnend an der Schulter, so daß sich Cassies Zorn auch gegen ihn richtete.

»Ich verstehe Ihre Bedenken, meine Herren«, fuhr Linc gleichmütig fort. »Fliegen ist selbst unter optimalen Bedingungen gefährlich. Wer von uns hat nicht schon einmal den verstümmelten Körper eines Freundes aus einer verunglückten Maschine gezogen. Ein kleiner mechanischer Defekt, eine einzige unkonzentrierte Sekunde, sie haben katastrophale Folgen.« Linc machte eine Pause, und die Männer nickten zustimmend. »Ich versichere Ihnen, ich habe mich hinreichend von Miss Jones Fähigkeiten und der Sicherheit ihres Flugzeuges überzeugt.« Er lächelte verhalten. »Schließlich ist es mein Kopf, den ich hier riskiere.«

Cassie knirschte mit den Zähnen und verdrehte die Augen. Seine Überheblichkeit war einfach unglaublich! Er tat so, als hätte nur er mit den Risiken fertig zu werden, weil er sich auf einen weiblichen Kopiloten eingelassen hatte. Niemand kümmerte sich darum, worauf sie sich einließ, wenn sie auf einem sechstausend Kilometer langen Flug einen Mann zum Partner hatte, der wie ein Lebensmüder flog.

Die Komiteemitglieder berieten sich untereinander. Dann lehnte sich Barlow zurück und verschränkte die Hände über seinem kleinen, runden Bauch.

»Es tut uns leid, daß Sie Ihr Flugzeug verloren haben, Mr. Cameron. Wir verstehen, daß Sie sich gezwungen fühlten, das

Angebot von Miss Jones anzunehmen. Aber wie Sie zweifellos wissen, besitzt Mr. Bean mehrere Flugzeuge. Sie können jederzeit eines auswählen, und ich versichere Ihnen, Mr. Bean stellt es Ihnen gern zur Verfügung. Es geht ja nicht nur um die angeborene Schwäche der Frauen …«

Cassie sprang auf. Sie war so wütend, daß sie nur unzusammenhängende Worte stotterte. Linc schob sie wieder auf ihren Stuhl zurück, und Barlow schenkte ihm einen bedauernden Blick.

»Es ist auch eine Frage der Schicklichkeit«, fuhr Barlow fort. »Sie und Miss Jones stehen in keiner … rechtlich sanktionierten Beziehung zueinander. Dennoch würden Sie viele Stunden allein zubringen …«

Cassie schüttelte Lincs Hand ab und stand auf. »Ihre Unterstellung ist ausgesprochen lächerlich. Was glauben Sie, was wir in getrennten Cockpits, tausendfünfhundert Meter über dem Boden, tun könnten?«

Barlow nahm keine Notiz von ihr und sprach nach wie vor ausschließlich mit Linc, der ihn höflich, ja beinahe mitfühlend ansah. Cassie fragte sich allmählich, auf wessen Seite Linc stand. Sie hätte es gleich wissen sollen, daß er abspringen würde, sobald die Dinge schwierig wurden!

»Es könnte auch vorkommen, daß Sie, zum Beispiel im Fall einer Panne, eine Nacht gemeinsam verbringen müssen, fern von allen Annehmlichkeiten der Zivilisation. Die Flugroute erstreckt sich über einen ganzen Kontinent, und dieser Wettbewerb ist der erste seiner Art. Die Augen der ganzen Welt werden sich darauf richten. Ich, das heißt natürlich: wir können es uns nicht leisten, daß unschickliche oder unmoralische Vorstellungen mit Bean's Co… vielmehr mit dem Flugwettbewerb in Zusammenhang gebracht werden.«

Linc lächelte charmant, was er ja sehr gut konnte, wie Cassie nur zu genau wußte. »Ich kann Ihre Bedenken verstehen, meine Herren, aber Sie wissen es offenbar noch nicht: Miss Jones und ich werden nächsten Freitag heiraten.«

Cassie öffnete verblüfft den Mund. Sie war so überrascht, daß sie nur einen piepsenden Laut herausbrachte, der sich in ein schmerzliches Geheul verwandelte, als Linc ihr mit dem Schuh auf den Fuß trat. Der Kerl hätte ihr womöglich wirklich weh getan, wenn sie nicht ihre festen hochgeschnürten Schuhe getragen hätte.

Danach besaß er tatsächlich den Nerv, nahm ihre Hand und lächelte sie zärtlich an. »Entschuldige, Liebling. Ich weiß, du wolltest die Hochzeit im kleinen, privaten Rahmen halten. Mr. Barlow wird deine Gründe bestimmt verstehen …«

Traurig wandte sich Linc wieder an das Komitee: »Sie trauert um ihren Onkel. Er wurde erst gestern beerdigt.«

»Verdammt noch mal, Linc Cameron! Wenn Sie glauben, ich lasse es zu, daß Sie mich … Au! Sie zerquetschen mir die Hand!« flüsterte sie böse.

»Wollen Sie am Rennen teilnehmen oder nicht?« zischelte Linc zurück.

Cassie schloß den Mund. Die unnachgiebigen Gesichter der Komiteemitglieder verhießen nichts Gutes. Das Komitee wünschte ganz offensichtlich nicht, daß sie teilnahm. Jeder Vorwand würde ihnen recht sein, um sie zu disqualifizieren. In schweigender Benommenheit lauschte Cassie, wie Linc den Männern beredt versicherte, daß alle Befürchtungen unbegründet waren. Er und Miss Jones würden wirklich heiraten. Seine zukünftige Frau sei eine ausgezeichnete Pilotin, und er setzte größtes Vertrauen in ihre Fähigkeiten und in die Sicherheit ihres Flugzeuges.

Das nächste, was sie wußte, war, daß Linc sie aus dem Zimmer führte. Sie stand in der Hotelhalle, sah in sein gelassenes Gesicht und konnte immer noch nicht fassen, was geschehen war.

»Sind Sie verrückt?« rief sie, als sie endlich ihrer Stimme wieder mächtig war. »Was werden wir tun, wenn der Freitag vergeht, ohne daß wir geheiratet haben? Sie haben sie auch noch zur Hochzeit eingeladen!«

»Wir werden gar nichts tun müssen, denn am Freitag abend wird uns vor dem Gesetz das heilige Band der Ehe verbinden.«

Cassie starrte ihn an. »Sie sind verrückt.«

»Denken Sie doch um Himmels willen einmal nach! Sie haben nicht den geringsten Grund, sich über die Idee aufzuregen. Es ist eine reine Formsache, die sich auf ein paar Wochen beschränkt, bis wir dieses verdammte Wettfliegen gewonnen haben und uns den Kies teilen.«

»Sie sind wirklich verrückt! Ich werde nie heiraten! Auch nicht für ein paar Wochen, nicht einmal für ein paar Minuten. Und falls ich es doch tun sollte, dann wären Sie der letzte Mann, den ich heiraten würde.«

Er hatte doch tatsächlich die Frechheit und gab sich überrascht! »Warum?«

»Warum? Warum wohl!« schrie sie, ohne zu bemerken, daß sie die Blicke der Leute in der Halle auf sich zog. »Sie sind der überheblichste, aufreizendste ... Ich kann Sie überhaupt nicht leiden.«

Linc grinste. »Lügnerin. Nicht nur, daß Sie mich gut leiden können, Sie sind sogar auf dem besten Weg dazu, sich in mich zu verlieben.«

»Wie unverschämt eingebildet Sie sind!« Am liebsten hätte sie ihm etwas an den Kopf geworfen. Doch als sie sich umsah, bemerkte sie die befremdeten Blicke und fuhr daher leise fort: »Wir werden am Freitag nicht heiraten. Wir werden nie heiraten! Sie können gleich hineinmarschieren und Ihren allmächtigen Geschlechtsgenossen die Wahrheit sagen!«

Linc riß den Kopf hoch; die Muskeln an Kinn und Wangen strafften sich. »Sie sind das undankbarste Geschöpf, dem ich je begegnet bin! Sie haben gehört, was die dort drinnen sagten. Ich muß nur mit den Fingern schnippen, und Pete und ich haben wieder ein Flugzeug. Ich brauche Ihre *Pegasus* nicht, aber ob es Ihnen gefällt oder nicht, Sie brauchen mich, auch wenn Sie es nicht zugeben. Ich muß verrückt gewesen sein, aber ich wollte Ihnen einen Gefallen tun.«

Cassie war es äußerst peinlich einzugestehen, vor allem ihm gegenüber zuzugeben, daß er recht hatte. »Vielleicht sollten wir doch bei der Hochzeit bleiben«, gab sie nach. »Nachdem es anscheinend die einzige Möglichkeit ist, daß die uns gestatten, gemeinsam an dem Wettfliegen teilzunehmen ...«

Aber Lincs versöhnliche Stimmung war verschwunden. »Ich möchte Ihnen nur sagen, daß ich Sie unter normalen Umständen nie heiraten würde, nicht einmal dann, wenn man mich dafür bezahlte. Die perfekte Ehefrau stelle ich mir anders vor. Mit Ihnen Hand in Hand durch das Leben zu gehen ist wie Seiltanz ohne Netz.«

»Tatsächlich? Und wie stellen Sie sich die perfekte Ehefrau vor? Eine Zimperliese wie Melodie Farrell, die den Boden küßt, den Sie betreten haben?«

»Ich will nicht angebetet werden, Cassie. Aber Wertschätzung wäre nicht schlecht, zumindest ab und zu. Meine Frau soll mir Ruhe und Stütze sein, heitere Gelassenheit verbreiten, und Anstand haben.«

»Anstand!« Cassie lachte spöttisch. »Klingt ziemlich langweilig.«

»So will ich sie: langweilig!«

Cassie grinste ihn plötzlich schelmisch an. »Pech für Sie, Linc Cameron, denn Sie bekommen etwas ganz anderes!« Damit legte sie ihm die Hände um den Nacken, zog seinen Kopf nach unten und küßte ihn.

Sie spürte, wie er am ganzen Körper zitterte. Linc erwiderte ihren Kuß, preßte seine Lippen auf ihre, betastete so ihren Mund, und die Leidenschaft, die Cassie in ihm geweckt hatte, griff im Nu auf sie über. Sie öffnete den Mund und küßte ihn mit wildem Verlangen.

Dann ließ sie ihn los, trat einen Schritt zurück, drehte sich um und ging ohne ein weiteres Wort davon. Er starrte ihr verblüfft nach; ihr Kuß brannte ihm auf den Lippen. Erst als die Hoteltür leise hinter ihr ins Schloß fiel, wurde ihm bewußt, daß er während des Kusses sogar zu atmen vergessen hatte.

Er ging ihr nach und stolperte dabei über ein paar Koffer, die irgendein Narr mitten in der Halle stehengelassen hatte. Jemand kicherte verstohlen, als Linc sich auf Händen und Knien erhob; Linc kam sich wie ein Idiot vor. Schließlich schüttelte er den Kopf und mußte lachen.

Sich so in aller Öffentlichkeit zu küssen! Sie mußten von Glück reden, daß man sie nicht verhaftet hatte.

Kapitel 6

Cassie öffnete die Parfumflasche und roch daran. Sie tupfte ein wenig von der öligen Flüssigkeit hinter die Ohren, und gleich noch einmal, für alle Fälle. Es duftete betörend nach Gewürzen und Orangenblüten, und Cassie kamen die Tränen.

Quigly hatte ihr das Parfum vergangenen Monat zu ihrem zwanzigsten Geburtstag geschenkt. Es war so untypisch für ihren Onkel, leichtfertig ein derart teures Geschenk zu machen, daß Cassie tagelang darüber nachgegrübelt hatte. Wollte er vielleicht damit andeuten, daß sie sich mehr wie eine Dame benehmen sollte?

Schließlich hatte sie ihn offen danach gefragt, denn sie wußte, daß sie Quigly alles fragen konnte.

Er hatte nicht gelacht, nur gelächelt, was selten genug vorkam. »Du brauchst dich nicht zu ändern, Cassie«, hatte er gesagt. »Du bist eine Frau, eine schöne, erwachsene, kluge Frau.« Dann zuckte er die Achseln und wurde ein wenig rot. »Ich weiß nicht, warum, aber es schien mir einfach das richtige Geschenk zu sein.«

Cassie seufzte. Es war kein reifer, kluger Entschluß, einen Mann nur zu heiraten, um an einem Flugwettbewerb teilnehmen zu können. Ausgerechnet sie, Cassandra Jones, die sich immer geschworen hatte, nie zu heiraten! Sie redete sich ein, es für Quigly zu tun, damit sie seinen Traum erfüllen und von dem Preisgeld die Produktion seines Motors vorantreiben konnte. Aber wenn das stimmte, warum war sie jetzt so verwirrt und hatte solche Angst? Das paßte doch nicht zu ihr.

Wenn Quigly nur hier wäre! Mit seiner sanften, praktischen Art war er ihr immer eine Stütze gewesen. Seit Quiglys Tod spürte sie eine Verlassenheit und Leere, die sie manchmal als erdrückend empfand.

Es klopfte an der Tür, und Cassie erschrak. Die Parfumflasche entglitt ihr und zerbrach am Boden. Sogleich war der ganze Raum erfüllt von intensivem Duft. Die Tür sprang auf, und Melodie Farrell stürzte herein. Sie trug ein mit Silberfäden besticktes Kleid und eine Netzstola mit Fransen.

Melodie blieb stehen und sah sich im Zimmer um. Es war die Hochzeitssuite, und sie grinste leicht affektiert. »Ach, ist es hübsch hier!« Dann schnüffelte sie und rümpfte zierlich die Nase. »Ich glaube, du hast es zu gut gemeint mit dem Duft. Weniger ist mehr!«

Cassie kniete neben den Scherben der Parfumflasche auf dem Boden und war dem Weinen nahe. Ihr letztes Geschenk von Quigly, und nun war es für immer dahin!

Sie wollte eine Glasscherbe aufheben, schnitt sich aber dabei in die Hand. Der Schmerz in der Hand war zu viel, und sie brach in Tränen aus.

»Cassie, gib acht!« rief Melodie. »Sieh her, was du gemacht hast! Paß auf, du machst ja alles voll Blut.«

»In meiner Fliegertasche ist die Notapotheke«, preßte Cassie zwischen den Zähnen hervor. »Holst du sie mir bitte? Bei der Kommode neben dem Bett.«

Cassie verband sich ihre Hand selbst, während Melodie im Zimmer hin und her lief und das aufwendige Polstermobiliar bewunderte. Als Cassie fertig war, stand sie auf und sah Melodie wütend an. Ihre Hand schmerzte stark, sie sollte in fünf Minuten einen Mann heiraten, den sie im Grunde gar nicht kannte, und da schneite Melodie herein, um eine Art Höflichkeitsbesuch zu machen!

»Was willst du hier, Melodie?«

»Wie bitte? Ach, ich wollte nur sehen, ob du beim Anziehen Hilfe brauchst.«

»Ich ziehe mich seit meinem dritten Geburtstag allein an.«

»Sei doch nicht so sauertöpfisch. Man könnte glauben, du gehst zu einer Beerdigung und nicht zu deiner eigenen Hoch…, ach, entschuldige, ich bin ein solches Plappermaul! Ich habe deinen armen Onkel völlig vergessen. Sieh an, Cassie! Du hast dir ja ein neues Kleid gekauft!«

Melodie ging einmal um Cassie herum und gab Töne der Bewunderung von sich. An der Garderobe hing ein Spiegel, und wie von selbst wanderte Cassies Blick hinüber zu ihrem Spiegelbild.

Das Kleid war aus zarter pfirsichfarbener Seide, mit einer langen ärmellosen Jacke und einer mit Quasten geschmückten Schärpe über dem modisch engen Humpelrock. Dazu trug sie passende Pumps mit silbernen Schnallen. Die langen, schweren Locken waren mit einem Haarband auf dem Oberkopf zusammengefaßt, und eine rosafarbene Feder zierte die Frisur. Cassie fühlte sich sehr weiblich und extravagant – und sehr hübsch. Sie wollte auch besonders hübsch aussehen, selbst wenn sie nicht beabsichtigte, das Versprechen, das sie ablegen würde, zu halten. Der Widerspruch in ihrem Verhalten war ihr gleichgültig.

Linc hatte ihr verboten, irgend jemandem den wahren Hintergrund für diese Scheinhochzeit zu erzählen, zu der sie sich gezwungen sahen. Wie immer hatte er recht damit, aber Cassie war es unangenehm, daß die Leute denken könnten, daß diese Hochzeit sie auch nur im geringsten aufregte. Vor allem Melodie sollte das nicht glauben. »Es ist nicht neu«, log Cassie daher schamlos. »Ich habe das Kleid schon seit Monaten.«

Melodie kicherte. »Schwindlerin! Ich habe alle deine Sachen schon mindestens hundertmal gesehen, und dieses Kleid ist neu.«

Cassie biß sich auf die Lippen und wechselte das Thema. Mit einem ängstlichen Blick durch die halb geöffnete Tür fragte sie: »Ist er schon unten, Melodie?«

Melodie schob die Lippen vor und riß die Augen auf. »Ist wer schon unten?«

Cassie wollte die Fäuste ballen, erinnerte sich aber noch rechtzeitig an den Schnitt in ihrer Hand. Wie gern hätte sie Melodie eine Ohrfeige gegeben! »Du weißt sehr gut, wer!«

»Sei nicht dumm, Cassie. Ein Mann wie Linc Cameron würde dich nie am Traualtar im Stich lassen, auch wenn es dort unten keinen richtigen Altar wie in einer Kirche gibt. Die Leute vom Hotel haben den großen Salon sehr hübsch hergerichtet, mit Blumenvasen, einer kleinen Kapelle und einem üppigen Buffet. Wirklich, ich finde das alles so romantisch.«

Melodie seufzte leise und sah zum Bett hinüber. Cassie tat das gleiche und wurde rot.

»Ich kann es dir ja sagen, Cassie Jones, ich bin mächtig eifersüchtig auf dich. Ich wünsche mir schon so lange ich denken kann einen Ehemann, und du hast immer behauptet, du würdest nie heiraten. Und jetzt hast du dir den bestaussehendsten Mann eingefangen, der mir je untergekommen ist. Heute abend wirst du ihn in diesem prächtigen, großen Bett ganz für dich allein haben!« Neugierig blickte sie Cassie an. »Hast du dir nie überlegt, was für ein Liebhaber Linc Cameron ist? Ich wette, er ist himmlisch!« Dann kicherte sie. »Oder weißt du es bereits?«

Cassies rotes Gesicht wurde noch eine Nuance dunkler. »Ich habe keine … wir werden nicht … Ach, vergiß es! Gehen wir hinunter, und bringen wir es hinter uns.«

Sie konnte aber Melodies Frage für sich selbst nicht so einfach übergehen; ohne es zu wollen, gab sie sich eine Antwort darauf. Nach Linc Camerons Küssen zu urteilen, konnte sie sich genau vorstellen, wie er als Liebhaber war. Er würde bei der Liebe so sein wie beim Fliegen: gefährlich, impulsiv, geschickt und voll unbekümmerter Leidenschaft. Und noch etwas wußte sie: Sie war zwar gegen die Ehe, nicht aber gegen das eheliche Bett. Ihr heftiges Verlangen war nur mit ihrem verrückten Wunsch zu fliegen zu vergleichen; in solch einer zerbrechlichen Maschine in die Lüfte zu steigen, immer wieder, trotz der Kosten, der Risiken und der Angst.

Linc Cameron schob voller Unbehagen einen Finger unter den steifen Hemdkragen. Es drängten sich so viele Menschen in dem Raum, daß es unerträglich heiß geworden war. Zumindest mangelt es nicht an Zeugen für die Zeremonie, dachte er. Alle seine Mitkonkurrenten und viele Bewohner von Santa Monica wollten dabeisein, wenn er in den Ehestand trat.

Linc mußte den Leuten von Bean's Cola zugestehen, daß sie es wirklich verstanden, ein perfektes Fest zu arrangieren. Wenn er sich nicht in einem Augenblick von offenbar völliger geistiger Verwirrung in die Lage gebracht hätte, heute abend zu heiraten, hätte er die Party sogar genießen können. An einem Ende des langgestreckten, schmalen Festsaals spielte ein kleines Orchester mitreißende Ragtime-Musik, zu der alle mit den Füßen den Takt schlugen. Die Frauen waren hinreißend hübsch herausgeputzt, Pailletten und Schmuck glitzerten im weichen Licht der zwei großen kristallenen Kronleuchter. Die Männer wirkten in den dunklen Cuts zwar ein wenig streng, wenn auch sehr festlich, jedoch lachten sie ebenso laut und ungezwungen wie die Frauen.

Eine überschäumende Fröhlichkeit hatte sich der Menge bemächtigt, die gekommen war, den Anlaß gebührend zu feiern. Es war der Abend, bevor der Startschuß zu dem Wettfliegen gegeben werden sollte, ein Grund mehr, daß alle, besonders die Wettkampfteilnehmer, aufgeregt und vielleicht auch ein wenig nervös waren. Die Buffettische quollen über vor leckeren Hors-d'œuvres, Sandwiches und glasierten Kuchen, außerdem waren Unmengen von Champagner bereitgestellt. Aber die Korken sollten erst nach der kurzen Hochzeitszeremonie knallen. Linc entging es nicht, daß mehrere Männer auf die Terrasse hinausgingen, um sich einen Schluck aus einem silbernen Flachmann zu genehmigen. Er konnte es ihnen nicht verübeln. Er hätte auch gern einen Schluck getrunken. Ich habe es bestimmt nötiger als die anderen, dachte er verdrossen. Sie heiraten doch nicht!

»Nervös, alter Knabe?« flüsterte ihm Edward Farrell ins Ohr.

Linc sah ihn finster an. »Wo um Himmels willen ist sie? Das Ganze hätte schon vor fünf Minuten beginnen sollen.«

Edward richtete und zupfte noch einmal an Lincs grauer Seidenkrawatte und bürstete ihm mit einer Handbewegung ein Staubkörnchen vom Revers des Abendanzugs. »Die wahre Liebe geht oft verschlungene Wege! Ihr zwei benehmt euch, als hätte man euch zu dieser Ehe gezwungen ...« Edward schien plötzlich ein Licht aufzugehen.

»Wo denkst du hin!« Linc bemühte sich, sein Erschrecken zu verbergen. »Da irrst du dich.«

»Wenn ich mich irre, dann nur, weil ich weiß, wie schwer Cassie zu knacken ist; das wäre nichts Neues. Oder hast du dich geändert? Das würde mich sehr überraschen. Ich erinnere mich daran, wie du einmal zu einem morgendlichen Patrouillenflug im Abendanzug erschienen bist, mit einem Mädchen an jedem Arm.«

»Das ist etwas anderes ...« begann Linc, hielt jedoch mitten im Satz inne, weil Cassie gerade den Raum betrat. Wie versteinert blieb er einige Augenblicke auf der Stelle, er vergaß sogar zu atmen.

»Das ist wahre Liebe«, murmelte Edward vor sich hin.

Linc ging Cassie entgegen und griff nach ihrer Hand. Als er den Verband an ihrer Hand bemerkte, mußte er lächeln. Er beugte sich zu ihr, und sein Atem streifte ihre Wange, als er ihr zuflüsterte:

»Wenn du dir die Pulsader aufschneiden wolltest, hast du schlecht getroffen.«

Cassie begann zu lachen, hörte aber gleich auf, als sie merkte, daß es im Saal still geworden war und alle sie ansahen. Wiederum errötete sie sehr, und ihr zitterten die Knie.

»Verdammt, Linc Cameron! Du hast gesagt, eine stille, einfache Zeremonie. Es sind bestimmt zweihundert Leute hier!«

»Ich kann nichts dafür. In der Presse hat es eben eine Menge Aufsehen wegen des Wettfliegens gegeben. Ein berühmter Liebhaber hat außerdem einmal gesagt: ›Torheit sonnt sich mit Vorliebe im Märtyrertum des Ruhms.‹«

»Wer hat das gesagt?«

»Lord Byron.«

Cassie mußte unwillkürlich lächeln. »Du hast Lord Byron gelesen? Du kommst mir gar nicht wie der Typ vor, der, ... Ach Linc, wie wollen wir nach all dem unsere Ehe wieder auflösen?«

»Mit einer wirklich stillen, einfachen Zeremonie«, antwortete er, und sie lachte.

Er schob ihren Arm unter seinen und geleitete sie zum oberen Ende des Raums, wo aus durchbrochenem Gitterwerk ein mit rosa Rosen und Bändern geschmückter Torbogen errichtet worden war. Hier stand der Richter in feierlicher schwarzer Robe und unterhielt sich mit Phineas Barlow. »Komm, meine wunderschöne, widerspenstige Braut«, hänselte Linc. »Beiß die Zähne zusammen und denk an fünfzigtausend Dollar.«

Schließlich ging alles leichter und reibungsloser vonstatten, als Cassie befürchtet hatte. Sie brachte sogar ihr Eheversprechen ohne Stottern und Zögern hervor. Erst als Linc einen Ring aus der Tasche zog und an ihren Finger steckte, war sie wirklich überrascht. Das hatte sie nicht erwartet. Durch den breiten Goldring schien ihr Versprechen plötzlich doch eine ernste und verbindliche Bedeutung zu bekommen. Aber jetzt war es zu spät – der Richter hatte sie zu Mann und Frau erklärt, und Linc gab ihr einen warmen, festen Kuß.

Die Kapelle spielte einen Walzer. In die Menge kam Bewegung, und Cassie wurde von Linc getrennt. Plötzlich stand sie Edward Farrell gegenüber. Im eleganten Abendanzug sah er ausgesprochen gut aus.

»Du hast eine seltsame Auslegung von ›nie‹.« Sein schmales, feingeschnittenes Gesicht blieb völlig ausdruckslos. Sogar seine hellbraunen Augen blickten leer.

Ein Kellner kam mit einem Tablett an ihnen vorbei, auf dem flötenartige Gläser mit einer moussierenden, goldgelben Flüssigkeit standen. Cassie nahm ein Glas; vermutlich handelte es sich um Champagner, den sie noch nie getrunken hatte.

Sie lächelte Edward zu. »Sei nicht böse, Ward. Es ist nicht so, wie du denkst.«

»Du hast also Linc Cameron nicht soeben geheiratet?«

»Das schon, aber …«

»Dann ist es so, wie ich denke.«

Cassie hob das Glas an die Lippen. Das Getränk moussierte und kitzelte in der Nase. Cassie nahm einen großen Schluck. Der herbe Geschmack löste beinahe einen Hustenanfall bei ihr aus. Vorsichtig trank sie noch einen Schluck; dieser glitt etwas besser durch ihre Kehle. Die Kapelle hatte den Walzer beendet und spielte jetzt einen modernen Foxtrott. Die Leute tanzten, daß es Cassie fast schwindelte. Sie mußte blinzeln, und als sie Edward ansah, versuchte sie sich krampfhaft daran zu erinnern, worüber sie gesprochen hatten.

»Ohh«, brachte sie schließlich heraus.

Edward hob auf seine dezente Art die Schultern. »Der bessere Mann hat gewonnen, das ist mein Trost; aber daran bin ich gewöhnt. Linc Cameron war immer eine übermächtige Konkurrenz. Er war auch der Beste in der Lafayette-Staffel.«

Cassie trank noch einmal ein paar kleine Schlucke Champagner. Dieses Getränk war etwas Besonderes, dachte sie. Manchmal hatten sie und Quigly gemeinsam eine Flasche Bier getrunken, aber das war kein Vergleich mit dem, was sie hier trank. Der Champagner machte sie ganz kribbelig.

»Linc war bestimmt auch davon überzeugt, daß er der Beste war.« Cassie fand die Bemerkung dann doch illoyal und fügte hinzu: »Aber er ist wirklich gut. Ich habe ihn fliegen gesehen.«

»Du hast ihn beim Kunstflug gesehen, aber wenn es um Kampfeinsätze ging, hielt er nicht viel von Kunststücken in der Luft. Er suchte die feindlichen Flugzeuge, lauerte ihnen auf, und wenn er eines gefunden hatte, flog er geradewegs darauf zu, bis es fast zum

Zusammenstoß kam. Dann erst eröffnete er das Feuer. Es war nervenaufreibend, ihm zuzusehen.« Ward mußte lachen. »Noch nervenaufreibender war es für den Feind. Menschen zu töten und dabei selbst nur knapp dem Tod zu entkommen, da braucht man Nerven aus Stahl,um jeden Tag aufs neue loszufliegen. Den meisten von uns machte es mit der Zeit zu schaffen, nicht aber Linc. Er hat gekämpft, als wäre es nur ein Spiel, den Tod zu besiegen.«

Cassie dachte an die Traurigkeit in Linc Camerons Augen. »Vielleicht verbarg er es nur besser als ihr.«

»Hallo!« Pete Striker packte Cassie von hinten und drückte ihr einen kräftigen Schmatz auf die Wange, so daß Cassie den letzten Rest des Champagners verschüttete. »Mir ist der Unsinn ganz egal, den Linc daherredet, wenn er sagt, daß du nur Probleme bringst. Ich habe vom ersten Augenblick an gewußt, daß du die richtige Frau für ihn bist.« Als Pete Edward erkannte, der sich umgedreht hatte und wegging, wurden seine Augen schmal. »Was hat dir Farrell erzählt?«

»Nichts. Wir haben nur vom Krieg gesprochen.« Ein Kellner kam vorüber, und Cassie nahm sich ein weiteres Glas vom Tablett. »Was meinst du damit, du wußtest, daß ich die richtige Frau für Linc bin? Und welchen Unsinn redet Linc über Probleme?«

Pete wich ihrem Blick aus und zündete sich umständlich eine Zigarette an. Cassie fiel auf, daß sogar Pete sich für den Anlaß feingemacht und einen flotten braunen Anzug angezogen hatte.

»Schöne Hochzeit.« Pete wechselte das Thema. »Berge von Essen und Trinken. Muß ein Vermögen kosten. Ich habe geglaubt, Linc hätte alles ausgegeben.«

»Bean's Cola kommt dafür auf. Wir wohnen sogar in der Hochzeitssuite und haben ein eigenes Badezimmer, Pete, mit einer riesigen weißen Porzellanwanne.« Cassie lachte und bekam Schluckauf. »Entschuldige«, sagte sie und legte die Hand auf den Mund. »Wo ist Patches?«

»Im Hangar bei der *Pegasus*. Linc wollte ihn nicht mitnehmen. Patches war zuerst böse, aber er hat sich beruhigt, nachdem ich ihm erklärte, daß du und Linc heiraten. Er ist mit dir einverstanden. Die feinen Dämchen kann er nämlich nicht leiden.«

Cassie nickte ernsthaft, als wäre das ganz vernünftig. Sie tauschte ihr leeres Glas gegen ein volles.

»Cassie«, begann Pete plötzlich besorgt, »du hast doch nichts dagegen, Patches mit ins Flugzeug zu nehmen? Er hat Linc bei allen Flügen begleitet. Er ist Lincs Glücksbringer. Wenn du ihn zurückläßt, dann bildet sich Linc womöglich ein ... es wäre einfach nicht gut, das ist alles.«

»Wenn Patches nicht mitkommt, fliege ich auch nicht«, verkündete Cassie mit Nachdruck und setzte einen Schluckauf als Punkt hinter die Feststellung.

Pete war sichtlich erleichtert. Dann wurden seine Augen wieder schmal, und er fluchte.

Cassie folgte seinem Blick. Am anderen Ende des Saals lehnte Linc an der Wand und unterhielt sich mit zwei leutselig wirkenden jungen Männern. Cassie kannte sie, die Brüder Schmidt, zwei blonde, blauäugige Hünen mit kantigen Gesichtern und athletischer Gestalt. Sie würden an dem Wettfliegen mit einer Avro Eindecker-Maschine teilnehmen. Cassie hatte sich mit ihnen unterhalten und sich ihr Flugzeug angesehen; es war eine erstklassige Maschine, und die Brüder Schmidt zählten ihrer Meinung nach zu den stärksten Konkurrenten.

»Oh, diese Deutschen!« brummte Pete.

»Sie sind Amerikaner, Pete. Sie wurden in Dubuque geboren.«

»Das sagen sie. Aber wenn sie waschechte Amerikaner sind, wie sie behaupten, wieso ersticken sie dann fast an ihrem Englisch?«

»In Kingly gibt es eine Familie aus Schweden; die Kinder sprechen mit dem gleichen schwedischen Akzent englisch wie ihre Eltern. Die Familie der Brüder Schmidt wanderte wahrscheinlich von Deutschland nach Amerika aus, und die beiden sprachen als Kinder nur deutsch.«

»Ha! Das glaube ich schon, daß sie als Kinder deutsch gesprochen haben, aber das ist das einzige, was ich von ihrer Geschichte glaube. Sie nennen sich Hans und Werner Schmidt. Da können sie gleich behaupten, daß sie Smith heißen oder, äh ...«

»Jones«, fügte Cassie hinzu und kicherte.

Linc hatte sie entdeckt. Er winkte ihnen zu und bahnte sich einen Weg zwischen den tanzenden Paaren hindurch. Cassie beobachtete ihn; im Abendanzug sah er besonders gut aus. Er war wirklich ein toller Mann, und es war einfach nicht fair. Sie trugen einen heimlichen Wettstreit aus, in dem ihr Wille gegen seinen stand, und da sie schon aufgeregt zitterte, wenn sie ihn nur ansah, lag Linc eindeutig im Vorteil. Cassie seufzte, leerte rasch ihr Champagnerglas und griff nach einem vollen.

»He, sei lieber vorsichtig mit dem Zeug«, warnte Pete, als Linc näher kam. Linc sah Cassie ins gerötete Gesicht, bemerkte ihre glänzenden Augen und lachte. »Willst du dich betrinken?«

»Natürlich nicht! Das ist erst mein viertes Glas.«

Die Kapelle spielte einen Tango. Linc nahm Cassie das Glas aus der Hand und reichte es Pete. »Wir wollen tanzen«, sagte er und nahm sie in den Arm.

»Ich kann nicht tanzen«, protestierte Cassie, obwohl sie sich ausgesprochen anmutig bewegte, als sie zum akzentuierten Rhythmus des Tangos über die Tanzfläche glitten. Cassie fühlte sich wunderbar. Lincs Hand lag auf ihrer Taille. Er preßte sie fest an sich, und sie spürte jede Faser seines Körpers. Ihr Herz schlug schneller, und ihre Hand, die in seiner lag, zitterte.

»Ich habe nachgedacht, Linc ...«

»Du hast ein wenig zu viel getrunken.« Er lachte leise, und als er mit seinem Mund über ihren Hals strich, lief ihr ein Schauer über den Rücken. Sie vollführten eine gekonnte Wendung und tanzten in die andere Richtung.

»Nein, ich habe wirklich nachgedacht. Es gibt keinen Grund dafür, warum wir nicht das Beste aus unserer mißlichen Lage machen sollten. Obwohl die Vorstellung, daß wir ineinander verliebt sein könnten, ziemlich dumm ist, oder?«

»Ziemlich dumm.« Er sah sie an, zuerst ihr Gesicht, dann den Hals und weiter bis zum Ansatz ihrer Brüste. Cassie spürte ein Kribbeln auf der Haut, als hätte er sie berührt.

»Aber wir fühlen uns ganz eindeutig zueinander hingezogen, nicht wahr?«

»Sehr hingezogen«, flüsterte er ihr ins Ohr.

Mit seiner Hand streichelte er zärtlich über ihren Rücken, was ihr fast den Atem nahm. »Wir sind jetzt verheiratet«, fuhr sie undeutlich und heiser fort. »Vor dem Gesetz.«

»Zumindest für ein paar Wochen.«

»Genau. Es gibt also keinen Grund, warum wir nicht ... Wir könnten doch ...« Er war entsetzlich! Mußte sie diejenige sein, die aussprach, was sie beide empfanden?

Er neigte den Kopf zurück und sah zu ihr hinunter. Sein Gesichtsausdruck war verschlossen. Aber Cassie hatte gelernt, daß sie nur in seine Augen sehen mußte: Das seltsame Glitzern darin fesselte sie und machte ihr gleichzeitig angst.

»Es ist vielleicht nicht ganz so einfach.« Lincs Stimme klang gepreßt. »Einer von uns könnte darunter leiden.«

Sie schüttelte den Kopf und stolperte. Sein Arm um ihre Taille stützte sie. »Nicht wenn wir uns vorher darauf einigen, bestimmte Bedingungen einzuhalten. Keine Bindung, keine Versprechen. Und vor allem kein Bedauern. Wenn alles vorüber ist und wir das Rennen gewonnen haben, teilen wir das Geld und jeder geht seiner Wege.«

»Du weißt nicht, wovon du sprichst. Du bist zu betrunken, und außerdem würde ich meinen letzten Pfennig darauf verwetten, daß du noch Jungfrau bist.«

»Was hat das damit zu tun?«

Er lachte. »Es ist ein unwesentliches ... Hindernis.«

»Ich habe nicht die Absicht, für immer eine Jungfrau zu bleiben, Linc Cameron. Du mußt dir keine Sorgen machen, daß ich vielleicht nicht weiß, was ich tun soll«, erklärte sie ihm, während er sie herumwirbelte und über seinen Arm nach hinten bog. »Ich habe ein Buch gelesen.«

»Großer Gott!« Er blieb zwei Takte lang wie angewurzelt stehen; andere Paare stießen sie an. »Was für ein Buch?«

»Ich war in der städtischen Bücherei und verlangte ein Ehehandbuch. Sie hatten eines, es war im hinteren Zimmer versteckt. Ich durfte es nicht ausborgen und mußte es dort lesen. Daher war ich etwas in Eile. Diese dumme Gans am Schalter machte außerdem eine große Sache daraus, sie wurde rot und plapperte aufgeregt alles mögliche daher, als hätte noch nie jemand geheiratet und wollte sich vor der Ehe über die Dinge informieren, die nun einmal damit in Zusammenhang stehen. Was glaubt sie denn, wo sie hergekommen ist? Der Titel des Buches lautete *Ein Ratgeber für die Ehe*. Ein Dr. Soundso schrieb es 1891, aber die Dinge haben sich vermutlich nicht allzu sehr geändert. Was ist so lustig daran?«

Linc mußte so herzlich lachen, daß sich alle zu ihnen umwandten. »Du bist unglaublich, Cassie! Das sieht dir ähnlich! Die sogenannten ehelichen Pflichten aus einem Buch lernen zu wollen!«

Die Musik war plötzlich zu Ende, aber Linc hatte bereits aufgehört zu tanzen. Er nahm ihr Gesicht in beide Hände und sah sie aufmerksam an.

»Wie betrunken bist du? ... Sag lieber nichts, ich möchte es nicht wissen. Es wird dir leid tun. Mir vermutlich auch. Aber wenn du willst, daß wir ein Liebespaar werden, ein verheiratetes Liebespaar sogar, dann würde es schon einen großmütigeren Mann brauchen, als ich einer bin, um dir den Wunsch zu versagen. Denn ich begehre dich, Cassie Jones. Ich will dich mit jeder Faser meines Körpers, und ich werde dir Dinge über die Liebe beibringen, die du nie aus einem verdammten Buch lernen kannst.«

Er nahm sie bei der Hand und zog sie zur offenen Tür, durch die die Menge in die Hotelhalle hinausströmte. Es war sehr laut, und viele waren ziemlich angetrunken. In wenigen Monaten sollte die Verfassung der Vereinigten Staaten geändert und der Alkoholkonsum verboten werden; heute wollten offenbar alle noch einmal so viel wie möglich trinken, bevor eine lange Trockenperiode einsetzte.

Noch ehe Cassie und Linc der Menge entkommen konnten, trat ihnen Edward in den Weg und verbeugte sich vor Cassie. »Darf ich um den nächsten Tanz bitten?«

»Nein«, antwortete Linc an ihrer Stelle.

Edward sah Linc erstaunt an. Im selben Augenblick trat Phineas Barlow zu ihnen und legte Linc die Hand auf die Schulter. »Kann ich Sie einen Augenblick sprechen, Mr. Cameron?« Als das Gespräch mit Barlow beendet war und Linc sich nach Cassie umsah, war sie verschwunden.

Er suchte sie unter den herumwirbelnden Tänzern, fand sie aber nicht. Schließlich entdeckte er sie. Sie unterhielt sich am anderen Saalende mit zwei Männern mit eher dunkler Gesichtsfarbe, die sich erst an diesem Morgen für den Wettbewerb gemeldet hatten: Harry Ameston und Jim Morton. Sie flogen einen alten, klapprigen Wright-Doppeldecker mit Druckschraube, der aussah, als würde er nur von Spucke und Bindfäden zusammengehalten. Keiner der beiden Piloten schien den Unterschied zwischen einem Querruder und einem Höhenruder zu kennen. Beim ersten Zusammentreffen mit ihnen hatte Linc sie für naiv gehalten, aber jetzt kamen sie ihm nicht mehr ganz so naiv vor. Es gefiel ihm nicht, daß Cassie die beiden gutaussehenden Männer so strahlend anlächelte. Und die Blicke, die die jungen Männer in Cassies tiefes Dekolleté warfen, paßten Linc schon gar nicht. Was ihn aber am allermeisten irritierte, war die Art, wie Cassie den Champagner in sich hineinschüttete, als wäre es Limonade. Leise vor sich hin fluchend, bahnte sich Linc einen Weg durch die Menge. Wenn er mit ihr schlafen wollte, durfte er ihr nicht den Hals umdrehen, aber wenn sie umkippte, bevor er sie noch im Bett hatte, konnte er auch nicht mit ihr schlafen.

Als er sich endlich durch den überfüllten Raum gekämpft hatte, war Cassie verschwunden. Linc redete sich verbittert ein, daß ihn das nicht überraschen durfte – damit mußte man rechnen, wenn man einen Unglücksraben heiratete.

Eine Gruppe betrunkener Festgäste begleitete sie über die Treppe hinauf bis zur Tür ihres Zimmers; alle lachten, und die Bemerkungen, die fielen, standen jenen, die Linc aus Pariser Bordellen kannte, um nichts nach. Linc schloß die Tür, und er und Cassie waren allein. Cassie stand leicht schwankend mitten im Zimmer und sah ihn mit ihren rauchgrauen Augen müde an.

Dann blinzelte sie und schob die Haarsträhnen zurück, die sich aus dem Haarband gelöst hatten. »Ich fühle mich ein wenig komisch.«

Linc seufzte. »Das überrascht mich nicht. Mit dem Champagner, den du getrunken hast, könnte man eine Badewanne füllen.« Er drehte sie um und öffnete die Haken an ihrem Kleid.

»Was machst du?«

»Ich bringe dich zu Bett. Die Nacht ist kurz, und morgen früh beginnt das Wettfliegen; du erinnerst dich doch daran, warum wir überhaupt hier sind, ja? Du wirst entsetzliche Kopfschmerzen haben.«

Er schob das Kleid über ihre Schultern und ließ es bis zur Taille hinuntergleiten. Die nackte Haut ihres Rückens schimmerte verführerisch im Schein des Kaminfeuers. Linc drückte seine Lippen auf ihren Nacken und bedeckte ihre Schultern mit zarten Küssen. Aber als sie sich seufzend an ihn lehnte und dabei ihr festes, rundes Gesäß an seine Schenkel preßte, trat er unvermittelt zurück.

Er schob ihr das Kleid über die Hüften und ließ es zu Boden gleiten. Cassie drehte sich um, legte ihm die Arme um den

Nacken und zog seinen Kopf näher; ihr halb geöffneter Mund war ganz nahe, und ihr Atem strich warm und liebkosend über sein Gesicht.

Linc faßte sie an den Armen und wollte sie fortschieben, aber sein guter Wille war zu schwach. Wild und stürmisch preßte er seinen Mund auf den ihren, und erst allmählich wurde der Kuß sanft und innig. Seine Zunge glitt über ihre Lippen und in ihren Mund. Cassie zuckte zwar zuerst überrascht zusammen, begegnete aber bald willig seiner fordernden Zunge. Er stöhnte auf und fuhr mit den Fingern durch ihre Haare; das Haarband löste sich, und ihre schweren Locken glitten wie ein goldener Wassserfall über seine Handgelenke.

Er tastete mit den Händen über ihren Nacken und über ihre Schultern, bis er die Träger ihres Mieders fand und sie hinunterschob. Oberhalb des steifen Korsetts konnte er die zarte Rundung ihre Brüste fühlen. Wie wunderbar weich ihre Haut war! Er löste seinen Mund von ihrem, umfaßte ihre Taille mit den Händen und hob sie auf die Zehenspitzen. Dann senkte er den Kopf und berührte mit den Lippen die Vertiefung zwischen ihren Brüsten. Sie schnappte kurz nach Luft, grub die Finger in seine Schultern, bog sich nach hinten und preßte sich an ihn. Wildes Verlangen überkam ihn.

Er wollte sich Zeit lassen und sanft sein, aber er wußte, daß er es vermutlich nicht schaffen würde. Noch nie hatte er eine Frau so sehr begehrt oder gebraucht, wie er jetzt Cassie begehrte und brauchte. Er nahm sie in die Arme und trug sie auf das große Himmelbett. Sie stöhnte in leisem Protest, als er sie losließ, um sich auszuziehen.

Linc zog Jackett und Weste des Abendanzugs aus und schleuderte beides achtlos fort. Er riß sich die Krawatte vom Hals, daß die perlenbesetzte Krawattennadel, die er von Ward Farrell geborgt hatte, zu Boden fiel und unter das Bett rollte. Dann setzte er sich und knöpfte die Hose auf, ehe er Schuhe und Socken auszog. Als er sich wieder seiner Braut zuwandte, waren ihre Augen geschlossen, und sie atmete ruhig und gleichmäßig.

Linc stand neben dem Bett und starrte zornig auf Cassie hinunter, die ausgestreckt auf dem Rücken lag. Selbst im Schlaf – und betrunken, wie sie war – wirkte sie aufreizend und verführerisch.

»Zum Teufel mit deinen schönen Augen, Cassie Jones«, polterte er, beugte sich über sie und schüttelte sie grob, wohl wissend, daß nicht einmal die Posaunen des Jüngsten Gerichts sie jetzt wecken könnten. »Ich hätte mir denken können, daß du mir so etwas antust.«

Seufzend setzte er sich neben sie und rollte sie hinüber auf ihre Bettseite. Er zog ihr das Unterkleid über den Kopf, öffnete das Korsett und zog ihr das dünne Hemdchen darunter aus. Einen Augenblick lang bewunderte er ihre nackten Brüste, bis ihm klar wurde, daß das falsch war, und er rasch die Augen abwandte. Er zog Cassies Schuhe und Seidenstrümpfe aus. Für ihre Größe hatte sie überraschend lange Beine, wie ein Fohlen, mit glatten, festen Muskeln. Er fuhr liebkosend über ihre Unterschenkel und weiter, die Innenseite der Oberschenkel hinauf, bis an den spitzenbesetzten Rand der –

Linc sprang auf und fuhr sich nervös mit den Händen durch die Haare. Er zitterte am ganzen Körper, sein Mund war trocken, und sein Kopf dröhnte.

Er zog Überdecke und Bettdecke zurück, schob Cassie rasch zwischen die Laken und deckte sie fest zu.

Plötzlich war er unendlich müde, aber es war besser, wenn er sich nicht neben sie legte. Er machte es sich lieber im Lehnstuhl vor dem Feuer bequem und versuchte, sich unter Kontrolle zu bringen. Das fiel ihm in letzter Zeit zusehends schwerer, kaum daß Cassie in der Nähe war. Dabei spielte es keine Rolle, ob sie wach war oder schlief, ob sie ungezwungen lachte oder ihn mit der gleichen Ungezwungenheit zornig anschrie, ob sie ihren Overall trug oder gar nichts …

Du lieber Himmel! Linc fühlte sich unbeholfen erregt, wie ein fünfzehnjähriger Knabe, den die erste Leidenschaft übermannt hatte. Es sollte doch nicht so schwer sein, ein wenig Geduld zu üben. Bei dem Zickzack-Kurs, der ihnen bevorstand, damit sie alle fünf Kontrollstationen des Wettbewerbs anfliegen konnten, würden sie zwischen Kalifornien und New York mehr als sechstausend Kilometer gemeinsam zurücklegen. Selbst wenn sie von Sonnenaufgang bis Sonnenuntergang flogen, konnten sie nur zwischen vierhundertfünfzig und sechshundert Kilometer pro Tag schaffen. Nachts mußten sie natürlich Pausen einlegen. Auch für die Wartung und zum Auftanken waren Aufenthalte notwendig. Während der kommenden Wochen würden sich also viele Gelegenheiten ergeben, daß Mrs. Linc Cameron wirklich seine Frau wurde und nicht nur seinen Namen trug.

Linc schauderte, und er preßte die Handflächen auf die Augen. Cassie ... seine Frau. Wie hatte er das zulassen können? Sie hatte zu viel Ähnlichkeit mit Ria. Ria, die die Ehe verachtete und sich weder an einen Wohnort noch an einen Mann auf Dauer binden wollte. Ria, die bereit war, jedes Risiko einzugehen, die sich über alle Konventionen hinwegsetzte. Ria, die ihn mit ihrer Zuneigung überschüttete und ihm im nächsten Augenblick die Tür vor der Nase zuknallte. Ria, die Unberechenbare, Ria, die Impulsive, Ria ...

Linc stand unvermittelt auf und trat ans Bett. Finster sah er Cassie an; Cassie, seine Frau. Zumindest sah sie nicht aus wie Ria. Jetzt sah sie überhaupt eher wie ein Kind aus. Eine Hand lag, zu einer lockeren Faust zusammengeballt, neben ihrer Wange, der Mund stand leicht offen, ihr Atem ging leise und regelmäßig. Die Haare umrahmten das Gesicht in wilder Unordnung.

Ich will nicht, Cassie Jones, sprach er in Gedanken. Ich will nicht, weil du schwierig, aufreizend und anstrengend bist. Und du machst Probleme, jede Menge große Probleme! Aber ich will vor allem deshalb nicht, weil ich Angst habe, daß ich mich dann Hals über Kopf in dich verliebe, und ich will mich nicht in dich verlieben. Also schau mich mit deinen großen grauen Augen nicht so an! Erwarte nicht, daß ich dir sage, daß ich dich liebe! Es wird dir nichts nützen. Du wirst diese Worte nie von mir hören, Cassie. Niemals.

Er beugte sich über sie, nahm eine Haasträhne, führte sie an die Lippen und legte sie sanft zurück auf das Kissen. Dann küßte er sie zart auf die gerötete Wange.

»Gute Nacht, mein Liebling«, flüsterte er leise. Linc dachte, daß es nicht zählte, da Cassie es nicht hörte.

Kapitel 7

Die Flugzeuge standen in einer Reihe nebeneinander. Der olivefarbene Spannlack war bei allen erneuert worden, so daß sie wie neu glänzten. Das Gras raschelte im Wind, und die Fahnen vor der Tribüne flatterten. Trotz der frühen Morgenstunde waren viele neugierige Zuschauer gekommen. Cassie fragte sich, wie es den Veranstaltern gelingen würde, das Feld rechtzeitig für den Start zu räumen.

Die aufgehende Sonne überzog den Himmel allmählich mit gelbem Licht, als durch ein Megaphon Phineas Barlows Stimme ertönte. »In fünf Minuten können Sie die Motoren anlassen, meine Herren. Die Zuschauer mögen jetzt bitte das Flugfeld verlassen. Bitte alle das Flugfeld verlassen!«

Pete Striker stand über die *Pegasus* gebeugt und zog Schraubenmuttern an, die ohnehin bereits fest saßen, und überprüfte zum hundertsten Mal die Spannung der Drähte. Patches sah richtig dumm drein vor Aufregung, lief bellend herum und taufte die Räder der anderen Flugzeuge, bis Linc ihn ins Cockpit befahl und ihm drohte, ihn zurückzulassen, wenn er sich nicht endlich benahm.

Pete grinste, als Cassie zu ihm trat. »Du siehst heute früh etwas mitgenommen aus.«

»Ich trinke in meinem ganzen Leben keinen Champagner mehr«, stöhnte sie, während sie gegen die Übelkeit ankämpfte und ohne viel Erfolg versuchte, das Dröhnen in ihrem Kopf zu ignorieren.

Linc tauchte hinter der Steuerbordseite der *Pegasus* auf. Er überprüfte mit der Hand die Propeller auf Kerben und Dellen.

»Wer fliegt die erste Teilstrecke?« erkundigte sich Pete.

Mit einem warmherzigen Lächeln, das Cassie galt, antwortete Linc: »Amerikas hübscheste Pilotin. Schließlich ist es ihre Maschine.« Cassie war richtig stolz und seltsam erregt, als er das sagte.

Jemand rief ihren Namen, und sie drehte sich um. Zwei Männer kamen fröhlich lachend auf sie zu. Sie erinnerte sich, sie auf der Party am Vorabend kennengelernt zu haben, zwei wohlhabende Playboys von der Ostküste, die sich zum Spaß in letzter Minute mit einer geborgten Maschine für den Wettbewerb gemeldet hatten. Sie waren nach der letzten New Yorker Mode gekleidet, trugen die dunkelbraunen Haare in der Mitte gescheitelt und mit viel Haarpomade in Form gehalten. Beide flirteten auf die schamloseste Weise, aber sie waren charmant und lustig, und Cassie hatte sich gut mit ihnen unterhalten.

Sie ging den Männern lächelnd entgegen und bemühte sich, sich an ihre Namen zu erinnern. Harry und Joe? Nein, Jim.

»Hallo, Cassie«, rief Harry. Er hatte einen bleistiftdünnen Schnurrbart, der sein Lächeln besonders unbekümmert wirken ließ. »Sie waren wunderschön gestern abend. Ihr frisch gebackener Ehemann ist wirklich ein Glückspilz!«

»Sie sieht auch jetzt verdammt hübsch aus, Harry.« Jim versetzte seinem Freund einen kleinen Rippenstoß und blinzelte Cassie zu. Er war etwas schmaler gebaut als Harry und ein hervorragender Tänzer, das war Cassie vom Vorabend in Erinnerung geblieben.

Cassie lachte über ihre dämlichen Komplimente. »Seid ihr fertig?«

»Wir denken schon.« Harry grinste und zog eine kleine Flasche mit Whisky aus der Jackentasche. »Wir haben an das Notwendigste gedacht.«

»Motoren anwerfen!« brüllte Phineas Barlow durch das Megaphon.

Cassie hörte Schritte und drehte sich um. Linc kam mit finsterem Blick auf sie zu.

»Hast du nichts anderes zu tun, als herumzustehen und zu schwatzen, Cassie? Das ist kein Kaffeekränzchen!« Er sah Jim und Harry so böse an, daß ihnen das Lächeln verging.

Harry warf Jim einen Blick zu. »Äh … ich glaube, wir gehen besser auch und lassen den Motor warmlaufen, wie der Mann gesagt hat.«

Cassie nahm keine Notiz von Linc und lächelte Harry und Jim noch einmal strahlend an. »Ich hoffe, wir schlagen euch. Aber viel Glück für den zweiten Platz!«

Jim lachte und zeigte dabei seine weißen, regelmäßigen Zähne. »Sie können mit uns rechnen, Cas ... äh, Mrs. Cameron«, verbesserte er sich mit einem Blick auf Linc, der neben Cassie stand. »Sie werden sehen, wir werden kämpfen!«

Die beiden Männer schüttelten Cassie die Hand und wollten das gleiche mit Linc tun, aber als sie seinen Gesichtsausdruck sahen, änderten sie ihre Meinung.

Während Harry und Jim bereits unterwegs zu ihrem Flugzeug waren, fuhr Cassie Linc zornig an. »Das war ausgesprochen grob von dir!«

»Ich hätte geglaubt, daß du die beiden satt hast. Sie sabberten doch wie zwei hungrige junge Hunde um dich herum.«

»Mach dich doch nicht lächerlich. Sie waren einfach freundlich.«

»So? Gestern abend waren sie wohl auch nur freundlich, als sie dir ins Dekolleté gestarrt und dich beim Tanzen überall abgetappt haben?«

»Das stimmt doch gar nicht. Nur weil wir verheiratet sind, mußt du dich noch lange nicht wie ein eifersüchtiger Ehemann benehmen.«

»Du lieber Himmel!« Linc schlug die Hände über dem Kopf zusammen und ging zurück zur *Pegasus*. Cassie folgte ihm und murmelte etwas von schlecht gelaunten Männern vor sich hin, die glaubten, daß sie einen anderen einfach als ihr Eigentum betrachten konnten.

Linc griff Cassie vertraulich ans Gesäß, als er ihr ins Cockpit half. Sie fuhr herum und sah ihn zornig an, mußte aber feststellen, daß er sie herausfordernd angrinste. Das war also wieder eines ihrer Geplänkel, somit lief ja alles normal zwischen ihnen, dachte sie.

Cassie war an diesem Morgen mit quälenden Kopfschmerzen aufgewacht, und ihr Mund hatte sich angefühlt, als wäre er voll Watte. Linc war mit finsterem Gesicht neben ihr gestanden. Zuerst hatte Cassie keine Ahnung gehabt, was er in ihrem Schlafzimmer wollte. Sie hatte sich zu rasch aufgesetzt, und der pulsierende Schmerz in ihren Augen zwang sie, sich stöhnend den Kopf zu halten. Dann bemerkte sie, daß sie nackt war, zumindest von der Taille aufwärts. Sie packte das Laken und bedeckte ihre Brüste.

Mit rot unterlaufenen Augen sah sie ihn mißtrauisch an. »Wer hat mich ausgezogen?«

»Ich.« Er warf ihr Unterwäsche, das Flanellhemd und den Overall zu. »Aber ich hoffe, du kannst dich zumindest allein anziehen. Und zwar bald. Wir hätten schon vor zehn Minuten auf dem Flugfeld sein sollen.«

Cassie versuchte, Unterhemd und Flanellhemd anzuziehen und dabei das Laken am Hals festzuhalten – keine leichte Aufgabe. Linc benahm sich natürlich nicht wie ein Gentleman und drehte sich nicht um.

»Bist du morgens immer so unausstehlich?« wollte sie wissen.

Er lächelte sie boshaft an. »Ja. Das ist einer der wenigen Fehler, die ich mir gestatte. Ich habe auch nicht die Absicht, mich zu ändern; du gewöhnst dich also besser daran. Vor allem während der kommenden Wochen, in denen wir die Morgenstunden gemeinsam verbringen werden.«

Cassie erinnerte sich bruchstückhaft an die Ereignisse des Vorabends, besonders daran, daß sie förmlich darum gebettelt hatte, er möge doch mit ihr schlafen. Flammende Röte stieg ihr über den Hals ins Gesicht, und sie zwang sich, ihn anzusehen.

»Linc ... haben wir gestern abend ...?«

»Ich habe dich nur ausgezogen, sonst habe ich dich nicht angerührt, wenn du das wissen wolltest. Also kein Grund, Vergewaltigung zu schreien.«

»Ich kann doch nicht Vergewaltigung schreien. Wir sind verheiratet.« Die volle Bedeutung ihrer Worte wurde Cassie plötzlich bewußt, und sie erschrak in panischem Entsetzen. Sie hob die Schultern und vergrub das Gesicht in den Händen. »Ach Gott ...«

Linc zögerte einen Augenblick, dann setzte er sich neben sie auf das Bett. Er zog ihr die Hände vom Gesicht, und seine Finger gruben sich dabei in ihre Handgelenke. »Was ist denn los?« fragte er hilflos.

Cassie sah ihn prüfend an. Vielleicht sollte sie es ihm nicht erzählen, aber sie war es nicht gewohnt, ihre Gefühle zu verstecken. »Es ist schwer zu erklären.«

»Versuch es.«

Sie holte tief Luft. »Ich wurde einmal bei einem dieser Protestmärsche der Suffragetten verhaftet und mußte einen Monat im Gefängnis verbringen. Es war schrecklich. Alles war schmutzig, und im Essen waren sogar Würmer. Ich war dumm genug zu glauben, es würde ein großes Abenteuer werden, aber als sie mich dann tatsächlich in die Zelle steckten und die Tür absperrten, fror ich nur entsetzlich, war einsam und hatte Angst. So fühle ich mich jetzt, Linc. Wie in eine Zelle gesperrt, aus der ich erst wieder herauskann, wenn ich meine Strafe abgesessen habe. Ich habe das Gefühl, in der Falle zu sitzen.«

Sie sah, wie er schluckte. »Es ist nicht sehr schmeichelhaft für mich, wenn du unsere Ehe mit einer Gefängnisstrafe vergleichst.« Er zwang sich zu einem schiefen Lächeln.

»Du verstehst das nicht. Es hat nichts mit dir zu tun. Es ist der Gedanke, verheiratet zu sein. Es ist ... ach, ich weiß es nicht ...«

Er faßte nach ihrer Hand und streichelte sie mit dem Daumen. Eine unbewußte Geste, aber Cassie fühlte sich auf seltsame Weise beruhigt.

»Du brauchst dich nicht gefangen zu fühlen. Wir sind uns doch einig, daß es nicht für immer ist.«

»Aber jetzt ist es so, und vor dem Gesetz sind wir verheiratet, das ist eine Tatsache.«

Er nahm ihr Gesicht in seine rauhen Hände und sah ihr tief in die Augen. »Was willst du damit sagen, Cassie. Hast du Angst, daß mir die gestrige Zeremonie das Recht gegeben hat, von dir zu verlangen, daß du mit mir schläfst?«

Sie versuchte zu lächeln. »Davor habe ich keine Angst, Linc. Vor allem nicht mit dir. Es ist nur die Vorstellung ... ach verdammt!« Wie sollte sie es ihm erklären?

Linc ließ sie los und stand auf. »Du weißt, daß ich dich begehre, Cassie. Aber wenn ich mit dir schlafe, dann nur, weil du es auch willst und Freude daran hast, und nicht, weil mir das Gesetz das Recht dazu gibt.«

»Verdammt noch mal, Linc!« platzte sie heraus. »Ich will es aber! Ich will nur nicht *deine* Frau sein, auch nicht die Frau irgendeines anderen Mannes!«

Sie blickten einander einen Augenblick lang schweigend an, dann zuckte Linc die Achseln und fuhr sich mit den Fingern durch die Haare. »Wir haben jetzt für diese Auseinandersetzung keine Zeit.«

»Das ist keine Auseinandersetzung ...«

»Dann eben für dieses Gespräch. Wir müssen hinaus auf das Flugfeld.«

»In Ordnung, aber eines möchte ich noch sagen.«

Cassie stieg aus dem Bett und baute sich vor ihm auf. Die Schöße ihres weiten Hemdes reichten ihr bis weit auf die Oberschenkel. Sie beobachtete, wie er ihre bloßen Beine betrachtete und bemerkte, wie er den Mund zusammenpreßte und sich zwang wegzusehen. Sie legte die Arme um seine Taille und drückte sich an ihn. Aus seinen Augen blitzte ihr stürmisches Verlangen entgegen, als sie fortfuhr: »Als ich gestern abend sagte, daß ich nicht in dich verliebt bin, habe ich vielleicht doch gelogen. Nur ein klein wenig.«

Sie spürte, wie er sich unter ihren Händen entspannte; er verschloß ihr den Mund mit einem kurzen, leidenschaftlichen Kuß.

Dann machte er sich entschlossen von ihr frei, aber seine Augen funkelten schalkhaft. »Du lieber Himmel, Cassie! Dafür haben wir jetzt auch keine Zeit. Wir müssen uns verdammt beeilen, wenn wir den Start nicht versäumen wollen.«

Cassie zwängte sich auf den abgenützten geflochtenen Sitz im vorderen Cockpit. Weil sie viel weniger wog als Linc, würde sie immer im vorderen Cockpit sitzen, ganz gleich, ob sie das Steuer bediente oder nicht. So wollten sie verhindern, daß die Maschine frontlastig wurde.

Sie stülpte den Lederhelm auf, schloß den Kinnriemen und schob die Brille auf die Nase, daß sie bequem paßte. Der Motor der Maschine neben ihnen sprang brüllend an, und Cassie startete nervös.

Linc kam an das vordere Ende des Flugzeugs; sie sah gerade nur seinen Kopf und die Schultern. Pete war nicht zu sehen, er stand vermutlich am Heck. Da die Maschine keine Bremsen hatte, war es gut, wenn eine Extrahilfe sie zurückhielt, sobald der Motor einmal lief, bis der Pilot den Motor für den Start auf Touren gebracht hatte.

Linc legte die Hände auf den Propellerflügel und gab Cassie das Zeichen mit den nach oben gerichteten Daumen. Sie überprüfte noch einmal, daß die Zündung ausgeschaltet war und die Ventile für die Luft- und Treibstoffzufuhr offenstanden, bevor sie mittels Handpumpe Druckluft in den Treibstofftank pumpte. Linc warf den Propeller viermal im Uhrzeigersinn an, während Cassie langsam die Ventile für die Luftzufuhr schloß. Als Linc der Meinung war, daß die Kolben genügend Treibstoff angesaugt hatten, schrie er: »Los!«

»Los!« wiederholte Cassie und schaltete den Magnetschalter ein, während Linc den Propeller noch ein letztes Mal kräftig in Schwung setzte und vor den sich drehenden Rotorblättern zurücksprang. Der Motor spuckte und stotterte ... und starb ab.

Sie versuchten es noch zweimal, aber ohne Erfolg, danach verschwand Lincs Kopf unter dem Rumpf. Cassie schwang sich aus dem Cockpit und sprang auf den Boden. Linc und Pete überprüften den Treibstofftank unter Lincs Sitz. Im nächsten Augenblick richtete sich Pete auf und wischte sich die Hände am Hosenboden ab. Sein Gesicht war wutverzerrt.

»Zucker!« brüllte er, um die laufenden Motoren zu übertönen.

»Zucker?«

»Jemand hat Zucker in den Tank geschüttet!«

In diesem Augenblick schwenkte Phineas Barlow die riesige karierte Fahne durch die Luft und gab das Signal zum Start des Wettbewerbs. Die drei standen wie angewurzelt, während links und rechts von ihnen die Flugzeuge über das Feld brausten und ihnen der von den Propellern verursachte heftige Luftzug um die Ohren pfiff.

Pete lief in seinem unbeholfen humpelnden Gang zum Hangar. Sie mußten den Tank leeren und ausspülen, bevor sie ihn erneut mit sauberem Treibstoff füllen konnten. Aber das war noch nicht alles. Der Motor mußte komplett überholt werden, was mindestens drei Stunden dauern würde. Dabei zählte von jetzt an, bis zu dem Augenblick, da sie am ersten Kontrollpunkt eintrafen, jede Sekunde für ihre Gesamtzeit.

Cassie und Linc wechselten einen Blick, als rundherum die anderen Flugzeuge starteten und im Morgendunst verschwanden. Es brauchte keine Worte, um zu wissen, was der andere dachte. Nicht nur, daß sie erst Stunden nach allen anderen die erste Teilstrecke beginnen konnten. Jemand wollte unter allen Umständen verhindern, daß sie gewannen, sonst wäre man nicht so weit gegangen, das Flugzeug zu sabotieren. Die *Pegasus* war ohnehin so zerbrechlich und ihr Motor etwas unzuverlässig, so daß sie mit jedem Kilometer, den sie flogen, ihr Leben riskierten. Sie brauchten nicht noch einen Feind, der es sich in den Kopf gesetzt hatte, sie auszuschalten, koste es, was es wolle.

Es dauerte vier Stunden, bis der Motor endlich gereinigt und der verunreinigte Treibstoff ersetzt war. Dann sprang der Motor beim ersten Versuch an und brüllte zu jedermanns Erleichterung auf. Linc stieß die Bremsblöcke beiseite. Cassie gab Gas, und die *Pegasus* holperte langsam über das unebene Feld, während Linc sich an der Tragflächenverstrebung an Bord zog.

Dann waren sie in der Luft und brausten über die Brecher des Pazifiks. Cassie flog eine steile Kurve, und fortan ging es nach Osten. Über der jetzt leeren Tribüne winkte Cassie Pete Striker zu, der von hier winzig aussah. Sie hatte den alten Halunken richtig ins Herz geschlossen; auf unerklärliche Weise erinnerte er sie an Quigly. Bei dem Gedanken, daß Quigly ihr größtes Abenteuer versäumte, füllten sich ihre Augen plötzlich mit Tränen. Sie würde es allein bestehen. Dann mußte sie lächeln. Nicht ganz allein. Linc und Pete würden ihr eine kleine Hilfe sein. Sie war froh, daß Pete einverstanden gewesen war, sie als Vorhut zu begleiten. Er wollte mit dem Zug reisen und sie an jedem zweiten Kontrollpunkt treffen. Mit seiner unbekümmerten Art beurteilte er die Dinge und behielt stets die Füße auf dem Boden; damit füllte er ein wenig die große Leere, die nach Quiglys Tod in Cassies Leben zurückgeblieben war.

Cassie entschloß sich, den Schienensträngen der Union-Pacific-Eisenbahn zu folgen, die in der Sonne glitzerten. Der erste Kontrollpunkt war mehr als eintausend Kilometer entfernt, im Saltair Hotel am Südufer des Großen Salzsees in Utah. Als Navigationshilfe benutzten sie einen magnetischen Kompaß; darüber hinaus orientierten sie sich durch eine mutmaßliche Standortbestimmung. Es war daher wichtig, nach auffälligen geographischen Merkmalen sowie Brücken, Straßen, Bahnlinien und dergleichen Ausschau zu halten.

Cassie beobachtete das Wetter und die Höhenwinde und entschloß sich schließlich für eine Flughöhe von fünftausend Fuß. Sie brachte die Maschine auf Kurs, und von nun an lief der Motor ruhig und gleichmäßig; das monotone Summen wirkte fast einschläfernd. Das vertraute Gefühl von Freiheit bemächtigte sich Cassies; losgelöst von den Fesseln der Erde, lachte sie laut vor

Freude, und es war ihr vollkommen gleichgültig, ob Linc sie hörte oder was er über sie denken mochte. Trotz des Lärms im Cockpit hörte sie Patches zustimmend bellen.

Sie überflogen das kahle, unwegsame Gelände der Mojave-Wüste. Salzverkrustete Erde und Sand dehnten sich unter ihnen, getupft von den dunklen Schatten der vorüberziehenden Wolken. In der an der Eisenbahn gelegenen verschlafenen Kleinstadt Las Vegas machten sie kurz Rast und tankten die Maschine auf. Dann ging es weiter zu den roten Cañons, den rosarot und weiß gestreiften Felsspitzen und den regenbogenfarbenen Steinen und Felsen auf den Hochebenen. Gerade als die Sonne hinter einer steilen Lavaklippe verschwand und den Himmel in goldenes Licht tauchte, landete Cassie die Maschine auf einem dieser hochgelegenen, einsamen Plateaus.

Sie kletterte langsam aus dem Cockpit. Ihre Muskeln waren steif vom Sitzen und gefühllos vor Kälte. Schultern und Handgelenke schmerzten, weil sie viele Stunden am Steuer der Maschine gesessen war. Cassie nahm Brille und Helm ab und fuhr sich mit dem Jackenärmel über das Gesicht. Kälte und Wind hatten die Haut rissig gemacht, und ein schmieriger Ölfilm bedeckte ihr Gesicht.

Linc holte eine Wasserflasche aus dem kleinen Spind der Maschine und reichte sie Cassie. Auch er sah müde aus, aber in seinem Lächeln lag immer noch etwas vom alten Zauber.

Cassie nahm ihm die Flasche aus der Hand und erwiderte sein Lächeln. »Danke«, krächzte sie mit trockener Stimme. Sie hatten den ganzen Tag kaum miteinander gesprochen. Es war zu mühsam, beim Lärm des Motors und dem Brausen des Windes mehr als das Allernotwendigste zu sagen.

Er strich ihr zärtlich die Haare aus der Stirn und küßte sanft die roten Eindrücke auf ihren Wangen, die von der Brille stammten. Dabei glitt sein Mund tiefer, und er küßte sie lang und leidenschaftlich auf den Mund. Seine Finger streichelten über ihren Hals bis zum Kinn, und er bog ihren Kopf nach hinten, um in ihre Augen zu sehen.

»Du bist unglaublich, Cassie Jones.« Aus seinem Ton sprach seine tiefe Bewunderung. »Ich kenne wenige Männer und nur eine einzige Frau, die den Mut und die Kraft haben, das zu leisten, was du heute geleistet hast.«

Sie wandte sich verlegen ab, aber er zwang sie, ihn anzusehen, und küßte sie noch einmal, diesmal mit inniger Zärtlichkeit. Aber als er sie schließlich losließ, spürte Cassie trotz des Glücksgefühls eine leise Unzufriedenheit. Wer war die andere Frau, die so viel Mut und Kraft besaß? Wer sie auch sein mochte, Linc mußte sie geliebt haben – und liebte sie vielleicht immer noch.

Sie vertäuten die Maschine gegen den Wind und füllten den Treibstoff aus dem mitgebrachten Reservekanister in den Tank. Für den Fall, daß sie die Nacht im Freien verbringen mußten, wie es jetzt tatsächlich notwendig geworden war, hatte Linc einen Verpflegungsvorrat mit an Bord genommen. Cassie sah ihm schweigend zu, wie er ein provisorisches, aber zweckmäßiges Lager aufbaute. Er verfütterte eine Dose kaltes gekochtes Rindfleisch an Patches. Dann machte er Feuer und kochte in einem alten aufgeschnittenen Benzinkanister, der sauber ausgeschrubbt worden war, aus zwei Dosen Fleisch, ein paar mitgebrachten frischen Möhren und Kartoffeln einen Eintopf. Schließlich braute er in einem kleinen Topf Kaffee.

Cassie vermutete, daß er sich während des Krieges an ein rauhes Leben gewöhnt hatte, aber als sie ihn danach fragte, lachte er und erzählte ihr, daß er die Nächte – abgesehen von den wenigen Malen, da er bruchgelandet oder abgeschossen worden war – im Lafayette-Hauptquartier in Cachy in der Nähe des Flusses Somme in Nordfrankreich verbracht hatte. Dort gab es einen französischen Koch, der sogar schon im Hotel Ritz in New York gearbeitet hatte. »Meine freie Zeit habe ich in Paris verbracht und auf den Putz gehauen«, schloß er mit einem verruchten Lächeln, daß ihr Herzschlag fast aussetzte.

Während der Eintopf köchelte, unterhielten sie sich ungezwungen über den Wettbewerb und die Route, die sie am nächsten Tag fliegen wollten. Als das Essen fertig war, holte Linc zwei Löffel aus seiner Fliegertasche. »Für Teller war kein Platz mehr.« Er grinste. »Wir müssen gemeinsam aus der Dose essen.«

Aber für zwei zerbeulte Blechbecher hatte er Platz gefunden. Die zog er jetzt stolz hervor und füllte sie mit Kaffee. Er reichte ihr den Becher, und der aufsteigende Dampf wärmte ihr das Gesicht. Cassie seufzte glücklich, als ihr der köstliche Duft des Gebräus in die Nase stieg.

Sie saßen mit gekreuzten Beinen auf dem Boden, ihre Knie berührten sich, und zwischen ihnen stand der kleine Kanister mit dem Eintopf. Patches ließ sich so nahe bei ihnen nieder, daß er schon fast auf ihnen saß, und verfolgte jeden Löffel aufmerksam, ob nicht vielleicht doch noch etwas für ihn abfiel. Sie besprachen den Sabotageakt an ihrem Flugzeug, aber weder Cassie noch Linc hatten eine Vermutung, wer damit zu tun haben könnte oder warum es geschehen war.

Den Mund voll mit Kartoffeln, grinste Linc sie an. »Ich kenne niemanden, der einen Motor schneller zerlegt als du heute morgen. Sogar Pete war beeindruckt.«

»Quigly bestand immer darauf, daß ich wußte, wie ein Flugzeug funktioniert; er hielt das für wichtiger, als es fliegen zu können. Ich mußte einen alten Motor zerlegen und ihn wieder zusammenbauen, wieder und wieder, bis ich es praktisch mit verbundenen Augen tun konnte. Wäre er nicht gewesen ...« Sie spürte den dämlichen Kloß im Hals. Sie hatte Tränen in den Augen, als sie fortfuhr. »Ach Linc! Was soll ich ohne ihn tun?«

Linc beugte sich vor, hob ihr Kinn hoch und küßte sie zart auf den Mund. »Du wirst den Wettflug gewinnen und seinen Motor bauen lassen.«

Cassie nickte und lächelte unter Tränen. »Was wirst du denn mit deinem Anteil machen, wenn wir gewinnen?« fragte sie ihn.

»Ich wollte mich immer irgendwo niederlassen und ein Unternehmen gründen. Aber nachdem es ein Unternehmen sein muß, von dem ich etwas verstehe, und ich nur von zwei Dingen etwas verstehe, werde ich vermutlich in eine Flugzeugproduktion einsteigen.«

»Wovon verstehst du noch etwas, außer vom Fliegen?«

Linc gab vor, ihre Frage nicht gehört zu haben. Lang und breit beschrieb er seine Idee von einem größeren, schnelleren aerodynamisch gebauten Flugzeug, das die Grundlage für eine ganze Flugzeugindustrie bilden könnte. »Eines Tages werden Flugzeuge nicht nur Fracht transportieren«, seine Augen leuchteten vor Erregung, »sondern Passagiere von einer Stadt zur anderen befördern. Vielleicht sogar von Amerika nach Europa, obwohl es wahrscheinlich noch ein langer Weg bis dahin ist.«

Cassie gab ihm insgeheim recht, denn der Atlantik war an seiner schmalsten Stelle viermal breiter als die längste bisher über Wasser geflogene Entfernung. Es ging ihr aber auch durch den Kopf, daß Quiglys Motor und Lincs Flugzeugkonstruktion vielleicht eine gute Kombination wären, aber sie hatte Angst, Linc könnte es falsch verstehen, wenn sie eine Fortsetzung ihrer Partnerschaft für die Zeit nach dem Rennen vorschlug. Er glaubte womöglich, sie wollte sich an die Ehe klammern. Das war natürlich lächerlich, denn bei dem Gedanken, verheiratet zu sein, bekam sie Platzangst und konnte kaum erwarten, daß die Ehe wieder geschieden wurde. Außerdem hatte er von vornherein kein Geheimnis daraus gemacht, daß sie nicht seinen Vorstellungen von einer Ehefrau entsprach. Er hatte noch nicht einmal mit ihr geschlafen, obwohl sie Andeutungen gemacht hatte. Ja sie hatte ihn sogar darum gebeten, und er hatte trotzdem ... Aber um fair zu bleiben, es war ihre Schuld, daß sie in ihrer Hochzeitsnacht eingeschlafen war. Cassie mußte lächeln. Stockbetrunken war sie entschlummert. Es konnte natürlich auch sein, daß er sie zwar begehrte, aber zögerte, mit ihr zu schlafen, weil er der anderen Frau treu bleiben wollte. Wahrscheinlich zählte er zu den treuen Männern, obwohl er so unglaublich gut aussah, daß jede Frau vermutlich mit ihm ...

Zu dumm! Wer war eigentlich diese andere Frau?

Eine raschelnde Bewegung am Rand des Feuers erregte Cassies Aufmerksamkeit. Zuerst sah sie nur die glühenden Augen, dann erkannte sie die großen, gespitzten Ohren und die kräftigen Hinterbeine. Es war ein Hase, den die Wärme des Feuers herbeigelockt hatte.

»Sieh mal, Linc!« rief sie leise. »Zu dumm, daß wir kein Gewehr haben. Dann hätten wir frisches Fleisch zum Essen.«

Linc sah sie an, als hätte sie soeben einen Mord vorgeschlagen. »Wie kannst du so etwas wollen? Schau dir doch das Gesicht an, die süße kleine Knopfnase ... Was zum Teufel findest du so lustig?«

»Du siehst so jämmerlich traurig aus bei dem Gedanken, den Hasen zu erschießen. Es ist schwer zu glauben, daß du die letzten zwei Jahre ...« Sie hielt inne, aber es war zu spät.

»Menschen getötet hast?« fuhr er sie an.

Cassie schwieg. Sein Gesicht war verschlossen, und aus seinen Augen sprach eine so tiefe Traurigkeit, wie Cassie sie noch nie gesehen hatte.

Linc schleuderte den Kaffeesatz hinaus in die Nacht und stand auf. »Gehen wir schlafen. Der Himmel ist klar; wir haben Vollmond, der erst spät aufgehen wird. Wenn wir früh aufstehen und schon zwei Stunden vor dem Morgengrauen in der Luft sind, können wir einen Teil der Zeit einholen, die wir verloren haben.«

»Aber es wird noch dunkel sein.«

Er lächelte trocken. »Das ist es immer, bevor die Sonne aufgeht.«

»Stimmt«, gab Cassie unbehaglich zu. Sie war noch nie nachts geflogen, und sie kannte auch niemanden, der es bereits getan hatte. Bestimmt war es sehr gefährlich.

Sie säuberte die beiden Töpfe und Löffel mit Sand und sah danach Linc schweigend zu, wie er zwei Decken unter seinem Sitz hervorzog und sie unter den Tragflächen an der Steuerbordseite ausbreitete. Er setzte sich auf eine, griff nach Cassies Hand und zog sie neben sich zu Boden.

Cassie fragte sich, ob er jetzt endlich mit ihr schlafen würde. Sie konnte sich nicht an eine einzige Zeile aus dem dummen Buch erinnern. Was würde sein, wenn sie vergaß, was zu tun war, oder etwas falsch machte? Was würde sein, wenn sie nicht so gut war wie die andere Frau?

»Cassie ...«

»Ja?« fragte sie nervös.

»Ach nichts. Schlafe jetzt. Es war ein langer Tag, und der morgige wird noch länger.«

Sie war gleichzeitig erleichtert und enttäuscht, als er sich auf dem harten, steinigen Boden ausstreckte und sie zu sich zog. Er wickelte die Decke fest um beide, um sich gegen den kalten Wind zu schützen, und allmählich spürte Cassie, wie die Nähe seines Körpers den ihren wärmte. Eine seltsame Mattigkeit überkam sie, und alle Kraft wich aus ihren Gliedern. Sie war bis ins Mark erschöpft, und ihre Lider waren schwer wie Blei.

Linc schnippte mit den Fingern, und Patches ließ sich gehorsam zu ihren Füßen nieder.

Cassie gähnte schläfrig. »Jetzt weiß ich, warum du ihn mitnimmst. Pete glaubt, Patches ist dein Glücksbringer, in Wirklichkeit muß er deine Zehen wärmen.«

Sie spürte auch im Dunkeln, wie Linc lächelte; sein Atem berührte sanft ihre Wangen. »Jetzt wärmst du mich.«

Sie kuschelte sich an ihn, legte den Kopf auf seine Brust und ließ sich vom beruhigenden Schlag seines Herzens in den Schlaf lullen.

Linc lag hellwach neben Cassie. Sie hatte einen unruhigen Schlaf, murmelte ständig und drückte sich an ihn. Es dauerte nicht lange, und er spürte eine untrügliche Spannung in seinen Lenden. Nach den letzten vierundzwanzig Stunden mit seiner frischgebackenen Ehefrau begehrte er sie heftiger denn je.

Aber wahrscheinlich wäre es ein großer Fehler, mit ihr zu schlafen, überlegte Linc verzweifelt. Er dachte an ihr Gespräch vom Morgen. Cassie war derzeit ziemlich durcheinander und würde es vermutlich bereuen, nachdem sie mit ihm geschlafen hatte. Dazu kam noch die Sache mit der Ehe: Keiner von ihnen wollte diese Ehe. Solange die Ehe nicht vollzogen worden war, konnten sie eine Annullierung erreichen, was wesentlich einfacher war als eine Scheidung. Außerdem mußte er auch seinen eigenen Seelenfrieden berücksichtigen. Er hatte das unbestimmte Gefühl, daß ihm eine Nacht mit Cassie nicht genügen würde; er würde diese Frau vermutlich auch nach zwei Wochen noch genau so begehren. Andererseits, wenn es eine Frau gab, die absolut nicht sein Typ war, dann war das Cassie Jones.

Cassie bewegte sich und schob ihr Knie über seine Schenkel. Linc biß die Zähne zusammen. Zum Teufel mit den guten Absichten, dachte er. Morgen abend würde es soweit sein, falls er so lange warten konnte.

Wenige Stunden später waren Lincs Gedanken nüchtern auf ihr gemeinsames Vorhaben ausgerichtet. Er rüttelte Cassie sanft an den Schultern und weckte sie. Sie brauchten nicht lang, um ihre Sachen in den Spind zu packen und Patches ins Cockpit zu locken. Linc schlug vor, das Steuer zu übernehmen, und Cassie war erleichtert. Diesmal war sie es, die den Propeller anwarf, während Linc den Motor startete.

Es war sehr kalt, aber Cassie bemerkte es kaum, denn die unheimliche Schönheit der nächtlichen Wüste faszinierte sie. Einsam stand der riesige Mond am Himmel, wie eine vergessene Weihnachtsdekoration, und warf sein fahles Licht gespenstisch auf Gesteinsformationen und Sanddünen. Am graublauen Horizont im Osten türmten sich Bergrücken. Unter ihnen dehnte sich glatt und silbrig die Ebene, hier und dort von den schwarzen Rissen der Cañons und trockenen Flußbetten durchzogen.

Cassie hatte schon oft Sonnenuntergänge in dreitausend Meter Höhe erlebt, aber heute erlebte sie zum ersten Mal einen Sonnenaufgang von diesem spektakulären Blickpunkt. Der Anblick des orangeroten glühenden Balls, der plötzlich sein gleißendes Licht über den Himmel warf, berührte sie zutiefst. Jetzt verstand sie, warum es viele Jahrhunderte hindurch so viele Sonnenanbeter gegeben hatte, denn die Sonne war wahrhaft ein Symbol für Geburt, für die Erneuerung des Lebens und für Hoffnung.

Aber je höher die Sonne stieg, desto mehr verlor sie von ihrer Großartigkeit, und die Wüstenlandschaft wirkte eintönig kahl. Die Stunden vergingen. Sie flogen entlang dem Wasatch-Gebirge, bis endlich der Große Salzsee auftauchte. Zum Zeitvertreib dachte sich Cassie Gespräche aus, bei denen sie Linc raffiniert über die andere Frau ausfragen konnte.

Das Saltair Hotel stand auf Pfählen am Rand des Salzsees. Der große viktorianische Bau hatte einmal einen hübschen rosafarbenen und weißen Anstrich gehabt, aber im Lauf der Jahre war er von weißen Salzablagerungen überzogen worden, die in der Sonne funkelten, als wären es Eiskristalle. Der See dehnte sich bis zum Horizont und wirkte selbst unter dem strahlend blauen Himmel grau wie geschmolzenes Blei. Linc landete die *Pegasus* auf einem angrenzenden Feld, von dem Steine und Sträucher entfernt worden waren; auf zwei Felsblöcken markierten schwarze Pfeile das Flugfeld.

Das Veranstaltungskomitee hatte am Ende des Feldes einen kleinen Pavillon errichtet, in dem sich die Teilnehmer meldeten. Cassie war erleichtert, als sie nur sieben andere Maschinen neben dem Pavillon zählte. Da fünfzehn Teams gestartet waren, mußten sie bereits ein Gutteil der durch die Sabotage am Treibstofftank verlorenen Zeit wettgemacht haben.

Linc ging gleich los, um ihre Ankunft zu melden. Patches leistete Cassie Gesellschaft und rannte zwischen ihren Beinen durch, während Cassie die Maschine auftankte und sie auf etwaige Schäden kontrollierte, die durch die Belastung während des Fluges entstanden waren. Sie saß auf der oberen linken Tragfläche und flickte einen winzigen Riß im Stoff, da knurrte Patches, und über den steinigen Boden knirschten Schritte. Edward Farrell und sein Kopilot kamen auf sie zu. Leicht belustigt registrierte Cassie, daß Wards elegante, neue Fliegerausrüstung bereits verstaubt und mit Flecken übersät war.

Edward blieb unter der Tragfläche stehen, legte den Kopf in den Nacken und sah zu ihr hoch. »Linc muß den Verstand verloren haben, dich auf dieses verrückte Abenteuer mitzunehmen. Geht es dir gut?«

Cassie nahm die dicke Nadel aus dem Mund, die sie gerade mit den Zähnen festgehalten hatte, und warf Edward einen finsteren Blick zu. »Warum soll es mir nicht gutgehen?«

»Linc hat erzählt, daß ihr auch sabotiert worden seid.«

»Auch?« Cassie sprang von der Tragfläche und landete vor den beiden Männern. »Euch hat man auch sabotiert?«

»Wir vermuten, daß jemand ein Loch in unseren Kühler gebohrt hat«, meldete sich Gregory Pearce zu Wort und wackelte dabei entrüstet mit seinen großen, abstehenden Ohren. »Wir haben es Mr. Cameron gezeigt, und er ist ebenfalls der Meinung, daß es mit einem kleinen Eiscrasher gemacht worden sein könnte.« Er seufzte. »Es könnte auch zufällig entstanden sein.«

»Falls es tatsächlich Sabotage war, muß es vergangene Nacht passiert sein, da wir es erst heute früh bemerkt haben«, erzählte Edward. »Zehn von uns verbrachten die letzte Nacht in einem winzigen Nest südlich von hier. Dort muß es geschehen sein. Das Loch war so klein, daß das Wasser nur sehr langsam auslief, aber am Ende waren wir gezwungen, kalten Kaffee, den wir glücklicherweise mithatten, in den Kühler zu gießen, um den Motor zu kühlen.«

»Wir wollten natürlich nicht früher als unbedingt notwendig landen«, fügte Gregory hinzu, »da wir ja bereits unseren gesamten Wasservorrat aufgebraucht hatten.«

Cassie dachte an das leere, trostlose Land, das sie überflogen hatten, und bezwang ein Frösteln. »Wer macht so etwas?« fragte sie laut. »Und warum?«

Edward zuckte auf seine nonchalante Art mit den Schultern. »Das Warum ist ziemlich klar, sollte man meinen. Was den Täter betrifft, müssen wir die Augen offenhalten. Vielleicht erwischen wir ihn auf frischer Tat.«

Bevor Edward und Gregory Pearce zum Hotel zurückgingen, lud Edward Cassie und Linc ein, gemeinsam mit ihm und Pearce zu Abend zu essen. Wieder allein, holte Cassie einen Schraubenschlüssel aus dem Werkzeugkasten und ging um die Maschine herum zu den beiden anderen Tragflächen, an denen sie die Spanndrähte anziehen wollte. Sie entdeckte die Brüder Schmidt bei der Arbeit an ihrer Maschine. Die beiden versuchten, einen neuen Propeller in den Motorschaft einzubauen, und Cassie fragte sich, ob sie ebenfalls Opfer eines Sabotageaktes geworden waren. Gerade als sie sich erkundigen wollte, tauchte Linc auf.

»Bean's Cola hat im Hotel ein Zimmer für uns reserviert.« Seine Stimme klang streng und zornig, was überhaupt nicht zu seinen Worten paßte. Gereizt nahm er Cassie den Schraubenschlüssel aus der Hand. »Geh doch und mach dich frisch und ruh dich ein wenig aus. Ich mache das hier fertig.«

»Aber ...«

»Kein Aber. Du bist den größten Teil dieser Teilstrecke geflogen, und es ist nur fair, wenn ich die Instandhaltung hier übernehme.«

Cassie zuckte die Achseln. »Ich nehme Patches mit«, sagte sie, und Patches klopfte mit dem Schwanz auf den Boden.

»Nein«, entgegnete Linc schroff, und Patches ließ enttäuscht den Kopf sinken. »Ich möchte, daß er die Maschine bewacht, während wir nicht in der Nähe sind.«

Cassie holte ihre Fliegertasche aus dem Spind und wollte schon gehen, drehte sich aber noch einmal um. »Kurz vor dem Landen hat der Motor leicht geklopft. Könntest du ...«

»Verdammt noch mal, Cassie! Du kannst mir ruhig auch ein bißchen etwas zutrauen bei diesem Unternehmen!«

»Tu ich doch«, konterte sie rückwärtsgehend. »Ich wollte dich nicht ... Es tut mir leid.« Sie drehte sich um und ging trotzig zum Hotel hinüber. Sie hörte, daß Linc ihr etwas nachrief, reagierte aber nicht. Sie hatte es nur gut gemeint, er brauchte sie deshalb nicht so scharf anzureden.

Auf der breiten Veranda des Hotels standen Korbstühle und Tische. Ein Grammophon spielte blechern klingende Aufnahmen von »Alexanders Ragtime Band«, und einige Paare versuchten, zwischen den Sitzmöbeln zu tanzen. Der Wind trug einen Geruch nach Popcorn und Zuckerwatte von den Buden am Seeufer herauf.

Während Cassie darauf wartete, daß der Angestellte an der Rezeption den Zimmerschlüssel heraussuchte, fiel ihr Blick auf ein Plakat, das mitten in der Halle aufgestellt war. Es warb für einen Zirkus und seine Attraktionen: Elefanten, ein Löwenbändiger und Clowns. In der rechten unteren Ecke schaukelten zwei Gestalten auf einem Trapez. Darüber stand in dicken roten Buchstaben: DIE FLIEGENDEN CAMERONS. Cassie mußte über diesen Zufall lachen und wollte Linc fragen, ob es sich dabei um Verwandte handelte. Leider war die erste Vorstellung erst morgen abend. Schade, daß sie sie versäumen würden.

Cassie wurde in ein Zimmer im Erdgeschoß gebracht, das auf die Veranda hinausführte und Ausblick auf den See gewährte. Es gab noch keine Elektrizität im Hotel, aber jedes Zimmer hatte eine Badewanne. Cassie gönnte sich ein langes, heißes Bad und wusch sich die Haare.

Da sie mit Rücksicht auf Geschwindigkeit und Treibstoffverbrauch den Ballast der Maschine so niedrig wie möglich halten wollten, konnte Cassie nicht viele Kleider mitnehmen. Sie hatte es jedoch geschafft, ihr Hochzeitskleid in ihre Tasche zu packen. Beim Einpacken hatte sie jedoch abgewartet, bis Linc ihr den Rücken zukehrte, denn sie wollte nicht, daß er sie für sentimental hielt. Außerdem hatte sie einen einfachen schwarzen Gabardinerock mit einem passenden halbsteifen Unterrock und einer weißen Hemdbluse mit großem Kragen aus Häkelspitze mitgenommen. Zuerst wollte sie das pfirsichfarbene Seidenkleid anziehen, beschloß dann jedoch, daß es für das Saltair Hotel zu elegant war, und zog statt dessen den schwarzen Rock an.

Korsett hatte sie aber keines mitgenommen. Beim Fliegen trug sie nie eines – es war zu unbequem und beengend. Außerdem haßte sie das Ding, weil sie davon immer Hautjucken bekam. In letzter Zeit hatte sie es sich überhaupt abgewöhnt und trug auch unter ihren Kleidern nur ein Unterhemd. Das Korsett war ein lächerliches Kleidungsstück, dessen Sinn und Zweck sie nicht einsah. Cassie war der Meinung, daß Männer sofort ein Gesetz zum Verbot von Korsetts erlassen würden, wenn sie einmal gezwungen wären, nur für eine einzige Stunde ein Korsett zu tragen. Männer hatten diese Möglichkeit, weil sie die Regierung wählen durften, was den Frauen bis zu diesem Tag, immerhin beinahe hundertfünfzig Jahre nach der Amerikanischen Revolution, noch nicht gestattet war. Aber Cassie schwor sich, daß die verdammten Korsetts sofort abgeschafft werden mußten, sobald die Frauen einmal das Wahlrecht hatten.

Seit dem Frühstück war ein langer Tag vergangen, und Cassies Magen protestierte allmählich. Sie beschloß daher, nicht länger auf Linc zu warten, sondern über die Veranda zu spazieren und das Restaurant zu suchen. Als sie um die Ecke bog, erblickte sie Linc am unteren Ende der Treppe zum Hotel.

Er unterhielt sich mit der schönsten Frau, die Cassie je gesehen hatte.

Cassie blieb stehen und beobachtete die beiden. Linc sagte etwas. Die Frau warf den Kopf zurück und lachte, und Linc lachte ebenfalls. Dann beugte sich die Frau vor und küßte ihn auf die Wange. Cassie gab es einen schmerzhaften Stich, denn selbst aus der Entfernung spürte sie die jahrelange, unbekümmerte Vertrautheit, die in diesem Kuß lag.

Cassie wußte, daß sie Linc jetzt nicht nach der anderen Frau fragen mußte. Sie würde sie gleich kennenlernen.

Kapitel 8

Die Frau lachte immer noch, als Cassie zu ihnen trat.

Sie war nicht so jung, wie Cassie zuerst angenommen hatte, aber aus der Nähe gesehen, war sie noch schöner. Sie hatte einen dunklen Teint und schön gewölbte, vorstehende Backenknochen; die leicht schräg gestellten Augen verliehen ihrem Gesicht etwas Exotisches. Die kastanienbraunen Haare waren glatt aus der Stirn gekämmt und im Nacken straff zusammengefaßt. Die Frau trug ein einfaches, hochgeschlossenes schwarzes Taftkleid, das aber keineswegs streng aussah, sondern sich eng an ihren Körper schmiegte und ihre ausgesprochen weibliche Figur betonte.

Linc erspähte Cassie zuerst. Als die Frau seinen Gesichtsausdruck bemerkte, drehte sie den Kopf und betrachtete Cassie mit einem distanzierten, ja eisigen Blick aus ihren blauen Augen.

»Hallo, Cassie«, grüßte Linc mit einem Seufzer.

Der betrügerische Halunke, dachte Cassie. Er schien gar nicht glücklich darüber zu sein, sie hier zu sehen. Vermutlich wäre es ihm am liebsten gewesen, wenn sich der Boden vor ihr aufgetan und sie verschlungen hätte.

»Das ist also Cassandra!« rief die Frau. Sie hatte eine dunkle Stimme und sprach mit fremdländischem Akzent. Ein schelmisches Funkeln trat plötzlich in ihre Augen. »Linc hat mir erzählt, Sie würden schlafen. Ich glaube, er hat sich der verrückten Hoffnung hingegeben, er könnte unsere Begegnung verhindern.« Sie sprach zunächst nicht weiter, sondern sah von einem zum anderen. »Liebling, hast du dieses arme Kind geheiratet, ohne ihr auch nur eine Silbe von dir zu erzählen? Er kann manchmal wirklich unausstehlich sein«, sagte sie zu Cassie. »Ich habe von Ihnen durch die Zeitung erfahren. Ich bin natürlich Ria!«

Cassie war verlegen, eifersüchtig und wütend zugleich. Sie starrte Linc zornig an. »Du elender Bastard«, rief Cassie laut genug, daß auf der Veranda alle Gespräche verstummten und die Tänzer innehielten. »Du hättest mir sagen können, daß du eine Geliebte hast.«

»Geliebte!« Die Frau warf den Kopf zurück und lachte schallend, während Linc einen Laut ausstieß, der Patches' Knurren sehr ähnlich war. »Linc, Liebling, das geschieht dir recht!« Die Frau lachte immer noch. Schließlich strahlte sie Cassie an. »Mein Sohn erweckt gern den Eindruck, daß er – wie ein Gott aus der griechischen Mythologie – erwachsen auf diese Welt gekommen ist. In Wahrheit hat er diese Welt wie alle Sterblichen betreten, lautstark protestierend, blutverschmiert und ...«

»Ria, bitte, um Himmels willen!« zischte Linc zwischen den zusammengepreßten Zähnen hervor.

Cassie riß erstaunt die Augen auf und starrte Linc an, der knallrot geworden war.

»Sohn? Linc ist Ihr Sohn?«

»Ja, mein Kind.« Ria lächelte. »Wie ich bereits gesagt habe, Linc gibt es nur ungern zu, aber er hat eine Mutter.« Sie faßte Cassie an den Schultern, hielt sie eine Armlänge entfernt und betrachtete sie eingehend von Kopf bis Fuß. »Laß dich ansehen. Was für eine Frau bist du? Die Zeitungen schreiben, daß du Flugzeuge fliegst. Das ist doch bestimmt nicht wahr. Du bist so klein!«

Cassie grinste über das ganze Gesicht, in erster Linie vor Erleichterung. Diese wunderschöne, exotische Frau war also doch nicht Lincs Geliebte!

»Linc und ich sind Partner bei diesem Wettflug quer durch Nordamerika, Mrs. Cameron«, erklärte sie. »Dabei haben wir uns auch kennengelernt ... so ähnlich war es.«

»Nein, nein! Du mußt mich Ria nennen, sonst komme ich mir wie ein altes Weib vor!« Sie legte ihre kräftigen Finger auf Cassies Arm und winkte mit der anderen Hand Linc zu. »Geh und spiel mit deinen Flugzeugen, mein Junge. Cassandra und ich werden jetzt eine Tasse Tee trinken und uns von Frau zu Frau unterhalten.«

Linc versuchte sie zu trennen. »Cassie ist nicht durstig.«

Cassie ging um Linc herum und schob ihren Arm durch Rias Arm. »Doch, Cassie ist durstig«, widersprach sie ihm mit solchem Nachdruck, daß Ria nur herzlich lachen konnte.

Als sie die Stufen hinaufgingen, drehte sich Cassie rasch um. Linc war wie angewurzelt stehengeblieben und starrte ihnen nach; pures Entsetzen stand ihm ins Gesicht geschrieben. Ria sah sich ebenfalls um, und als sie Cassies Blick begegnete, tauschten die beiden Frauen ein Lächeln.

In der Hotelhalle blieb Cassie vor dem Zirkusplakat stehen. »Sind das Sie?« fragte sie Ria. »Die Fliegenden Camerons?«

»Ja, ich bin Luftakrobatin. Heute sind nur mehr mein jüngerer Sohn Tommy und ich die einzigen echten Camerons in der Truppe, aber wir haben den Namen beibehalten. Die Truppe trägt diesen Namen schon seit Jahren und war früher einmal sehr berühmt. Wir müssen uns für nichts schämen, was immer dir der dumme Junge auch erzählt haben mag.«

Cassie wußte nichts darauf zu sagen, da Linc ihr nicht einmal erzählt hatte, daß seine Mutter noch lebte und er einen Bruder hatte. Sie war immer noch in das Plakat vertieft, obwohl sie spürte, daß Ria sie ansah.

»Vielleicht möchtest du lieber in meinen Wohnwagen kommen, statt im Hotel mit mir Tee zu trinken«, schlug Ria vor. »Wir spazieren über das Gelände, und du kannst zusehen, wie sie das große Zelt für die Vorstellung morgen abend aufstellen.«

Cassie strahlte. »Das würde ich sehr gern sehen.«

Früher, als Cassie und Quigly von einer Flugschau zur anderen gezogen waren, hatten sie sich oft fahrenden Schaustellern angeschlossen, da größere, vielseitige Vorführungen auch ein größeres Publikum anzogen. Das Geruchsgemisch aus Sägemehl, gerösteten Erdnüssen und Elefantendung war für Cassie typisch für Zirkus, und es war ihr lebhaft in Erinnerung geblieben.

Dieser Zirkus war größer als die Zirkusse, mit denen sie und Quigly seinerzeit gereist waren. Cassie zählte drei Tiger, zwei Löwen und eine Giraffe in den bemalten fahrenden Käfigen. Daneben gab es kleinere Attraktionen, wie eine tätowierte Frau, einen Schlangenmenschen und eine ägyptische Mumie. Ein paar Männer rollten die Plane für das große Zelt aus, und sie grüßten Ria, als sie und Cassie vorübergingen. Ein junger Mann mit einem Arm in der Schlinge stimmte die Dampforgel. Als er Ria erblickte, winkte er ihr zu, aber Ria nahm keine Notiz von ihm.

Cassie hatte sich immer darüber gewundert, wie geräumig die

Wohnwagen der Zirkusleute innen waren, obwohl sie von außen so klein wirkten. Rias Wohnwagen war geteilt in eine Schlafkoje, eine Sitzecke und eine kleine Küche mit einem Holzofen. Rias wenige Möbelstücke waren alt, aber wertvoll und gut gepflegt, und die Ziergegenstände waren sorgfältig ausgewählt und eine Freude fürs Auge. Beim Anblick der in Rot-, Gold- und dunklen Blautönen gehaltenen persischen Teppiche an den Wänden hielt Cassie vor Freude den Atem an.

Ria entzündete eine Petroleumlampe mit einem rosa Schirm. Sie verströmte ein weiches Licht, das dem Raum, aber vor allem Ria besonders schmeichelte. »Ich glaube, wir haben Grund zum Feiern«, verkündete Ria. »Tee scheint mir nicht das richtige dafür zu sein.« Sie verschwand hinter einem mit Quasten geschmückten Samtvorhang in der Schlafnische. Cassie hoffte inständig, daß sie nicht mit einer Flasche Champagner zurückkam.

Ria tauchte mit einer schmucklosen, unetikettierten Flasche und zwei kleinen Gläsern wieder auf und stellte alles auf einen Messingtisch. Sie bat Cassie, auf dem Sofa Platz zu nehmen, und füllte die Gläser. Dann reichte sie eines Cassie.

»Zum Wohl!« Ria prostete Cassie zu und leerte ihr Glas in einem Zug, ehe sie sich Cassie gegenüber hinsetzte.

Cassie betrachtete ihr Glas zweifelnd. »Was ist das?« fragte sie. Das Getränk sah aus wie Wasser.

»Es heißt Wodka. Ein russisches Getränk, das meist aus Kartoffeln gebrannt wird.«

Cassie nahm einen vorsichtigen Schluck. »Du lieber Himmel! Es schmeckt scheußlich!«

Ria lachte. »Sagst du immer, was du gerade denkst?« Ihr Lachen verstummte, und sie sah Cassie forschend an.

»Entschuldigen Sie«, bat Cassie. »Ich wollte nicht unhöflich sein.«

»Unsinn, Kind. Ich wüßte nur zu gern, wie es Linc geschafft hat, dich kennenzulernen … und wieso er so klug war, dich dann gleich zu heiraten.«

Cassie hielt es nicht für ihre Sache, Lincs Mutter über die wahren Umstände ihrer Heirat aufzuklären. »Hat Linc ebenfalls eine Ausbildung als Luftakrobat hinter sich wie sein Bruder?« fragte sie statt dessen.

Ria füllte ihr Glas nach, umfaßte es mit beiden Händen und hielt es nachdenklich vor dem Gesicht. Ihre Hände waren – im Unterschied zu ihrer sonstigen Erscheinung – breit, großknochig und fast häßlich.

»Linc wollte nichts mit dem Trapez zu tun haben«, erzählte Ria. »Ich habe immer geglaubt, er hätte Höhenangst.« Sie hob leicht die Schultern. »Das stimmt offensichtlich nicht. Aber Linc war immer voller Widersprüche. An dem Tag, als er von zu Hause fortging, er war damals sechzehn Jahre alt, teilte er mir mit, daß er das Zirkusleben verachtete. Als ich ihn das nächste Mal sah, zog er mit einer von diesen schrecklichen fliegenden Maschinen durch das Land und führte Flugakrobatik vor. Ich sah kaum einen Unterschied zwischen seinem Leben und dem, das er angeblich verachtete.«

Ria erschrak, als es laut an der Tür des Wohnwagens klopfte. Cassie zuckte zusammen und verschüttete die Hälfte ihres Wodkas. Die zwei Frauen tauschten einen Blick. »Linc«, sagten sie beide gleichzeitig.

Rias Augen blitzten schelmisch. »Ich wußte, er würde es nicht ertragen, uns lang allein zu lassen. Er hat Angst, ich würde all seine dunklen Geheimnisse enthüllen.«

Cassie hätte nur zu gern Lincs dunkle Geheimnisse gehört. »Verschwinde, Linc!« rief sie.

Die Tür flog auf, und Linc stürmte herein. »Cassie ...« knurrte er drohend mit einem Blick auf das Glas in ihrer Hand. »Was trinkst du?«

»Etwas Russisches. Es heißt ...«

»Du wirst das nicht trinken!« Er entwand ihr das Glas, roch daran und stellte es außerhalb ihrer Reichweite ab. »Heute abend bleibst du nüchtern, und wenn ich dich knebeln muß.«

»Linc!« rief Ria. »Du bist einfach entsetzlich! Das solltest du dir nicht gefallen lassen!« fügte sie, an Cassie gewandt, hinzu.

»Keine Sorge!« preßte Cassie zwischen den Zähnen hervor.

»Was machst du eigentlich in Salt Lake?« fragte Linc Ria. »Um diese Jahreszeit solltest du doch in Texas sein.«

»Tommy wird dir das erklären«, antwortete Ria.

»Tommy! Was hat er damit zu tun?«

Ria gab keine Antwort. Mutter und Sohn starrten einander

böse an. Cassie erkannte, daß hier zwei starke Charaktere einen Kampf ausfochten, der schon seit Jahren währte. In diesem Augenblick wurde ihr viel über Linc Cameron klar, mehr, als ihr lieb war.

Ein Muskel an Lincs Kinn zuckte. »Wo ist er?«

»Suchst du mich?« Der junge Mann mit dem Arm in der Schlinge, der die Dampforgel gestimmt hatte, betrat den Wohnwagen.

Er nickte Cassie zu und murmelte einen Gruß. Sein Gesicht war geschwollen und voller blauer Flecken, aber seine Ähnlichkeit mit Ria war trotzdem unverkennbar. Außer den dunklen Haaren hatten er und Linc nichts gemein. Er war nicht so kräftig wie Linc und kleiner, aber er bewegte sich mit der kontrollierten Anmut eines Akrobaten.

Die beiden Brüder sahen einander schweigend an. Zwischen ihnen gab es offensichtlich keine Reibungspunkte; sie schienen einander ehrlich zugetan zu sein, und Cassie war froh darüber.

Linc machte einen Schritt auf den jüngeren Mann zu und umarmte ihn kurz mit rauher Herzlichkeit. »Tommy! Wie geht es dir? Eine dumme Frage, ich weiß. Du bist schwer gestürzt?«

Tommy blickte kurz zu seiner Mutter hinüber.

»Ich habe ihm nichts erzählt«, warf Ria dazwischen. »Das mußt du selbst tun.«

»Mir was erzählen? So sag doch, um Himmels willen, was los ist!«

Tommy starrte auf den Fußboden, und keiner sprach ein Wort. Schließlich begann er: »Wir haben eine neue Pfeifenorgel, Linc. Ich weiß, wie gern du die alte hattest, als wir noch Kinder waren. Vielleicht möchtest du sie sehen, die neue meine ich?«

Linc sah den Bruder mit zusammengekniffenen Augen an. »In Ordnung«, meinte er dann. »Komm, gehen wir.«

Ria sah ihnen mit ausdruckslosem Gesicht nach. Cassie platzte beinahe vor Neugierde, aber sie bezweifelte, daß Ria einer Fremden erzählen würde, was sie mit ihrem Sohn nicht besprechen wollte. Und Cassie würde es nicht wagen, Linc zu fragen. Er war so mißtrauisch und verschlossen und würde ihr bestimmt nur vorwerfen, daß sie sich wie eine Ehefrau benahm.

Die Tür fiel hinter den Männern ins Schloß. Ria schlüpfte aus den Schuhen, zog wie ein kleines Mädchen die Füße auf den Stuhl und setzte sich drauf. In ihren Augen blitzte wieder der Schalk. »Soll ich dir jetzt also erzählen, wie Linc mit einem Löwen über den Broadway spazierte?«

Aus den Dampfpfeifen der Orgel kamen schrille Töne und hallten durch die hohe Kuppel des Zirkuszelts. Linc faßte Tommy an der Hand und hielt sie fest. Die Musik verklang mit einem lauten, kratzenden Geräusch, dann war es still.

»Schluß damit«, begann Linc.

Tommy ballte die Hand zur Faust. »Du wirst nicht begeistert sein.«

»Ich bin jetzt schon nicht begeistert. Erzähle mir doch zuerst, warum ihr hier in Salt Lake seid.«

»Gern.« Tommy seufzte erleichtert über den vorübergehenden Aufschub. »Du weißt vermutlich nicht, daß Cal Dobbins das Unternehmen vor zwei Jahren verkauft hat, und zwar an einen Mr. Bartinelli aus New York. Vor einigen Monaten wurden Ria und Mr. Bartinelli ...« Tommy hob den Blick von der Tastatur.

Lincs Gesicht blieb ausdruckslos, auch seine Augen. »Ria hat also einen neuen Liebhaber. Es ist doch nicht das erste Mal, Tommy. Das ist keine Erklärung.«

Tommy drückte auf eine Taste des Instruments. Es klang traurig, wie sich der schrille Ton an den Zeltwänden brach. »Vor einiger Zeit las sie in der Zeitung über den Flugwettbewerb. Sie fand heraus, daß du daran teilnimmst, und erkundigte sich nach den Kontrollstationen. Dann überredete sie Mr. Bartinelli, für diesen Frühling eine Tour in den Westen zu organisieren.«

Linc runzelte die Stirn. »Sie hat den törichten Narren dazu überredet, den Plan für einen ganzen Zirkus mit vierunddreißig Wagen zu ändern, damit sie mich hier trifft? Warum?«

Tommy grinste müde. »Vielleicht wollte sie dich sehen?«

»Das ist doch Geschwätz!«

Tommy suchte in seiner Tasche nach einer Zigarette und Streichhölzern. Da er sie mit einer Hand nur schwer anzünden konnte, tat es Linc für ihn. »Weiter«, bat Linc.

Tommy sog tief an der Zigarette und blies den Rauch in das dunkle Zeltdach hinauf. »Mr. Bartinelli ist ein Spieler, und zwar im großen Stil. Er hat viele Freunde, ebenfalls Spieler. Sie sind alle Mitglieder der Schwarzen Hand; keiner von uns wußte es, nicht einmal Ria hat es gewußt, ehe es zu spät war.«

»Du lieber Himmel«, flüsterte Linc. Die Schwarze Hand war eine Geheimorganisation, die ihre Mitglieder hauptsächlich aus sizilianischen Einwanderern rekrutierte, die dann als Entführer, Erpresser und Auftragsmörder arbeiteten.

»Es wird noch ärger.« Tommy sah Linc an und sein gebräuntes Gesicht wurde dabei dunkelrot. »Wenn keine Saison war, nahm mich Mr. Bartinelli gelegentlich zu Pokerspielen mit. Ich sage dir, Linc, die Karten waren gezinkt, ich konnte nicht verlieren. Aber natürlich dauert keine Glückssträhne ewig. Hier und da begann ich zu verlieren. Aber nicht viel, zumindest nicht am Anfang. Dann aber hatte ich wirklich Pech. Nichts ging auf, du verstehst? Ich spielte um immer höhere Einsätze und hoffte, alles wettzumachen. Zu diesem Zeitpunkt spielte ich bereits nicht mehr mit Bargeld, sondern mit Schuldscheinen; ich hatte nicht einmal das Gefühl, daß es wirkliches Geld war. Ich verlor den Überblick, wie tief ich schon in der Patsche saß, bis mir Mr. Bartinelli eines Tages mitteilte, daß ich zahlen müßte.«

»Und nachdem dir das nicht möglich war, haben sie dir das verpaßt«, Linc deutete auf Tommys gebrochenen Arm. »Sie wollten dir eine Lehre erteilen und dich vielleicht überzeugen, daß du besser doch mit dem Geld herausrückst.«

Tommy nickte. »Sie gaben mir einen Monat. Wenn sie noch einmal wegen des Geldes kommen müssen, brechen sie mir die Kniescheiben, und ich sitze bis an mein Lebensende im Rollstuhl.«

»Warum hat sich Ria bei ihrem neuen Liebhaber nicht dafür eingesetzt, dir aus der Klemme zu helfen?«

»Sie hat ihn gebeten. Er würde darüber nachdenken, hat er gesagt, aber nur, wenn sie ihn heiratet.«

Linc stieß ein heiseres Lachen aus. »Ich kann mir ihre Antwort vorstellen.« Ria würde ihre Unabhängigkeit nie aufgeben, dachte er. Ihre eigenen Bedürfnisse hatten immer an erster Stelle gestanden; dann erst waren Tommy und er gekommen, sogar als sie noch Kinder waren. Jetzt, da sie beide erwachsen und theoretisch fähig waren, sich um ihre eigenen Angelegenheiten zu kümmern, würde sie sich kaum anders verhalten. Dabei trug Ria an allem Schuld.

Bartinelli hatte Tommy in die Klauen der Schwarzen Hand getrieben, um auf diese Weise eine Handhabe gegen Ria zu bekommen. Er konnte natürlich nicht wissen, daß sich Ria von niemandem kontrollieren ließ.

»Sie hatten deswegen einen Riesenkrach«, fuhr Tommy fort. »Jetzt reden sie nicht einmal miteinander, und es besteht nicht die geringste Hoffnung, daß Ria ihn dazu überreden könnte, die Schuldscheine nicht fällig zu stellen.«

Linc lehnte seitlich an der Dampforgel, die Hände tief in den Hosentaschen vergraben. »Es war Zeitverschwendung, zu mir zu kommen, Tommy. Ich bezweifle, daß ich die Schwarze Hand einschüchtern kann, und jeder Cent, den ich besaß, ging vergangene Woche in Santa Monica in Flammen auf.«

»Ich weiß, wir haben es in der Zeitung gelesen.« Er räusperte sich. »Jetzt wirst du erst richtig böse werden, Linc. Ich habe Mr. Bartinelli versprochen, daß du die Schuldscheine mit dem Preisgeld aus dem Flugzeugwettbewerb einlösen wirst.«

Hilflose Wut überkam Linc. Seine verrückte Familie hatte ihn wieder einmal in ihr problematisches Leben verstrickt. Am liebsten hätte er sich auf der Stelle umgedreht und wäre fortgegangen, aber er wußte, daß er es sich nie verzeihen würde, wenn er es tatsächlich täte und Tommy dann etwas zustieße.

»Ich verstehe«, brachte Linc heraus; für den Augenblick war es ihm gelungen, sein Temperament zu zügeln. »Wieviel schuldest du den Leuten eigentlich?«

Tommy wich dem Blick seines Bruders aus. Er zog den gebrochenen Arm in der Schlinge fest an die Brust. Schließlich flüsterte er: »Dreißigtausend Dollar.«

Linc wurde leichenblaß. »Du lieber Gott!« Er richtete sich kerzengerade auf und starrte Tommy an. Tommy erschrak, als er den nackten Zorn in den Augen seines Bruders sah.

»Zwischen mir und dem Geld liegen noch mehr als viertausend Flugkilometer, und es gibt keine Garantie, daß ich als erster eintreffe. Was werden sie mit mir anstellen, wenn ich nicht gewinne? Werden sie dann meine Kniescheiben zerschmettern?«

Tommy fuhr sich mit der Zunge über die Lippen und schluckte. »Ich soll dir bestellen … sie bestehen darauf, daß du meine Schuldscheine einlöst, sonst … sonst bringen sie mich um.« Er versuchte ein müdes Lächeln, aber es mißlang. »Sie haben zumindest nicht damit gedroht, dich umzubringen.«

Linc ballte drohend die Hand zur Faust. »Ich sollte dich gleich selbst umbringen und ihnen die Mühe ersparen. Selbst wenn ich das verdammte Wettfliegen gewinne, gehört mir nur die Hälfte des Preisgeldes. Die andere Hälfte gehört Cassie.«

»Sie ist deine Frau, nicht wahr? Damit gehört das Geld dir. Schau, Linc, es tut mir leid, daß ich dich mit hineingezogen habe, aber was sollte ich tun? Das Trapez ist mein Leben. Als Krüppel würde ich sterben. Als sie mir einen Ausweg aus der Misere zeigten, packte ich zu. Ich habe nie deinen Mut besessen.«

Lincs Wut verebbte allmählich. Er rieb sich mit den Händen das Gesicht und fuhr sich durch die Haare. »Ich weiß wirklich nicht, Tommy«, sagte er und schloß für einen Augenblick die Augen.

Aus irgendeinem Grund tauchte Cassies Gesicht vor Lincs geschlossenen Augen auf; er sah es so deutlich vor sich, als stünde sie vor ihm. Linc hatte das zwingende Bedürfnis, sich bei ihr sein Herz auszuschütten, zu ihr zu gehen, wie ein Mann zu seiner Ehefrau geht, wenn er Trost und Verständnis braucht oder Rat sucht. Aber der Gedanke war einfach absurd, oder nicht? Welchen Rat könnte sie ihm geben? Sie war doch kaum mehr als ein unerfahrenes Kind. Außerdem hatte sie deutlich genug zum Ausdruck gebracht, daß sie nur sein Bett mit ihm teilen wollte und nicht die Absicht hatte, die Rolle der Ehefrau zu übernehmen. Er konnte sie auf keinen Fall bitten, einen Teil ihres Preisgeldes dazu zu verwenden, seinen Bruder auszulösen.

»Gehen wir zurück in den Wohnwagen«, schlug Linc vor. »Wir können beide einen Drink gebrauchen. Ich kann es mir außerdem nicht leisten, Cassie zu lang aus den Augen zu lassen. Sie zieht das Unheil an wie eine Bar die Trunkenbolde.«

»Deine Frau ist wirklich hübsch, Linc. Ich wette darauf, daß sie ganz schön heiß ist im, äh ...« Tommy brach ab, als er das Gesicht seines Bruders sah. »Entschuldige«, murmelte er.

Sie gingen durch das Gelände, das jetzt, da das Zirkuszelt aufgestellt und die Tagesarbeit beendet war, ziemlich verlassen dalag. Eine leichte Brise brachte den Geruch von Salz vom See herauf, und die späte Nachmittagssonne tauchte die Berge im Umkreis in verschwommenes gelbes Licht.

»Du solltest noch etwas wissen«, unterbrach Tommy die Stille. »Mr. Bartinelli hat mir gesagt, daß zwei von seinen Leuten an dem Wettflug teilnehmen, um dich wegen Bartinellis Interessen im Auge zu behalten.«

Linc runzelte die Stirn und ging im Geist seine Mitbewerber durch. Als erste Verdächtige fielen ihm diese jämmerlichen Nieten, Harry und Jim, ein. Sie sahen auf alle Fälle wie Sizilianer aus, und es wäre eine Erklärung dafür, warum sie sich ständig um die *Pegasus* herumdrückten. Er hatte geglaubt, sie wären an Cassie interessiert, die die beiden noch dazu ermutigt hatte. Schon beim Gedanken daran knirschte Linc mit den Zähnen. Aber jetzt war er nicht mehr so sicher ...

Linc blieb stehen und packte seinen Bruder am Arm. »Diese Leute von Bartinelli, sind das zwei dunkelhäutige Typen, die einen Wright-Doppeldecker mit Druckschraube fliegen und im Grunde nichts von der Fliegerei verstehen?«

Tommy zuckte die Achseln. »Ich weiß nicht, wie sie aussehen und welche Maschine sie fliegen; ich kenne nicht einmal ihre Namen.«

»Wunderbar«, knurrte Linc, und Tommy zuckte beim Ton, der in der Stimme seines Bruders mitschwang, zusammen.

Als sie den Wohnwagen betraten, standen Ria und Cassie in der Küche, beugten sich über einen Topf mit würzig duftendem, brodelndem Inhalt und bogen sich vor Lachen.

»Linc, mein Liebling, du hast eine Frau geheiratet, die nicht einmal weiß, wie man ein Ei kocht«, stellte Ria fest. Sie sah Cassie an, und die beiden brachen wieder in Gelächter aus.

Linc sah sie nur finster an. Er hatte im voraus gewußt, daß sie Gefallen aneinander finden würden; sie waren aus demselben Holz geschnitzt. Er hätte gleich wissen sollen, daß es nicht klug war, Cassie mit Ria allein zu lassen. Gott weiß, was sie gemeinsam ausgeheckt hatten. Er hatte wirklich genügend Probleme und konnte keine zusätzlichen gebrauchen.

»Linc?« Cassie lächelte ihn betörend an. »Ich habe deiner Mutter gesagt, daß wir gern zum Abendessen bleiben.« Sie lehnte sich an ihn und drückte ihre Brüste an seinen Arm, daß er wie elektrisiert zusammenfuhr.

Er mußte sich sehr beherrschen, sie nicht leidenschaftlich zu küssen. »Schön«, brachte er heraus, schob sie ein wenig von sich und trat selbst zwei Schritte zurück. Als er aufsah, begegnete er Rias forschendem Blick und wurde rot wie ein kleiner Junge, der dabei ertappt worden war, wie er sich Fotos von nackten Frauen ansah.

Später wanderten Cassie und Linc Hand in Hand am Seeufer entlang. Ihre Füße knirschten über den grauen, mit einer Salzkruste überzogenen Schlamm. Sie sahen zu, wie die Sonne im See versank, der das letzte Tageslicht wie poliertes Metall reflektierte.

Cassie fuhr mit dem Daumen über Lincs schwielige Handfläche. »Ist der See nicht wunderschön? Er hat eine so eigenartige Farbe.«

Er blieb stehen, zog sie an sich und hob ihr Gesicht empor. Seine Finger fuhren durch ihre Haare. »Wie Quecksilber«, flüsterte er heiser. »Die Farbe deiner Augen.«

Cassie wartete auf seinen Kuß, aber er ließ sie los und ging weiter, griff jedoch bald wieder nach ihrer Hand. Sie spürte, daß er sich Sorgen machte; zweifellos hatte es mit dem geheimnisvollen Problem zu tun, das ihm sein Bruder am Nachmittag anvertraut hatte.

Sie hätte ihm gern gesagt, daß sie ein Problem gemeinsam eher lösen könnten, ganz gleich, worum es ging. Aber sie hatte Angst, sich in einen Bereich seines Lebens einzumischen, der sie nichts anging.

»Deine Mutter gefällt mir«, begann Cassie, als sie die Stille nicht mehr länger ertrug.

Er drückte ihre Hand und lächelte. »Sie mag dich. Das kannst du als Kompliment nehmen. Ria mag nur sehr wenige Menschen.«

»Wer war dein Vater? War er ebenfalls Trapezkünstler?«

Lincs Antwort ließ lange auf sich warten, und Cassie fürchtete bereits, daß das Gespräch eine unerwünschte Wendung nehmen könnte. Er blieb wieder stehen, legte seine Hände auf ihre Schultern und ließ sie allmählich über den Spitzenkragen wandern, bis seine Fingerspitzen die nackte Haut ihres Halses berührten. Cassie holte tief Luft, ohne auszuatmen.

»Ich habe meinen Vater nie gekannt. Er war einer von vielen Männern, die mit Ria das Bett teilten. Tommy und ich haben nicht denselben Vater. Ich glaube auch nicht, daß einer von uns geplant oder erwünscht war. Ria hat sich nie viel aus Kindern gemacht, und vor allem die Schwangerschaft war ihr verhaßt, denn während dieser Zeit konnte sie natürlich nicht auftreten. Außerdem standen wir Kinder ihr und ihren Liebhabern im Weg; das war ein weiterer Grund, warum sie von uns Kindern nicht begeistert war.«

Cassie wollte ihm erzählen, wie ähnlich ihre eigene einsame Kindheit verlaufen war, bevor Quigly in ihr Leben getreten war, aber sie brachte kein Wort heraus; ihr Hals war wie zugeschnürt. Gewisse Geheimnisse mußte sie für sich behalten, und die Geschichte von Lawrence Kingly und ihrer Mutter war eines davon.

Linc streichelte ihre Wange. »Schau nicht so traurig. Im Laufe der Jahre hatte ich eine Menge sogenannter Stiefväter, und einige waren recht gut zu mir.«

»Die meisten nicht?«

»Den meisten war ich ziemlich gleichgültig ... he, was ist los?« Cassie hatte Tränen in den Augen. »Cassie, mein Liebstes! Warum weinst du?«

»Ich weine nicht.« Dabei strömten ihr die Tränen über die Wangen.

Er küßte ihr nasses Gesicht, dann drückte er sie an sich und streichelte ihren Rücken. Die Tränen versiegten so schnell, wie sie gekommen waren. Cassie schämte sich und befreite sich aus seinen Armen.

Er spürte ihre Verlegenheit und wollte ihr helfen. Mit einem fröhlichen Lächeln fragte er: »Bist du schon einmal in einem Salzsee geschwommen?«

»Ist es anders als im Meer?«

»Probieren wir es aus.« Er lachte und begann, sich zu Cassies Verwunderung zu entkleiden.

»Aber wir haben keine Badeanzüge«, wandte sie ein.

»So?« Er lachte wieder. »Wer will denn schon in Flanell gewickelt schwimmen gehen?«

Sie befanden sich an einem stillen Abschnitt des Seeufers; der Strand konnte weder vom Hotel noch von den viel begangenen Seepromenaden eingesehen werden. Die Sonne war bereits hinter dem Horizont verschwunden, aber der Himmel reflektierte immer noch etwas von ihrem Licht.

Linc hatte bereits Schuhe und Hemd ausgezogen und war dabei, den Gürtel zu öffnen. Als er bemerkte, daß sie ihn beobachtete, hielt er kurz inne, lächelte sie herausfordernd an und öffnete die Knöpfe an seinem Hosenschlitz. Als Cassie begriff, daß er tatsächlich die Hose ausziehen würde, ohne sich umzudrehen, sah sie schnell weg. Aber wie von einem Dämon getrieben, mußte sie gleich wieder hinsehen.

Sie war sieben Jahre alt gewesen, als sie und Ward Farrell einmal im Sommer im Fluß gebadet hatten; Ward hatte sie herausfordernd gefragt, ob sie sich getraute, sich nackt auszuziehen. Sie hatte sich geweigert – bis er schließlich den Anfang machte und sich entkleidete. Sie erinnerte sich daran, wie sie den dünnen Körper des Zehnjährigen interessiert und neugierig betrachtet und mit ihrem verglichen hatte, der ihr damals besser gefiel. Aber der Körper eines Jungen unterschied sich doch sehr von dem eines Mannes. Beim Anblick von Lincs nicht zu übersehender Männlichkeit schlug ihr Herz schneller, und tief in ihrem Bauch brannte ein loderndes Verlangen.

Linc stand aufrecht vor ihr, ohne sich seiner Nacktheit zu schämen, und ließ sie sich richtig satt sehen. Dann drehte er sich um und watete hinaus ins Wasser. Sie starrte ihm nach, fasziniert von seinem schlanken Rücken mit den deutlich hervortretenden Muskeln, die sich über das feste Gesäß und die Oberschenkel fortsetzten.

Als das Wasser ihm bis zur Taille reichte, blieb er stehen und drehte sich um. Er stemmte die Hände auf die Hüften und rief ihr herausfordernd zu: »Kommst du, Cassie Jones? Oder traust du dich nicht?«

»Schon gut, schon gut! Aber du mußt die Augen schließen, während ich mich ausziehe.«

»Nein«, antwortete er, und sie hätte am liebsten mit dem Fuß aufgestampft, weil er so dickköpfig war. Er konnte einen wirklich zur Weißglut bringen!

Sie setzte sich auf einen Stein, knöpfte die Schuhe auf, zog sie aus und legte Strumpfhalter und Strümpfe ab. Dann stand sie wieder auf, öffnete die Haken am Rock und und ließ ihn zu Boden gleiten. Erst nach kurzem Zögern knöpfte sie die Hemdbluse auf; sie wußte genau, daß er sie nicht aus den Augen ließ.

Mit herausforderndem Blick öffnete Cassie Knopf für Knopf der Bluse, ließ den weichen Stoff über die Schultern gleiten und zu Boden fallen. Danach löste sie das Gürtelband des Unterrocks, so daß dieser ebenfalls knisternd zu Boden glitt. Der Wind strich zart über ihre bloßen Gliedmaßen, und ihr wurde deutlich bewußt, daß sie beinahe nackt war. Cassie legte den Kopf in den Nacken und ließ den Wind kühl über ihr erhitztes Gesicht wehen.

»Nicht aufhören«, rief Linc; die Stimme versagte ihm.

Leise klang ihr neckendes Lachen über den See, als sie, immer noch mit Mieder und Unterhose bekleidet, ins Wasser watete. Das Wasser umspülte ihre Haut warm und sanft und schien sie hochzuheben. Die Füße wollten sich vom Boden lösen und im Wasser treiben. Es war dunkler geworden, und sie konnte Linc nur noch schemenhaft erkennen. Er war nur ein dunkler Schatten, der vor ihr aus dem Wasser ragte.

Wenige Meter vor ihm blieb sie stehen. »Komm her«, bat sie.

Sie hörte, wie er heftig atmete, dann stand er plötzlich vor ihr. Er wollte nach ihr fassen, aber sie stemmte ihre Handflächen gegen seine Brust und hielt ihn eine Armlänge entfernt, so daß sie seinen schnellen Herzschlag spürte. Langsam glitt ihre Hand über seine muskulöse Brust, seine Brustwarzen und tiefer über die Rippen auf seinen festen Bauch. Er atmete schnell wie nach einem anstrengenden Lauf und unterdrückte ein Stöhnen. Ihre tastenden Finger tauchten ins Wasser ein, wo ein pfeilförmig nach unten gerichteter Haarwirbel zwischen die Schenkel wies. Hier hielt sie inne. Er faßte sie am Handgelenk und wollte ihre Hand tiefer schieben, aber sie entzog ihm die Hand mit einer plötzlichen Bewegung. Sie warf sich auf den Rücken, strampelte mit den Beinen und spritzte ihn von oben bis unten naß.

Im Tumult des gischtenden Wassers hörte Cassie, wie er überrascht aufschrie, dann war es plötzlich still. Sie dachte, er würde ihr den Trick heimzahlen wollen, und versuchte fortzuschwimmen, aber das Salzwasser hob ihre Füße beinahe über Kopfhöhe. Das Salz brannte in den Augen und auf den winzigen Schrammen am ganzen Körper, von deren Existenz Cassie nicht einmal etwas wußte. Einmal tauchte ihr Kopf vollkommen im Wasser unter, und ihr Mund war plötzlich voll mit Salzwasser, daß es sie fast würgte.

Sie hörte auf zu schwimmen und ließ die Füße einfach treiben. Das Wasser plätscherte sanft gegen ihre Brüste, und sie drehte sich um. Die Seeoberfläche war vollkommen leer. »Linc?« rief sie leise.

Sie unterdrückte einen Schrei, als seine starken Arme von hinten ihre Taille umfaßten und sie an ihn drückten. »Ich begehre dich, Cassie.« Sie spürte seinen heißen Atem im Nacken; sein Glied preßte sich dick und hart gegen ihr Gesäß. »Spürst du, wie sehr ich dich begehre?«

Sie lehnte sich an ihn, als seine Hände höher glitten, um ihre Brüste zu umfangen. Er massierte sie sanft und spielte durch den glatten, nassen Stoff ihres Mieders zart mit ihren Brustwarzen, so daß sie hart und spitz wurden. Sein Mund bewegte sich über ihren Nacken, und Cassie mußte die Zähne zusammenbeißen, um nicht vor Lust laut zu schreien.

»Ach Gott, Cassie …« seufzte Linc und drehte sie um, daß sie ihn ansah. Seine Augen glitzerten wie Glas und reflektierten den silbrigen Schein des Wassers. Cassie hielt den Atem an. Genauso fühlte sie sich, bevor sie ein gefährliches Flugmanöver zum ersten Mal versuchte – sie hatte Angst, war aber gleichzeitig erregt und vom unwiderstehlichen Verlangen beherrscht, alles zu riskieren.

Linc hob sie hoch und watete mit ihr an den Strand. Cassie schlang die Arme fest um seinen Hals und zog seinen Kopf näher an ihren erwartungsvollen Mund. Seine warmen, festen Lippen schmeckten leicht salzig, und sein Kuß war so voll Leidenschaft, daß es ihr den Atem nahm und die Welt sich zu drehen begann, als würde sie mit der *Pegasus* eine Spirale fliegen.

Immer noch im Kuß vereint, stellte Linc Cassie auf den Boden und ließ sie schließlich stöhnend los. Er suchte den dunklen Boden nach den verstreuten Kleidungsstücken ab, während Cassie immer noch überwältigt dastand und das prickelnde Gefühl seines Kusses auf ihren Lippen spürte.

»Beeil dich«, bat Linc atemlos und reichte ihr Bluse und Rock. Cassie zog beides mühevoll über die nasse Unterwäsche. Linc war unterdessen in der Dunkelheit verschwunden, und Cassie hörte ihn nur murmeln: »Verdammt, wo ist denn meine Hose?«

Schließlich fand er sie in einem Salbeistrauch hängend. Unbeholfen von einem Bein auf das andere hüpfend, zog er sie an.

Cassie setzte sich auf einen Felsblock und wollte die Schuhe anziehen, aber ihre Finger zitterten so, daß sie es nicht schaffte. Linc kniete neben ihr nieder und versuchte ungeduldig, das steife Leder über ihre nassen, salzverklebten Füße zu ziehen. Cassie blickte auf seinen gebeugten Kopf hinunter und hatte das unwiderstehliche Bedürfnis, mit den Fingern durch seine Haare zu kämmen.

Auch Linc war abgelenkt: Es verwirrte ihn, ihre nackten Beine von so nahe zu sehen. Er umfaßte ihren Knöchel, ließ die Finger spielerisch auf der Innenseite ihres Unterschenkels hinaufgleiten und in der Kniekehle verweilen. Cassies Finger verkrampften sich in seinen Haaren, und sie bog seinen Kopf zurück. Er richtete sich auf, zog sie mit sich und küßte sie abermals voll Leidenschaft.

Seine Hände brannten wie Feuer auf Cassies Schultern, auf ihrem Rücken, wo immer er sie berührte. Seine Finger rutschten unter den Kragen ihrer Bluse, er riß die Knöpfe auf und zerrte ungeduldig an ihrem Mieder, bis er den Stoff endlich beiseite geschoben hatte. Er streichelte zärtlich ihre Brüste, erst eine, dann die andere, und tastete nach den Brustwarzen.

»Linc«, flüsterte sie nahe an seinem Mund und unterdrückte dabei ein leises Lachen. »Du ziehst mich wieder aus.«

»Du lieber Himmel!« Er ließ sie so unvermittelt los, daß sie beinahe hinfiel. Aber sogleich faßte er nach ihrem Handgelenk und zog sie hinauf zum Weg, der zum Hotel zurück führte.

»Warte doch! Meine Schuhe!« rief Cassie. »Deine Stiefel und unsere übrigen Kleider!«

Linc rollte die restlichen Kleidungsstücke, seine Stiefel und ihre Schuhe zu einem Bündel und nahm es unter den Arm. Dann nahm er Cassie bei der Hand und begann zu laufen. Cassie hatte Mühe, mit ihm Schritt zu halten. Sie konnte sich gar nicht daran erinnern, daß es hier so viele Steine und Disteln gegeben hatte, jetzt, da sie barfuß war, schmerzte sie jeder Schritt. Sie versuchte, im Laufen die Bluse zuzuknöpfen, und zerbrach sich gleichzeitig den Kopf darüber, wie sie unbemerkt in ihr Zimmer gelangen würden, naß und nur halb bekleidet und verrückt vor sinnlicher Begierde.

Als schließlich das Hotel in Sicht kam, war das Salzwasser auf ihrer Haut getrocknet, und es juckte und brannte.

»Linc!« keuchte Cassie und hielt ihn zurück. »Meine Haut brennt wie Feuer!«

»Ich glaube, am Badestrand gibt es Duschen.«

Er führte sie über einen Kiesweg hinunter zum See. Die Duschen waren einfache Kabinen aus Holz, auf denen in verblichenen weißen Buchstaben MÄNNER und FRAUEN geschrieben stand. Zum Glück war außer ihnen niemand hier, und Linc zögerte nicht lang. Er schob Cassie durch die Tür, auf der MÄNNER zu lesen war, und kam ebenfalls nach.

Sie machten sich nicht die Mühe, sich auszuziehen; die Kleider klebten wie angeklatscht an ihren salzverkrusteten Körpern. Linc drehte den einzigen Hahn auf; sie standen beide unter der Dusche und ließen sich vom kalten Wasser umspülen.

Cassie begann zu lachen, aber Linc zog sie auf die Zehenspitzen hoch und verschloß ihr den Mund mit einem Kuß, und sie wich ihm nicht aus. Sie preßte ihren Körper an ihn und rieb ihre Hüften gegen seinen Bauch. Sie war neugierig, wie es sich wohl anfühlen mochte, ihn in ihrem Körper zu spüren. »Ich will dich in mir spüren, Linc. Ich will es!«

Er zitterte bei ihren herausfordernden Worten; dann nahm er ihre Hand, drückte sie auf seine Hose und zeigte ihr, wie sie ihn streicheln sollte. Aber er ließ sie nur einen Augenblick gewähren und unterbrach sie unvermittelt. »Wir müssen uns Zeit lassen«, preßte er rauh hervor. »Es fehlt nicht viel, und ich verliere die Kontrolle.«

Cassie wußte nicht genau, was er damit meinte, aber er küßte sie wieder, und sie war glücklich. Nichts auf der Welt war so wundervoll wie Lincs Küsse.

Als sie schließlich das Salzwasser abgespült hatten, verließen sie lachend die Dusche. Hand in Hand rannten sie die Treppe zum Vordereingang des Hotels hinauf und stießen auf der Veranda ungestüm Korbstühle und Tische beiseite. Linc übersah einen Topf mit Geranien; der rutschte über den Holzboden und platschte in den See unter ihnen. An der Ecke blieb Linc unvermittelt stehen, so daß Cassie mit ihm zusammenstieß. Sie lachte, preßte aber gleich wieder den Mund an Lincs Schulter, um keinen Lärm zu machen.

»Psst!« Er legte ihr den Arm um die Schulter und bedeckte ihren Mund mit der Hand. Sie küßte seine Handfläche und knabberte daran. Jetzt entdeckte sie Edward Farrells schlanke Gestalt. Er trat gerade aus seinem Zimmer auf die Veranda, spähte angestrengt in die Dunkelheit und entdeckte sie.

»Linc? Cassie?« Wo seid ihr gewesen? Wir haben euch beim Abendessen gesucht.«

Linc fluchte leise, als Edward auf sie zukam. Cassie gab einen unterdrückten Laut von sich, und Linc ließ ihren Mund los.

»Trinkst du mit mir noch einen Brandy an der Bar?« fragte Edward. »Du liebe Zeit! Was habt denn ihr gemacht? Ihr seid halb ... ihr seid patschnaß!«

»Wir wollten gerade zu Bett gehen«, platzte Cassie heraus, ohne nachzudenken. Linc schnappte nach Luft, und Cassie war überzeugt, daß sie vor Verlegenheit knallrot geworden war.

Es herrschte peinliche Stille.

»Entschuldigt«, sagte Edward schließlich steif, drehte sich auf der Stelle um und kehrte in sein Zimmer zurück.

Cassie und Linc schafften es, den restlichen Weg zu ihrem Zimmer ruhig und gesetzt zurückzulegen, aber kaum waren sie drinnen, warf sich Cassie in Lincs Arme. Er knallte die Tür mit dem Fuß zu und riß Cassie die nassen Kleider vom Leib, so groß war seine Ungeduld, sie endlich auszuziehen.

»Cassie, Cassie«, flüsterte er. »Ich bin verrückt nach dir. Ich kann es nicht erwarten!«

Er schien mit Händen und Mund auf ihrer nackten Haut überall gleichzeitig zu sein. Sie bemerkte nicht einmal, daß er sie langsam auf das Bett zu drängte, bis ihre Kniekehlen an die Bettkante stießen, sie rücklings hinfiel und ihn mit sich zog. Cassie lag auf dem Rücken, Linc beugte sich über sie, und seine Brust strich über ihre empfindlichen Brustwarzen. Sie sah ihm in die Augen, die vor Verlangen fast schwarz waren.

»Cassie, Liebstes.« Seine Stimme zitterte. »Ich möchte dir nicht weh tun. Ich werde sehr sanft sein, aber ich weiß nicht, wie lange ich mich noch beherrschen kann.«

Sie legte ihre Finger auf seine harten Lippen und spürte, wie sie unter ihrer Berührung weich wurden. »Komm jetzt, liebe mich«, bat sie.

Linc zögerte nicht, bedeckte ihr Gesicht und ihren Hals mit Küssen, nahm ihre Brüste in seine Hände, daß sie prall und voll vor ihm lagen. Dann beugte er den Kopf, nahm abwechselnd ihre Brustwarzen zwischen die Lippen und betastete sie mit der Zunge. Er streichelte ihren Körper, seine Hand glitt über ihre Hüften hinunter. Cassies Körper war gespannt wie eine zu straff angezogene Saite. Sie warf den Kopf zurück und stemmte sich seinen tastenden Fingern entgegen, als wollte sie sie aufsaugen. Sie wollte ihn, sie wollte ihn ganz.

Plötzlich stand Linc auf. Das war doch bestimmt nicht alles. Cassie öffnete die Augen und streckte ihm die Hände entgegen. »Linc?«

»Sofort!« Linc zog die Hose aus und schleuderte sie quer durch das Zimmer.

Er wollte sich in ihre Arme fallen lassen, aber Cassie legte ihm die Hand auf die Brust, und er mußte innehalten. Sie betrachtete unverblümt seine Prallheit. Ihr Blick genügte, daß er sich noch mehr reckte, und Linc stöhnte.

Wie von allein schlossen sich Cassies Hände darum. Cassie war überrascht, wie es sich anfühlte. Es war so hart und dennoch zart und seidig.

Sie lachte kehlig, und ihre Finger griffen fester zu. Sie streichelte ihn, wie er es ihr in der Dusche gezeigt hatte, und er dankte es mit glücklichem Seufzen.

Linc schob sein Knie zwischen ihre Schenkel, und sie ließ die Beine auseinanderfallen, um ihn aufzunehmen. Er drang langsam in sie ein, sie fühlte einen stechenden Schmerz und erstarrte einen Augenblick vor Angst. Aber Linc küßte und streichelte sie, ihre Anspannung schwand, Schmerz und Angst verwehten wie morgendliche Nebelschleier. Er bewegte sich in ihr, drang langsam tiefer, seine Stöße wurden heftiger, bis schließlich ihr ganzer Körper von innen vibrierte. Sie zitterte, sie flog, immer höher, höher, als sie je geflogen war. Der Atem versagte ihr, es wurde dunkel um sie, und für einen Moment stand sie an der Grenze zum Vergessen. Dann begann sie zu fallen, fiel und fiel, zurück zur Erde.

Linc rollte sich fort, und Cassie spürte eine plötzliche Leichtigkeit. Sie lag flach ausgestreckt auf dem Rücken und beschattete mit einer Hand die Augen, obwohl nur eine einzige Lampe im Zimmer brannte. Allmählich konnten sie wieder ruhig atmen; Linc tastete nach ihrer Hand.

Cassie stützte sich auf die Ellbogen auf, beugte sich über ihn und betrachtete ihn aufmerksam, ohne zu merken, wie ernst sie dreinsah.

Er faßte ihre Haare im Nacken zusammen und wickelte sie um seine Faust. »Ich habe dir hoffentlich nicht zu sehr weh getan, oder? Nächstes Mal wird es für dich besser werden.«

»Es war wunderbar, Linc. Besser als Fliegen!« Sie errötete und vergrub ihr Gesicht an seinem Hals. Sie liebte seinen Geruch – er roch nach Mann und einem Hauch Salzwasser. Nach einer Weile hob sie den Kopf und blickte ihn forschend an. »Für dich war es vermutlich nichts Neues. Du hast es schon hunderte Male gemacht.«

»Hunderte Male bestimmt nicht, und mit dir noch nie. Es war noch nie wie heute«, fügte er erregt hinzu. Er rollte sie wieder auf den Rücken und beugte sich über sie. Er betrachtete sie bewundernd, und seine Augen leuchteten auf, als sein Blick an ihren Brüsten hängenblieb; mit einem Finger zeichnete er den Brustansatz nach.

»Wir müssen es anders gemacht haben, als es in dem Buch stand«, murmelte Cassie ein wenig atemlos, denn Linc küßte jetzt ihre Schultern und knabberte zart daran herum.

»Wie?« fragte er undeutlich, während seine Zunge den Spalt zwischen ihren Brüsten liebkoste.

»In dem Eheratgeber. An einer Stelle wird auch der Geschlechtsverkehr beschrieben, und …«

Linc hob den Kopf. »Was wird beschrieben?«

»Geschlechtsverkehr. So heißt es zumindest in dem Buch. Ich glaube nur, wir sind anders vorgegangen, als im Buch vorgeschlagen, denn so wie der Arzt es dort beschreibt, klang es ziemlich unangenehm, fast lächerlich und … ach, lach doch nicht!«

»Ich kann nichts dafür.« Er zog sie an sich und drückte ihr einen kurzen, festen Kuß auf den Mund. »Du bist unglaublich, Cassie! Ich glaube, du bist auf der ganzen Welt einzigartig!«

Sie vergrub den Kopf an seiner Schulter, um ihre Freude zu verbergen. Wenn er das dachte, dann mußte er sie lieben … zumindest ein wenig.

Kapitel 9

Zwei Tage später, in Billings, Montana, saß Cassie mit baumelnden Beinen auf der Kante einer Tragfläche und teilte sich mit Patches eine Dose Wasser und getrocknetes Rindfleisch. Ab und zu warf sie einen Kieselstein nach einer Kuh, die sich zu nahe an das Flugzeug gewagt hatte. Kühe schienen den Geschmack von mit Spannlack überzogenen Textilien zu lieben; Cassie hatte eine Geschichte gehört, daß die Bespannung eines ganzen Flugzeugs innerhalb von fünf Minuten aufgefressen worden war.

Wo Linc wohl so lang bleiben mochte? Sie wäre schon gern in die acht Kilometer entfernte Stadt aufgebrochen, wollte aber nicht gehen, bevor Linc von der Meldestelle des Veranstaltungskomitees wieder zurück war. Sie hatten eine Münze geworfen, um zu entscheiden, wer in der Stadt Vorräte kaufen und wer die Schmutzarbeit bei der Maschine erledigen und den Motor überholen sollte; Linc hatte verloren. Danach wollte er sie überreden, die Spielregeln zu ändern und die Entscheidung erst nach zwei von drei Würfen zu fällen. Aber Cassie empfahl ihm, ein Liedchen zu pfeifen – das war ein Lieblingsausdruck von Quigly gewesen, und Linc hatte ihn ausgesprochen lustig gefunden. Aber anscheinend wollte er sich jetzt vor seiner Aufgabe drücken und blieb entsprechend lang in dem Ranchhaus, in dem das Veranstaltungskomitee sein Quartier aufgeschlagen hatte. Vermutlich pfiff Linc wirklich ein Liedchen zusammen mit den anderen Piloten.

Dabei waren noch gar nicht viele Piloten hier. Die *Pegasus* war als zweites Flugzeug hinter den Brüdern Schmidt eingetroffen. Edward Farrell war kurz nach ihnen angekommen, gefolgt von vier weiteren Maschinen. Cassie rechnete sich aus, daß sie und Linc mittlerweile an vierter, vielleicht sogar an dritter Stelle liegen mußten.

Die *Pegasus* zitterte im Wind, der durch das Gestänge pfiff und an den Seilen zerrte, mit denen die Maschine auf dem Boden vertäut war. Cassie sah nach Westen, wo sich dunkle Wolken türmten und die Berge verhüllten. Sie hatte nicht Quiglys Gabe zur Wettervorhersage, aber sogar der Unbedarfteste konnte sehen, daß sich schlechtes Wetter zusammenbraute. Der Wind war kalt, und Cassie zog zitternd den Kopf ein und stellte den Kragen ihrer Wolljacke auf.

Ein schönes Land, dachte Cassie und blickte über die Grassteppe, die sich kilometerweit bis an die Berge am fernen Horizont dehnte. Blütenstaub hing in der Luft, und es roch nach Holzfeuer. Die Pappeln und Weiden, die das Weideland säumten, ächzten im Wind. Cassie überlegte, warum Bean's Cola einen verlassenen Flecken wie Billings, Montana, als zweiten Kontrollpunkt gewählt hatten. Nur ein paar Farmarbeiter und Indianer aus dem nahegelegenen Reservat des Stammes der Crow hatten zugesehen, als sie landeten. Hier hatte der Flugwettbewerb lange nicht das Interesse geweckt, mit dem Bean's Cola gerechnet hatte.

Das Motorengeräusch eines Autos unterbrach Cassies Gedanken. Es war ein ziemlich neuer Ford, Modell T. Linc saß auf dem Beifahrersitz, und eine Frau chauffierte.

Cassie sprang von der Tragfläche und ging dem Auto entgegen; Patches folgte ihr auf den Fersen. Das Auto blieb mit quietschenden Bremsen neben ihr stehen. »Wo warst du?« fragte sie Linc, ohne von der Frau Notiz zu nehmen.

Er schwang sich aus dem Wagen. »Das Komitee zieht in Erwägung, die nächste Teilstrecke vielleicht schon in zwei Stunden zu starten, anstatt morgen früh. Die Alteingesessenen hier am Ort sind der Meinung, daß es schneien wird, und wenn das stimmt, sitzen wir tagelang hier fest.«

»So spät im Jahr wird es bestimmt nicht schneien.«

»Vergangenen Juni hatten wir dreißig Zentimeter«, meldete sich die Frau zu Wort. Sie war ausgestiegen, um das Auto gegangen und stand jetzt neben Linc.

Cassie sah sie kühl an. Die junge Frau trug Reitkleidung. Sie war ungefähr in Cassies Alter, vom Typ dunkel, groß und – in Cassies Augen – ausgesprochen dürr. Im Verlauf der vergangenen beiden Nächte hatte Cassie viel darüber gelernt, was Linc am Körperbau der Frauen am besten gefiel; diese Frau hatte diesbezüglich nichts aufzuweisen.

»Cassie«, begann Linc. »Das ist Miss …«

»Was ist mit Pete?« wollte Cassie wissen. Pete Striker hätte sie hier treffen und zusätzliche Vorräte mitbringen sollen.

»Er hat aus Butte telegrafiert. Ein Felssturz hat die Bahntrasse über den Paß verschüttet. Es wird eine Weile dauern, bis die Strecke wieder frei ist. Er wird so lange warten und dann gleich weiterfahren und hoffentlich vor uns in Kansas City sein. Falls nicht, treffen wir uns in Baton Rouge. Cassie, das ist Miss ...«

»Wozu ist eine Vorhut gut, Linc, die hinter uns nachhinkt?«

Linc und Cassie tauschten wütende Blicke. Nach einer Weile knurrte Linc: »Cassie, das ist Miss Gallegher.«

Die Frau lächelte Cassie zaghaft an, aber Cassie machte keine Anstalten, das Lächeln zu erwidern.

»Das ist alles sehr aufregend«, stellte die junge Frau mit einem unbehaglichen Blick auf Linc fest. »Die vielen Flugzeuge, die hier auf den Feldern meines Vaters landen! Als Linc erzählte, daß er mit einer Frau flog, wußte ich nicht, ob ich ihm glauben sollte oder nicht.«

»Linc lügt manchmal«, entgegnete Cassie.

Linc nahm sie am Arm und führte sie hinüber zur *Pegasus*, wo die andere Frau sie nicht hören konnte. »Was ist denn in dich gefahren? Es gibt keinen Grund dafür, daß du so unhöflich bist. Miss Gallegher hat mir außerdem angeboten, mich in die Stadt zu fahren. Das spart uns Zeit, noch dazu jetzt, da vielleicht nur zwei Stunden zur Verfügung stehen.«

»Das war sehr nett von ihr, Linc. Ich hoffe, sie ändert ihre Meinung nicht, wenn sie herausfindet, daß sie mich mitnehmen soll und nicht dich.«

Patches hatte an den Reitstiefeln von Miss Gallegher geschnuppert und zog sich plötzlich knurrend und mit gebleckten Zähnen zurück. Linc rief den Hund unwillig zu sich, und Patches folgte, ohne das geringste Anzeichen von Reue.

»Was um Himmels willen ist denn mit dir los!« schalt ihn Linc.

»Er mag eben deine Damenbekanntschaften nicht!« klärte Cassie ihn auf.

Linc war peinlich berührt. »Sie ist keine Damenbekanntschaft, wie du dich auszudrücken beliebst, und ich habe nicht das geringste Interesse an ihr. Diese Woche bin ich zufällig ein glücklich verheirateter Mann.«

»Ach so!« Cassie holte die Werkzeugkiste aus dem Flugzeug und drückte sie Linc in die Hand. »Du fängst besser mit dem Motor an, Linc. Du wirst eine gute Stunde dafür brauchen.«

»Du hast ein Herz aus Stein, Cassie Jones. Ein Herz aus arktischem Eis. Gletschereis aus der Arktik ...« Der Rest seiner Worte ging im Lärm eines ankommenden Flugzeugs unter. Es war der Doppeldecker von Harry und Jim, den beiden charmanten, aber etwas ungeschickten jungen Männern, die Cassie am Abend ihrer Hochzeit kennengelernt hatte.

Der bodennahe Wind hatte in den letzten Minuten ziemlich zugenommen und pfiff laut durch die Drahtverstrebungen der *Pegasus*. Selbst für Könner waren das keine einfachen Bedingungen für eine Landung, und Jim und Harry waren keine Könner. Die Maschine setzte bereits im Tiefflug zur Landung an, und Cassie wußte, daß sie für den stürmischen Wind zu schnell war.

Das Flugzeug setzte hart auf und holperte unruhig über die Wiese. Es schlug auf einem Stein oder einer Furche auf, kippte, glitt über den Boden und riß dabei ein riesiges Loch in die Unterseite des Rumpfes, bevor es schließlich zum Stehen kam. Leute liefen auf die bruchgelandete Maschine zu, aber Linc faßte Cassie am Arm und hielt sie zurück.

»Bleib hier!«

»Warum?«

Sein Gesichtsausdruck war störrisch geworden. »Weil ich es sa..., weil ich dich darum bitte.«

»Das ist kein guter Grund«, entgegnete Cassie. Sie wußte genau, was er sagen wollte, doch sie riß sich los und folgte den anderen zur Maschine, die, zur Seite gekippt, mitten auf der Wiese lag wie ein Vogel mit einer gebrochenen Schwinge.

Harry und Jim waren ziemlich erschrocken, aber keiner war ernstlich verletzt. Die Reparatur des Flugzeugs würde Stunden dauern. Alle bedauerten die beiden Pechvögel, waren aber insgeheim dankbar, daß ihnen selbst das Mißgeschick erspart geblieben war.

Cassie half einigen Männern, die Maschine vom Landestreifen zu ziehen. Als sie zur *Pegasus* zurückkam, arbeitete Linc bereits am Motor,und Miss Gallegher stand dicht hinter ihm und stellte dumme Fragen.

»Es ist ihnen nichts geschehen, falls es dich interessiert«, erzählte Cassie.

»Tut es nicht«, fuhr Linc sie an.

Wenn er trotzig sein wollte, dann sollte er es ruhig. Cassie holte die alte Milchkanne, in der sie zusätzliche vierzig Liter Treibstoff mitführten, und fragte Miss Gallegher mit strahlendem Lächeln: »Hat Ihnen Mr. Cameron erklärt, daß ich diejenige bin, die in die Stadt muß?«

Die Frau warf Linc einen kurzen Blick zu. »Sie könnten doch einfach die Karre nehmen und selbst in die Stadt fahren, falls Sie nichts dagegen haben?«

»Vielen Dank für Ihre Freundlichkeit, Miss Gallegher«, antwortete Cassie honigsüß wie Melodie in Bestform. »Ich bin überzeugt, mein Mann ist Ihnen ebenfalls dankbar dafür.«

Der Frau blieb der Mund offenstehen. »Ihr Mann?« brachte sie heraus. »Er hat nichts davon gesagt, daß Sie beide verheiratet sind.«

Cassie lächelte immer noch. »Ich habe Ihnen doch gesagt, daß er lügt.« Schon im Gehen begriffen, hörte sie Lincs unterdrücktes Lachen.

Cassie stellte die Milchkanne hinten in den Ford, kurbelte den Motor an und setzte sich hinter das Lenkrad. Sie pfiff Patches herbei, der freudig folgte und auf den Beifahrersitz sprang. Patches war gern unterwegs, ganz gleich, wohin; es zog ihn immer weiter.

Sie holperten über das Feld und schließlich, eine Staubwolke hinter sich herziehend, über einen Fahrweg, der von der Ranch fortführte. Es dauerte nicht lang, und Cassie entdeckte ein kleines, handgeschriebenes Straßenschild, das den tief zerfurchten Karrenweg entlang zeigte: BILLINGS. Cassie fragte sich, ob es Linc nicht einmal satt bekam, von Frauen verfolgt zu werden. Nicht, daß sie sich ernsthaft Sorgen machte, daß er Miss Galleghers zweifelhaftem Charme erliegen könnte, während sie in der Stadt war. Denn einerseits hatte er zu viel zu tun, und andererseits hätte er dazu nicht genügend Energie.

Im Saltair Hotel hatten sie sich die ganze Nacht geliebt und waren erst eingeschlafen, als es bereits wieder Zeit war aufzubrechen. Die nächste Nacht hatten sie in einem schäbigen, alten Hotel in einer Stadt namens Whiskey Peak in Wyoming verbracht. Aber sie hatten von ihrer Umgebung kaum Notiz genommen, so sehr waren sie damit beschäftigt, unzählige neue Möglichkeiten zu entdecken, einander in Ekstase zu versetzen, mit Lippen, Händen und Zunge, mit liebevollen, neckenden Worten, mit ihren Körpern, die gaben und nahmen, die eroberten und erlagen.

Sie waren an diesem Morgen todmüde aus dem schmalen Bett mit der durchgelegenen Matratze gestiegen, und Linc hatte sie mit trüben Augen angesehen. »Damit muß jetzt für eine Weile Schluß sein, Cassie«, sagte er. »Heute abend werden wir getrennte Zimmer nehmen, denn sobald ich in deiner Nähe bin, begehre ich dich. Aber wenn wir beide uns nicht bald ausschlafen, landen wir noch an einem Berg.«

Cassie hatte ihm zugestimmt – sie durften das Wichtigste nicht vergessen: Sie wollten den Flugwettbewerb gewinnen. Der seltene Augenblick der Übereinstimmung wurde mit einem Kuß besiegelt. Eines führte zum anderen, und sie starteten fünfundvierzig Minuten zu spät.

Es wäre sinnlos gewesen, es zu leugnen, Cassie war in Linc verliebt. Und obwohl er es nicht wörtlich gesagt hatte, vermutete Cassie dennoch, daß er ebenfalls in sie verliebt war. Zumindest konnte er nicht davon genug bekommen, mit ihr zu schlafen, und das war immerhin etwas.

Es war wie ein Traum, und Cassie wünschte, der Traum würde nie zu Ende gehen. Die Tage verbrachten sie in der Luft, überstanden Gefahren und verfolgten ein gemeinsames Ziel. Die Nächte gehörten ihren Zärtlichkeiten und ihrer wilden Leidenschaft. Doch der Wettbewerb würde eines Tages zu Ende sein, und zwar schon bald, ganz gleich, ob sie ihn gewannen oder verloren. Dann würde die Wirklichkeit von ihrer Traumwelt Besitz ergreifen, ihre Liebe würde vergehen, so wie Schnee in der Frühlingssonne verging. Denn sie stellten unterschiedliche Erwartungen an das Leben, an das wirkliche Leben.

An dem Morgen, als sie Salt Lake verließen, war Ria zum Flugfeld gekommen, um sich zu verabschieden. Bevor Linc das Wort ergriff, hatten Mutter und Sohn einander schweigend angesehen. Linc klang zornig, aber noch ein anderer Ton schwang in seiner Stimme mit, etwas wie Verzweiflung.

»Ich werde es tun«, sagte er, aber Cassie hatte keine Ahnung, was er versprach zu tun. »Wenn ich kann. Aber nur deshalb, weil ihr beide mir kaum eine Wahl gelassen habt.«

Ria holte tief Luft. »Danke.«

»Aber bitte behellige mich in Zukunft nicht mehr mit deinen Problemen. Ich lebe mein Leben, Ria, merke dir das. Das ist der Dank, den ich von dir erwarte.« Danach kehrte Linc seiner Mutter den Rücken und ging zur *Pegasus*.

Als sich Ria von Cassie verabschiedete, glitzerten Tränen in ihren Augen.

»Versprich mir … « bat Ria, »versprich mir, daß du ihn immer lieben wirst. Er braucht jemanden, der ihn liebt.«

»Ich liebe ihn«, beteuerte Cassie, mehr konnte sie nicht versprechen.

»Als er ein Kind war«, Rias Augen blickten in weite Ferne, in die Vergangenheit, »kamen wir einmal in der Abenddämmerung in einer neuen Stadt an. Für mich sahen die Orte alle gleich aus. Ich fand sie langweilig mit ihren Kirchtürmen, den kleinen Läden an der Ecke und den seriös wirkenden Bankfilialen. Die weiß gestrichenen Häuser hatten straßenseitig meist eine Veranda, auf der fast immer ein Schaukelstuhl stand. Linc war davon fasziniert. Er wanderte durch die Straßen, sah durch die Fenster und beobachtete das Familienleben. Die großen, runden Mahagonitische waren mit weißen Tischtüchern und Porzellan gedeckt. Er blickte in die Küchen, wo Mütter in weißen gestärkten Schürzen Kuchen aus dem Ofen nahmen. Aus seinen Augen sprach eine unendliche Sehnsucht …«

Cassie war von Hoffnungslosigkeit und Unzulänglichkeit übermannt worden, und sie hatte Mühe gehabt, die Tränen zurückzuhalten. Zwar liebte sie Linc Cameron aus ganzem Herzen, wußte aber gleichzeitig, daß sie ihm nie geben konnte, was er sich am meisten wünschte.

Cassie brauchte nur an dieses letzte, beunruhigende Gespräch mit Ria zu denken, und schon traten ihr Tränen in die Augen. Die Straße machte eine Kurve, und Cassie wäre beinahe mitten in eine Gruppe von Reitern gefahren. Sie konnte gerade noch rechtzeitig seitlich ausweichen und sah den Männern nach, wie sie an ihr vorbei galoppierten. Die Männer sahen wild und entschlossen aus und waren mit Gewehren bewaffnet.

Cassie fuhr langsam durch die Hauptstraße von Billings. Die Stadt wirkte verlassen, was Cassie nicht besonders überraschte, da die meisten Bewohner die Stadt im Galopp verlassen hatten. Vor einem Mietstall hielt sie an. Ein alter Mann mit einem prächtigen Backenbart saß auf einem Faß und knallte mit einer Peitsche. Sie fragte ihn, wo sie Treibstoff kaufen könnte, und mußte dabei laut schreien, um sich im Wind verständlich zu machen.

Der Mann mußte erst einen großen Priem aus der Wange hervorholen und ausspucken, bevor er undeutlich antwortete: »Bei mir.«

Cassie befahl Patches, beim Auto zu bleiben, während sie dem alten Mann um die Ecke des Stallgebäudes folgte. Er hatte gerade ihre Milchkanne aus einem großen Faß mit Benzin gefüllt, als wieder ein Reitertrupp vorbeiraste und sie in eine dicke Staubwolke hüllte.

»Die Leute in Billings scheinen etwas zu wissen, das ich nicht weiß«, vermutete Cassie.

»Was?«

»Warum rasen alle im Galopp aus der Stadt, als hätten sie Feuer am Hintern?«

Der Alte spuckte eine braune Kugel aus dem Mundwinkel. »Vermutlich formieren sie sich jetzt. Heute früh wurden die Lohngelder der Jasper Mine gestohlen. Angeblich mehr als fünftausend Dollar.«

Der alte Mann half ihr, die schwere Kanne zum Auto zu tragen. Cassie bezahlte und fuhr zum Lebensmittelladen, den sie auf der anderen Straßenseite entdeckt hatte. Neugierige Blicke folgten ihr, als sie über den Bürgersteig aus Holzbohlen ging und durch die Tür trat; die Markise über dem Laden knatterte im Wind.

Drinnen im Laden roch es herrlich nach Zimt, frisch gebackenem Brot und Äpfeln. Cassies Magen knurrte laut – sie hatte heute nicht gefrühstückt, weil sie und Linc im Bett waren, statt zu essen. Sie verlangte ein Pfund Kaffee und bat den Mann hinter der Theke, den Kaffee zu mahlen. Während er beschäftigt war, ging Cassie im Laden umher und wählte aus: Dörrfleisch, mehrere Dosen mit Zwieback, geräuchertem Lachs und gekochtem Fleisch. Danach überlegte sie, ob sie das frische Brot essen würden, bevor es austrocknete, und entschied sich schließlich, einen Laib aus dem

Korb mitzunehmen. Sie legte alles auf die Theke und bat den Krämer, etwas von den gemischten Trockenfrüchten abzuwiegen. Außerdem nahm sie sich einen frischen Apfel; den wollte sie gleich essen.

Auf einem umgedrehten Faß lag ein Damespiel; zwei grauhaarige alte Käuze saßen einander gegenüber und besprachen den Raubüberfall. Cassie hörte ihnen mit unverhohlener Neugierde zu, während der Krämer ihre Einkäufe zusammenrechnete.

Sechs Männer waren an dem Überfall beteiligt gewesen, behauptete einer der alten Männer und übersprang, während er erzählte, mit einer schwarzen Figur zwei rote, so daß sein Gegner laut stöhnte oder rülpste, Cassie konnte es nicht genau unterscheiden. Einer der Räuber war auf der Flucht anscheinend angeschossen worden, erzählte der Alte weiter. Die Männer des Sheriffs fanden ihn später; seine Gefährten hatten ihn liegenlassen, aber er atmete noch.

»Die anderen werden auch nicht weit kommen, Dish«, entgegnete der zweite. »Nicht mit der Beute; es waren nämlich hauptsächlich Silberdollars. Bei dem Gewicht kommen sie nicht schnell voran.«

»Das wollte ich dir doch gerade erklären, du Narr!« brummte Dish gutmütig. »Der Kerl, den sie erwischt haben, hat geplaudert. Als ihm Sheriff Beechum drohte, ihn zu hängen, hat er erzählt, daß sie die Beute irgendwo an der Straße außerhalb der Stadt versteckt haben.«

Der andere lachte trocken. »Worauf willst du wetten, daß die Leute von der Jasper Mine nie etwas davon erfahren, wenn der alte Beechum und seine Jungs das Geld finden? Verdammt noch mal, Dish! Sobald ich dich aus den Augen lasse, schwindelst du!« rief Nash, als wieder zwei rote Steine vom Brett verschwanden. »Wann hast du das letzte Mal ehrlich mit mir gespielt?«

»Wenn du dich so gut im Gelände zurechtfindest, wie du behauptest, vom Damespiel zu verstehen, Nash, dann könnten wir das Geld finden und als reiche Männer sterben. Vielleicht reite ich einfach los und versuch' es. Ich war einmal ein ziemlich guter Fährtenleser.«

Nash schnaubte verächtlich. »Wann war das? Zum Teufel, Dish, du würdest nicht einmal den Weg von hier bis zum Klo finden, wenn er nicht ausgetreten wäre ...«

Dish räusperte sich laut und deutete mit dem Kopf auf Cassie. Nash wurde knallrot. Er blickte angelegentlich vor sich auf den Fußboden und murmelte vor sich hin, daß die Welt bald ein unrühmliches Ende finden würde, wenn man sich nicht mehr ungezwungen unterhalten konnte, ohne sich vorher zu vergewissern, ob nicht irgendwo im Hintergrund ein Mitglied des anderen Geschlechts Anstoß daran nahm.

Schmunzelnd verließ Cassie das Geschäft mit einem Karton voll Lebensmitteln. Auf dem Gehsteig blieb sie stehen und sah sich um. Sie war in Virginia aufgewachsen und hatte eine ziemlich romantische Vorstellung vom Westen. Sie hatte sich daher auf einen Spaziergang durch Billings gefreut und gehofft, die fremde Atmosphäre auskosten zu können. Aber jetzt mußte sie einsehen, daß sich die Stadt nur wenig von Kingly unterschied. Die Häuser waren aus Holz statt aus Ziegeln, und viele hatten falsche Fassaden, die sie höher erscheinen ließen; das war der Unterschied. Auch der Überfall auf die Lohngelder war in Cassies Augen nichts Besonderes. Sie war zehn Jahre alt gewesen, da wurde eines Sonntags die Erste Kredit- und Handelsbank in Kingly überfallen. Sie hatte den Vorfall beobachtet, da sie genau gegenüber gespielt hatte. Als einzige Zeugin des Vorfalls war sie für kurze Zeit so etwas wie eine Berühmtheit gewesen.

Cassie schob die Erinnerung beiseite und beschloß, zum Flugfeld zurückzufahren und Linc beim Überholen des Motors zu helfen. Beim Auto begrüßte Patches ihre Rückkehr, als wäre sie zwanzig Jahre lang fort gewesen, und Cassie gab ihm dafür ein Stück Dörrfleisch, an dem er kauen konnte. Drei Kilometer vor der Gallegher Ranch kam der Ford tuckernd zum Stehen, und der Motor starb ab.

Cassie hämmerte verärgert auf das Lenkrad, stieg aus und versuchte mehrmals, den Wagen wieder anzukurbeln, aber ohne Erfolg. Sie warf einen Blick auf den Motor, fand aber alles in Ordnung. Erst jetzt kam es ihr in den Sinn, den Treibstofftank zu überprüfen. Er war leer.

»Ich Idiot!« schalt sie sich. Aber es gab zumindest genügend Reservetreibstoff im Auto. Unter Ächzen hob sie die Milchkanne heraus und suchte im Werkzeugkasten nach einem Trichter.

Mittlerweile hatte Patches ein Erdhörnchen entdeckt und sauste ihm nach. Cassie schrie hinter ihm her, er möge sich nicht verirren, aber sie bezweifelte, daß er sie hörte. Der Wind hatte noch mehr aufgefrischt, und Goldraute und Präriegras wogten wellig in den stürmischen Böen.

Gerade als Cassie den Verschluß wieder auf den Tank geschraubt hatte, kam Patches zurück. »Du warst mir eine große Hilfe«, schalt ihn Cassie und sah ihn böse an. Etwas hing ihm seitlich aus dem Maul, und Cassie bückte sich. »Was hast du denn da gefunden?«

Es war ein Stück Papier. Sie zwang ihn, das Maul zu öffnen. Doch nein, es war kein Papier, zumindest kein gewöhnliches Papier. Cassies Herz machte einen Sprung. Es war eine Banknote!

»Patches, wo hast du das gefunden?« Der Hund legte den Kopf schief und sah sie an. Cassie stand auf. »Komm, mein Junge! Zeig mir, wo du das gefunden hast!«

Patches umkreiste sie mit aufgeregtem Gebell, lief schnurstracks auf mit Dornen und Wolfsmilch überwucherte Steine zu und scharrte wie wild auf dem Boden. Plötzlich blitzte es silbern in der Sonne.

Da die Verbrecher in großer Eile gewesen waren, hatten sie sich beim Vergraben der Beute nicht besonders angestrengt, dachte Cassie. Die frisch aufgegrabene Erde mußte Patches' Aufmerksamkeit erregt haben; vermutlich hatte er geglaubt, es wäre der Bau eines Erdhörnchens. Einer der zum Teil ausgegrabenen Säcke war aufgeplatzt, und Papiergeld und Silberdollar lagen auf dem Boden verstreut.

Cassie konnte sich später nie erklären – weder sich selbst und noch weniger Linc –, welcher Teufel sie geritten hatte. Sie mußte in einer Art Trance gewesen sein, vermutlich hervorgerufen durch körperliche Übermüdung, und ihr Verstand hatte wieder einmal ausgesetzt; das passierte in letzter Zeit offenbar häufiger, denn sonst hätte sie sich nie so verlieben können. Sie sah die Silbermünzen auf dem Boden liegen, und im nächsten Augenblick standen die fünf Säcke mit den Lohngeldern auf dem Rücksitz des Autos.

Just in dem Moment bemerkte sie, daß ein Pferd mit zwei Reitern auf dem Rücken auf sie zukam. Es waren Miss Gallegher, und hinter ihr saß Linc. Cassie zog rasch die Überjacke aus, warf sie über die Geldsäcke und setzte den verwirrten Patches obenauf.

»Ich habe es gefunden, und es gehört mir«, erklärte sie Patches und strich ihm über den Kopf. »Wenn es die Leute des Sheriffs gefunden hätten, dann hätten sie es auch behalten und aufgeteilt.«

Patches legte den Kopf schief, und Cassie hätte geschworen, daß er sie mißbilligend ansah.

»Wenn du hier draußen den Knochen eines anderen Hundes gefunden hättest, würdest du ihn auch behalten«, verteidigte sie sich.

Patches schnaubte verächtlich.

»Schon gut, schon gut«, seufzte Cassie. »Ich weiß, wir können das Geld nicht behalten. Aber wenn wir es sicher bei der Bergwerksgesellschaft abliefern, bekommen wir vielleicht eine Belohnung. Du hältst also die Schnauze, und ich werde Linc alles erklären.«

»Cassie!« rief Linc und sprang vom Pferd. »Wo um Himmels willen bist du gewesen? Vor zwanzig Minuten war der Start. Hattest du einen Reifenpanne?«

»Jetzt ist alles in Ordnung. Wirf den Motor an und fahren wir!« Cassie wischte sich nervös die schweißnassen Hände in der Hose ab.

Zum Glück ging Linc nach vorn zur Kurbel, aber Miss Gallegher, die immer noch auf dem Pferd saß, kam beunruhigend nahe.

»Sie kommen besser nicht zu nahe«, warnte Cassie. »Die Kurbel funktioniert ziemlich streng, und womöglich fliegt sie davon.« Zu Cassies Erleichterung richtete Miss Gallegher ihr Pferd rückwärts.

Cassie setzte sich hinter das Lenkrad; sie zitterte vor Kälte, als ein Windstoß durch ihr Hemd fuhr.

»Wo ist deine Jacke?« fragte Linc.

»Hinten. Mir war warm, als ich ... äh, den Reifen wechselte.«

Der Motor sprang an. Linc war um das Auto herumgegangen und wollte auf der Beifahrerseite einsteigen, als Miss Gallegher einen markerschütternden Schrei ausstieß. Ihr Pferd stieg vorne hoch, drehte sich auf den Hinterbeinen und galoppierte davon, während ein Kugelregen niederging, gefolgt von Geknatter, das klang wie viele Feuerwerkskörper, die alle auf einmal losgingen.

Linc sprang kopfvoran ins Auto und schlug sich am Armaturenbrett die Nase an. Cassie fand das lustig und lachte laut auf.

»Verdammt! Die schießen auf uns!« Linc mußte schreien, um das Motorengeräusch, den Wind und die Schüsse zu übertönen.

Cassie beugte sich über das Lenkrad und trat mit aller Kraft auf das Gaspedal. Die Räder drehten zunächst durch, dann fuhr das Auto mit einem Ruck an. In wilden Sprüngen ging es über den zerfurchten Fahrweg, und Cassie und Linc wurden ordentlich durchgeschüttelt. Cassie wagte einen Blick zurück und sah, daß sie von fünf Männern zu Pferd verfolgt wurden. Dann bemerkte sie aus dem Augenwinkel eine Bewegung über sich und rechts von ihr, und hätte sie nicht Nerven wie aus Draht gehabt, wäre sie jetzt bestimmt in Ohnmacht gefallen.

Auf dem Hügelrücken neben ihnen galoppierte ebenfalls eine Schar Reiter. Das war der Trupp von Billings. Die Männer hatten sie oder die Verbrecher oder beide entdeckt, und auch von hier hagelten Kugeln auf die robuste Karosserie des Fords.

»Warum schießen sie denn auf uns?« schrie Linc.

Cassie stieg so fest auf das Gaspedal, daß sie befürchtete, die Bodenplatte durchzutreten. Aus dem Kühler begann es zu dampfen. »Wir haben etwas, das sie wollen!« brüllte sie, wagte aber nicht, den Blick von der Straße zu nehmen.

»Was denn? Was haben wir?« rief Linc, und die Kugeln sausten über ihre Köpfe hinweg.

In diesem Augenblick begann Patches laut zu heulen. Linc glaubte, eine Kugel hätte ihn getroffen, und fiel fast aus dem Auto, als er versuchte, ihn vom Rücksitz nach vorn zu holen. Cassie krümmte sich zusammen und erwartete einen wütenden Aufschrei, sobald Linc das Geld entdeckte. Aber es blieb still – wenn man vom Heulen des Windes, dem kläffenden Hund und den Schüssen absah.

Sie blickte sich kurz um und sah zu ihrem Erstaunen, wie Linc in aller Ruhe die Geldsäcke einen nach dem anderen aus dem Auto warf. Beim Aufprall auf dem Boden platzten die Säcke auf, die Silberdollar rollten in alle Richtungen davon, und die Banknoten flatterten im Wind durch die Luft. Lautes Johlen, wütende Schreie und Schüsse waren die Antwort.

»Gib ihnen nicht alles!« jammerte Cassie und drehte sich wieder um, wobei sie unabsichtlich das Lenkrad verriß. Das Auto schleuderte auf dem lockeren Sandboden und rumpelte über mehrere Bodenunebenheiten dahin. Wäre der Wagen nicht zwei Meter hoch gewesen und hätte er nicht einen so tiefliegenden Schwerpunkt gehabt, so wäre er bestimmt wie eine Schildkröte auf dem Rücken gelandet.

Cassie brachte das Auto wieder unter Kontrolle. Sie drehte sich noch einmal um und hätte beinahe aufgeschrien: Lincs Gesicht war unmittelbar vor ihr, und sie spürte seinen Atem.

»Wenn wir hier lebend herauskommen, dann bringe ich dich um, Cassie Jones! Ich erwürge dich mit bloßen Händen und werde dabei noch lächeln!«

Cassie schluckte, drehte sich wieder um und starrte geradeaus. Zugegeben, er hatte Grund, ein wenig wütend zu sein, aber das gab ihm noch lange nicht das Recht, ihr mit Mord zu drohen.

Plötzlich wurde ihr bewußt, daß sie nicht mehr verfolgt und beschossen wurden. Ihre Hände am Lenkrad entspannten sich, und sie verlangsamte das Tempo. Das provisorische Flugfeld war bereits in Sicht, und die *Pegasus* stand einsam und verlassen auf der Wiese.

Im Verlauf der letzten halben Stunde hatten sich schwarze Wolken über ihnen zusammengebraut, aus denen jetzt eisiger Regen strömte, der zischend auf dem überhitzten Kühler verdampfte. Cassie bremste, und der Wagen kam quietschend zum Stehen. Der Kühler kochte über, der Motor stotterte und starb ab, aber da lief Cassie bereits auf die *Pegasus* zu. Sie wollte als erste im Cockpit sein, so daß Linc den Propeller anwerfen mußte.

Sie kletterte an Bord. Patches lief hinter Cassie her. Er hatte ihre Jacke mit den Zähnen gepackt und schleifte sie beim Laufen durch den Staub. Linc rief etwas, während er die Vorräte und den Reservetreibstoff einlud, aber der Wind heulte so laut, daß Cassie ihn nicht verstand. Dann rannte Linc nach vorn zum Propeller. Der Motor sprang sofort an. Linc sprang zurück, und Cassie setzte die *Pegasus* so schnell in Bewegung, daß sie gegen die Sitzlehne gepreßt wurde. Die Maschine tanzte über die Wiese. Cassie drehte sich um und sah, wie Linc mit vor Wut und Anstrengung rot verzerrtem Gesicht hinter ihr herlief. Sie öffnete die Drosselklappe, und die Maschine hob langsam ab.

Sie mußte schon einen guten Meter über dem Boden sein, als sie sich zum zweiten Mal umdrehte. Linc rannte, so schnell er konnte, sprang mit aller Kraft vor und gleichzeitig hoch, höher als Cassie es je für möglich gehalten hatte, und konnte gerade noch das äußere Ende der unteren Tragfläche packen. Er hing an den Fingerspitzen in der Luft, während das Flugzeug höher und höher stieg. Dann schnellte er die Beine nach oben und zog sich hoch. Sie spürte sein Gewicht, als er über die Tragfläche ging, und glich automatisch aus, bis er sicher im Cockpit saß.

Sie erwartete jeden Augenblick, seine kräftigen Hände um ihren Hals zu spüren. Zu dumm, daß ihr Plan nicht funktioniert hatte. Diesem überheblichen Mann, der sich überall einmischte, mußte man einmal eine Lehre erteilen. Vermutlich hätte er sie tatsächlich erwürgt, wenn es ihr geglückt wäre, ohne ihn abzufliegen. Sie wollte ihn nicht wirklich verlassen, sondern nur lange genug fortbleiben, so daß er sich ernsthafte Sorgen machen mußte.

Cassie nahm ihren ganzen Mut zusammen und drehte sich um; zu ihrem Erstaunen lachte Linc.

Kapitel 10

Cassie starrte fassungslos auf den tiefen, häßlichen Riß, der sich über die gesamte Länge des Propellerflügels zog. Sie wollte ihn anfassen, zog aber die Hand wieder zurück. »Mein Gott, Linc! Wir hatten …«

»Richtig!« pflichtete Linc ihr bei. »Ich weiß, wir hatten verdammtes Glück, daß er nicht auseinanderbrach, während wir über die Wälder flogen.«

Cassie schob zitternd die nassen Haare zurück. Der eisige Regen peitschte ihr nadelscharf ins Gesicht. Trotz des starken Rückenwindes war es ihnen nicht gelungen, dem Schlechtwettergebiet zu entkommen. Die Wolken hingen gefährlich tief, aber das Gelände war so dicht bewaldet und felsig gewesen, daß eine Landung ausgeschlossen war. Cassie hatte sich bereits ernsthaft Sorgen gemacht, als sie endlich eine Wiese entdeckte, auf der sie die *Pegasus* Gott sei Dank landen konnte. Erst bei der Landung hatte sich bei Cassie der Verdacht geregt, daß mit dem Propeller etwas nicht stimmte.

Linc starrte finster auf das beschädigte Propellerblatt. Er betastete den Riß und beugte sich vor, um ihn ganz aus der Nähe zu betrachten.

»Was ist es?« fragte Cassie.

Er richtete sich auf und trat zurück. »Schau es dir selbst an. Der Spalt im Holz ist kein unglücklicher Zufall. Er wurde wahrscheinlich mit einem Meißel gemacht und danach mit Kitt und Lack abgedeckt, damit wir ihn bei der routinemäßigen Überprüfung vor dem Start nicht sofort entdecken.«

Cassie gestand sich schuldbewußt ein, daß sie so miteinander beschäftigt gewesen waren, daß sie die Routineüberprüfungen vor dem Flug nachlässig und nur oberflächlich betrieben hatten. Sie hätte Linc gern gefragt, wer das getan haben könnte, unterließ aber dann die unnütze Bemerkung. »Wir haben wenigstens ein Reserveblatt mit«, sagte sie statt dessen.

Sie sahen einander an und hatten den gleichen Gedanken.

Cassie drehte sich so schnell um, daß sie im Schlamm ausglitt und gefallen wäre, wenn Linc nicht blitzartig reagiert und sie am Arm gepackt hätte. Er hielt sie mit einer Hand fest, bis sie ihre Füße wieder kontrolliert auf den Boden setzte.

Unter dem Rumpf der Maschine war ein zweiter Propeller festgeschnallt. Cassie stellte erleichtert fest, daß er wenigstens noch da war. Aber sie mußten zuerst Patches fortschaffen, der sich unter der Maschine vor dem Regen in Sicherheit gebracht hatte; erst dann kamen sie an den Propeller heran. Linc verlor bald die Geduld mit den festsitzenden, nassen Knoten und schnitt das Seil mit dem Taschenmesser auf. Er holte den Propeller hervor und lehnte ihn gegen die Verstrebung der Tragflächen. Cassie warf einen raschen prüfenden Blick darauf und atmete erleichtert auf. Dann entdeckte sie es – der Lack warf eine leichte Blase, wo die zusätzliche Schicht aufgetragen worden war, um den Kitt zu überdecken.

Zitternd vor Kälte, wickelte sich Cassie fest in ihre regennasse Jacke. Hier konnte man kilometerweit gehen, ehe man auf ein menschliches Wesen traf. Und dieser Mensch würde wohl nur schwerlich einen Reservepropeller bei sich haben. Sie beobachtete Linc, wie er die Oberfläche der Propellerflügel nach weiteren Rissen abtastete. Seine Lippen waren blau und fest zusammengepreßt, und sein Gesicht war kreidebleich. Erst jetzt wurde ihr richtig bewußt, wie kalt ihr war und wie jämmerlich sie sich fühlte.

»Was werden wir jetzt tun?« fragte sie; die Angst in ihrer Stimme überraschte sie selbst.

Linc drehte sich um, nahm sie in die Arme und drückte ihren Kopf fest an seine Brust. »Ich weiß es noch nicht, aber es hat keinen Sinn, wenn wir uns jetzt darüber Sorgen machen. Bei diesem Wetter fliegt ohnehin niemand; wir verlieren daher nicht einmal Zeit. Zumindest haben wir jetzt Gelegenheit, den versäumten Schlaf nachzuholen.« Er hauchte einen Kuß auf ihre kalten Lippen und lächelte.

Linc baute einen gemütlichen Unterstand, indem er am vorderen und hinteren Ende der Tragflächen je eine Plane spannte. Unter den Tragflächen entfernte er die Steine und breitete Decken aus. Sie konnten zwar kein Feuer machen, aber zwei Menschen und ein Hund würden bald genügend Wärme ausstrahlen, um den abgeschlossenen Raum angenehm zu temperieren.

Sie aßen kaltes Fleisch aus der Dose und die getrockneten Früchte, die Cassie am Nachmittag gekauft hatte. Über ihren Köpfen trommelte der Regen gleichmäßig auf die Stoffbespannung der Tragflächen. Allmählich fühlte sich Cassie selig warm unter ihren feuchten Kleidern, und ihre Augenlider wurden schwer.

Linc streckte sich auf den Ellbogen gestützt aus. Cassie saß zu seinen Füßen, und Patches' Kopf lag in ihrem Schoß. »Komm näher«, bat Linc. Seine Miene wirkte gelassen, aber seine Stimme klang streng in Cassies empfindsamen Ohren.

Sie sah ihn argwöhnisch an. Seine Vorwürfe wegen der Probleme, die sie in Billings verursacht hatte, standen noch aus, und sie wäre gern etwas weiter von ihm entfernt gewesen, wenn er sie damit konfrontierte; wenn möglich am anderen Ende der Welt.

Sie richtete es so ein, daß Patches zwischen ihnen lag. »Ich dachte, du wolltest schlafen.«

»Möchte ich auch.« Er grinste, und Cassies Angst war sofort verflogen. »Ich gebe es nur ungern zu, aber ich bin im Augenblick zu erschöpft, um etwas anderes zu tun, als einfach zu schlafen. Ich möchte dich dabei nur in den Armen halten.«

Cassie legte sich neben ihm nieder, und Linc zog sie an seine Brust. Aber schon im nächsten Augenblick hob sie den Kopf, um ihm ins Gesicht zu sehen. »Du bist wirklich nicht mehr böse auf mich?« fragte sie. »Ich wollte das Geld nicht behalten, Linc. Ich habe gedacht, wir bekommen vielleicht eine Belohnung, wenn wir es abliefern. Ich wollte nicht, daß jemand auf dich schießt.«

Er hielt ihre Taille mit einem Arm umschlungen und zog sie noch fester an sich. »Anfangs war ich vielleicht ein wenig böse ...«

»Ein wenig! Du hast gedroht, mich zu erwürgen!«

»Also dann sehr böse. Aber ich habe schon vor langer Zeit gelernt, daß es sinnlos ist, sich über etwas zu ärgern, das man nicht ändern kann. Man könnte genausogut versuchen, den Ozean mit einem Fingerhut auszuschöpfen, wie zu verhindern, daß du in Schwierigkeiten gerätst. Du bist, wie du bist, Cassie«, sagte er, aber in seinen Augen lag so viel Traurigkeit, daß Cassie die Tränen kamen. Sie vergrub ihren Kopf in seiner Brust, damit er die Tränen nicht sah.

Zarte, neckende Küsse weckten Cassie. Sie schlug die Augen auf. »Es ist Morgen geworden, und es regnet immer noch«, stellte Linc fest und küßte sie auf den Mund.

Cassie seufzte und schloß die Augen. Dann zog sie plötzlich ein Lid hoch und erstarrte.

Linc ließ sie los. »Was ist los?«

»Patches beobachtet uns.«

»Patches, geh hinaus!«

Patches sah Linc an, als wollte er sagen: Du mußt den Verstand verloren haben! Da draußen ertrinke ich ja!

Linc hob die Plane und deutete hinaus. »Marsch!« befahl er mit einer Stimme, die keinen Widerspruch duldete. Patches zog den Schwanz unter den Bauch und schlich hinaus. Er sah dabei so unglücklich aus, daß Cassie ein Lachen unterdrücken mußte. Aber so herzlos war das Ansinnen ja wirklich nicht, denn es gab genügend trockene Plätze unter dem Rumpf der Maschine.

Linc legte sich wieder neben ihr nieder. »Wo sind wir stehengeblieben?«

Sie entkleideten einander, strichen sich mit federleichter Zärtlichkeit über die nackte Haut, ließen ihre Zungen über alle empfindsamen Teile ihrer Körper spielen und küßten diese, bis sie beide schweißnaß waren. Sie atmeten heftig, und Cassie glaubte, sterben zu müssen, wenn er sie nicht bald nahm.

»Linc …« bat sie und hob ihm verlangend das Becken entgegen.

Linc hatte eine ihrer Brustwarzen zwischen den Lippen und ließ sie los. Er hob den Kopf und nahm ihre vollen Brüste in seine Hände. »Ich liebe deine Brüste, Cassie. Du hast einen wunderbaren Körper, ich liebe ihn, aber deine Brüste liebe ich am meisten.«

»Das ist mir noch nicht aufgefallen.« Sie lachte leise, bis er ihr den Mund mit einem Kuß verschloß.

Er flüsterte in ihren offenen Mund: »Was liebst du an mir am meisten?«

Cassie rang nach Luft. »Aber Linc! Ich kann das Wort wirklich nicht laut aussprechen.«

»Warum nicht? Niemand kann es hören, außer mir. Und es ist schließlich mein Körper!«

Cassie wurde über und über rot, drehte den Kopf, flüsterte ihm etwas ins Ohr.

»Meine große Zehe!« rief Linc entsetzt. Dann lachte er. »Dafür sollst du büßen!« knurrte er, und seine Finger stellten Dinge mit ihr an, von denen er wußte, daß sie Cassie verrückt machten, während sich seine Zunge unermüdlich über die pulsierende Ader an ihrem Hals bewegte.

Linc setzte sich rittlings auf sie, stützte sich auf den Händen ab und beide sahen zu, wie er in sie eindrang. Er hob den Kopf, und ihre Blicke trafen sich.

»Liebst du das, Cassie?«

»Jaaa ...« preßte sie hervor, während er sich tiefer vorschob.

»Liebst du das?«

»Ja!« rief sie und ihre Hüften hoben sich seinen kräftigen Stößen entgegen.

Er bog sich zurück, verlegte das Gewicht auf seine Knie und hob Cassies Becken seinen langgezogenen Bewegungen entgegen. Er stieß schnell zu, dann langsam, und dann wieder schnell, bis seine Muskeln erstarrten und sein Kopf zurückfiel, und die ersten Schauder seinen Körper schüttelten. Dann gab auch sie sich dem pulsierenden Vibrieren hin, der Himmel drehte sich, und sie begann schwerelos zu fallen.

»Es kann nicht in Billings passiert sein«, überlegte Linc viel später, als sie einander in den Armen hielten. Cassie wußte, daß er über den sabotierten Propeller nachdachte. »Dort war nicht genügend Zeit.«

»Dann war es in Salt Lake.« Sie schmiegte sich fester in seine Arme. »Aber Patches hielt Wache.«

»Er hat beobachtet, wie wir mit den meisten anderen Piloten freundschaftlich verkehrten. Jeder besucht jeden bei seiner Maschine, wir tauschen Geschichten aus und helfen einander sogar ab und zu bei Reparaturen. Wenn also Patches denjenigen als Freund kannte, der sich an der *Pegasus* zu schaffen machte, dann empfand er es auch nicht als Gefahr. Er ist nur ein Hund, Cassie. Er kann weder Gedanken noch Motive erraten.«

»Ich wollte ihn nicht kritisieren«, verteidigte sich Cassie. »Ich meinte nur ... ach, ich weiß nicht, was ich meinte.«

Er küßte sie. »Macht doch nichts. Überleg einmal, sie haben sich solche Mühe gegeben, daß der Spalt unentdeckt bleibt, daß Kitt und Lack zusammen wie eine Art Kleber wirkten. Daher hat der

Propeller so lange gehalten. Was sie sich wohl gedacht haben, als wir nichtsahnend und glücklich in Billings auftauchten.«

»Du redest immer von ›sie‹. Wieso glaubst du, daß es nicht nur eine Person war?«

»Das glaube ich gar nicht. Es ist nur eine Redensart.«

Lincs Gesichtsausdruck blieb vollkommen undurchsichtig, als er sprach. Aber er hatte für seine Antwort ein paar Sekunden zu lang gebraucht, und Cassie hatte gesehen, wie es in seinen Augen blitzte. Sie setzte sich auf und sah ihn wütend an.

Linc verbarg sein Gesicht in den Händen, als erwartete er einen Kugelhagel und nicht ihren Widerspruch. »Wenn du so dreinschaust, Cassie, gefriert einem ja das Blut in den Adern!«

»Zum Teufel, Linc Cameron! Du hast kein Recht, deinen Verdacht vor mir zu verbergen, gegen wen er sich auch richtet. Auch mein Leben steht auf dem Spiel!«

»Du bist verrückt. Ich verdächtige niemanden. Ich weiß nicht mehr als du.«

Er klang überzeugend und sogar ein wenig verletzt. Aber Cassie erkannte an seinen Augen, daß er log.

»Es ist ein Risiko«, warnte Linc. »Ein großes Risiko sogar. Es könnte ein paar hundert Kilometer halten oder aber beim Start zerbrechen.«

Cassie blickte in den strahlend blauen Himmel mit den flockigen Schönwetterwolken. »Welche andere Wahl haben wir?«

»Keine. Außer aufgeben und uns geschlagen geben.«

Sie lächelte aufreizend. »Was stehen wir also hier herum und reden und verschwenden unsere Zeit, wenn wir doch fliegen könnten?«

Sie hatten den ganzen Nachmittag gearbeitet und den Reservepropeller an den Motorschaft montiert. Gerade als die Wolken aufrissen, hatten sie die Arbeit beendet. Es hatte nicht vieler Worte bedurft. Als der Regen nachließ, hatte Linc den Unterstand verlassen, und Cassie war ihm gefolgt; sie wußte genau, was er beabsichtigte. Lack und Kitt bildeten so etwas wie eine Klebeverbindung. Sie waren mit dem ersten Propeller, an dem herumgebastelt worden war, vermutlich mehr als tausend Kilometer geflogen. Kansas City in Missouri war der nächste Kontrollpunkt; das lag ungefähr eintausendzweihundert Kilometer von ihrem jetzigen Standort entfernt. Sie konnten nicht damit rechnen, daß der Reservepropeller so lange hielt, aber vielleicht schafften sie es bis in die nächste größere Stadt. Dort konnten sie in aller Eile einen neuen Propeller auftreiben ... wenn sie Glück hatten.

Sie hatten sich nur auf den Propeller konzentriert und erlebten beim Start ein paar unerwartet spannende Augenblicke, als sie bemerkten, daß die Wiese womöglich zu kurz sein könnte, vor allem weil der Boden weich war und bremste. Aber Linc hielt die Nase der *Pegasus* gekonnt gerade, bis die Geschwindigkeit groß genug war und er die Maschine sanft hochziehen konnte; es war atemberaubend, als sie über die Baumwipfel flogen: Kein halber Meter trennte sie von den höchsten Spitzen.

Am Nachmittag herrschte perfektes Flugwetter. Ein leichter Wind wehte, und der Himmel dehnte sich strahlend blau bis an den Horizont. Der Motor lief gleichmäßig, und Cassie hoffte schon, daß sie es doch noch schaffen könnten.

Sie irrte.

Gerade war Chimney Rock in Nebraska vor ihnen aufgetaucht, ein riesiger umgestülpter Kegel mit einer scharfen Spitze, als ein Ruck durch die *Pegasus* ging. Die Maschine erzitterte und wich vom Kurs ab. Ein Bruchstück des Propellerflügels flog knapp über ihren Köpfen durch die Luft. Danach fiel der Motor aus, und es herrschte plötzlich Stille.

Die Maschine verlor rasch an Höhe, rascher, als es Cassie lieb war. Sie wußte, daß Linc ein guter Pilot war, aber bis zu diesem Augenblick hatte sie nicht gewußt, wie gut er tatsächlich war. Es blieb keine Zeit, eine freie Fläche ohne Steine, Baumstümpfe oder Gräben ausfindig zu machen, aber Linc hielt die Maschine ruhig im Gleitflug, nützte die Windströmungen aus und steuerte ein baumloses Stück schwarzer Erde an. Es war ein erst kürzlich gepflügtes Feld, und Linc setzte die Räder genau in den Furchen auf, so daß die Maschine elegant zum Stehen kam.

Cassie saß wie versteinert im Cockpit und gab sich Mühe, nicht mehr zu zittern. Es hatte so einfach ausgesehen, dachte sie dabei.

Linc sprang zu Boden und grinste. »Versuchen wir es gleich noch einmal. Wenn wir ein wenig üben, können wir es in eine Vorführung einbauen und von den Zuschauern zwei Dollar kassieren.«

Cassie lachte erleichtert und ließ sich in seine ausgebreiteten Arme fallen. Seine Umarmung gab ihr immer ein wunderbares Gefühl der Sicherheit. Patches umkreiste sie und bellte aufgeregt.

Auf einem benachbarten Feld hatte ein Mann mit einem Ochsengespann vor einem Pflug gearbeitet. Er kippte den Pflug zur Seite und lief über die frisch gezogenen Furchen zu ihnen. Er mochte Anfang Dreißig sein; sein ernstes, wetterhartes Gesicht war von einem wilden, schwarzen Bart überwuchert. Er sah Cassie und Linc mißtrauisch an.

»Ist euch nichts geschehen?« fragte er schließlich.

»Unser Propeller ist zerbrochen«, erklärte ihm Linc mit verbindlichem Lächeln. »Sie haben nicht zufällig einen Reservepropeller für uns?«

Der Farmer schüttelte den Kopf. Dann wagte er sich vorsichtig ein paar Schritte näher an das Flugzeug und bestaunte es ehrfürchtig. »Ich habe schon Bilder von diesen neumodischen Maschinen gesehen, in einer Zeitschrift, die meine Maisie immer liest. Ich habe aber nicht geglaubt, daß sie wirklich fliegen können.« Plötzlich grinste er Linc an. »Eigentlich habe ich immer noch keinen Beweis dafür.«

Cassie lachte. »Wo ist die nächste Stadt? Wenn wir den Vogel reparieren können, dann nehme ich Sie zum Beweis mit in die Luft.«

Der Farmer musterte Cassie von oben bis unten, und beim Anblick ihrer männlichen Kleidung verzog er mißbilligend den Mund. »Ich habe Sie für einen Jungen gehalten, bis Sie den Mund aufgemacht haben. Der Herrgott hat nichts für Frauen übrig, die vergessen, wo ihr Platz ist. Sie würden gut daran tun, Miss, sich daran zu erinnern und sich entsprechend anzuziehen.«

Cassie starrte ihn sprachlos vor Schreck an. Dann wurde sie zornig und wollte schon ihrer Wut Luft machen und ihm sagen, an welchen Platz sie ihn wünschte, aber wie immer, so war auch diesmal Linc zu schnell für sie. »Sie wollten mir etwas über die nächste Stadt sagen?« nahm er das Gespräch wieder auf.

»Wollte ich nicht, aber es ist kein Geheimnis. Die nächste Stadt ist Bridgeport, ungefähr fünfundzwanzig Kilometer von hier. Liegt direkt am Fluß, am Platte River. Ist nicht viel mehr als eine Verbreiterung der Straße. In Bridgeport finden Sie dieses Ding, wie immer Sie es genannt haben, bestimmt nicht. Hank Mason ist aber ein prima Tischler. Vielleicht könnte er Ihnen ein solches Ding, wie es Ihnen zerbrochen ist, anfertigen.«

»Fünfundzwanzig Kilometer ist ein bißchen weit zum Gehen«, überlegte Linc. »Können Sie uns vielleicht ein Auto oder einen Pferdewagen leihen?«

»Klar, ich habe eine leichte Kutsche, die können Sie haben, und ich verlange auch nichts dafür, wenn Sie wollen. Aber es nützt Ihnen nichts, wenn Sie heute nachmittag in die Stadt fahren.

Hank fuhr nach Scotts Bluff, weil seine Nichte dort heiratet. Aber morgen wird er höchstwahrscheinlich wieder zurück sein. Er ist nie besonders gut mit seiner Schwester ausgekommen.«

Cassie hätte wegen dieser neuerlichen Verzögerung beinahe einen enttäuschten Fluch ausgestoßen, aber sie bedachte rechtzeitig, daß der Farmer womöglich vor Schreck in Ohnmacht fallen könnte. Sie hörte einen aufgeregten Schrei, drehte sich um und sah einen Jungen, der barfuß über das Feld gelaufen kam, auf dem der Mais bereits ausgetrieben hatte. Hinter dem Jungen kam noch eine Frau, die ein Baby auf den Hüften trug.

Der Junge kam völlig außer Atem bei ihnen an und sprang von einem Bein auf das andere. »Schau, Ma! Schau dir das an, Ma! Es ist ein Flugzeug! Es ist einfach aus dem Himmel geplumpst.«

Die Frau lachte und sah mit leuchtenden Augen auf die *Pegasus*. Sie war einige Jahre jünger als der Farmer. Die harte Arbeit auf den Präriefeldern hatte ihr zwar die erste Frische der Jugend bereits geraubt, aber sie war noch immer hübsch und besaß ein breites, freundliches Lächeln. Cassie fühlte sich sofort zu ihr hingezogen.

»Es ist nicht vom Himmel gefallen, Josh.« Die Frau lachte wieder. »Es wurde hierher geflogen.«

»Ihr Junge hat gar nicht so unrecht«, wandte Cassie ein. »Wir sind wirklich fast vom Himmel gefallen. Unser Propeller ist gebrochen, und wir mußten auf Ihrem Feld ganz schnell landen. Wir zahlen für den Flurschaden, den wir angerichtet haben.«

»Sie ist eine Frau!« Der Farmer deutete mit nicht zu übersehendem Mißfallen auf Cassie.

»Das sehe ich, Seth.« Die Frau sah Cassie warmherzig an und setzte das Baby auf die andere Hüfte. »Ich bin Maisie Turner, und das ist mein Mann Seth. Wie ich Seth kenne, war er so beschäftigt damit, Ihnen eine Moralpredigt zu halten, daß er vergessen hat, sich richtig vorzustellen.«

Zu Cassies Verwunderung wurde der Farmer bei den Worten seiner Frau über und über rot. Er streckte Linc die Hand entgegen, der sie freundlich lächelnd nahm. »Ich bin Linc Cameron, und das ist Cassie, meine … meine Frau.«

Cassie kämpfte gegen den unwiderstehlichen Zwang an, Melodies Geziertheit nachzuäffen und Seth ihre Hand mit der nach unten gekehrten Handfläche hinzustrecken, um ihm damit zu beweisen, daß sie sich wie eine Dame betragen konnte, ganz gleich, wie sie angezogen war. Sie begnügte sich schließlich mit einem halbherzigen Lächeln.

Plötzlich bellte Patches laut und erinnerte alle, daß er auch vorgestellt werden wollte.

»Wie heißt Ihr Hund, Mister?« fragte der Junge, kniete nieder und schüttelte Patches' Pfote.

»Patches.«

»Kann er auch das Flugzeug steuern?«

»Nein, aber er fliegt immer mit.«

»Ich habe ihnen gesagt, daß sie den kleinen Wagen ausborgen können«, erklärte der Farmer seiner Frau. »Sie glauben, daß Hank ihnen vielleicht ein neues Teil für ihre Maschine machen kann, damit sie das zerbrochene Teil ersetzen können. Du geh aus dem Weg, Junge!« fügte er in scharfem Ton, an seinen Sohn gewandt, hinzu, da sich der Junge neugierig an die sozusagen gestrandete *Pegasus* herangemacht hatte.

»Ach, so laß ihn doch, Seth! So nahe kommt er vielleicht nie mehr an ein Flugzeug heran.« Maisie Turner wandte sich mit ihrem offenen Lächeln wieder an Cassie und Linc. »Sie bleiben also über Nacht. Wir haben kein eigenes Zimmer für Sie im Haus, aber Sie können Ihr Lager in der Scheune aufschlagen. Bitte, bleiben Sie! Sonst zerplatzt Joshua womöglich noch, wenn er Ihnen nicht die vielen Fragen stellen kann, die in seinem Kopf herumschwirren.«

Linc nahm die Einladung an und erklärte den Leuten, daß er zuerst die *Pegasus* noch vertäuen mußte, für den Fall, daß der Wind während der Nacht auffrischte. Dann holten sie ihre Taschen aus der Maschine und folgten den Turners über die Felder, gerade als hinter ihnen die Sonne unterging.

Die Farm bestand aus einer massiven Scheune, die in kräftigem Rot gestrichen war und neben der das mit Grasziegeln verkleidete Wohnhaus winzig aussah. Hinter der Scheune stand eine Windmühle, die sich langsam im Abendwind drehte. Zwei kleine Mädchen spielten in der Pfütze, die sich rund um die Wasserpumpe vor dem Haus gebildet hatte. Patches lief sofort zu ihnen. Cassie bemerkte, daß der Farmer die schmutzbespritzten Kinder mißbilligend ansah, aber nichts sagte. In der Tür stand ein etwa sechsjähriges Mädchen mit abstehenden Zöpfen und beobachtete sie ernsthaft.

»Sind das alles Ihre Kinder?« platzte Cassie heraus, und Maisie lachte.

»Ja, sie sind meine ganze Freude!«

Das Haus bestand aus einem Wohnraum und einer Küche; über eine Leiter gelangte man in den darüberliegenden abgeteilten Speicher, wo die Familie schlief. Der Fußboden war aus gebleichtem Sperrholz, und die Möbel waren roh gezimmert. Aber alles blitzte vor Sauberkeit, und das Haus strahlte eine Fröhlichkeit aus, als hätte es Maisie Turners Persönlichkeit angenommen.

Seth Turner blieb hinter ihnen in der Tür stehen. »Ganz gleich, ob mit oder ohne Flugzeug, ich muß vor dem Abendessen noch meine Arbeit fertig machen«, sagte er zögernd. »Hast du schon die Hühner gefüttert, Joshua?«

»Aber Pa, ...«

»Geh und mach deine Arbeit«, forderte Maisie ihn auf und fuhr ihm durch die Haare. »Die Camerons werden auch noch hier sein, wenn du fertig bist.«

Der Junge schlich niedergeschlagen zur Tür hinaus, und Maisie grinste Linc und Cassie an. »Um ehrlich zu sein, die Neugierige bin vor allem ich! Ich kann es kaum erwarten, von Ihnen zu erfahren, was Sie hier machen, wohin Sie wollen und wie diese Flugzeuge überhaupt vom Boden abheben können. Aber Sie wollen sich vielleicht ein wenig waschen, bevor wir Sie mit unseren Fragen überfallen. Sie können Seths und mein Zimmer benutzen, um sich frisch zu machen, während ich das Abendessen vorbereite. Es gibt nur etwas Einfaches: grüne Bohnen und Süßmais. Aber ich werde noch rasch Buttermilchplätzchen machen. Peggy«, wandte sie sich an das ältere Mädchen, das ihnen ins Haus gefolgt war,

»hol doch bitte den Leuten einen Eimer frisches Wasser! Dann mach bitte die zwei Kleinen sauber, bevor dein Vater einen Anfall bekommt.«

Linc goß Wasser in ein emailliertes Waschbecken und spülte die Seife vom Gesicht. »Maisie Turner ist unglaublich nett!« stellte er dabei fest, während er die feuchten Haare mit einem Handtuch abrieb. Plötzlich hielt er inne und sah Cassie zu. »Was machst du denn da?«

Sie hatte ihre Tasche ausgeleert und ihre Sachen lagen auf dem Boden. »Was glaubst du? Ich ziehe zum Abendessen meinen Rock an. Sonst besteht dieser aufreizende Farmer womöglich darauf, daß ich zusammen mit Patches und den Hühnern auf dem Hof esse.«

Linc ließ das Handtuch fallen, zog sie in seine Arme und versuchte, ihr finsteres Gesicht mit Küssen aufzuheitern. »Das Gute an Seth Turner ist, daß ich, verglichen mit ihm, gut dastehe, denn mich stört dein Overall nicht. Aber ich muß zugeben, mir ist am liebsten, wenn du gar nichts anhast.«

Cassie befreite sich aus seiner Umarmung und machte einen Schritt zurück. Sie stemmte die Hände auf die Hüften und funkelte ihn wütend an. »Linc Cameron, du machst mich noch wütender als dieser Farmer!«

Linc war verwirrt. »Was habe ich getan?«

»Du bist so … so verdammt fröhlich! Als wären wir vollkommen sorgenfrei! Macht es dir denn nichts aus, daß wir den Wettflug verloren haben?«

»Das Wettfliegen ist erst gewonnen, wenn das Flugzeug mit der besten Gesamtzeit in New York landet, und das ist noch nicht der Fall gewesen. Zwischen heute und diesem Augenblick können den führenden Teams noch tausend Dinge zustoßen. Wir können vielleicht die Zeit, die wir hier verlieren, später wieder aufholen.«

Cassie mußte zugeben, daß den anderen natürlich auch noch alles mögliche zustoßen konnte. Sie hatten bisher noch nicht darüber gesprochen, aber zwei der ursprünglichen Startteilnehmer waren nie in Salt Lake eingetroffen; sie waren irgendwo in der Wüste geblieben, vielleicht für immer. Und der Unfall des Druckschrauben-Doppeldeckers in Billings war ebenfalls ein Beweis dafür, daß nicht nur das Wetter die Teams aufhalten konnte. Und wenn das Loch in Ward Farrells Kühler wirklich mit einem Eiscrusher gemacht worden war, dann waren sie wahrscheinlich nicht die einzigen, die mit unerwarteten Schwierigkeiten konfrontiert wurden.

»Vielleicht sind wir nicht die einzigen Pechvögel auf dieser Teilstrecke«, überlegte Cassie laut und sprach damit ihre Gedanken aus. »Aber was ist mit dem Saboteur? Ich werde verrückt vor Zorn, wenn ich daran denke, daß er durch seine Betrügereien seinen Vorsprung ständig vergrößert.«

Einen Augenblick lang glaubte Cassie, Linc würde etwas sagen, etwas Wichtiges, aber dann zuckte er nur mit den Schultern. »Bevor wir aufgeben, warten wir einmal ab, wie die Dinge in Kansas City stehen.« Er lächelte selbstsicher. »Du und ich, Cassie, wir verstehen mehr vom Fliegen als alle anderen in diesem Rennen. Es braucht schon etwas mehr als Zucker im Treibstofftank und einen zerbrochenen Propeller, um uns zu stoppen. Wir werden gewinnen, Cassie. Du und ich, gemeinsam!«

Seine Worte erfüllten Cassie mit jäher Freude. Er wollte nicht aufgeben und die Niederlage eingestehen und setzte großes Vertrauen in ihre Fähigkeit, um jeden Preis durchzuhalten; das erstaunte sie am meisten. Sie hatte geglaubt, Quigly wäre der einzige Mann gewesen, der sie nicht für ein zerbrechliches, hirnloses weibliches Wesen hielt, sondern sie als Individuum anerkannte, das ebenso tüchtig war wie ein Mann, ja sogar tüchtiger als die meisten Männer. Aber Linc hatte nicht nur von sich gesprochen, er hatte sie mit einbezogen. Wir werden gewinnen, Cassie, hatte er gesagt. Du und ich – gemeinsam.

Sie hatte ein seltsam beklemmendes Gefühl. Wenn sie nicht schon über beide Ohren in Linc Cameron verliebt gewesen wäre, dann hätte sie sich jetzt aus diesem einen Grund in ihn verliebt: Er glaubte an sie und scheute sich nicht, es ihr zu sagen.

»Warum siehst du mich so an?« fragte er.

»Ich ... ich liebe dich wirklich sehr.«

Linc sah sie überrascht an, dann strahlte er vor Freude. Einen Augenblick lang glaubte Cassie schon, er würde ihr ebenfalls seine Liebe gestehen, aber er tat es nicht. Statt dessen streckte er die Hand aus und nahm sie in die Arme. Er küßte sie, zuerst zärtlich, bald aber schon hart und verlangend. Sie drängte sich an ihn, ihre Handflächen glitten über seinen Rücken, und sie spürte seine steigende, gespannte Erregung.

Stöhnend ließ er sie los und lächelte verkrampft. »Wir gehen besser nach unten und helfen Mrs. Turner mit dem Abendessen, bevor hier oben die Dinge außer Kontrolle geraten. Das hat sie, glaube ich, nicht damit gemeint, als sie uns anbot, uns hier oben frisch zu machen.«

Cassie lachte leise und küßte ihn zart auf die Wange. »Wir haben uns schon an ein paar ungewöhnlichen Plätzen geliebt; einen Heuboden haben wir noch nicht ausprobiert.«

»Wenn das vorüber ist, dann miete ich für uns das größte, weichste Bett in ganz New York City«, versprach Linc. »Und dieses Bett werden wir ausnützen, wir werden uns Tag und Nacht lieben, auf jede erdenkliche Weise und auf bisher noch nie dagewesene Weise.«

Cassie wurde rot vor Verlegenheit – und vor Glück.

Kapitel 11

Mit der Geschichte über ihre Rolle beim Raub der Lohngelder in Billings brachte Cassie alle Turners zum Lachen, sogar den strengen Seth. Linc beobachtete sie unter gesenkten Lidern und konnte sein Glück kaum fassen, daß er diese einzigartige Frau gefunden hatte. Noch unfaßbarer war, daß sie ihn, entgegen aller Erwartungen, doch liebte.

Cassie erzählte und lachte, und ab und zu fiel ihr Blick auf ihn. Ihre geheimnisvollen rauchgrauen Augen würden Linc wohl immer ein Rätsel bleiben, auch wenn er sie bis ans Ende seines Lebens liebte. Im Licht der Petroleumlampe schimmerte ihr Haar in vielfältigen Goldtönen, und Linc hätte Cassie am liebsten in die Arme genommen und sein Gesicht in ihren Haaren vergraben. Er wollte sie küssen und ihren Duft genüßlich auskosten wie einen sonnengereiften Pfirsich an einem heißen Sommertag. Plötzlich stand ihm vor Augen, wie Cassie nackt unter ihm lag, und sein Verlangen nach ihr wurde so heftig, daß er vor Schmerz beinahe aufgestöhnt hätte.

Linc rutschte unruhig auf seinem Stuhl hin und her und lächelte gequält. Gut, daß er einfach am Küchentisch sitzen konnte. Als er aufsah, bemerkte er, daß Maisie ihn mit ihren sanften braunen Augen wissend ansah, und er errötete bei ihrem Blick.

Obwohl ihn Cassies Nähe so außerordentlich beunruhigte, konnte Linc den Blick nicht von ihr wenden. Seine Frau. Als sie ihm vorhin ihre Liebe gestanden hatte, war er überrascht gewesen. Sie hatte es so ernst und aufrichtig gesagt. Er schämte sich, daß er nicht den Mut dazu gefunden hatte, ihr zu sagen, daß auch er sie mit jeder Faser liebte.

»Ich wollte nicht wirklich ohne ihn davonfliegen.« Cassie war am Ende ihrer Geschichte angelangt und lächelte Linc so zärtlich an, daß ihm fast die Tränen kamen. »Ich wollte ihn nur ein wenig erschrecken.«

Linc lachte. »Du hast wohl gedacht, daß der Schreck noch nicht groß genug war, als eine Verbrecherbande und der Sheriff mit seinen Leuten auf mich schossen?«

Seth Turner räusperte sich mißbilligend. »Ich kann es nicht fassen, daß Sie ihr überhaupt erlauben, diesen neumodischen Apparat von Ihnen zu fliegen«, rügte er Linc. »Das ist doch nichts für eine Frau.«

Linc unterdrückte einen Seufzer und wartete auf Cassies unvermeidlichen Wutausbruch. Aber sie antwortete nur ganz sanft: »Die *Pegasus* gehört mir.«

»Tatsächlich?« rief Maisie Turner mit einem triumphierenden Blick auf ihren Mann.

Seth blieb skeptisch. »Aber wenn Sie verheiratet sind ...« er zog eine Augenbraue hoch, und in seiner Stimme klang Zweifel mit, bis Linc nickte, »... dann gehört die Maschine dem ehelichen Recht nach Ihnen. Eine Frau hat kein Recht auf Eigentum, das nicht auch Eigentum ihres Mannes ist. Außerdem«, beendete er das Thema mit Nachdruck, »wenn es im Sinne unseres Herrn gewesen wäre, daß der Mensch fliegt, dann hätte er uns mit Flügeln erschaffen.«

Zu Lincs Überraschung griff Cassie nach Seth Turners Bart und zupfte daran. »Gott hat uns Flügel geschenkt«, sagte sie und lachte, als Seth rot wurde. Dann fuhr sie, anscheinend wieder ernst, fort: »Die *Pegasus* ist der Beweis dafür. Wenn wir morgen einen neuen Propeller bekommen, nehme ich Sie mit hinauf und zeige Ihnen Gottes Reich vom besten Blickwinkel aus, den es gibt: vom Himmel.«

Seth sah Cassie so erstaunt an, daß Linc ein Lachen unterdrücken mußte. »Mich bringen Sie nicht in so ein Ding«, beharrte er eigensinnig. »Nein, nein, Madam. Nicht für eine Million Dollar.«

»Ich würde gern mitfliegen«, ließ sich Maisie leise vernehmen. »Ich fliege mit«, wiederholte sie, diesmal mit mehr Nachdruck und begegnete dem erstaunten, mißbilligenden Blick ihres Mannes, bis er schließlich die Augen senkte. »Das heißt, falls Sie mich mitnehmen«, fügte sie an Cassie gewandt hinzu.

Cassie lächelte. »Mit Vergnügen.«

Die Kinder der Turners waren es gewohnt, während der Abendmahlzeit still zu sein, aber jetzt konnte sich Joshua nicht mehr länger beherrschen. »Wie alt waren Sie, Mr. Cameron, als Sie zum ersten Mal geflogen sind?« platzte er mit einem ängstlichen Blick auf seinen Vater heraus. Zu Joshuas Überraschung lächelte Seth seinen Sohn nachsichtig an.

»Ich war siebzehn«, antwortete Linc. »Aber Cassie, Mrs. Cameron, war erst vierzehn, als sie zum ersten Mal flog.«

Joshua riß die Augen auf. »Wirklich? Ich bin schon zehn! Pa ...?«

»Auf keinen Fall«, widersetzte sich Seth.

Auf Joshuas Gesicht machte sich Enttäuschung breit, aber er wußte, daß jeder Widerspruch sinnlos war. »Ma hat erzählt, daß sie alles über Sie in einer Zeitung gelesen hat. Sie waren ein Flieger-As im Krieg!« Die Augen des Jungen glänzten vor unverhohlener Bewunderung. »Ich wette, Sie haben Hunderte umgebracht!«

Es war immer das gleiche; früher oder später wollten sie immer, daß er vom Krieg erzählte. Gewöhnlich reagierte Linc auf diese Aufforderung bärbeißig und verdrossen, ganz gleich, wie unschuldig sie gemeint war. Weil er die Turners mochte, nahm er sich jedoch zusammen und wollte den unvermeidlichen Fragen mit Gleichmut begegnen. Aber er wußte genau, daß er seine Gefühle nicht verbergen konnte. Der Schrecken, die Selbstverachtung und die unendliche Müdigkeit, die ihn beim Gedanken an den Krieg überkamen, standen ihm im Gesicht geschrieben.

Linc war nur froh, daß seine Stimme unbeschwert klang. »Ich habe fünfundzwanzig Flugzeuge abgeschossen, aber ich habe die Piloten nicht alle umgebracht, wie du es meinst, Joshua. Die Piloten von einigen Flugzeugen, die ich abgeschossen habe, stiegen aus ihren Maschinen aus und flogen am nächsten Tag wieder. An einen erinnere ich mich besonders gut, Karl Schumacher hieß er. Er war eine *Kanone*, wie es die Deutschen nannten. Wir sind einander bestimmt ein dutzendmal in der Luft begegnet.« Linc lächelte bitter. »So weit ich mich erinnere, blieb er meistens Sieger.«

»Aber ich wette, am Ende haben Sie ihn gekriegt?« Joshua wollte einfach nicht glauben, daß sein Held von einem anderen besiegt werden konnte.

Linc unterdrückte einen Schauer. »Ja«, antwortete er langsam. »Schließlich habe ich ihn erwischt.«

Plötzlich hatte er den Geruch von verbranntem Fleisch in der Nase und glaubte, er müsse sich übergeben. Er schob den noch halbvollen Teller von sich und griff, ohne zu schauen, nach der Kaffeetasse. Der schwarze Kaffee war noch sehr heiß, und Linc verbrannte sich den Gaumen, aber zumindest verging die Übelkeit.

»Wie spielt sich ein Nahkampf in der Luft ab?« fragte Joshua unbeirrt weiter.

»Ich glaube, Joshua, Mr. Cameron spricht nicht gern vom Krieg«, wandte Maisie ein.

»Ist schon in Ordnung, Mrs. Turner.« Linc wußte, daß er die Erlebnisse im Krieg unbedingt verarbeiten mußte, damit er endlich ein normales Leben führen konnte. Er war anscheinend als seelischer Krüppel aus Frankreich zurückgekommen, so wie Pete Striker zum körperlichen Krüppel geworden war. Alle behaupteten, er wäre ein Held, aber er selbst brachte nur wenig Stolz für seine fünfundzwanzig Abschüsse auf. Er empfand nur Schuld – Schuld, weil er überlebt hatte, während so viele andere gestorben waren, und Schuld, weil ihm die Jagd und das Töten ein Vergnügen gewesen waren. Es galt nicht als männlich, sich deshalb schuldig zu fühlen, das wußte er und schämte sich auch dafür. Er schämte sich, daß er sich oder den Erwartungen, die er in sich als Mann gesetzt hatte, nicht gerecht geworden war.

Daher zwang er sich zu sprechen. Um des Jungen willen – und um seiner selbst willen – erzählte er nur von den ersten Monaten, als sie, wie in alten Zeiten die Ritter, in die Schlacht gezogen und ihre Taten von Ritterlichkeit bestimmt waren.

Er erzählte von den beiden Löwenbabys namens Whisky und Soda, die die Maskottchen der Lafayette-Staffel gewesen waren; über das Grammophon, das Tag und Nacht Ragtime- und Foxtrott-Musik gespielt hatte; und über den Regentanz der Indianer, den sie zum Spaß tanzten, um dadurch schönes Wetter, nicht Regenwetter, zu bewirken, damit sie den feindlichen Maschinen nachspüren konnten. »Unser Emblem war ein Indianerkopf; den malten wir auf unsere Flugzeuge, damit wir Freund und Feind unterscheiden konnten.«

»Welches Emblem hatte Schumacher?« wollte Cassie wissen. Sie hatte das Kinn auf die Faust gestützt und lauschte genauso fasziniert wie der Junge.

»Ein schwarzes Kreuz. Es gibt ein paar Grundregeln, die man nie vergessen darf, wenn es zu einem Nahkampf kommt, Joshua.« Linc grinste Cassie kurz an. »Behalte die Sonne im Rücken und sieh zu, daß du deinen Gegner von hinten erwischst. Schieße nur aus geringer Entfernung und führ den Angriff zu Ende, sobald du ihn einmal begonnen hast. Wenn der Feind im Sturzflug auf dich zukommt, weiche seinem Angriff nicht aus, sondern stelle dich. Vor allem bete, daß du keine Ladehemmung hast.«

Es amüsierte Linc, daß Cassie mit konzentriertem Ernst zuhörte, als könnte sie die Ratschläge vielleicht einmal brauchen. »Hattest du je eine Ladehemmung?« fragte sie.

»Einmal. Aber ich dachte an den Grundsatz, einen Angriff immer zu Ende zu führen. Ich flog auf den Feind zu und rammte ihn mit dem Fahrgestell.« Linc mußte lachen. »Ich glaube, er ist vor Überraschung abgehauen. Aber ich bin nicht sicher, denn ich ging selbst so schnell zu Boden, daß ich nicht sah, was mit ihm geschah. Das war eine Bruchlandung, die beinahe schiefgegangen wäre.«

»Wenn ich einmal groß bin, dann werde ich Kampfflieger«, stellte Joshua begeistert fest.

»Ich auch«, stimmte Cassie ihm zu, und alle lachten.

Dann blieb es einen Augenblick still. Schließlich räusperte sich Seth und schob den Stuhl zurück. »Zeit für euch, Kinder, zu Bett zu gehen«, sagte er.

Joshua seufzte dramatisch, aber er stand gehorsam vom Tisch auf. Das Baby war in der Wiege beim Ofen bereits eingeschlafen, und das älteste Mädchen half den beiden kleineren über die Leiter in den Speicher. Linc sah zu, wie der Junge Patches in den Arm nahm, sich mit ihm über die Leiter mühte und dabei möglichst unbeteiligt dreinsah. Zumindest heute nacht würde Patches auf einem weichen Bett schlafen. Linc und Cassie sahen einander an und lächelten sich geheimnisvoll zu.

Als die Kinder im Bett waren, holte Seth vom Regal über dem Ofen eine hölzerne Schachtel herunter. Ehrfürchtig strich er über ihren Deckel, dann hielt er sie Linc hin. »Möchten Sie eine Zigarre?«

»Seth Turner«, rügte Maisie, »wenn ihr Männer diese stinkenden, alten Stengel raucht, dann tut das im Freien, nicht in meinem Haus.«

Seth und Linc nahmen ihre Zigarren und zwei Stühle hinaus in den Hof, während Cassie Maisie half, das Geschirr wegzuräumen.

»Wie lange sind Sie und Ihr Mann schon verheiratet?« fragte Maisie, während sie Cassie ein Geschirrtuch reichte und ihr zeigte, wo die sauberen Teller aufbewahrt wurden.

Cassie zählte im Geist. »Seit fünf Tagen.«

»Du liebe Zeit!« rief Maisie und lachte. »Ich wußte, daß es nicht sehr lang sein konnte. So wie er sie den ganzen Abend angesehen hat!«

»Wie hat er mich angesehen?« wollte Cassie belustigt wissen.

»Nun, sagen wir, sehr hitzig. Als ob ihn innerlich ein Fieber auffräße. Ich kenne den Blick. Ich habe ihn an meinem Seth oft genug gesehen, besonders am Anfang.« Sie lächelte. »An so manchem Abend schaut er mich immer noch so an, und es sind jetzt bald elf Jahre.«

Cassie seufzte insgeheim und fragte sich, ob Lawrence Kingly in den ersten Jahren seiner Ehe mit ihrer Mutter auch diesen Ausdruck in seinen Augen gehabt hatte. In späteren Jahren hatte aus seinem Blick nur noch der Haß gesprochen.

»Die Kinder sind natürlich eine Freude und ein Segen«, fuhr Maisie fort. »Aber es ist nicht leicht, sich auf den Mann zu konzentrieren, wenn sich eine Schar Kinder um deine Röcke drängt und dir Aufmerksamkeit abverlangt. Dazu kommt noch die Farm. Seth sagt immer, der Teufel muß seine Taschen über diesem Land ausgeleert haben. Es fordert uns viel harte Arbeit ab. Manchmal vergessen Seth und ich, daß wir unser Bett oben auch noch für andere Dinge als schlafen benutzt haben.«

In diesem Augenblick kam Linc herein und meinte, daß Farmer doch gern nach Sonnenuntergang schlafen gingen, und er selbst hätte auch nichts dagegen, den Tag zu beschließen. Maisie warf Cassie einen wissenden Blick zu und verbarg ein unterdrücktes Lachen hinter ihrer Hand.

Ein Blitz schoß über den Himmel, und die Grillen zirpten, als Linc und Cassie im Schein einer Laterne über den Hof gingen. Am Tor zur Scheune blieb Linc stehen, stellte die Laterne nieder und zog Cassie in die Arme. Er küßte sie.

Das Gesicht in ihren Haaren vergraben, flüsterte er: »Ich bin schon den ganzen Abend verrückt nach dir.«

»Dein Mund schmeckt nach Rauch«, stellte Cassie fest.

»Tut mir leid.«

»Nicht doch, es gefällt mir irgendwie.«

»Cassie?«

Sie drückte ihre Lippen an seine Halsschlagader. »Ja?«

»Ach, nichts.« Er ließ sie los und griff wieder nach der Laterne.

In der Scheune roch es nach Pferden und frischem Heu. Eine Kuh muhte, als sie hereinkamen, und begann laut wiederzukäuen. Linc hängte die Laterne an einem Wandhaken auf, holte die Leiter, die an ein paar Heuballen lehnte, und stellte sie unter der Öffnung zum Heuboden auf.

Er lächelte Cassie an und verbeugte sich. »Nach Ihnen, Madam!«

Cassie kletterte hinauf. Dabei hob sie ihren Rock viel höher als notwendig und gab einen verführerischen Blick auf ihre Beine frei. Lincs Hand streichelte ihren Unterschenkel, als er hinter ihr die Leiter hochkam, und sie mußte lächeln.

Lincs Finger glitten unter dem Bein ihrer Unterhose höher und berührten dabei ihre empfindliche Haut. Cassie lachte leise, blieb stehen und ließ seine Hand über ihren Oberschenkel höher gleiten. Er setzte seine zärtliche Erkundung fort, und als er noch weiter vordrang, hielt sie die Luft an und versuchte, sich seinen kitzelnden Fingern zu entwinden. Dann verschwand Lincs Kopf unter Cassies Rock, und die Leiter begann zu schwanken.

Linc fand den Knopf an ihrer Unterhose, knöpfte ihn auf, und die weiche Baumwollhose glitt auf Cassies Knie hinunter. Seine Finger tasteten zwischen ihren Beinen höher, und Cassie erschrak, als sie seine Lippen auf ihrer nackten Haut spürte. »Linc!« Cassie zuckte zusammen, daß die Leiter gefährlich kippte.

»Du lieber Himmel!« schrie Linc und warf sich mit seinem ganzen Gewicht zur Seite. Aber es war zu spät. Die Leiter stürzte samt ihnen zu Boden.

Lincs Kopf schaute zwischen zwei Sprossen hervor. Er blinzelte Stroh und Staub aus den Augen. Cassie lag mit dem Gesicht nach unten etwas weiter weg auf dem Scheunenboden. Sie war beängstigend still, und Lincs Herzschlag setzte aus.

Er stieß die Leiter beiseite und kroch auf Händen und Knien zu ihr. Wenn sie sich das Genick gebrochen hatte, dann würde er sich auf der Stelle an einem Dachbalken aufhängen. Als er näher kam, sah er zu seiner großen Erleichterung, daß sie lebte, denn sie zitterte. Vermutlich hatte sie einen Schock erlitten.

Er berührte ihren Rücken, und sie zitterte noch heftiger. »Ach Gott, bitte«, begann er laut zu beten. »Cassie …« Vorsichtig drehte er sie um und blickte ihr entsetzt ins schmerzverzerrte Gesicht. Cassie holte mit einem pfeifenden Ton Luft und zog die Knie an den Bauch. Jäh begriff Linc, daß sie überhaupt nicht verletzt war. Sie lachte!

Sein Entsetzen wich, und er wurde zornig, packte sie an den Schultern und wollte sie ordentlich schütteln. Statt dessen zog er sie an sich und bedeckte sie mit Küssen. Wild küßte er ihre Augen, ihren Mund und ihr Haar, daß Cassie ihn lachend bat, sie doch nicht zu ersticken. Genau das hätte er gern getan, in seiner Liebe wollte er sie ersticken; dann wäre sie immer sein gewesen – und würde ihn nie verlassen.

Als sie später oben auf dem Heuboden einander in den Armen hielten, verschwitzt und mit Heu bedeckt, sah sich Linc plötzlich wieder der traurigen Aussicht gegenüber, daß er sie trotz ihrer Liebesbeteuerungen am Ende verlieren würde.

Begonnen hatte es mit einem unschuldigen Gespräch. Wie so oft, wenn sie sich heftig geliebt hatten, neckten sie sich.

»Erzähle mir von Betsy!« bat Cassie und strich ihm dabei, über ihn gebeugt, die feuchten Haare aus dem Gesicht.

»Von wem?« fragte er unkonzentriert.

Sie versetzte ihm einen Stoß gegen die Brust, und er stöhnte. »Stell dich nicht dumm, Linc. Ich möchte alles über diese Betsy wissen.«

»Ich kenne keine Betsy … ach so, die Betsy!« Er grinste Cassie an.

»Nun?«

»Ich weiß nicht.«

Sie wollte wieder auf ihn losgehen, aber er packte sie am Handgelenk und lachte. »Ehrlich, Cassie, das hat überhaupt keine Bedeutung, ich weiß nichts darüber. Die Maschine hieß bereits *Betsy,* als ich sie kaufte. Du weißt, daß es Unglück bringt, wenn man den Namen eines Flugzeugs ändert.«

Sie sah ihn prüfend an und überlegte, ob sie ihm glauben sollte oder nicht.

»Es ist schön zu wissen, daß du eifersüchtig sein kannst. Aber wenn ein Mann so besessen von einer Frau ist, wie ich es von dir bin, ist es vollkommen unnötig. Wenn ich mit dir schlafe, wie wir es gerade gemacht haben, vergeht mir jeder Gedanke an alle anderen Frauen – ganz gleich, ob aus der Vergangenheit, der Gegenwart oder der Zukunft. Andere Frauen existieren nicht für mich.«

Cassie sah ihn finster an. »Welche anderen Frauen?«

»Habe ich dir doch eben gesagt, ich kann mich an keine erinnern.«

»Du bist so ein Lügner, Linc Cameron.« Sie streichelte ihn und drückte ihm einen lauten Kuß auf die Brust.

Er drehte eine ihrer Haarsträhnen um seinen Finger. Begehrliches Verlangen stieg wieder in ihm auf, und er mußte sich wundern. Würde einmal der Zeitpunkt kommen, da er sie nicht gleich wieder begehrte, nachdem er sie gerade erst besessen hatte?

»Aber was ist mit dir?« fragte er nebenbei und zögerte damit den Augenblick hinaus, da er sie wieder lieben würde. »Gibt es in deiner Vergangenheit jemanden, auf den ich eifersüchtig sein sollte?«

»Ward Farrell hat mich einmal gebeten, ihn zu heiraten.«

»Das hat er getan?« Linc zog ihren Kopf an den Haaren hoch, damit er ihr ins Gesicht sehen konnte. »Du hast nein gesagt ... nicht wahr?«

»Natürlich. Ich habe ihm gesagt, daß ich nie heiraten werde und habe es damals auch so gemeint. Ich bin immer noch der gleichen Meinung.« Sie entzog sich seinem Griff, setzte sich auf und verschränkte die Arme fest vor der Brust. An ihrem Hals pulsierte eine kleine Ader. »Ich wollte mich nicht in dich verlieben, Linc. Es ist eben passiert, du brauchst dir aber trotzdem keine Sorgen zu machen, daß sich die Dinge, was mich betrifft, geändert haben. Ich habe nicht die Absicht, dich an diese Ehe zu binden, denn ich weiß, wie sich die Dinge entwickeln. Du wirst genauso werden wie Seth Turner. Du möchtest eine Schar Kinder und dich auf einer Farm niederlassen ...«

»Auf einer Farm? Was verstehe ich denn schon von der Landwirtschaft?«

»Du kannst auch nicht viel von Babys wissen, wenn du nicht auf die Idee gekommen bist, daß das Ergebnis von all dem hier in der Regel Babys sind, wenn man keine Vorsichtsmaßnahmen trifft.« Sie deutete unbestimmt auf das zerwühlte Heu.

»Natürlich habe ich daran gedacht, und ich muß zugeben, daß es die Dinge verkomplizieren würde, wenn wir jetzt ein Kind bekämen. Also …«

»Ich will überhaupt keine Kinder, niemals!«

»Schön. Keine Kinder.«

»Und wenn dieser Fliegerwettbewerb vorüber ist, dann ist auch diese lächerliche Ehe zu Ende.«

»Schön. Keine Ehe, keine Kinder, keine Farm. Möchtest du noch etwas hinzufügen, wenn du schon dabei bist?«

Sie deutete auf das Heu und sagte zögernd: »Und nichts mehr dergleichen?«

»O nein, meine verführerische, temperamentvolle Ehefrau auf Zeit.« Leise lachend zog er mit einem Finger die Linie zwischen ihren Brüsten nach. »Das steht nicht zur Debatte.«

Sie lächelte zaghaft. Dann wurde sie wieder ernst. »Du hast oft genug gesagt, wie du dir deine Ehefrau vorstellst. Ich bin nicht diese Frau, Linc. Ich werde nie so sein.«

Linc wollte das Gesicht wahren und beruhigte sie. »Du brauchst nicht mit Kanonen auf Spatzen zu schießen, Cassie. Ich habe unsere Abmachung nicht vergessen. Keine Bindung, keine Versprechen. Und kein Bedauern. Das hast du doch gesagt, Cassie Jones? Kein Bedauern?«

Ein seltsamer Ausdruck huschte über ihr Gesicht. Er hielt es für Erleichterung. Er hätte gern gewußt, ob es etwas ändern würde, wenn er ihr sagte, daß er sich in sie verliebt hatte. Aber er getraute sich nicht zu fragen. Er hatte zu viel Angst vor der Antwort.

Früh am nächsten Morgen stand der Pferdewagen bereit. Seth Turner war halb wie ein Städter, halb wie ein Bauer gekleidet: Er trug seine Sonntagsjacke, Weste und Krawatte, aber die Arbeitshose und die schweren, schmutzverklebten Arbeitsschuhe. Während Linc die Pferde vor den Wagen spannte, notierte Seth auf einer Seite aus einem Versandkatalog eine immer länger werdende Liste von Dingen, die seine Frau aus der Stadt wollte.

»Wir könnten eine neue Gartenhacke brauchen«, meinte Maisie. »Die alte ist völlig verrostet.«

»Quatsch, Maisie.« Seth seufzte. »Wo soll ich alles unterbringen?

Dieses Ding, das die Leute da von Hank machen lassen wollen, braucht womöglich den ganzen Platz.«

Maisie stellte sich auf die Zehenspitzen und küßte die bärtige Wange ihres Mannes. »Das Ding heißt Propeller, mein Lieber. Und wenn der Platz knapp wird, kannst du ja die Hacke auf dem Schoß halten.«

Seth war darüber so entsetzt, daß Cassie und Linc in Lachen ausbrachen.

Ein heißer, trockener Windstoß preßte den Frauen die Röcke gegen die Beine und blies Seths Hut davon. Joshua jagte ihm über den Hof nach, und Patches lief hinterher, daß die Hühner gackernd und flügelschlagend das Weite suchten. Cassie sah nach Westen. Der Himmel war dunkel und schmutzigbraun wie Flußschlamm.

»Da ist ein Sandsturm im Anzug«, verkündete Seth, »und zwar einer, der sich gewaschen hat.« Cassie bemerkte, wie Linc lächelte. Bei diesem starken Wind war es zu gefährlich zu starten, und die Sandstürme des Mittelwestens konnten sich über Hunderte von Quadratkilometern erstrecken. Wenn sie Glück hatten, konnten die anderen Maschinen an diesem Vormittag auch nicht fliegen.

Nachdem sich die beiden Frauen von ihren Männern verabschiedet hatten, bot sich Cassie an, Maisie bei der Tagesarbeit zu helfen.

Maisie lächelte dankbar. »Das ist nett von dir, Cassie, aber heute arbeite ich nicht. Ich habe den heutigen Tag zum Feiertag erklärt. Wir werden uns Kaffee machen und ordentlich schwatzen.«

Amüsiert staunte Cassie über Maisies Vorstellung von einem Feiertag, als sie sich zuerst auf einen Berg Wäsche stürzte. »Wenn ich damit fertig bin, bevor der Sturm losbricht, dann ist mit dem heißen Wind im Nu alles trocken.«

Gewaschen wurde im Hof, mit einem Waschbrett in einem Holztrog, an dessen Rand eine einfache Wringvorrichtung angebracht war. Nachdem die Wäsche auf der Leine hing, gingen sie ins Haus, um rasch den Teig für ein paar Obstkuchen zu machen, während der Rhabarber geschnitten wurde. Cassie fragte sich, was Maisie Turner an Tagen machte, an denen sie wirklich arbeitete. Sie kam sich so überflüssig vor wie Patches, folgte Maisie auf Schritt und Tritt und stand ihr meistens im Weg.

»Wie ich Sie beneide, Cassie!« gestand Maisie, während sie den frisch gekneteten Teig kreisrund ausrollte. »Es muß schön sein, quer durch das Land zu reisen und so viele neue Dinge zu sehen. Du lernst dabei viele fremde Menschen und ihre Lebensweise kennen. Ich wurde hier geboren, und das weiteste, wo ich je gewesen bin, war Scotts Bluff. Das war einmal im Sommer, als ich gerade zwölf war. Ich will mich nicht beklagen, aber abends lese ich ab und zu. Manches, worüber ich gelesen habe, würde ich furchtbar gern sehen.«

Cassie betrachtete Maisies schlanke, über den Küchentisch gebeugte Gestalt. Zum ersten Mal fielen ihr ein paar graue Strähnen in Maisies kastanienbraunen Haaren auf, und sie bemerkte die Krähenfüße rund um die fröhlichen Augen. Fünf Kinder in elf Ehejahren, tagelang Backen und Einmachen; Kühe melken und Schweine füttern; pflügen, hacken und jäten; ein sich ständig wiederholender Kreislauf. Welche Träume hatte Maisie Turner wohl vor elf Jahren gehabt? Ob sich einige davon erfüllt haben?

»Wie halten Sie das aus?« platzte Cassie heraus.

Maisie sah sie überrascht an. »Halte ich was aus?«

Cassie machte eine umfassende Armbewegung. »Das hier. Die endlose Arbeit, immer allein. Die Farm ...« Und Seth, dachte sie, sagte es aber nicht. Wie hält sie Seth aus?

Maisie strich sich eine Haarsträhne aus dem Gesicht; ein Mehlfleck blieb zurück. »Wenn ich alles allein machen müßte, würde ich es vielleicht nicht aushalten. Aber ich habe Seth.«

»Sie sind wie eine Sklavin für ihn. Er ist so ...«

»Bin ich nicht! Wie kommen Sie auf eine solche Idee!«

Cassie biß sich auf die Lippen. »Entschuldigen Sie. Manchmal sage ich etwas, ohne nachzudenken.«

Maisies Zorn verrauchte. Sie konnte sogar wieder lächeln.

»Sie sind noch jung und glauben, daß die Liebe nur aus Sonnenschein und Frühlingsblumen und schönen Reden besteht. Nach einiger Zeit werden Sie herausfinden, daß es in der Ehe Höhen und Tiefen gibt, genau wie im Leben. Ein Mann und eine Frau entscheiden sich, ihr Leben gemeinsam aufzubauen. Was für das eine Paar gut ist, muß bei einem anderen Paar nicht unbedingt genauso funktionieren. Als Außenstehende sehen Sie vielleicht nicht, wie Seth und ich einander ergänzen. Ich gebe zu, daß er manchmal engstirnig und dickköpfig ist. Das regt mich so auf, daß ich schreien könnte. Aber im Grunde zählt nur eines, und nur das ist für mich wichtig: Ich liebe Seth, und ich weiß, er liebt mich auch. Er liebt und respektiert mich, und das ist mehr, als viele Frauen von ihren Männern erwarten können.«

Cassie spürte, daß in ihrem Inneren etwas in Bewegung geriet. Verzweiflung und Angst, die lange Zeit tief in ihr verwurzelt gewesen waren, begannen sich allmählich aufzulösen. Cassie spürte, daß ihr das Verständnis für etwas sehr Wesentliches fehlte; Maisie Turner könnte ihr das vielleicht erklären. Cassie wollte gerade Maisie fragen ...

Ein plötzlicher Windstoß ließ das Haus erzittern und schleuderte Sand gegen die Hauswände, daß es wie tausend zersplitternde Gläser klirrte. Die Kinder, die draußen mit Patches spielten, schrien auf.

Cassie holte die Kinder und Patches ins Haus, ging dann noch einmal hinaus und half Maisie, die Wäsche von der Leine zu nehmen. Der Wind schleuderte ihnen Sand und Erde ins Gesicht, daß es schmerzte. Der Sand verklebte Augen und Nase, und als sie wieder im Haus waren, mußte Cassie sich den Mund mehrmals mit Wasser ausspülen; trotzdem hatte sie beim Schlucken immer noch das Gefühl, Sand zu essen.

Maisie setzte die kleineren Kinder vor dem Ofen auf einen Flickenteppich, wo sie mit der Knopfschachtel der Mutter spielten. Die größeren Kinder mußten aus einem alten Schulbuch Rechenaufgaben lösen, während das Baby in seiner Wiege unbeirrt vom Sturm weiterschlief. Schließlich wurde der versprochene Kaffee aufgesetzt. Als sich Maisie endlich niedersetzte, stellte sie Cassie zuallererst die Frage, ob es stimmte, daß die Frauen in den großen Städten statt eines Korsetts ein Wäschestück trugen, daß Büstenhalter genannt wurde. Cassie wurde klar, daß Maisie über dem Sturm ihr Gespräch von vorhin vergessen hatte, und Cassie wollte es nicht neuerlich aufgreifen.

Das alte Gefühl aus Verzweiflung und Angst, mit dem Cassie so lange gelebt hatte, vertiefte sich aufs neue.

»Was ist das?« Maisies Augen leuchteten in kindlicher Erregung, als sie den großen Karton mit dem roten Seidenband bestaunte, der auf dem Küchentisch lag.

»Es ist ein Karton«, antwortete Seth und grinste. Sein Bart war mit weißem Staub bedeckt, und die Gesichter der beiden Männer waren schmutzverkrustet. Wenn sich einer der beiden bewegte, rieselte jedesmal feiner Sand auf Maisies makellosen Fußboden.

Aber Maisie nahm keine Notiz davon. »Ach Seth! Das sehe ich doch, daß es ein Karton ist«, rief sie. »Mach ihn auf!«

»Mach du ihn auf. Es ist ein Geschenk von Linc an dich. Es war seine Idee«, fügte Seth barsch hinzu. »Wenn du dich also an einer Brust ausweinen mußt, nachdem du ihn aufgemacht hast, dann an seiner.«

Maisies Finger zitterten so arg, daß Cassie ihr helfen mußte, die Schleife aufzuknüpfen. Cassie wußte auch nicht, was Linc geplant hatte. Er hatte ihr nichts davon gesagt, daß er in der Stadt ein Geschenk für Maisie kaufen wollte. Cassie war überrascht und freute sich über seine spontane Großzügigkeit.

Maisie öffnete den Karton und preßte die Hände an den Mund, um einen Aufschrei zu unterdrücken. Cassie sah etwas Rundes, das aussah wie ein Messinghorn, und beugte sich vor, um besser zu sehen: In der Schachtel stand ein leicht abgenutztes, gebrauchtes Grammophon.

Maisie wischte sich mit dem Schürzenrand die Tränen ab.

»Ich habe dir gesagt, sie wird heulen«, verkündete Seth.

»Wieso haben Sie gewußt, wie gern ich eine solche Sprechmaschine haben wollte?« Maisie schniefte und strahlte Linc an.

»Ich habe einen Tip bekommen.«

Maisie sah ihren Mann an. »Du hast gesagt, es war seine Idee?«

»Es war seine Idee, für dich eine Überraschung mitzubringen. Als er mich fragte, was du gern hättest, habe ich es ihm gesagt.«

Linc hob das Grammophon aus dem Karton. »Leider ist nur eine Platte dabei.« Er drehte an der Kurbel, und kratzend erklang die Melodie von »Little Brown Jug«.

Maisie lachte vor Freude, und zu Seths großem Entsetzen packte sie ihn um die Mitte und tanzte mit ihm um den Küchentisch. Linc nahm Cassie in die Arme, und sie tanzten ebenfalls, bis allgemeines Gelächter die Musik und das Heulen des Windes übertönte. Die Kinder standen starr vor Schreck in der Tür. Sie wußten nicht, was sie davon halten sollten, daß sich ihre Eltern so dämlich aufführten; das war noch nie vorgekommen.

Schließlich legte Patches den Kopf zurück und begann zu heulen. Er haßte Musik fast ebenso, wie er es haßte, naß zu werden. Das Grammophon lief allmählich aus, aber Patches' Geheul wurde immer lauter.

»Patches!« fuhr Linc ihn an. »Halt das Maul!« Plötzlich war es still in der Küche. Sogar der Wind draußen schien zu gehorchen und erstarb zu einem raschelnden Flüstern.

»Der Sturm ist vorüber«, stellte Seth fest und gab sich sichtlich Mühe, seine nüchterne Würde wiederzufinden.

Cassie hatte immer noch den Arm um Lincs Taille geschlungen und lehnte sich an ihn. »Was ist mit dem Propeller?«

Er lächelte und küßte sie auf den Kopf. »Den mußt du sehen. Ein wahres Kunstwerk!« Und zu den Turners gewandt: »Wenn der Wind so weit abgeflaut ist, daß wir starten können, müssen wir aufbrechen. Es bleiben uns noch drei Stunden Tageslicht, und ...«

Seth räusperte sich mißbilligend. »Ich bin trotzdem der Meinung, daß Gott ...«

»Sag nicht solche Sachen, Seth Turner«, unterbrach Maisie ihren Mann. »Du sollst das wirklich nicht sagen!« Sie lächelte Linc und Cassie offen und freundlich an. »Ich hoffe, ihr gewinnt das Wettfliegen. Ich werde mich auf dem laufenden halten.«

Seth brummte: »Jetzt wird sie mich jede Woche in die Stadt schicken, damit ich eine blöde Zeitung kaufe.«

Die Turners begleiteten Cassie und Linc hinaus zum Feld und sahen zu, wie Linc mit Cassies Hilfe und Patches als Störfaktor den neuen Propeller an der *Pegasus* montierte. Als sie beinahe fertig waren, flüsterte Cassie Linc etwas zu, und Linc nickte zustimmend.

Cassie ging zu Maisie Turner. »Wollen Sie immer noch mitfliegen?«

»Du lieber Himmel!« rief Maisie. Sie legte die Hand an die Wange und sah ihren Mann an.

»Geh nur, Maisie«, stimmte Seth zu. »Wenn du draufgehst, dann heirate ich Parsons älteste Tochter. Sie ist noch jung, da kann ich sie noch erziehen und ihr die Flausen austreiben. Das habe ich bei dir versäumt.«

Der Wind fuhr immer noch raschelnd durch das Gras, als Linc Maisie in das Cockpit half. Er lieh ihr seinen Helm und die Brille.

Plötzlich hatte sie ein wenig Angst, aber er sah sie aufmunternd an. »Sie sind in guten Händen«, versicherte er und klopfte ihr auf die Schulter.

Maisie sah sich im Cockpit um und bestaunte die Instrumente. Alles war mit einem fettigen Film bedeckt, und es roch durchdringend nach Öl und Treibstoff. Sie erschrak, als der Motor plötzlich brüllend ansprang, und erstarrte, als sich die Maschine allmählich in Bewegung setzte.

Maisie hatte das Gefühl, daß die Maschine mit unglaublicher Geschwindigkeit über das Feld raste. Der Wind, der über die mit Schmutz bespritzte Windschutzscheibe pfiff, schien ihr das Wangenfleisch an die Gesichtsknochen zu pressen. In Sekundenbruchteilen waren sie an Seth und den Kindern vorüber, und Maisie nahm ihre Familie nur als undeutlichen Schatten war. Plötzlich spürte sie in ihrem Bauch ein Gefühl, als würde sie fallen; sie blickte nach unten und sah, daß sie vom Boden abgehoben hatten – sie flogen. Maisie legte den Kopf in den Nacken und sah nichts als den weiten Himmel. So mußte es in einer Kathedrale sein – offen, grenzenlos und still.

Die Stille existierte natürlich nur in Maisies Vorstellung, denn in Wirklichkeit war das Geräusch des vibrierenden Motors so laut, daß es kitzelte, und der Luftzug pfiff trotz des dicken Lederhelms in den Ohren. Ein seltsam gespanntes Gefühl im Gesicht fiel ihr auf, und als sie bemerkte, daß sie den Mund zu einem glücklichen Grinsen weit aufgerissen hatte, mußte sie laut lachen.

Cassie flog eine weite Kurve, und Maisie sah hinunter auf die Erde, sie sah ihr Haus, die Scheune und die Windmühle. Alles sah so winzig aus, als hätte es auf ihrer Handfläche Platz. Dann entdeckte sie North Platte und Chimney Rock, beides wichtige geographische Orientierungspunkte in ihrem Leben, die sich von hier oben nur als zwei Flecken in der wunderschönen Welt präsentierten, die sich vor ihr dehnte.

Zu bald landeten sie wieder. Als sie ausrollten, lief ihnen Seth entgegen. Aus seinem Gesicht sprachen Liebe, Sorge und Stolz. Maisie sprang zu Boden und stürzte in seine Arme.

»Nun?« fragte er, und sie spürte seine Angst, daß sie ihm auf geheimnisvolle Weise entglitten sein könnte.

Sie lächelte ihn an. »Von dort oben sieht die Welt einfach riesig aus. So groß, daß eine Frau einen Anker braucht, der sie unten hält, sonst schwebt sie womöglich noch davon und verschwindet. Du bist mein Anker, Seth.«

Seth sah Maisie ratlos an; er hatte keine Ahnung, wovon sie sprach. Aber Cassie hatte alles gehört, und Maisie wußte, daß ihre Worte das Herz und den Verstand desjenigen Menschen erreicht hatten, für den sie bestimmt waren.

Kapitel 12

Als die *Pegasus* ausrollte, war sie im Nu von einer Menschenmenge umringt. Alle jubelten und schrien durcheinander, und Cassie hörte, wie die Menge ihren und Lincs Namen rief. Mehrere Männer hielten Fotoapparate hoch und richteten deren schwarze, seltsam spiegelnde Objektive auf das Cockpit.

Cassie verspürte zum ersten Mal einen Anflug von klaustrophobischer Panik. Sie drehte sich um und mußte gegen den verrückten Gedanken ankämpfen, nach hinten zu klettern und in Lincs Schoß Schutz zu suchen. »Linc! Diese Leute!« Sie mußte schreien, um sich bei dem herrschenden Lärm verständlich zu machen. »Was ist geschehen?«

»Anscheinend sind wir zwischen hier und Billings plötzlich berühmt geworden.« Er wollte sich aus dem Cockpit schwingen.

»Wohin gehst du?«

»Ich lasse unsere Zeit registrieren.« Er beugte sich lächelnd zu ihr und faßte nach ihrem Kinn. »Außerdem gilt das Interesse in erster Linie dir. Du bist Amerikas hübscheste Pilotin. Schenke ihnen ein strahlendes Lächeln und sage etwas, das sie zitieren können.« Er drehte sich um und wollte aus dem Flugzeug springen.

»Linc!«

»Was?«

Laß mich nicht allein, wollte sie sagen, aber sie wußte, daß das dumm war. »Ich will nicht berühmt werden!« jammerte Cassie.

Er lachte und stieg hinaus auf die Tragfläche, von wo er mit einem eleganten Satz auf den Boden sprang. Die Menge teilte sich, schloß sich wieder und schien ihn zu verschlingen. Cassie fragte sich, ob sie ihn je wiedersehen würde.

Die Arme vor der Brust verschränkt, blieb sie im Cockpit sitzen. Patches hatte sich zu ihren Füßen zu einer winselnden Kugel zusammengerollt. Am liebsten hätte Cassie in sein Geheul eingestimmt. Beim Dröhnen eines Flugzeugmotors hob Cassie den Kopf. Eine Curtiss kam über dem Flugfeld herein. Es war Edward Farrells *Jenny*. Cassie beobachtete, wie das Flugzeug in die letzte Kurve ging und zur Landung ansetzte.

Wenn ich sie nicht beachte, dachte Cassie, dann verschwinden vielleicht alle und stürzen sich statt dessen auf Ward. Da hörte sie ein dumpfes Geräusch, und plötzlich begann die *Pegasus* zu schaukeln. Cassie warf einen Blick nach unten und sah eine Hand mit einem Messer; jemand versuchte, den Stoff auf einer Tragfläche zu durchschneiden.

»He!« schrie Cassie und stürzte aus dem Cockpit. Sie sprang von der Tragfläche und trat dabei mit dem Fuß nach dem Arm, so daß das Messer zu Boden fiel. Cassie sah gerade noch das verängstigte Gesicht eines Jungen, ehe der Knabe in der Menge untertauchte. Zeitungsreporter, an deren Hutbändern Pressekarten steckten, brüllten ihr jede Menge Fragen entgegen, zerrten an ihren Ärmeln und an ihrer Jacke, um ihre Aufmerksamkeit zu gewinnen.

»Bitte!« sagte Cassie. Und dann lauter: »Schluß bitte!«

Es wurde still. Alle Blicke waren erwartungsvoll auf Cassie gerichtet; die Reporter erhofften sich eine Stellungnahme. Aber Cassie fiel nichts ein.

»Mrs. Cameron?« rief jemand. »Haben Sie beim Fliegen ein Geheimrezept?«

»Abheben«, antwortete Cassie, ohne zu denken, und zuckte überrascht über das ausgebrochene Gelächter zusammen. Dann mußte sie selbst lachen.

»Mrs. Cameron, haben Sie Angst, wenn Sie in der Luft sind?«

»Nur wenn Mr. Cameron am Steuer sitzt«, antwortete sie, und wieder lachten alle.

»Was werden Sie mit den fünfzigtausend Dollar machen, wenn Sie gewinnen?«

»Sie ausgeben«, antwortete sie schlagfertig und fand allmählich Spaß daran.

Mehrere Leute am Rand der Menge hatten sich umgedreht, um zuzusehen, wie Edward Farrells Maschine am Ende des Feldes landete. Das erregte Stimmengemurmel schwoll an, dann schrie jemand. Cassie drehte sich rasch um und hätte beinahe auch aufgeschrien. Die *Jenny* kam über die makadamisierte Rollbahn gesaust, direkt auf die *Pegasus* zu. Wieder schrien ein paar Leute, und bald flüchteten alle auf das Feld neben der Rollbahn.

Alle außer Cassie. Sie blieb wie angewurzelt stehen, als die andere Maschine auf sie und die *Pegasus* zuraste.

Dann schwenkte die Maschine leicht ab, doch nur langsam, zu langsam. Sie würde die rechten Tragflächen der *Pegasus* streifen, vielleicht sogar gegen den Rumpf prallen. Cassie wollte fliehen, davonlaufen, aber sie war unfähig, sich zu bewegen. Allmählich vergrößerte sich der Winkel zwischen den beiden Maschinen, und es hatte den Anschein, als würde es doch noch glimpflich abgehen. Cassie stand mit verkrampften Muskeln und geballten Fäusten wie angewurzelt da und sah zu.

Die *Jenny* rollte so knapp vorbei, daß Cassie den Luftdruck in den Ohren spürte und die Drähte der *Pegasus* vibrierten. Cassie lehnte an der Tragflächenverstrebung, und ihr Herzschlag dröhnte wie ein tiefer Trommelton in ihren Ohren. Patches kam auf die Tragfläche gekrochen und heulte los, und Cassie brach in hysterisches Gelächter aus.

Eine Bewegung, die sie nur aus dem Augenwinkel wahrgenommen hatte, erregte Cassies Aufmerksamkeit. Sie drehte sich um und starrte direkt in einen auf sie gerichteten Fotoapparat. Cassie schnappte nach Luft und bedeckte das Gesicht mit den Armen.

Der Mann mit der Kamera lachte. »Sie bleiben kühl wie ein Eisbär im Januar, während ein Flugzeug mit fünfzig Stundenkilometer auf Sie zurast, aber Sie erschrecken sich zu Tode, wenn Sie fotografiert werden. Ich bin Miles Terrance, von der Zeitung *Kansas City Star.*«

Cassie sah ihn böse an.

Der Mann klappte die Kamera zu und hängte sie sich über die Schulter; danach holte er Papier und Bleistift aus der Brusttasche. »Stimmt es, daß Sie nur Passagier sind und Linc Cameron am Steuer der Maschine sitzt?«

»Natürlich nicht!« entgegnete Cassie, wütend über die Ungerechtigkeit der Behauptung.

»Stimmt es, daß Sie Revuetänzerin waren und man Sie für den Flugwettbewerb engagierte, um mit einem hübschen Gesicht die Werbung für Bean's Cola anzukurbeln?«

»Das ist das Lächerlichste …«

»Stimmt es, daß Sie und Cameron nicht wirklich verheiratet sind, sondern daß Sie in Wirklichkeit Leroy Beans Geliebte sind?«

Eine kräftige Hand landete auf der Schulter des Reporters und riß ihn herum. Pete Striker war hochrot im Gesicht, als er den Reporter anfuhr: »Würden Sie Ihrer Schwester auch solche Frage stellen?«

»Ich habe keine Schwester.«

»Dann also Ihrer Mutter. Würden Sie das auch Ihre Mutter fragen? Oder haben Sie überhaupt eine Mutter? Vielleicht hat eine herumstreunende Schlampe Sie in der Gosse zur Welt gebracht.«

Der Reporter wurde erst blaß, dann rot. Er öffnete den Mund und schloß ihn wieder. Schließlich trat er den Rückzug an und warf noch einen Blick auf Cassie. »Ich finde heraus, ob Sie eine Schwindlerin sind«, zischte er. »Sie werden es im *Star* lesen.« Dann rauschte er an Pete vorüber und schritt zornig über die Rollbahn davon.

Cassie umarmte Pete und vergrub ihr Gesicht an seiner Brust. »Ach Gott, Pete. Jemand wollte die Tragfläche zerschneiden. Er wollte die *Pegasus* aufschlitzen!« rief sie immer noch fassungslos.

»Er wollte vielleicht ein Souvenir.« Pete streichelte über Cassies Kopf. »Wir flicken sie wieder zusammen, Cassie, keine Sorge.«

»Wo warst du? Du bist mir die richtige Vorhut!«

Pete grinste schüchtern und rieb sich mit der Hand über die Bartstoppeln am Kinn. »Wenn du glaubst, daß es schwierig ist, dieses verdammte Land zu überfliegen, dann solltest du einmal versuchen, es auf dem Boden zu durchqueren.«

Cassie entdeckte Linc, der mit seinen typischen langen Schritten auf sie zukam. »Hier kommt Linc. Hast du ihn schon gesehen? Hat er dir erzählt, was geschehen ist? Wenn er dir erzählt, daß ich eine Bank ausgeraubt habe, dann glaube ihm nicht. Wer ist erster?« fragte sie Linc, als er zu ihnen trat.

»Pete! Wo zum Teufel warst du?« Linc versetzte Pete einen Klaps auf den Rücken und reichte ihm die Hand. Er sah Cassie entspannt an und lächelte aufmunternd. »Die Brüder Schmidt liegen vorn, leider mit großem Abstand. Ward Farrell ist Zweiter. Auch wenn er auf dieser Teilstrecke hinter uns eintraf, ist seine Gesamtzeit um sechsundvierzig Minuten besser als unsere. Ich habe gehört, daß es auf der Rollbahn fast einen Zusammenstoß gegeben hätte. Hast du es gesehen?«

Cassie machte eine wegwerfende Handbewegung. »Ach, vergiß es. Wo liegen wir also? Vierter Platz?«

»Dritter!«

»Dritter!« rief Pete geringschätzig. »Wir sind beinahe bei der Hälfte des Wettfluges, und wir sind nur *Dritte*! Was, zum Teufel, ist los mit euch? Das ist kein Spazierflug über Land, keine Gelegenheit für Picknicks und dergleichen!«

Linc sah so verletzt aus, daß Cassie ein Lachen unterdrücken mußte. »Wir haben unser Bestes getan, Pete«, entgegnete sie. »Es gab ein paar Probleme.«

»Welche Probleme?«

Linc berichtete über den Schaden an den Propellern.

»Die verdammten Deutschen!« rief Pete. »Diese Bastarde!«

Linc und Cassie starrten ihn an.

»Ist doch naheliegend«, verteidigte sich Pete. »Ich meine, wo sie doch an der Spitze liegen!«

»Nichts deutet in diesem Zusammenhang auf die Schmidt-Brüder hin«, meinte Linc. »Daß ihre Vorfahren mal aus Deutschland kamen, beweist gar nichts«, fügte er hinzu, bevor Pete noch etwas sagen konnte.

»So?« brummte Pete. »Wenn sie es nicht waren, wer dann?«

»Linc tippt auf Harry und Jim«, erklärte Cassie.

Linc riß den Kopf herum und sah Cassie erstaunt an. »Wieso weißt du ...?«

»Es braucht nur jemand den Namen zu erwähnen, und schon machst du ein böses Gesicht.«

»Wer sind denn Harry und Joe?« wollte Pete wissen.

»Jim.«

»Zwei zwielichtige Typen mit einem alten Wright-Doppeldecker mit Druckschrauben«, erklärte Linc. »Ich glaube aber nicht, daß sie es sind.«

»Doch, du glaubst es«, beharrte Cassie.

»Nein.«

»Doch.«

»Verdammt!« brüllte Pete. »Warum können es nicht Harry und Joe sein?«

»Jim«, korrigierte Cassie. »Und sie sind nicht zwielichtig, sondern nett.«

»Weil es keinen Sinn ergibt«, beantwortete Linc Petes Frage, sah aber Cassie dabei finster an.

»Ich habe nicht gesagt, daß es Sinn macht, sondern daß du es vermutest«, entgegnete ihm Cassie.

»Tu ich nicht. Ich habe nur die Möglichkeit in Erwägung gezogen, klar? Aber sie haben keinen Grund, sich an der *Pegasus* zu schaffen zu machen. Außerdem ist es doch in ihrem Interesse, daß wir gewi...« Linc brach abrupt ab.

»Daß wir was?«

»Nichts. Vergiß es«, antwortete Linc verschlossen.

Aber Pete ließ nicht locker. »Was du da gesagt hast, Linc, ergibt keinen Sinn. Sie wollen die fünfzigtausend, genau wie alle anderen auch. Warum sollte es ihr Wunsch sein, daß wir gewinnen?«

»Vergiß es Pete! Um Himmels willen, vergiß es endlich!«

Pete verstummte. Er sah Linc einen Augenblick lang an, dann zuckte er mit den Achseln. Er griff in die Tasche und zog eine Packung Zigaretten heraus. Er nahm eine Zigarette und klopfte sie auf dem Handrücken auf.

Cassie sah Linc fragend an, aber er wich ihrem Blick aus. »Wie du willst«, murmelte sie böse.

Er konterte: »Dann hör auf, mir Worte in den Mund zu legen.«

»Tu ich doch nicht. Du bist es, der ...«

»Klar tust du es!«

»Du machst mich wahnsinnig«, rief sie wütend und stürmte davon. Linc preßte die Lippen aufeinander und starrte ihr schwer atmend nach.

Pete kicherte.

»Worüber lachst du?« knurrte Linc.

»Ich? Nichts«, antwortete Pete und kicherte weiter.

Das Hauptquartier des Veranstaltungskomitees war in einem Wellblech-Hangar untergebracht, der einer Firma gehörte, die den Flugpostdienst zwischen Kansas City und Chicago versah. Das Komitee hatte das abgerundete Dach mit blauen und gelben Fähnchen dekoriert und an den Wänden unzählige Plakate angebracht. Vor dem weit offenen Eingangstor des Hangars standen verzinkte Wannen voll mit zerhacktem Eis und Flaschen mit Bean's Cola.

Cassie eilte mit weit ausholenden Schritten auf den Hangar zu und murmelte alles mögliche über einen gewissen verlogenen Mann, der voller Heimlichkeiten steckte, als eine vertraute Stimme ihren Namen rief.

Sie drehte sich um. »Du!« rief sie. »Du hast mich beinahe überfahren!«

Edward Farrell kam ihr nach und lächelte schwach. »Mein Ruderkabel ist gerissen.« Er erschauerte. »Du mußt dir vorstellen, Cassie, es war schon schlimm genug, als ich außer Kontrolle über die Rollbahn auf ein anderes Flugzeug zuraste, aber als ich dich oben stehen sah, da wäre ich beinahe ... Warum bist du denn nicht davongelaufen?«

Cassie sah ihn verächtlich an. »Ich hätte die *Pegasus* verlassen sollen? Wie hätte ich das je Linc beibringen sollen, daß ich zuließ, daß jemand unsere Maschine über den Haufen fährt?« Gleich darauf fügte sie hinzu: »Du sagst, dein Ruderkabel riß? Hältst du es für Sabotage?«

Er zuckte die Schultern. »Bei so etwas kann man es nicht mit Bestimmtheit sagen.«

Sie wollte ihm gerade erzählen, was mit den Propellern der *Pegasus* geschehen war, als einige Männer aus dem Hangar traten. Cassie erstarrte, denn sie fürchtete, wieder zum Mittelpunkt neugieriger Journalisten zu werden, als sie bemerkte, daß sich die Aufmerksamkeit der Männer auf den Mittelpunkt der Gruppe konzentrierte. Cassie sah gerade noch kornblumenblauen, plissierten Stoff und hörte Melodie Farrells typisches Lachen.

Die Gruppe teilte sich, und Melodie tauchte zwischen den Brüdern Schmidt auf. Ihre schmalen behandschuhten Hände lagen auf den kräftigen Armen der beiden Männer. Die anderen Männer seufzten gutmütig, als Melodie ihre Wahl getroffen hatte, und stapften ergeben hinter den Brüdern her, die auf ihre Maschine zusteuerten, die sie am anderen Ende des Feldes abgestellt hatten.

Alle entfernten sich, nur Gregory Pearce starrte traurig hinter Melodie her. Er stieß einen tiefen Seufzer aus, ließ die schmalen Schultern hängen und drehte sich um – und fiel in die Wanne mit Bean's Cola.

Cassie lachte laut auf, während sich der Mann triefend naß aus der Wanne herausstrampelte. »Der arme Mr. Pearce«, wandte sich

Cassie bedauernd zu Edward. »Weiß Melodie überhaupt, daß er existiert?«

»Wir können es uns nicht immer aussuchen, in wen wir uns verlieben«, entgegnete Edward, aber in seiner Stimme schwang ein neckender Ton mit. »Du hast noch nichts erzählt, Cassie, wie ist es um euer eheliches Glück bestellt?«

Cassie riß den Helm vom Kopf und klopfte ihn gegen die Schenkel aus, um Staub und Sand loszuwerden. Ohne Edward anzusehen, antwortete sie: »Die Fliegerei hält uns ziemlich beschäftigt.«

»Aber ihr fliegt doch nicht den ganzen Tag. Und dann sind da ja noch die Nächte. Wie verbringst du deine Nächte, Cassie?«

Cassie spürte, wie sie rot wurde. »Ich schlafe.«

Er faßte sie am Kinn und drehte ihren Kopf zu sich, daß sie ihn ansehen mußte. Ward lächelte bitter. »Und bevor du schläfst? Liebt ihr euch? Gefällt es dir, Cassie?«

»Hör auf damit, Ward.«

»Wäre es dir lieber, wenn ich an seiner Stelle wäre?« Er küßte sie hart und leidenschaftlich; es war ein brutaler Kuß. Sie wehrte sich kurz, dann ließ sie ihren Widerstand einfach bleiben und stand unbeweglich still, bis er fertig war.

Als er sie losließ, wischte sie sich mit der Hand den Mund ab, sagte aber nichts.

»Dann ist es also wahr«, stellte er fest. »Diese Ehe ist nicht nur eine von Bean's Cola inszenierte Werbung. Vielleicht war es so am Anfang, aber man hat vergessen, dir zu sagen, daß du dich nicht in ihn verlieben sollst.«

Cassie seufzte. »Also gut, Ward. Wenn du es unbedingt hören willst, dann sage ich es: Ich liebe Linc. Ich schäme mich nicht, es zuzugeben.«

Edwards Gesichtsausdruck wurde verschlossen. Dann lachte er plötzlich. »Und was ist mit ihm, Cassie? Bedeutest du ihm etwas, oder bist du nur ein angenehmer Zeitvertreib für die Stunden, die er nicht im Flugzeug verbringt? Linc Cameron liebt solche Abwechslungen, denn er vertreibt sich gern die Zeit mit Frauen wie dir. Aber wenn es darum geht zu heiraten, dann sucht er nach jemandem, der etwas, nun, sagen wir konservativer ist.«

Cassie wollte an ihm vorübergehen, aber er packte sie so fest am

Arm, daß sie den Druck seiner Finger sogar durch den dicken Stoff ihrer Jacke spürte.

Er sah sie verletzt an. »Du hast dich in den falschen Mann verliebt, Cassie Jones. Ich hoffe, du wirst es nicht eines Tages bereuen.«

Linc betrat den Hangar. Patches folgte ihm zur Abwechslung ruhig und gehorsam. Gleich beim Eingang blieb Linc stehen und sah sich nach seiner Frau um. In dem großen Hangar drängten sich Piloten, Angehörige des Veranstaltungskomitees und Zuschauer, und es herrschte ein fröhliches, lautes Durcheinander, daß der Lärm von den Metallwänden und der hohen Decke widerhallte.

Linc beugte sich vor und zupfte Patches zart am Ohr. »Siehst du sie?« Patches jaulte leise. »Dann such sie für mich, alter Junge! Bevor sie wieder in Schwierigkeiten gerät.« Patches trabte schwanzwedelnd davon.

Linc erblickte Melodie Farrell, flankiert von den beiden Schmidts. Melodie winkte ihm zu, und Linc bahnte sich einen Weg zu ihr. »Hallo, Miss Farrell«, begrüßte er sie. »Ich freue mich, daß Sie heil angekommen sind.«

Melodie lachte und klimperte mit ihren langen Wimpern. »Das war überhaupt nicht schwierig, Mr. Cameron. Ich bin einfach in Los Angeles in den Zug gestiegen und in Kansas City ausgestiegen. Was Sie und Ward und die Herren Schmidt hier tun«, sie schenkte jedem der Brüder ein Lächeln und zeigte ihre Grübchen, »das ist schrecklich gefährlich.« Sie schüttelte sich zierlich. Linc und die Brüder tauschten ein Lächeln.

»Die beiden Herren haben mir ihr Flugzeug gezeigt, Mr. Cameron«, erzählte Melodie. »Ich war entsetzt, als ich den riesigen Riß in einer Tragfläche sah.«

»Hatten Sie Schwierigkeiten?« fragte Linc beiläufig.

»Der Sandsturm. Sehr schlimm«, erklärte Hans, der jüngere und gesprächigere der beiden, in seinem schweren Akzent. »Der Wind, riß Kabel ab, Querruder schlug und zerriß rechte Tragfläche.«

»Sind Sie sicher, daß es ein Unfall war?«

Die Brüder tauschten einen verwirrten Blick. »Unfall? Ja, ja, natürlich. Der Wind.«

Patches kam bellend angesaust; Melodie stieß einen schrillen Schrei aus und raffte ihren Rock zusammen. »Dieser gräßliche kleine Hund! Halten Sie ihn fern, er beißt!«

»Nein, er beißt nicht«, widersprach Linc, beugte sich aber dennoch hinunter und packte Patches am Halsband. Da hörte Linc Cassies kehliges Lachen und drehte sich erleichtert um.

Cassie kam lächelnd auf ihn zu, Arm in Arm mit einer beeindruckend aussehenden älteren Frau in einem streng geschnittenen Kostüm. Sie überragte Cassie und marschierte seltsam schlaksig neben der jüngeren Frau einher. Hinter ihnen ging ein Mann, vergleichsweise klein und elegant, in einem modischen Straßenanzug, mit Homburg-Hut und Gamaschen.

»Linc!« rief Cassie. »Schau, wer mich hier besucht hat! Tessa, meine liebe Freundin Tessa Pernell. Wir wurden zur gleichen Zeit verhaftet und saßen im Gefängnis.«

»Das war der friedlichste Monat, den dieses Land seit mehr als fünfzig Jahren erlebt hat«, ergänzte der zierliche kleine Mann und lächelte dabei schrullig.

»Das ist ihr Mann, Anselm«, erklärte Cassie. »Er redet immer dummes Zeug. Tessa, Anselm, das ist mein … das ist Linc Cameron. Er ist mein, äh, mein Kopilot.«

»Sie sind also der Mann, der den Mut hatte, Cassie Jones zu heiraten.« Anselm Pernell schüttelte Linc die Hand, während seine Frau Linc mit unverhohlener Neugierde betrachtete. Linc setzte sein strahlendstes Lächeln auf. Mit leichtem Unbehagen spürte er, wie wichtig es für Cassie war, daß er die Zustimmung dieser Frau gewann, was nicht leicht werden würde.

Tessa Pernell war Mitte Fünfzig. Sie hatte eine breite Nase und fahle Haut; ihr Gesicht war schlicht, und vermutlich war sie nie hübsch gewesen, nicht einmal, als sie noch jung gewesen war. Die dicken grauen Haare waren zu einem festen Knoten zusammengesteckt, auf dem ein kleiner Hut saß, der Linc an das Käppi erinnerte, daß er seinerzeit bei der Luftwaffe getragen hatte. Doch die kleinen dunklen Augen der Frau hatten etwas Zwingendes. Das Feuer, das aus ihnen sprach, ließ auf einen wachen Verstand und eine fanatische Begeisterungsfähigkeit schließen.

Die Frau nickte Linc kurz zu, als hätte sie soeben eine Inspektion abgenommen, und Linc mußte sich zurückhalten, daß er nicht die

Fersen zusammenknallte und salutierte. »Soviel ich weiß, geht der Wettflug erst morgen früh wieder weiter«, stellte sie fest. »Da Sie die Nacht in Kansas City verbringen, bestehe ich darauf, daß Sie bei uns wohnen.«

»Das ist sehr freundlich von Ihnen, Mrs. Pernell.«

»Keineswegs. Anselm, mein Lieber, wo hast du den Daimler geparkt? Sie müssen natürlich Ihre Sachen holen«, fuhr sie an Linc gewandt fort. »Anselm wird mit Ihnen gehen. Cassie und ich warten hier. Aber lassen Sie Anselm nicht zu lange bei den Flugzeugen trödeln. Hier ist ein entsetzliches Gedränge, und Cassie haßt Menschenmengen.«

Linc und Anselm tauschten einen Blick. Anselm zuckte die Achseln, und Linc lachte, während sie gehorsam davontrotteten, um die Taschen aus dem Flugzeug zu holen.

Cassie sah Linc kurz nach, dann wandte sie sich an die Freundin.

Tessa zog ihre Brauen bedeutungsvoll hoch. »Cassie, er ist ...«

Cassie seufzte und lachte. »Ich weiß, er kann einen wahnsinnig machen. Er sieht so unglaublich gut aus, daß es einfach unfair ist. Tu so, als würdest du es nicht bemerken.«

»Nicht bemerken! Absolut unmöglich, meine Liebe. Sein Lächeln ist einfach hinreißend!«

»Er ist auch ein verdammt guter Pilot, aber sag ihm ja nicht, daß ich das gesagt habe. Er ist überzeugt, daß er mir einen Gefallen damit macht, daß er mit mir als Kopilotin fliegt, wo ich doch nur eine Frau bin.«

Tessa rümpfte die Nase. »Er wäre kein Mann, wenn er nicht so denken würde. Du hast mir über diesen Wettflug geschrieben, Cassie, und ich dachte, du wolltest mit deinem Onkel fliegen. Ist etwas ...«

Plötzlich standen Tränen in Cassies Augen. »Er starb an Grippe, Tessa. In Kalifornien.«

Tessa drückte Cassies Arm. »Das tut mir leid, meine Liebe.«

Cassie holte tief Luft. »Es ging so schnell, daß ich mich immer noch nicht daran gewöhnt habe. Jedesmal, wenn wir landen, erwarte ich, daß er irgendwo auf mich wartet. Kannst du dich an den Motor erinnern, den er erfunden hatte? Ich habe dir davon geschrieben. Falls wir gewinnen, lasse ich ihn mit meinem Anteil am Preisgeld produzieren.«

»Deinem Anteil?« fragte Tessa. Aber noch ehe sie Cassie näher danach befragen konnte, waren die Männer mit den Taschen zurück. Als sie den Pernells zum Daimler folgten, berichtete Linc, daß Pete bereits mit dem Überholen des Motors begonnen hatte und die ganze Nacht bei der *Pegasus* bleiben wollte.

»Glaubst du, daß wieder jemand versuchen wird, sie zu sabotieren?« fragte Cassie, und Linc antwortete, daß er nicht wüßte, was er denken sollte. Cassie sah ihm in die Augen und las darin, daß er die Wahrheit sprach. Er hatte offensichtlich seine frühere Meinung hinsichtlich eines Verdachts geändert. Aber es tat ihr mehr weh, als ihr lieb war, daß er nicht bereit war, seine Gedanken mit ihr zu teilen.

Anselm Pernell fuhr den schwarzen Tourenwagen über die sanften Hügel hinunter in die von Pappeln gesäumten Straßen. Schließlich bog er in eine kiesbestreute Auffahrt ein und hielt vor einem eleganten dreistöckigen Haus. Das Haus war weiß gestrichen, hatte dunkelgrüne Fensterläden und an der Vorderseite eine große Holzveranda mit einer geflochtenen Korbschaukel, auf der blau geblümte Kissen lagen.

Als sie die Treppe hinaufgingen, bemerkte Cassie, wie Lincs Augen beim Anblick der Schaukel vor Freude aufleuchteten. Es gab ihr einen Stich in der Brust. Sie hoffte für ihn, daß er einmal ein Haus wie dieses mit einer Schaukel auf der Veranda besitzen würde. Aber sie würde daran nicht teilhaben, und bei diesem Gedanken fühlte sie sich entsetzlich einsam.

Cassie trat zur Seite, damit Anselm die Tür öffnen konnte, und dabei bemerkte sie den goldenen Stern auf einem der vorderen Fenster; das bedeutete, daß ein geliebter Mensch nicht aus dem Krieg heimgekehrt war.

Cassie drehte sich um und griff nach der Hand der Freundin. »Tessa, dein Sohn! Es tut mir leid.«

Tessa nickte und drückte Cassies Hand fest und innig. »Es ist gegen die Natur, daß ich lebe und mein Kind gestorben ist. Daher ist es wichtiger denn je, daß der Gesetzesantrag für unser Wahlrecht im Senat durchgeht. Wenn die Frauen einmal das Stimmrecht haben, dann werden wir auch die Macht haben, politische Machenschaften wie diesen Krieg in Zukunft zu verhindern.«

Es herrschte eine kurze, traurige Stille, dann fragte Anselm: »Waren Sie auch drüben in Europa, Linc?«

»Ja. Ich bin bei der Lafayette-Staffel gewesen.«

»Todd war bei den Marines. Es passierte vergangenen Juni bei Belleau Wood. Hunderte von unseren Jungen starben an diesem Tag, alles in allem starben viele tausend, und in gewisser Weise kommt mir unsere persönliche Trauer sehr eigensüchtig vor. Sie wissen vermutlich ...«

»Ja«, antwortete Linc rasch. »Ja, ich weiß.«

Nach einem Blick in Tessas mit vielen Spiegeln ausgestattete Eingangshalle mit den Topfpflanzen und den großen chinesischen Vasen befahl Linc dem unglücklichen Patches, auf der Veranda zu bleiben. Tessa zeigte ihnen kurz die Räume im Erdgeschoß und ging dann über die Treppe aus Walnußholz voran zu einem großen Gästezimmer. Es war ein ruhiges, bequemes Zimmer mit einem großen Bett, auf dem eine Chenille-Bettdecke lag. Vor den beiden Fenstern, die auf die Straße hinausgingen, hingen Spitzengardinen, und auf dem Parkettboden lag ein großer gewebter Teppich.

»Fühlt euch wie zu Hause«, bat Tessa. »Ihr wollt bestimmt den Reiseschmutz loswerden. Um Punkt vier Uhr, also in etwas mehr als einer Stunde, werden wir in der Bibliothek Tee trinken. Bis dann also.«

Als Cassie später am Schminktisch saß und versuchte, die vom Wind zerzausten und verknoteten Haare zu kämmen, beobachtete sie Linc insgeheim im Spiegel. Er lag ausgestreckt auf dem Bett und sah in seinem weißen Leinenhemd und den Hosenträgern verwegen hübsch aus. Aber aus seinen Augen sprach die altvertraute, nachdenkliche Traurigkeit. Cassie fragte sich, ob es das Gespräch vom Krieg war, das ihn so nachdenklich gestimmt hatte, oder ob es sie betraf.

Sie setzte sich neben ihn auf das Bett, beugte sich über ihn und küßte ihn zärtlich auf die Stirn.

»Müde?«

»Ein wenig.«

Sie streichelte seinen Nacken und spielte mit seinen Haaren, die sich über dem Kragen lockten. »Du brauchst einen Haarschnitt«, stellte Cassie fest.

»Heute nachmittag, nach dem Tee, möchte ich zum Friseur. Das heißt, wenn es deine Mrs. Pernell gestattet, daß ich das Haus verlasse.«

Cassie lachte.

»Ist sie immer so herrisch?«

»Sie meint es nicht so. Sie ist es gewohnt, alles zu organisieren. Es ist ihr nicht nur gelungen, Ehe und ihre Karriere als Rechtsanwältin zu vereinen, sondern sie engagiert sich auch in der Frauenbewegung. Sie ist Präsidentin der Liga für gleiches Wahlrecht, und außerdem ist sie Mitglied des Aufsichtsrats der Amerikanischen Gesellschaft zur Erlangung des Wahlrechts für Frauen.«

Linc verzog das Gesicht. »Das war vermutlich der Grund, warum du ins Gefängnis gewandert bist?«

»Vor zwei Jahren nahmen wir an einer großen Demonstration in Washington teil. Tausende traten dafür ein, Linc. Es war ein phantastisches Gefühl ... man könnte sagen, elektrisierend. Wir werden unser Ziel erreichen und das Frauenwahlrecht bekommen, ich weiß es. Und wenn es noch Jahre dauert. Viele der Anführerinnen sind wie Tessa, sie wollen gewinnen, koste es, was es wolle.« Cassie beugte sich über ihn und rieb ihre Nase an seiner. »Wir verbrannten ein Bild von Präsident Wilson, und deshalb wurden wir verhaftet. Bist du schockiert?«

»Schrecklich. Du bewunderst sie sehr, nicht wahr?«

»Ja«, gab Cassie zu. »Ich bewundere sie sehr.« Dann lächelte sie spitzbübisch. »Tessa ist eine noch größere Unruhestifterin, als ich es bin; der arme Anselm lebt in ständiger Angst vor ihren nächsten Einfällen. Aber es ist nicht zu übersehen, daß er sie anbetet.«

Linc streichelte mit den Daumen über Cassies Rippen unter dem dünnen Hemd. Er lächelte amüsiert. »Was euch Frauen angeht, sind und bleiben wir Männer die hilflosen Sklaven unserer Leidenschaften. Ihr wollt, daß wir euch anbeten, und wir haben keine andere Wahl, als zu gehorchen.«

Cassie lachte. »Ach Linc, du bist genauso schlimm wie Anselm. Manchmal redest du den größten Unsinn.«

Er warf einen Blick auf seine Armbanduhr. »Du mußt dich beeilen und dich anziehen. Es ist zehn vor vier.«

Sie küßte ihn auf den Mund. Aber sein Mund blieb kühl; Linc erwiderte ihren Kuß nicht. Cassie ließ ihn los, da er nicht reagierte. »Warum gehst du nicht hinunter und leistest Anselm in der Bibliothek Gesellschaft«, schlug sie vor. »Ich komme in ein paar Minuten.«

Linc spazierte in aller Ruhe durch das Haus in die Bibliothek. Er strich mit den Händen über das glattpolierte Treppengeländer, sah nach oben, wo die Sonne durch das schräge Fenster fiel, und lauschte seinen Tritten auf dem Holzboden. Er fühlte sich in die Vergangenheit zurückversetzt, als hätte er seine Jugend in einem solchen Haus verbracht und nicht in einem Zirkuswohnwagen, der dem grellbunten Zirkuszelt von einem Ort zum anderen folgte.

Anselm saß allein in der Bibliothek und las Zeitung. Als Linc den Raum betrat, legte Anselm die Zeitung beiseite, stand auf und lächelte verschwörerisch. »Nun, junger Mann, wollen wir uns einen Schluck Whisky gönnen, bevor uns Tessa mit ihren Teekannen traktiert?«

»Ja, gern. Vielen Dank.«

Anselm holte aus der unteren Lade des Schreibtisches zwei schmutzige Gläser, goß ordentlich ein und prostete Linc zu, indem er die Gläser klingen ließ. »Auf das Fliegen. Und auf das Gewinnen.«

Sie tranken und schwiegen einen Augenblick, während sie den Whisky genossen. Dann fragte Anselm unvermittelt: »Was halten Sie davon, daß die Frauen das Wahlrecht bekommen sollen?«

»Ich bin dafür«, lautete Lincs ehrliche Antwort. Der ältere Mann hatte ihn gespannt beobachtet und atmete auf.

»Ich wollte Sie nur vorwarnen. Tessa wird Sie unweigerlich zu diesem Thema ausfragen. Sie engagiert sich an führender Stelle sehr für die Wahlrechtsbewegung der Frauen; Cassie hat Ihnen zweifellos davon erzählt. Aber seit Todd gefallen ist, wurde es ein wahrer Kreuzzug für sie. Sie hat sich verändert, sie ist härter geworden. Früher war sie nicht so intolerant.«

»Das ist verständlich«, entgegnete Linc.

»Schon, schon. Sicher ist es verständlich. Noch Whisky?«

»Bitte.«

»Genießen wir es, so lange es uns vergönnt ist«, meinte Anselm und füllte die Gläser bis zum Rand. »Wenn wir das in ein paar Monaten tun, verstoßen wir bereits gegen das Gesetz.« Aus der Diele war Rascheln zu vernehmen, und leise Frauenstimmen.

Anselm blinzelte Linc zu und fuhr lauter fort: »Ist Ihnen aufgefallen, daß es in der Hauptsache Frauen waren, die sich hinter die Abstinenzlerbewegung stellten? Die lieben Frauen werden keine Ruhe geben, bevor sie uns Männern nicht eine kleine Freude nach der anderen genommen haben.«

»Um Himmels willen, Anselm! Whisky bekommt dir doch nicht!« Tessa hatte mit ihren raumgreifenden Schritten das Bibliothekszimmer betreten. Hinter ihr kamen Cassie und der Diener, der den Teewagen schob, auf den Anselm nur einen müden Blick werfen konnte.

»Ich habe schon viel von diesem Wettbewerb gehört«, wandte sich Tessa an Linc, während sie den Tee eingoß. »Es ist eine gute Gelegenheit für Cassie, der Welt zu beweisen, daß eine Frau erfolgreich an einem von Männern dominierten Wettbewerb teilnehmen kann. Aber für Sie, Mr. Cameron, ist es nicht leicht. Ich muß Ihnen zu Ihrem Mut gratulieren, den Konventionen zum Trotz eine Frau als Ihre Kopilotin zu akzeptieren, auch wenn es Ihre Ehefrau ist, oder vielleicht gerade weil sie Ihre Ehefrau ist.«

Linc lächelte Cassie an, und sie erwiderte sein Lächeln nervös. Sie hatte ihrer guten Freundin Tessa den wirklichen Grund für ihre Ehe offenbar nicht gestanden, und Linc war sehr froh darüber.

»Man braucht nicht viel Mut dazu, mit einem der Besten zu fliegen, und Cassie ist eine von den Besten«, entgegnete er. »Weil wir gerade von gebrochenen Konventionen sprechen, Mrs. Pernell, so viel ich weiß, sind Sie doch Anwältin?«

»Wir sind beide Anwälte«, mischte sich Anselm ein. »Ich vertrete die Anklage, sie die Verteidigung. Sie gewinnt, und ich verliere. Die Stadt ist voll von Mördern und Dieben, die alle frei herumlaufen; das verdanken wir nur dieser Frau.« Er zeigte mit dem Finger auf seine Frau.

»Und dir verdanken wir es, daß die Gefängnisse voll mit Unschuldigen sind«, erwiderte Tessa gereizt.

Die beiden sahen einander so finster an, daß Linc nur mit Mühe ein Lächeln unterdrückte. Ein kurzer Blick auf Cassie bestätigte ihm, daß es ihr ebenso erging. Sie mußten beide rasch wieder wegsehen, sonst wären sie in Gelächter ausgebrochen.

»Tessa hat ein Buch geschrieben«, erzählte Cassie etwas später.

»Worüber?« erkundigte sich Linc höflich.

Anselm verdrehte die Augen, und Linc wünschte, er hätte den Mund gehalten.

»In diesem Buch verteidige ich die freie Liebe«, beantwortete Tessa Lincs Frage. »Bevor Sie der Schlag trifft, möchte ich Ihnen erklären, daß ich damit nicht meine, daß Frauen oder Männer, ganz gleich, wie die Kaninchen von Bett zu Bett hüpfen. Ich vertrete nur die Meinung, daß eine Frau, unabhängig davon, ob sie verheiratet ist oder nicht, über ihren Körper verfügen und entscheiden soll, wann und wie sie sich einem Mann hingeben will oder nicht.« Sie hielt kurz inne und lächelte Linc triumphierend an. »Sie scheinen überrascht zu sein, aber es gibt keinen Grund dafür. Seit Jahrhunderten sehen sich die Frauen selbst als das Eigentum ihrer Ehemänner, und die Männer übernahmen nur zu gern die Rolle der Herren.«

Linc dachte an Ria, die ihn in der Vergangenheit so oft in Verlegenheit gebracht hatte, wenn sie ihre Liebhaber wechselte wie andere Frauen die Laken. Sie hatte in ihrem ganzen Leben noch kein Buch gelesen, ja sie konnte nicht einmal lesen. Aber sie hätte lauthals über den absurden Gedanken gelacht, daß sie über ihren Körper, auf den sie so besorgt achtete, nicht verfügen sollte. Die Vorstellung, einen Mann als ihren Herrn zu akzeptieren, hätte die gleichen Heiterkeitsausbrüche zur Folge gehabt. Linc war plötzlich sehr stolz auf seine Mutter, die kompromißlos auf ihrer Unabhängigkeit bestand und sie nicht aufgab, um einem Mann einen Gefallen zu erweisen… selbst dann nicht, wenn ihr eigener Sohn sie um diesen Gefallen bat. Er dachte an Rias Gesicht bei ihrer letzten Begegnung; es war geprägt von Schmerz und Zorn, aber auch von ungebrochenem Stolz. Linc wünschte, ihr Einvernehmen wäre besser gewesen.

Tessa stand unvermittelt auf. »Wir müssen gehen, Cassie.«

Linc hob den Kopf. »Wo gehst du hin?«

»Nur eine Versammlung«, antwortete Cassie mit gespielter Unbefangenheit, die Linc alarmiert aufhorchen ließ.

»Was für eine Versammlung?«

Cassie machte ein paar Schritte rückwärts. »Es dauert nicht lang. Ich nehme Patches mit«, fügte sie hinzu, als ob Patches verhindern könnte, daß sie in Schwierigkeiten geriet. Er würde eher noch das seine dazu tun, dachte Linc.

»Sie sehen besorgt aus, junger Mann«, stellte Anselm fest, nachdem die Frauen gegangen waren.

Linc zwang sich zu einem Lächeln. »Tu ich das?«

»Mhm.«

Linc seufzte und rieb sich das Gesicht. »Wohin gehen die beiden Ihrer Meinung nach wirklich?«

Anselm zuckte die Achseln und griff nach der Whiskyflasche. »Ich weiß es nicht. Aber ich bin ein alter Hase in diesem Spiel, lassen Sie sich von mir einen Rat geben: Stellen Sie den Frauen keine Fragen, wenn Sie der Meinung sind, daß Ihnen die Antwort nicht gefallen wird.«

Kapitel 13

»Das ist skandalös«, ereiferte sich Tessa Pernell und schüttelte empört den Kopf. »Das müßte von Gesetzes wegen verboten sein!«

Cassie blickte wütend auf das Schild im Schaufenster von Jonathan Gunthers Zigarrenladen, auf dem in großen, fetten Lettern zu lesen stand: KEIN ZUTRITT FÜR FRAUEN UND HUNDE. Cassie zeigte Patches das Schild; der Hund wedelte mit dem Schwanz und sah sie dämlich an. Da er nicht lesen konnte, ahnte er auch nicht, daß man ihn beleidigt hatte.

»Dieser Laden hier ist noch weit schlimmer!« Tessa deutete auf einen rot und weiß gestreiften Pfosten neben dem Eingang zu Rudy Sloans Friseurgeschäft. »Ich wollte einmal hineingehen, um mich mit einem Kollegen über einen sehr wichtigen Fall bei Gericht zu unterhalten. Man hat mich sehr bestimmt wieder zur Tür begleitet. Als ich dann den Leuten die Dringlichkeit der Situation erklären wollte, lachte mir dieser … dieser Friseur einfach ins Gesicht.«

»Das kenne ich; ich werde oft ausgelacht«, tröstete Cassie. »Aber dir streichelt man zumindest nicht wie einem Kind oder einem Hund den Kopf und nennt dich ›mein gutes Kind‹. So geht es mir immer.«

Die anderen Frauen murmelten mitfühlend. Neben Cassie und Tessa standen noch drei Frauen, alle drei Freundinnen von Tessa und leidenschaftliche Suffragetten.

»Zu mir sagen sie auch oft ›Fräulein‹«, ärgerte sich eine kleine Frau mit rundem Gesicht und großen Puppenaugen. »Dabei bin ich dreiunddreißig Jahre alt!«

»Eine Schande«, pflichtete Tessa ihr bei. »Seht euch dieses Lokal dort drüben an!« Tessa rümpfte die Nase und deutete zum »Crystal Palace« an der Ecke. An den Fensterscheiben klebten Werbeplakate für Billard und Gold Bond Bier, und daneben ein

Schild, auf dem Frauen angewiesen wurden, einen Nebeneingang zu benutzen. »Uns verbannt man natürlich in ein kleines, überfülltes Hinterzimmer, wo nur zweitklassiges Essen serviert wird. Ich persönlich würde ein solches Lokal nie besuchen, aber …«

»Es geht um das Prinzip«, gab Cassie ihr recht.

»Leider können wir unseren Angriff nicht auf alle gleichzeitig richten«, meldete sich eine andere Frau zu Wort. »Wir sind zu wenige.«

»Ich würde sagen, wir entscheiden uns für Jonathan Gunther und seine Zigarren«, schlug Cassie mit einem Blick auf Patches vor. Die anderen Frauen sahen Patches an und tauschten ein Lächeln.

»Einverstanden«, stimmte Tessa zu. »Dieser Mann, der Hunde nicht mag, ist in meinen Augen besonders gemein.«

Tessa ging voran, Cassie und Patches folgten ihr dicht auf den Fersen. Als sie an dem bemalten hölzernen Indianer neben dem Eingang vorbeigingen, setzte Cassie ihm den Finger wie ein Pistole an die vornehme Nase. »Bang!« rief sie, und die Frauen hinter ihr lachten.

Jonathan Gunther lehnte hinter dem Ladentisch und studierte einen Pfeifenkatalog, als die Glocke über der Tür läutete. Fragend sah er auf und erstarrte schockiert, sobald er die Frauen erblickte.

»Meine Damen, was … was …?« stotterte Gunther und kam hinter dem Ladentisch hervor. Er war ein großer, breitschultriger Mann mit lockigen schwarzen Haaren, die trotz der vielen Brillantine nicht zu bändigen waren.

»Ich hätte gern eine Schachtel Zigarren«, verlangte Tessa freundlich lächelnd. »Können Sie mir eine bestimmte Marke empfehlen? Etwas mit einem angenehmen Aroma.«

Die anderen Frauen hatten sich in der Zwischenzeit im Geschäft verteilt und betrachteten mit offenkundigem Interesse die ausgestellten Schachteln und die Regale mit Tabakdosen und Feuchthaltebehältern.

Gunther machte eine unruhige Handbewegung und stotterte: »Aber … aber …!«

»Und ich möchte mir Ihre Pfeifen ansehen.« Cassie ging zu einem Regal, in dem Pfeifen in allen Größen und Formen ausgestellt waren. »Aber ich habe nicht viel Geld. Welche von diesen Pfeifen kostet am wenigsten?«

Gunther fuchtelte mit den Armen herum wie ein Huhn, das fliegen wollte. »Das ist nicht gestattet!« brüllte er.

»Was bedeutet, ›gerollt in eigens getrockneten Sumatra Blättern‹?« erkundigte sich Tessa unbekümmert.

»Hinaus, hinaus, hinaus!« schrie Gunther mit wilden Armbewegungen; Patches knurrte.

Gunther behielt die Arme in der Luft und blickte zu Boden. »Ein Hund!« brüllte er und ging auf Cassie zu, weil sie am nächsten stand. »Schaffen Sie ihn hinaus! Hinaus!«

Patches fletschte die Zähne und ging auf die Beine des Mannes los.

Aus Angst und Zorn trat Gunther mit seinen schweren Straßenschuhen nach Patches und traf ihn in die Rippen. Patches heulte schmerzerfüllt auf.

Cassie heulte ebenfalls und schwang ihre Tasche nach dem Kopf des Mannes. Aber Gunther bückte sich und die Tasche flog Cassie aus der Hand. Wie ein Lasso verfing sich der Riemen am Hutständer aus Messing. Der Hutständer schwankte und fiel krachend durch die Auslagenscheibe, so daß Zigarren, Pfeifen und Tabakdosen auf den Gehsteig rollten. Sofort bildete sich vor dem Geschäft eine Menschenmenge.

»Polizei! Polizei!« kreischte Gunther. »Vandalen, Diebe! Holt die Polizei!«

»Wie können Sie es wagen, nach meinem Hund zu treten!« schrie Cassie und wollte Gunther ins Gesicht schlagen.

Gunther wehrte Cassies Faust spielend ab, packte Cassie und hielt ihre Arme am Körper fest, damit sie nicht noch einmal auf ihn losgehen konnte. Dafür trat Cassie mit den Füßen nach ihm, und er brüllte vor Schmerz und Zorn.

Tessa hatte Angst, Cassie könnte ernstlich verletzt werden, und entleerte eine Schachtel Zigarren über Gunthers Kopf. »Mörder!« kreischte sie. »Zu Hilfe! Polizei!«

Als Linc Cameron aus Rudy Sloans Friseurladen trat, fühlte er sich wie neugeboren. Der beste Weg, einen Mann in gute Laune zu versetzen, ist eine professionelle Rasur und ein Haarschnitt, dachte er. Fröhlich schlenderte er weiter, blieb kurz vor dem Crystal Palace stehen und betrachtete sein Spiegelbild im Schaufenster. Er rückte die Krawatte zurecht und verschob seinen Strohhut ein wenig.

Als er das Pfeifsignal das erste Mal hörte, schenkte er ihm keine Beachtung. Beim zweiten Mal war der Pfeifton so laut, daß er nicht mehr zu überhören war. Gleichzeitig war lautes Geschrei zu hören. Linc drehte sich neugierig um – und sah, wie sich die Liebe seines Lebens aus Leibeskräften gegen einen großen schwarzhaarigen Mann wehrte.

Linc rief Cassies Namen und lief auf die Straße hinaus, wich einem Bäckerkarren aus und wäre beinahe vom Schienenräumgerät einer Straßenbahn erfaßt worden. Er langte zur selben Zeit wie die Polizei bei Cassie an.

Der Polizist hatte das gleiche gesehen wie Linc: Eine zierliche, blonde junge Frau wehrte sich gegen den Angriff eines kräftigen Mannes. Kein Wunder also, daß der Gesetzeshüter drohend seinen Schlagstock schwang, um der Frau zu Hilfe zu kommen. Aber Linc befürchtete auf Grund vergangener Erfahrungen, der Polizist könnte auf Cassie losgehen. Er ballte die Hand zur Faust und ließ sie auf die Nase des Polizisten niedersausen.

Der Mann taumelte zurück und klammerte sich dabei am hölzernen Indianer fest, um nicht zu fallen. Er schüttelte den Kopf, und das Blut, das ihm aus der Nase rann, spritzte herum. Wütend sah er Linc an. Der grinste und holte noch einmal aus.

»Linc!« schrie Cassie, riß sich von Gunther los und packte Linc am Arm. »Nicht!«

Drei weitere Polizisten kamen angelaufen.

»Schnappt ihn euch!« brüllte ihr Kamerad. Er ließ den Holzindianer los und deutete mit dem Schlagstock auf Linc. Dann schlug er den Schlagstock Linc mit voller Kraft ins Gesicht.

Lincs Augen waren zugeschwollen; durch schmale Schlitze sah er sich in seiner verschwommenen Umgebung um. Er sah Stäbe und hinter den Stäben ein verblaßtes Plakat an einer Betonwand, das für Liberty Bond warb. Da ihm der Anblick nicht gefiel, schloß er die Augen und versank neuerlich in Bewußtlosigkeit.

Das Klirren eines Schlüssels weckte ihn. Als er diesmal die Augen öffnete, präsentierte sich die Welt weit weniger verschwommen. Er erkannte einen Polizisten in der offenen Tür seiner

Gefängniszelle. Der Polizist deutete mit dem Daumen auf die Tür und befahl: »Raus!«

Linc ließ sich von der Betonbank fallen, auf der er gelegen war, und erhob sich steif. Er nahm seine Jacke, die ihm als Kopfkissen gedient hatte. In seinem Gesicht hämmerte ein pulsierender Schmerz, und Linc betastete vorsichtig seinen Kopf. Seine Krawatte war ihm irgendwo abhanden gekommen, und er blickte sich suchend um.

»Wollen Sie hier Wurzeln schlagen, oder was ist los?« fuhr der Polizist ihn unfreundlich an.

Linc warf sich die Jacke über die Schulter und trat in den Korridor hinaus. Anselm Pernell lehnte unbekümmert an der Wand.

»Danke«, krächzte Linc heiser.

»Es kann recht nützlich sein, wenn man sonntags ab und zu mit dem Richter zum Angeln geht«, erklärte Anselm und zuckte grinsend die Achseln. »Wir waren uns alle einig, daß Sie nur versucht haben, Ihre Frau zu beschützen, und dabei ist Ihr Temperament mit Ihnen durchgegangen.«

Linc versuchte ein Lächeln. Dabei brach eine Wunde auf seiner Lippe auf, und er tupfte das Blut mit dem Handrücken ab. »Was ist mit der Verletzung? Ich habe gesehen, daß …«

»Ist erledigt. Kommen Sie, verschwinden wir von hier. Heute ist Freitag abend, und die Zelle wird gebraucht. Freitag abend haben sie hier mit den Betrunkenen alle Hände voll zu tun.«

Es war dunkel geworden, aber sogar die Nachtluft erinnerte noch an die Hitze des Tages. Irgendwo sang eine Drossel, und Insekten summten. Linc holte tief Luft.

»Wo ist sie?« fragte Linc böse.

»Cassie? Zu Hause; sie zieht sich für das Abendessen um. Tessa und ich hatten eine Auseinandersetzung; derzeit sprechen wir nicht miteinander. Sie werden Ihrer Frau vermutlich auch einiges zu sagen haben. Es könnte eine ziemlich schweigsame Mahlzeit werden.«

»Ich werde nicht ein Wort verlieren«, behauptete Linc ungerührt. »Ich werde ihr einfach den Hals umdrehen.«

Anselm kicherte. Er führte Linc zum Daimler, der am Fuß der Treppe geparkt war. »Ihr Hund wurde übrigens in dem Tumult leider ebenfalls verletzt«, erzählte er Linc, während er ihm die Tür auf der Beifahrerseite aufhielt.

»Patches? Was ist passiert?«

»Ich glaube, er hat eine angeknackste Rippe. Der Tierarzt hat ihn untersucht. Glücklicherweise ist es nichts Ernstes.«

Ohne ein weiteres Wort fuhren sie zum Haus der Pernells. Aber als Linc aussteigen wollte, hielt Anselm ihn zurück.

»Soweit ich Tessa verstanden habe, bevor wir zu schreien begannen, hatten die Frauen nicht erwartet, daß ihr Vorhaben in solchen Handgreiflichkeiten ausarten könnte, wie es schließlich der Fall war. Ich glaube, Ihre Cassie war zu Tode erschrocken.« Er lachte. »Dabei glaube ich, daß sie vor dem, was noch kommt, mehr Angst hat. Während Sie bewußtlos waren und man sie ins Gefängnis brachte, sagte sie immer nur: ›Linc bringt mich um! Er wird mich umbringen!‹«

»Ich werde sie auch umbringen! Es bleibt nur die Frage offen, ob ich ihr zuerst den Hals umdrehe oder nachher.«

Anselm tat diese offenkundig leeren Drohungen mit einer Handbewegung ab. »Das ist gar nichts, verglichen mit ein paar Sachen, die sich Tessa in der Vergangenheit geleistet hat. Wenn ich an die Raufereien denke, die sich daraus ergeben haben! Das Leben mit dieser Frau ist nicht gerade leicht. Ich glaube, ich habe sie in den mehr als dreißig Jahren, die wir verheiratet sind, mindestens ein dutzendmal verlassen.« Er lächelte wehmütig. »Einmal bin ich bis an die nächste Ecke gekommen.«

»Man darf sich nur nicht umsehen.« Linc wollte abermals aussteigen.

Anselm berührte ihn leicht am Arm. »Haben Sie einmal darüber nachgedacht, Linc, was es heißt, als Frau geboren zu werden? Stellen Sie sich einmal vor, Sie wären eine Frau wie Cassie, intelligent, stark und talentiert. Aber überall, wohin Sie blicken, sehen Sie nur Zäune, die Sie einengen oder ausschließen, überall stehen Schilder, die Ihnen verbieten, Dinge zu tun, die Sie gern tun möchten, Schilder, die Sie in eine Richtung weisen, in die Sie absolut nicht wollen. Was würden Sie tun?«

»Ich weiß es nicht«, bekannte Linc seufzend. »Ich verstehe vielleicht sogar Cassies Kampfgeist, aber ich will nicht mit ihr in die Schlacht ziehen. Ich habe mein Leben lang gekämpft, und ich bin müde. Ich will zur Abwechslung nichts als Frieden und Ruhe.«

Anselm zog die Brauen hoch. »Frieden und Ruhe? Davon wird es in einem Leben mit Cassie herzlich wenig geben.«

»Es gab keinen einzigen friedlichen Augenblick, seit ich sie getroffen habe«, stellte Linc verzweifelt fest. »Ich hätte es vermutlich besser wissen müssen und mich von vornherein nicht in eine Frau wie Cassie verlieben dürfen. Ich wußte es ja auch, aber wie ein Idiot machte ich weiter und verliebte mich trotzdem.«

Linc ließ Anselm das Auto in die Garage fahren, lief die Stufen zur Veranda hinauf und riß die Eingangstür auf. Tessa stand in der Diele und bewachte die Treppe nach oben.

Beim Anblick seines verschwollenen Gesichts riß sie kurz die Augen auf. »Du lieber Himmel, sind Sie böse?« fragte sie.

»Ja.«

»Sie kann nichts dafür, Linc. Es war meine Idee. Falls Sie sich also aufregen wollen, dann brüllen Sie mich an, wenn es sein muß. Aber es wäre überhaupt nichts geschehen, hätte dieser entsetzliche Mann nicht nach Ihrem Hund getreten.«

Linc machte einen Schritt auf die Treppe zu. »Entschuldigen Sie«, bat er, aber Tessa wich nicht von der Stelle.

»Was werden Sie mit ihr tun?«

»Machen Sie sich keine Sorgen, Mrs. Pernell«, antwortete Linc mit unbewegtem Gesicht. »Wenn ich sie umbringe, werde ich Sie zu meiner Verteidigung engagieren.«

Tessa biß sich auf die Lippen, um ein Lächeln zu verbergen, und trat zur Seite. »Linc?« rief sie ihm nach, als er bereits auf der Treppe war. »Sie sind genau das, was Cassie braucht. Das habe ich ihr auch gesagt.«

Linc ließ sich seine Überraschung nicht anmerken. »Was Cassie Jones braucht, ist ein Wächter.«

Er riß die Tür zum Gästezimmer auf, sie schlug gegen die Wand, und die hübschen Druckgraphiken über dem Bett wackelten. Cassie saß am Schminktisch und sprang so unvermittelt auf, daß der Hocker umfiel. Sie war gerade aus dem Bad gekommen und trug nur ihren dünnen Hausmantel. Sie wirkte so klein und verletzlich und sah Linc mit ihren großen, verstörten Augen an, daß auch der letzte Rest seines Ärgers verflog und sein Gesicht für einen Augenblick weich wurde. Dann bemerkte er Patches, der zusammengerollt mitten auf dem Teppich lag und ihn mit verängstigten

Augen schmerzlich anblickte. Da flammte Lincs Zorn aufs neue auf.

Er schlug die Tür zu und warf seine Jacke auf das Bett. »Ich muß von Sinnen gewesen sein, an dem Tag, als ich dich geheiratet habe, Cassie Jones. Du bringst Probleme über Probleme!«

»Ich weiß«, erwiderte sie leise. »Es tut mir leid, Linc. Es war nicht meine Absicht ...«

Er machte einen Schritt auf sie zu, und Cassie wich zurück und umklammerte dabei krampfhaft den Ausschnitt ihres Hausmantels.

Linc knurrte böse: »Seit jenem ersten Tag, an dem ich dich getroffen habe, bist du wie ein Tornado durch mein Leben gefegt und hast nichts als Verwüstung zurückgelassen. Aber das hier, Cassie, verdammt noch mal, das war zu viel! Nicht genug, daß man mich verprügelt und ins Gefängnis gesteckt hat, aber einen armen, unschuldigen Hund mit hineinzuziehen ...«

Cassie verzog das Gesicht und begann zu weinen; Linc hielt inne.

»Ach Cassie, bitte nicht ...« Er hob die Hand, und sie zuckte zusammen, als erwartete sie, geschlagen zu werden. »Du lieber Himmel, Cassie. Ich schlage dich doch nicht!«

Er schloß sie in die Arme. Sie wollte sich losmachen, aber er hielt sie fest und drückte ihren Kopf an seine Brust. Er würde Frauen wohl nie verstehen, soviel war ihm klar. Sonst war Cassie hart und borstig wie eine Nessel, und er schlich auf Zehenspitzen um sie herum, um sie nicht zu reizen. Jetzt, da er einen richtigen, handfesten Streit mit ihr vom Zaun brechen wollte, brach sie in Tränen aus, und er fühlte sich als das größte Scheusal auf Erden.

Linc küßte sie auf den Scheitel, streichelte ihren Rücken und allmählich glitten seine Hände tiefer über ihr rundes, festes Gesäß. Sein Verlangen nach ihr erwachte. Er faßte ihre Haare zusammen und beknabberte ihre glatte Haut im Nacken. »Cassie«, seufzte er.

Sie schob ihn beiseite, hob den Kopf und starrte ihn mit dem typischen bösen Cassie-Blick an, auch wenn auf ihren Wangen noch die Spuren ihrer Tränen zu sehen waren. »Du machst mich rasend, Linc Cameron. Warum schreist du mich an? Ich habe dir doch gesagt, du sollst den Polizisten nicht schlagen!«

Linc blinzelte verständnislos. »Wie bitte?«

»Es hat niemand von dir verlangt, daß du wie ein tolpatschiger Don Quichote zu meiner Rettung angelaufen kommst!«

»Cassie, ich …«

»Ich war außerdem von vornherein der Meinung, daß es eine blöde Idee ist, wenn wir heiraten. Wie kommst du jetzt dazu, mir die Schuld zuzuschieben?«

Linc packte sie an den Schultern und küßte sie hart auf den Mund, bis sie gezwungen war, den Mund zu öffnen.

Zuerst widersetzte sich Cassie noch und boxte ihn in die Brust. Schließlich ergab sie sich seufzend, faßte nach seinem Hemd und zog ihn näher zu sich, als sie seine tastende Zunge in ihrem Mund spürte. Ohne sie loszulassen, schob Linc Cassie den Morgenmantel über die Schultern und ließ ihn zur Taille hinuntergleiten. Er legte die Hände auf ihre Brüste, wog ihre Rundung zart in seinen Handflächen.

Cassie gab sich Mühe, ihre Arme aus den beengenden Ärmeln des Hausmantels zu befreien, und ließ diesen schließlich zu Boden gleiten. Dann riß sie die Knöpfe seines Hemds auf, drückte ihn an sich und rieb ihre nackten Brüste gegen seine bloße Brust. Sie tastete mit den Händen tiefer, bis zur Taille, wo sie fand, was sie suchte.

»Linc …« stöhnte sie und blies ihm ihren Atem in den Nacken. Linc rollte herum, so daß er obenauf zu liegen kam und sich tief in sie vorschob. Sein Mund tastete nach ihren weichen Lippen und seine Hände umkosten ihre Brüste. Linc schloß die Augen und versank in ihr.

»O Gott«, stöhnte sie und preßte die Faust auf den Mund.

Als Linc allmählich wieder die Augen öffnete, lag er flach auf dem Rücken. Cassie beugte sich über ihn und fixierte ihn mit ihren zwingenden grauen Augen.

Er war immer noch außer Atem, und es dauerte eine Weile, bis er sprechen konnte. »Verdammt … wir haben vergessen, uns vorzusehen.«

Cassie lächelte ihn neckend an. »Spielt keine Rolle. Wenn wir ein Baby bekommen, dann schiebe ich dir die ganze Schuld in die Schuhe.« Sie fuhr mit den Fingern zärtlich über seine geschwollenen Lippen. »Es war mein Ernst, was ich gesagt habe, Linc.«

»Du meinst, daß es eine dämliche Idee war, zu heiraten?«

»Nein, daß es mir leid tut, was geschehen ist, daß Patches verletzt wurde und du verhaftet wurdest.«

Linc faßte unter ihre Haare und streichelte zärtlich ihren Nacken. »Willst du damit sagen, daß du versuchen wirst, bis zu unserer Landung in New York Schwierigkeiten aus dem Weg zu gehen?«

Sie dachte kurz nach, dann legte sie ihren Kopf seufzend auf seine Schulter. »Nein.«

Er lachte und liebkoste sie mit dem Kinn. »Was soll ich mit dir machen, Cassie Jones?«

Cassie hob den Kopf und fixierte ihn unnachgiebig mit ihren quälend schönen Augen. »Du könntest versuchen, mich zu lieben«, antwortete sie ernst.

Linc vergrub das Gesicht in ihren Haaren und hielt sie fest an sich gepreßt. Du lieber Gott, hilf mir, dachte er, ich liebe sie doch, ich liebe sie, ich liebe sie!

Cassie malte ihre und Lincs Initialen in den morgendlichen Tau auf dem glitzernden Rumpf des Flugzeuges und umrahmte die Buchstaben mit einem Herz. Als sie Schritte vernahm, wischte sie ihre Zeichnung rasch mit dem Ärmel weg. Mit schuldbewußtem Gesicht drehte sie sich um. Pete Striker stand vor ihr, und Cassie war erleichtert.

»Wo ist Linc?« fragte Pete, ohne die Zigarette aus dem Mund zu nehmen. Der Start zur nächsten Teilstrecke sollte in dreißig Minuten sein. Mehrere Teams wärmten bereits die Motoren auf.

Cassie deutete mit dem Kopf in Richtung Hangar, wo Linc gegen den Daimler gelehnt stand und sich mit Anselm Pernell unterhielt. Tessa hatte eine früh angesetzte Verabredung mit einem Klienten gehabt, und es war ihr daher nicht möglich gewesen, sie zu begleiten.

»Ist gestern etwas passiert?« fragte Cassie. »Haben sich verdächtige Subjekte bei der *Pegasus* herumgetrieben? Hast du etwas bemerkt?«

Pete warf die Zigarette auf den Boden und trat sie aus, bevor er sich zu Cassie beugte. »Nichts, rein gar nichts.« Er sprach sehr leise. »Ich habe mich außerdem mit mehreren anderen Piloten unterhalten; ihre Maschinen wurden nicht sabotiert.«

»Aber ...?«

»Sie hatten Probleme, es gab Störungen, das ja. Ein verlegter Auspuff, eine gerissene Ölleitung, was eben so passiert. Aber kein Hinweis auf Sabotage, wie es bei eurem Propeller der Fall war.«

»Was war mit Wards Kühlsystem? Und das gerissene Steuerkabel? Könnte das nicht auch Sabotage gewesen sein?«

Pete hob die Schultern. »Vielleicht. Aber ich glaube es nicht. Solche Sachen passieren immer wieder, besonders auf einem mörderischen Flug wie diesem.«

»Dann glaubst du also, daß es eine persönliche Sache ist. Daß jemand unseren Sieg verhindern will?«

Pete sah Cassie in die Augen. »Vielleicht will er euch einfach ausschalten, das ist alles.«

»Du meinst, man will uns töten?« fragte Cassie unverblümt. »Das ist dumm, Pete. Niemand hat einen Grund, uns den Tod zu wünschen.«

Pete sah zu Boden; dann wanderte sein Blick über das Flugfeld und weiter in die Ferne. »Es wird dir nicht gefallen, was ich dir jetzt sage. Es hat mit Linc zu tun, und mit dem Krieg.«

Cassie dachte an die Traurigkeit, die sie so oft in Lincs Augen gesehen hatte. »Was ist mit ihm dort drüben geschehen, Pete?«

»Das gleiche, das mit uns allen geschehen ist. Zu viel des Sterbens, zu viel des Tötens. Es war immer sehr persönlich, mußt du wissen. Wir haben nicht einfach willkürlich einen gesichtslosen Feind getötet. Mit der Zeit kannten wir die gegnerischen Piloten. Wir kannten ihre Gesichter, manchmal sogar ihre Namen, und trotzdem waren sie unsere Feinde. Tag für Tag jagten wir einander, kämpften, töteten und starben.« Pete schauderte. »Ja, wir starben. An manchen Tagen starteten dreißig, und nur die Hälfte kam zurück. Anfangs vermieden wir es, einander am Morgen in die Augen zu schauen; es hätte ja sein können, daß wir den anderen am Nachmittag begraben müßten. Nach einer Weile hatte man es satt, Freunde zu verlieren, daher suchte man sich von vornherein keine mehr. Die Kämpfe wirkten auf jeden von uns anders. Manche Männer wurden zu kaltblütigen Mördern; einer war scharf auf silberne Pokale. Jedesmal, wenn er ein feindliches Flugzeug abgeschossen hatte, kaufte er einen neuen Pokal. Andere zerbrachen unter der Belastung und wurden Feiglinge. Möchtest du wissen, wie ich reagierte, als sie mir sagten, daß sie mir das Bein abnehmen müssen? Ich habe wie ein Baby geweint, aber nicht weil ich traurig darüber war. Ich war erleichtert, erleichtert, daß ich nicht mehr fliegen mußte.«

Cassie hatte Tränen in den Augen. »Ach, Pete …«

»Die längste Zeit schien Linc wie durch ein Wunder einen Weg gefunden zu haben, wie er sich als einziger seinen gesunden Verstand bewahren konnte. Er hatte zwei Seiten: Am Himmel war er ein erbarmungsloser, aber vorsichtiger Jäger, auf dem Boden ein sorgloser, nahezu sanfter Mann. Aber gegen das Ende zu, vor allem nach Montes Tod, wurde es für ihn immer schwieriger, die beiden Lincs auseinanderzuhalten. Als Jäger war er noch unbarmherziger und ging Risiken ein, große Risiken. Als hätten ihn der Tod und das Töten allmählich zermürbt, bis er …« Pete unterbrach sich, aber Cassie beendete den Satz für ihn.

»Bis er selbst sterben wollte.«

Pete schob seine Mütze mit zitternder Hand zurecht. »Genau.«

Cassie wußte, was er ihr damit sagen wollte. »Du glaubst also, daß Linc immer noch sterben will? Daß er unser Flugzeug mit Absicht sabotiert?«

»Nicht mit Absicht. Ich glaube nicht, daß er weiß, was er tut, wenn er es macht.«

»Er muß es wissen!«

Pete packte sie an den Schultern und schüttelte sie. »Nein, er kann es nicht wissen. Denn wenn er es wüßte, dann würde er …«

Pete sprach nicht zu Ende und ließ Cassie los.

Dann würde er auch mich töten wollen, dachte Cassie Petes Satz zu Ende. Sie versuchte, Linc drüben beim Hangar zu erspähen. Er stand immer noch bei Anselm, hatte sich aber jetzt gebückt und kraulte Patches' Ohren. Als er sich aufrichtete und bemerkte, daß Cassie zu ihm hinübersah, winkte er ihr zu, und Cassie winkte zurück.

»Nein«, sagte sie. »Nein, das glaube ich nicht.« Aber sie bemerkte selbst den Zweifel in ihrer Stimme.

Pete nahm ihren Helm und ihre Brille, die sie auf die untere Tragfläche gelegt hatte, und reichte ihr beides. »Ich bete zu Gott, daß ich mich irre. Aber für den Fall, daß ich recht habe, laß ihn nicht mehr mit der *Pegasus* allein, Cassie. Um seinetwillen und um deinetwillen.«

Kapitel 14

Nach Kansas City dienten ihnen die Eisenbahnschienen als Orientierungshilfe auf ihrem Weg nach Südosten zum Flußlauf des Mississippi. Der nächste Kontrollpunkt war Baton Rouge im Bundesstaat Louisiana. Die Nacht verbrachten Cassie und Linc in einer kleinen Stadt am arkansasseitigen Ufer des Mississippi, wo sie bei einer Witwe ein Zimmer gemietet hatten. Die Frau vermietete an gelegentliche Gäste, und das Zimmer roch nach mit Veilchen parfümierten Duftkissen und den Geranien auf dem Fenstersims. Cassie fiel Linc in die Arme, überzeugt davon, daß sie ihn retten konnte, wenn sie ihn nur genügend liebte.

Linc nahm ihr Gesicht in beide Hände und sah ihr in die Augen. »Ich habe sehr, sehr lange gedacht, daß ich nie an etwas glauben werde, daß ich mich nie mehr wieder über etwas freuen werde, aber jetzt habe ich dich gefunden«, gestand er. Das war sein Versuch, Cassie zu sagen, daß er sie liebte, und Cassie wäre sehr erleichtert gewesen, hätte sie nicht die Traurigkeit in seinen Augen gesehen.

Als Cassie am nächsten Morgen aufwachte, war das Bett neben ihr leer, und Patches war verschwunden. Sie hatten die *Pegasus* am Vorabend am Stadtrand abgestellt; dort fand sie Linc. Er wischte sich gerade die Hände an einem nassen Lappen ab. Auf einer Tragfläche stand eine Laterne und auf dem Boden verstreut lagen Werkzeuge. Patches jagte im Gras hinter Libellen her. Im Osten wurde der Himmel allmählich hell.

»Was machst du?« fragte Cassie noch im Laufen.

Linc sah überrascht auf. »Ich hatte das Gefühl, daß der Motor gestern nicht ganz rund lief.«

»Das fand ich nicht.«

Er zuckte die Achseln.

»Linc ...« begann Cassie und hielt wieder inne. Was sollte sie machen? Ihn fragen, ob er soeben an ihrem Flugzeug herummanipuliert hatte? »Du hättest mich bitten sollen, dir zu helfen«, sagte sie statt dessen.

»Ich wollte dich lieber schlafen lassen.« Er streichelte ihre Wange und bog ihr den Kopf zurück, damit sie ihn ansah. »Du hast bisher den größten Teil der Wartungsarbeiten übernommen. Habe ich dir schon gesagt, daß du der beste Kopilot bist, den ich mir wünschen könnte?«

Cassie nickte und zwang sich zu lächeln. Sie dachte an Petes Warnung, Linc nicht mit der *Pegasus* allein zu lassen. Sie warf einen Blick auf den Motor unter der schützenden Motorhaube. Hatte Linc etwas am Motor manipuliert, während sie geschlafen hatte? Sie würde es nur wissen, wenn sie den ganzen Motor auseinandernahm und selbst wieder zusammensetzte. Sie könnte es natürlich tun, aber es würde Stunden dauern. Und wie sollte sie es Linc erklären, ohne sein Mißtrauen zu erregen, falls er schuldig war, oder ihn fürchterlich zu verletzen, falls nicht? Nein, sie wollte ihm vertrauen – unter Einsatz ihres Lebens.

Die Erinnerung an die Trauer in Lincs Augen ließ Cassie nicht los, auch nicht, als sie bereits durch den azurblauen Himmel flogen, über den sich lange, weiße Federwolken zogen. Cassie steuerte die Maschine den Mississippi entlang nach Süden. Heute machte ihr das Fliegen keine Freude, was selten genug geschah. Es war kalt. Ein scharfer Wind pfiff ihr um die Wangen und drang sogar durch die dicke Jacke. Ihre Hände in den pelzgefütterten Handschuhen waren taub vor Kälte.

Sie versuchte zu verstehen, wie ein Mann methodisch seinen Tod arrangieren konnte, ohne zu wissen, was er tat. Er mußte krank sein. Der Krieg hatte schon manchen in den Wahnsinn getrieben. Kriegsneurose nannte man es im allgemeinen. Cassie hatte einmal einen Mann gesehen, der an einer Kriegsneurose litt. Er war ein klappriges, dürres Nervenbündel. Doch noch nie hatte jemand auf Cassie so ausgeglichen gewirkt wie Linc; nur wenn sie in Schwierigkeiten geraten war, hatte er einen Wutanfall bekommen. Cassie mußte daran denken, mit welcher Ruhe er die *Pegasus* gelandet hatte, als der Propeller zerbrochen war und der Motor ausgesetzt hatte. Falls er unbedingt sterben wollte, dann wäre das zweifellos der richtige Augenblick dafür gewesen, dachte Cassie bitter.

Linc legte ihr die Hand auf die Schulter, und Cassie schrak aus ihren Gedanken auf. Dabei riß sie am Steuerknüppel, so daß sich die Maschine in eine scharfe Kurve legte. Vor ihnen türmte sich plötzlich eine dicke Wolkenwand. Cassie hatte nur wenige Sekunden, um die Maschine wieder unter Kontrolle zu bringen, bevor sie in die Wolken tauchten.

Wie ein feuchtes weißes Laken legte sich der Nebel um ihre Köpfe. Dann gerieten sie in einen Fallstrom, und es war, als hätte man ihnen plötzlich den Boden unter den Füßen fortgezogen. Der Regen klatschte ihnen wie aus einem riesigen Gartenschlauch ins Gesicht. Cassie mußte mit aller Kraft am Höhenruder ziehen, während der Wind sie hin- und herschleuderte. Das Flugzeug wich in den stürmischen Windböen hilflos vom Kurs ab und schwankte gefährlich wie ein Stück Treibholz im sturmgepeitschten Meer. Cassie drehte sich kurz zu Linc um und deutete nach oben. Linc nickte; sie wollten versuchen, die Wolke oben zu überfliegen.

Beim Höherklettern bildete der Regen einen Eisfilm an Cassies Brille. Der Sturm rüttelte die Maschine immer noch gefährlich durch. Cassie fürchtete, der Vergaser könnte vereisen; sie ließ den Höhenmesser nicht aus den Augen und lauschte gespannt auf das Dröhnen des Motors. Kaum gedacht, verkündete ein unregelmäßiges Stottern einen Leistungsabfall. Sie warf einen raschen Blick auf den Fahrtenmesser: Er zeigte nichts an. Cassie hämmerte auf ihn ein, aber ohne Erfolg. Der Fahrtenmesser stand auf Null.

Sie waren schon zu lange im dichten Grau der Wolke herumgeworfen worden, und Cassie konnte sich auf ihren Gleichgewichtssinn nicht mehr verlassen. Sie wußte nicht mehr, wo oben oder unten, links oder rechts war, und ihre Hände lagen unschlüssig und unbeweglich auf den Kontrollhebeln. Da der Fahrtenmesser ausgefallen war, hatte sie nicht bemerkt, daß sie immer langsamer geworden waren, zu langsam für den geplanten steilen Anstieg. Schließlich war die Geschwindigkeit zu niedrig, die Maschine konnte sich nicht mehr in der Luft halten und schmierte ab.

Ein Zittern ging durch die Maschine, und sie tauchte in einem rasenden, spiralförmigen Sturzflug durch den Nebel. Cassie starrte hilflos auf den Höhenmesser und den sich drehenden Kompaß und versuchte verzweifelt, die Maschine irgendwie wieder unter Kontrolle zu bringen. Die Ohren schmerzten, und in Händen und Füßen entstand eine Blutleere. Allmählich wurde es schwarz vor ihren Augen.

Plötzlich war es wieder hell um sie; sie hatten den unteren Wolkenrand durchstoßen, und Cassie war wie geblendet. Sie blinzelte und mußte erkennen, daß die Welt auf dem Kopf stand. Wo der Himmel sein sollte, sah sie grüne Wiesen und einen braunen Fluß, die mit rasender Geschwindigkeit auf sie zukamen.

Es blieben ihnen nur noch Sekunden bis zum Ende, aber mehr brauchte Cassie nicht. Sobald sie den Boden erblickte, funktionierte auch ihr Gleichgewichtssinn wieder. Sie schob den Steuerknüppel vor und riß die Maschine mit Gewalt aus der Spirale, daß es ihr die Zähne aufeinanderpreßte. Keine zwanzig Meter vom Boden entfernt, sprang der Propeller an; sie waren dem Boden so nahe, daß das Wasser im Fluß unter ihnen aufspritzte.

Das Gewitter tobte immer noch, und über ihnen zuckten die Blitze. Cassie war so verängstigt, daß sie nur einen Gedanken hatte: die *Pegasus* zu landen, und zwar sofort.

Neben dem Fluß entdeckte sie ein langes, grünes Feld und steuerte die Nase der *Pegasus* genau darauf zu. Es war eine rauhe Landung, die Räder pflügten tiefe Furchen in die weiche Erde, und Wasser spritzte auf.

Erst als Cassie aus dem Cockpit geklettert war und festen Boden unter den Füßen spürte, wurde ihr das Ausmaß ihrer Angst bewußt. Mit Beinen so steif wie Stelzen taumelte sie Linc in die Arme, und ein unkontrollierbares Zittern überfiel sie.

»Linc, der Motor hat ausgesetzt. Der Fahrtenmesser blockierte oder fiel aus, und der Motor setzte aus. Ach Gott, Linc, ich hätte uns beinahe umgebracht …«

Es goß in Strömen, und der Wind peitschte ihnen ins Gesicht. Linc zog Cassie an die Leeseite der Maschine und drückte sie fest an sich. »Cassie, du warst einfach unglaublich. Das war Fliegerei erster Klasse; so etwas habe ich noch nie erlebt.«

»Nein, nein, nein!« Sie schüttelte wild den Kopf. »Ich war in Panik. Du hättest das Steuer übernehmen sollen, Linc. Warum hast du es nicht gemacht?«

Linc öffnete die Schnalle an ihrem Helm und zog ihr Helm und Brille vom Kopf. Er küßte sie auf die kalte, nasse Wange. »Liebling, ich war völlig orientierungslos. Ich …«

Cassie versetzte ihm einen Stoß in die Brust. »Du Bastard!« schrie sie.

Er war so erschrocken, daß er nur dastand und zuließ, daß Cassie abermals auf ihn einschlug. Aber als sie ein drittes Mal ausholte, packte er sie am Handgelenk und fing den Schlag ab.

»Cassie! Was ist los mit dir?«

»Du! Es ist deine Schuld!«

»Was habe ich jetzt wieder gemacht?«

Sie befreite ihr Handgelenk, machte einen Schritt zurück und rieb sich die schmerzende Stelle, wo er sie festgehalten hatte.

»Du weißt es«, anwortete sie kalt.

»Ich weiß was? Du lieber Himmel! Mit dir zu leben, ist wie einen Skorpion zu halten. Man weiß nie, wann er sich umdrehen wird und zusticht.«

Sie lachte hysterisch. »Und was glaubst du, wie es ist, mit dir zu leben? Du willst vielleicht sterben, Linc Cameron, aber ich nicht!«

»Wovon, zum Teufel, sprichst du?«

»Schlimm genug, daß du erreicht hast, daß ich mich in dich verliebe und ohne dich nicht leben kann. Jetzt hast du beschlossen, daß du sterben willst, und ich soll mit dir sterben.«

Linc schwieg und starrte sie fassungslos an. Cassies Wangen waren naß, und das kam nicht nur vom Regen. Sie haßte es, wenn er ihre Gefühle durcheinanderbrachte und das unterste in ihr zuoberst kehrte. Er schien immer kontrolliert und die Ruhe in Person zu sein. Sie hingegen brauchte in letzter Zeit nur daran zu denken, wie sehr sie ihn liebte, und bekam solche Angst vor ihren eigenen Gefühlen, daß sie überbrodelte wie ein Geysir.

»Du erklärst mir besser, was du mit deiner Bemerkung gemeint hast«, forderte Linc sie auf, immer noch ruhig und kontrolliert. Aber sein Gesichtsausdruck war verschlossen wie schon lange nicht.

Cassie nahm ihren ganzen Mut zusammen und schob unbewußt das Kinn betont nach oben. »Du willst eine Erklärung, gut, ich werde dir eine geben. Ich glaube nicht, daß das ausgefallene Instrument ein Zufall war. Wenn wir nachsehen, werden wir vermutlich herausfinden, daß es Sabotage war.«

»Und?«

»Du bist es gewesen.«

Jetzt hatte sie es ans Licht gezerrt. Es war an ihm zu reagieren, aber er sagte nichts, sondern sah sie nur an. Dann drehte er sich unvermittelt um und ging davon.

»Linc!« schrie sie ihm nach.

Er hielt nicht einmal inne.

»Linc!« Cassie rannte ihm nach, packte ihn am Ärmel seiner Lederjacke und zwang ihn, sie anzusehen. Sie hatte alles erwartet – Zorn, Hohn, Verachtung – alles, außer dem, was sie wirklich sah. Schmerz, bitterer, wütender Schmerz blitzte ihr aus seinen Augen entgegen. Cassie wurde es augenblicklich mit schrecklicher Klarheit bewußt, daß sie sich getäuscht hatte. Es war ein unglaublicher, dummer Irrtum gewesen, aber jetzt konnte sie nichts mehr tun oder sagen, um es wiedergutzumachen. Sie hatte ihn für immer verloren.

Linc löste ihre Finger von seinem Ärmel und ließ ihre Hand fallen. Er ging, und diesmal ließ Cassie ihn gehen. Er folgte dem Flußufer und war bald im Regen hinter den Sträuchern verschwunden.

Cassie kehrte zur *Pegasus* zurück und suchte unter der Tragfläche vor dem Regen Schutz. Sie zog die Knie ans Kinn, umfaßte die Beine mit den Armen und weinte.

Eine kalte Nase beschnupperte ihre Hand. Cassie zog Patches auf den Schoß und vergrub ihr Gesicht in seinem feuchten Fell. Leise winselnd leckte er ihr die Tränen von den Wangen.

Nach einer Weile hörte es auf zu regnen, und die Sonne brach durch die Wolken; sofort war es angenehm warm. Cassie schob Patches von ihrem Schoß und wollte gerade aufstehen, als sie bemerkte, daß das andere Rad halb im schwarzen, klebrigen Schlamm steckte. Besorgt sah sie sich auf dem Feld um. Sie hatte die *Pegasus* auf einem tiefliegenden Feld gelandet, was seine guten und schlechten Seiten hatte. Das Gute daran war, daß nicht das ganze Feld Sumpfland war; sobald sie aus dem Schlammloch heraus waren, sollten sie mühelos starten können. Das Problem bestand darin, aus dem Schlammloch herauszukommen. Wenn Linc also nicht zurückkam …

Cassie wollte nicht daran denken. Patches wich nicht von ihrer Seite, als sie die *Pegasus* sorgfältig untersuchte, um zu sehen, ob sie auf dem stürmischen Flug durch die Wolken Schaden erlitten hatte. Alles in allem war es nicht so schlimm, aber Cassie würde trotzdem Stunden für die Wartung brauchen, sobald sie in Baton Rouge war. Die Überprüfung des Fahrtenmessers hatte sie sich für den Schluß aufgehoben. Sie starrte ihn lange an, bevor sie den Werkzeugkasten aus dem Spind holte.

Sie brauchte nicht lange, um herauszufinden, was los war. Die Verbindung zur Anzeige war gelockert worden, so daß sie bei einem plötzlichen Ruck, wie er die Maschine beim Eintauchen in die Regenwolke erschütterte, reißen mußte. Es war Sabotage, daran gab es keinen Zweifel.

Cassie ging zum Fluß hinunter, in der Hoffnung, Linc zu treffen. Auf dem Fluß war wenig zu sehen, nur ein kleines Fischerboot und ein altes Schleppschiff, das einen leeren Kahn zog. Am Wasser roch es feucht und modrig. Das sandige Ufer war übersät von allerlei Unrat, der nach dem letzten Hochwasser hier zurückgeblieben war. Cassie stieß auf eine große Schildkröte, die sich auf einem Holzbrett sonnte, aber als Cassie näherkam, ließ sich das Tier von seinem Ausguck gleiten und verschwand im schlammigen Flußwasser. Patches entdeckte einen Truthahn und jagte ihn in ein Dickicht aus Nesseln und Brombeeren. Dabei stöberte er ganze Schwärme von Mücken und anderen Insekten auf, und Cassie mußte ihn schließlich, auf den Knien liegend, an den Hinterbeinen aus dem Gestrüpp ziehen.

»Sieh dir das an!« Dabei deutete Cassie auf die glänzenden, typisch geformten Blätter. »Weißt du, was das ist, du dämlicher Hund? Das ist Giftsumach.« Sie befreite sein Fell von den Kletten. »Wenn ich morgen voll von roten, juckenden Flecken bin und vollkommen verschwollen, dann weiß ich, wem ich das zu verdanken habe.«

Sie warf noch einen Blick flußaufwärts und machte sich schließlich seufzend auf den Rückweg zur *Pegasus*. Linc wartete auf sie. Zuerst glaubte sie, Erleichterung auf seinem Gesicht zu sehen, sobald er sie sah, aber seine Stimme klang eisig.

»Ungefähr eine halbe Stunde zu Fuß von hier ist eine kleine Stadt«, begann er. »Ich versuche, eine Fahrgelegenheit nach Süden zu finden. Du kannst die *Pegasus* nach Baton Rouge fliegen. Wenn es mir möglich ist, treffe ich dich dort.«

»Wenn ...« Die Stimme versagte ihr, und Cassie mußte sich

räuspern. »Wenn wir nicht gemeinsam mit der *Pegasus* am Kontrollpunkt eintreffen, werden wir disqualifiziert.«

Linc stieß ein kurzes, bitteres Lachen aus und schüttelte den Kopf. »Du hast mehr Mut als Verstand, Cassie, wenn du immer noch mit mir fliegen willst. Ich könnte doch jederzeit überschnappen und uns in den Tod fliegen! Ich werde zwar die *Pegasus* in keinen Berg fliegen, weil es hier keine Berge gibt, aber es gibt Sümpfe und Wasser. Ich lande im Wasser, Cassie, und wenn wir beim Absturz nicht umkommen, dann ertrinken wir. Wir versinken Arm in Arm im Schlamm!«

»Hör auf!« schrie sie und hielt sich die Ohren zu. »Ich weiß, wie verletzt du bist und ich ...«

Er packte sie an den Handgelenken und zog ihr die Hände von den Ohren. »Verletzt! Du hast verdammt recht, ich bin verletzt. Was glaubst du, wie man sich fühlt, wenn man entdeckt, daß die Frau, die man liebt, glaubt, man wäre irgendein Irrer, der nicht nur sich, sondern auch sie umbringen will?«

Er hatte vermutlich nicht einmal bemerkt, daß er es gesagt hatte. Aber Cassie hatte es gehört und klammerte sich an das eine Wort wie an eine Rettungsleine, die sie vor dem Ertrinken bewahrte.

»Du liebst mich?«

Er verstummte. Es wurde so still, daß Cassie die Fischer hörte, die draußen am Fluß einander etwas zuriefen.

Linc holte tief Luft. »Ich liebe dich. Es stimmt, ich habe es gesagt. Ich liebe dich. Ich hoffe, du bist zufrieden. Wir passen nicht zueinander, in keiner Weise. Aber du hast es geschafft, daß ich mich dermaßen in dich verliebt habe, daß ich keine andere Frau mehr ertragen kann.« Er legte ihr die Hand auf den Mund, als sie etwas sagen wollte. »Nein, sage jetzt nichts. Wir haben beschlossen, die Sache zu beenden, sobald wir in New York sind, und ich werde mich daran halten. Um meinetwillen genauso wie um deinetwillen. Also sage nichts, küß mich nur.« Er verschloß ihr den Mund mit einem verzweifelten, leidenschaftlichen Kuß, der ihr mehr als seine Worte bewies, wie tief seine Gefühle waren.

Cassie spürte, wie sich etwas in ihr löste, das schwer auf ihrer Seele gelastet hatte. Vor Tagen hatte sie Linc ihren Körper geschenkt, aber mit diesem Kuß gab sie sich ihm ganz hin. Und wenn sie ihm schon nicht für immer gehören konnte, dann gehörte sie ihm zumindest jetzt.

Linc küßte sie auf die Augenlider und schließlich voll Zärtlichkeit auf die Stirn. »Ich liebe dich«, sagte er und lachte. »Seltsam, je öfter ich es sage, desto leichter fällt es mir. Ich liebe dich, ich liebe dich. Es wird dir wahrscheinlich zum Hals heraushängen, wenn wir endlich in New York sind.«

New York. Ein eisiger Schauer lief Cassie über den Rücken. Nichts hatte sich verändert. Er hatte gesagt, daß er sie liebte, aber innerlich hatte sie das immer gewußt. Er hatte gesagt, daß sie nicht zueinander paßten, auch das wußte sie. Er wollte Frieden, eine Frau und Kinder, eine Veranda mit einer Schaukel. Und sie wollte ... ja, was wollte sie? Sie war sich nicht mehr sicher. Sie wußte nur, daß Linc eine ganze Frau wollte und brauchte, eine Frau, die nur ihm gehörte. Aber in ihrem Inneren gab es eine Leere, ein Teil von ihr fehlte, und so lange sie diesen fehlenden Teil ihres Wesens nicht gefunden hatte, konnte sie Linc nie ganz gehören.

Sie löste sich aus seinen Armen. »Ich muß mit dir über etwas sprechen, Linc. Versprichst du, daß du nicht böse wirst?«

»Worum geht es?«

»Versprich zuerst, daß du nicht böse wirst.«

Er seufzte aufgebracht. »Ich hasse es, wenn du solche Sachen machst, Cassie!«

»Versprich es!« beharrte sie störrisch.

»Also gut, ich verspreche es. Aber wenn du ...«

»Ich habe den Fahrtenmesser überprüft«, begann sie rasch. »Es war Sabotage. Aber wir sind die einzigen, Linc, die sabotiert werden. Pete hat sich umgehört. Jemand will uns umbringen.«

Linc starrte gedankenverloren zu Boden. »Nun, wir haben Harry und Jim ausgeschlossen, und wir sind zu dem Schluß gekommen, daß ich es nicht war, das stimmt doch, Cassie? Oder?«

Cassie nickte ernsthaft.

»Dann gibt es nur noch einen, der in Frage kommt.«

»Wen?«

»Dich.«

»Linc!« Cassie schnappte nach Luft. Da bemerkte sie, wie es um seine Mundwinkel zuckte, und drohte ihm spaßhaft mit der Faust. »Das war nicht lustig, Linc Cameron!«

»Geschieht dir recht.« Er legte ihr den Arm um die Schultern. »Komm, verschwinden wir von hier. Wir verlieren sonst noch den Wettbewerb.«

»Ähh … Linc, da ist noch etwas.«

»Was?« fragte er müde.

»Versprichst du, daß du nicht böse wirst?«

Er warf die Arme in die Luft. »Du machst mich verrückt, Cassie!« brüllte er. Als ihm bewußt wurde, was er gesagt hatte, mußte er lachen. »In Ordnung. Was ist es? Ich verspreche, ich werde nicht böse sein.«

Cassie schluckte, schob das Kinn in die Höhe und gestand: »Ich, ich habe die *Pegasus* in einem Schlammloch aufgesetzt.«

Linc ging um die *Pegasus* herum und besah sich die Lage. Er gab sich größte Mühe, nicht zu fluchen. »Nun ja, es ging ein wenig hektisch zu«, meinte er schließlich. »War nicht deine Schuld.«

»Doch, es war meine Schuld.«

»Ja, es war deine Schuld«, gab er ihr recht. »Aber wir machen alle Fehler.« Er grinste. »Auch ich; einer meiner seltenen Fehler liegt bekanntlich weit zurück in der Vergangenheit. Wir müssen jetzt alles, was nicht niet- und nagelfest ist, aus dem Flugzeug schaffen und können nur hoffen, daß der Wind das Seinige tut.«

Linc warf bereits alles mögliche aus den beiden Cockpits und dem Spind. Als er Cassie den Rücken zukehrte, nahm sie das pfirsichfarbene Seidenkleid und die Schuhe, die zusammengerollt am Boden ihrer Tasche gelegen hatten, und stopfte alles zwischen Hemd und Overall. Sie sah aus, als wäre sie im sechsten Monat schwanger, aber sie hoffte, daß Linc so damit beschäftigt sei, die *Pegasus* flott zu bekommen, und daher nichts bemerkte. Patches verkroch sich unter dem Sitz im vorderen Cockpit.

Linc überschlug, wieviel Treibstoff sie noch bis Baton Rouge brauchen würden, und ließ so viel auslaufen, als er gerade noch verantworten konnte. Er schnitt mit dem Taschenmesser Zweige ab und schob sie so gut er konnte unter die Räder, damit die Reifen greifen konnten. Glücklicherweise standen sie mit der Nase in den Wind. Cassie warf den Propeller an, während Linc den Motor anließ; dann sprang sie schnell an Bord.

Zuerst hatte es den Anschein, als wäre die *Pegasus* am Boden festgeklebt, dann begann sie unter Ächzen über das Feld zu rollen und kämpfte gegen den klebrigen Schlamm, der sie bremste. Als Linc spürte, daß sich das Heck allmählich hob, setzte er alles daran, die Nase der Maschine hochzukriegen. Plötzlich lösten sich die Räder mit einem lauten, saugenden Plopp, und sie waren in der Luft.

Linc zog eine Kurve, kletterte höher, und es ging weiter in Richtung Baton Rouge.

Cassie brach ein Stück von einer Orange ab und schob sie in den Mund. An die Tragflächenverstrebung gelehnt, genoß sie die saftige Frucht und seufzte glücklich. Die Augen geschlossen, wandte sie das Gesicht der späten Nachmittagssonne zu und freute sich an den letzten wärmenden Strahlen. Ihre Wangen waren immer noch etwas gefühllos vom stundenlangen Fliegen im kalten Wind.

In Baton Rouge wurden sie von noch mehr Journalisten erwartet als in Kansas City. Bean's Cola war es endlich doch gelungen, im ganzen Land das Interesse an diesem Flugwettbewerb zu wecken. Wetten auf den Sieg wurden abgeschlossen, und auch jene, die sportlich nicht besonders interessiert waren, hatten sich ein Lieblingsteam gewählt, das sie lebhaft unterstützten. Ein Reporter hatte Cassie gestanden, daß sie und Linc bei der Menge anscheinend als Favoriten galten. »Ein junges Paar wie Sie es sind, das gerade sein gemeinsames Leben begonnen hat«, erklärte er Cassie. »Die Leute würden sich freuen, wenn Sie das Preisgeld gewinnen.« Aber ein anderer Reporter hatte sie erneut gefragt, ob es wahr sei, daß sie als Revuetänzerin gearbeitet hätte und Leroy Beans Geliebte sei.

Doch Cassie verlor allmählich ihre Scheu vor den Presseleuten mit ihren Notizbüchern und Fotoapparaten. Sie beantwortete die meisten Fragen ungezwungen fröhlich und überging die boshaften und gemeinen. Aber schließlich war sie erleichtert, als die nächste Maschine landete und die Presseleute abzogen, um jemand anders ihre Fragen entgegenzuschreien.

Ein Reporter war etwas zurückgeblieben und hatte ihr augenzwinkernd die Orange zugeworfen; ihren Dank tat er mit einem Lachen ab. »Denken Sie nur daran, wer Sie gelabt hatte, als Sie müde und hungrig waren, wenn Sie einmal in einer eleganten Wohnung auf der Fifth Avenue wohnen!« hatte er ihr charmant zugerufen.

Cassie spürte kühle Lippen auf ihrer Wange und riß die Augen auf. »Keine Pause für die geplagten Müden, meine Schöne«, munterte Linc sie auf. »Vor uns liegt eine Menge Arbeit.«

Cassie richtete sich auf und streckte sich. »Unser Werkzeug liegt irgendwo am Mississippi.«

Linc ließ eine schwere Ledertasche vor ihr auf den Boden fallen. »Ich habe Werkzeug geborgt.«

Cassie drückte ihm ein Orangenstück an die Lippen, und Linc öffnete den Mund. »Wo liegen wir also?« wollte Cassie wissen. »Immer noch an dritter Stelle?«

»Ah, das war gut«, murmelte Linc mit vollem Mund. »Gib mir noch eins.«

Sie versteckte den Rest der Orange vor ihm. »Nur, wenn ich einen Kuß bekomme.«

Sein Mund schmeckte nach Orange, und sein herber männlicher Duft machten Cassie schwindelig. Linc küßte sie, und Cassie klammerte sich an die Ärmel seiner Lederjacke, als ginge es ums Überleben.

»Haben wir also aufgeholt?« wollte sie atemlos wissen, nachdem Linc sie losgelassen hatte.

»Die Gesamtzeiten haben sich zusammengeschoben«, berichtete Linc. »Fast alle Teams, die in Kansas City noch dabei waren, sind mittlerweile hier eingetroffen. Alle, außer Harry und Jim.«

»Die Armen.«

Linc grinste. »Ja, armer Harry, armer Jim.«

»Warum magst du sie nicht? Ich finde sie nett.«

»Ich möchte nicht wieder darüber streiten, Cassie.«

Sie stemmte die Hände auf die Hüften. »Möchtest du wissen, was ich glaube?«

»Nein.«

»Ich glaube, daß du eifersüchtig bist, weil die beiden mir gefallen.«

»Ach! Und möchtest du wissen, was ich glaube?«

»Nein.«

»Ich glaube, du brauchst noch einen Kuß«, knurrte er und streckte den Arm nach ihr aus.

Cassie quietschte und lief davon. Gebückt lief sie um die *Pegasus* herum und prallte gegen Edward Farrell.

»He!« Edward nahm sie an den Schultern und hielt sie auf. »Was gibt es?« Dann bemerkte er Linc und ließ Cassie los. Er zog zynisch die Brauen hoch. »He, was ist los, alter Junge? Hast du jetzt schon Probleme mit der kleinen Frau? Da gibt es doch ein Sprichwort, darin heißt es so ähnlich wie: Eine Frau, ein Hund und ein Olivenbaum, wenn du sie prügelst, so spuren sie, du glaubst es kaum!«

Cassie wollte Ward ihre Meinung sagen, doch Linc kam ihr zuvor und entgegnete grinsend: »Meine Erfahrungen gehen eher in die Richtung, daß du mit Prügeln einer Frau den Teufel zwar nicht austreiben, sie aber sehr wohl zum Teufel machen kannst.«

»Oh!« stöhnte Cassie. »Ich weiß nicht, welcher von euch beiden schlimmer ist!«

Cassie machte kehrt und wollte gehen, als das Brummen eines Flugzeugs hörbar wurde. Sie blickte auf und erkannte die markante Silhouette des Druckschrauben-Doppeldeckers, die sich dunkel gegen die untergehende Sonne abzeichnete.

»Es sind Harry und Jim!« verkündete Cassie triumphierend.

Linc murmelte etwas Unverständliches, und Cassie mußte lächeln. Sie beobachteten den Landeanflug, trotzdem konnte später niemand erklären, wie es geschehen war. Der Anflug der Maschine schien problemlos. Plötzlich schlug sie hart auf dem Boden auf und explodierte.

Der heiße Luftstrom von der Explosion gab den Umstehenden das Gefühl, vor einem riesigen Heizofen zu stehen. Cassie preßte die Hände auf den Mund, um nicht zu schreien. Linc stand neben ihr; er machte ein komisches Geräusch und zuckte zusammen. Cassie sah ihn an: Er war leichenblaß und in Schweiß gebadet. Aus seinen Augen sprach blankes Entsetzen.

»Linc ...« Sie berührte ihn am Arm, und er reagierte, als hätte sie ihn geschlagen. Dann stolperte er davon. Cassie wollte ihm nach, aber Edward hielt sie zurück.

»Laß ihn allein.«

»Aber ...«

Edward hielt sie eisern fest. »So ist Monte gestorben; er ist in seinem Flugzeug zu Asche verbrannt. Monte war für Linc wie ein Bruder, ja sogar mehr als ein Bruder. Linc hat alles mitangesehen. Er sah Monte landen und sah die Flammen. Linc landete hinter ihm, aber es war zu spät. Die Rettungsmannschaft fand Linc eine Stunde später zusammengekrümmt im Cockpit seiner Maschine; er weinte wie ein Kind.«

Edward hatte den letzten Satz mit leichter Verachtung gesprochen, und das ärgerte Cassie. In ihren Augen schadete es Linc Camerons Männlichkeit keineswegs, daß seine Freundschaft zu Monte so tief gegangen war und er über den Tod des Freundes geweint hatte.

Eine Feuerwehr war zum Löschen angefordert worden, aber es war zu spät. Cassie glaubte, im vorderen Cockpit den schwarzen Umriß eines Körpers zu sehen, und wandte sich rasch ab.

Edward zog sie an sich, und sie drückte ihr Gesicht an seine Brust. »Was kann ich tun, Ward? Ich liebe Linc und ertrage es nicht, ihn leiden zu sehen.«

Ward hatte beruhigend ihren Rücken gestreichelt und hielt einen Augenblick lang inne, dann fuhr er fort: »Du kannst nichts für ihn tun, Cassie. So etwas vergißt ein Mann nie.«

Cassie hatte die Wartungsarbeiten zur Hälfte beendet, als Linc endlich wiederkam. Man hatte die Leichen aus dem Wrack geholt und sie, ebenso wie die Überreste der Maschine, fortgeschafft. Es war der erste schwere Unfall im Verlauf des Wettbewerbs, aber das Unglück hatte alle ernüchtert und daran erinnert, daß das Unternehmen gefährlich – ja tödlich – werden konnte.

Cassie wußte nicht, wie sie sich Linc gegenüber verhalten oder was sie sagen sollte. Er sah sie nur an, sprach aber kein Wort. Sie drehte sich wieder um und setzte ihre Arbeit fort. Linc stellte sich neben sie, und sie arbeiteten Seite an Seite weiter, ohne ein Wort zu sprechen. Cassie mußte sich auf die Zunge beißen, um nicht mit Fragen herauszuplatzen, deren Beantwortung Linc unerträglich gewesen wäre.

Cassie schwieg, bis sie fertig waren und das Werkzeug verstauten. »Wir halten heute nacht besser abwechselnd Wache, damit die *Pegasus* nicht wieder sabotiert wird«, begann Cassie schließlich. Sie ließ ungesagt, daß zumindest Lincs Hauptverdächtige jetzt tot waren.

»Ist nicht notwendig«, antwortete Linc. »Ich habe mich heute nachmittag mit dem Veranstaltungskomitee über die Vorfälle unterhalten. Sie waren sehr erbost, wütend und so weiter und versprachen, heute abend eine Wache aufzustellen.« Er deutete auf die Scheune, die man in einen Hangar verwandelt hatte. »Wir sollen sie dort drüben einsperren. Ein bewaffneter Posten wird sie die ganze Nacht bewachen, bis wir morgen früh wieder da sind.«

Cassie kaute an ihrer Unterlippe. »Das sollte genügen.«

»Es muß genügen. Wir brauchen unseren Schlaf, sonst bringen wir uns durch Übermüdung und Leichtfertigkeit womöglich noch selbst um.« Er zwang sich um Cassies willen zu einem müden Lächeln. »Im Augenblick bin ich so erledigt, als wäre ich mit Jack Dempsey über fünfzehn Runden im Boxring gestanden.«

Cassies Antwort blieb nicht aus. »Fünfzehn Runden? Willst du mich zum Narren halten? Ich habe gesehen, wie du dich auf die Polizisten gestürzt hast, weißt du noch? Du würdest dich keine fünfzehn Sekunden im Ring mit Jack Dempsey halten.«

Linc fühlte sich tatsächlich wie erschlagen, doch als er abends dann in ihrem gemieteten Zimmer im Bett lag und Cassie beim Ausziehen zusah, schwand seine Müdigkeit allmählich. Im Licht der Kerosinlampe schimmerten ihre Haare golden, und ihre rauchgrauen Augen rissen ihn aus seinen Gedanken. Cassie war schön, und sie gehörte ihm, und er wartete voll Verlangen auf sie.

Endlich kam sie. Er wühlte in ihren Haaren, und seine Bauchmuskeln spannten sich, als Cassie sich über ihn beugte und ihre Brüste in sanften Kreisen über seine Brust strichen. Als er den Höhepunkt erreichte, verlöschte alles rund um ihn. Das Universum bestand nur aus Cassie und seinem Verlangen nach ihr, das wie ein Feuer in ihm brannte, hell und lodernd, bis es sie beide verschlang.

Viel später, als Cassie schlafend in seinen Armen lag, starrte Linc mit weit offenen Augen an die Decke und überdachte die Geschehnisse des Tages. Bartinellis Wachhunde waren tot, aber das bedeutete nur eine kurze Atempause. Linc war überzeugt, daß ihn in New York ein anderes Team der Schwarzen Hand erwarten würde, um die dreiunddreißigtausend zu kassieren. Er überlegte, ob Bartinellis Handlanger die Saboteure gewesen sein könnten. Es hatte für Linc nie viel Sinn ergeben, und er hielt es auch jetzt für unwahrscheinlich. Wenn die *Pegasus* nicht mit der besten Zeit in New York landete, konnte Bartinelli sein Geld vergessen;

Tommy im Rollstuhl zu sehen konnte dagegen nur ein kleiner Trost für ihn sein. Linc bereute seinen Fehler, Cassie nicht von Anfang an davon erzählt zu haben. Jetzt war es zu spät; sie würde ihm nie verzeihen, daß er sie hintergangen hatte. Es blieb ihnen noch eine Woche, eine Woche bis New York, wo sie für immer aus seinem Leben scheiden würde. Er wollte diese Zeit in Liebe mit ihr verbringen und nicht mit ihr streiten. Eine Woche …

Du Lügner, schalt er sich. Er konnte diese Frau in New York auf keinen Fall aufgeben. Wenn sie den Rest ihres Lebens damit verbringen wollte, quer durch das Land zu ziehen und zu fliegen und in Suffragetten-Demonstrationen zu marschieren, dann blieb ihm nichts anderes übrig, als ihr zu folgen. Zum Kuckuck, sie brauchte doch jemanden, der ihr aus den Schwierigkeiten half, in die sie zweifellos geraten würde. Nein, sie wußte es noch nicht – und sie würde nicht begeistert sein, sobald sie davon erfuhr – aber Miss Cassandra Jones hatte einen Ehemann für gute und für schlechte Tage gefunden, einen Ehemann für immer.

Mit dieser Erkenntnis gab Linc Cassie einen letzten Kuß und schloß die Augen, um einzuschlafen.

In dieser Nacht träumte er von Montes Tod.

Kapitel 15

Er beobachtete, wie das feindliche Flugzeug, eine graue Rauchfahne nach sich ziehend, erdwärts trudelte, und wackelte mit den Tragflächen der Spad, um Monte zu seinem Sieg zu beglückwünschen. Monte flog dicht neben ihm und erwiderte den Fliegergruß.

Sie traten den Rückflug zur Basis an. Aus Freude über den Sieg hätte er am liebsten lauthals gelacht. Aber es war nicht nur die Freude über den erfolgreich abgeschlossenen Tag. Der Krieg würde bald vorüber sein, alle wußten es. Auch die Deutschen wußten es. Vor einem Monat, sogar noch vor zwei Wochen, hatte er geglaubt, daß seine Überlebenschancen vor einem Exekutionskommando größer seien, als diese Hölle hier zu überleben. Aber jetzt war es anders. Wenn Monte ihn hätte hören können, er hätte es laut hinausgeschrien: »Wir haben es geschafft, Kumpel, Monami, alter Haudegen! Wir haben es geschafft! Wir haben diesen Krieg überlebt!«

Plötzlich vernahm er das bekannte Tack-Tack-Tack eines Maschinengewehrs und bemerkte Löcher in seiner rechten Tragfläche. Er tauchte sofort im Sturzflug ab, sah sich um und mußte dabei gegen das helle Licht der Sonne blinzeln. Er entdeckte einen Fokker-Eindecker mit einem schwarzen Kreuz auf der roten Nase. Instinktiv wußte er, daß Monte links von ihm abtauchte.

Er und Monte waren so oft als Team geflogen, daß sie automatisch die Reaktionen des anderen erahnten. Sie ergänzten einander in ihren Aktionen. Monte scherzte manchmal, daß sie ihre Jagdmaschinen genauso flogen, wie sie Jagd auf Frauen machten. Er beschrieb es so: »Ich setze den Feind mit meinen Kunststücken in der Luft in Erstaunen, während Linc einen direkten Angriff fliegt und mit dem Feuer so lange wartet, bis er in Kernschußweite ist.«

Genau das tat Linc jetzt. Er flog im Kreis, spielte Verstecken, flog in die Wolken und wieder heraus und näherte sich dem Feind von oben. Jetzt erkannte er die Maschine, es war Schumacher, der verdammte Schumacher. Linc griff den Deutschen an. Er tauchte direkt aus der Sonne kommend auf, wie es der Deutsche kurz zuvor gemacht hatte. Lincs Finger lagen gespannt auf den Abzügen der Gewehre, aber er wartete mit dem Feuer, bis Monte vor ihm plötzlich aus einer Wolke schoß und eine so scharfe Kurve flog, daß er auf der Spitze der Tragfläche zu gleiten schien. Dabei feuerte er wie wild – und verfehlte sein Ziel.

Die Fokker erwiderte das Feuer. Linc sah die Leuchtspur des Geschosses aufblitzen, verfolgte die Spur und sah, wie sie in Montes Spad einschlug. Ein Rütteln ging durch die Maschine, als wäre sie ein vom Schmerz durchzucktes Lebewesen, dann fiel sie. Sie fiel einfach aus dem Himmel und zog eine leuchtende orangefarbene Flammenspur nach sich. Monte! *schrie Linc schmerzlich im Geist, obzwar die Hand am Steuerknüppel nicht einmal zitterte und er die feindliche Fokker nicht aus den Augen ließ. Er war vom Kurs abgekommen, aber er flog weiter, geradewegs auf den Feind, auf Schumacher, zu. Linc sah, wie der Gewehrlauf auf ihn schwenkte und glaubte einen Augenblick lang, daß zuletzt doch noch der schwärzeste aller Tage gekommen war. Aber er hielt sein Feuer zurück, und flog näher; bis in die letzte Faser gespannt, wartete er auf den Einschlag der alles zerfetzenden Geschosse. Linc war jetzt so nahe, daß er das Gesicht seines Gegners erkennen konnte, die Falten rund um Schumachers helle Augen, jedes einzelne Haar in seinem dünnen blonden Schnurrbart. Er wunderte sich, warum Schumacher nicht feuerte, als es ihm durch den Kopf schoß: Schumachers Gewehr hatte Ladehemmung. Schumacher gestand ihm mit einem Lächeln den Sieg zu, im selben Augenblick, als Lincs Finger auf den Abzug drückte. Die Geschosse trafen den Treibstofftank, und die Fokker explodierte vor seinen Augen in tausend Stücke.*

Danach flog Linc Monte nach, betend und hoffend, daß es Monte gelungen war, die schwer getroffene Spad sicher zu landen und zu entkommen, wie schon so oft. Er redete sich ein, daß es keine Flammen gegeben hatte, und glaubte es, bis er den schwarzen Rauch auf dem Flugfeld unter sich sah.

Die Spad brannte immer noch, als Linc neben ihr landete. Es war so heiß, daß er sich ihr nicht nähern konnte. Nur der instinktive Überlebenstrieb hielt ihn davon ab, sich in die Flammen zu stürzen, obwohl er wußte, daß Monte unmöglich überlebt haben konnte, falls er noch in der Maschine war.

Linc klammerte sich an den Gedanken, Monte könnte sich für den leichteren Tod entschieden haben und gesprungen sein. Aber als die Flammen schließlich verloschen, sah er Monte in der Spad sitzen; sein verkohltes Gesicht starrte ihm über das geschwärzte Gestänge des Cockpits hinweg entgegen. Die Spad war sein Scheiterhaufen geworden.

Linc erwachte. Eine Hand lag auf seinem Gesicht, und er zuckte unwillkürlich zusammen. Er wollte die Hand fortschieben und spürte etwas Feuchtes auf seinen Wangen. Er wandte sich ab.

»Du hattest einen bösen Traum«, beruhigte ihn Cassie.

Er nickte.

»Du hast von Monte geträumt?«

»Wieso weißt du …?«

»Du hast laut seinen Namen gerufen.«

Er kam sich wie ein feiger Schwächling vor und schämte sich, weil er geweint hatte. Er wollte sie bitten zu gehen, hatte aber Angst, sie würde es tun.

»Erzähl es mir«, bat Cassie.

»Ich kann nicht.«

Sie küßte ihn, zart und sanft. Der Kuß wirkte wie ein Schlüssel, der das Tor zu seinem Schmerz öffnete.

»Das Entsetzliche daran ist, Cassie«, erklärte er ihr, als er an der Stelle angekommen war, da er Montes verkohlten Körper im Flugzeug gesehen hatte, »das wirklich Entsetzliche daran war, daß Monte immer schreckliche Angst davor gehabt hatte zu verbrennen. Wir durften keine Fallschirme mitnehmen, weil man vermeiden wollte, daß wir uns zu bald von der Maschine verabschieden, anstatt zu versuchen, das Flugzeug doch noch zu landen.« Linc verzog den Mund. »Der Wert der Flugzeuge überstieg den der Männer bei weitem. Monte hatte daher bei jedem Flug eine Pistole bei sich. So könnte er sich zumindest erschießen, falls die Maschine in Brand geriet, hatte er immer gesagt. Aber an diesem Tag … an diesem Tag hatte er die Pistole vergessen. Er wollte zurückgehen, um sie zu holen, wußte aber, daß ich ungeduldig auf ihn wartete, und überlegte es sich daher anders. Meinetwegen flog er ohne sie los … und verbrannte.«

Cassie kauerte neben ihm. »Vielleicht war er bereits tot, Linc«, überlegte sie nüchtern. »Vielleicht wurde er von einer Kugel getroffen. Da er solche Angst vor dem Feuer hatte, wäre er doch sicher gesprungen.«

Linc schüttelte den Kopf. »Das ist ein tröstlicher Gedanke, aber ich glaube nicht recht daran. Der Mensch macht die seltsamsten Dinge, wenn es ums Überleben geht. Aus der Maschine zu springen bedeutete den sicheren Tod. Nein, er wäre bis zum bitteren Ende in der Spad geblieben, in der Hoffnung, es vielleicht doch zu schaffen.« Wie abwesend streichelte er ihre Schenkel. »Ich weiß, Pete hat dir eingeredet, daß ich mit Schuldgefühlen aus Frankreich zurückgekommen bin. Ich fühlte mich schuldig, weil ich den Krieg überlebt hatte. Das stimmte vielleicht sogar, früher. Aber ich habe es ernst gemeint, was ich gestern abend gesagt habe. Du hast mir meinen verzweifelten Lebenswillen deutlich bewiesen. Auch wenn ich weiß, daß unsere Beziehung nicht von Dauer ist, auch wenn du morgen früh zu dieser Tür hinausgehst und ich dich nie mehr wiedersehe, ich werde es nie bereuen, daß ich dich liebe, Miss Cassandra Jones.«

Cassie schmiegte sich in seine Arme, und er liebte sie, langsam und zärtlich, während durch die moosüberzogenen Äste der Bäume das erste Tageslicht schimmerte und die erste Spottdrossel ihr Lied sang.

Sie kamen erst spät auf das Flugfeld, und Cassie machte sich Sorgen, weil sie die *Pegasus* nicht sorgfältig genug auf mögliche Sabotage überprüften. Eine Sache nach der anderen fiel ihr ein, was mit dem Flugzeug über Nacht passiert sein könnte, und Linc verlor allmählich die Geduld.

Schließlich schlug er sich wütend mit dem Helm gegen die Schenkel. »Verdammt, Cassie, die *Pegasus* wurde letzte Nacht gut bewacht. Ein gewisses Risiko bleibt immer.«

Cassie stemmte die Hände auf die Hüften und schob das Kinn vor. »Du machst mich so wütend, Linc Cameron. Ist es dir vollkommen gleichgültig, daß uns jemand umbringen möchte? Oder mußt du erst tot sein, bevor du etwas dagegen unternimmst?«

Erst jetzt wurde ihr bewußt, was das für ein Unsinn war, und sie wollte etwas sagen, aber wie immer war Linc schneller.

»Ich kann den Bösewicht immer noch als Geist aus dem Grab verfolgen«, spottete er. »Natürlich ist es mir nicht gleichgültig, daß uns offensichtlich jemand töten will, aber was soll ich deiner Meinung nach dagegen tun? Den Leuten auf die Schulter klopfen und fragen: ›Entschuldigen Sie, aber wollen Sie uns vielleicht umbringen? Falls ja, dann wüßten wir gern, warum. Wir sterben nämlich schon vor Neugierde!‹«

»Du mußt nicht unbedingt sarkastisch werden; ich verstehe schon.« Cassie war gekränkt.

Er rieb sich den Nacken. »Zum Kuckuck, ich bin ebenso nervös wie du, Cassie. Aber wir können nur vorsichtig sein, mehr nicht. Wir könnten natürlich aus dem Wettbewerb ausscheiden, aber damit nehmen wir an, daß die Mordversuche mit dem Flugwettbewerb zusammenhängen. Nimm einmal an, der Wettbewerb hat nichts damit zu tun. Nimm an, nur einer von uns ist das Ziel der Anschläge? Wir sind nicht lang genug zusammen, um gemeinsame Feinde zu haben.«

»Ich habe überhaupt keine Feinde.«

»Nein? Was ist mit dem Mann, dessen Zigarrengeschäft du demoliert hast? Seit zwanzig Jahren läufst du auf diesem Planeten Amok, da kannst du mir nicht erzählen, daß es nicht unzählige Männer da draußen gibt, die nicht jede Nacht davon träumen, dir den Hals umzudrehen!«

»Das ist ja wieder einmal typisch!« Sie ging auf ihn zu und hielt die Idee, jemandem den Hals umzudrehen, für gar nicht schlecht.

»He, Cassie!« Linc wich zurück, als würde er sich tatsächlich fürchten.

Patches schoß unter den Tragflächen hervor und fuhr Cassie fröhlich bellend zwischen die Beine. Cassie drehte sich um, als jemand lachte. Edward Farrell kam auf sie zu, die Hände tief in den Taschen seiner Lederjacke vergraben. Gregory Pearce folgte ihm. Er hielt die Augen gesenkt; vielleicht, weil er ständig über irgend etwas stolperte, dachte Cassie nachsichtig.

»Du lieber Himmel! Was bist du für ein zänkisches Weib geworden, Cassie, seit du verheiratet bist!« meinte Edward mit einem selbstzufriedenem Grinsen. Er bückte sich, um Patches zu streicheln. »Da bleiben wir lieber Junggesellen, stimmt es Greg?«

Cassie warf ihnen einen wütenden Blick zu. »Was willst du?«

Ward richtete sich auf. »Wir wollten uns bis zum Abflug die Zeit vertreiben und gleichzeitig sehen, wie es bei euch beiden läuft. Was den Wettbewerb betrifft natürlich, und nicht in eurer Ehe«, erklärte Ward vergnügt.

»Du fühlst dich allmählich unter Druck, Ward, was?« fragte Linc, und Cassie drehte sich beim befremdlichen Ton in seiner Stimme abrupt zu ihm um. Aber Lincs Gesichtsausdruck war gutmütig und freundlich.

»Eigentlich nicht. Wir liegen schließlich an zweiter Stelle, und es trennen uns nur siebenunddreißig Minuten von den Schmidts. Wo liegt ihr? Vierter Platz?«

»Dritter.«

»Wirklich? Es gibt immerhin nur mehr einen Kontrollpunkt vor New York. Aber auf dieser Teilstrecke wird sich die Spreu vom Weizen trennen. In Dayton hat der voraussichtliche Gewinner den Sieg so gut wie in der Tasche.«

»Melodie wird uns in Dayton treffen«, fügte Gregory Pearce mit seiner kreischenden Stimme hinzu, und sein Adamsapfel hüpfte dabei über dem Kragen auf und ab.

Cassie schenkte ihm ihr strahlendstes Lächeln. Der arme Gregory Pearce wuchs ihr allmählich ans Herz. Sie war ebenfalls auf Dayton gespannt. Dayton, Ohio, war Leroy Beans Heimatstadt und der letzte Kontrollpunkt. Mit über zwölfhundert Kilometern stand ihnen bis Dayton die längste Teilstrecke des Wettbewerbs bevor. Ward hatte recht. Die Gesamtzeiten der drei führenden Teams lagen so eng beisammen, daß jedes Team als Sieger denkbar war. Aber auf diesen zwölfhundert Kilometern konnte viel passieren.

Die Mitglieder des Veranstaltungskomitees waren auf das Flugfeld gekommen, um mit der gelben Flagge das Zeichen zum Start zu geben. »Dann also los!« Edward lachte über das ganze Gesicht. »Es ist Zeit, unsere Vögel aufzuwärmen.« Er streckte Linc die Hand entgegen. »Ich würde dir gern Glück wünschen, alter Freund, aber du weißt, wie es ist ...«

Linc schüttelte den beiden Männern die Hände. »Gebt acht, Ward und Greg. Und laßt euch Zeit! Viel Zeit!«

Edward lachte, dann wurde er ernst. »Überleg einmal, Linc, die Dinge könnten anders liegen. Tut es dir nicht leid, daß du mein Angebot ausgeschlagen hast?«

»Der Wettbewerb ist noch nicht zu Ende, Ward!«

»Welches Angebot hat er gemeint?« wollte Cassie wissen, sobald die beiden Männer außer Hörweite waren.

»Wie bitte? Ach so, er wollte als mein Partner fliegen und den Gewinn fünfzig zu fünfzig teilen, genau wie wir es machen.«

»Er hat dir seine Partnerschaft angeboten, nachdem die *Betsy* in die Luft geflogen ist?«

»Nein, davor. Das war noch in Virginia, damals, als du mich beinahe über den Haufen geflogen hast.«

Cassie schüttelte empört den Kopf. »Ich habe dich nicht beinahe über den Haufen geflogen!« Sie bemerkte, daß er lachte, und mußte ebenfalls lachen. Schon halb im Cockpit hielt Cassie nochmals inne. »Komisch, aber ich hatte immer den Eindruck, daß sich Ward erst in allerletzter Minute zur Teilnahme entschlossen hatte.«

Linc hob das Gepäck in die Maschine und verstaute es im Spind. »Er erzählte, daß er Geld für die Plantage brauche, und fragte, ob er nicht als mein Kopilot mitfliegen könne. Aber als ich ihm erklärte, daß Pete Striker bereits mein Partner sei, schien er das Interesse zu verlieren. Ich glaube, er hoffte auf eine Erbschaft oder so etwas Ähnliches. Vielleicht ist nichts daraus geworden.«

»Ach so«, murmelte Cassie. Schon beim bloßen Gedanken an den verhaßten Lawrence Kingly bekam sie eine Gänsehaut. Sie unternahm einen zweiten Anlauf, ins Cockpit zu steigen, hielt aber noch einmal inne. »Hast du die Treibstoffleitung überprüft, Linc?«

»Ja!« rief Linc, der bereits an das vordere Ende der Maschine ging, um den Propeller anzuwerfen.

»Überprüfen wir sie noch einmal.«

Linc seufzte und warf ihr einen leidvollen Blick zu, aber sie überprüften die Leitung nochmals.

Die Leitung ging achthundert Kilometer später kaputt, als sie gerade den Höhenzug der Cumberland Mountains in Tennessee überflogen.

Die Treibstoffanzeige der *Pegasus* hatte nie sehr zuverlässig funktioniert. Als sie daher eine Stunde nach dem Auftanken auf leer stand, schenkte Linc dem nur wenig Beachtung. Kurz darauf änderte sich jedoch das Motorengeräusch; das gleichmäßige Brummen des Motors wurde unregelmäßig, und die Maschine verlor an Höhe. Linc reduzierte die Geschwindigkeit, aber mit wenig Erfolg.

Er weckte Cassie, die im vorderen Cockpit ein wenig Schlaf nachholte, und brüllte ihr über den Lärm des Motors hinweg zu, daß sie landen mußten. Es würde nicht einfach werden. Unter ihnen zogen sich dicht bewaldete Bergrücken hin. Linc entdeckte eine kleine Lichtung und kreiste über ihr. Die Lücke im Wald war schmal und auf einer Seite durch eine Schlucht, auf der anderen durch einen steinigen Bach begrenzt. Außerdem war die Lichtung kurz – zu kurz.

Aber sie hatten keine Wahl; der Motor stotterte und setzte aus. Linc schaltete die Zündung ab und setzte zur Landung an.

Durch wechselweise Betätigung der Seitenruder verringerte er das Tempo und stellte die Maschine etwas schräg, um auf den Boden zu sehen. Dann richtete er das Flugzeug wieder gerade. Ein steiler, dicht mit Kiefern und einem Gestrüpp aus Schlehen und Bergeschen bewachsener Berghang ragte vor ihnen auf, und sie flogen viel zu schnell darauf zu. In diesem Moment kletterte Cassie aus dem Cockpit.

Linc glaubte zuerst, daß sie aus Panik springen wolle. Aber da sie noch nicht einmal auf dem Boden aufgesetzt hatten, würde sich Cassie den Schädel einschlagen. Er schrie sie an, wieder zurückzukommen. Sie winkte ihm zu und grinste, während sie auf die Tragfläche hinausstieg, gerade als die Räder der *Pegasus* unter heftigem Holpern aufsetzten. Cassie verlor den Halt, sie fiel und rutschte über die glatte Tragfläche an Linc vorbei. Linc streckte den Arm aus, um sie aufzuhalten, bekam sie jedoch nicht zu fassen.

Cassie hielt sich sekundenlang mit den Fingerspitzen am Rand der Tragfläche fest, bis sie sich hochziehen konnte. Linc wagte wieder zu atmen. Breitbeinig wie eine Ente bewegte sich Cassie so schnell sie konnte über die Tragfläche und sprang schließlich zu Lincs Entsetzen von der Tragfläche auf den Rumpf der Maschine hinter Linc. Er drehte sich um und wollte sie anbrüllen, sie möge doch um Himmels willen stillstehen, als die *Pegasus* auf eine Bodenunebenheit stieß und eine Wendung auf die Schlucht zu machte. Cassie schrie auf. Linc korrigierte mit dem Seitenruder, die Maschine drehte sich wieder, und Cassie schrie aufs neue. Linc wandte sich um: Cassie kroch langsam über den hüpfenden Rumpf der Maschine. Jetzt verstand er – die kleine Närrin wollte auf das Heck der Maschine und dadurch erreichen, daß das Heck durch ihr Gewicht am Boden streifte und somit als Bremse fungierte. Es war ihre bisher dümmste und gefährlichste Aktion, und wenn sie nicht innerhalb der nächsten fünf Sekunden seitlich einen Berghang rammten, dann würde Cassie etwas erleben!

Aber es funktionierte. Die *Pegasus* wurde zurückgehalten, und das Tempo verringerte sich. Linc richtete die Nase des Flugzeugs auf ein Brombeergestrüpp, um es zum Stehen zu bringen.

Das Gestrüpp war dichter als erwartet. Es war, als würden sie in eine Wand fahren, wenngleich die Wand zusammenbrach. Die *Pegasus* kam so abrupt zum Stehen, daß es Linc aus dem Cockpit geschleudert hätte, wäre er nicht festgeschnallt gewesen. Er drehte sich um und sah zu seiner Erleichterung, daß Cassie sich mit den Fingerspitzen immer noch ans Höhenruder klammerte und wie ein nasser Lappen am Heck der Maschine hing.

Es war plötzlich so still, daß Linc sein Herz hämmern hörte. Mit Mühe löste er seine gefühllosen Hände vom Steuerknüppel, kletterte aus dem Cockpit und sprang zu Boden. Während er zu Cassie nach hinten lief, riß er sich Helm und Brille vom Kopf und bekam Cassie schließlich an der Taille zu fassen.

»Du kannst jetzt loslassen«, forderte er sie auf.

Cassie löste ihren Griff und ließ sich in seine Arme gleiten. Er stellte sie auf den Boden und drückte sie fest an sich.

Schließlich packte er sie an den Schultern, schob sie ein wenig von sich und schüttelte sie. »Was zum Teufel hast du gemacht!«

»Ich dachte, wenn ich …«

Er schüttelte sie abermals. »Ich weiß, was du gedacht hast, du kleine Närrin. Du hattest recht, aber ich habe in meinem ganzen Leben nicht so eine wagemutige Aktion gesehen. Tue es nie, nie wieder, verstanden!«

»Ich glaube, ich werde es nie mehr versuchen«, antwortete Cassie unsicher.

»Ach, Cassie …«

Linc küßte sie leidenschaftlich, und Cassie erwiderte seinen Kuß mit dem gleichen Verlangen. Ihre Finger gruben sich in seine Arme, und sie preßte sich gegen seinen Bauch. Sie spürte, wie Linc sie begehrte, sie schmerzhaft begehrte hier und jetzt.

»Ich liebe dich«, sagte er.

Just in diesem Augenblick steckte Patches den Kopf aus dem Cockpit und bellte laut und verärgert.

Cassie lachte. »Armer Patches, er kann holprige Landungen nicht leiden.«

Linc ließ Cassie aus seinen Armen, und dabei bemerkte er, daß seine Hände zitterten. Er lächelte kläglich. »Ich weiß nicht, ob das eine Reaktion auf meinen Beinahe-Zusammenstoß mit einem Berg oder auf den tatsächlichen Zusammenstoß mit dir ist.«

Cassie wurde rot und senkte den Blick. Sie nahm Lincs Hand und drückte einen Kuß auf seine Finger. »Ich liebe dich auch.«

Die Nase der *Pegasus* steckte tief im Brombeergestrüpp.

»Es war vermutlich nicht zu vermeiden«, rief Cassie und freute sich, daß ihr eine Revanche vergönnt war. Sie pflückte ein paar Beeren, aber sie waren noch lange nicht reif. »Es ging ein wenig rasch, und schließlich machen wir alle Fehler.«

Er drehte sich um, die Hände auf den Hüften. »Ich werde dich lehren ...«

Sie warf ihm ein paar Beeren in den Mund.

Er spuckte sie aus und verzog das Gesicht, weil sie so sauer waren. »Laß das bitte bleiben, Cassie.«

»Ich dachte, du hättest Hunger. Was machen wir überhaupt hier? Warst du plötzlich auf Brombeeren versessen, oder gab es einen Notfall?«

»Ich vermute, daß die Treibstoffleitung kaputtging.«

Cassie sah ihn bedeutungsvoll an.

»Nein, Cassie und nochmals nein! Ich habe sie überprüft, du hast sie überprüft. Wir haben sie seit Baton Rouge wieder und wieder überprüft. Es war einfach Pech, schlicht und einfach Pech.«

»Vielleicht.«

Linc wandte seine Aufmerksamkeit fluchend der *Pegasus* zu.

Cassie sah sich auf der Lichtung um. Auf der üppig grünen Wiese wuchsen Wilder Aronstab, Rote Braunellen und Butterblumen, und der Boden der Schlucht war von Farnkräutern überwuchert. Dazwischen hatten sich große weiße Pilze ans Licht gekämpft, die aussahen wie verstreute Papierfetzen. Eine angenehme Brise wehte Cassie ins Gesicht. Irgendwo klopfte ein Specht, und zwischen den Blumen summten Bienen. Der Fleck wirkte still und friedlich, doch die unbezwingbare Kraft der Natur war deutlich zu spüren.

Cassie sah sich nach Linc um. Er hatte die Jacke ausgezogen und die Hemdärmel aufgerollt, um die Treibstoffleitung zu reparieren. In der Sonne schimmerten seine Haare hell, und seine sonnengebräunten Unterarme glänzten feucht. Patches lag zufrieden im Schatten der Tragflächen und hatte die Nase zwischen den Vorderpfoten vergraben.

Den Wettbewerb hatten sie vermutlich verloren, aber das kümmerte Cassie im Augenblick nicht. Sie wäre gern hier geblieben. Hier am Berghang könnten sie ein Blockhaus bauen. Von hier würden sie nach – wo lag eigentlich die nächste größere Stadt? Wahrscheinlich war es Knoxville. In Knoxville würden sie eine Schaukel für die Veranda kaufen. Eine Wiege wäre vielleicht auch nicht schlecht.

Das Leben als Mrs. Linc Cameron würde bestimmt nie langweilig werden. Sein Ungestüm überraschte sie immer wieder. Dieser Mann hatte so viele verschiedene Seiten. Er konnte offen und heiter sein oder dumpf vor sich hinbrüten, er war zart oder stürmisch; er konnte nachgeben oder starrköpfig bleiben. Cassie wußte nie, mit welcher Seite seines Wesens sie rechnen sollte.

Aber als ihr Blick wieder über die Wiese wanderte und auf die Butterblumen fiel, mußte sie an ihre Mutter denken. Eine unendliche Traurigkeit befiel Cassie. Die junge, schöne Sara Jones war an ihrem Hochzeitstag bestimmt mit dem gleichen Glücksgefühl und den gleichen Träumen von einer wunderbaren gemeinsamen Zukunft vor Lawrence Kingly gestanden. Aber es konnte nicht lange gedauert haben; ihre Träume hatten sich schon bald in Alpträume verwandelt, und Sara hatte in den Armen eines anderen Mannes Trost gesucht. Damit hatte sie sich und in gewisser Weise auch Lawrence Kingly ins Verderben gestürzt. Träume waren gefährlich, dachte Cassie, denn nur zu leicht redete man sich ein, daß sie Wirklichkeit werden könnten. Nein, sie würde ihre Liebe, ihre und Lincs Liebe beenden, solange diese Liebe noch jung und strahlend war, ehe sie verblaßte und verblühte, wie einst die Liebe ihrer Mutter. Cassie würde gehen, bevor Linc sie verletzen und enttäuschen konnte; sie würde gehen, solange ihre Träume intakt waren.

Die wenigen gemeinsamen Stunden, die ihnen noch blieben, waren darum besonders kostbar. Cassie wollte jeden Augenblick genießen und Erinnerungen sammeln für die Zeit, da sie ohne Linc leben würde.

Cassie ging hinüber zu Linc, umfaßte seine Taille von hinten und drückte ihr Gesicht an seinen Rücken. Tief atmete sie seinen männlichen Geruch ein und strich ihm sanft über Brust und Bauch.

»Es sieht verdammt schlecht aus«, schimpfte Linc. Cassie mußte lächeln, als sich sein Tonfall änderte, während sie ihre Hand tiefer über seinen Bauch gleiten ließ. »Wir brauchen … äh, eine neue …. eine neue Treibstoffleitung.«

Sie zog sein Hemd aus der Hose, und Linc hielt ihr Handgelenk fest. »Cassie …«

»Ich glaube, du bist schon wieder gierig«, stellte sie fest.

Linc drehte sich um, faßte sie um die Taille und zog sie an sich. Er fuhr mit den Fingern durch ihre Haare und bekam eine Handvoll ihrer Locken zu fassen. »Stimmt, ich gebe es zu.« Cassie seufzte und schloß die Augen, als Linc sie hochhob, um sie zu küssen.

Ein lautes, klickendes Geräusch ließ Cassie die Augen aufreißen. Sie blickte direkt in den häßlichen Doppellauf einer Schrotflinte.

»Eine Bewegung, und ich schieß euch das Hirn aus dem Kopf, daß es nur so spritzt!« sagte eine Stimme, die an das Brummen eines Bären erinnerte.

Kapitel 16

»Wir sind nicht von der Steuerbehörde.« Linc sprach langsam und betonte jede Silbe. Cassie spürte seinen Atem auf ihrer Wange, denn sie hatten tatsächlich nicht gewagt, sich zu rühren.

»Ist das wahr?«

Das Gras raschelte unter den Füßen des Mannes. Er pfiff, dann vernahm Cassie ein leises Wimmern. So machte es Patches, wenn jemand ihn am Bauch kratzte. Patches fiel auf jeden herein, der ihn am Bauch kratzte; er hatte einfach keinen Stolz.

»Ihr zwei trennt euch jetzt, aber schön langsam. Und haltet die Hände so, daß ich sie sehen kann.«

Linc ließ Cassie los und machte einen Schritt zurück. Der Mann war um sie herumgegangen und stand vor ihnen; mit der Flinte zielte er immer noch auf ihre Köpfe. Cassie hatte noch nie einen so großen, breitschultrigen Muskelprotz gesehen. Sein verfilzter Bart reichte ihm bis über die halbe Brust, aber sein mächtiger Kopf war kahl. Die kieselgrauen Augen wurden von schwarzen Brauen überschattet. Der Mann mit der Bärenstimme betrachtete sie eingehend, um sich ein Bild von ihnen zu machen.

»Wenn ihr nicht von der Steuerbehörde seid, wer seid ihr dann?« wollte er von Linc wissen.

»Wir sind geflogen …«

»Ihr zwei seid geflogen, wie die Vögel, das weiß ich!« Er lachte und zeigte zwei Reihen großer, weißer Zähne; Cassie errötete, als er sie ansah. »Ich beobachte euch schon eine ganze Weile. Eigentlich seit ihr gelandet seid.«

Jetzt wurde Cassie dunkelrot, und der Mann ließ wieder sein polterndes Lachen ertönen.

»Wir nehmen an einem Flugwettbewerb teil«, fuhr Linc fort und überging die Bemerkung des anderen. »Unsere Treibstoffleitung ist gerissen. Falls Sie Ersatzschläuche hätten, wäre ich sehr froh, wenn Sie sie mir verkaufen würden.«

Der Mann riß die Augen auf. »Wie kommen Sie auf die Idee, daß ich hier mitten in der Wildnis Schläuche für Ihre Treibstoffleitung haben könnte?«

Linc schenkte ihm sein charmantes Lächeln. »Ich hoffe es einfach.«

Der Mann bleckte wieder die Zähne. »Ich muß euch ohnehin zur Hütte mitnehmen, damit Nora euch sieht. Sie beißt mir sonst die Ohren ab. Sie ist einmal in einem Flugzeug mitgeflogen, als wir noch in Knoxville gewohnt haben. Das hat sie zwei Monate lang beschäftigt, so aufgeregt war sie damals gewesen.« Seine Stimme war viel freundlicher geworden, aber der Lauf seiner Flinte zeigte immer noch auf ihre Köpfe.

»Wir sind in Eile«, wandte Cassie ein.

»So?« Der Mann grinste noch breiter. »Aber ich habe doch recht, beim Fliegen in diesen Maschinen müßt ihr etwas sehen?«

»Vollkommen richtig«, stimmte Linc ihm zu.

»Nun, wartet eine Stunde, und es wird hier so neblig sein, daß man nicht den Boden sieht, auf den man spuckt.«

Cassie sah zum Himmel hoch. Die Sonne schien wie zuvor; nirgends war eine Wolke zu sehen. Linc und Cassie blickten einander vielsagend an, und Linc zuckte die Achseln.

»Falls Sie Leitungsschläuche haben, sind die in Ihrer Hütte?« fragte er.

»Falls ich welche habe, sind sie dort.«

»Wir wollen natürlich nicht, daß Ihre Nora mit Ihnen böse wird«, besänftigte Linc den Mann. »Ich bin Linc Cameron, und das ist meine Frau Cassie. Dieser verräterische Hund heißt Patches. Ich würde Ihnen gern die Hand schütteln, wenn der Gewehrlauf nicht im Weg wäre.«

Der Mann lachte und nahm die Flinte fort. »War ohnehin nicht geladen«, meinte er und streckte Linc die Hand hin. »Mein Name ist Daniel Boone.«

Cassie brach in Gelächter aus und wurde gleich darauf rot. »Entschuldigen Sie. Ist das Ihr wirklicher … ich meine, sind Sie ein …«

»Sie meinen wohl, ob mein Ururgroßvater oder so tatsächlich der legendäre Pionier Daniel Boone war?« Er zuckte die Achseln. »Ich weiß es nicht. Um ehrlich zu sein, ich glaube eher, daß meine Mutter einen etwas eigenartigen Humor hatte.«

Der Mann führte sie mehr als einen Kilometer weit bergauf. Ein derart unwegsames Gelände hatte Cassie noch nie gesehen. Allmählich konnte sie sich vorstellen, was es für den echten Daniel Boone geheißen hatte, sich einen Weg durch diese Wildnis zu bahnen, gegen Indianer zu kämpfen und sich der Bären zu erwehren.

Sie traten auf eine große Lichtung hinaus, auf der eine geräumige Blockhütte stand. Dahinter begann der Kiefernwald. Die Hütte machte den Eindruck, als wäre sie im Lauf der Jahre wieder und wieder vergrößert worden. Zwei Zubauten waren aus grob behauenen Stämmen, aber zwei neuere Räume waren aus gezimmerten Holzblöcken angebaut worden. An der Vorderseite verlief eine große, geschlossene Veranda, und im Garten gab es einen alten, in Stein gefaßten Brunnen.

Die Tür zur Veranda wurde aufgerissen, und eine junge Frau trat aus dem Haus. Sie war ungefähr in Cassies Alter. Ihre dunkelblonden Haare waren zu einem dicken Zopf geflochten, der ihr über die Schulter fiel. Sie war groß und schlank und trug ein einfaches blitzblaues Baumwollkleid. Die Frau ging barfuß und wirkte mit ihren groben Händen und Füßen ein wenig tolpatschig.

Patches sauste auf sie zu, um sie zu begrüßen. Unmittelbar vor ihr blieb er kurz stehen und beschnupperte ihre Füße, während sie sich bückte und ihn streichelte. Patches schien mit ihr einverstanden zu sein, denn er sprang mit aufgeregtem Gebell um die Frau herum. Daniel Boones Nora zählte anscheinend nicht zu den von Patches verschmähten feinen Dämchen, dachte Cassie bei sich.

Daniel legte den Arm um die Taille seiner Frau, und jetzt, von der Nähe gesehen, stellte Cassie fest, daß sie grüne Augen und eine sehr helle Haut hatte; auf Nase und Wangen saßen viele helle Sommersprossen.

»Ich habe recht gehabt, Liebling! Es war tatsächlich ein Flugzeug, was ich gehört habe«, erzählte Daniel seiner Frau. »Das ist Linc und äh … Cassie? … Cassie Cameron. Meine Frau Nora.«

Die Frau lächelte die beiden schüchtern an und sah danach fragend zu ihrem Mann auf. »Sie sind auf einem Wettflug quer durch das Land«, klärte er sie auf. »Ich weiß nicht, worum es geht.«

»Um fünfzigtausend Dollar«, ergänzte Cassie.

Daniel pfiff anerkennend und fuhr sich über den kahlen Kopf. »Tatsächlich?« Und zu seiner Frau gewandt: »Fünfzigtausend

Dollar, sagt die Frau.« Nora preßte die Lippen zusammen. Cassie fragte sich, wie sie dem Mann die Ohren abbeißen könne, wenn sie noch nicht einmal den Mund aufgemacht hatte.

Nora stupste ihren Mann und zog die Brauen hoch.

»Ach ja, natürlich! Wollt ihr etwas zu essen oder zu trinken?«

»Wenn es möglich ist, hätte ich gern einen Schluck Wasser«, antwortete Cassie. »Und Patches, der Hund, vermutlich auch.«

Während Cassie das sagte, wandte ihr Nora rasch den Kopf zu und sah sie fragend an.

»Sie kann Sie nicht hören«, erklärte Daniel. »Sie wurde taubstumm geboren. Aber wenn Sie warten, bis Nora Sie anschaut, dann kann sie von den Lippen lesen.« Daniel klang stolz.

»Ich hätte gerne etwas Wasser, bitte«, wiederholte Cassie. Sie fühlte sich etwas verunsichert, weil Nora ihr genau auf den Mund sah.

Jetzt nickte Nora und strahlte. Sie nahm Cassie bei der Hand und führte sie zum Brunnen. Dort reichte sie Cassie die Schöpfkelle und zog einen Eimer Wasser hoch. Das Wasser schmeckte köstlich und war so kalt, daß es Cassie die Brust zusammenzog.

Nora berührte Linc am Arm. Sie machte eine Armbewegung, als wollte sie fliegen, und zeigte danach auf den Boden.

»Sie möchte wissen, wieso Sie hier gelandet sind«, erklärte Daniel.

»Unsere Treibstoffzufuhr ging kaputt«, erklärte Linc. »Ich versuchte, sie wieder zu flicken, aber sie ist nicht mehr zu retten. Wir brauchen neue Schläuche für die Leitung.«

Nora sah ihren Mann finster an. »Mir ist etwas eingefallen«, begann Daniel langsam. »Draußen im Schuppen, da habe ich vielleicht noch was für Sie.« Nora machte ein glückliches Gesicht und versetzte ihrem Mann einen kleinen Stoß.

»Schon gut, schon gut, ich hole sie«, beeilte er sich zu sagen und wollte schon gehen. Dann drehte er sich noch einmal um und reichte Linc die Flinte. »Halten Sie das doch für mich!«

Nora machte eine ungeduldige Bewegung und nahm Linc die Flinte aus der Hand. Mit einer Handbewegung bedeutete sie Linc und Cassie zu bleiben, während sie die Flinte in die Hütte brachte. Gleich darauf kam sie mit Papier und Bleistift zurück. Nora reichte Cassie das Papier.

Linc las über Cassies Schulter gebeugt. *Erzählen Sie mir alles über den Wettbewerb,* hatte Nora in gestochener Schrift geschrieben.

»Der Flugwettbewerb führt über den ganzen Kontinent, von Kalifornien nach New York«, erklärte Cassie. »Es gibt sechs Teilstrecken; wir sind jetzt auf der vierten. Das Team, das in New York mit der niedrigsten Gesamtzeit eintrifft, gewinnt fünfzigtausend Dollar. Im Augenblick liegen wir auf dem dritten Platz. Der Veranstalter des Wettbewerbs ist der Produzent von Bean's Cola. Haben Sie das Zeug je probiert? Es schmeckt ganz gotterbärmlich ...«

Linc stöhnte und verdrehte die Augen. »Du lieber Himmel, Cassie!«

»Aber das stimmt doch. Es schmeckt wie Teer oder so ähnlich«, beharrte Cassie, und Nora nickte zustimmend.

Nora machte wieder die Armbewegung für fliegen und deutete dabei mit schiefgelegtem Kopf auf Cassie.

»Natürlich«, beteuerte Cassie. »Es ist mein Flugzeug. Linc fliegt nur mit, und er macht von Anfang an nichts als Schwierigkeiten.«

Linc wollte entrüstet protestieren, als Daniel Boone mit einer Rolle biegsamem Kupferrohr auftauchte. »Wie wäre es damit?« fragte Daniel.

Gemeinsam gingen sie zur *Pegasus,* um die neue Leitung zu installieren. Nora tanzte wie ein aufgeregtes Kind voran. Sie klatschte vor Freude in die Hände, als sie die *Pegasus* erblickte. Dann lachte sie lautlos und deutete auf die Nase des Flugzeugs, die in den Brombeerbüschen steckte.

»Ich brauche nicht zu sagen, wem das zu verdanken ist«, bemerkte Cassie.

»Ist sie immer so schwierig?« Daniel sah Linc mit einem fragenden Grinsen an und zeigte mit dem Daumen auf Cassie.

Linc seufzte. »Sie kann's nicht lassen.«

»Sie müssen es machen wie ich: Suchen Sie sich eine Frau, die nicht zurückreden kann«, empfahl Daniel.

Die letzte Bemerkung war Nora nicht entgangen, und sie warf Daniel einen bösen Blick zu. Ihr Gesichtsausdruck erinnerte Linc so sehr an den von Cassie, daß er herzhaft lachen mußte.

Linc machte sich daran, die Treibstoffleitung zu reparieren. Cassie fiel plötzlich auf, daß es sich während der letzten Stunde auf der

Lichtung beträchlich abgekühlt hatte. Sie sah sich um und bemerkte, wie sich die ersten Nebelschwaden über die Berge wälzten.

»Es wird tatsächlich neblig!« rief sie.

Daniel stopfte gerade seine Pfeife und nickte nur wissend. »Ich hab es Ihnen ja gesagt. Sobald in der Morgendämmerung der Wind auffrischt, klart es wieder auf.«

»Darüber ist der Himmel klar«, überlegte Linc. »Wir müssen nur zuerst durch den Nebel, ohne in einen Berg zu fliegen.«

»Der Nebel reicht jetzt schon bis zum Gipfel des Red Pine Mountains hinauf, und der ist weit über tausend Meter hoch. Der Nebel zieht sich über die ganze Bergkette der Cumberland Mountains. Sie könnten sich vielleicht durch den Nebel hocharbeiten und ihn am Ende durchstoßen, aber das müßten Sie praktisch im Blindflug machen.«

»In einer Stunde wird es ohnehin dunkel«, gab Linc bedauernd nach.

Cassie klopfte auf die Tragflächen der *Pegasus.* »Verdammt noch mal! Damit haben wir den Wettflug auf alle Fälle verloren.«

Nora legte den Kopf schief.

»Durch den Schaden an der Treibstoffleitung und diesen Nebel brauchen wir für diese Teilstrecke zu lange; diese Zeit können wir nicht mehr aufholen«, erklärte ihr Cassie.

Nora sah traurig drein; dann machte sie eine Geste, die soviel wie Essen bedeutete.

»Sie möchte für euch Abendessen kochen«, erklärte Daniel. »Nora möchte immer für Leute kochen. Bevor ich mich mit Nora zusammentat, war ich einmal einen Meter und fünfzig groß und brachte keine fünfzig Kilogramm auf die Waage.«

Nora streichelte Daniel über den kahlen Kopf und stieß einen tiefen Seufzer aus. »Ich weiß schon, ich hatte auch einmal mehr Haare auf dem Kopf als ein Bär im Winter.«

Linc hatte seine Arbeit an der *Pegasus* beendet. Der Nebel war mittlerweile so dicht geworden, daß sich Linc und Cassie auf dem Weg zur Hütte gern Daniel Boones kundiger Führung anvertrauten.

Es war dunkel, als sie die Hütte betraten. Cassie erkannte nur schemenhafte Schatten, bis Daniel ein Streichholz anstrich und damit den Docht einer Kerosinlampe entzündete, die an einem

Wandarm neben der Tür hing. Plötzlich war der Raum in freundliches Licht getaucht, und Cassie holte überrascht Luft: Entlang der Wände standen Bücherregale, die vom Boden bis zur Decke reichten.

»Nora ist der Büchernarr in der Familie«, klärte Daniel sie auf. »Mir mußte man als Junge jeden Buchstaben einzeln einbleuen; dabei ist mir das Lesen vergangen.«

Linc und Cassie traten zu den Regalen und lasen die Titel einiger Bücher. »Du lieber Himmel, Linc! Sieh einmal her! Einige Bücher sind in Latein und Französisch.« Und zu Nora gewandt, fuhr sie fort: »Wenn Sie nie gehört haben, wie die Worte klingen, wie haben Sie es geschafft, auf englisch lesen und schreiben zu lernen, von Latein gar nicht zu reden?«

Nora lächelte schüchtern und zuckte die Achseln.

»Für mich ist es auch rätselhaft, wie sie das anstellt«, gab Daniel mit unverhohlenem Stolz zu. »Sie hat es sich selbst beigebracht. So wie sie sich selbst beigebracht hat, von den Lippen zu lesen. Sie hat acht Geschwister, die nicht einmal ihren eigenen Namen schreiben können, keines von ihnen.«

Nora machte eine Handbewegung in Richtung Küche, und die drei anderen folgten ihr. Rund um einen Tisch standen Stühle mit geflochtenen Sitzflächen, und Nora bedeutete ihren Gästen, Platz zu nehmen. Danach schob sie ein paar Holzklötze in den großen eisernen Ofen.

Patches beschnupperte jede Ecke der Küche. Nora deutete auf den Hund, dann legte sie den Kopf schief und zeigte auf ihren Mund.

»Er ißt alles, was übrigbleibt«, antwortete Linc.

»Mit Ausnahme von Erbsen«, schränkte Cassie ein. »Erbsen läßt er immer stehen.«

Daniel Boone ging aus dem Zimmer und kam mit einem irdenen Krug unter dem Arm zurück. »Als ich heute im Schuppen nach Rohren für Ihre Leitung suchte, habe ich zufällig diesen Krug mit schwarzgebranntem Schnaps gefunden«, erzählte er mit unschuldigem Grinsen. Aber Cassie entging der böse Blick nicht, den Nora ihrem Mann zuwarf.

Daniel holte aus einem Regal drei Gläser und brachte sie, zwischen seine dicken Finger geklemmt, zum Tisch. Als er jedoch ein

Glas vor Cassie hinstellte, deckte Linc das Glas mit der Hand ab. »Sie trinkt nichts.«

»Aber Linc, nur weil ich einmal zuviel Champagner getrunken habe, glaubst du, daß ich nichts vertrage«, protestierte Cassie.

»Es wird dir nicht schmecken. Versuch es ruhig.« Linc reichte ihr sein Glas, das Daniel gefüllt hatte.

Cassie nahm einen Schluck und schnappte nach Luft. Tränen traten ihr in die Augen, und sie hielt sich mit den Händen die Ohren zu, weil sie fürchtete, es könnten gleich Flammen hervorschlagen.

»Ich habe dir doch gesagt, daß es dir nicht schmecken wird«, lachte Linc. Er selbst trank einen großen Schluck Whisky und seufzte glücklich. »Sie wissen ja, Daniel, wenn in ein paar Monaten das ganze Land trocken ist und jemand dann das Glück hat, über solche Krüge zu stolpern, dann kann er ganz schön viel Geld damit verdienen.«

Nora schüttelte heftig den Kopf und sah Linc zornig an.

Linc warf Daniel einen verwunderten Blick zu. »Was habe ich gesagt?«

Der riesenhafte Mann füllte Lincs Glas aufs neue. »Nora ist dagegen, daß Alkohol getrunken wird, und sie ist vor allem dagegen, daß ich Schnaps brenne und ihn verkaufe. Ihr Vater war ein Trunkenbold von der ärgsten Sorte. Wenn er getankt hatte, verprügelte er die Kinder und auch seine Frau; und das passierte etwa alle drei Tage.«

»Ich verstehe sie nur zu gut«, gestand Cassie.

Daniel brummte. »Deshalb muß ich doch nicht gleich ein Saufbold wie ihr Vater werden, nur weil ich eine Destillieranlage habe und ab und zu einen Schluck trinke. Aber das begreift sie nicht. Als wir noch in Knoxville wohnten, schloß sie sich dem Abstinenzlerverein der Frauen an. Mit Tambourinen zogen sie damals durch die Straßen. Einmal ging sie doch glatt mit einer Axt in die Bar, die zu meinen besten Kunden zählte.«

Linc unterdrückte ein Stöhnen. »Schon wieder eine! Plötzlich scheint das ganze verdammte Land voll von zornigen Frauen zu sein, die sich wütend über die eine oder andere Sache aufregen.«

»Beachten Sie ihn nicht«, beruhigte Cassie Nora, die sich fragend in der Runde umsah. »Er plappert immer solchen Unsinn!«

Daniel zog erstaunt die Brauen hoch. »Worüber regt sich denn Ihre Frau auf?«

»Über das Wahlrecht«, seufzte Linc. »Und über Läden, die keine weiblichen Kunden wollen, über Veranstaltungskomitees, die von weiblichen Piloten nicht begeistert sind, Farmer in Nebraska, die die Bibel zu wörtlich nehmen. Ich könnte mit meiner Aufzählung noch die ganze Nacht fortfahren.«

»Ich glaube, Sie brauchen jetzt noch einen Schluck!« stellte Daniel fest.

Cassie hatte die Erfahrung gemacht, daß es am besten war, Linc nicht zu beachten, wenn er in dieser Stimmung war. »Sie haben nicht immer hier auf dem wunderschönen Berg gewohnt?« fragte sie Nora.

»Ich kam in dieser Hütte zur Welt und bin hier aufgewachsen«, antwortete Daniel an Noras Statt. »Aber Nora lebt lieber in der Stadt, daher haben wir es eine Zeitlang in Knoxville versucht. Ich arbeitete als Schuhverkäufer und mußte jeden Tag Anzug und Krawatte tragen. Ich bin dabei halb verrückt geworden, weil ich geglaubt habe, ich würde ersticken. Nach einiger Zeit hat Nora bemerkt, daß ich mich hundeelend fühlte, und vorgeschlagen, daß wir wieder in die Hütte ziehen.« Er lachte. »Ich kann euch sagen, beim nächsten Sonnenaufgang waren wir schon wieder hier oben.« Er sah Nora zärtlich an. »Ich habe ihr versprochen, es noch einmal zu versuchen, falls sie es hier nicht aushält.«

Nora schüttelte lächelnd den Kopf, beugte sich zu ihm und küßte ihn auf den glänzenden Schädel. Schließlich stand sie auf, berührte Cassie an der Schulter und gab ihr zu verstehen, ihr zu folgen.

Sie führte Cassie in das kleinere der beiden Schlafzimmer, und wieder hielt Cassie überrascht den Atem an. Alle vier Wände waren mit wunderschönen Quilts, aufwendig gearbeiteten Steppdecken, behängt, und auf einem großen Tisch lag eine Decke ausgebreitet, die noch in Arbeit war. Die Decken waren nicht einfach wahllos aus Stoffresten zusammengenäht, sondern stellten wahre Kunstwerke dar – Szenen aus der wildromantisch schönen Landschaft Cumberlands.

Daniel und Linc kamen zur Tür. Dort blieben sie an den Türrahmen gelehnt stehen, die Whiskygläser in der Hand. Lincs glänzenden Augen zufolge hatte er dem Hausbrand wohl etwas zu stark zugesprochen, aber es störte Cassie nicht, wenn er sich betrank. Das gab ihr neue Munition, mit der sie sich wehren konnte, sollte er das Thema ihrer Hochzeitsnacht wieder einmal zur Sprache bringen.

»Nora hat ihre Bücher und ihre sonstigen Mätzchen mit ihren Decken verdient.« Daniel machte eine weit ausholende Handbewegung und verschüttete dabei Whisky über sein Hemd. »Von dem Geld, das ich mit Schnapsbrennen verdiene, will sie keinen Pfennig.«

Nora nickte zustimmend.

Allmählich wurde Cassie klar, daß Daniel zwar für Nora Stimme und Ohren ersetzte, Nora jedoch keineswegs so hilflos war, wie es ursprünglich den Anschein gehabt hatte. Sie besaß eine stille, verborgene Kraft, die nicht mit der Stärke ihres Mannes konkurrierte. Doch Cassie hatte das Gefühl, daß Nora ihren Mann zwar liebte, aber zweifellos auch ohne ihn überleben konnte, während der große Muskelprotz Daniel ohne Nora zu einem Nichts verblassen würde. Dennoch, Nora und Daniel als Paar waren viel mehr als die bloße Summe ihrer beiden Kraftpotentiale.

Sie dachte daran, was Maisie vor ein paar Tagen in Nebraska gesagt hatte: *Ein Mann und eine Frau finden den für sie richtigen Weg, miteinander zu leben und auszukommen. Was für ein Paar richtig ist, muß nicht unbedingt für alle Paare richtig sein.* Jetzt plötzlich konnte sie Maisie verstehen. Maisies Liebe zu Seth und zu ihren Kindern war so groß, daß sie die Armut und das schwierige Leben mit einem komplizierten Mann ertrug. Oder Tessa. Tessa und Anselm waren beide ausgesprochen starke Charaktere; keiner von ihnen konnte sich unterordnen. Und wenn sie in verschiedene Richtungen zogen? Cassie lächelte beim Gedanken daran. Da stoben die Funken. Dennoch waren sie einander sehr zugetan; das war schon am Ton zu erkennen, mit dem sie miteinander verkehrten.

Und hier war Nora Boone, mit ihrer Abscheu vor dem Alkohol, mit ihren Büchern und gesteppten Decken, verheiratet mit einem grobschlächtigen Schnapsbrenner. Aber sie hatten auf ihrem wunderschönen Berg zu gemeinsamem Glück und beneidenswerter Harmonie gefunden. Nora, Maisie, Tessa – wie war es diesen Frauen gelungen, dem Schicksal der Sara Jones Kingly zu entgehen?

Cassie hätte Nora gern gefragt, wußte aber nicht, wie sie ihre Frage formulieren sollte, und während sie noch zögerte, war die plötzliche Einsicht wieder verschwunden.

Statt dessen fragte sie Nora, wie lange sie an einer Decke arbeitete. Da ertönten plötzlich laute Schüsse, und Kugeln schlugen durch das Drahtgitter der Veranda.

»Hinlegen!« schrie Daniel und warf sich mit einem lauten Plumps auf den Boden.

Linc stürzte sich auf Cassie, bekam sie an den Beinen zu fassen und drückte sie nieder. »Au!« schrie Cassie, als sie sich den Kopf an einem Tischbein anschlug, und wehrte sich gleichzeitig gegen Lincs Gewicht. »Ich hätte mich schon selbst hingelegt, du Dummkopf! Du brauchst mich doch nicht zu Boden schleudern wie einen Sack ...«

Wieder detonierten Schüsse, und Glas splitterte. Patches heulte verängstigt und verkroch sich in einer Ecke unter einem Berg von Stoff und Füllmaterial. Er wühlte sich so tief hinein, daß nur sein Schwanz noch zu sehen war.

Daniel war in das vordere Zimmer gekrochen, um sein Gewehr zu holen, das neben dem Kamin lehnte. Linc wollte ihm gebückt folgen, drehte sich aber noch einmal um und deutete mit dem Finger auf Cassie.

»Was hast du jetzt wieder angerichtet?«

Cassie sah ihn böse an und würdigte die Frage mit keiner Antwort. Nur weil man wieder einmal auf sie schoß, durfte er doch nicht gleich annehmen, daß sie schuld daran hatte!

»Du bleibst hier«, befahl Linc. »Wir haben im Augenblick genügend Schwierigkeiten, auch ohne dich!«

Daniel hatte sein Gewehr geholt und sich neben dem Fenster postiert, während er es lud. Linc löschte die Lampe, und es wurde dunkel im Zimmer.

»Danny! Danny Boone!« rief eine Stimme aus dem Kiefernwäldchen vor der Hütte. »Bist du da, Danny? Es wird dir gleich leid tun, Danny, mein Junge, daß du gegen das Gesetz verstoßen hast! Wir haben es dir versprochen, und jetzt sind wir da!«

»Scheiße!« fluchte Daniel und klappte den Verschluß am Gewehr zu. Linc stellte sich blitzschnell auf die andere Seite des Fensters. »Leute von der Steuerbehörde?«

»Ja. Ich habe sie bestochen, damit sie mich in Frieden lassen. Aber sie wurden immer gieriger, und ich habe diesen Monat nichts bezahlt. Sieht so aus, als wäre das ein Fehler gewesen.«

»Wo steht die Destillieranalge?« fragte Linc. »Hinten im Schuppen?«

»Nein, sie ist gut versteckt. Die Burschen finden sie nie. Selbst mit Landkarte und Kompaß würden die Kerle nicht den Boden in einem Mehlsack finden. Aber ich mache mir Sorgen um Ihr Flugzeug. Wenn sie es finden, reimen sie sich womöglich irgend etwas zusammen und machen Kleinholz aus der Maschine.«

»Wieviel würde es kosten, damit sie verschwinden?«

»Dafür ist es zu spät. Jetzt wollen sie mir einen Denkzettel verpassen.«

»Scheiße!« fluchte nun auch Linc.

»Stimmt. Warten wir einmal ab, vielleicht fällt uns etwas ein. Haben Sie oft gute Einfälle?«

»Eigentlich nicht.«

Linc wurde unruhig; im Schlafzimmer war es verdächtig still. Vorsichtig schlich er sich an der Wand entlang zur Schlafzimmertür. Er sah die Decken und darunter Patches' Schwanz, aber keine blonden Haaren, nicht eine Strähne.

Linc fluchte ganz fürchterlich und sicherheitshalber auch noch auf französisch.

»Was ist los?« wollte Daniel wissen, der hinter Linc getreten war.

»Cassie ist verschwunden.«

Daniel sah sich im Zimmer um. »Sie ist bei Nora. Machen Sie sich keine Sorgen.«

»Sie kennen Cassie nicht.«

»Hat sie gute Einfälle?« fragte Daniel hoffnungvoll, aber Linc stieß nur einen unterdrückten Fluch aus.

Die Männer von der Steuerbehörde schrien Daniel zu, er solle mit erhobenen Armen herauskommen. Daniel und Linc krochen wieder zum Fenster. Es wurde allmählich dunkel, und der Nebel lichtete sich ein wenig. Die Kiefern, die sich zuerst nur als geisterhafte Schatten abgezeichnet hatten, ließen sich jetzt deutlich als Bäume erkennen.

»Hören Sie zu, wie wir es machen«, begann Daniel nach einer

Weile aufs neue. »Ich gehe hinaus und halte sie hin, und Sie machen sich in der Zwischenzeit durch die Hintertür davon, laufen im großen Bogen zum Flugzeug und sehen zu, daß sie die Kiste hochbringen.«

Linc schüttelte den Kopf. »Der Start wird problematisch genug, da brauche ich nicht Nebel und Dunkelheit als Draufgabe. Außerdem kann ich Cassie nicht zurücklassen.«

»Sie könnten sie später holen.«

»Diese Landung hier mache ich nicht noch einmal. Ich habe es beim ersten Mal nur mit knapper Not geschafft.«

Daniel zuckte die Achseln. »Es war nur eine Idee.«

Seit der letzten Aufforderung der Steuerbeamten war bereits eine Zeit verstrichen. Linc schob den Kopf über das Fenstersims, in der Hoffnung, die anderen hätten vielleicht aufgegeben und wären nach Hause gegangen. In dem Augenblick flitzte eine splitternackte Frau am Ende der Lichtung durch den Nebel. Ihr auf den Fersen folgte ein Mann in einer unförmigen Jacke, die Hose aufgerollt und einen schlappen, breitkrempigen Filzhut auf dem Kopf. Linc hatte keine Ahnung, wer der Mann war, aber sogar durch den Nebel hatte er die Frau genau erkannt. Er stieß einen Überraschungslaut aus, der jedoch vom durchdringenden Entsetzensschrei der Frau übertönt wurde. Linc richtete sich blitzschnell auf und sprang zur Tür, aber Daniel hielt ihn zurück.

»Die zweite Gestalt ist Nora«, beruhigte ihn Daniel und grinste über das ganze Gesicht, daß seine Zähne blitzten. »Das ist mein Hut. Ich würde ihn überall erkennen. Nora lockt die Kerle so weit den Berg hinauf, daß es eine Woche dauern wird, bis sie wieder herunterfinden.«

Die Steuerfahnder hatten tatsächlich angebissen. Sie schrien durcheinander, ob aus Empörung oder Lüsternheit war schwer zu sagen, und stürmten los. Entweder wollten sie die Frau retten oder sich dem zu erwartenden Spaß anschließen, Linc wußte es nicht.

Daniels Lachen dröhnte durch die Hütte, und auch Linc brach in Gelächter aus. Er setzte sich auf den Boden, lehnte sich an die Wand und lachte, bis seine Bauchmuskeln schmerzten. Jetzt, da die Gefahr vorüber war, kroch Patches unter dem Stoffberg hervor. Knurrend und mit gefletschten Zähnen kam er angelaufen, was bei Linc einen neuerlichen Lachkrampf auslöste.

Daniel hatte den Krug aus der Küche geholt und reichte ihn Linc. »Es wird eine Weile dauern, bis sie zurückkommen.« Er lachte immer noch. »Wir werden uns die Zeit bis dahin möglichst angenehm vertreiben.«

Sie blieben neben dem Fenster auf dem Boden sitzen und leerten den Krug. Daniel holte einen neuen, den sie samt einer Laterne auf die Veranda hinaustrugen. Der Krug ging hin und her – auf Gläser hatten sie schon längst verzichtet –, und sie erzählten, Linc vom Fliegen und Daniel vom Schnapsbrennen. Linc war schon ziemlich betrunken und sah nicht mehr ganz klar, als die Gittertür zur Veranda aufging und Nora eintrat; Cassie folgte ihr wie ein Schatten. Linc war erleichtert, daß seine Frau wieder züchtig bekleidet war.

»Nora, Liebling!« brüllte Daniel. Er rülpste und legte errötend die Hand auf den Mund. Linc nahm die Füße vom Geländer der Veranda, richtete sich auf und machte ein möglichst ernstes Gesicht.

Cassies sah ihn zögernd an: »Linc …?«

»Komm her!«

Cassie näherte sich ihm langsam mit scheu gesenktem Blick. Linc nahm einen Schluck aus dem Krug, um ein Lachen zu unterdrücken. »Hast du mir nicht versprochen, bis New York keine Schwierigkeiten mehr zu machen?«

Cassie hob ruckartig den Kopf, und ihre Augen blitzten zornig. »Ich steckte nicht in Schwierigkeiten, diesmal war es Daniel. Außerdem habe ich nie etwas dergleichen versprochen.«

»Hallooo!« rief Daniel plötzlich und schlug sich auf die Schenkel. »Ich hätte ein Jahr lang nachdenken können, aber auf diese Idee wäre ich nie gekommen. Welche von euch zwei weiblichen Genies hat diesen Einfall gehabt?«

Nora lächelte über das ganze Gesicht und zeigte auf Cassie.

»Nun ja, wir haben die Idee gemeinsam erarbeitet«, gestand Cassie. »Um zu entscheiden, wer von uns die bedrängte Frau spielen durfte, haben wir eine Münze geworfen.«

»Spielen durfte!« rief Linc aus.

Cassie grinste. »Ja. Und ich habe gewonnen.«

»Cassie, meine Liebe!« brüllte Daniel ausgelassen. »Sie haben doch die hübschesten, runden … äh!«

Ein blonder Zopf sauste an Linc vorbei und gleich darauf fiel die Haustür krachend ins Schloß. Daniel mühte sich auf die Beine, rieb sich den dicken Bauch und folgte ihr.

»Aber Nora, mein Liebling«, bat er kleinlaut, sobald sie ihn ansah. »Du kannst mir doch keinen Vorwurf machen, weil ich hingeschaut habe.« Danach hörte man ein Grunzen, schließlich ein Wimmern und dann einen leisen Seufzer.

»Was schaust du denn so selbstgefällig?« wollte Cassie wissen.

Linc sah sie mit großen Augen unschuldig an. »Wer? Ich?«

Sie riß ebenfalls die Augen auf. »Ja, du.«

Er zuckte lachend die Achseln. »Ich finde es einfach nett, wenn ein anderer Mann bewundernd über die ... äh, wenn ein anderer Mann eine Frau bewundert.«

»Deine Frau, was?«

Linc stellte den Krug ab und stand langsam auf. »Ja, nun ...«

Cassie legte ihm die Hände um den Nacken und zog seinen Kopf näher. Ihre Augen waren halb geschlossen, und ihr Mund stand halb offen. Diesem zärtlichen, verwundbaren Geschöpf konnte Linc nie widerstehen.

»Deine Frau«, seufzte Cassie und küßte ihn voll gierigem Verlangen.

Kapitel 17

Die Morgensonne stieg hinter dem Gipfel des Red Pine Mountains empor, als sie auf die Lichtung traten. Tau funkelte auf Gras und Blumen wie Millionen winziger Eiskristalle. Sogar der olivefarbene Stoff der Tragflächen der *Pegasus* schimmerte hell.

»Linc, sieh doch, was für ein herrlicher Morgen!« rief Cassie.

Linc preßte die Finger auf seine pochende Stirn und seufzte. »Es ist wunderschön, Cassie, aber mußt du deshalb wie ein Schwein am Spieß schreien?«

Daniel, der sich an Nora lehnte, lachte, aber das Lachen ging sehr schnell in Stöhnen über.

Cassie flötete mit gespielter Freundlichkeit: »Ihr armen Kinder! Geht es euch nicht gut?« In Noras Augen funkelte ein stummes Lachen.

»Ich bin froh, daß du fliegen mußt, Linc, und nicht ich«, gestand Daniel und zog seinen Lieblingshut tief über die Augen, um sie gegen das helle Licht der Sonne abzuschirmen. »Das Gerumpel und Geholper, auf und nieder, das Schütteln und lärmende Vibrieren, mein Magen würde das nicht ertragen.«

»Entschuldigt mich!« Linc drehte sich unvermittelt um und ging rasch auf den Wald zu. Bei den gequälten Geräuschen, die von den Bäumen herüberklangen, wurde Daniel ganz grün im Gesicht. Er würgte, als würde er ersticken, riß sich von Nora los und stolperte Linc hinterher in den Wald. Patches wollte den Männern folgen, aber Cassie pfiff ihn zurück.

Sie tauschte mit Nora einen Blick. »Es geschieht ihnen recht«, sagte sie, und Nora nickte ernst.

Auch während des Essens am vergangenen Abend hatten Linc und Daniel lebhaft dem Krug zugesprochen. Mit einem dritten Krug waren die beiden Männer schließlich auf die Veranda gestolpert, um einen »ernsthaften Schluck zu nehmen«, wie Daniel es nannte. Cassie und Nora blieben in der Küche. Ein paar Minuten später hörten sie, wie Linc Daniel in überschwenglichen Worten erklärte, wie man einen Löwen dressierte. Cassie mußte lachen und sah Nora an, die über ein Blatt Papier gebeugt saß und schrieb; Nora konnte natürlich nicht hören, was die Männer erzählten.

Nora reichte Cassie das Papier. *Wie hast du Linc kennengelernt?* stand darauf.

Cassie erzählte, wie sie damals mit der *Pegasus* im Sturzflug an Linc vorbeigeflogen war, um ihn aus ihrem Gebiet zu vertreiben. »Ich habe ihn beinahe gerammt, aber erzähle ja niemandem, daß ich das zugegeben habe. Nach der Landung wollte ich mich bei ihm entschuldigen, wie es sich gehört, aber er hat mir einfach einen Kinnhaken verpaßt.«

Nora sah sie entsetzt an, und Cassie mußte lachen. »Er hat mich für einen Mann gehalten, so wie ich angezogen war! Und als ich dann die Augen öffnete, hatte ich den bestaussehenden Mann vor mir, der mir in meinem ganzen Leben begegnet ist. Aber mit seinen Ansichten macht er mich entsetzlich wütend, vom ersten Augenblick an. Das hat sich bis heute nicht geändert.«

Nora brach in stummes Gelächter aus.

»Wie war das bei dir?« wollte Cassie jetzt wissen. »Wie hast du Daniel Boone kennengelernt?«

Nora kritzelte rasch auf das Papier und mußte dabei immer noch lachen. Schließlich schob sie Cassie das Papier zu.

Ich fand heraus, daß mein Vater seinen Whisky unter anderem bei Daniel kaufte. Daraufhin habe ich Daniels Destillieranlage zertrümmert. Du kannst dir vorstellen, was passierte, als er mich erwischte!

Nora packte Cassie unvermittelt an der Hand, zog sie hoch und bedeutete Cassie, ihr in das große Schlafzimmer zu folgen. Neben dem Bett aus roh gezimmerten Holzstämmen stand eine Wiege.

Cassie sah Nora aufgeregt an. »Nora! Bekommst du ein Baby?«

Nora nickte begeistert und hielt sieben Finger hoch.

»In sieben Monaten? Wie wundervoll!« Cassie umarmte sie impulsiv und war über ihre eigene Empfindung erstaunt: Sie wünschte sich ein Kind, sie wollte spüren, wie Lincs Kind in ihr heranwuchs.

Die beiden Frauen unterhielten sich über Babys, bis Cassie müde wurde. Nora hatte im vorderen Zimmer ein Bett auf dem Fußboden hergerichtet, und Cassie war beim Klang von Lincs und Daniels grölendem Gesang entschlummert.

Daran mußte Cassie jetzt denken, als Linc und Daniel bleich und erschöpft aus dem Wald kamen. »Wenn du dich noch einmal übergeben mußt, sobald wir in der Luft sind, sieh nur zu, daß du den Kopf in den Luftstrom hinaushältst«, warnte Cassie Linc, als er unsicher näher kam.

Lincs Augen waren blutunterlaufen. »Es wird eine Zeit kommen, Cassie Jones, da wirst du mein Mitleid und mein Erbarmen brauchen; dann wirst du reuig an den heutigen Tag denken.«

Durch die Verfassung der Männer bedingt, dauerte es länger als notwendig, die *Pegasus* aus den Brombeerranken zu befreien und in Startposition zu bringen. Die Windrichtung machte Cassie nicht sehr glücklich. Sie konnten nicht direkt gegen den Wind starten, sondern mußten einen Schrägstart versuchen. Auch die kurze Strecke für den Start bereitete ihr Sorgen; wenn es um heikle Starts und Landungen ging, war sie nicht so erfahren wie Linc. Doch heute mußte eindeutig sie fliegen, so viel war klar. Als sie angedeutet hatte, daß er die *Pegasus* zumindest in die Luft bringen könnte, hatte er ihr nur auf die Schulter geklopft und gemeint: »Du schaffst das schon, Cassie!« Cassie war stolz, daß er sich so auf sie verließ und ihr so viel zutraute, aber es ärgerte sie gleichzeitig. Was würde sein, falls sie ihn enttäuschte?

Sie warfen den Motor an und ließen ihn warmlaufen. Cassie küßte Daniel auf den kahlen Kopf, umarmte Nora zum Abschied und versprach zu schreiben. Sie ließ Patches ins Cockpit klettern und folgte ihm. Nervös rückte sie Brille und Helm zurecht. Cassie drehte sich nach Linc um. Er saß bereits auf seinem Platz, die Arme vor der Brust verschränkt, die Augen geschlossen. Er war wirklich ein abscheuliches Monster! Sie stand vor dem schwierigsten Start in ihrem ganzen Leben, und er war bereits eingeschlafen!

Cassie schloß kurz die Augen und flüsterte ein Gebet, dann ließ sie die *Pegasus* über die Lichtung rollen, gab Gas und drückte die Nase der Maschine nach unten, damit sie bis zur allerletzten Sekunde Tempo zulegen konnte. Schließlich drückte sie den Steuerknüppel ganz wenig zurück und hob ab. Sie hielt die Maschine gerade und gewann langsam an Höhe, bis sie über den Bäumen waren.

Sobald sie schnell genug flogen, setzte Cassie zu einer flachen Kurve an. Der Schatten der Tragflächen der *Pegasus* tauchte auf dem gegenüberliegenden Berghang auf. Cassie lachte laut, sie hatte es geschafft! Noch dazu mit sicherem Abstand, und nicht nur knapp.

Sie flog über die Lichtung und schwenkte die Tragflächen der *Pegasus* zu einem letzten Abschiedsgruß für Nora und Daniel. Dann wandte sie sich nach Norden und flog den Kamm der Cumberland Mountains entlang in Richtung Kentucky. Wenn sie Glück hatten, würden sie am Nachmittag in Dayton landen.

Cassie lehnte sich in den Fahrtwind hinaus und wischte den Staub von den Brillengläsern, um den Landeplatz unter ihr besser zu sehen. Auf dem fruchtbaren Ackerland hatte man für die Landebahn einen Streifen gerodet, befestigt und deutlich mit bunten Steinen markiert. Sogar zwei Windsäcke hatte man aufgehängt. Daneben standen zwei riesige Hangarzelte und eine mit Fahnen dekorierte Tribüne. Die Fahnen flatterten deutlich im Wind. Die Tribüne schien bis auf den letzten Platz besetzt zu sein, und auf dem angrenzenden Feld tummelten sich Hunderte von Menschen. Von weitem sahen sie aus wie ein verwirrtes Ameisenvolk, dessen Burg soeben zerstört worden war.

Menschen, Autos, Zelte und Tribüne boten ein buntes Bild, aber Cassie vermißte etwas und hielt angestrengt danach Ausschau. Sie schrie laut auf vor Freude. Kein anderes Flugzeug war zu sehen!

»Wir müssen die ersten sein!« rief Cassie Linc zu. »Wir sind die ersten!« Er grinste und machte das Handzeichen mit dem nach oben gekehrten Daumen.

Linc hatte das Steuer übernommen, und er setzte vorsichtig zur Landung an. Vom sommerlich aufgewärmten Boden stieg eine starke Thermik auf, was zu unerwarteten, starken Turbulenzen führte. Das machte die Landung gefährlich. Der schrecklichste Augenblick für Cassie war jedoch, als die *Pegasus* bereits zum Stillstand gekommen war und die Menge das Flugzeug umringte. Sie und Linc wurden regelrecht aus dem Cockpit gerissen und über den Köpfen der Menschen von Hand zu Hand weitergereicht.

Als sie Pete Striker lachen hörte, wehrte sie sich gegen die Hände, die sie nicht loslassen wollten, und ließ sich in Petes Arme fallen.

»Einfach toll, Cassie!« rief er, und sie küßte ihn auf seine rauhen Wangen.

»Sind wir die ersten, Pete?«

Sie hielten einander fest, während die Menge sie anrempelte. »Wo ist Linc?« fragte Pete. »Er läßt unsere Zeit registrieren.«

Cassie drehte sich um und sah, wie sich Linc, von Reportern umringt, mit einem offiziell aussehenden Mann unterhielt. Der Mann hatte ein Blatt Papier in der Hand und eine goldene Uhr. »Jetzt läßt er sich gerade die Zeit bestätigen«, stellte Cassie fest. »Sind wir wirklich die ersten? Was ist mit den Brüdern Schmidt?«

»Diese deutschen Flieger bauten in der Gegend von Lexington eine Bruchlandung. Ein Zylinder überhitzte sich und zerriß den Motor. Sie scherten über die rechte Tragfläche ab, rammten einen Telefonmast und landeten mit der Nase voran in einem Hühnerstall.« Pete lachte. »Aus ihrer Avro kann man gerade noch einen Drachen bauen.«

»Was ist mit Hans und Werner? Ist ihnen etwas geschehen?« fragte Cassie beklommen; sie hatte Angst vor einer neuerlichen Todesnachricht.

»Hans' Arm ist voll mit Holzsplittern, habe ich gehört, aber sonst sind sie mit heiler Haut davongekommen.«

»Wir liegen demnach zumindest auf dem zweiten Platz«, stellte Cassie mit zufriedenem Lächeln fest, denn gemäß den Regeln durfte jedes Team nur ein Flugzeug benutzen. Die Brüder Schmidt schieden also aus.

Pete sah auf die Uhr. »Und wenn Farrell und der andere nicht innerhalb der nächsten achtunddreißig Minuten hier auftauchen, liegen wir in Führung. Ist aber auch verdammt Zeit geworden!«

Cassie drehte sich lachend um und sah, wie sich Linc einen Weg durch die Menge bahnte. Sie lief ihm entgegen und umarmte ihn. Dann vernahm sie trotz des Lärms das Motorengeräusch einer sich nähernden Maschine. Sie wartete gespannt, bis das Flugzeug in Sichtweite war. Es war Edward Farrells Curtiss *Jenny*.

»Ohh, nein!« seufzte sie und drückte die Stirn an Lincs Brust; sie war furchtbar enttäuscht.

Linc hielt sie in den Armen. »Tut mir leid, Liebling. Aber es ist noch nicht aller Tage Abend. Wir liegen nicht viel auseinander.

Sie müssen erst landen und die Zeit registrieren lassen. Auf dem Weg nach New York werden wir sie überholen.«

Cassie nickte und kämpfte gegen den lächerlichen Wunsch, in Tränen auszubrechen, als die *Jenny* landete.

Der Pilot ließ die Maschine im Seitenwind etwas abtreiben, und Cassie wollte gerade eine diesbezügliche Bemerkung machen, als das Flugzeug von einem mächtigen thermischen Aufwind erfaßt wurde. Er landete unsanft und rutschte über die festgestampfte Erde. Dann brach das Fahrgestell, und das Flugzeug überschlug sich, die Tragflächenbespannung wurde zerfetzt, Streben und Sparren brachen.

Die Menge schrie auf, und die Leute stürzten auf die Rollbahn. »Zurück!« schrie Linc und bahnte sich einen Weg durch die Menschen. »Zurück! Der Tank könnte explodieren!«

Linc, Cassie, Pete und der Mann vom Veranstaltungskomitee hatten sich durch die Menschenmenge gekämpft. Zwei Männer mit einer Bahre und ein dritter mit einer schwarzen Tasche kamen aus den Hangarzelten gelaufen. Cassie hätte vor Erleichterung beinahe laut aufgeschrien, als Edward Farrell auf Händen und Knien aus dem Wrack kroch. Der Mann mit der schwarzen Tasche lief zu ihm, hielt an, um Edward kurz zu untersuchen, half ihm danach auf die Beine und führte ihn fort.

Cassie stand in einiger Entfernung vom Flugzeug. Sie fühlte sich unnütz und zitterte vor Entsetzen, während Linc und die Männer mit der Bahre Gregory Pearce aus dem Gewirr aus Holz und Stahldrähten zogen. Gregorys Gesicht war blutverschmiert, und Cassie sah schnell weg. Dann rief jemand: »Er lebt!«, und sie atmete erleichtert auf.

Plötzlich schrie jemand markerschütternd in höchsten Tönen. Melodie Farrell stolperte in einem engen Rock über das Feld. Sehr zu Cassies Erstaunen lief Melodie am Arzt, der ihren Bruder führte, vorbei und warf sich hysterisch an die Brust des bewußtlosen Gregory Pearce.

Gregory wurde auf der Bahre vom Feld getragen, und Melodie folgte dem kleinen Zug. Sie wimmerte und stand ständig im Weg; Cassie schüttelte über dieses Verhalten angewidert den Kopf.

»Wird er wieder in Ordnung kommen?« fragte sie Linc, als er zu ihr trat.

»Soweit wir sehen konnten, hat er nur eine große Platzwunde an der Stirn. Sie hatten Glück.«

Cassie und Linc standen neben dem Flugzeugwrack. Edward Farrells *Jenny* würde Dayton am nächsten Morgen nicht verlassen. »So will ich eigentlich nicht gewinnen«, seufzte Cassie.

Linc küßte sie zart auf den Kopf. »Wir wußten von Anfang an, daß dieser Wettbewerb strapaziös werden würde und es ums Überleben ging. Laß dir von jemandem etwas sagen, der es auf die harte Tour am eigenen Leib erfahren hat: Fühle dich nicht schuldig, weil du überlebt hast.«

Linc legte ihr den Arm um die Taille und führte sie zu den Hangarzelten. Auf halbem Weg kam ihnen ein Mann entgegen. Cassie erkannte das kantige Adlergesicht von Phineas Barlow, Leroy Irving Beans Privatsekretär.

»Mr. und Mrs. Cameron?« begrüßte Barlow sie mit einem breiten Lächeln. »Mr. Bean erwartet Sie drüben im großen Haus; er möchte Sie gern begrüßen.«

Das »große Haus« war tatsächlich groß, ein dreiflügeliger Ziegelbau mit weißen Säulen am Vorbau des Eingangsportals, vier Stockwerke hoch und mit einem Schieferdach gedeckt. Cassie zählte vierzehn Schornsteine.

Phineas Barlow führte sie über eine ausladende Treppe aus grauen Steinstufen. Das Doppelportal öffnete sich geräuschlos, als hätte Barlow ein Zauberwort geflüstert. Sie gingen durch eine schwarz-weiß geflieste Eingangshalle, stiegen auf einer Treppe aus dunklem Nußholz empor und gelangten in einen großen Raum, der mit üppigen Polstersesseln, Samtvorhängen und dicken Teppichen teuer, vornehm, aber durchaus wohnlich möbliert war.

»Willkommen in Dayton«, ließ sich eine trockene Stimme vernehmen, und Cassie erstarrte vor Schreck, als sie in das Gesicht von Lawrence Kingly blickte.

Einen Augenblick später wußte sie, daß sie sich geirrt hatte, obwohl Leroy Bean dem Ehemann ihrer Mutter verblüffend ähnlich sah. Er trug die dünnen Haare ebenfalls glatt über den knochigen Schädel frisiert und hatte die gleichen stechenden Augen. Aber sobald Leroy Bean lächelte, war es mit der Ähnlichkeit vorüber.

Cassie mußte sich trotzdem zwingen, auf den Mann zuzugehen und ihm die Hand zu drücken.

»Sie werden also meinen Wettbewerb gewinnen«, wandte sich Leroy Bean an Linc. »Ich habe es mir von Anfang an gedacht. Erzählen Sie mir, was werden Sie mit den fünfzigtausend Dollar machen?«

Linc lachte ausgesprochen charmant. »Nun, ich halte es für besser, wenn ich nichts davon ausgebe, ehe ich nicht in New York bin.«

Leroy Bean lächelte herzlich. »Sehr klug. Und Sie«, damit wandte er sich an Cassie. »Nehmen Sie es mir übel, wenn ich zugebe, daß ich meine Zweifel hatte, ob Sie an diesem Abenteuer teilnehmen sollten? Und jetzt, da ich Sie sehe, frage ich mich ... Sie sind sehr klein. Aber Sie müssen gut sein, sehr gut sogar.«

Cassie fiel nichts ein, was sie hätte sagen können. Sie wußte, daß sie unhöflich und trotzig wirkte, aber sie konnte nichts dagegen tun. Ganz gleich, wie zuvorkommend und leutselig Leroy Bean sich geben mochte, sie konnte ihn nicht leiden. Zu sehr ähnelte er dem Mann, den sie haßte, wie keinen anderen.

»Sie ist gut«, sagte Linc schließlich, als die Stille peinlich wurde.

»Mr. Bean hat alle Piloten eingeladen, die Nacht in seinem Haus zu verbringen«, warf Phineas Barlow gewandt dazwischen. »Darf ich Ihnen und Mrs. Cameron jetzt Ihr Zimmer zeigen?«

Barlow führte sie im darübergelegenen Stockwerk in ein Zimmer, das mit dunklen, reich verzierten Möbeln eingerichtet war und in dem sich ein wuchtiges Himmelbett mit einem blauen Satin-Baldachin befand.

»Ihre fliegenden Drachen wurden bereits vom Flugfeld hereingerollt«, berichtete Barlow. »Ihr Mechaniker kümmert sich um Ihre Maschine und auch um Ihren Hund. Den Hund können Sie leider nicht mit ins Haus nehmen. Mr. Bean ist allergisch gegen Tierhaare.« An der Tür blieb Barlow nochmals stehen. »Um sieben Uhr werden im Ballsaal Erfrischungen serviert. Fünf Minuten vor sieben wird ein Diener Sie erwarten, um Sie hinterzubegleiten.«

»Puh!« rief Linc, nachdem sich die Tür hinter Phineas Barlow geschlossen hatte. »Er kommandiert einen noch mehr herum als Tessa Pernell.« Als Cassie ernst blieb, schob er einen Finger unter ihr Kinn und hob ihr Gesicht hoch, damit er ihr in die Augen sehen konnte. »Stimmt etwas nicht? Du hast den armen Leroy Bean angesehen, als wolltest du ihn aufspießen und über dem Feuer grillen.«

Cassie zitterte. »Ich weiß, daß es dumm ist, aber er sieht jemandem ähnlich, den ich kenne und den ich hasse wie die Pest.«

»Wer ist das?«

Cassie hätte es Linc gern erzählt, aber ihr Hals war wie zugeschnürt und sie brachte kein Wort heraus. Als sie weiter in Schweigen verharrte, wandte sich Linc ab. Er nahm seine Tasche und verschwand im Badezimmer. Kurz darauf hörte Cassie Wasser in das Waschbecken plätschern.

Eine Stunde später stand sie vor dem Spiegel und war damit beschäftigt, ein Haarband um den Kopf zu winden, als es an der Tür klopfte. Sie dachte, es wäre Linc, der auf das Flugfeld gegangen war, um nach der *Pegasus* zu sehen. Mit einem heiteren Lächeln ging sie, um zu öffnen, und hoffte nur, daß die Eiseskälte, die durch ihr Verhalten aufgekommen war, bald schmolz.

»Cassie! Du trägst wieder dieses hübsche pfirsichfarbene Kleid!« Melodie Farrell platzte ins Zimmer herein. Sie trug ein schmales, glitzerndes Kleid mit Quasten und eine lose drapierte Stola aus Straußenfedern. Cassie schloß hinter Melodie die Tür. »Hallo, Melodie. Ich bin froh, daß du dich von deinem Schock erholt hast.«

»Von welchem Schock?«

»Dein Bruder wäre beinahe tödlich verunglückt.«

»Ach das.« Sie tat den Vorfall mit einer nachlässigen Geste ab. »Ward fällt andauernd mit diesen schrecklichen Maschinen vom Himmel. Er hat nicht einmal einen Kratzer abbekommen.«

»Gregory Pearce ist nicht ganz so glücklich gewesen.«

»Darüber wollte ich mit dir sprechen, Cassie. Wie hast du es erraten? Es ist noch ein Geheimnis, aber wir wollten es dir und Linc natürlich erzählen. Gregory wird wieder ganz in Ordnung kommen. Ist das nicht wunderbar?«

»Das stimmt, einfach wunderbar«, gab Cassie wahrheitsgetreu zu. »Aber warum ist es ein Geheimnis?«

»Was? Ach nein, Dummchen, das ist nicht das Geheimnis!« Melodie klatschte in die Hände und tanzte im Zimmer herum. »Die Hochzeit wird nächsten Monat stattfinden!«

»Wer heiratet?«

Melodie hielt inne. »Jetzt ganz ehrlich, Cassie, ich glaube, das viele Fliegen hat dein armes Hirn ganz schön mitgenommen. Gregory und ich werden heiraten.«

Cassie starrte sie erstaunt an. »Du und Gregory?«

Melodie kicherte, wurde rot und nickte.

Cassie setzte sich vorsichtig auf die Bettkante. »Wie ... schön.«

»Nicht wahr?« Melodie ließ sich neben Cassie auf das Bett fallen und faßte nach Cassies Hand. »Ich habe mich gleich im ersten Augenblick in ihn verliebt, Cassie!«

»Tatsächlich?«

»Ja.« Melodie seufzte. »Leider hat er meine Existenz anfangs kaum bemerkt. Zuerst wollte ich ihn eifersüchtig machen und flirtete mit den beiden Schmidts, aber das half nicht.«

»Es hat nicht geholfen?«

»Nein, es war wie verhext. In Kansas City ließ ich meinen Stolz fahren und fragte ihn, ob er mich heiraten wollte.«

»Das darf nicht wahr sein!«

»Er konnte mir nur nicht sofort seine Antwort geben, da alles so überraschend kam. Er wollte darüber nachdenken, da auch die Interessen seiner Familie zu berücksichtigen sind. Außerdem ist er mit einem Mädchen bei ihm zu Hause in Richmond so gut wie verlobt. Er wollte mir seine Antwort in Dayton geben. Und du wirst es nicht glauben, Cassie, ich habe es selbst kaum geglaubt, aber seine Antwort war ja!«

Cassie versuchte, den schwer zu überzeugenden Gregory und den unglücklich verliebten jungen Mann, der in eine Wanne mit Bean's Cola gestürzt war, auf einen Nenner zu bringen. Es gelang ihr nicht.

»Wir werden in Richmond leben«, erzählte Melodie weiter. »Seinem Vater gehört dort ein Warenhaus, und Gregory wird das Geschäft übernehmen. Er meint, daß die Umstellung für mich anfangs nicht leicht sein würde. Ich muß mich erst an seine Familie und das gesellschaftliche Gefüge in Richmond gewöhnen, aber mit der Zeit werde ich es schon schaffen. Wir sind einfach wie gemacht für einander, Cassie. Ich werde versuchen, die perfekte Ehefrau zu werden, auch wenn Gregory mich gewarnt hat, daß er manchmal sehr anstrengend sein kann.«

Cassie fand die Sprache wieder. »Ich kann es einfach nicht glauben.«

Melodie schloß die Augen und verschränkte die Arme krampfhaft vor der Brust. »Ich weiß, ich glaube es selbst kaum. Ist es nicht wunderbar?« Sie öffnete die Augen wieder und sah Cassie ernst an. »Zugegeben, eine Weile war ich schrecklich eifersüchtig auf dich, weil du verheiratet warst. Nicht, daß ich Linc Cameron für mich haben wollte, denn ich könnte mit einem Mann wie ihm nie auf die Dauer glücklich sein. Er macht mich nervös; er ist so impulsiv. Bei ihm weiß man nie, was im nächsten Augenblick kommt, und das kann ich nicht leiden. Aber um dein Glück habe ich dich beneidet, dieses wunderbare Glück, das ihr gemeinsam genossen habt.«

»Linc und ich kommen dir glücklich vor?«

Melodie lachte glockenhell. »Du lieber Himmel! Es ist nicht zu übersehen, wie eine Rose im Unkraut. Wenn ihr zusammen seid, dann lacht ihr immer und strahlt einander an. Und wenn einer von euch allein im Zimmer ist, ist er nur halb anwesend, er ist nur ein Schatten. Aber sobald der andere zur Tür hereinkommt, strahlen beide von innen heraus. Eure Liebe ist nicht zu übersehen, sie leuchtet euch aus den Augen.«

»Aus Lincs Augen auch?«

Melodie gab Cassie einen Klaps auf den Schenkel. »Natürlich, auch aus Lincs Augen. Besonders aus seinen.« Sie umarmte Cassie stürmisch und stand auf. »Ich muß zu Gregory. Er mußte sich hingelegen, weil er entsetzliche Kopfschmerzen hat. Er hat sich fürchterlich den Kopf angeschlagen. Es war allein Wards Schuld, das habe ich ihm schon gesagt.«

Cassie blieb wie betäubt auf dem Bett sitzen, nachdem Melodie aus dem Zimmer gerauscht war. Zehn Minuten später kam Linc zurück, und Cassie saß noch immer auf dem Bett. Linc blieb in der Tür stehen. Bei seinem Anblick kribbelte es plötzlich in Cassies Bauch, so daß sie aufstand und in den Spiegel schaute, ob ihre Augen leuchteten.

Linc trat hinter sie und ließ einen Finger über die nackte Haut auf ihrem Rücken gleiten. »Ich dachte, wir hätten unsere Kleider aus Kalifornien in dem Schlammloch gelassen, in das du uns in Louisiana gesetzt hast.«

Ihre Blicke kreuzten sich im Spiegel, und Cassie lächelte. »Dieses Kleid muß zufällig an Bord geblieben sein.«

Er drückte ihr einen Kuß auf den Nacken. »Ich bin froh darüber, denn du siehst wundervoll darin aus. Außerdem ist es ein Kleid, das förmlich danach schreit, daß ein Mann es auszieht.«

Cassie lehnte sich an ihn und genoß glücklich seine Zärtlichkeiten. Nur zögernd löste sie sich aus seiner Umarmung. »Ich habe mich gerade erst angezogen, Linc. Außerdem haben wir keine Zeit. Du bist noch nicht umgezogen, und es ist beinahe sieben Uhr. Es sei denn, du behältst für die Gesellschaft im Ballsaal deinen Overall an.« Cassie sprach dabei im gleichen übertrieben förmlichen Tonfall wie Phineas Barlow.

Linc drehte sich um, während er sein Hemd aufknöpfte und abstreifte. »Keine Sorge, ich werde dir keine Schande machen und nicht wie ein fliegender Hinterwäldler aussehen. Pete hat meinen Abendanzug im Zug mitgebracht. Er fand, ich müsse ordentlich angezogen sein, wenn ich den Scheck über fünfzigtausend Dollar in Empfang nehme.«

Cassie beobachtete Linc heimlich, während er sich anzog, und dachte darüber nach, was Melodie gesagt hatte. Sie seufzte und versuchte ein Lächeln zu verbergen. »Ich habe schlechte Nachrichten für dich, Linc.«

Er drehte sich um, blankes Entsetzen im Gesicht. »Was hast du jetzt wieder angestellt?«

»Oh! Warum mußt du immer … ich habe nichts getan. Ich mache mir Sorgen, was du tun wirst.«

»Du lieber Himmel! Was ist geschehen?«

»Melodie Farrell ist für immer für dich verloren. Sie heiratet Gregory Pearce.«

»Verdammt, meine Hoffnungen sind dahin … oder wie heißt es?«

Cassie lachte.

»Mein Leben liegt in Trümmern, aber ich wünsche ihr alles Glück dieser Welt!« Linc preßte theatralisch die Hand auf sein Herz.

»Hör auf, dich so dumm aufzuführen.« Cassie kicherte. »Du wirst es nicht glauben, Linc, sie hat ihm einen Heiratsantrag gemacht!«

Linc ließ die Hand fallen und starrte Cassie gebannt an. »Ist das jetzt Mode, so wie kurzgeschnittene Haare, Zigaretten rauchen und Cocktails trinken?«

Cassie ließ träumerisch ihre Hand über das Bett gleiten und vermied es, Linc anzusehen, als sie fragte: »Was würdest du sagen, wenn eine Frau dir einen Heiratsantrag machte?«

Linc legte die Krawatte um den Hals und trat zum Spiegel. »Irgendeine Frau, meinst du? Ich würde sagen: Bis New York bin ich bereits verheiratet.«

Cassie wandte sich langsam zu ihm um. Sie sah nur seinen breiten Rücken, nicht sein Gesicht. »Und nach New York?«

»Auch keine gute Zeit. Ich werde in eine skandalträchtige Scheidung verwickelt sein. Ich werde Ehebruch begehen ...«

Cassie stieß einen wütenden Schrei aus und stürzte sich mit geballten Fäusten auf ihn, aber er drehte sich rasch um und packte sie an den Handgelenken.

»Wie kannst du es wagen!« rief Cassie. »Wie kannst du drohen, mit einer anderen Frau zu schlafen!«

»Einer von uns muß die Schmutzarbeit tun. Für die Scheidung. Ich dachte, ich werde es als Gentleman auf mich nehmen.«

»Du machst das absichtlich. Du versuchst, mich eifersüchtig zu machen, damit ich meine Meinung über diese lächerliche Ehe ändere.«

»Nein, das tue ich nicht.« Linc lächelte sanft. »Daher habe ich unsere Scheidung zur Sprache gebracht. Wir müssen uns irgendwann damit auseinandersetzen, um diese lächerliche Ehe zu beenden.«

Cassie studierte sein Gesicht, aber es war unmöglich herauszufinden, was er dachte. Wollte er erreichen, daß sie ihre Bereitschaft eingestand, diese Ehe fortzusetzen? Oder wollte er sie warnen, daß er immer noch beabsichtigte, die Ehe nach Beendigung des Wettbewerbs aufzulösen?

Jemand klopfte an der Tür.

»Mit wem wirst du es tun?« fragte sie förmlich.

»Es hat geklopft. Was tun?«

»Du weißt genau, was ich meine!«

»Ach das, das weiß ich noch nicht.« Plötzlich grinste er sie an. »Vielleicht mit einer Revuetänzerin. Bei diesen Damen scheine ich gute Chancen zu haben.«

Cassie drehte sich abrupt um und ging zur Tür. »Du machst mich so wütend, Linc Cameron!« schrie sie und riß die Tür auf. Ein Diener in Livree bat mit unbewegter Miene: »Mrs. Cameron? Mr. Bean erwartet Sie und Ihren Gemahl im Ballsaal.«

Kapitel 18

Cassie war entzückt und sah sich bewundernd um. Einen solchen Ballsaal, wie diesen hier, hatte sie noch nie gesehen. Eigentlich war sie ja noch nie in einem Ballsaal gewesen, aber was sie im Haus von Leroy Bean zu sehen bekam, lag jenseits ihrer Vorstellungskraft. Der Saal glich eher einem Museum für Flugzeuge und Automobile. Von den frühesten Erfindungen bis zu den neuesten Modellen standen sie aufgereiht in dem riesigen Raum, der so groß wie ein Hangar war und sich über die gesamte Länge des einen Flügels erstreckte.

Sie entdeckte ein Flugzeug, das wie eines der ersten Druckschraubenmodelle der Brüder Wright aussah, und wollte es sich von der Nähe ansehen, als hinter ihr eine bekannte Stimme ertönte.

»Du siehst wundervoll aus in diesem Kleid, Cassie. Es tut mir beinahe leid, daß ich mich nicht mehr angestrengt habe, um dich für mich zu gewinnen.«

Cassie drehte sich um und lachte. »Ward! Ich bin so froh! Ich meine, froh, daß dir nichts geschehen ist. Das mit deiner Maschine tut mir leid.«

Ward sah sie eine Weile an. »Ich glaube dir sogar, daß es dir leid tut. Auch wenn du jetzt nur mehr heil nach New York kommen mußt, um den Wettbewerb zu gewinnen. Du hast vermutlich von der jüngsten Katastrophe gehört?«

»Kann man die *Jenny* nicht mehr instandsetzen?«

»Nein, aber diese Katastrophe habe ich nicht gemeint.« Er lächelte verkrampft. »In jüngster Zeit gab es eine Menge Katastrophen in meinem Leben; man kann sie kaum alle aufzählen. Aber jetzt habe ich auf Melodies katastrophale Verlobung angespielt.«

»Ich dachte, du und Gregory Pearce wäret Freunde?«

»Klar ist er mein Freund, aber deshalb bin ich noch lange nicht damit einverstanden, daß er meine Schwester heiratet.« Ward strich mit einem Finger über den Rand seines modischen steifen Kragens. Cassie nahm amüsiert zur Kenntnis, daß Edward Farrell trotz der vielen Katastrophen makellos und dem Anlaß entsprechend korrekt gekleidet war.

»Um die Wahrheit zu sagen«, fuhr Edward fort, »ich habe darauf gezählt, daß Melodie jemanden heiratet, der haufenweise Geld hat. Gregs Familie ist nicht arm, aber sein alter Herr hält die Hand fest auf dem Geldsack. Greg wird bei ihm keinen Pfennig für einen Schwager lockermachen, dessen Plantage die Dollars schneller verschlingt, als das Münzamt sie herstellt.« Edward seufzte. »Ich muß mich vermutlich höllisch anstrengen, um durchzukommen, bis mein widerlicher, reicher Onkel Lawrence ins Jenseits scheidet.«

Cassie zuckte zusammen. »Ward ... findest du es nicht komisch, ich meine, findest du nicht, daß Leroy Bean ihm ähnlich sieht?«

»Wem? Onkel Lawrence?« Ward zuckte die Achseln. »Sie haben vielleicht das gleiche hagere Gesicht, stimmt, jetzt da du es erwähnst. Aber es ist eine rein äußerliche Ähnlichkeit. Kannst du dir vorstellen, daß Lawrence Kingly fünfzigtausend Dollar verschenkt? Entschuldige mich, Cassie, aber hier kommt Linc mit Champagnergläsern, und sein verzückter Blick ist mir im Augenblick unerträglich.«

»Linc hat keinen verzückten Blick«, widersprach Cassie verärgert, aber Edward war schon gegangen.

Linc reichte ihr ein Glas Champagner.

»Bist du sicher, daß du mir das zutraust?« fragte sie neckend.

»Ein Glas, mehr bekommst du nicht.« Er beugte sich vertraulich zu ihr und flüsterte: »Ich habe mir gedacht, daß wir hier verschwinden, sobald es die Höflichkeit erlaubt. Dann schleppe ich dich nach oben, und wir toben uns auf diesem herrlichen Himmelbett richtig aus.«

Unter seinem leidenschaftlichen Blick wurden Cassie die Knie weich, und beim Anblick seiner leicht geöffneten, weichen Lippen überkam sie das unwiderstehliche Verlangen nach einem heißen Kuß. Mit einem Seufzer beugte sie sich zu Linc – doch dann gab sie sich einen Ruck.

Mit einer unsicheren Handbewegung deutete sie auf die Ausstellungsobjekte. »Hast du gesehen, Linc?« Ihre Stimme klang gepreßt. »Mr. Bean besitzt eine alte Wright mit Druckschrauben.«

Cassie lief eine Gänsehaut über den Rücken, als Linc sie am Arm faßte und zu dem besagten Flugzeug führte. Doch bald galt sein ausschließliches Interesse nur dem Flugzeug, und Cassie kam sich verlassen vor; sie mußte über sich und ihre Dummheit lachen.

»Vor vierzehn Jahren hatten die Brüder Wright hier in Dayton genau so ein Flugzeug geflogen«, erklärte Linc schließlich. »Und zwar auf einer Kuhweide, die unter dem Namen Huffman Prairie bekannt ist, gar nicht weit von dem Feld, auf dem wir heute landeten. Die Wrights blieben achtundreißig Minuten in der Luft, für damalige Zeiten eine erstaunlich lange Flugdauer. Niemand hatte es geglaubt, weil niemand sie gesehen hatte. Das hier sieht mir wie das Original aus.«

»Ich war dabei, und es ist das Original«, ertönte eine kühle Stimme. Es bereitete Cassie Mühe, sich umzudrehen. Vor ihr stand Leroy Bean mit seinem totenkopfähnlichen Gesicht.

Leroy Bean lächelte, und seine Ähnlichkeit mit Lawrence Kingly verschwand sofort. Cassie mußte Ward recht geben. Obwohl die beiden Männer auf den ersten Blick eine große Ähnlichkeit besaßen, fehlte Mr. Bean ohne Zweifel Lawrence Kinglys feindselige Ausstrahlung.

»Sie besitzen eine großartige Sammlung, Mr. Bean.« Cassie bemühte sich zu lächeln.

»Danke. Ich muß gestehen«, fuhr er an Linc gewandt fort, »daß ich hoffte, Sie würden heute abend Ihre Uniform mit Ihren Medaillen tragen.«

Linc antwortete verlegen: »Ich habe sie leider nicht mitgebracht.«

»Das verstehe ich natürlich. Sie müssen das Gewicht berücksichtigen, das Sie in der Maschine mitführen.« Phineas Barlow gesellte sich zu ihnen, und Leroy Bean fragte ihn: »Habe ich Ihnen erzählt, Phinny, daß Linc, Sie haben hoffentlich nichts dagegen, wenn ich Sie so nenne, mit den Medaillen einen Hattrick erzielt hat? Er bekam alle drei: die der Ehrenlegion, das Victoria-Kreuz und das Ehrenkreuz für außerordentliche Verdienste.«

Barlow gab sich beeindruckt, setzte sein breites Lächeln auf und beglückwünschte Linc. Linc stieg die Röte ins Gesicht, so verlegen war er geworden.

»Ich muß Ihnen etwas zeigen, Linc!« Leroy strahlte vor Freude. »Meine jüngste Neuerwerbung! Sie steht im Augenblick noch hinter dem Haus, weil sie vor dem Transport ins Haus zerlegt werden muß.«

Cassie nahm Lincs Arm, und sie folgten dem alten Herrn, an den ausgestellten Flugobjekten vorbei, durch eine Doppeltür hinaus in einen terrassenförmig angelegten Garten. Cassie lehnte den Kopf auf Lincs Schulter und flüsterte leise: »Ich wußte gar nicht, daß mein Kopilot ein solcher Held ist.«

Linc runzelte die Stirn. »Das bin ich nicht, Cassie. Mach keine große Sache daraus.« Plötzlich erhellte sich sein Gesicht, und er blieb vor einem einsitzigen Doppeldecker stehen. »Guter Gott! Das ist eine Spad! Genau so eine Maschine habe ich bei der Lafayette-Staffel geflogen. Sie hat sogar das Emblem mit dem Indianerkopf.«

»Es ist die Maschine, die Sie geflogen haben.« Leroy Bean kicherte heiser. »Ihre letzte. Ich ließ sie aus Frankreich kommen.«

Linc lachte. »Es muß die einzige sein, die ich nicht zertrümmert habe.«

Cassie bestaunte begeistert dieses wichtige Stück aus Lincs Vergangenheit. Die Maschine war klein und wirkte sehr beweglich. Nur zu gut konnte Cassie sich vorstellen, wie sie sich auf die feindlichen Kampfflugzeuge stürzte oder vor unvermutet auftauchenden Bombern oder Beobachtungsballons abtauchte. Sie ging um das Flugzeug herum, um es von der anderen Seite zu betrachten, und stieg auf die kleine Leiter vor dem Cockpit; so konnte man auch in das Innere des Cockpits sehen. Vorne waren zwei Maschinengewehre montiert, und Cassie ließ ihre Hand über den glatten Stahl der Läufe gleiten.

»Man kann achthundert Schuß pro Minute abgeben, ein tödlicher Feuerstoß.«

Cassie zuckte zusammen und drehte sich so schnell um, daß sie beinahe von der Leiter gestürzt wäre. »Ward! Schleich dich bitte nicht so an!«

»Habe ich dich erschreckt? Tut mir leid. Normalerweise bist du nicht so eine schreckhafte Suse!« Er half ihr über die Leiter hinunter. »Hat dir Linc seine Geschichten erzählt, wie er den Krieg gewonnen hat?«

»Er spricht nicht gern davon, das weißt du doch. Was ist los mit dir, Ward? Du benimmst dich, als wärst du eifersüchtig auf ihn.«

Edward sah auf ihre Hand, die noch in seiner lag, und strich mit dem Daumen über ihre Finger. Dann ließ er sie los, hob den Kopf und sah ihr nachdenklich in die Augen.

»Überrascht dich das, Cassie? Er hat die Frau geheiratet, die ich liebe, und jetzt wird er den Wettbewerb gewinnen, den ich gewinnen müßte. Monte, Linc und ich standen uns einmal so nahe wie Brüder. Aber mit Monte starb auch ein Teil unserer Freundschaft. Vielleicht ist es nicht Eifersucht, was ich empfinde, Cassie, sondern Trauer. Vielleicht betrauere ich einfach den Tod einer Freundschaft.«

»Aber Linc ist immer noch dein Freund!«

»Ich weiß.« Wards Augen blickten leer und trostlos. »Darin liegt die Tragödie begründet, wenn du es melodramatisch ausdrücken willst.«

Cassie umklammerte Wards Arm. »Warum verkaufst du die verdammte Plantage nicht, Ward?«

Er lächelte verkrampft. »Da würden sich auf dem Friedhof in Kingly so viele Leute im Grab umdrehen, daß es einem Erdbeben gleichkäme. Du weißt, Cassie, daß ich nicht verkaufen kann.«

»Sei nicht dumm, Ward. Sie sind tot, sie wissen nicht ...«

»Aber ich weiß es.«

Cassie kaute an ihrer Unterlippe. »Würdest du meine Hilfe annehmen, Ward? Falls Linc und ich den Wettbewerb gewinnen, könnte ich dir von meinem Anteil ein Darlehen geben. Mit Zinsen, natürlich«, fügte sie hastig hinzu, um ihren Stolz zu wahren.

Cassie war auf eine zornige Reaktion gefaßt gewesen, aber Ward lächelte nur bitter. »Du hättest mir einmal helfen können, Cassie. Aber jetzt ist es zu spät.«

»Das verstehe ich nicht.«

Er zuckte auf seine nonchalante Art mit den Schultern. »Da gibt es nichts zu verstehen. Ich gebe meine Niederlage zu. Ich habe dich verloren, und jetzt möchte ich mich höflich wie ein Gentleman von dir verabschieden.«

»So warte doch«, rief Cassie, als er sich umdrehen wollte. »Wir sind doch immer noch Freunde, oder? Ich möchte, daß wir Freunde bleiben.«

Ward hielt inne, hob die Hand wie zum Segen, dann lachte er, drehte sich um und ging über den Rasen zurück zum Haus. Cassie sah ihm besorgt nach.

»Meine Liebe?« Eine trockene Hand mit Altersflecken legte sich auf ihren Arm. Cassie schrie auf, drehte sich unvermittelt um und ließ ihr Champagnerglas fallen. Zitternd sah sie dem Glas nach, wie es über den Rasen rollte.

»Entschuldigen Sie«, bat Leroy Bean. »Ich wollte Sie nicht erschrecken.«

Cassie sah in seine schwarzen, tiefliegenden Augen und erschauerte.

Linc trat neben sie und nahm sie am Arm. »Was ist los, Cassie?«

Sie schloß krampfhaft die Augen und holte tief Luft. »Es tut mir leid ... ich weiß nicht ... entschuldigen Sie ...« Sie machte sich los und rannte mit Tränen in den Augen durch den Garten.

Zwei Stunden später fand Linc Cassie in ihrem dunklen Zimmer. Sie saß auf dem Fenstersims, das Kinn auf die angezogenen Knie gestützt, und starrte über die mondbeschienenen Felder.

»Geh fort, Linc!« bat sie.

Er trat näher und blieb vor ihr stehen. Er hätte sie gern in die Arme genommen, wagte es aber nicht. »Nein, ich gehe nicht. Ich liebe dich, und ich möchte wissen, was mit dir los ist.«

Cassie schwieg.

Er setzte sich neben sie ans Fenster. »Du hast Angst vor Leroy Bean. Warum?«

Sie schüttelte den Kopf. »Er ist ein freundlicher alter Mann.«

»Aber der Mann, an den er dich erinnert, ist es anscheinend nicht. An wen erinnert er dich?«

»Mr. Bean sieht ihm nur ähnlich, doch das reicht, daß ...« Cassie machte eine Pause. Ihre verschreckten Augen blinkten silbrig im Dämmerlicht, und Linc gab es einen Stich ins Herz. »Er erinnert mich an Lawrence Kingly; er ist der hassenswerteste Mann, den je eine Frau geboren hat«, brachte Cassie schließlich heraus. »Wenn ihn überhaupt eine Frau geboren hat und nicht der Teufel.«

»Warum ist er so hassenswert? Was hat er getan?«

»Er war der Ehemann meiner Mutter.«

»Der Ehemann deiner Mutter, aber nicht dein Vater?«

»Stimmt.« Cassie lachte bitter. »Nicht, daß mein Vater so besonders rühmenswert gewesen wäre.« Sie zog die Beine noch näher an die Brust. »Als ich noch ein Kind war, redete ich mir im Spiel immer ein, daß mein Vater, mein wirklicher Vater, ein Prinz aus einem kleinen europäischen Land wäre, den man verjagt hatte und der zurück nach Europa gekehrt war, um seine Thronansprüche geltend zu machen. Ich stellte mir vor, daß er eines Tages wiederkommen würde, um mich zu holen. Ich würde Kingly verlassen und in seinem Schloß hoch oben auf einem Hügel wohnen. Aber das waren nur Träume. Ich habe es immer gewußt. Nicht nur, weil nirgendwo ein Prinz verjagt worden war oder weil es im Umkreis von hundert Kilometern keinen Prinzen gab. Ich wußte, daß es nur Träumereien waren, weil ich wußte, wer wirklich mein Vater war; jeder wußte das. Er war ein Lehrer, verheiratet, genau wie meine Mutter, und er hatte drei Kinder. Sie hatten eine Affäre. Ich war ein Kind der Sünde, und die Sünde wurde mitten in Kingly begangen. Das ist die dezente Umschreibung der Tatsache, daß ich ein Bastard bin.«

Bastard. So hatte Lawrence Kingly sie genannt, wenn er es der Mühe wert fand, von ihrer Existenz Notiz zu nehmen. *Dein Bastard,* hatte er verächtlich zu ihrer Mutter gesagt, *dein Bastard soll lernen, daß man sie nur sieht, aber nicht hört … Schaff mir deinen Bastard aus den Augen … Ich will nicht ständig über deinen Bastard stolpern … Dein Bastard …*

Lawrence Kingly sorgte dafür, daß seine Frau ihren Fehltritt nie vergaß. Wäre sie anders gewesen, hätte sie sich vielleicht gegen ihn gewehrt oder ihn verlassen. Aber sie war ein einfacher Mensch. Sie liebte ländliche Tanzveranstaltungen, Picknicks, Hausmusik. Ihr Leben bestand hingegen aus Wutausbrüchen, bitteren Worten, harten Fäusten und kalter Einsamkeit. Cassie hatte mitangesehen, wie die Hölle dieser Ehe den Willen ihrer Mutter Stück um Stück brach. Der Arzt hatte gesagt, daß sie an Lungenentzündung gestorben war, aber Cassie wußte es besser – Sara Jones Kingly war einfach zerbrochen.

»Ich habe sie einmal gefragt, warum sie Lawrence Kingly überhaupt geheiratet hätte, und sie sagte, sie hätte ihn geliebt. Sie hatte ihn geliebt!« Cassie stand unvermittelt auf und ging im Zimmer auf und ab. »Er war älter als sie, und er war reich. Sie muß einsam gewesen sein in dem kleinen Haus, in dem sie mit Quigly gelebt hatte. Du hast das Haus gesehen, Linc. Quigly war ein wunderbarer Mensch, aber er war mit seinen Gedanken immer woanders, er war immer geistesabwesend. Mutter brauchte Menschen, mit denen sie reden und lachen konnte. Als Lawrence Kingly in ihr Leben trat, glaubte sie an ein Wunder; er war wie der Prinz aus dem Märchen. Sie heirateten, und anfangs war sie glücklich. Aber das änderte sich.

Zuerst waren es nur kleine Dinge. Er wurde zornig, wenn er sie nicht dort antraf, wo er sie erwartete. Sie hatte nie viele Freundinnen gehabt, aber die wenigen, die sie hatte, paßten ihm nicht, so daß er eine nach der anderen vergrämte. Er ertrug es nicht, wenn sie sich mit einem anderen Mann unterhielt, gleichgültig, wie unschuldig die Unterhaltung war. Einmal hatte er beobachtet, wie sie im Rosengarten mit dem Gärtner sprach. Kingly war wütend geworden und hatte den Mann auf der Stelle entlassen. Er war sogar auf die Katze meiner Mutter eifersüchtig gewesen; es war eine alte Tigerkatze, die Mutter seit ihrer Kindheit hatte. Eines Tages war die Katze verschwunden, und Mutter wußte, daß Lawrence sie hatte umbringen lassen. Mutter hatte das Gefühl, daß seine Augen ihr überallhin folgten. Sie hörte Schritte im Haus und wußte, daß Lawrence ihr auflauerte und nur darauf wartete, sie dabei zu ertappen, daß sie ihn betrog, oder einen Beweis dafür zu finden, daß sie ihn nicht mehr liebte.

Eines Tages entwischte sie und besuchte ihren Bruder. Quigly war der einzige Mann, den Kingly tolerierte und den meine Mutter besuchen durfte. Ein Mann saß auf der Veranda vor Quiglys Haus. Er sagte ihr, Quigly sei im Schuppen, um das Fahrrad zu reparieren, das er gebracht hatte. Sie begannen zu plaudern. Zuerst nur allgemein, dann kamen sie auf den Bürgerkrieg zu sprechen. Der Mann erzählte, daß er Lehrer an der High School sei. Der Bürgerkrieg hatte ihn immer ganz besonders interessiert, weil sein Vater als Soldat in der Armee der Südstaaten gekämpft hatte. Begeistert hatte der Fremde meiner Mutter vorgeschlagen: ›Rund um Kingly gibt es viele noch gut erkennbare Schlachtfelder und Befestigungen. Ich könnte sie Ihnen einmal zeigen.‹ Meine Mutter hatte damals gewußt, daß sie an einem Abgrund stand, daß sie nur einen Schritt machen mußte, nur einen winzigen Schritt, und sie würde ins Verderben stürzen.

Sie sah dem Mann in die grauen Augen ... und sie machte den Schritt.

Es war der Skandal des Jahrhunderts. Die hübsche junge Frau des großen Lawrence Kingly war noch nicht einmal ein Jahr verheiratet und hatte einen Liebhaber.« Cassie lehnte am Fenster und starrte in die Dunkelheit hinaus. Linc stand neben ihr, ohne sie jedoch zu berühren, denn sie wollte es nicht. Es genügte ihr, seinen gleichmäßigen Atem zu hören und ab und zu im Mondlicht sein markantes Profil zu betrachten.

»Als die skandalöse Geschichte bekannt wurde«, fuhr Cassie fort, »schlich sich der Lehrer mitten in der Nacht aus der Stadt. Alle hätten die Angelegenheit bald vergessen, zumindest alle anderen außer Lawrence Kingly. Nur daß meine dunkelhaarige, braunäugige Mutter nach neun Monaten ein kleines Mädchen mit den blonden Haaren und den grauen Augen ihres Liebhabers zur Welt gebracht hatte. Jedesmal, wenn Lawrence Kingly mich ansah, stand ihm der Fehltritt meiner Mutter vor Augen. Er quälte sie damit. Er brachte sie damit ins Grab.«

Linc nahm ihre Hände in seine Hände. Cassie sah ihn an. »Du siehst also, Linc, mein Liebster, das ist der Grund, warum ich nicht an die Ehe glaube. Ich habe erlebt, was in der Ehe aus der Liebe wird. Die Ehe zerstört die Liebe. Und sie zerstört auch die Menschen, die lieben.«

Eine Locke hatte sich unter dem Haarband hervorgewagt, und Linc strich sie Cassie aus der Stirn. Dann streichelte er ihr über Wange und Kinn. »Du hast die schlechte Ehe deiner Mutter erlebt«, flüsterte er. »Eine Ehe, die scheiterte. Das heißt nicht, daß du das Schicksal deiner Mutter erleiden mußt. Du bist nicht Sara Jones, und ich bin nicht Lawrence Kingly, und unsere Liebe ist nicht zum Scheitern verurteilt. Natürlich wird es Zeiten geben, da wir einander verletzen und enttäuschen werden.« Linc versuchte zu lächeln. »Schwierige Zeiten, in denen ich dir am liebsten den Hals umdrehen möchte. Aber ich kann mir nicht vorstellen, daß eine Zeit kommen könnte, da ich dich nicht mehr liebe, Cassie.«

Cassie sah ihn mit stumpfem, hoffnungslosem Blick an. »Ich kann mir das gut vorstellen. Weil wir nicht zueinander passen. Du hast es mir oft genug gesagt.«

»Vielleicht passen wir nicht zueinander. Aber ich weiß, daß ich ohne dich unglücklich bin, daher bin ich bereit, alles zu versuchen, damit es funktioniert. Cassie …«

Sie verschloß ihm den Mund mit ihrer Hand. »Und wenn es uns nicht gelingt? Ich kann das Risiko nicht ertragen, Linc. Dieses Risiko ist zuviel für mich.«

Er schwieg einen Augenblick und ließ schließlich seine Hand sinken. »Dann gibt es keine Hoffnung für uns.«

»Aber ich liebe dich!« rief sie verzweifelt.

»Dann bleib bei mir, verdammt noch mal! Lebe mit mir! Bleibe meine Frau.«

Cassie preßte ihre zitternden Hände auf ihren Mund und schüttelte mit Tränen in den Augen den Kopf: »Ich kann nicht.«

Linc sah sie schweigend an, drehte sich schließlich um und ging zur Tür.

»Warte, Linc!« Sie machte einen Schritt, blieb aber wieder stehen. Die Hände zu Fäusten geballt, fragte sie: »Wo … wohin gehst du?«

Er hatte bereits die Hand am Türknopf. »Ich habe dir deine Freiheit versprochen, sobald das hier vorüber ist, und du bekommst sie. Aber ich werde mich nicht quälen und mich nicht nach etwas sehnen, das ich nicht haben kann.«

Die Tür fiel hinter ihm ins Schloß, und Cassie war allein.

Pete Striker saß auf einer Ölkanne neben der *Pegasus* und streichelte mit der Stiefelspitze über Patches' Bauch.

Als Pete Cassie kommen sah, stand er auf, und Patches lief ihr entgegen, um gestreichelt zu werden. »Du und Linc, ihr habt euch gestern abend gestritten, nicht wahr?«

Cassie warf ihre Tasche in den Spind und beachtete weder Pete noch Patches.

»Ich frage nur, weil mir nicht klar ist, warum ein Mann im Hangar auf dem Boden schläft, wenn er in einem weichen Bett schlafen könnte.«

»Linc erzählt mir nicht, warum er etwas tut«, erwiderte Cassie gereizt.

»So? Aber Cassie, liebe Cassie, in jeder Ehe gibt es rauhe Zeiten …«

Cassie drehte sich um. »Wir wollen etwas klarstellen. Linc und ich haben geheiratet, weil das Veranstaltungskomitee die lächerliche Ansicht vertreten hatte, daß es andernfalls unmoralisch wäre, wenn wir zusammen fliegen. Die ganze Sache ist nur eine Farce und wird im selben Augenblick zu Ende sein, in dem wir in New York das Preisgeld in Empfang nehmen. Es gibt kein Gesetz, das besagt, daß wir uns in der Zwischenzeit auch vertragen müssen.«

Patches stellte die Ohren auf und bellte fröhlich. Cassie drehte sich um. Linc stand mit verschlossener Miene am Heck der *Pegasus*, die Hände tief in den Taschen seiner Lederjacke vergraben.

»Ist das wahr, was sie gerade gesagt hat?« fragte Pete.

»Ja.«

»Dann liebt ihr beide euch gar nicht?«

Linc schwieg.

Pete zündete sich eine Zigarette an. »Ihr seid doch zwei Narren!« sagte er zu niemand Bestimmtem und verließ steifbeinig den Hangar.

Cassie spürte, daß Linc sie ansah, aber sie wollte seinem Blick nicht begegnen. »Wieviel Vorsprung haben wir?« erkundigte sie sich kühl.

»Ausreichend. Mehr als fünfundsiebzig Minuten. Wenn die *Pegasus* noch zwei Tage durchhält, werden wir gewinnen. Ich kann den ersten Teil dieser Teilstrecke das Steuer übernehmen, dann bist du diejenige, die sie ins Ziel bringt.«

»Nein, ich will, daß du die *Pegasus* in New York landest.«

»Aber …«

»Ich will es so, Linc.«

»In Ordnung, wenn du es so willst.«

Cassie ließ die Hände über die Kabelverspannung an den Tragflächen gleiten, als wollte sie die Spannung überprüfen. Sie sagte sich die Worte im Geist vor, bevor sie sie aussprach. »Ich habe beschlossen, daß ich mit meinem Anteil auf alle Fälle Quiglys Motor produzieren lassen werde. Wirst du mit deinem Anteil Flugzeuge bauen?«

Als er schwieg, sah sie auf. Aus seinem Gesichtsausdruck war nicht zu entnehmen, was er dachte, aber in seinen Augen lag ein eigenartiger Ausdruck. Diesmal war es nicht Traurigkeit. Cassie war sich nicht sicher, aber sie glaubte zu sehen, daß er Sorgen hatte.

Als Linc Cassies nachdenklichen Blick bemerkte, zuckte er die Achseln. »Ich habe noch keine festen Pläne.«

»Ach so.« Sie wischte sich die Hände am Hinterteil ihres Overalls ab. »Vielleicht sollten wir ohnehin keine Pläne machen, was wir mit dem Geld anfangen wollen, bevor wir den Wettbewerb nicht wirklich gewonnen haben.« Cassie ging auf die Tür des Hangars zu. »Es ist Zeit, die *Pegasus* auf die Startbahn zu rollen und den Motor warmlaufen zu lassen, sonst …«

Er streckte die Hand aus und wollte sie aufhalten, als sie an ihm vorüberkam. »Cassie.«

»Was ist?«

Es hatte den Anschein, als wolle Linc etwas Wichtiges sagen, aber dann ließ er sie doch gehen. »Ach nichts. Du hast recht, zuerst müssen wir den Wettbewerb gewinnen. Wenn wir nicht gewinnen, dann sind eine Menge Dinge nicht mehr wichtig.«

Später, als Linc über das Flugfeld zum Hangar zurückging, bereute er, daß er Cassie nicht von der Schwarzen Hand erzählt hatte und von dem Anspruch, den die Organisation auf das Preisgeld erhob. Nicht, daß er Bartinelli auch nur einen Pfennig von Cassies Anteil geben wollte, aber er hätte es ihr erzählen sollen, schon viel früher. Linc lachte bitter. Es war grotesk! Anfangs wollte er es ihr nicht erzählen, um ihre Beziehung nicht zu verderben, und jetzt, da ohnehin schon alles kaputt war, konnte er es ihr nicht erzählen, weil sie kaum miteinander redeten.

»Linc! Mr. Cameron!«

Linc drehte sich um. Ein Auto hielt neben ihm. Es war Phineas Barlow, und er sah sehr besorgt aus. »Mr. Bean möchte Sie sehen. Oben in seinem Haus.«

Linc sah auf die Uhr. »Jetzt? Aber der Start …«

»Ohne Mr. Bean kein Start.« Barlow öffnete die Tür zum Beifahrersitz. »Bitte …«

Phineas Barlow fuhr nicht an die Vorderseite des Hauses, sondern nach hinten in den Garten, wo am Vortag die Spad gestanden hatte. Sie war nicht mehr hier. Leroy Bean stand mit zwei Polizisten aus Dayton dort, wo am Vortag noch die Spad ausgestellt gewesen war. Sie blickten Linc erwartungsvoll entgegen, als er aus dem Auto stieg.

»Linc, etwas äußerst Unangenehmes ist passiert!« begann Leroy Bean. »Ihre Spad ist verschwunden.«

Der ältere der beiden Polizisten beobachtete Linc genau. »Sie wissen nicht zufällig etwas darüber, Sir?« fragte er schließlich.

Linc begegnete gelassen dem forschenden Blick des Polizisten. »Mich trennen zwei Tage von der Gelegenheit, fünfzigtausend Dollar zu gewinnen. Was sollte ich mit der Spad anfangen und wo zum Teufel hätte ich sie verstecken sollen, selbst wenn ich sie entwendet hätte?«

»Natürlich haben Sie sie nicht, Sie Narr!« fuhr Leroy Bean barsch dazwischen. »Wir wollten nur wissen, Linc, ob Sie während der vergangenen Nacht etwas Ungewöhnliches gesehen oder gehört haben.«

Linc hatte keine Lust zuzugeben, daß er die Nacht nicht im Haus bei seiner jungvermählten Frau verbracht, sondern im Hangar auf dem kalten Fußboden geschlafen hatte. Er schüttelte daher den Kopf. »Nein, tut mir leid, nichts.«

Plötzlich fiel ihm ein, wer die Spad entwendet haben könnte, und er runzelte unwillig die Stirn. Da er glaubte, auch das Motiv hinter der unüberlegten Aktion zu verstehen, schwieg er. Es gab eine Loyalität, die stärker war als die moralische Einstellung und die sich über richtig und falsch hinwegsetzte.

Leroy Bean seufzte laut. »Wie schade! Vielleicht hat jemand die Spad nur zum Spaß entwendet oder wollte einen Witz machen. Im Augenblick können wir auf alle Fälle nichts tun. Jetzt zählt nur der Wettbewerb.«

Er deutete auf das Auto, wo Phineas Barlow geduldig hinter dem Lenkrad wartete. »Phinny wird Sie zum Flugfeld fahren, Linc. Ich komme in der Kutsche nach.« Er streckte Linc die Hand hin. »Es ist vermutlich den anderen Mitbewerbern gegenüber nicht fair, wenn ich Ihnen besonders viel Glück wünsche«, sagte er und blinzelte Linc zu. »Aber Sie wissen schon, für wen ich die Daumen drücke.«

Die Bespannung der Tragflächen reflektierte die Sonnenstrahlen, und der Wind pfiff in den Verstrebungen der Tragflächen, als die Maschinen auf der Rollbahn auf den Start warteten. Cassie befühlte die Tragfläche der *Pegasus* und spürte, wie sie unter dem gleichmäßig arbeitenden Motor vibrierte.

Pete Striker beobachtete sie zwischen den Verstrebungen hindurch. Er mußte schreien, um das Motorengeräusch zu übertönen.

»Es tut mir leid, daß ich meine Nase in eure Angelegenheit gesteckt habe.«

Cassie gab ihm mit einem Lächeln zu verstehen, daß sie ihm nicht böse war.

»Der Start ist erst in fünfzehn Minuten. Im Hangar gibt es Kaffee und Krapfen. Möchtest du nicht noch einen Bissen essen?« schlug Pete vor.

Cassie sah hinüber zum Hangar.

»Linc ist nicht dort«, fügte Pete hinzu. »Er ist oben in Mr. Beans Haus.«

Daraufhin machte sich Cassie auf den Weg zum Hangar. Was Linc wohl dort im Haus wollte? Phineas Barlow und Leroy Bean waren beide hier auf dem Flugfeld gewesen, um den Start zu sehen, doch dann waren sie in großer Eile verschwunden. Jetzt war ihnen Linc auch noch nachgejagt. Sie hoffte nur, daß er rechtzeitig zurückkam.

Gregory Pearce, der sich in Begleitung von Melodie befand, trat auf Cassie zu, als sie den letzten Bissen ihres Krapfens in den Mund schob und den riesigen Hangar verließ. Auf Gregorys Stirn klebte ein großes Pflaster; Melodie hielt besitzergreifend Gregorys Arm fest.

»Hallo, Melodie«, grüßte Cassie und wischte sich mit dem Ärmel den Zucker vom Mund.

»Ich möchte dir viel Glück wünschen«, begann Melodie. »Jetzt, da Gregory nicht mehr mitmacht, hoffe ich, daß ihr gewinnt.« Dann sah sie ihren Verlobten mit besorgt gerunzelter Stirn an. »Das ist dir doch recht, Liebling, nicht wahr?«

Gregory lächelte geduldig. »Natürlich.«

»Bist du sicher, Liebling? Du sollst nicht glauben, daß ...«

»Es ist schon gut, wirklich.«

Cassie hätte Melodie am liebsten eine Ohrfeige gegeben. Hatte die dumme Pute die Absicht, sich in der Ehe ständig den Wünschen ihres »Lieblings« Gregory unterzuordnen?

»Wo ist Ward?« fragte Cassie. Sie hatte gehofft, Ward würde heute früh hier sein, zumindest um den Start zu sehen, wenn er ihnen schon nicht Glück wünschte.

Melodie sah ratlos drein, dann erhellte sich ihre Miene. »Jetzt ist es mir wieder eingefallen. Er reiste gestern abend ab. Er wollte eine Willkommensparty arrangieren. Ist das nicht nett von ihm?«

»Eine Willkommensparty? Für uns?«

Melodie sah Gregory unsicher an. »So vermute ich, ja.«

Gregory streichelte ihr beruhigend die Hand. »Ich glaube, er hat einen Witz gemacht, Melodie.«

»Ja, aber ... er hat nicht gelacht.«

»Es war auch kein Witz zum Lachen.«

Durch ein Megaphon wurde durchgegeben, daß der Start in fünf Minuten erfolgen sollte.

»Ich muß gehen.« Cassie küßte Melodie impulsiv auf die Wange. »Ich freue mich so für dich und Gregory.«

Melodie umarmte sie herzlich. »Ich danke dir, Cassie. Gestern abend war ich so aufgeregt, daß ich vergessen habe, dir das Wichtigste zu erzählen. Du bist meine beste Freundin ...«

»Wirklich?« Cassie war ehrlich überrascht.

»Natürlich, Dummchen.« Dann fragte Melodie etwas enttäuscht: »Bin ich denn nicht deine beste Freundin?«

»Nun ... klar bist du das.« Cassie hatte kurz nachgedacht und mußte zugeben, daß Melodie wahrscheinlich ihre einzige Freundin war.

»Natürlich bin ich deine beste Freundin«, wiederholte Melodie. »Daher mußt du unbedingt meine Trauzeugin sein.«

»Liebling«, wandte Gregory ein. »Hast du vergessen, meine Schwester wird deine Trauzeugin sein.«

Melodie war enttäuscht. Dann schob sie trotzig das Kinn vor. »Es ist meine Hochzeit, Greg. Ich glaube, ich habe etwas mitzureden, wer meine Trauzeugin sein soll.«

»Aber Melodie, Liebstes ...«

»Ich diskutiere nicht weiter darüber, Gregory. Ich habe mich entschieden.«

Cassie räusperte sich. »Entschuldigt mich. Ich muß gehen. In wenigen Minuten ist der Start.« Sie deutete zum Flugfeld hinüber.

Melodie umarmte sie noch einmal voll Ungestüm. »Viel Glück! Und sei vorsichtig!« Sie warf ihrem Verlobten einen starrköpfigen Blick zu. »Wir reden ein andermal über die Hochzeit. Es ist noch so viel zu organisieren. Kleider, Blumen und so weiter.«

Cassie eilte davon und mußte insgeheim lächeln. Gregory Pearce war dabei herauszufinden, daß er nicht der einzige war, der manchmal anstrengend sein konnte.

Linc wartete auf Cassie neben der *Pegasus*, und als Cassie ihn sah, verlangsamte sie ihr Tempo. Ein heftiger Schmerz brannte in ihrer Brust, und sie fragte sich, ob man wohl an Liebe sterben konnte.

Ich liebe dich, Linc, wollte sie ihm zurufen. Aber ich habe immer noch Angst.

Da sie das nicht sagen konnte, fragte sie ihn statt dessen, warum er zum großen Haus zurückgefahren war.

»Ich werde es dir später erzählen«, antwortete er, während er ihr ins Cockpit half. »Es hat nichts mit uns oder dem Wettbewerb zu tun.«

Cassie sah ihn ernst aus dem Cockpit herunter an. »Du wirst nicht einfach fortgehen, wenn ich dir gerade den Rücken zukehre, sobald wir in New York gelandet sind? Du wirst dich doch zumindest von mir verabschieden, ja?«

Sein Gesicht blieb verschlossen, und seine Stimme klang hart, als er antwortete: »Du hast vielleicht nichts für die Ehe übrig, ich schon. Ich will eine Frau und Kinder, und solange ich mich nicht von dir befreit habe, kann ich dieses Ziel nicht erreichen. Du wirst mich also nur zur Unterzeichnung der Scheidungspapiere zu Gesicht bekommen.«

Zwei Tage später blickte Linc durch die vereinzelten rauchfarbenen Wolken hinunter auf die dichtgedrängt stehenden Hotels und Wohnhäuser von Manhattan. Er erkannte den großen Central Park, die Brücken über den blauen Hudson und die unverkennbare keilförmige Eisenkonstruktion des Flatiron-Buildings, dessen Spitze aus einer besonders niedrighängenden Wolke wie aus einem Watteball herausragte.

Nicht mehr lange, und sie würden auf dem Flugfeld Curtiss Field auf Long Island landen. Irgendein Angestellter von Bean's Cola wird ihm einen Scheck über fünfzigtausend Dollar überreichen. Die Hälfte wird Cassie gehören, einen Teil wird er Pete geben, und den Rest werden sich Bartinellis Leute holen; er selbst wird wieder arm sein. Es war zum Lachen! Er war sechstausend Kilometer kreuz und quer über den Kontinent geflogen, von einem Ozean zum anderen, hatte zerbrochene Propeller, Steuerbeamte und rasende Inhaber von Zigarrenläden überlebt, und zur Erinnerung würde ihm nichts bleiben als Schwielen am Hinterteil und die Liebe zu einer Frau, die nicht mit ihm verheiratet bleiben wollte.

Als der Hafen von New York unter ihnen vorbeiglitt, ließ ein Sonnenstrahl die kupferne Fackel der Freiheitsstatue feurig aufleuchten. Linc wollte Cassie darauf hinweisen, als sie sich umdrehte, um es ihm zu zeigen. Er lächelte ihr zu – und sah, wie ihr Gesicht vor Entsetzen erstarrte.

Plötzlich hörte er das bekannte Geräusch von Maschinengewehrfeuer. Ein Zittern ging durch die *Pegasus,* und sie schüttelte sich wie ein nasser Hund. Linc spürte einen brennenden Schmerz im Bein. Patches, der bei Cassie im vorderen Cockpit saß, begann zu heulen.

Sekundenlang befürchtete Linc, er hätte jetzt vollkommen durchgedreht; es war wie in seinen Alpträumen. Da pfiffen wieder Geschosse über seinen Kopf hinweg, echte Geschosse, und Linc wußte, daß es Realität war. Er flog nicht in seiner Spad über Frankreich, sondern befand sich über Long Island, New York. Er saß mit Cassie in der *Pegasus,* aber …

Trotzdem, irgend jemand schoß auf sie, das war klar!

Kapitel 19

Linc wandte den Kopf. Die Spad flog, von oben kommend, steil auf das Heck der *Pegasus* zu und feuerte auf ihren Rumpf.

Instinktiv versetzte Linc die *Pegasus* ins Trudeln. Das war ein alter Trick aus dem Krieg; »sich tot stellen« hatten es die Kampfflieger genannt. Wenn die Maschine trudelte, war sie einerseits schwerer zu treffen, andererseits glaubte der Feind vielleicht sogar, er hätte den entscheidenden Treffer erzielt, und gab die Verfolgung auf.

Linc starrte auf Cassies reglosen Kopf vor ihm. Beim Gedanken, sie könnte womöglich getroffen worden sein, wurde ihm vor Angst übel. Sein Oberschenkel war feucht, doch er schmerzte nicht mehr, sondern war vollkommen gefühllos. Aber bewegen konnte Linc das Bein immer noch. Patches hatte aufgehört zu heulen.

Der Feind – die Spad war für ihn jetzt der Feind – war nicht auf den Trick mit dem Trudeln hereingefallen. Sie blieb der *Pegasus* auf den Fersen, ohne jedoch ihren Vorteil der größeren Höhe aufzugeben. Im Augenblick hatte der Verfolger das Feuer eingestellt.

Die Nase der *Pegasus* tauchte in eine Wolke, und Linc beendete das Trudeln. Er zog den Steuerknüppel ganz zu sich, veränderte damit die Richtung, und die Maschine ging in einen steilen Steigflug über. Als sie die Wolkendecke oben durchstießen, entdeckte Linc die Spad links unter ihm. Die Spad nahm die Verfolgung sofort wieder auf. Linc gab Vollgas, richtete die Nase der *Pegasus* nach unten und peilte Curtiss Field an, genauso wie er in Frankreich in Richtung Flugfeld geflüchtet war, wenn ihn der Feind ausgestochen hatte oder die feindlichen Maschinen zahlenmäßig überlegen gewesen waren. Das hier war zu einem Wettfliegen geworden, bei dem es nicht mehr um fünfzigtausend Dollar ging, sondern ums Überleben.

Im Unterbewußtsein registrierte Linc, daß er Blut verlor, zu viel Blut. Ihm wurde übel und schwindlig, doch er kämpfte dagegen an und hielt den Steuerknüppel krampfhaft fest.

Neuerlich knatterten die Geschütze, und Leuchtspurgeschosse sausten an den Tragflächen der *Pegasus* vorbei. Die Spad kam wieder näher; es war Linc nicht gelungen, sie abzuschütteln. Er gab den Gedanken auf, der Spad entkommen zu können, und beschloß, sie statt dessen auszutricksen. Er änderte die Richtung und flog in die Sonne. Damit zwang er den Feind, direkt in die strahlende Helligkeit zu feuern. Er selbst flog einen Zickzackkurs, so daß es dem Feind unmöglich war, die *Pegasus* in Ruhe anzupeilen. Als die Spad zu nahe kam, entschied sich Linc wieder für einen steilen Sturzflug.

Sie befanden sich jetzt direkt über dem Flugfeld. Linc sah die Tribüne und die Hangars und ein Meer von Menschen, die über das Flugfeld wogten. Er fluchte wütend. Er konnte die *Pegasus* unmöglich mitten in dieser Menschenmenge landen, wenn ihm ein todeswütiges Flugzeug dicht auf den Fersen war.

Der Steilflug wirkte sich allmählich auf die *Pegasus* aus; sie wehrte sich gegen den Druck. Ein Blick zur Seite zeigte Linc, daß sich, bedingt durch den Druck und die Belastung, der Stoff allmählich vom Rand der Tragfläche löste. Und wieder ratterte das Maschinengewehr los.

Linc nahm die Maschine aus dem Sturzflug und zog sie so rasch hoch, daß der Motor beinahe aussetzte. Sie tauchten in eine Wolke, Linc ließ die Maschine über eine Tragfläche abgleiten und betätigte das Seitenruder, um auf diese Weise blitzartig die Richtung zu ändern. Aber die Wolke war nicht groß genug, und der Feind hatte ihn durchschaut. Linc kam zu bald aus seiner Deckung heraus, die Spad lag auf der Lauer und stürzte sich auf die *Pegasus*.

Geschosse schlugen im Rumpf ein. Cassie schrie auf, und Linc rief im Geist Cassies Namen. Glühender Schmerz durchzuckte ihn, dann wurde es Nacht um ihn.

Cassie schrie. Ein scharfer Schmerz fuhr ihr durch den Kopf, und sekundenlang sah sie den Himmel nicht blau, sondern schwarz. Sie bedeckte das Gesicht mit den Händen und glaubte, sie sei angeschossen worden, wußte aber gleich darauf instinktiv, daß nicht sie, sondern Linc getroffen worden war.

Cassie griff an die Steuerknüppel; sie boten keinen Widerstand. »Linc!« schrie sie auf.

Cassie hatte entsetzlich Angst, Linc könnte tot sein. Sie stand halb im Cockpit auf, um besser nach hinten zu sehen. Linc war seitlich vornübergefallen, sein Gesicht war blutüberströmt. Seine eine Hand lag weiß und leblos auf dem Steuerknüppel.

Cassie wurde von schmerzlicher Trauer übermannt. Das Gefühl war so überwältigend, daß sie beinahe das Bewußtsein verlor. Für einen kurzen Augenblick sah sie ihr Leben ohne Linc vor sich; es war wie eine Wüste, öde und sinnlos.

»Linc!« schrie sie noch einmal, als könnte sie ihn damit ins Leben zurückrufen. Da stürzte sich die Spad von neuem auf die *Pegasus* und feuerte; das Heck der *Pegasus* wurde durchlöchert.

»O Gott«, betete Cassie und kletterte wieder auf ihren Sitz im Cockpit. »Lieber Gott, bitte ...«

Die Spad umkreiste sie und setzte zu einer neuerlichen Attacke an. Der Schock hatte Cassie gefühllos gemacht, als wäre sie mit Linc gestorben. Aber ihr Verstand funktionierte noch unwillkürlich, und sie zog folgenden Schluß: Die *Pegasus* war langsamer und weniger wendig als die Spad und konnte nicht zurückfeuern. Trotz Lincs professioneller Flugkunst hätte die Spad sie schon längst aus dem Himmel schießen müssen. Es sei denn, der Feind wollte sie zuerst quälen. Es bestand also noch eine Chance, eine winzige Chance; der Angreifer war seines Spiels noch nicht müde.

Cassie hörte Lincs Stimme so deutlich, daß sie zusammenzuckte, weil sie eine herzzerbrechende Sekunde lang glaubte, er beuge sich über ihre Schulter und spreche ihr ins Ohr. Sie drehte sich sogar um, in der Erwartung, ihn hinter sich lächeln zu sehen. Er war nicht hier, aber die Stimme in ihrem Kopf war die seine.

Wenn der Feind auf dich zukommt, versuche nicht, seinem Angriff zu entkommen. Fliege geradewegs auf ihn zu und stelle ihn ... Ich habe mich an diesen Grundsatz erinnert ... Ich bin direkt auf den Feind zugeflogen und habe ihn mit dem Fahrgestell gerammt.

Cassie suchte die Spad. Das feindliche Flugzeug flog etwas tiefer und manövrierte sich gerade in eine günstige Position, so daß es steil unter Cassie hochkommen und ihre Tragflächen mit dem tödlichen Feuer treffen konnte. Cassie zog mit der *Pegasus* eine weite Kurve und flog dem Angreifer direkt entgegen.

Näher und näher kam sie und stieß auf ihn hinunter, die Nase direkt auf den Rumpf der Spad gerichtet. Das hatte der Angreifer nicht erwartet; mit einer Gegenattacke hatte er nicht gerechnet. Er befand sich nicht mehr in der richtigen Position, um sein Feuer auf die *Pegasus* zu richten, und versuchte erst gar nicht, Cassie auszuweichen. Es hatte den Anschein, als ließe er es geschehen, als wollte er sogar, daß es geschah. Nur etwa zweihundert Meter trennten sie, nur wenige Sekunden bis zum Zusammenstoß. Cassie richtete die Nase der *Pegasus* auf und schwenkte steil nach oben.

Kurz bevor sie die andere Maschine rammte, erkannte sie den Piloten.

Es gab ein Splittern und Krachen, die *Pegasus* bäumte sich auf und erzitterte, als die beiden Flugzeuge zusammenstießen. Cassies Hände lagen krampfhaft am Steuerknüppel, und sie wartete darauf, zu Boden zu stürzen. Aber zu ihrem Erstaunen flog die Maschine ruhig weiter. Die *Pegasus* hatte das kleinere Flugzeug abgeschüttelt, wie ein Löwe einen Affen von seinem Rücken schleudert.

Cassie sah sich nach der Spad um: Sie trudelte in Richtung Boden. Die rechte Tragfläche war zerfetzt und verbogen. Cassie beugte sich hinaus, um den Schaden an ihrer Maschine zu begutachten. Der Rumpf hatte ein Loch, und das Fahrwerk war abgerissen worden – sie mußte sich auf eine Bauchlandung gefaßt machen, aber sie hatte überlebt. Sie hatte den Feind gestellt und ihn vernichtet.

Cassie ging mit der *Pegasus* tiefer und verfolgte die Spad zur Erde zurück. Eisige Kälte hatte sich in ihrem Inneren breitgemacht, eisige Kälte und gnadenloser Zorn. Cassie wollte sehen, wie die Spad zerschellte; sie wollte sehen, wie der Feind starb, einen schrecklichen, schmerzlichen Tod erlitt, so wie Linc gestorben war.

Aber das Schicksal oder die Geschicklichkeit des Piloten gönnten Cassie diesen Anblick nicht. In letzter Minute fing der andere die Spad ab. Er rasierte über die Dächer der Hangars, setzte mit auf Hochtouren laufendem Motor platt auf der Rollbahn auf, prallte ein paar Meter hoch ab, überschlug sich und rammte schließlich die Nase in den Boden.

Cassie wurde aus dem Cockpit gehoben. Jemand nahm ihr Helm und Brille ab.

»Fehlt Ihnen nichts?« fragte jemand; die Stimme schien von weit her zu klingen. Cassie schüttelte den Kopf. Sie spürte nichts, nicht einmal mehr Zorn. »Es ist ihr nichts passiert«, hörte sie sagen.

»He, da ist noch ein Hund«, rief jemand.

Linc wurde aus der Maschine gehoben. Er war blutüberströmt. Es war so viel Blut in der Maschine, daß Cassie überzeugt war, Linc müßte verblutet sein, ehe sie mit der *Pegasus* sicher gelandet war. Der Gedanke war für sie entsetzlich, daß Linc nach seiner Verwundung noch weitergelebt haben könnte. Es wäre eine letzte Gelegenheit gewesen, ihm zu sagen, wie sehr sie ihn liebte, sie hätte ihm, hätte ihm ... Cassie atmete tief ein und schloß die Augen. Gleich würde sie um Linc weinen, und sie würde diesen Tränen keinen Einhalt gebieten. Ihr Leben würde in Tränen verrinnen, so wie Lincs Leben verronnen war. Es kümmerte sie nicht; sie wollte nicht mehr leben.

Linc wurde sanft auf den Boden gelegt. Patches versuchte, Lincs Gesicht abzulecken, aber er wurde fortgestoßen. Cassie machte einen Schritt, ihre Beine gehorchten ihr. Sie trat zu Linc, kniete neben ihm nieder und hob seine schlaffe Hand hoch; sie war überraschend warm.

»Ein Arzt ist bereits unterwegs«, sagte jemand. »Auch ein Sanitätswagen kommt.«

Ein wilder Hoffnungsstrahl durchfuhr Cassie. »Lebt er noch?«

»Ja, aber er hat viel Blut verloren. Hier kommt der Arzt.« Jemand hob Cassie auf, um für den Arzt Platz zu machen. Ein Mann kniete neben Linc nieder, wo Cassie zuvor gekniet hatte. Mehrere Männer kamen mit einer Bahre gelaufen.

Cassie blickte zitternd hinaus auf das Flugfeld zum Wrack der Spad. Umringt von Leuten, stand der Pilot aufrecht neben seiner Maschine und hielt seinen gebrochenen Arm fest. Cassie ging auf ihn zu.

»Miss ...« Jemand wollte Cassie aufhalten, aber sie schob die Hand fort. Sie mußte wissen, warum.

Ihr Feindflieger sah Cassie unerschrocken entgegen. Polizisten, deren Aufgabe es eigentlich gewesen war, die Menschenmenge auf dem Flugfeld unter Kontrolle zu halten, umringten ihn. Noch aber legte keiner Hand an den Piloten. Sein Gesicht war übersät von

Schnitt- und Brandwunden; sein Anzug war zerfetzt, aber es gelang ihm auch jetzt, eine nonchalant elegante Haltung zur Schau zu stellen.

»Warum?« fragte Cassie, und kalte gnadenlose Wut brach aus ihr hervor. »Warum wolltest du ihn umbringen? Was hat er dir getan? Er hielt dich für seinen Freund.«

Der Mann sah hinüber zu Linc, der soeben auf die Bahre gehoben wurde. Seine Augen verdüsterten sich. »Dann ist er also tot? Ich wollte ihn nie umbringen. Sein Pech war, daß er dich geheiratet hat.«

»Aber das ...«

Edward Farrell lachte bitter. »Du lieber Himmel! Dich wollte ich umbringen, Cassie! Nicht Linc. Hätte Linc genug Verstand besessen und die Hände von dir gelassen, dann wäre das alles nie geschehen. Ich hätte dich überredet, mich zu heiraten, denn die bittere Wahrheit ist, daß ich dich liebe, auch wenn es verrückt ist und ich es nicht verstehe. Hättest du mich geheiratet, hätte ich dich nicht umbringen müssen. Oder wenn du und Linc nicht so gute Piloten wäret, Piloten, die so viel Glück hatten, auch dann hätte ich dich nicht töten müssen. Deine einzige Chance, am Leben zu bleiben, lag in meinem Sieg. Ich hätte die fünfzigtausend Dollar gewinnen müssen.« Er lachte wieder. »Ich habe alles Erdenkliche versucht. Ihr solltet entweder viel Zeit vergeuden oder aufgeben. Aber bei jeder Kontrollstelle wart ihr wieder da, so regelmäßig wie die Flöhe im Sommer und ebenso lästig.«

Cassie starrte Edward Farrell fassungslos an. »Das macht alles keinen Sinn. Wie kannst du behaupten, daß du mich liebst und gleichzeitig zugeben, daß du mich umbringen wolltest?«

Er verzog den Mund. »Normalerweise bist du nicht so schwer von Begriff. Onkel Lawrence kann jeden Tag sterben, und er wird dir alles hinterlassen, seinen Besitz in Kingly und zwei Millionen Dollar. Zwei Millionen Dollar, die mir gehören, Cassie, die ich brauche. Es ist eine uralte Geschichte. Wenn ich dich geheiratet hätte, wäre das Geld ohnehin in meine Tasche geflossen, und wir wären glücklich geworden, das weiß ich. Aber du hast dich stattdessen in Linc verliebt. Ich habe dir gesagt, daß das ein Fehler war, denn ich konnte nicht zulassen, daß du alles erbst. Daher mußte ich dich umbringen.« Farrell wandte sich an die Polizisten neben ihm.

»Wenn Sie mich verhaften wollen, dann tun Sie es jetzt. Oder lassen Sie mich gehen.«

»O doch, wir verhaften Sie, Bürschchen«, sagte einer der Polizisten mit schwerem irischem Akzent und packte Edward an seinem unverletzten Arm.

Cassie trat ihnen in den Weg. »Warten Sie!« Tränen saßen ihr in den Augen, als sie sagte: »Wie kommst du auf den Gedanken, Ward, daß Lawrence Kingly mir sein Geld hinterlassen wird? Er hat mich immer gehaßt. Eher wirft er alles in den Fluß, bevor er zuläßt, daß ich etwas davon bekomme.«

»Das hat nichts mit Haß zu tun.« Edward zuckte die Achseln und verzog vor Schmerz das Gesicht, weil die Bewegung seinen gebrochenen Arm irritierte. »Oder vielleicht liegt der Grund dafür doch in seinem Haß. Der gräßliche Onkel Lawrence wird bald sterben, und er möchte sich Vergebung erkaufen.«

Cassie richtete sich auf und schob unbewußt ihr Kinn vor. »Meine Vergebung ist nicht käuflich.«

Der Polizist zog Edward am Arm und führte ihn fort. Edward drehte sich noch einmal verbittert um. »Du hast es immer noch nicht begriffen. Lawrence Kingly will nicht deine Vergebung, sondern die deiner Mutter.«

»Aber das ist doch verrückt!« rief Cassie.

Edward lächelte traurig. »Das liegt vermutlich in der Familie.«

Edward Farrell wurde von mehreren Polizisten abgeführt. Die kalte Wut war verraucht, die Cassie seit den tödlichen Schüssen der Spad erfüllt hatte. Ihre Wangen waren tränennaß, und sie war sich nicht sicher, ob sie aus Kummer über Ward weinte oder aus Freude, weil Linc noch am Leben war. Dann war vielleicht noch Zeit, um ihm zu sagen, wie sehr sie ihn liebte. Es blieb noch Zeit, vielleicht nur ein paar Stunden, aber sie konnten sie gemeinsam verbringen.

Cassie lief der Bahre nach. »Wird er überleben?« fragte sie den Mann, der neben der Bahre ging und den sie für den Arzt hielt.

»Er hat viel Blut verloren.« Mehr sagte er nicht.

Der Sanitätswagen war noch nicht eingetroffen. Der besorgte Arzt hatte Linc auf den Rücksitz eines großen Autos gelegt. Das nächste Krankenhaus war in Valley Stream, nur wenige Kilometer entfernt. Cassie hielt Lincs Kopf in ihrem Schoß. Man hatte ihm den Helm abgenommen und das Gesicht so gut wie möglich vom Blut gereinigt. Vom Ohr bis unter die Haare klaffte eine große offene Wunde. Lincs Gesicht war blaß, und die Augenlider waren fast durchsichtig. Die Wunde am Oberschenkel war durch eine Aderpresse versorgt worden.

Mit quietschenden Reifen bog das Auto auf die Straße hinaus. Linc öffnete die zitternden Lider und sah Cassie vor sich. Er öffnete den Mund, und Cassie beugte sich über ihn.

»… liebe dich«, flüsterte Linc tonlos, ehe sein Bewußtsein wieder schwand.

Cassie drückte einen Kuß auf seinen geöffneten Mund.

Cassie schob die Tür auf und erschrak unwillig, als sie quietschte. Sie war jeden Augenblick darauf gefaßt, daß man sie unwirsch fragte, was sie denn hier wolle, und sah sich deshalb nervös im Korridor um; aber niemand war zu sehen.

Vorsichtig steckte sie den Kopf durch den Türspalt. Linc lag im Bett, und der weiße Verband um seinen Kopf ließ ihn romantisch heldenhaft aussehen. Sein Pyjama war nicht zugeknöpft, und der Mond schien ihm auf die schweißnasse Brust. Auf dem Fenstersims stand zwar ein kleiner Ventilator, aber er konnte die drückende Hitze im Raum kaum lindern.

Cassie öffnete die Tür ganz, schlüpfte ins Zimmer und ließ die Tür mit einem leisen Klick ins Schloß fallen. »Linc«, flüsterte sie. »Bist du wach?«

Sie sah seine Zähne blitzen, als er lächelte. »Was machst du hier mitten in der Nacht?« fragte er mit ganz normaler Stimme.

»Pst, nicht so laut, du Idiot«, zischelte sie. »Sei still, sonst werfen sie mich hinaus.« Cassie stand am Fußende des Bettes. »Ich möchte mit dir allein sein. Am Nachmittag schwirrten so viele Ärzte und Krankenschwestern um dich herum.«

Nicht die Kopfwunde, sondern der durch die Beinwunde verursachte Blutverlust hätte Linc beinahe das Leben gekostet. Linc war drei Tage lang bewußtlos gewesen. Cassie war endlose Stunden neben Lincs Bett gesessen, um da zu sein, sobald er erwachte. Aber als er dann endlich die Augen aufschlug, durfte sie nur ein paar Worte mit ihm wechseln, bevor der Arzt sie bat zu gehen, da der Patient viel ungestörte Ruhe brauche.

Linc schaltete das Licht an und setzte sich auf. Er zuckte vor Schmerz zusammen, aber er war glücklich, Cassie zu sehen.

»Du hast dich hübsch gemacht«, stellte er fest. »Komm näher, damit ich dich besser sehen kann.«

Cassie kam seiner Bitte nach; sie wußte nicht, woher plötzlich das beklommene Gefühl kam. Am Vormittag hatte sie in einem unverschämt teuren Modegeschäft in New York ein neues Kleid gekauft, das sie jetzt trug. Es war aus rotem Chiffon, hatte eine hoch angesetzte Taille und einen goldenen Gürtel mit Quasten, an deren Enden schwere Knoten baumelten. Der Rock hatte seitlich einen gewagten Schlitz, der fast bis zu den Knien reichte, und der Ausschnitt war so tief, daß Cassie ständig versucht war, ihn hochzuziehen.

Linc richtete seinen Blick sofort auf den Spalt zwischen ihren Brüsten. »Es gefällt mir«, stellte er fest.

Sie grinste ihn an. »Das habe ich erwartet. Bean's Cola gab heute abend ein Bankett, um das Ende des Flugwettbewerbs festlich zu begehen. Sie überreichten mir den Scheck.« Cassie kramte in ihrer mit Perlen bestickten Abendhandtasche und reichte Linc den Scheck. Er sah ihn schweigend an und gab ihr das Papier gleich wieder zurück.

»Ich werde ihn morgen bei einer Bank einlösen. Die Papiere, die du unterschreiben mußt, werde ich dir mitbringen.«

»Ist schon in Ordnung.«

Cassie kramte wieder in ihrer Tasche. »Sieh her, Linc, unser Foto ist auf einer Postkarte. Ich sehe entsetzlich aus, aber du bist umwerfend gut getroffen.«

Linc nahm die Postkarte und lächelte. »Als nächstes erscheint unser Bild dann auf einer Zigarrenschachtel.«

Cassie lächelte ebenfalls, aber ihre Heiterkeit verschwand gleich wieder. »Ich wünschte, Quigly hätte das erleben können!«

»Jetzt kannst du wenigstens seinen Motor bauen.«

»Ja ... ja, das werde ich tun.« Cassie spielte nervös mit ihren Händen und sah sich unruhig um. »Du wirst nie erraten, wer heute beim Bankett gewesen ist. Dieser Ziegfeld war da, der mit den Revuetänzerinnen.« Cassie lachte. »Er nannte mich eine typisch amerikanische junge Frau und wollte mich für seine *Follies*-Revue engagieren. Praktisch im selben Atemzug bat er mich, mit ihm ins Bett zu gehen. Er sah nicht einmal übel aus. Ziemlich weltgewandt und gelassen. Seine Haare sind in der Mitte gescheitelt. Er sieht fast ein wenig aus wie Ward ...« Cassie unterbrach sich.

Linc starrte sie an. »Der Pilot der Spad, das war Ward?«

Cassie nickte.

»Warum?«

Cassie traten die Tränen in die Augen, und sie preßte die Augen fest zu, um nicht zu weinen. Linc nahm ihre Hand und zog sie zu sich auf das Bett. Jetzt, aus der Nähe, sah Cassie, daß seine Augen fiebrig glänzten. Seine nackte Brust hob und senkte sich unregelmäßig.

»Warum?« fragte Linc noch einmal. »War er eifersüchtig auf mich, weil wir geheiratet haben? Hast du vergessen, es Ward zu erklären, als du vor aller Welt verkündet hast, daß alles nur eine Farce gewesen ist?«

Cassie wollte sich losmachen, aber Linc hielt sie fest. »Entschuldige«, bat er. »Ich habe es nicht so gemeint, wie es klang.«

Cassie hob den Kopf und sah Linc in die Augen. »Lawrence Kingly ist Wards Onkel, und Ward hat sich die lächerliche Idee in den Kopf gesetzt, daß der widerliche alte Mann, der mich genauso haßt, wie ich ihn hasse, mir seine Millionen hinterlassen wird. Um also sein Erbe nicht zu verlieren, was ja von vornherein überhaupt nicht zur Debatte stand, versuchte Ward, mich zu einer Ehe mit ihm zu überreden. Aber ich habe ihm gesagt, daß ich nichts von der Ehe wissen will, genau wie ich es ...« Cassie hielt inne und biß sich auf die Lippen.

»Wie du es mir gesagt hast«, vollendete Linc für sie den Satz und lächelte trübselig. »Keiner von uns armen, törichten Narren kann behaupten, daß er nicht gewarnt worden wäre.«

»Dann kam der Flugwettbewerb«, fuhr Cassie rasch fort. »Ward hoffte, mit dem Preisgeld von fünfzigtausend Dollar einen Bankrott der Plantage vermeiden zu können. Doch dann haben wir beide geheiratet und flogen den Wettbewerb gemeinsam. Damit würden sowohl sein Erbe als auch die fünfzigtausend Dollar in deine Tasche fließen.« Cassie holte verärgert Luft. »Als ob ich mein ganzes Geld so selbstverständlich meinem Ehemann geben würde! Verrückt! Selbst falls ich die Erbschaft bekommen sollte ...«

»Oder einen Ehemann.«

Cassie sah Linc finster an. »Ward sabotierte also unser Flugzeug, um uns umzubringen«, beendete sie ihre Erzählung. Eine Weile blieb es still, dann seufzte Cassie. »Anfangs wollte er uns angeblich nur daran hindern, den Wettbewerb zu gewinnen, aber ich glaube, er hatte immer vorgehabt, uns zu töten. Sonst hätte er die Avro der Brüder Schmidt ebenfalls sabotieren müssen, da sie bis Dayton immer in Führung lagen.«

Linc streichelte gedankenverloren die Innenseite ihres Arms, und ein Schauer lief Cassie über den Rücken. »Als er dann alle Hoffnung auf einen Sieg aufgeben mußte«, sinnierte Linc, »griff er uns mit der Spad an, um sich sein Erbe zu sichern.« Linc schüttelte den Kopf und stieß einen tiefen Seufzer aus. »Der arme Ward.«

Cassie nickte und hatte wieder Tränen in den Augen. »Sie haben ihn wegen versuchten Mordes verhaftet, Linc, und ihn in eine Anstalt für Geisteskranke gebracht.«

»Dieser Krieg, Cassie, hat uns alle auf schreckliche Weise verändert. Aber vielleicht kann man Ward dort, wo er jetzt ist, zumindest helfen.«

»Vielleicht hast du recht. Die Vorstellung, daß er im Gefängnis sitzt, ist für mich undenkbar.«

»Man kann ihn nicht ohne Gerichtsverhandlung einsperren. Wenn wir für ihn aussagen, wird es der Richter vielleicht positiv werten und ihn zumindest in ein Krankenhaus einweisen lassen und nicht in ein Gefängnis. Schließlich sind wir es, die er umbringen wollte.«

Linc spielte mit ihren Fingern und drückte ihre Hand. »Seltsam, ich wußte, daß Ward die Spad entwendet hatte, aber ich wäre nie auf den Gedanken gekommen…«

»Du hast es gewußt!« rief Cassie.

»Ach! Erinnerst du dich an die Aufregung auf dem Flugfeld und in Mr. Beans Haus, kurz bevor wir Dayton verließen? Leroy Bean hatte entdeckt, daß jemand während der Nacht die Spad gestohlen hatte. Ich vermutete, daß es Ward gewesen war, glaubte aber, daß sentimentale Gründe dahintersteckten.« Linc lächelte traurig. »Eines ist mir daran nicht klar: Warum gab er auf, als er die Chance hatte, uns fertigzumachen?«

»Er hat nicht aufgegeben. Wir haben ihn erwischt, bevor er uns erwischen konnte. Wir haben ihn mit dem Fahrgestell gerammt.«

Linc starrte sie erstaunt an. Dann brach er in Gelächter aus. »Du lieber Himmel, Cassie! Du bist unglaublich. Du hast ein feindliches Flugzeug, das ganz nebenbei auch auf dich geschossen hat, vom Himmel geholt, indem du es gerammt hast?«

»Ja. Du hast mir gesagt, was ich tun soll, und ich habe es getan.«

»Ich habe dir gesagt, was zu tun wäre? Das ist der größte Unsinn, Cassie, der dir je eingefallen ist.«

»Spotte soviel du willst, Linc Cameron, aber ich war da, und du nicht, zumindest nicht wirklich. Ich weiß, was geschehen ist. Ich hörte deine Stimme, du hast mir gesagt, was zu tun sei. Ich spürte deine Hände, die meine Hände am Steuer leiteten. Du glaubst doch nicht im Ernst, daß ich eine solche Sache allein schaffe?«

»Doch, das glaube ich. Du bist die beste …«

Cassie schüttelte unnachgiebig den Kopf. »Ich weiß, was geschehen ist.«

Linc lachte. »Also gut, ich gebe auf.«

Cassie sah ihm in die Augen. Sie waren so unglaublich blau und so traurig, trotz des Lächelns, das immer noch auf seinem Gesicht lag. Linc streckte die Hand aus, streichelte ihre Schulter und rieb seinen Daumen an ihrem Schlüsselbein. Cassie hatte solche Sehnsucht nach ihm, daß sie sich sehr beherrschen mußte, um nicht laut zu stöhnen.

Sie machte sich los und stand auf. Mit vor dem Körper verschränkten Händen holte sie tief Luft und begann: »Wir müssen miteinander reden, Linc.«

Linc wandte den Kopf ab, und sein Gesicht wurde ausdruckslos. »Wenn du unbedingt meinst.«

»Du kennst die neue Mode …«

Linc drehte ruckartig den Kopf. »Du läßt dir doch nicht die Haare schneiden!« rief er und war so entsetzt, daß er seinen Ärger vergaß.

Cassie machte eine ungeduldige Handbewegung. »Nein, nicht diese Mode.«

»Du hast zu rauchen begonnen?«

»Ach bitte, hör doch auf, du machst mich wütend! Willst du mich heiraten? Ich meine, willst du mit mir verheiratet bleiben?«

Linc öffnete den Mund, aber Cassie fuhr rasch fort, noch ehe er ein Wort sagen konnte. »Ich weiß, daß du der Meinung bist, daß wir nicht zusammenpassen, aber du irrst … ach verdammt!« Sie mußte lächeln. »Das klingt jetzt dumm, aber was ich sagen will … Wir haben es geschafft, Linc. Wir haben den Wettbewerb gewonnen, und wir haben verhindert, daß uns der arme Ward umgebracht hat. Das alles haben wir gemeinsam gemacht. Daher müssen wir irgend etwas richtig machen, obwohl wir nicht zusammenpassen. Ich habe darüber nachgedacht; unsere Liebe muß nicht zum Scheitern verurteilt sein. Denk an Maisie, Tessa und Nora. Ihre Liebe ist nicht gescheitert. Ihre Ehen funktionieren, auch wenn man es nicht erwarten würde. Vielleicht liegt das Geheimnis in der Liebe, Linc. Wenn wir einander genug lieben, dann wird unsere Ehe halten. Warum sagst du nichts?«

Linc öffnete den Mund.

»Ich liebe dich, Linc«, fuhr Cassie fort. »Ohne dich würde ich sterben. Ich wäre beinahe gestorben, als du gestorben bist, ich meine, als ich glaubte, du wärest tot. Verdammt, Linc, so sag doch etwas!«

»Ja.«

Cassie sah ihn verwundert an. »Ja? Was soll das heißen?«

»Es heißt ja, ich will mit dir verheiratet bleiben, oder ja, ich will dich wieder heiraten, oder ich lasse mich von dir scheiden und lebe mit dir in Sünde. Oder was du willst, Cassie, wenn wir nur zusammenbleiben.«

»Dann liebst du mich also?« fragte sie zitternd.

Er klopfte auf das Bett. »Komm, setz dich her, damit ich mich nicht mit meinem kranken Bein aus dem Bett schleppen muß, um dich zu holen.«

Cassie setzte sich neben ihn. Er packte sie an den Armen, dann glitten seine kräftigen Hände höher, strichen über ihre Schultern und streichelten ihren Nacken. Sie sahen einander an und Cassie glaubte, in der Tiefe seiner blauen Augen zu ertrinken.

»Ich liebe dich«, flüsterte Linc. »Ich liebe dich heute, und ich werde dich bis an das Ende aller Tage lieben. Ich glaube, ich habe dich mein ganzes Leben lang geliebt.« Jetzt blitzte ein schelmisches Lachen in seinen Augen auf. »Aber wahrscheinlich habe ich mich damals in Virginia in dich verliebt, als ich so unvorsichtig war und dich mit meinem Flugzeug beinahe gerammt hätte.«

»Hast du mich auch damals in Billings geliebt, als die Räuber auf uns geschossen haben?«

»Oho! Ich habe dich auch in Kansas City geliebt, als ich dem Polizisten so dämlich in den Schlagstock gelaufen bin.« Wieder ernst geworden, fuhr er fort. »Ich habe dich sogar an jenem Abend in Dayton geliebt, als du mir gesagt hast, ich müsse ein Leben ohne dich ertragen.«

»Ach Linc, sprich bitte nicht davon. Ich habe mich wie eine verängstigte Närrin benommen ...«

Er legte ihr die Finger auf den Mund, und sie verstummte. Dann zog er ihren Kopf zu sich und küßte sie leidenschaftlich.

Cassie spürte, wie sie die Kontrolle über sich verlor, die Welt begann sich zu drehen und stand auf dem Kopf, als säße sie in der *Pegasus*, die durch den Himmel trudelte. Zitternd vor Glück ergab sich Cassie seinem Kuß.

Schließlich lehnte sie sich in seinen Armen zurück und spielte mit einer Haarlocke, die aus dem Verband hervorschaute. »Mußten sie dir die Haare abrasieren?« fragte Cassie stirnrunzelnd.

»Ich weiß es nicht. Liebst du mich nicht mehr, wenn ich kahlköpfig bin?«

»Ich bin mir nicht sicher. Ich habe versprochen, dich in guten und in schlechten Tagen zu lieben, in Zeiten der Krankheit und der Gesundheit. Aber niemand hat etwas von Kahlköpfigkeit gesagt.« Sie streichelte seine Brust. »Linc, erinnerst du dich eigentlich, daß wir nie Verhütungsmittel benutzt haben?« fragte Cassie beiläufig.

»Na und?« Ein komisches Grinsen überzog sein Gesicht. »Warum?«

»Wir werden auch keine mehr brauchen.«

Aus dem Grinsen wurde unbeschreibliche Freude. »Du lieber Gott, Cassie, bekommen wir ein Baby?«

»Nein. Aber ich möchte eines haben, Linc. Können wir?«

Er lachte. »Ich werde mich sehr bemühen.« Seine Finger glitten von ihrem Nacken über ihre Brüste. Linc umschloß eine Brust mit den Händen und fuhr mit dem Daumen über ihre harte Brustwarze, die sich durch den dünnen Stoff drückte. »Sollten wir dann nicht gleich anfangen?«

Cassie hielt seine Hand fest. »Wir sollten nicht etwas beginnen, was wir nicht zu Ende führen können, Linc. Wenn du nicht vorsichtig bist, fängt dein Bein gleich wieder an zu bluten. Du bist nicht in der Verfassung …«

»Cassie …« Linc seufzte und lehnte sich zurück; seine Augenlider schlossen sich zitternd. Er murmelte etwas, das Cassie nicht verstand.

»Linc?« Cassie beugte sich besorgt über ihn und legte ihr Gesicht neben seines.

»Ich bin in ausgezeichneter Verfassung«, flüsterte er, griff nach ihrer Hand und zog sie unter das Laken.

»Linc!« rief Cassie erschrocken. »Das ist ein Krankenhaus! Wenn jemand …«

Wie auf Kommando bewegte sich die Tür in ihren quietschenden Angeln; Cassie errötete schuldbewußt und sprang auf.

»Verdammt, Pete«, knurrte Linc. »Hat dir schon einmal jemand gesagt, daß du manchmal sehr ungelegen kommst?«

Pete Striker trat ins Zimmer und strahlte Linc an. »Ich sehe schon, es geht dir besser«, stellte er fest. Er schloß die Tür und humpelte steifbeinig zum Bett.

Irgend etwas stimmt nicht mit Pete, dachte Cassie verwundert. Draußen war es beinahe dreißig Grad warm, und er trug seine schwere Lederjacke. Außerdem hatte er einen ziemlich dicken Bauch bekommen, seit sie ihn das letzte Mal gesehen hatte, einen Bauch, der sich noch dazu bewegte!

»Pete, was zum Teufel …« begann Linc.

Aus Petes Bauch kam ein unterdrücktes Winseln, und Cassie kicherte. Pete öffnete die Jacke, und Patches fiel heraus.

Patches raste auf das Bett zu, sprang hinauf und stieß an Lincs verwundetes Bein. Linc fluchte mit zusammengebissenen Zähnen. »Du lieber Himmel, Hund! Du erstickst mich!« nörgelte er, als Patches wie wild sein Gesicht leckte.

»Er hat sich Sorgen um dich gemacht«, erklärte Pete. »Ich mußte ihm beweisen, daß du wieder in Ordnung kommst.« Pete blinzelte Cassie zu. »Ich sehe, Patches war nicht der einzige, der sich Sorgen machte.«

»Linc und ich bleiben verheiratet«, verkündete Cassie.

Pete grinste breit. »Hast du das gehört, Patches? Die zwei mußte man zuerst beinahe aus dem Himmel schießen, bevor sie vernünftig wurden.« Jetzt sah Pete Cassie scharf an. »Patches hat befürchtet, du könntest dich in ein feines Dämchen verwandeln.«

»Linc wollte absolut nicht.« Als Cassie das sagte, blieb Linc der Mund offenstehen. »Ich mußte ihm schließlich einen Antrag machen.«

Pete nahm die Mütze vom Kopf und fuhr sich durch seine schütteren rotblonden Haare. »Nun, Patches und ich, wir haben darüber gesprochen. Wir sind auch der Meinung, daß Linc an allem schuld hatte. Er hat eine ziemlich lächerliche Vorstellung von seiner idealen Ehefrau, und niemand konnte ihm das ausreden.«

Linc wollte empört protestieren, aber Patches verhinderte das mit seiner Zunge.

Cassie nahm Pete am Arm und küßte ihn auf die gerötete Wange. »Schließlich ist er doch noch vernünftig geworden. Da das jetzt geklärt ist und wir den Wettbewerb gewonnen haben, können wir drei uns unserem Geschäft zuwenden.«

»Was?« fragte Pete, und Linc zog die Augenbrauen hoch.

»Wir werden Flugzeugmotoren produzieren«, stellte Cassie nüchtern fest.

»Wir machen was?« rief Pete, und Linc lachte.

Cassie warf den beiden einen ärgerlichen Blick zu. »Ihr habt doch nicht die Absicht, an noch einem lächerlichen Wettbewerb teilzunehmen? Da liegt keine Zukunft drin. Auf uns kommt bald eine Menge Verantwortung zu. Kinder und so weiter.«

»Verflixt und zugenäht!« heulte Pete auf. »Bekommt ihr beiden vielleicht ...«

»Noch nicht«, warf Linc rasch dazwischen. Dann sah er Cassie an und schüttelte den Kopf. »Du bist wirklich eine unglaubliche Frau! Höchst unglaublich!«

»Und du bist ein verdammter Glückspilz, Linc. Ich hoffe, du weißt das«, stellte Pete Striker fest. »Du warst nahe daran, das Beste, das dir je widerfahren ist, zu verlieren.«

»Der Glückspilz bin ich«, widersprach Cassie und wurde rot.

Es war ihr entgangen, wie Linc in diesem Augenblick besorgt die Stirn runzelte und die Traurigkeit sich wieder in seine Augen stahl.

Kapitel 20

Der Fahrer des roten Taxis lenkte sein Auto geschickt zwischen den Karren der Straßenhändler, den Straßenbahnen und Fußgängern hindurch, die sich durch die Straßen drängten. Cassie neigte sich in ihrem Ledersitz vor, um die Varietés, Kinos und Schnellrestaurants auf der belebten Bowery Street besser sehen zu können. Bogenlampen und zuckendes Neonlicht erhellten den Abendhimmel. Geschäftige Spannung lag knisternd in der Luft.

Sechs Tage waren seit dem Ende des Wettbewerbs vergangen, und Linc war endlich aus dem Krankenhaus entlassen worden. Als ihr Taxi in die Fourth Avenue einbog, pfiff ein Polizist und hob die Hand; der Wagen blieb stehen. Drei junge Frauen überquerten vor ihnen die Straße. Sie waren nach der neuesten Mode gekleidet, ihre Lippen waren knallrot geschminkt, die Brauen geschwungen nachgezogen, und auf ihren kurzgeschnittenen Haaren trugen sie knappsitzende Hütchen. Ihre Kleider hatten eine lange, schmale Taille, und die eleganten Faltenröcke endeten fünfzehn Zentimeter oberhalb der schmalen Schuhe.

Linc betrachtete die wohlgeförmten Knöchel und Unterschenkel, die in durchsichtigen fleischfarbenen Seidenstrümpfen steckten. »Also das ist eine Mode, die mich überzeugt«, stellte er fest.

»Amen«, antwortete der Fahrer mit einem Seufzer.

Cassie sagte nichts. Sie legte nur ihre Hand auf Lincs Wange, drehte seinen Kopf herüber und küßte ihn; er hatte bald alles Interesse an seiner Umgebung verloren.

»He!« rief der Fahrer zum dritten Mal, Minuten später.

Linc ließ Cassie nur zögernd los und sah sich nach der Ursache für die unwillkommene Einmischung um.

»Wir sind angekommen«, verkündete der Fahrer und blinzelte Linc zu. »Das Waldorf Astoria Hotel.«

»Wir sind auf Hochzeitsreise«, erklärte Linc und errötete.

»Was Sie nicht sagen!« lachte der Fahrer.

Der Türsteher in seiner prächtigen Uniform mit den goldenen Tressen öffnete die Tür des Taxis. Cassie blieb kurz stehen, bevor sie unter die rote Markise trat; sie wollte das eindrucksvolle Hotelgebäude mit seinen tausend Zimmern ausgiebig betrachten. »Glotz nicht.« Linc faßte sie am Arm und zog Cassie sanft, aber bestimmt mit sich fort ins Innere des Hotels. »Sonst weiß gleich jeder, daß du noch nie hier warst.«

In der Hotelhalle war alles alt und teuer – Eichenpaneele an den Wänden, Kristallüster und Deckengemälde. Die Menschen flüsterten vornehm; bei dem Geraschel von Seide und Pelzen waren ihre Stimmen kaum zu vernehmen.

»Ihr Gepäck, Sir?« fragte ein Page höflich, als Linc ihre Namen an der Rezeption eingetragen hatte. Linc deutete auf die beiden Reisetaschen zu seinen Füßen. Der junge Hoteldiener beäugte das Gepäck verächtlich, was zweifellos berechtigt war. Doch gleich darauf bat er Linc mit unveränderter Höflichkeit: »Wenn Sie mir bitte folgen wollen, Sir.«

Linc lächelte Cassie teuflisch an, hob sie hoch und nahm sie zu ihrem Entsetzen auf den Arm. Ihr Hut fiel vom Kopf und rollte in die Mitte der Hotelhalle.

»Linc!« Cassie schnappte nach Luft und wehrte sich, aber er ließ sie nicht los. »Was machst du? Stell mich auf den Boden. Alle schauen uns an!« Tatsächlich, aller Augen waren auf sie gerichtet.

»Die Leute schauen nur, weil du wie ein Huhn gackerst. Muß ich dich erst küssen, damit du still bist?« Sein Blick überzeugte Cassie davon, wie sehr er sie begehrte, hier und jetzt, und daß es seiner ganzen Willenskraft bedurfte, sich zu beherrschen.

Cassie preßte die Lippen fest aufeinander, für den Fall, daß er seine Drohung wahrmachen würde. Aber sie konnte nicht umhin, ihrer Wut mit einem unterdrückten Laut Ausdruck zu verleihen.

Der Page hob grinsend ihre Reisetaschen auf und holte Cassies Hut. Linc hielt Cassie in den Armen und folgte dem jungen Mann zu den Aufzügen am anderen Ende der Halle; Cassie kam der Weg so lang vor wie die Fifth Avenue.

Sie hoffte, Linc würde sie niederstellen, sobald sich die Aufzugtür geschlossen hatte, aber nein! Der Page und der Aufzugführer tauschten ein verstohlenes Lächeln. Cassie verbarg ihr brandrotes Gesicht in Lincs Schulter und schwor sich im stillen, ihm den Hals umzudrehen. Ganz New York wußte jetzt, was er tun würde, sobald sie in ihrem Zimmer waren. Dabei warf er ihr immer vor, daß sie Probleme machte!

Der Aufzug kam mit einem Ruck zum Stehen, der Liftpage öffnete die Tür, und Linc mit Cassie im Arm folgte dem kleinen Pagen durch einen langen, mit Teppichen ausgelegten Korridor. Linc humpelte jetzt deutlich. Vermutlich war die Naht an seinem Bein wieder aufgeplatzt. Es würde ihm recht geschehen, dachte Cassie; sie war wütend, weil er nicht besser auf sich achtgab.

Zart berührte sie den Verband oberhalb seines Ohrs. »Du hast dem Arzt versprochen, Linc, daß du dich schonen wirst.«

Er grinste hinterhältig. »Das habe ich nur gemacht, damit ich endlich aus diesem verdammten Krankenhaus entlassen werde. Ich habe nicht die Absicht, mich zu schonen. Ich werde dich leidenschaftlich und wie verrückt lieben, bis es mich umbringt.« Den letzten Satz hatte er so laut gesprochen, daß ihn alle Welt hören konnte.

Ein älteres Paar in festlicher Abendkleidung kam an ihnen vorbei und drückte sich an die Wand. Sie sahen Linc und Cassie an, als wären die beiden aus einem Varietétheater entkommen und hätten sich aus Versehen in dieses piekfeine Hotel verirrt.

Der Page öffnete mit einer großartigen Geste die Tür zu ihrer Suite. Noch ehe Linc sie über die Schwelle trug, fiel Cassies staunender Blick auf die orientalischen Teppiche und seidenen Kissen. Linc strebte geradewegs in das Schlafzimmer und stieß die Tür mit dem Fuß ins Schloß.

Lachend nahm Cassie Linc den Strohhut vom Kopf und ließ ihn durch das Zimmer segeln. Zufrieden bestaunten sie das Bett mit dem satinüberzogenen Kopfbrett und den dazu passenden Kissen. Linc legte Cassie vorsichtig auf das Bett und streckte sich neben ihr aus.

Er löste die Nadeln aus ihren Haaren, breitete Cassies Locken wie einen Fächer auf dem Satinkissen aus und drückte sein Gesicht in das goldgelbe Gewirr. Dann hob er den Kopf und sah sie an.

»Ich weiß nicht, ob es das größte und weichste Bett in ganz New York ist, aber es kommt meiner Vorstellung davon ziemlich nahe.« Linc lächelte verschmitzt. »Und jetzt, meine verführerische, temperamentvolle Frau für ewige Zeiten ...« seine Lippen waren Cassies Mund so nahe, daß sie seinem Kuß entgegenzitterte, »jetzt werde ich mein Versprechen wahr machen und dich lieben, bis dieses Bett zusammenbricht.«

Er küßte sie hart und leidenschaftlich.

Cassie hielt seinen Hinterkopf fest, drückte ihn an sich und erwiderte den Kuß mit tiefer Innigkeit. Linc streichelte sie, und seine schwieligen Hände blieben am zarten Stoff ihres Kleides hängen. Er ließ Cassie einen Augenblick los, zog sie hoch und öffnete die vielen winzigen Häkchen am Rücken. Ab und zu hielt er inne und hauchte ihr einen zarten Kuß auf Nacken und Schultern. Er schob das Kleid über ihre Arme hinunter. Der Kennerblick, mit dem er ihr den neuen, modischen Büstenhalter auszog, hätte Cassie unter anderen Umständen eifersüchtig gemacht, aber jetzt galt ihr Interesse ganz anderen Dingen, so daß derlei Spekulationen keinen Platz in ihrem Kopf fanden.

Ungeduldig schlüpfte Linc aus Jacke und Schuhen, wühlte spielerisch in ihren Haaren und zog ihren Kopf zurück, so daß sein Mund und seine Zunge die zarte, empfindliche Ader an ihrem Hals fanden. Er liebkoste ihre Brüste, drückte sie und rollte die harte Spitze ihrer Brustwarzen zwischen seinen Fingern.

»Ach Linc, bitte!« Cassie biß die Zähne zusammen, und Linc lachte leise. Sein warmer Atem strich zart über die straffgespannte Haut an ihrem Hals.

»Bitte was? Bitte aufhören? Oder bitte nicht aufhören?«

»Nicht ... aufhören«, seufzte Cassie, als Linc sie wieder in das Bett drückte.

Er hob ihr Gesäß hoch und zog ihr Kleid und Unterhose über die Hüften. Einen Schuh hatte sie bereits verloren; Linc zog den zweiten Schuh und die Strümpfe aus. Er fuhr mit der Zunge über Cassies Fußsohlen und zwischen ihre Zehen; Cassie wand sich und versuchte, Linc ihren Fuß zu entziehen.

»Linc, bitte«, flehte sie, »das kitzelt.«

»Kitzelt das auch?« Er streichelte und küßte ihre sanft geschwungenen Unterschenkel.

»Nun ...«

»Und das?« Linc fuhr mit der Zunge über ihre Kniekehle. Cassie stöhnte; ihre Haut brannte unter seinen Lippen. »Oder gefällt dir das besser?« fragte er und wanderte auf der Innenseite ihrer

Schenkel aufwärts. Cassie spreizte die Beine, vergrub ihre Finger in seinem Haar und zog ihn höher.

Als sie glaubte, wegen seiner Liebkosungen den Verstand zu verlieren, beendete Linc die köstliche Marter und küßte sie wieder auf den Mund.

Linc hielt Cassies Gesicht in beiden Händen und blickte ihr tief in die Augen. Dann erhob er sich und betrachtete sie, wie sie nackt auf dem Bett ausgestreckt lag. Er ließ sie nicht aus den Augen, während er sich auszog und stand vor ihr, ohne sich seines unübersehbaren Verlangens nach ihr zu schämen. Cassie schloß ihn glücklich in die Arme, und ihre Körper bogen sich in einem langen, zitternden Liebeskampf gegeneinander.

Cassie zog die Gardinen zur Seite, um das geschäftige Treiben auf der Fifth Avenue zu beobachten. Auf den Bürgersteigen eilten Geschäftsmänner und Sekretärinnen zu ihrer Arbeit und blickten besorgt auf die große, runde Uhr am Bankgebäude an der Ecke. Damen und Herren in seidenen Anzügen und Kostümen spazierten langsamer durch die Straßen, blieben stehen, um einen Blick in die Schaufenster von Altman oder Tiffany zu werfen. Taxis, Autos und Doppeldeckerbusse drängten sich auf der Straße, hupten und verpesteten die Luft mit öligem Gestank.

Mit einem glücklichen Seufzer wandte sich Cassie vom Fenster ab. Linc schlief noch, das Laken wirr um seinen gebräunten, nackten Körper geschlungen. Cassie trat zu ihm und weckte ihn mit einem langen, zärtlichen Kuß. Er packte sie am Kragen ihres Morgenmantels und zog sie zu sich.

»Zeit aufzuwachen, du Faulpelz«, neckte sie ihn.

»Ich bin wach, vollkommen wach«, antwortete Linc mit einem bedeutungsvollen Blick. Er öffnete ihren Morgenmantel, faßte mit den Lippen nach einer Brustwarze und saugte sanft daran, bevor er sie losließ. »Es ist an der Zeit, daß ich meinen ehelichen Pflichten nachkomme und mit meiner Frau schlafe«, verkündete Linc mit geschäftsmäßigem Ernst.

»Sie kommen Ihren ehelichen Pflichten mit großem Eifer nach, Mr. Cameron«, ging Cassie auf seinen Ton ein und hielt den Atem an, als seine Hände zwischen ihren Schenkeln hochglitten.

Sie liebten sich mit zärtlicher Heiterkeit. Und als er ihr diesmal sagte, daß er sie heute mehr liebte, als er sie gestern geliebt hatte, und sie morgen mehr lieben werde als heute, glaubte Cassie ihm.

Beim Anziehen fragte Linc Cassie nach ihren Plänen für den Tag.

»Ich möchte etwas essen«, antwortete Cassie spontan. »Ich glaube, wir haben gestern das Abendessen einfach vergessen. Wenn wir uns nicht beeilen, werden wir auch das Frühstück versäumen. Pete und Patches werden bald hier sein. Du weißt doch noch, wir wollen zu einem Picknick an den Strand fahren. Außerdem muß ich einkaufen, Linc. Wir haben nichts anzuziehen.«

»Ich lasse uns das Frühstück auf das Zimmer bringen«, beschloß Linc und ging ins Wohnzimmer. »Da wir nichts anzuziehen haben, können wir über die schicken Anzüge sprechen, die du für mich kaufen wirst.«

Cassie zog ihr einziges Alltagskleid an, das sie in einer Kleinstadt am Mississippi gekauft hatte, ein einfaches Baumwollkleid mit tiefangesetzter Taille und einem großen eckigen Kragen. Das war bei einer Zwischenlandung zum Auftanken gewesen, einen Tag nachdem sie ihre Sachen in Louisiana aus dem Flugzeug geworfen hatten. Cassie steckte ihre langen Haare zu einem losen Knoten am Hinterkopf zusammen. Sie war sehr versucht gewesen, die Haare kurz zu tragen, wie es viele Frauen in diesem Sommer taten, aber Linc hatte sie gebeten, es nicht zu tun. Bei der Vorstellung, wie er sein Gesicht in ihren Locken vergrub und mit den Fingern durch die Strähnen fuhr, wenn sie einander liebten, beschloß sie, die Haare doch nicht abzuschneiden.

Sie ging in das angrenzende Wohnzimmer und blieb auf der Schwelle stehen. Linc, ihr Ehemann, saß auf einem Stuhl, das verwundete Bein steif von sich gestreckt, und las die Zeitung vom Vortag. Ein finsterer Ausdruck lag auf seinem anziehenden Gesicht. Der Gedanke, für immer an diesen Mann gebunden zu sein, jagte ihr nicht mehr solche Furcht ein wie früher. Cassie hatte ihr Glück vertrauensvoll in seine Hände gelegt und konnte sich ein Leben ohne ihn nicht mehr vorstellen. Sie liebte ihn mit jeder Faser ihres Wesens, mit Leib und Seele, und glaubte, ja sie war fest davon überzeugt, daß es immer so bleiben würde.

Gerade als sie ihm das sagen wollte, klopfte es an der Tür. »Ich gehe schon«, rief Cassie statt ihrer Liebeserklärung und lief zur Tür, in der Hoffnung, es wäre der Kellner mit dem Frühstück; sie hatte entsetzlichen Hunger. Aber als sie die Tür öffnete, lachten ihr zwei bekannte Gesichter entgegen.

»Hans, Werner!« rief sie. »Schön Sie zu sehen. Kommen Sie herein.« Sie wollte die Tür weit öffnen, als sie in Werner Schmidts Hand einen Revolver erblickte. Cassie drehte sich fragend zu Linc um und erlebte eine zweite, größere Überraschung: Linc schien nicht im geringsten erstaunt zu sein.

»Verschwinde in dein Zimmer, Kleine. Und fang ja nicht an zu schreien!« gab Werner Cassie zu verstehen und machte mit der Waffe eine unmißverständliche Bewegung.

»Ich hatte nicht die Absicht zu schreien«, entgegnete Cassie empört, folgte aber dennoch der Aufforderung. Etwas an Werners Stimme kam ihr seltsam vor, und jetzt wußte sie, was es war! »Was ist mit Ihrem deutschen Akzent?«

»Der gehörte zu unserer Tarnung«, antwortete Hans grinsend und schob sich hinter Werner ins Zimmer. »Ziemlich gut, was?« Er trug den Arm in der Schlinge, und über seine Wange verlief eine frische Narbe, offensichtlich ein Souvenir des Flugzeugunglücks vor ein paar Wochen in Kentucky.

Cassie starrte ihn verwirrt an. »Welche Tarnung? Warum sind Sie…?«

Werner hielt Cassie die Pistole so nahe an das Gesicht und zielte mit der Mündung zwischen ihre Augenbrauen, daß Cassie zu schielen begann. Die beiden Brüder waren für Cassie bisher nette Rivalen gewesen, und es fiel ihr schwer zu glauben, daß sie sich wirklich in Gefahr befand.

»Sie wissen, warum wir gekommen sind«, wandte sich Werner an Linc, der immer noch unbeweglich auf seinem Stuhl saß. »Tun Sie, was wir von Ihnen erwarten, und Ihrer hübschen kleinen Frau wird nichts geschehen.«

Linc erhob sich gelassen. »Die Waffe ist vollkommen unnötig. Ich habe Tommy versprochen, ich würde seine Schulden bezahlen, falls ich den Wettflug gewinne. Zumindest den größten Teil davon. Ich kann Ihnen nur meinen Anteil am Preisgeld geben.«

»Welche Schulden? Was geht hier vor?« bestand Cassie zu erfahren.

»Mr. Bartinelli weiß nichts von Anteilen.« Hans ergriff jetzt das Wort. »Er weiß nur, daß Sie vergangene Woche von Bean's Cola einen Scheck über fünfzigtausend Dollar bekommen haben, und er findet, es wäre an der Zeit, daß Ihre Familie unserer Familie bezahlt, was sie schuldet. Tommys Schuldscheine belaufen sich auf mehr als dreißigtausend. Dazu kommen Zinsen und die Spesen, die wir hatten, denn die Avro, die wir in Lexington zertrümmert haben, hat Bartinelli eine Stange Geld gekostet. Die fünfzigtausend begleichen unsere Rechnung so ziemlich. Ein paar Dollar mehr oder weniger spielen keine Rolle.«

»Was!« Cassie sah Linc wütend an, trotz der Waffe, die zwischen ihre Augen zielte. »Was geht hier vor?«

»Sei still, Cassie. Bitte. Ich kann Ihnen nicht geben, was nicht mir gehört«, erklärte Linc den Schmidts. »Sie bekommen meinen Anteil, das ist alles. Wenn Sie Cassie mit der Waffe vor dem Gesicht herumfuchteln, ändert das auch nichts.«

Cassie tobte innerlich. »Wer zum Teufel sind Sie? Wenn mir nicht einer von euch in den nächsten Sekunden sofort erklärt, was hier gespielt wird ...«

»Haben Sie schon einmal von der Schwarzen Hand gehört, Cassie?« fragte Hans mit stolzgeschwellter Brust, was ihm einen mißbilligenden Blick seines Bruders einbrachte.

Cassie riß die Augen auf. »Die Schwarze Hand! Aber ich habe geglaubt, Sie kommen aus Dubuque?«

Hans lachte. »Stimmt auch. Aber unsere Ma kam aus Sizilien, und ihr Bruder arbeitet für Mr. Bartinelli. Er hat uns einen Job bei der Organisation verschafft, als wir nach New York kamen. Wir sind Mr. Bartinellis Schuldeneintreiber. Der Bruder Ihres Mannes war so dumm, mit gewissen Leuten Poker zu spielen; das hätte er besser bleiben lassen. Zu allem Überfluß spielte er um Geld, das er nicht hatte.« Hans zuckte die Achseln. »Wir treiben die Schulden ein.«

»Cassie hatte nichts damit zu tun«, stellte Linc fest; zum ersten Mal klang seine Stimme zornig. »Lassen Sie sie aus dem Spiel!«

»Also gut, Linc.« Werner senkte die Waffe und steckte sie unter der Jacke in seinen Gürtel. »Ich glaube, Sie spielen besser Poker als Ihr Bruder. Wir werden Cassie nichts tun.« Er lächelte Cassie zu. »Wir haben die Kleine im Laufe der Fliegerei ins Herz geschlossen, und das hier geht sie ja wirklich nichts an. Aber Mr. Bartinelli hat vorausgeahnt, daß Sie sich wehren werden, sobald Sie das Geld in

Händen haben. Wir sollen Sie daher daran erinnern, was mit Ihrem Bruder geschieht, falls Sie aus dem Handel aussteigen. Ihr Bruder bedeutet uns nicht das geringste. Wenn uns Mr. Bartinelli sagt, wir sollen für einen Unfall sorgen, dann sorgen wir dafür. Sie verstehen, was ich meine?«

Linc schwieg, aber Cassie deutete seinen unnachgiebigen Gesichtsausdruck richtig.

»Was geschieht mit Tommy, wenn Mr. Bartinelli sein Geld nicht bekommt?« wollte sie wissen.

Hans kicherte. »Sagen wir es so: Er wird sich bei seinen Flügen durch die Luft nicht mehr ganz so leicht tun wie früher.«

Cassies forschender Blick suchte Lincs Augen, doch sein Gesichtsausdruck blieb undurchdringlich. »Gib es ihnen«, bestand sie. »Gib ihnen, was sie wollen.«

»Nein.«

»Dann gebe ich es ihnen.« Cassie wollte zur Tür gehen, aber Linc hielt sie am Arm fest. »Cassie …«

»Laß mich los.«

»Die Angelegenheit geht dich nichts an. Halte dich raus!«

Cassie machte sich los. »Seit Salt Lake ist es auch meine Angelegenheit, oder nicht? Du hast es nur versäumt, mir davon zu erzählen.« Dann wandte sie sich an Werner. »Mr. Schmidt, falls das Ihr richtiger Name ist, reicht Ihnen eine Bankanweisung?«

»Nun ja, Mr. Bartinelli ist nicht sehr vertrauensselig. Bargeld wäre besser.«

Linc trat Cassie in den Weg. »Ich lasse nicht zu, daß du das tust, Cassie. Das ist mein Ernst.«

»Du kannst mich nicht aufhalten, Linc Cameron. Es ist mein Geld. Ich kann damit tun, was ich will.«

Sie starrten einander wütend an.

»Geh mir aus dem Weg«, verlangte sie.

»Wenn du dich da einmischst, Cassie, werde ich nie …«

»Es ist mir vollkommen egal, was du tust. Jetzt geh mir aus dem Weg, oder muß ich die Herren Schmidt erst bitten, für mich den Weg freizumachen?«

Werner reagierte sofort. Er zog die Pistole und schlug Linc mit dem Knauf der Waffe gekonnt auf den Hinterkopf. Lincs Knie gaben nach, und er fiel bewußtlos zu Boden.

Cassie fragte besorgt: »Sie haben ihn doch nicht verletzt? Er ist gerade erst aus dem Krankenhaus gekommen.«

»Er wird eine halbe Stunde schlummern und beim Aufwachen Kopfschmerzen haben, das ist alles«, versicherte Hans. »Können Sie uns wirklich das Geld geben? Alles?«

»Ja.«

Die Brüder tauschten einen Blick. »In Ordnung«, meinte Werner schließlich. »Uns geht es nur um das Geld.« Und mit einer Kopfbewegung in Richtung Linc: »Er wird ganz schön wütend sein, sobald er aufwacht. Er wird Sie nicht etwa verprügeln, Kleine?«

»Wenn er es tut, dann hau ich zurück.«

Zu dritt verließen sie das Hotel. Cassie hatte das Geld ganz in der Nähe des Hotels in der Bank mit der großen Uhr über dem Eingang eingezahlt. Zum Glück hatte Linc die Papiere für das Konto noch nicht unterschrieben, so daß das Konto nur auf ihren Namen lautete.

Der Kassierer konnte eine Auszahlung in dieser Höhe nicht allein verantworten und führte Cassie und ihre Begleiter in das Büro des Direktors. Der Bankdirektor war ein schmallippiger Mann unbestimmten Alters mit fahrigen Bewegungen. Bei seinem Anblick mußte man unwillkürlich an Geld denken, obwohl er sich damit vermutlich nicht die Hände schmutzig machte.

Cassie und Linc hatten bereits einiges von dem Preisgeld ausgegeben. Pete hatte seinen Anteil für seine Arbeit bekommen, Cassie hatte das Abendkleid für das Bankett gekauft, und ihre Hochzeitsreise, die Woche im Waldorf-Astoria, war ebenfalls bezahlt worden. Trotzdem lag auf dem Schreibtisch des Bankdirektors noch ein ansehnlicher Berg von Scheinen, so daß Hans über die Straße in das Kaufhaus Altman laufen und eine Reisetasche für den Transport kaufen mußte.

Während die Männer das Geld in der Tasche verstauten, nahm der Bankdirektor Cassie zur Seite. »Werden Sie erpreßt?« flüsterte er. »Vielleicht sollte ich die Polizei rufen?«

»Nein. Ich zahle nur eine Schuld zurück.«

Der Bankdirektor beobachtete die Schmidts unsicher. »Ich verstehe. Sind Sie ganz sicher?«

»Ja, vollkommen sicher.«

Er war zwar nicht ganz überzeugt, beließ es aber dabei.

Wieder auf dem Bürgersteig, streckte Hans Schmidt Cassie die Hand hin, doch ein Blick in ihr Gesicht genügte, und er ließ sie rasch wieder sinken. »Wenn ich Ihnen einen Rat geben darf: Halten Sie Ihren Schwager vom Pokertisch fern. Er kann ein Full House nicht von einem Royal Flush unterscheiden, und er weiß nicht, wann er aufhören muß.«

»Und ich gebe Ihnen auch einen Rat, Kleine«, fiel Werner seinem Bruder ins Wort. »Trauern Sie dem Geld nicht nach. Sie werden es nie zurückbekommen, und an der Schwarzen Hand kann man sich nicht rächen. Sie würden unweigerlich mausetot enden.«

»Sagen Sie diesem Mr. Barti- und sonst noch was, er soll Tommy in Frieden lassen«, trug Cassie ihnen grimmig auf.

Hans wollte lachen, ließ es aber doch lieber bleiben. »Ja, natürlich. Wir werden es ihm sagen.«

Schon im Gehen begriffen, drehte Cassie sich nochmals um. »Wenn Sie von allem Anfang an darauf aus waren, von Linc das Preisgeld zu kassieren, warum haben Sie dann überhaupt am Wettbewerb teilgenommen?«

»Mr. Bartinelli hat uns geschickt, damit wir seine Interessen im Auge behalten«, beantwortete Hans ihre Frage.

»Aber Sie hätten beinahe gewonnen. Ohne die Bruchlandung in Lexington hätten Sie vermutlich gewonnen.«

Hans zuckte die Achseln und lächelte. »Die Teilnahme stand jedermann offen, und Mr. Bartinelli wollte sich auf alle Fälle absichern.«

Cassie spazierte zum Hotel zurück. Im Aufzug hatte derselbe Aufzugpage Dienst, der sie am Vortag nach oben geführt hatte, als Linc sie in den Armen auf ihr Zimmer getragen hatte; der Page grinste. Cassie schenkte ihm nur einen finsteren Blick. Vor der Tür zu ihrer Suite wartete sie unschlüssig, bevor sie sie endlich öffnete.

Linc stand vor dem Fenster; er drehte sich nicht einmal um, als Cassie eintrat. Cassie überlegte, wie lange er wohl schon wieder bei Bewußtsein war und ob er gesehen hatte, wie sie mit den beiden Schmidts aus der Bank gekommen war. Sie sagte nichts, sondern ging ins Schlafzimmer und sammelte ihre Sachen zusammen.

»Was machst du?« fragte Linc von der Tür her.

Sie stopfte das Kleid, das sie am Vorabend getragen hatte, in ihre Tasche. »Du siehst, was ich mache. Ich gehe.«

Sie wartete, daß er etwas sagte, ihr befahl, nicht zu gehen, sie bat zu bleiben. Er schwieg.

Cassie richtete sich auf. Linc lehnte mit ausdruckslosem Gesicht am Türrahmen, die Hände in den Hosentaschen vergraben. Cassie gab sich keine Mühe, ihren Zorn und ihre Enttäuschung zu verbergen.

»Ich glaube, jetzt hasse ich dich, Linc. Ich hasse dich wirklich. Ich habe dir vertraut. Ich habe zugelassen, daß ich mich in dich verliebe, und mir eingeredet«, die Stimme versagte ihr, und Cassie mußte tief Luft holen, bevor sie weitersprechen konnte. »Ich habe mir eingeredet, daß du anders seist, daß es bei uns anders werden würde. Dabei hast du mich die ganze Zeit über belogen.«

Linc löste sich von der Tür und machte einen Schritt auf sie zu, blieb aber wieder stehen, als sie vor ihm zurückwich. »Ich habe dich nicht belogen, Cassie.«

Cassie wandte sich ab und fuhr fort zu packen. »Was du getan hast, war schlimmer als eine Lüge. In Salt Lake hast du von Tommys Schulden und der Schwarzen Hand erfahren, aber du hast mir nichts davon erzählt. Du wußtest, daß sie uns beobachteten, daß sie uns das Geld abnehmen würden, falls wir gewinnen, aber du fandest es nicht der Mühe wert, mir ein Sterbenswort davon zu sagen. Ich war ja nur zufällig deine Kopilotin, mit der du so nebenbei auch verheiratet warst.« In ihren Augen schwammen Tränen. »Und zufällig habe ich dich auch geliebt. Aber das war alles nicht wichtig.«

Ein Muskel an Lincs Wange zuckte; Linc wandte sich ab. »Es waren die Schulden meines Bruders, daher war es mein Problem, nicht deines. Ich hatte nicht die Absicht, ihnen einen Cent von deinem Geld zu geben. Wenn du dich nicht wie immer eingemischt und alles noch schlimmer gemacht hättest ...«

»Ach zum Teufel mit dem Geld! Mir geht es nicht um das Geld, Linc! Mir geht es darum, wie du mich behandelt hast. Statt dich auf mich zu verlassen, von mir Hilfe und Unterstützung zu erwarten, hast du mich behandelt, als würde es überhaupt keine Rolle spielen, was ich dachte und empfand. Wir hätten uns dem Problem gemeinsam stellen sollen, Linc. Aber du hast mir nicht einmal davon erzählt.«

»Ich glaubte, es allein bewältigen zu können, und hielt es für besser, wenn du nichts davon weißt.«

Cassie holte tief Luft. »Wieso besser? Wir haben so viel gemeinsam durchgestanden, und du hast mir immer noch nicht zugetraut, wie ein normaler, erwachsener Mensch zu reagieren? Was hast du geglaubt, daß ich mache, Linc? Hast du geglaubt, ich würde dich in einem hysterischen Anfall mit einem Nudelholz in der Hand über das Flugfeld jagen oder in Ohnmacht fallen und um Riechsalz bitten?«

Linc wurde rot und hob flehentlich die Hände. »Verdammt noch mal, Cassie, ich wollte es dir ja erzählen, ich hätte es beinahe getan. Sogar an jenem ersten Abend in Salt Lake. Aber ich habe keine Erfahrung darin, meine Schwierigkeiten mit anderen Menschen zu teilen.«

»Ich war nicht irgendein anderer Mensch, Linc! In dieser Nacht hast du mit mir geschlafen. Du hast mich zum ersten Mal geliebt und dabei gewußt ...«

»Genau das ist der springende Punkt. Ich habe mich in dich verliebt, und das hat mir gar nicht gefallen. Ich wußte nur, daß ich dich nicht sofort wieder verlieren wollte. Ich kannte dich nicht gut genug, um zu wissen, wie du reagieren würdest. Ich wollte nicht das bißchen Glück, das wir hatten, verderben.«

»Was war später, als du mich besser kanntest? Was war an dem Tag, an dem ich dir sagte, daß ich dich liebe, oder an jenem Tag, als du mir das erste Mal sagtest, daß du mich liebst? Was war an jenem Abend, als ich dich bat, mich zu heiraten?« Cassie wischte sich mit dem Handrücken die Tränen aus den Augen. Sie ärgerte sich über ihre Schwäche. Dabei hatte sie sich geschworen, stark zu sein und es nie zuzulassen, daß Linc Cameron sie wieder verletzte. »Was war gestern abend, Linc?«

»Da war es zu spät. Denn ich wußte, wenn ich es dir erzähle, wird genau das passieren, was jetzt geschieht.« Linc machte eine umfassende Handbewegung.

Cassie wandte sich ab. »Ich hielt dich wirklich für anders als die meisten Männer. Ich glaubte, daß ich dir etwas bedeute, als Kamerad und als Frau, und nicht nur als irgendein dummes Ding, das man an seiner Seite hat ...«

»Verdammt, Cassie, du weißt, was du mir bedeutest! Wir haben soviel durchgestanden, um unser Ziel zu erreichen. Wirf jetzt nicht alles fort, nur weil ich einen kleinen Fehler gemacht habe.«

»Es war kein kleiner Fehler.«

»Also gut, einen großen Fehler. Du hast allen Grund, zornig zu sein, und ich werde um deine Vergebung betteln, bestimmt, aber laß mich nicht fallen! Gib unsere Zukunft nicht auf! Wir lieben einander zu sehr …«

»Daran hättest du früher denken sollen, Linc.« Sie nahm ihre Reisetasche und ging zur Tür. »Du hättest daran denken sollen, bevor du mich belogen und mich wie … wie irgendeine Frau behandelt hast, die man beschützen und behüten muß und die man zu ihrem eigenen Besten belügt.«

Linc faßte sie am Arm und zog sie mit Gewalt an sich. »Wenn du jetzt gehst, Cassie, dann mußt du genau wissen, was du tust. Denk gut darüber nach, was du aufgibst! Denn ich werde dich nicht zurücknehmen.«

»Ich weiß genau, was ich aufgebe.« Cassies Stimme klang spröde und kalt. »Und ich weiß, daß ich so besser dran bin.«

»So? Du wirst nichts vermissen? Es wird dir nichts fehlen?« Linc küßte sie wild und leidenschaftlich auf den Mund.

Ihr Körper strafte Cassie sofort Lügen, und ohne es zu wollen, reagierte sie auf seine Leidenschaft. Sie hörte auf, sich zu wehren, und ließ sich von ihren Gefühlen, die wie ein Wirbelsturm über sie herfielen, überwältigen.

Linc ließ sie so unvermittelt los, daß sie zurücktaumelte und sich am Bettpfosten festhalten mußte, um nicht zu fallen. Seine blauen Augen funkelten sie zornig und voller Leidenschaft an, aber er konnte den Triumph nicht ganz verbergen.

Cassie sah ihn lange an. Sie wollte eine Erinnerung mitnehmen, da sie entschlossen war zu gehen; die Erinnerung sollte sie wie ein Talisman der Liebe durch die endlosen Jahre ohne Linc begleiten.

»Leb wohl, Linc«, sagte sie schließlich, und diesmal ließ er sie gehen.

Kapitel 21

Ria stand am Rand einer staubigen Weide außerhalb von Kingly in Virginia. Den Kopf in den Nacken gelegt, beschattete sie mit einer Hand ihre Augen und beobachtete das Flugzeug über sich. Schon glaubte sie, daß die Maschine weiterfliegen und im strahlenden Sonnenlicht verschwinden würde, als das Flugzeug eine Kurve flog und im sanften Gleitflug zur Erde zurückkehrte. Die Räder setzten auf der Wiese auf, und eine Staubwolke wirbelte hoch. Die Maschine rollte weiter, hüpfte über die Ackerfurchen und kam schließlich zum Stillstand.

Eine zierliche, kleine Gestalt kletterte aus dem Cockpit. Sie schien zu zögern, und für einen Augenblick glaubte Ria, sie würde wieder in das Flugzeug klettern und davonfliegen. Aber dann kam sie doch mit langen Schritten zielstrebig auf Ria zu. Ria war erleichtert.

Der Pilot blieb vor Ria stehen und zog mit einer ungeduldigen Gebärde den Helm vom Kopf. Ein Gewirr von blonden Haaren fiel auf die Schultern der Frau. »Was willst du?« fragte sie Ria. »Warum bist du gekommen?«

Ria blickte in die grauen, rätselhaften Augen und lachte. »Deine Offenheit ist erfrischend, Cassandra. Aber ich muß zugeben, daß mich schonungslose Offenheit immer ein wenig aus der Fassung bringt. Tommy und ich sind auf dem Weg nach Florida. Wir haben uns von Bartinelli getrennt und einer neuen Truppe angeschlossen. Tommy wartet auf mich an der Bahnstation. Ich habe nicht angenommen, daß du besonders daran interessiert bist, ihn zu sehen, aber ich wollte ...«

»Hat Linc dich geschickt?«

Ria riß entsetzt die Augen auf. »Gott im Himmel, nein! Er hat sich fürchterlich aufgeführt und sich geweigert, mir zu sagen, wo du zu finden seist. Ich hätte ihn erwürgen können. Ich mußte die Information aus seinem rothaarigen Freund herauspressen. Aber ich wollte dir persönlich dafür danken, was du für Tommy und mich getan hast.«

Cassie zuckte die Achseln, und zarte Röte überzog ihre Wangen.

»Soviel hat mir Linc zumindest erzählt«, fuhr Ria fort. »Ich habe ihn angerufen, sobald Bart-, ich meine Mr. Bartinelli das Telegramm erhielt, daß die Schulden bezahlt worden sind. Linc hat uns erzählt, sie hätten dich gezwungen, auch deinen Anteil am Preisgeld aufzugeben. Ich möchte dir versichern, daß wir beabsichtigen, dir alles zurückzuzahlen.«

»Ist nicht notwendig. Ich meine, es ist mir gleichgültig. Also bitte ... laßt es bleiben ...« Cassie wandte sich unruhig ab, und ihr Blick wanderte über die Wiese hinüber zur *Pegasus*.

Beide Frauen schwiegen, und Ria wartete, bis Cassie sie wieder ansah. Dann fragte sie lächelnd: »Läßt du mich jetzt hier in der Hitze stehen, oder willst du mich zu dir nach Hause bitten und mir etwas Kaltes zum Trinken anbieten?«

Cassie mußte lachen, blieb aber immer noch gespannt, als erwartete sie jeden Augenblick einen Angriff. Ria mußte in sich hineinlächeln. Cassandra Jones Cameron mußte sich tatsächlich auf einen Angriff gefaßt machen. Auf eine schlaue, hinterhältige Attacke, und sie würde es nicht einmal bemerken.

»Ich kann dir keinen russischen Schnaps anbieten«, meinte Cassie, als sie mit Ria auf das baufällige Haus zuging, das sich an die große Scheune lehnte. »Wie hieß dieser Schnaps?«

»Wodka.«

Im Haus war es nur wenig kühler. Ria nahm ihren Hut vom Kopf und schwenkte ihn wie einen Fächer. »Vielleicht ein Glas Wasser?«

Cassie öffnete den Küchenschrank und schloß die Tür gleich wieder. Zerstreut sah sie sich in der Küche um und schob sich ungeduldig die Haare aus dem Gesicht. »Ich habe keine sauberen Gläser. Hat Linc dir erzählt, daß wir uns getrennt haben?«

Ria ging zum Schrank und nahm eine Kaffeetasse heraus. »Die tut es auch.« Sie füllte die Tasse an der Spüle mit Wasser, setzte sich an den Tisch und trank einen Schluck. »Was wollte ich sagen? Ach ja, nein, Linc hat mir nichts am Telefon erzählt. Bei diesen Ferngesprächen muß man sich wirklich auf das Notwendigste beschränken. Aber ich habe ihn in New York gesehen, bevor wir in den Zug stiegen. Er hatte die Absicht, die Woche darauf nach Hammondsport zu fahren. Es hat irgend etwas mit Film zu tun, glaube ich. Ich habe nach dir gefragt, und er hat mir die ganze Geschichte erzählt. Das heißt, er war ungefähr so gesprächig wie ein Felsblock; ich mußte die Worte einzeln aus ihm heraus-meißeln.«

Cassie lehnte an der Spüle und war blaß geworden. »Er hat dir alles erklärt?«

»Nun ja, er erzählte, daß ihr beide nur geheiratet hättet, damit ihr gemeinsam an dem Wettfliegen teilnehmen konntet.« Ria trank einen Schluck Wasser, um ein Lächeln zu verbergen. »In meinen Augen ein ziemlich rigoroser Schritt, das habe ich ihm auch gesagt. Aber zum damaligen Zeitpunkt hatte er es für eine gute Idee gehalten. Bis hierher verstehe ich die Geschichte ja, da ihr beide offensichtlich verrückt nacheinander seid.« Ria sah sich beiläufig in der Küche um; schließlich blieb ihr Blick an Cassie hängen. »Du hattest nie die Absicht, mit Linc zusammenzubleiben?«

Cassie zuckte zusammen, als hätte ihr jemand von hinten einen Stoß versetzt. »Wir waren entschlossen ... daß es nicht funktionieren würde.«

Ria nickte ernsthaft. »Von deinem Standpunkt gesehen, vermutlich eine kluge Entscheidung. Man muß genau zwischen Liebe und Leidenschaft unterscheiden.« Sie zuckte wieder die Achseln. »Aber ich bin nicht die richtige Person, dir in dieser Angelegenheit einen Rat zu geben. Ich muß leider eingestehen, daß ich zwar beachtliche Erfahrung mit der Leidenschaft habe, aber nur sehr wenig von der Liebe weiß.«

Cassie richtete sich ruckartig auf, packte einen Stuhl und nahm gegenüber von Ria am Tisch Platz. »Hast du nie geliebt?« wollte sie wissen. Gespannt fieberte sie Rias Antwort entgegen.

Ria seufzte und hatte Tränen in den Augen. »Einmal, als ich siebzehn war. Er war ein Kunstreiter aus der Ukraine, ein halber Tartar, wild und ungestüm. Zugegeben, ich war verrückt vor Leidenschaft, aber ich habe ihn auch geliebt, aus ganzem Herzen. Er war natürlich auch verrückt nach mir. Wir wollten heiraten, aber meine Eltern bestanden darauf, daß wir warteten. Ich war in ihren Augen noch zu jung, und er hatte einen schrecklich Ruf. Er war ein Frauenheld, natürlich nur bevor er mich kannte. Außerdem war er ein Spieler, und manchmal trank er auch zu viel.«

»Wodka?«

»Wodka.« Ria lächelte Cassie schelmisch zu. »Meine Familie versuchte, sich zwischen uns zu stellen, aber es gelang nicht immer. Ich muß zugeben, daß die Leidenschaft mit mir durchging, wann immer mein Tartar und ich zusammen waren, denn er war unwiderstehlich.« Ria seufzte, und ihre Augen waren in die Ferne gerichtet, als sähe sie einen Film.

Cassie beugte sich vor. »Was geschah? Hat er dich verlassen?«

Ria schüttelte sich, als erwache sie aus einem Traum. »Keineswegs, zumindest nicht, wie du glaubst. Nein, meine Eltern gaben schließlich nach, und ein Hochzeitstermin wurde festgesetzt. Aber dieser Mann, dieser wunderbare Mann kam eine Woche davor ums Leben. Er fiel vom Pferd, als er einen Salto trainierte, und brach sich das Genick.«

»Nein!« Cassie war den Tränen nahe. »Wie entsetzlich!«

»Damals war es wirklich entsetzlich. Ich glaubte, ich würde daran sterben, so schlimm war es. Aber dann merkte ich, daß ich ein Kind von ihm in mir trug, und dieses Kind gab mir den Sinn am Leben zurück.«

»Dieses Kind … war Linc?«

»Ja.«

Cassie schniefte und wischte sich mit dem Ärmel die Nase ab. »Und du hast dich nie wieder verliebt? Du hast nie wieder jemanden gefunden, der seinen Platz eingenommen hätte?«

Ria stellte die Tasse mit dem Wasser beiseite und sah Cassie mit feuchten Augen an. »Ich fand nie mehr jemanden, der seinen Platz hätte einnehmen können, weil ich es unmöglich machte. Er hat nicht lange genug gelebt, um mich verletzen oder enttäuschen zu können. Er war der perfekte Mann. Niemand konnte ihm je das Wasser reichen.« Ria lächelte versonnen. »Aber das Leben und vor allem die Männer sind nicht perfekt. Dennoch habe ich die besten Jahre meines Lebens an einen Traum verschwendet, den Traum vom perfekten Mann, der nie wirklich existiert hatte, nur in meinen Träumen. Alle Männer aus Fleisch und Blut, die mir ihre Liebe anboten, lehnte ich ab. Eine Weile habe ich sie geliebt, aber ein kleines Mißverständnis, ein kleiner Streit, und schon dachte ich:

Ah, mein Tartar hätte mich nie so behandelt. Mein Tartar hätte mich nie so angeschrien! Und hast du es nicht gesehen, schon wies ich ihnen die Tür.«

Cassie kaute nachdenklich an ihrer Unterlippe. Ria gab ihr etwas Zeit, dann sprang sie unvermittelt auf. »Du lieber Himmel, schau auf die Uhr! Ich muß zur Bahnstation!«

»Ich würde dich hinfahren, aber ich habe kein Auto mehr. Quigly hat es vor unserer Abreise nach Kalifornien verkauft.«

»Das macht nichts, ich gehe sehr gern zu Fuß. Aber ich muß mich auf den Weg machen, sonst versäume ich den Zug.«

»Ich begleite dich«, erbot sich Cassie. »Ich muß ohnehin in die Stadt, da ich Treibstoff für die *Pegasus* brauche. Außerdem möchte ich deinen Tommy sehen«, dabei grinste Cassie. »Ich muß ihm meine Meinung sagen.«

Auf dem drei Kilometer langen Weg nach Kingly unterhielt Cassie Ria mit Anekdoten von dem Flugwettbewerb. Ria lachte schallend und gab vor, die Geschichten noch nicht zu kennen. Tommy freute sich, Cassie zu sehen, und war erleichtert, daß sie ihn nicht haßte, weil er der Grund dafür gewesen war, daß sie ihr Preisgeld an die Schwarze Hand verloren hatte.

Der Zug verließ die Station. Ria sah aus dem Fenster; Cassies kleine Gestalt schrumpfte zu einem winzigen Punkt und verschwand schließlich; Ria lachte lauthals auf.

»Was ist so lustig?« wollte ihr jüngerer Sohn wissen und sah von dem Wettschein auf, den er gerade studierte. Die Schwarze Hand hatte ihn vom Poker geheilt, aber leider hatte er in jüngster Zeit ein lebhaftes Interesse für Pferde entwickelt.

»Ach, Tommy!« rief Ria und lachte, bis ihr die Tränen kamen. »Ich habe Cassandra das größte Lügenmärchen aufgetischt. Ich muß mich selbst dafür loben, es war eine wunderbare Vorstellung! Wenn Linc je davon erfährt, bringt er mich um.«

»Ich habe Ihnen doch gesagt, Linc, wenn Mr. Weinraub Ihr Gesicht sieht, gibt er Ihnen die Hauptrolle.«

»Ich bin kein Schauspieler«, wandte Linc zum hundertsten Mal ein.

Theodore Bunstin verdrehte die Augen zum Himmel und flehte um göttlichen Beistand. »Wozu wollen Sie etwas von der Schauspielerei verstehen. Sie müssen nur auf Ihre unvergleichliche Art in die Kamera lächeln, und niemand wird danach fragen, ob Sie spielen können oder nicht.«

Linc zweifelte. »Ich dachte, ich würde nur das Flugzeug fliegen. Sie haben mir den Kunstflugteil für die Filme angeboten. Von Schauspielerei war nicht die Rede.«

»Für die Kunstflüge bekommen Sie fünfzig Dollar die Woche. Vergleichen Sie das mit den fünfhundert, wenn Sie eine wirkliche Rolle spielen. Jetzt sagen Sie mir, wofür Sie sich entscheiden!«

Linc seufzte, die ganze Idee war ihm zuwider. Er wußte, daß er keine Wahl hatte. Er schuldete seiner zukünftigen Ex-Frau fünfundzwanzigtausend Dollar. Wenn er nur fünfzig Dollar pro Woche verdiente, würde es sehr viele Wochen dauern, bis er diesen Mühlstein los war.

»Also gut, Mr. Bunstin. Wo soll ich unterschreiben?«

»Ted! Ted! Wie oft muß ich Ihnen noch sagen, daß Sie mich Ted nennen sollen.« Bunstin kramte in einem Papierstoß auf seinem Schreibtisch und zog schließlich triumphierend ein Blatt hervor. »Ich wußte, daß Sie nicht wider… daß Sie vernünftig werden. Wer weiß? Wenn alles gutgeht, dann steht Ihnen vielleicht eine große Zukunft bevor. Mary Pickford verdient zehntausend die Woche. Können Sie sich das vorstellen? Zehntausend Kröten in einer Woche! Da fällt mir etwas ein. Unlängst sah ich ein Foto von Ihrer Frau. Hätten Sie etwas dagegen, wenn Sie …?«

»Da müssen Sie sie selbst fragen«, unterbrach Linc Ted Bunstin, nahm ihm den Schreibstift aus der Hand und unterschrieb den Vertrag. »Sie finden sie vermutlich in Kingly. Das ist eine kleine Stadt in Virginia. Adresse: Postlagernd. Ist das alles?«

»Wie? Ach so, ja. Sie müssen nur einen Tag vorher in Hammondsport sein. Nächsten Mittwoch?«

»In Ordnung.«

Linc verließ Bunstins Büro mit dem Gefühl, seine Haut zu Markte getragen zu haben. Dann lachte er. Welche Rolle spielte es, womit er Geld verdiente? Zumindest war es ehrliche Arbeit. Nun ja, auf alle Fälle legale Arbeit. Nur weil er nicht tat, was er wirklich tun wollte … Die meisten Dinge im Leben verlaufen anders als erwartet, dachte er bitter. Zum Beispiel die Ehe oder die Liebe.

Linc überquerte die Straße zum Washington Square und entdeckte Pete Striker, der, den Kopf in den Nacken gelegt, auf einer Bank saß. Patches lag zu seinen Füßen.

Der Hund wackelte teilnahmslos mit dem Schwanz, als Linc näher kam. Pete riß die Augen auf und errötete schuldbewußt, als hätte man ihn beim Griff in die Kasse und nicht bei einem kleinen Schläfchen ertappt.

»Haben wir den Job?« knurrte Pete, bemüht, seine Verlegenheit zu verbergen.

»Ich habe den Job.«

Pete erhob sich brummend. »Aber du brauchst jemanden, der sich um dich kümmert. Dein Motorservice bei der *Pegasus* während des Wettbewerbs war immer sehr amateurhaft.«

Sie spazierten langsam durch den Park. In der Stadt waren so schöne Sommertage selten. Es war warm, aber nicht zu feucht. Die Luft war leicht und klar. Ein Eichhörnchen lief ihnen über den Weg. Patches sah ihm unbeteiligt nach.

Mit einer Kopfbewegung auf Patches fragte Linc: »Was ist los mit ihm?«

»Er vermißt … er ist einsam.«

Linc überging die Bemerkung. »Ich werde nicht den Kunstflugteil in dem Film fliegen, das heißt, ich fliege ihn schon, aber ich werde auch in einer Rolle spielen. Ich weiß, ich weiß, ich bin kein Schauspieler. Aber man hat mir wesentlich mehr Geld angeboten. Da dachte ich schließlich, was soll's!«

Pete blinzelte ihn an. »Du hast auch daran gedacht, daß du so … daß du auf diese Weise deine Schulden schneller zurückzahlen kannst.«

Linc blieb unvermittelt stehen. »Wirst du jetzt endlich damit aufhören?«

Pete machte ein unschuldiges Gesicht. »Womit aufhören?«

»Im großen Bogen um ihren Namen herumzuschleichen, als könnte ich es nicht ertragen, ihn zu hören. Sie heißt Cassie. Ich habe sie geliebt und war der Meinung, daß auch sie mich liebte. Aber das war nicht der Fall, und ich liebe sie auch nicht mehr. Verstanden? Ich kann darüber reden, ohne daß ich mich gleich von der Brooklyn-Brücke stürzen möchte.«

Pete seufzte. »Ja, schon gut.«

»Du leidest mehr darunter als ich. Sie ist fort. Es hat nicht funktioniert, und jetzt ist sie fort. Deshalb müssen wir drei nicht gleich wie drei viktorianische Jungfrauen unserem Lebensabend entgegenwelken.«

»Patches und ich haben ihr vertraut«, behauptete Pete und beobachtete Linc genau. »Wir haben sie nie für eine von den feinen Dämchen gehalten.«

Linc lachte bitter. »Du bist nicht anders als sie. Ihr beide müßt erst lernen, daß das Leben voll von Enttäuschungen ist.«

»Und was machst du, Linc, wenn dich die Menschen enttäuschen?«

»Ich vergesse es, und Schluß. Wenn ich sonst nichts aus dem Krieg gelernt habe, das habe ich mir gemerkt. Das Leben ist zu kostbar, um es mit Groll und Trauer über versäumte Gelegenheiten zu verschwenden.«

»Was willst du also damit sagen, Linc? Daß man vergeben muß, nicht wahr? Vergessen und vergeben, das ist doch dein Motto?«

Linc sah ihn von der Seite an. »Du bist leichter zu durchschauen als Glas, Pete. Wenn du glaubst, daß ich zugeben werde, für diese starrköpfige, nachtragende Unruhestifterin noch etwas zu empfinden ...« Linc preßte die Lippen aufeinander und sprach durch die zusammengebissenen Zähne weiter. »Und wenn du glaubst, daß ich sie wieder in die Arme schließe, falls sie tatsächlich angetanzt kommt ...«

»Ich glaube gar nichts. Außer, daß ich jetzt ein großes, saftiges Steak vertragen könnte. Ich und Patches, wir sind gereizt und hungrig.«

Linc machte immer noch ein finsteres Gesicht, dann aber lachte er. »Also gut. Ich lade euch zu Delmonico ein. Geht auf meine Rechnung.«

Pete atmete auf. Er und Ria Cameron hatten sich ein wenig unterhalten, und aus diesem Gespräch war ein Plan entstanden. Nichts Großartiges, sie wollten nur ein paar Fragen stellen und Zweifel säen. Vielleicht gelang es auf diese Weise, den Boden vorzubereiten. Für den Fall, daß diese beiden jungen Narren, die offensichtlich verrückt nacheinander waren, ihren Stolz einmal herunterschluckten. Vielleicht würden sie sich treffen und beisammenbleiben, zur Abwechslung endgültig beisammenbleiben.

Der Plan, den er und Ria ausgeheckt hatten, beunruhigte Pete, denn sie gingen ein großes Risiko ein. Sich in anderer Leute Angelegenheiten zu mischen konnte sehr leicht zu Unannehmlichkeiten führen.

Aber manchmal mußte man dem Schicksal etwas nachhelfen.

Schwer lastete die nachmittägliche Sommerhitze Virginas auf dem Land, als Cassie auf der staubigen Straße aus der Stadt kam. Lieblicher Tabakduft wehte von den Feldern herüber; mit den braungoldenen Tabakblättern sah das Land aus, als stünde es in Flammen. Cassie winkte zwei Männern zu, die durch die Felder gingen und sich ab und zu bückten, um Unkraut auszureißen.

Die mit Treibstoff gefüllte Milchkanne hing schwer an ihrem Arm, auch wenn sie nur halb voll war. Cassie hätte die Kanne gern ganz gefüllt, aber sie konnte es sich nicht leisten. Sie hatte zwei Dollar und dreizehn Cent in der Tasche, und auf dem Regal in der Küche standen nur ein paar Dosen von dem gräßlichen gekochten Rindfleisch. Sie mußte bald mit der *Pegasus* losziehen und mit Kunstflugvorführungen und Fluggästen Geld verdienen. Das Problem war nur, daß es jetzt nach dem Krieg jede Menge Piloten und Flugzeuge im Land gab. Andererseits waren nicht mehr sehr viele Menschen durch den Anblick von Flugzeugen in Erstaunen zu versetzen.

Cassie würde Kingly keine Träne nachweinen. Das Leben hier war ihr verleidet, da die Stadt zu viele Erinnerungen barg. Die Erinnerungen an ihre Mutter, die in Lawrence Kinglys düsterem Haus langsam dahingesiecht war; der Gedanke an Ward, mit dem sie im Fluß geschwommen war, der für sie eingetreten war, wenn die anderen Kinder sie gequält und »Bastard« genannt hatten. Die schönen Erinnerungen an die späteren Jahre mit Quigly, an den Tag, an dem er sie zum ersten Mal im Flugzeug mitnahm, und an den Tag, an dem er ihr Parfum schenkte und sie eine »Frau« nannte.

Die erdrückende Einsamkeit lastete wie ein Felsblock auf ihren Schultern. Alles erinnerte sie an Quigly, vor allem das Haus und die Scheune, in der sein Motor stand, der wohl nie gebaut werden würde. Und was die Erinnerungen an den Mann betraf, von dem sie glaubte, daß er sie geliebt hatte, diese Erinnerungen konnte sie überhaupt nicht ertragen.

Cassie blieb stehen und stellte die Kanne ab, um sich ein wenig auszuruhen; mit einem großen bunten Taschentuch wischte sie sich über das schweißnasse Gesicht. Ein scharfer, stechender Schmerz saß in ihrer Brust, als wäre sie zu schnell gelaufen, aber der Schmerz kam nicht vom Gehen in der Hitze. Der Besuch von Lincs Mutter am Vormittag hatte sie mehr beunruhigt, als sie zugeben wollte. Sie hatte versucht, alle Gedanken aus ihrem Kopf zu verbannen, die sie an jenen schrecklichen Tag erinnerten, an dem sie Hals über Kopf aus dem Waldorf-Astoria Hotel gestürmt war. Ria hatte die fürchterlichen Zweifel und bedrückenden Ängste wieder wachgerüttelt, und die ließen sie jetzt nicht los. Was, wenn ...? Sekundenlang blieb ihr die Luft weg.

Was, wenn sie einen Fehler gemacht hatte?

Cassie zitterte und schloß gewaltsam die Tür zur Vergangenheit. Sie gab sich einen Ruck und kehrte in die Gegenwart zurück, hob die Milchkanne auf und setzte ihren Weg über die holprige Landstraße zu ihrem Haus fort.

Schon im Näherkommen bemerkte sie den Mann, der auf der Veranda vor dem Haus saß. Ihr Herz stand einen Augenblick lang still, dann sah Cassie, daß es ein Fremder war. Sie gab sich Mühe zu lächeln und unbeschwert zu wirken. Es war nicht gut für das Geschäft, sich einem möglichen Kunden gegenüber seine Verzweiflung anmerken zu lassen.

Der junge Mann hatte die Ellenbogen auf die Knie gestützt und starrte auf den Boden. Er riß den Kopf hoch, als er die Schritte auf dem Kiesweg hörte, sah Cassie eine Weile an und stand langsam auf. Er war groß und schlank und hatte ein hageres Gesicht mit langem Kinn und schweren Augenlidern. Er lächelte und entblößte dabei den Spalt zwischen seinen Schneidezähnen, was ihm ein jungenhaftes Aussehen verlieh.

Cassie erwiderte sein Lächeln. »Heute ist es schon zu spät zum Fliegen. Es wird bald dunkel. Wollen Sie nicht morgen wiederkommen?«

»Ich und fliegen?« Der junge Mann sah sich um und entdeckte die *Pegasus* sowie das Transparent an der Scheune. »Ach so, ich verstehe. Einerseits wollte ich immer schon einmal fliegen, andererseits zitterte ich vor Angst bei dem Gedanken daran. Bis jetzt war meine Angst davor stärker, aber es klingt, als ob es

Spaß machen würde.« Er lüftete ein wenig den Hut und neigte höflich den Kopf. »Ich bin Nathan Spranger von Spranger und Spranger.«

»Cassie Cam … Jones. Spranger und Spranger?«

Der junge Mann lächelte verlegen. »Klingt ein wenig komisch, ich weiß. Mein Vater wollte es Spranger und Sohn nennen, aber ich fand das noch schlimmer. Klingt eher wie eine Futter- und Getreidehandlung und nicht wie eine Anwaltskanzlei.« Er machte eine kurze Pause. »Ich muß gestehen, ich bin nicht zum Fliegen gekommen, sondern in einer rechtlichen Angelegenheit.«

Cassie durchfuhr ein eisiger Schock, trotz der sommerlichen Hitze, die die Straße und die verdorrten Felder tagsüber gespeichert hatten. Sie mußte die Zähne fest zusammenbeißen, damit sie nicht klapperten. Die Scheidung. Linc hatte seinen Anwalt wegen der Scheidung geschickt. War es einmal soweit gekommen, dann war die Kluft zwischen ihnen unüberbrückbar geworden. Er würde eine andere Frau heiraten, Kinder haben, ein Haus mit einem Schaukelstuhl auf der Veranda kaufen … Er würde für immer für sie verloren sein.

Sie begriff, daß der Mann etwas zu ihr gesagt hatte.

»Wie bitte?«

»Ich sagte, daß wir uns eine Weile unterhalten müssen. Könnten wir vielleicht …« Er deutete auf die Haustür.

»Ach ja, natürlich. Entschuldigen Sie. Kommen Sie bitte herein.«

Cassie führte Nathan Spranger in die Küche. Er blieb in der Tür stehen, nahm den Hut vom Kopf und sah sich interessiert um.

»Es ist ein wenig unordentlich«, gestand Cassie und errötete. »Ich bin leider keine sehr gute Hausfrau.«

»Ehrlich gesagt, ich auch nicht. Das ist einer der Vorteile, wenn man allein lebt, glaube ich. Man kann so schlampig sein, wie es einem beliebt, und wenn man es einmal selbst nicht mehr ausstehen kann, kehrt man einfach alles hinaus und beginnt eine neue Unordnung.« Er bückte sich und nahm einen Stapel von Quiglys Zeichnungen für den Motor von einem Stuhl. »Vielleicht könnten wir das irgendwohin legen …«

Cassie beeilte sich, ihm die Papiere aus der Hand zu nehmen, und suchte nach einem Platz, wo sie die Zeichnungen ablegen könnte. Schließlich deponierte sie sie auf der Eiskiste, auf der sich bereits ein Berg von Zeitungsartikeln über Flugzeuge türmte.

»Wollen Sie etwas trinken?« fragte Cassie.

Nathan Spranger setzte sich und legte seinen Hut vor sich auf den Tisch. »Äh … ja bitte.«

Sie mußte mit der Hand ein Lächeln verbergen, als sie sich entschuldigte: »Es ist schrecklich, aber ich kann Ihnen wirklich nichts anbieten. Nur Wasser. Oder soll ich Kaffee machen?«

»Kaffee wäre schön. Wenn es Ihnen nicht zuviel Mühe macht.«

Cassie merkte, wie er sie beobachtete, während sie Kaffee kochte. Einmal drehte sie sich um, und er lächelte ihr zu.

Sie räusperte sich und sprach zu ihrem Spiegelbild im Fenster über der Spüle. »Hat er den Ehebruch begangen, oder muß ich es tun?«

»Wie bitte?«

Unter Geklapper deckte sie den Tisch mit Kaffetassen und Löffeln. »Ich finde, es besteht gar keine Notwendigkeit dafür, wirklich nicht. Wenn er die Scheidung unbedingt haben will, warum können wir nicht beide übereinstimmend zugeben, daß er begangen wurde, ohne daß es einer von uns wirklich tun muß?«

»Entschuldigen Sie bitte, aber ich verstehe …«

»Oder will der Richter Beweise? Fotografien und dergleichen?«

»Eigentlich …«

»Wenn Sie ihn sehen, richten Sie ihm von mir aus… Werden Sie ihn sehen? Sagen Sie ihm also, wenn er es mit der Scheidung so schrecklich eilig hat, dann kann er die Schmutzarbeit selbst erledigen. Wozu die Eile? Hat er bereits jemand anders gefunden, oder ist er nur …«

Nathan Spranger hob die Hand. »Warten Sie doch einen Augenblick! Der Kaffee kocht über!«

Cassie drehte sich um und schrie entsetzt auf. Sie riß den Topf vom Ofen, verbrannte sich die Hand und fluchte laut.

Nathan lachte. »Ich bin nicht wegen einer Scheidung gekommen. Lassen Sie sich scheiden?«

Cassie reagierte so wütend, daß der Anwalt sie verständnislos ansah. »Was machen Sie dann hier? Sie tun so, als wollen Sie einen Rundflug machen, dabei wollen Sie gar nicht. Dann laden Sie sich in mein Haus ein und kritisieren meine Hausarbeit. Schließlich wollen Sie unbedingt Kaffee, so daß ich mir die Hand verbrenne!«

Nathan Spranger starrte Cassie mit offenem Mund an und mußte schließlich lachen. »Sind Sie immer so?«

»Wie?«

»Ach nichts.« Er stand auf und forderte Cassie mit einer Handbewegung auf, auf seinem Stuhl Platz zu nehmen. »Kommen Sie, setzen Sie sich.«

Cassie zögerte, dann kam sie seiner Aufforderung nach. Nathan Spranger sah sich nach einem zweiten Stuhl um und entdeckte einen, auf den Cassie ihre Jacke und den Helm geworfen hatte. Er hängte beides an einen Haken neben der Tür, holte den Stuhl zum Tisch und setzte sich Cassie gegenüber. Das Lächeln auf seinem Gesicht war verschwunden, und aus seinen Augen sprach geschäftlicher Ernst.

»Sind Sie jetzt bereit, mir zuzuhören, ohne mich zu unterbrechen?«

Cassie nickte verkrampft.

»Ihr, äh … Lawrence Kingly ist vorgestern im Schlaf verstorben.« Nathan Spranger machte eine Pause, aber Cassie blieb stumm. »Natürlich hinterläßt ein Mann von seiner Bedeutung, der über ein großes Vermögen verfügte, ein Testament. Ich habe es aufgesetzt, besser gesagt, Spranger und Spranger hat es aufgesetzt. Den größten Teil seines Vermögens, inklusive zwei Millionen Dollar auf der Bank sowie diverse andere Vermögenswerte, die sich auf noch wesentlich mehr belaufen, hat Lawrence Kingly Ihnen hinterlassen.«

»Ich will es nicht.«

Nathans Mund zuckte. »Diese Reaktion habe ich beinahe von Ihnen erwartet. Aber das ändert nichts an der Tatsache, daß Sie das Vermögen erben, ob Sie es wollen oder nicht.«

»Es kann in der Bank verschimmeln und verrotten, denn ich werde keinen Pfennig von Lawrence Kinglys Geld anrühren, nicht wenn ich am Verhungern bin, in Lumpen gehe und in der Gosse schlafe!« Bei dem Gedanken, daß nicht viel dazu fehlte, wäre sie beinahe in wildes Gelächter ausgebrochen.

Nathan nickte ernsthaft. »Das können Sie natürlich machen. Leider kann Geld nicht einfach nur daliegen. Es muß investiert und verwaltet werden. Die Tuchfabrik, der Steinbruch und die Tabakfabrik können auch nicht ohne Leitung weiterlaufen.«

»Dann verschenke ich alles an Waisenkinder oder Leute, die es brauchen.«

Nathan seufzte. »Das ist natürlich eine Möglichkeit, eine äußerst großzügige Möglichkeit. Aber ich muß Sie zur Vorsicht mahnen. Sobald bekannt wird, daß Sie Kinglys Vermögen geerbt haben, wird man Sie mit Bitten um Spenden für wohltätige Zwecke überschwemmen. Manche Bittbriefe werden von Organisationen kommen, die eine Unterstützung zweifellos verdienen, aber nicht alle Bittgesuche basieren auf einer gesetzmäßigen Grundlage. Sie müssen vorsichtig vorgehen, wenn Sie wollen, daß das Geld ...«

Cassie sprang auf und begann in der Küche auf und ab zu gehen. Aufgeregt fuhr sie sich mit beiden Händen durch die blonden Locken. »Das ärgert mich dermaßen! Das ist wohl das Schlimmste, was Lawrence Kingly mir je angetan hat. Er wußte, daß ich sein Geld nicht will und daß ich nichts als Schwierigkeiten damit haben würde. Er hat das mit Absicht gemacht, nur um mein Leben zu ruinieren.«

»Es muß Ihr Leben nicht ruinieren.«

Cassie blieb stehen.

»Man sagt, daß man sich mit Geld zwar nicht das Glück erkaufen kann, aber man kann viele andere Dinge damit kaufen. Bequemlichkeit, zum Beispiel. Ein angenehmes Leben für Kinder und Enkel. Die Erfüllung von Träumen, zumindest die materielle Seite davon ...«

Cassie dachte an Quiglys Motor. Sie war bei jeder Bank gewesen, sogar nach Richmond war sie gefahren. Nur wenige waren bereit, über die Möglichkeit zu diskutieren, einer Frau zum Start ihres eigenen Unternehmens Geld zu leihen. Ein Bankmanager hatte Quiglys Zeichnungen und Patente studiert und schließlich zugestanden, daß er einen Kredit in Betracht ziehen würde, aber nur, wenn Cassie einen Mann zur Leitung des Unternehmens engagieren würde. Hätte sie aber zwei Millionen Dollar, dann bräuchte Quiglys Traum nicht mit ihm zu sterben.

Sie kaute an ihrer Unterlippe. »Der Gedanke, Lawrence Kingly die Genugtuung zu geben, daß er meine Vergebung erkauft hat, ist mir äußerst zuwider.«

Der junge Spranger lächelte verhalten. »Er denkt nicht mehr, er ist tot. Die Genugtuung, die er darüber empfand, als er Ihnen sein Vermögen hinterließ, die können Sie nicht mehr rückgängig machen. Sie können nichts mehr daran ändern, auch wenn Sie das Erbe ausschlagen. Einem Toten können Sie keins mehr auswischen.«

»Nein, da haben Sie vermutlich recht. Aber was ist mit Ward Farrell? Hat das bösartige Ungeheuer seinem eigenen Neffen nichts hinterlassen?«

»Die beachtlichen Darlehen, die Mr. Farrell von Mr. Kingly erhalten hatte, wurden alle getilgt. Abgesehen davon hat Mr. Farrell nichts bekommen. Aber ... haben Sie es nicht gehört? Edward Farrell hat vor zwei Tagen Selbstmord begangen.«

»Nein ... das wußte ich nicht.«

Sie sah vor ihrem geistigen Auge plötzlich Wards schmales Gesicht mit dem traurigen, verzerrten Lachen, so wie sie ihn zuletzt gesehen hatte. Sie schloß die Augen, und eine unendliche Traurigkeit befiel sie. Edward Farrell war fast wie ein Bruder für sie gewesen. Sie hatten ihre Kindheit gemeinsam verlebt, und er hatte sich ihrer angenommen, als es niemand sonst in Kingly gewagt hatte. In ihrer Angst, daß Linc sterben könnte, hatte sie Ward für seine Tat gehaßt. Aber aus dem Haß war bald Mitleid geworden. Der Krieg hatte Ward verändert und sein Wesen nachteilig beeinflußt. Sie konnte verstehen, warum er sich das Leben genommen hatte. Jetzt mußte er zumindest nicht mehr für den Rest seines Lebens hinter Gittern oder in einer Heilanstalt sitzen.

Zu einer Zeit, da sie dringend Beistand gebraucht hatte, war Ward Farrell immer für sie dagewesen. Wenn sie nur etwas für ihn hätte tun können, ihn hätte überzeugen können, daß ... Aber seine Ängste waren nicht unbegründet gewesen. Bereits mit dem Tode ringend, hatte Lawrence Kingly in seiner Verrücktheit versucht, die Vergangenheit auszulöschen, indem er für seine Fehler mit Gold bezahlte, anstatt für sie zu büßen. Edward Farrell hatte an seiner Stelle gebüßt.

»Soviel ich weiß, hatte er einen Nervenzusammenbruch«, fügte Nathan hinzu. »Er sollte vor Gericht kommen wegen versuchten Mordes ...« Nathan brach verlegen ab. »Aber das wissen Sie ja.«

Cassie hatte die Verhandlung vergessen. Plötzlich war sie schrecklich enttäuscht. Sie gestand sich ein, wie sehr sie damit gerechnet hatte, anläßlich von Wards Strafprozeß Linc wiederzusehen. Es wäre vielleicht eine Gelegenheit gewesen, den Fehler wiedergutzumachen, den sie begangen hatte, als sie ihn verlassen hatte.

Nathan Spranger stand auf und griff nach seinem Hut. »Sie müssen sich heute noch nicht endgültig entscheiden. Der Gedanke, unvermutet reich zu sein, kann einen Menschen sehr verunsichern.« Er lächelte und entblößte wieder den Spalt zwischen seinen Schneidezähnen. »Aber die meisten Menschen finden sich sehr schnell darein. Ich werde jetzt gehen, und Sie können in Ruhe darüber nachdenken.«

Er blieb noch einmal stehen, bevor er zur Tür ging. »Übrigens, die Beerdigung von Lawrence Kingly findet morgen statt.«

»Ich werde nicht kommen. Es ist mir gleichgültig, was die Leute denken.«

Nathan Spranger lachte. »Das glaube ich Ihnen aufs Wort.« Er senkte den Blick und spielte unsicher mit dem Hut in seiner Hand. Schließlich sah er Cassie ernst an. »Sie werden es vielleicht seltsam finden, besser gesagt, äußerst verdächtig. Da komme ich zu Ihnen und erzähle Ihnen, daß Sie ein Vermögen geerbt haben, und auf dem Weg zur Tür … ach, ich sage es trotzdem.« Er holte tief Luft. »Cassie, ich bin noch nie einer Frau wie Ihnen begegnet und würde Sie gern besser kennenlernen. Würden Sie vielleicht morgen abend mit mir essen?«

Cassie lächelte schüchtern. »Das ist sehr freundlich von Ihnen, Mr. Spranger, aber Sie wissen es ja vielleicht … ich bin verheiratet.«

»Ja, ich weiß, aber ich dachte, da Sie von einer Scheidung gesprochen haben …«

Cassie schüttelte nur den Kopf; ihr Hals war wie zugeschnürt, und sie brachte kein Wort heraus.

In der Tür blieb Nathan Spranger nochmals stehen und lächelte sie traurig an. »Es hängt vermutlich mit meinem Beruf als Anwalt zusammen, aber ich weiß gern von Anfang an, woran ich bin. Darf ich Sie noch etwas fragen? Darf ich Sie nächste Woche noch einmal bitten, ob Sie mit mir ausgehen, oder nächsten Monat, oder nie?«

»Nie, es tut mir leid.«

»Das habe ich befürchtet.« Er senkte die schweren Lider und verbarg dahinter den Ausdruck seiner Augen. »Es geht mich nichts an, aber Sie lieben Ihren Mann anscheinend noch immer sehr. Warum können Sie beide …«

Cassie schüttelte den Kopf und kämpfte gegen die verhaßten Tränen. »Wir können nicht zusammenleben, wir passen nicht zueinander.«

»Wieso wissen Sie das?«

»Was?«

»Daß Sie und Ihr Mann nicht zueinander passen? Was heißt das schon! Vielleicht ist es mit der Liebe wie mit dem plötzlichen Reichtum. Man braucht nur Zeit, um sich an den Gedanken zu gewöhnen.« Er fuhr zum Gruß mit der Hand an den Hut. »Guten Abend, Cassie Jones.«

Cassie blieb sprachlos mitten in der Küche stehen, als sich die Tür hinter dem Anwalt geschlossen hatte. Dann zog sie einen Stuhl heran und ließ sich darauf fallen.

»Ich bin reich«, flüsterte sie. Der Gedanke bedeutete ihr nichts. Sie fühlte sich nicht anders als vor einer Stunde, bevor Nathan Spranger aufgetaucht war und ihr Leben auf den Kopf gestellt hatte. Nein, das stimmte nicht, sie fühlte sich doch anders. Sie war verwirrt, verängstigt und aufgeregt.

Ich bin reich, dachte sie und preßte kichernd die Hand auf den Mund. Vor einer Stunde hatte sie sich noch den Kopf zerbrochen, woher sie das Geld für die nächste Tankfüllung nehmen solle, und jetzt hatte sie zwei Millionen Dollar. Gar nicht zu reden von einer Tuchfabrik, einem Steinbruch und einer Tabakfabrik. Plötzlich empfand sie eine wilde Sehnsucht danach, diese außerordentliche Neuigkeit mit jemandem zu teilen. Nicht mit irgend jemandem, nein, mit –

Cassie sprang mit einem Ruck auf und ging hinaus auf die Veranda. Die Sonne war im Untergehen, und ihre letzten Strahlen tauchten Bäume, Felder und die hellen Wolken in goldenes Licht. Die *Pegasus* stand mitten auf der Wiese und sah genauso einsam und verlassen aus, wie Cassie sich fühlte. Sie dachte an die Augenblicke voller Triumph und Enttäuschung, voller Fröhlichkeit und wilder Wut, Augenblicke voller Erregung und Gefahr – an die vielen Erlebnisse, die sie und Linc Cameron in jenen Tagen und Nächten miteinander geteilt hatten, als sie den Kontinent überquert hatten. An den Sieg würde sie sich in späteren Jahren wahrscheinlich kaum mehr erinnern, aber an die Schwierigkeiten. Die Schwierigkeiten, denen sie sich gemeinsam gegenübergesehen und die sie gemeinsam gemeistert hatten.

Der Kampf und der Sieg. Es geht etwas vom Leben verloren, dachte Cassie, wenn man Kampf und Sieg nicht mit dem Mann teilt, den man liebt.

Mit einem Mann aus Fleisch und Blut und nicht mit einem Traum.

Kapitel 22

Sie flog. Der blaue Himmel dehnte sich vor ihr bis an den Horizont, blau wie seine Augen.

Der Himmel war leer, das machte ihr Kopfzerbrechen. Man hatte ihr gesagt, er würde heute Kunstflug proben für den Film; die Dreharbeiten sollten morgen beginnen. Cassie hatte alles sorgfältig geplant; sie würde nur eine einzige Chance haben. Sie hatte Angst, und die Vorstellung, daß sie versagen könnte, war ihr unerträglich.

Der Film sollte auf dem Glenn-Curtiss-Flugfeld in der Nähe von Hammondsport, im Staat New York, gedreht werden. Cassie hatte sich am Vortag in einem Wäldchen in der Nähe der Hangars versteckt und gewartet, bis die Kameraleute und die Schauspieler das Flugfeld verlassen hatten. Schließlich war nur noch Pete Striker zu sehen, der sich an der Sopwith Camel zu schaffen machte, der Jagdmaschine, die Linc Cameron in seiner Debütrolle als britisches Flieger-As fliegen sollte.

Pete fluchte leise vor sich hin, als sie durch die offene Tür in den Hangar spazierte. Er suchte im Werkzeugkasten nach einem bestimmten Bolzenschlüssel, von dem er überzeugt war, daß er ihn haben mußte, und verwünschte die Leute, die sich Werkzeug borgten und es nie zurückbrachten.

Patches lag zusammengerollt unter dem Pilotensitz und schlief. Der Hund hörte die Schritte und stellte die Ohren auf. Dann trug ihm ein leichter Wind Cassies Duft zu. Patches hob den Kopf aus dem Cockpit und stieß ein freudiges Gebell aus.

Pete wandte sich um und richtete sich auf. Cassie schluckte, denn Pete schien keineswegs glücklich über ihr Auftauchen zu sein.

Patches stürmte ihr entgegen, und Cassie kniete sich auf den gestampften Erdboden, umarmte den Hund und drückte ihr Gesicht in sein Fell. Patches leckte ihr das Gesicht ab und gab ihr damit zu verstehen, daß zumindest er sich über ihre Anwesenheit freute.

»Du bist es also«, brachte Pete heraus.

Cassie drückte Patches noch ein letztes Mal fest an sich und stand auf. »Ja, ich bin es. Ich möchte ihn bitten, ob ich wieder zurückkommen kann ... so ähnlich.«

Pete schwieg. Er nahm eine Schachtel Zigaretten aus der Hemdtasche und tat sehr beschäftigt, sich eine Zigarette anzuzünden. Cassie wartete, bis er fertig war und keine Ausrede für seinen ausweichenden Blick hatte.

»Pete«, begann sie.

Pete sog tief an seiner Zigarette, wartete und blies den Rauch zu seinen Füßen hinunter.

»Pete.«

Er hob den Kopf.

»Wie stufst du meine Chancen ein?«

Als er sie jetzt ansah, wünschte Cassie plötzlich, er hätte es nicht getan. Ihr Mut sank. Sie wäre unendlich gern wieder in der *Pegasus* gesessen und nach Kingly zurückgeflogen.

»Soll ich ehrlich sein?« fragte Pete schließlich.

Cassie holte tief Luft und nickte.

»Schlecht«, sagte Pete. »Du weißt, was für ein dickköpfiger Bastard er sein kann. Er ist davon überzeugt, daß er mit seiner Meinung über dich von Anfang an recht gehabt hatte. Und wenn er sich einmal etwas in den Kopf gesetzt hat, dann kann man es ihm nur mehr mit Dynamit austreiben.«

Aus unerklärlichen Gründen lächelte Cassie, obwohl Petes Aussage keinesfalls ermutigend klang. Doch vielleicht hatte sie gefürchtet, Linc könnte sich in den vergangenen Wochen verändert haben. Jetzt wußte sie zumindest, daß sie es mit demselben Mann zu tun haben würde und nicht mit einem Fremden.

»Ich weiß, Pete!« Jetzt lachte sie richtig. »Linc Cameron kann einen wirklich auf die Palme bringen. Aber er ist mein Mann oder war es. Ich will ihn wieder zurückhaben. Ich muß es versuchen. Ich habe nichts mehr zu verlieren, nur ein wenig von meinem Stolz.«

Pete grinste sie an. »Morgen zeitig in der Frühe wird er herauskommen und den Kunstflug proben. Warum versuchst du es nicht dann?«

»Danke Pete.« Sie streckte sich und gab ihm einen Kuß auf die Wange. Dann kniete sie sich zu Patches und umarmte ihn. »Du mein alter Junge, du legst heute abend ein gutes Wort für mich ein!« flüsterte sie.

Sie wollte schon gehen, als Pete ihren Namen rief.

»Vielleicht hilft es dir, wenn du weißt, daß er sich ohne dich richtig elend fühlt, auch wenn er es nicht zugibt.«

»Ich bin unglücklich ohne ihn, Pete.«

Pete zerdrückte den Zigarettenstummel zwischen den Fingern und schnippte ihn zum Tor hinaus. »In meinem ganzen Leben bin ich keinen größeren Narren begegnet als euch. Patches hat mehr Verstand als ihr beide zusammen.«

Als Patches seinen Namen hörte, bellte er, als wolle er Pete in allem recht geben. Cassie und Pete lachten, worauf Patches sich im Kreis drehte und seinen Schwanz fangen wollte; ein Trick, mit dem er immer Gelächter erntete. Patches liebte nichts so sehr, wie Leute zum Lachen zu bringen.

Zuerst bemerkte sie den Schatten, die schwarzen Tragflächen, die über die Weingärten zogen. Dann nahm sie das Flugzeug wahr, das sechshundert Meter tiefer vor ihr flog. Er machte eine Chandelle, eine hochgezogene Kehrtkurve.

Cassie flog direkt auf ihn zu; wie ein Barrakuda stürzte sie sich auf ihn, aber diesmal nicht so knapp, daß die Gefahr eines Zusammenstoßes bestand. Er blieb nicht oben, um das Spiel fortzusetzen, sondern setzte mit der Camel sofort zur Landung an. Cassie wußte nicht, ob es als gutes oder schlechtes Zeichen zu werten sei. Wahrscheinlich ein schlechtes, dachte sie.

Sie ließ ihn zuerst landen. Er stand neben seinem Flugzeug und beobachtete, wie sie landete. Die große, schlanke Gestalt in der braunen Lederjacke sah genau so aus wie damals, als sie ihn das erste Mal gesehen hatte. Wieder blieb sie am entgegengesetzten Ende des Flugfeldes stehen und wartete nervös, daß er zu ihr kam.

Er kam.

Sie nahm den Helm und die Brille ab und kletterte aus dem Cockpit. Linc wirkte ernst und unversöhnlich; die Wut in seinem Gesicht war schlimmer als erwartet, und Cassie mußte all ihren Mut zusammennehmen, um zu bleiben und sich ihm zu stellen.

Wenige Schritte vor ihr blieb er stehen. »Was machst du hier?« fragte er zornig.

Sie stemmte die Hände auf die Hüften und gab sich Mühe, ein böses Gesicht zu machen. »Du brauchst mich nicht so anzufahren, Linc Cameron, auch wenn es nicht ganz so schlimm ist, wie bei unserem ersten Zusammentreffen; damals hast du mich nicht nur angeschrien, sondern mich gleich zusammengeschlagen.«

»Ich habe dir gesagt ...«

»Daß du mich nicht mehr zurückhaben willst, und du hast es ernst gemeint. Ich habe mir eingeredet, daß ich nicht zurückkommen würde, und auch ich habe es ernst gemeint. Trotzdem bin ich hier.« Sie machte ein paar Schritte auf ihn zu; jetzt trennte sie nur mehr die halbe Entfernung. Cassie sah den zuckenden Muskel an seiner Wange. Sie machte noch einen Schritt, und seine Augen wurden schmal.

»Wir machen beide einen großen Fehler, Linc«, fuhr Cassie leise und zärtlich fort. »Einer von uns sollte es zugeben. Ich glaube, diesmal bin ich an der Reihe.«

Linc ließ seinen Blick in die Ferne schweifen, dann machte er eine ruckartige Kopfbewegung und sah Cassie unversöhnlich an. »Und wenn das nächste Mal wieder so etwas passiert? Wie viele Fehler müssen wir beide machen, bevor wir begreifen, daß ...«

»Daß wir zusammengehören? Wenn du von mir erwartest, daß ich dir verspreche, nie mehr mit dir zu streiten, dann muß ich dir sagen, nein, das kann ich nicht versprechen. Denn wir wissen beide, daß du mich manchmal entsetzlich wütend machst ...« Cassie kam wieder einen Schritt näher. Linc straffte sich, aber Cassie glaubte, einen weichen Zug um seinen Mund zu sehen. »Wir werden einander anbrüllen, und ich werde vielleicht etwas Unüberlegtes tun und mir Probleme einhandeln, oder mein Temperament geht mit mir durch, und ich stürme aus dem Haus. Aber ich werde nicht weit gehen, und ich werde zurückkommen, Linc. Ich werde immer zurückkommen.«

»Wirklich?«

Sie machte noch einen Schritt näher. »O ja, ich werde zurückkommen. Denn etwas habe ich gelernt, und du auch, selbst wenn du zu starrköpfig bist, es zuzugeben. Ich habe gelernt, daß ich ohne dich leben kann.«

»Das ist gut, Cassie, denn das wirst du müssen.«

Cassie kam wieder zwei Schritte näher. Cassie hätte Linc berühren können, so nahe standen sie sich gegenüber, aber sie ließ die Arme ruhig hängen. So weit war sie gekommen, den letzten Schritt mußte er tun. Oder nicht tun.

»Ich will nicht ohne dich leben, Linc«, bekannte Cassie und verlor beinahe die Kontrolle über ihre Stimme. »Vielleicht passen wir nicht zueinander, aber wir gehören einfach zusammen. Es ist unser Schicksal, es ist unser Glück und unser Unglück. Es ist unsere Bestimmung, füreinander das größte Glück zu sein und einander den größten Schmerz zuzufügen. Denn man kann nur verletzt werden, wenn man etwas empfindet, Linc. Wenn man liebt.«

Trotz der dicken Lederjacke sah Cassie, wie sich seine Brust beim Atmen hob und senkte. Sein Gesicht war schweißnaß. Dunkle Haarsträhnen klebten ihm in der Stirn. Cassie mußte sich sehr beherrschen, ihm die Haare nicht aus dem Gesicht zu streichen. Ihre Liebe zu ihm wurde fast unerträglich.

»Ach Linc ...« flüsterte sie und schwankte ihm entgegen.

Er zog sie an sich, vergrub seine Finger in ihren Haaren und zog ihren Kopf zurück. Er küßte sie, und in seinem Kuß lag sein ganzer Zorn, sein Schmerz und seine Kapitulation. Mit einem tiefen Seufzer öffnete Cassie den Mund.

Auch als Linc den Kuß beendete, hielt er sie fest. Er drückte ihr Gesicht an seine Schulter, vergrub seine Wange in ihren Haaren und drückte einen Kuß auf ihren Kopf. Seine Hände fuhren ruhelos über ihren Rücken, und er konnte sie einfach nicht loslassen. Dann packte er sie wieder an den Locken und zog ihren Kopf zurück.

»Ich muß verrückt sein. Warum lasse ich zu, daß du mir das antust!«

Cassie lachte. Federleicht fühlte sie sich vor Freude, denn sie wußte, daß sie gewonnen hatte. »Weil ich ein Problem bin und du wild auf Probleme bist. Ohne Probleme fühlst du dich nicht wohl und ohne mich auch nicht. Du kannst es ruhig zugeben, Linc.«

»Zum Teufel«, knurrte er. »Ich gebe zu, daß ich dich liebe, und ich gebe zu, daß ich dich brauche. Aber die Schwierigkeiten, die du ständig machst, brauche ich bestimmt nicht.« Linc legte seinen Arm um ihre Taille und zog sie an sich. Aus seinen Augen strahlte seine unbekümmerte Freude. »Wir werden uns irgendwo niederlassen und ein ruhiges, friedliches Leben führen, Cassie …«

Cassie zuckte erschrocken zusammen. »O nein! Linc?«

»Dank dieses blöden Tommy wird es leider eine Weile dauern, bis es soweit ist und wir die Sache mit dem Flugzeugmotor anfangen können. Wir beginnen vorerst einmal mit Kindern, das sollte dich für eine Weile beschäftigen, damit du nicht auf dumme Gedanken kommst. Dann …«

»Aber Linc …«

»Wir werden ein Haus bauen. Nicht zu groß, eher einfach.«

Er lachte. »Denn etwas Großes, Aufwendiges kann ich mir nicht leisten. Aber wir werden zusammensein, und du kannst dir aussuchen, wo du leben willst. Mir ist es gleich, irgendwo, solange ich nur bei dir bin.«

»Linc!«

»Was?«

»Ich muß dir etwas Wichtiges sagen, und es wird dir nicht gefallen. Du wirst es vielleicht fürchterlich finden. Denn du bist so stolz und starrköpfig, obwohl du bei mir deinen Stolz ruhig vergessen kannst. Du mußt mir also versprechen, daß du nicht wütend wirst.«

Linc packte sie an den Schulten und schob sie von sich. »Ich wußte es! Es fängt schon wieder an! Was hast du jetzt wieder angestellt?«

»Nichts. Ich kann nichts dafür.«

»Du kannst dir nicht vorstellen, wie erleichtert ich bin, Cassie. Was hast du also getan, das nichts ist und wofür du nichts kannst?«

Cassie biß sich auf die Lippe und sah ihn mit ihren großen Augen an. »Du wirst nicht die Beherrschung verlieren?«

»Ich verliere nie die Beherrschung.«

Bei dieser ungeheuerlichen Feststellung wurden ihre Augen noch größer.

»Also gut, fast nie«, gab Linc zu. »Diesmal also nicht.«

»Auch wenn du nicht begeistert sein wirst? Und du wirst nicht begeistert sein, Linc, ich weiß es. Aber ich kann nichts dafür. Ich hatte nichts …«

»Ich bin schon verrückt genug, Cassie, du mußt mich nicht noch verrückter machen. Willst du mir jetzt um Gottes willen endlich sagen, worum es geht!«

»Versprich es mir zuerst!« beharrte Cassie.

»Cassie …«

»Versprich es!«

Er lachte und küßte sie herzhaft. »Ach Gott, ich liebe dich, und ich verspreche dir, daß ich nicht die Geduld verlieren werde. Gleichgültig, was es ist, mit dem du nichts zu tun hattest und das nicht deine Schuld war.«

Sie holte tief Luft und erzählte ihm von den zwei Millionen Dollar.

Penelope Williamson

Manchmal in all den Jahren

Roman

Aus dem Amerikanischen
von Brigitte Gruss

Band 13038

Dieser Roman der Erfolgsautorin Penelope Williamson führt in die erste Hälfte des 19. Jahrhunderts. McCady Trelawny, der jüngste Sohn von Lord Caerhays, experimentiert mit einer Dampfmaschine, die eine Lokomotive werden soll, doch seine Versuchsanordnung explodiert. Jessalyn Letty, die Hauptfigur dieses Romans, kümmert sich um den leicht verletzten jungen Mann. Und von da an wird die Beschäftigung mit dieser neuen technischen Erfindung – und natürlich mit McCady selbst – zum Hauptinhalt ihres Lebens. Gegen unzählige Widerstände und zähe Widersacher versucht sie, dem von seiner Idee geradezu besessenen Ingenieur zum Durchbruch zu verhelfen.

Fischer Taschenbuch Verlag

fi 3051 / 1

Penelope Williamson

Westwärts

Roman

Aus dem Amerikanischen
von Manfred Ohl und Hans Sartorius

752 Seiten. Geb.

Neu-England 1879: Trotz ihres noch jungen Lebens kennt Clementine Kennicutt das Gefühl der ruhelosen Sehnsucht. Im Boston der besseren Kreise erzogen, kann sie es kaum erwarten, den Ketten der puritanischen Weltsicht ihres Vaters zu entkommen. Als sie auf den zwar wohlhabenden, aber gesellschaftlich geächteten Gus McQueen trifft, werden ihre Träume wahr. Und als der Rancher mit den lachenden Augen und den großen Zielen sie zur nächtlichen Flucht bittet, hat sie bereits gepackt. Montana 1883: Die Enttäuschung läßt nicht lange auf sich warten, Gus McQueens Ranch ist eine Bruchbude am Ende der Welt, das Leben außerhalb der Zivilisation birgt statt der großen Freiheit nur große Mühsal – und Clementine erfährt den Zwiespalt des Herzens durch Zach, den Bruder ihres Mannes, tollkühn, gutaussehnend und ein dorfbekannter Taugenichts: ihre wirkliche, aber unerfüllbare Liebe. Doch auch an der Grenze der zivilisierten Welt bleibt Clementine ihrer Erziehung treu. Weder das wilde Land noch ihre zwiespältigen Gefühle dürfen ihre Ehe in Gefahr bringen. »Vergiß nie, wie zäh du sein kannst«, die Worte ihrer Tante beflügeln sie eher. Der große Roman über den weiten Westen, die Auseinandersetzung mit einem wilden Land und der Rettung einer großen Liebe durch eine starke Frau.

Wolfgang Krüger Verlag

fi 3050 / 1

Barbara Wood

Die Prophetin

Roman

Aus dem Amerikanischen von
Manfred Ohl und Hans Sartorius

640 Seiten. Geb.

Anno 1999

Die junge Archäologin Catherine Alexander entdeckt Schriftrollen aus der Zeit des frühen Christentums.

Auf der ganzen Welt steigt das »Jahrtausendfieber«. Die Menschen stürzen sich auf die Aussagen und Prophezeiungen der Schriftrollen über das Ewige Leben und das Letzte Gericht.

Der Vatikan entdeckt die Brisanz der Schriftrollen für die Kirche, die Stellung des Papstes und die ausschließlich männliche Priesterschaft.

Die Jagd auf Catherine und ihren Beschützer Pater Michael Garibaldi beginnt...
Die Jagd von Catherine und Pater Garibaldi auf die letzte, noch fehlende Schriftrolle hat ebenfalls begonnen...

Wolfgang Krüger Verlag

fi 1017 / 7

Barbara Wood

Bitteres Geheimnis
Roman
Band 10623

Der Fluch der Schriftrollen
Roman
Band 12031

Haus der Erinnerungen
Roman
Band 10974

Herzflimmern
Roman
Band 8368

Lockruf der Vergangenheit
Roman
Band 10196

Das Paradies
Roman
Band 12466

Rote Sonne, schwarzes Land
Roman
Band 10897

Seelenfeuer
Roman
Band 8367

Die sieben Dämonen
Roman
Band 12147

Spiel des Schicksals
Roman
Band 12032

Sturmjahre
Roman
Band 8369

Traumzeit
Roman
Band 11929

Barbara Wood/
Gareth Wootton
Nachtzug
Roman
Band 12148

Fischer Taschenbuch Verlag

fi 1720 / 9

Ann Victoria Roberts

Louisa Elliott

Roman

Aus dem Englischen
von Manfred Ohl und Hans Sartorius

Band 11126

Die Schauplätze dieses Romans sind York und Dublin in den Jahren von 1892 bis 1899. Louisa und ihre beiden jüngeren Schwestern sind unehelich geboren, ihre Mutter betreibt eine kleine Pension. Als Gesellschafterin und Gouvernante im Haus des wohlhabenden Druckereibesitzers Tempest trägt Louisa zum Auskommen der Familie bei. Im gleichen Haus arbeitet auch Edward, ihr Cousin, der von einem Leben als Schriftsteller träumt und von Louisa, aber er wagt nicht, ihr seine Gefühle zu offenbaren. Eines Tages macht sie in der Pension die Bekanntschaft des heißblütigen irischen Dragoneroffiziers Robert Duncannon, der ihr Vertrauen und ihre Liebe gewinnt. Nach einem Vergewaltigungsversuch ihres bigotten Brotherrn flieht Louisa zu Duncannon, obwohl sie weiß, daß er sie nie wird heiraten können... Das ist der Beginn dieses Frauenromans vor dem Hintergrund viktorianischer Zeit in England und Irland. Die englische Gesellschaft am Ende des 19. Jahrhunderts wähnt sich festgefügt und auf dem Höhepunkt ihrer Macht. In dieser Zeit gesellschaftlicher Heuchelei sucht Louisa Elliott ihren Weg.

Fischer Taschenbuch Verlag

fi 3052 / 1